洛阳师范学院河南省一级重点学科中国语言文学资助成果

魏晋风度与江南文化

第三届"世说学"国际学术研讨会论文集

王建国 刘强 主编

河南人民出版社

图书在版编目(CIP)数据

魏晋风度与江南文化 ：第三届"世说学"国际学术研讨会论文集 / 王建国，刘强主编． — 郑州 ：河南人民出版社，2023.8(2024.4重印)
ISBN 978-7-215-13348-8

Ⅰ．①魏… Ⅱ．①王… ②刘… Ⅲ．①《世说新语》－小说研究－国际学术会议－文集 Ⅳ．①I207.419-53

中国国家版本馆 CIP 数据核字(2023)第 134061 号

河南人民出版社 出版发行
(地址：郑州市郑东新区祥盛街27号　邮政编码：450016　电话：65788072)
新华书店经销　　　河南新华印刷集团有限公司印刷
开本　710毫米×1000毫米　　1/16　　印张　22.5
字数　390千字
2023年8月第1版　　　　2024年4月第2次印刷
定价：69.00元

目 录

前言 ·· 刘 强 1
第三届"世说学"国际学术研讨会贺信（四通）
················· 萧 虹 唐翼明 钱南秀 吴冠宏 1
《世说新语》与两晋佛教 ································· 龚 斌 1
东晋永和时期的会稽侨寓文人集团考论 ············· 王建国 24
论《世说新语》人物口谈的"兴会"之美 ············· 宁淑华 40
《世说新语·伤逝第十七》"丧作驴鸣"二条读解 ····· 李剑锋 61
《世说新语》与晚明"小品热" ························· 欧明俊 79
《世说》及"世说体"的形式要素、文体意识与可能缺陷 ··· 王澧华 97
新世纪"世说学"研究的回顾与展望 ··················· 刘小兵 110
刘义庆生平仕宦与主要事迹考实 ······················· 赵建成 120
刘义庆事迹作品系年 ···································· 胡耀震 133
王恭是否"不学无术" ···································· 徐国荣 148
古代剧作对《世说新语》素材的艺术再造 ············· 齐慧源 160
《世说新语》在韩国诗话中的文本表现 ······ 李雅婷 罗春兰 171
《山家清供》与《世说新语》饮食文化 ················ 章 原 191
阮籍其人其诗 ·· 胡 旭 201
刘伶《酒德颂》胜论
——以萧统《文选》颂类为中心 ············· 张亚军 222
从萧齐宗室之争考察刘勰之丕植优劣论 ············· 周兴陆 232

失落的思想及其形式
　　——颜延之陶诗"文取指达"说非否定评价论 ·············· 吴怀东　243
社会兴趣和政治文化视野中的谢灵运山水描写 ·············· 徐　楔　262
《世说新语》"周处自新"条发覆
　　——兼论魏晋之际江南义兴周氏"武人士人化" ·············· 赵立民　279
论《世说新语》中殷浩之形象 ·············· 宋　丽　赵厚均　293
裴頠崇有思想的"反玄"理路试探 ·············· 曾敬宗　311
情景·风景·地景:《世说新语》中的亭故事 ·············· 陈文芝　328

附录一:第三届"世说学"国际学术研讨会会议综述 ·············· 342
附录二:第三届"世说学"国际学术研讨会提交论文目录 ·············· 348

前　　言

庚子金秋,2020年10月16日至18日,由同济大学中文系主办的"魏晋风度与江南文化"暨第三届"世说学"国际学术研讨会在"魔都"上海成功举办。

当时,疫情稍歇而尚未停止,出行不能不冒着各种风险。令人感动的是,全国各地竟有师友近60人"逆行"与会,提交各类专题论文47篇。因疫情原因不能亲来赴会者,如澳大利亚悉尼大学萧虹教授、华中师范大学唐翼明教授、美国莱斯大学钱南秀教授、台湾东华大学吴冠宏教授等纷纷发来贺信,以为襄助。年过八旬的蒋凡先生亲临会场,发表了声情并茂的演讲并现场吟诵;骆玉明先生、龚斌先生亦在开幕式上抚今追昔,对会议的召开表示祝贺,对"世说学"的未来寄予厚望……其情其景,历历在目,至今想来,都不能不令人感怀。竹林名士王戎所谓"情之所钟,正在我辈",信不虚也!

更值得一记的是,会议期间,大家在研讨之余,兴之所至,竟两度赋诗唱和,为这次会议留下了令人难忘的美好回忆。犹记10月16日,与会学者陆续报到,陶渊明研究会会长、山东大学中文系李剑锋教授在微信群代表"陶家人"发起"首唱",诗云:

世说为何不录陶?细思此事甚蹊跷。
孟嘉别传今犹在,侃祖雄风古所褒。
虽有胡儿颇孟浪,岂无老母甚英豪?
同人同济参高会,遥继诸葛大讨曹。

诗中提及的《世说新语》不录陶渊明一事,前些年曾引起学界讨论,先后有多篇论文发表。而今陶渊明研究会正、副会长并理事多人,纷纷参加《世说》研

讨会,岂非美事一桩？有感于此,我也依韵戏作一首以和之:

> 莫怪临川不录陶,双峰最好各争高。
> 痴求外镇羞鞭马,拙守园田懒挂袍。
> 幸有名公称乱世,非无野史写英操。
> 千年小憾今来补,岂向樽前再递刀。

我意临川与陶公虽无笔墨因缘,精神上却可称同道,《世说》与陶集双峰并峙,各领风骚,皆文学史上不朽之著作,文本上之小憾早为今日彦会所弥补,诗酒在前,学界公案即时可了,正不必太过纠结也。不料,一石激起千层浪,紧接着,陶渊明研究会副会长、苏州教育学院刘中文教授亦和诗一首曰:

> 吾家两贤识不高,难与昭明论英豪。
> 季伯无心称隐逸,彦和有意赞龙雕。
> 器识幸有钟记室,洞见当属太子萧。
> 但蘸渊明一点墨,何须后世苦追陶。

接着,上海中医药大学研究员章原兄亦和诗一首:

> 莫道临川不录陶,何须公案辨滔滔。
> 酣持漉巾耽熟酒,闲采菊花忘旧袍。
> 挂印思归心散澹,荷锄带月志逍遥。
> 陶刘风致本一体,齐聚江南意气豪。

又,江西师范大学中文系胡耀震教授和诗云:

> 虬没龙飞分刘陶,王侯不事不蹉跎。
> 临川威仪今安在,靖节松菊古来襃。
> 适性常慕乘化浪,逍遥何惧问英豪。
> 百川同济海上会,魏晋玄音听我曹。

上述诸诗多在手机上随意出之,乘兴即景,不拘一格,为即将召开的会议平添一份雅趣。

10月17日一整天在忙碌中度过,大家在会上畅所欲言,收获满满。闭幕式上,欧明俊、刘小兵等教授发出筹备成立"世说学"学会的倡议,引起了热烈的讨论。晚上的答谢宴上,王建国教授代表洛阳师范学院向大家发出了第四届会议的邀请,算是为会议画上了一个圆满的句号。

10月18日晨起,宾主惜别,意犹未尽,我又作了一首《第三届"世说学"国际学术研讨会感赋》:

> 金秋送爽墨留香,雅聚魔都意气扬。
> 甚解难求为论细,希贤愿效做人方。
> 风流儒道多兴会,狂狷礼玄可共商。
> 醉问嘉宾还记否?来年河洛再飞觞!

微信群顿时热闹起来。李剑锋兄随即和诗一首:

> 金秋欣遇桂花香,老友新朋意气扬。
> 发语能消忧疫闷,挥觞即是救疾方。
> 言及驴响来高兴,体似声真废智商。
> 鱼鸟亲人人不怪,无羁野韵有何伤!

于是,群中诸友又依次唱和,其中,章原兄和诗云:

> 金风渐起桂余香,旧雨新知阔论扬。
> 疑窦每能析奥义,清谈不啻治心方。
> 虽无莼脍添群议,亦有黄茅佐共商。
> 临去顷呼君莫忘,来年洛水共流觞。

长沙理工大学宁淑华教授和诗云:

霜风秋色菊初香，盛聚浦江麈奋扬。
疑义与分求胜解，可人新发见通方。
玄声清韵如何继，讲论瑶筳并共商。
饮散离亭感雅意，更期洛水歌飞觞。

胡耀震教授和诗云：

秋云风散人留香，宿醉未消诗兴扬。
挥麈能君考论细，举觥无我形迹方。
古今天地玄思会，书册是非清言商。
牡艳菊芳来伴否？明年洛水戏流觞。

李剑锋教授诗兴正浓，旋即又作一首云：

酒过三巡齿亦香，莲花渐向口边扬。
闲情每起风流正，高论皆归道义方。
此会难常同慨乐，唯别易至异参商。
人生自有多情种，洛下相约再举觞。

我的博士生汪进超承担了不少会务工作，忙中偷闲亦有和诗如下：

霜风犹带桂枝香，又见临川大纛扬。
江左胜逢休道远，同俦俊赏岂拘方。
清音振振分名理，逸兴悠悠别仲商。
玉麈明年传洛下，凭君再覆手中觞。

这些唱和从不同角度表达了大家在疫情之下还能相聚晤对、畅谈魏晋风流的喜悦，故录之如上，以为纪念。

最后要说的是，第三届和第四届会议的论文集系同时出版，得到了洛阳师范学院文学院的大力支持，文章最初由该院的于涌和郭发喜两位老师选出，我和王建国教授分别承担了两本文集的初校和统稿工作。因为出版篇幅所限，对个别较长的文章不得不忍痛割爱，这是要向作者表示歉意的。在编校过程中，河南人民出版社副总编辑杨光老师和责编刘晶莹女士提出了不少宝贵意见，也付出了许多辛劳，在此一并表示感谢。

就在论文集即将交付出版之际，欣闻黄淮学院文化传媒学院和天中书院两家单位又向海内外同好师友发出了第五届"世说学"国际学术研讨会的邀请。这不禁让我心生期待：8月下旬会议召开时，在鼓鼓囊囊的会议资料袋里，是否会看到这两本散发着墨香的论文集呢？

刘　强

2023年3月30日写于沪上守中斋

第三届"世说学"国际学术研讨会贺信(四通)

澳大利亚悉尼大学教授萧虹先生贺信

  各位研究《世说新语》的同人及刘强教授,我怀着兴奋却又带着几分羡慕,甚至嫉妒的心情,送上最诚挚的祝贺,为了这一次会议的成功举行。在这多艰的一年,能够坚持不懈地做着组织工作,同济大学和各位组委会的工作人员厥功至伟。还有那么多同道愿意从全国各地来参加会议,充分表现了大家对《世说新语》的热爱。我们国外的人只好望洋兴叹了。最后祝会议圆满成功,"世说学"百尺竿头,更进一步!

萧虹于澳大利亚悉尼

2020 年 10 月

华中师范大学教授唐翼明先生贺信

  欣闻"世说学"第三届大会即将在沪召开,愧我年衰病足,不克亲往,然心实向往之。庚子岁凶,大疫未戢,而此会竟能如期举行,可见同人热情之高。闻有倡议成立中国"世说学会"之说,我很赞成。气宜聚不宜散,趁此热气,立即成立学会,大家就有了一个经常性的交流平台,这对促进"世说学"的进一步发展必大有裨益。

  谨祝大会圆满成功!

华中师范大学国学院院长唐翼明

2020 年 10 月 10 日

美国莱斯大学教授钱南秀先生贺信

金秋十月，会于浦江之阳、同济园内，为魏晋清谈之聚也。五俊七贤毕集，讲筵瑶宴并开，丹桂飘香，微云拂月，持螯拍浮酒池，晒书仰卧林下，是何乐也！唯我数人，新冠横阻，盛举难襄，踏月生悲，望洋兴叹。诚愿：晤言一室，且留中散余论；流觞曲水，莫尽步兵厨酿。唯冀来年再聚，奋麈尾，拾余唾，或得会心一二，庶可宽怀两三。倘负主人之望，愿依金谷斗数。

钱南秀庚子中秋于休城无此君斋

台湾东华大学教授吴冠宏先生贺信

犹记2017年11月第一届"世说学"会议在河南师范大学文学院隆重举行，海内外"世说学"同好聚集一堂，像办喜事一样兴奋；2019年8月第二届"世说学"会议也顺利在南京大学文学院盛大召开，大家一同畅饮论学，其乐无穷，宛如魏晋风流再现江南。这两次难能可贵的学术盛会，我和台湾几位学者都荣幸受邀参与，留下美好的印记。

今年遭逢新冠肺炎疫情的威胁，致使无法一圆前往上海参与第三届"世说学"会议的心愿，难免有憾；但看到在疫情冲击的艰难环境下，同济大学组委会的伙伴们，仍秉持热忱，尽心筹划，努力搭起这学术交流的平台，让大陆"世说学"的同好得以共聚论学，踵事增华，真是令人感动。

在此之际，仅代表台湾"世说学"的伙伴们，为大会献上最诚挚的祝福，预祝与会的师友们，时复造心，第三届"世说学"会议，圆满成功。也期待疫情过后，我们有缘人可以携手并进，再造下一次的风华！

吴冠宏于台湾东华大学中文系
2020年10月

《世说新语》与两晋佛教

龚 斌

一、西晋僧人与世家大族

1世纪中期，由天竺出发的佛教，越过峻极于天的帕米尔高原，穿过茫无涯际的流沙，进入玉门关。而后从敦煌经河西走廊，来到长安；再继续东进，停留在东汉都城洛阳。

洛阳，注定会成为中国北方的佛教中心。经汉明帝以来200年左右的佛化，至3世纪中期，壮丽无比的洛阳，被西来的僧人惊叹为"忉利天宫"。西晋武帝时，洛阳的寺庙图像、佛塔铃声，让京邑的民众感受到佛教文化异样的魅力。络绎不绝来到洛阳的西域高僧，见于《高僧传》的就有支谶、竺佛朔、严佛调、支曜、康巨、昙柯迦罗、康僧铠、佛图澄、尸黎蜜（高坐）。

佛教的新信仰，成为中国有史以来从未见过的文化景观。至怀帝永嘉时，洛阳有大小寺庙42所，今日可考者，有白马寺、东牛寺、菩萨寺、石塔寺、满水寺、大市寺。[①]

任何一种哲学思潮或社会风尚的兴起和发展，一般都是首先与当时的社会文化精英发生关系。在中国古代，则表现为世家大族的认同与引领。佛教传入中国以及后来的发展，不断证实上面的结论。

相传汉明帝感梦见金人，通人傅毅解梦，称金人是天竺得道者，号曰佛。从此，中土人士始知有佛，佛有神通。这先要归功于文化精英傅毅的博学。当然，皇室的支持具有决定性意义。汉明帝知所梦金人为佛之后，遣羽林中郎秦景、博士弟子王遵等，于大月支写得佛经42章，并于洛阳城西起佛寺、造佛塔、画佛

[①] 见汤用彤《汉魏两晋南北朝佛教史》，北京大学出版社，1997，第119页。

像。① 晋武帝时，洛阳寺庙众多，佛像辉煌，西来的佛教已经在东方落地生根。可以设想，若无司马氏政权的支持，洛阳不可能成为北方最大的佛教中心。《高僧传》一《帛远传》说："晋惠之末，太宰河间王颙镇关中，虚心敬重，待以师友之礼，每至闲辰靖夜，辄谈讲道德。"谈讲道德，指的是谈讲佛教。这是关中的情况。洛阳上层统治集团与僧人也必然有交往。所以，叙述近2000年的中国佛教史，必须充分重视皇室、世家大族和文化精英的作用。

《世说》中记载西晋佛教的内容不多。但即使一些零碎的记载，同样能看到佛教在中国北方的传播，以及文化精英开始同僧人的交往。例如，两晋时期最著名的王氏家族，在中古佛教史上留下了深深的印记。大约在西晋之末，王氏家族中就有人出家为僧。《德行》三〇刘孝标注："竺法深，不知其俗姓，盖衣冠之胤也。道徽高扇，誉播山东，为中州刘公弟子。"查《高僧传》四《竺法深传》："竺潜，字法深，姓王，琅琊人，晋丞相武昌郡公敦之弟也。年十八出家，事中州刘元真为师。……至年二十四，讲《法华》《大品》。既蕴深解，复能善说。故观风味道者，常数盈百。晋永嘉初避乱过江。"又《高僧传》同卷《竺法崇传》说："剡东仰山，复有释道宝者，本姓王，琅琊人，晋丞相导之弟。"考《竺法深传》：法深卒，烈宗孝武诏曰："深法师理悟虚远，风鉴清贞，弃宰相之荣，袭染衣之素。"据上可知，竺法深俗姓琅琊王氏，王敦或王导之弟都有可能。

琅琊王氏之外，汝南大族周氏也信佛。《方正》二六注引《晋阳秋》说："（周）嵩事佛，临刑犹诵经。"周嵩，字仲智，周浚之子。周浚平吴有功，封成武侯，位至侍中，都督扬州诸军事、安东将军。浚从兄恢、馥，皆有名于时。周氏奉佛，最迟在西晋之末。《高僧传》一〇《安慧则传》说："安慧则后止洛阳大寺，手自写《大品经》一部，凡十余本，以一本与汝南周仲智妻胡母氏供养，胡母过江自随。"又《晋书》六一《周嵩传》说："嵩精于事佛，临刑犹于市诵经云。"

西晋王氏、周氏之外，也有别的世家大族奉佛。《出三藏记集》卷一三《竺法护传》说："关中有甲族欲奉大法，试护道德，伪往告急，求钱二十万，护未有答。（竺法）乘年十三，侍在师侧，即语客曰：'和上意已相许矣。'客退，乘曰：'观此人神色，非实求钱，将以观和上道德何如耳。'护曰：'吾亦以为然。'明日，此客率其一宗百余口，诣护请受五戒，具谢求钱意。于是四方士庶，闻风向集，宣隆佛

---

① 以上见牟子《理惑论》。

化二十余年。"据此可见,竺法护在长安时,关中甲族及四方士庶皈依佛教者不少。又《高僧传》一《竺法护传》说:"后立寺于长安青门外,精勤行道,于是德化遐布,声盖四远,僧徒数千,咸有所宗。"此数千僧人,或深信佛法,或家贫,或遭灾,或避乱,出家为僧。其中必有世家大族及出身士族的文化人。

西晋时佛教僧人同中国知识者之间的关系,在《世说》中难见其详。即便如此,也可肯定两者必已有交往。盖当时佛经的翻译,必须有文士参与,否则不会成功。竺法护译经数百卷,做文字更正的有聂承远。"承远明练有才理,笃志法务,护公出经,多参正焉。"①竺法护译出《修行道地经》《正法华经》《文殊师利净经率》等许多经典,多有本土的文士参与。

由于名僧与名士的交往渐多,始出现将两者相比的风气。《文学》三六刘孝标注:"《道贤论》以七沙门比竹林七贤。"以帛法祖比嵇康,竺道潜比刘伶,竺法护比山巨源,支遁比向秀,于法兰比阮籍,竺法乘比王戎,于道邃比阮咸。②《道贤论》为东晋中期大名士孙绰作。孙绰不及见中朝高僧帛法祖、竺法护等,何以知七沙门与竹林七贤行为、作风相近?我想,七沙门比竹林七贤之说,一定早有来历。依据是《高僧传》四《于道邃传》:"《喻道论》云:'近洛中有竺法行,谈者以方乐令(广);江南有于道邃,识者以对胜流。'皆当时共所见闻,非同志之私誉也。"考《高僧传》九《耆域传》:"洛阳兵乱,辞还天竺。洛中沙门竺法行者,高足僧也,时人方知乐令。"神僧耆域于晋惠帝之末至洛阳,则时人以竺法行比乐广的评论,当发生在晋惠之末。另一依据是陶渊明《圣贤群辅录》下,以董昶、王澄、阮瞻、庾敳、谢鲲、胡毋辅之、沙门于法龙、光逸为"中朝八达",云"近世闻之故老"。于法龙,即支孝龙。《高僧传》四《支孝龙传》说:"少以风姿见重,加复神采卓荦,高论适时,常披味《小品》以为心要。陈留阮瞻、颍川庾敳,并结知音之交,世人呼为'八达'。"可见支孝龙亦是任诞人物。不论是《道贤论》的七沙门比竹林七贤,还是陶渊明《圣贤群辅录》所载的"中朝八达",其意义都指向名僧与名士的作风相似,说明佛教发展到西晋,名僧的作风向名士靠拢了。这是佛教文化与中国文化交融的初始,不久就成为根深蒂固的传统,历千余年而不变。

---

① 《出三藏记集》卷一三《竺法护传》。
② 详见《释文纪》。

二、东晋文化精英与名僧的交往

4世纪初,五胡乱华,西晋政权覆灭,司马氏、世家大族、文化精英及不少中外僧人,纷纷南渡。中国文化的中心遂由中原移至江南。东晋政权的稳固,社会环境相对安定,遂吸引北方的僧人,络绎不绝来到江南,于是佛教得到了极佳的发展机遇。虽然,早在汉末和东吴,西域高僧的足迹已经抵达建业、武昌、庐山,甚至更远的广州[①],但总体看来,东晋之前的江南,属于佛教未昌阶段,本土文化人士一般都把佛教看作外来的方术,于佛教义理则基本无知。

随着佛经译出渐多、江南文化精英对佛经理解的深入,佛教开始了真正意义上的中国化进程。《世说》真实地记录了西域高僧来到南方后,东晋皇室、权贵、名士如何接纳佛教,名士如何谈佛研经,儒道佛三家如何由冲突至融合等一系列的变化。

中古江南佛教的大发展,是中国社会自汉末以来400年大动乱的赐予。汉末,避乱南来的西域高僧,给中国南方带来了异样的佛光。西晋末年,西晋及北方的僧人避乱江南,佛教的发展再一次得到千载难逢的机遇。

《世说》记载南来避乱的中外僧人有:帛尸黎蜜(高坐道人)、竺法深、康僧渊、竺法汰、愍度道人、伦道人(佚名)、康法畅、北来道人(佚名)、僧迦提婆等。毫无疑问,北来道人不被《世说》记载的肯定更多。

《世说》中东晋皇室和士族名士礼敬名僧的故事,在西晋罕见。上文言及的北方僧人竺法深,值永嘉之乱,来到江南,居在京邑,成为著名的弘道法师,备受上流社会的尊重与礼遇。元帝、明帝、成帝、哀帝、简文帝,无不叹赏竺法深的风德。《言语》四八说:竺法深在简文坐,刘惔嘲戏法深:"道人何以游朱门?"法深回答:"君自见其朱门,贫道如游蓬户。"刘孝标注引《高逸沙门传》:"法师居会稽,皇帝重其风德,遣使迎焉。法师暂出应命。司徒会稽王天性虚澹,与法师结殷勤之欢。师虽升履丹墀,出入朱邸,泯然旷达,不异蓬宇也。"竺法深在会稽,是会稽王司马昱的座上客。简文礼敬法深的风德,且其天性虚淡,与法深情性

---

① 参见《高僧传》一《安清传》,安以汉灵帝之末,从关中来到江南,过庐山,后到广州。同书四《康僧会传》记僧会汉末避地于吴,在建邺行道。又同卷《维祇难传》说,维祇难以黄武三年至武昌行道并译出《法句经》。

相近,这是简文能与法深"结殷勤之欢"的原因。所以,简文礼敬竺法深,已超越"礼为敬"的一般意义。

《方正》四五也是讲竺法深同东晋皇室及名士交往的故事。"后来年少,多有道深公者。深公谓曰:'黄吻年少,勿为评论宿士。昔尝与元、明二帝,王、庾二公周旋。'"注引《高逸沙门传》:"晋元、明二帝游心玄虚,托情道味,以宾友礼待法师。王公、庾公,倾心侧席,好同臭味也。"黄吻少年究竟评论深公什么,此事难知。有价值的是《高逸沙门传》道出了元、明二帝"以宾友礼待法师"的内在原因,乃是"游心玄虚,托情道味",意思是说二帝游心佛道,对佛经抽象的哲学有兴趣。《老》《庄》和魏晋玄学尚玄虚,佛教哲学的抽象更甚于前者,例如,"大千世界""六道轮回""因果报应"之类佛教的基本教义,都玄虚难征。元帝初创晋室中兴局面,或许无暇沉潜佛理,明帝信佛则是肯定的。习凿齿《致道安书》说:"唯肃祖明皇帝实天降德,始钦斯道。手画如来之容,口味三昧之旨,戒行峻于岩隐,玄祖畅乎无生。"①元、明二帝信佛,礼敬竺法深就合情合理。以"宾"待法师,宾主于礼;以"友"待法师,友源于情。后者亲切自然,非宾礼可比。

东晋之初,元、明二帝以宾友之礼待竺法深,是前所未见的新气象。一是表明佛教和僧人为世俗政权所重视,二是上流社会温情接纳佛教,做僧人的朋友。如果比较北方胡人政权对佛教的态度,更能显示东晋统治集团对佛教的文明态度。

永嘉之末,大约与尸黎蜜同时,天竺神僧佛图澄到达洛阳,坚持在北方弘法。后赵主石勒、石虎,虽奉佛图澄如神明,其实不过把他看作未卜先知的术士,根本不懂佛教哲学的高深,视佛为"戎神"。二石为匈奴后裔,杀人如麻,只崇拜暴力。野蛮不理解文明,当然也就毫无可能宾友佛图澄。佛教是高深的异族文化,只有文明的民族,具有高度文化素养的统治者,才能理解它。东晋元、明二帝(包括后来几个皇帝),自幼读儒学,经过魏晋玄学的洗礼,有中国思想学术史的历史意识,对外来的宗教抱以温情与理解。

东晋的重臣以及出身士族的名士,更是礼敬僧人,成为促进中华文化与佛教文化相融合的重要力量。《高逸沙门传》说,王公(导)、庾公(亮),"倾心侧

---

① 《弘明集》一二。

席,好同臭味"。再没有比这两句更能道出东晋名士与名僧融洽相处的深层原因了。陶诗说:"不有同好,云胡能亲?"同好,是交友的最佳境界。志向、思想、喜好、情趣、个性的相似相近,能结成知己之交。王导、庾亮是东晋初期最重要的大臣,一流大名士。尤其是王导,家族中出现竺法深这样的名僧,很可能家世信佛。他本人喜欢清谈,虽然不闻谈佛理,但既然与竺法深"好同臭味",恐怕不会对佛理一无所知。后来王导的子孙多奉佛,有的具有很高的佛学修养。琅琊王氏的崇佛家风,王导实为先驱人物。

东晋文化精英与高僧交往的另一动人例子,是西域高僧尸黎蜜来到江南后,大受礼遇。简文、王导、周顗、桓彝等一流名士,与尸黎蜜的关系十分亲密。《世说》有两处记尸黎蜜的风度神韵为大名士欣赏的故事:

一、《言语》三九:"高坐道人不作汉语。或问此意,简文曰:'以简应对之烦。'"注引《高坐别传》曰:"……和尚天姿高朗,风韵遒迈,丞相王公一见奇之,以为吾之徒也。周仆射领选,抚其背而叹曰:'若选得此贤,令人无恨。'俄而周侯遇害,和尚对其灵坐,作胡咒数千言,音声高畅,既而挥涕收泪,其哀乐废兴皆此类。性高简,不学晋语,诸公与之言,皆因传译。然神领意得,顿在言前。"高坐"天姿高朗,风韵遒迈",完全是名士的风度气质,故王导一见即奇之,以为"吾之徒也";周顗称"若选得此贤,令人无恨"。由此我们发现名士之所以欣赏高僧的几个深层原因:一是东晋名士同高僧的交往,建立在人物审美的基础上。合乎名士审美情趣的僧人,很自然会得到前者的欣赏。二是高坐的废兴哀乐,情深意厚。魏晋名士深于情,高坐亦如此。三是高坐个性高简,悟性天拔。简文所谓"以简应对之烦",其实是评价清谈优劣的标志之一。魏晋清谈有简约的一派,推崇"言约旨远",以简驭繁。评论人物的行为和语言,亦以简者为优。至于"神领意得,顿在言前",是说悟性高,言未尽而意已得。高坐的风度、气质、深情、悟性,无不合乎名士的审美,难怪简文、王导、周顗为之倾倒了。

二、《赏誉》四八:"时人欲题目高坐而未能,桓廷尉以问周侯,周侯曰:'可谓卓朗。'桓公曰:'精神渊著。'"注引《高坐传》曰:"庾亮、周顗、桓彝,一代名士,一见和尚,披衿致契。曾为和尚作目,久之未得。有云:'尸黎蜜可称卓朗。'于是桓始咨嗟,以为标之极。但宣武尝云:'少见和尚,称其精神渊著,当年出伦。'其为名士所叹如此。""卓"为卓出,"朗"为高朗。桓公解释"卓朗"为"精神渊著"。① 魏晋盛行人物品题,名士间相互题目为常见。而在东晋之前,似乎不曾有过名士品题名僧的事。随着西域高僧不断南来,名士与名僧的广泛交往,就很自然地出现题目名僧的新风气。

谈论东晋的佛教史,支遁(道林)是最重要的人物。他是当时佛学造诣极高的义学僧,清谈的领袖,名士的核心。《世说》记载支遁的事迹有50多处,超过其余僧人记录的总和,可见其影响之大。

支遁出身于奉法世家。《言语》六三注引《高逸沙门传》说,支遁,河内林虑人,或曰陈留人,本姓关氏,家世奉法。支遁父辈,避北方之乱,渡江至余杭山。世代奉佛的家风,江南的地理与人文环境,加上支遁本人天才卓杰,遂成为东晋最著名的名士和名僧,上至皇室,下至众庶,无不为之倾倒。晋哀帝兴宁元年(363),支遁曾应晋哀帝之召,在京师讲经3年。后拂衣王都,还就岩穴。一时名流,纷纷到征虏亭相送。蔡子叔、谢万石两人争着要坐得距支遁近一点,竟然引起冲突。② 仅此一例,就可见出当时名士仰慕支遁的程度。《高僧传》四《支遁传》说:"王洽、刘恢③、殷浩、许询、郗超、孙绰、桓彦表、王敬仁、何次道、王文度、谢长遐、袁彦伯等,并一代名流,皆著尘外之狎。"以上名单不是全部,还有王羲之、谢安、王濛、蔡子叔、谢朗、戴逵、王珣等。支遁卒后,其文采风流犹为名士追念不已。例如《伤逝》一三说:"戴公见林法师墓,曰:'德音未远,而拱木已积,冀神理绵绵,不与气运俱尽耳。'"

在中国佛教史上,支遁具有标杆意义。他兼具名士、高僧的双重品格,称他是"高僧中的名士,名士中的高僧",未尝不可。他受世俗政权及本土文化精英的重视程度,远超之前的任何一位僧人。昔年来华的高僧如安清、支谶、竺佛朔、支曜、康僧铠、康僧会,本土西晋译经大家竺法护,似乎都不闻当时的统治者对之敬礼有加,亦未闻中国文化精英对之仰慕倾倒。只有支遁,受到帝王及众多名士众星捧月般的追随,无不以同其交往为荣。支遁之后,也罕见如支遁那样倾倒众庶的高僧。汤用彤曾探讨过东晋名士空前崇拜支遁的原因,说:"此其故不在当时佛法兴隆。实则当代名僧,既理趣符《老》《庄》,风神类谈客,而'支

---

① 桓公,指桓温,非指其父桓彝。《高僧传》正作"桓宣武"。刘孝标注引《高坐传》说,宣武"少见和尚"。桓温可能年轻时随父见过高坐。
② 《雅量》三一。
③ 刘恢,疑是刘惔之误。

子特秀,领握玄标,大业冲粹,神风清萧'(《弘明集·日烛》中语),故名士乐与往还也。"汤先生又以《世说·文学篇》注支遁《逍遥论》证明以上的结论。① 他的看法大体正确,但须补充。如果纯从支遁清谈精妙来解释其备受名士尊崇,恐怕不太全面。鄙以为,若从东晋的整体精神世界、独特的文化背景、全新的审美眼光来解释之,可能更符合事实。

支遁受到江南名士的空前崇拜,其实与东晋的佛法兴隆还是有关的。如果把支遁在江南倾倒众生,与同时代的高僧道安在北方艰难弘法作一比较,也许会更容易理解当时南北佛教发展面貌的不同,是与一个社会的文明程度密切关联的。

我们先看北方佛教。晋惠帝之末,佛教中心洛阳遭到战争的致命打击,佛寺毁灭,许多僧人被杀。西域来华高僧佛图澄,以道术得到石勒、石虎的信任,在河南河北大力弘法,信佛者过半,但佛教大乘之义不传。佛图澄卒,弟子道安率领的僧团,为逃避胡人的野蛮政权,长期颠沛流离于荒山野岭间,弘法极为艰难。历史证明,不懂佛教文明的未开化的胡人首领,其实是弘法的最大障碍。

再看江南,佛教得到上层统治者的支持,受众中有许多是具有高度文化素养的士族文化人。文明,才能给佛教的生存与发展提供优越的环境。再者,玄学与清谈在中原消停,在江南却盛行不衰,这给佛经的流布提供了讲说的平台和依附物。支遁,就是在这样的文化背景下出现的名僧。他受到整个文化界的空前欢迎,是有深刻背景的,并非与佛法兴隆毫无关系。

道安后来避地襄阳,才有了安定的15年岁月,得以悉心整理经录。尽管他始终无缘踏上武昌、建业的土地,但江南的大名士向他致以无上的敬意。襄阳名士习凿齿先闻道安高名,便致书通好。道安一到襄阳,立即往访,自称:"四海习凿齿。"安答:"弥天释道安。"时人以为名答。"时征西将军桓朗子镇江陵,要安暂往。朱序西镇复请还襄阳,深相结纳。序每叹曰:'安法师道学之津梁,澄治之炉肆矣。'"②《雅量》三二说:"郗嘉宾钦崇释道安德问,饷米千斛,修书累纸,意寄殷勤。道安答直云:'损米,愈觉有待之为烦。'"习凿齿又作书与谢安,盛赞释道安僧团的非同寻常:"来此见释道安,故是远胜非常道士,师徒数百,斋讲不倦。无变化伎术可以惑常人之耳目,无重威大势可以整群小之参差,而师

---

① 详见汤用彤《汉魏两晋南北朝佛教史》,第127—128页。
② 以上见《高僧传》五《道安传》。

徒肃肃,自相尊敬,洋洋济济,乃是吾由来所未见。其人理怀简衷,多所博涉,内外群书,略皆遍睹,阴阳算数,亦皆能通,佛经妙义,故所游刃……"《高僧传》又载:晋孝武帝知释道安风德,"遣使通问,并有诏曰:'安法师器识伦通,风韵标朗,居道训俗,徽绩兼著。岂直规济当今?方乃陶津来世。俸给一同王公。'"可见释道安一到襄阳,就受到上至皇帝,下至地方官员及乡绅的一致礼敬。相对文明的东晋社会,给予道安的弘法极大的便利。

三、东晋北来道人如何融入江南文化

《世说》所记东晋北来道人,最早者为西域高僧尸黎蜜。尸黎蜜不学汉语,当然不可能读中国文化典籍。诸名士与之交谈,皆通过传译。他的天资极高,悟性非凡,他人言尚未尽,便已理解对方的意图。非常优异的智力和理解力,使他对东晋的政治及文化环境应对自如。《简傲》七载:"高坐道人于丞相坐,恒偃卧其侧。见卞令,肃然改容,云:'彼是礼法人。'"刘孝标注引《高坐传》曰:"王公曾诣和尚,和尚解带偃伏,悟言神解。见尚书令卞望之,便敛衿饰容。时叹皆得其所。"西域僧人来到完全陌生的江南,首要之事就是了解江南的社会文化特点和统治集团内部的不同派别。从高坐见王导和卞望之两人的不同表现,可以看出尸黎蜜非常了解东晋儒道兼综的文化结构。王导是名士,可以"解带偃伏,悟言神解";卞令是"礼法人",则须"敛衿饰容",一本正经。如此"皆得其所",为佛教的发展获取最大的助力。

北来道人迎合江南的文化面貌及名士的精神皈依,最突出的例子莫过于愍度道人与伧道人共立"心无义"。《假谲》一一:

> 愍度道人始欲过江,与一伧道人为侣。谋曰:"用旧义往江东,恐不办得食。"便共立"心无义"。既而此道人不成渡。愍度果讲义积年。后有伧人来,先道人寄语云:"为我致意愍度,无义那可立,治此计权救饥尔!无为遂负如来也。"

> 刘孝标注:"旧义者曰:种智有是,而能圆照。然则万累斯尽,谓之空无。常住不变,谓之妙有。而无义者曰:种智之体,豁如太虚。虚而能知,无而能应。居宗至极,其唯无乎。"

关于"心无义"及刘孝标注"旧义"和"心无义"的区别,陈寅恪《支愍度学说考》一文已有精辟分析,读者自可参看。

愍度道人、伧道人共立"心无义"的原因,在于"用旧义往江东,恐不办得食"。旧义同江东的学术有抵触,行不通,吃不到饭。旧义的要旨即孝标所注。"种智",即佛的一切种种之法。"圆照",谓佛的智慧,知晓世间万物。"万累斯尽,谓之空无",是说万物的归宿为空无。永远不变的,是为妙有。妙有是假有,非真实有,它的本质仍是空无。旧义合乎如来的原意。寅恪先生说:"推见旧义者,略能依据西来原意,以解释波若'色空'之旨。""心无义"则以《老》《庄》的"以无为本"解释万物。"虚而能知,无而能应",即虚无是万物本源。无,居于终极地位。无生有,有生万物。此为魏晋玄学的根本宗旨。王弼云:"圣人类无。"王弼《老子注》云:"凡有皆生于无。故未形无名之时,则长之、育之、亭之、毒之,为其母也。"《易·系辞上》韩康伯注:"至精者无筹策而不可乱,至变者体一而无不周,至神者寂然而无不应,斯盖功用之母,象数所以立。故曰非至精至变至神,则不能与于斯世也。"显然,孝标所说的"心无义",其实与魏晋玄学的贵无说相似。寅恪先生说:"新义者则采用《周易》《老》《庄》之义,以助成其说而已。"其说是也。

刘孝标所说的"旧义",实质是大乘中观学的"中道实相"。当然,东晋中期,大乘中观学还未传到中土。东晋后期,伟大的佛经翻译家鸠摩罗什在长安译出龙树的多种代表作,如《中论》《百论》《十二门论》《大智度论》等,以及《般若波罗蜜经》。自此,大乘中观学才为中国僧人知晓,但解者寥寥。到了孝标生活的齐梁时代,中观学已占上风,孝标称之为"旧义"。

中观学的基本理论见于《中论》的几个有名的偈:

> 不生亦不灭,不常亦不断,不一亦不异,不来亦不出。能说是因缘,善灭诸戏论,我稽首礼佛,诸说中第一。
>
> 众因缘生法,我说即是无,亦为是假名,亦是中道义。未曾有一法,不从因缘生,是故一切法,无不是空者。

"不生亦不灭"八句讲生、灭、常、断、一、异、来、去,即一切法(现象)皆无自性,毕竟是空。说一切法是耳目所见的真实,那是戏论。"众因缘生法"八句讲十二因缘生成的一切法,即是空,亦是"假名"。"假名"义同"妙有"。似有实空,比如镜花水月、雷电泡沫,毕竟是空。为了克服空与妙有两者造成的理论困境,中观学采用"二谛"说的策略,以求圆融。所谓二谛,一是"世俗谛",即"俗谛";一是"第一义谛",即"真谛"。众生钝根,囿于耳目所见所闻,不理解深奥的佛理,若以"第一义谛"说一切法是空,必不会信从。故以"俗谛"说,称一切法有是"假名",是"妙有"。正如须菩提说:"如来所说三千大千世界,则非世界,是名世界。"(《金刚经》)三千大千世界不过是假名世界,即给它取个名而已,本性是空。《中论》说:"若不依俗谛,不得第一义。"只有理解了一切法皆因缘而成,是"假名""妙有",才能理解"是故一切法,无不是空者"的第一义。

考《高僧传》四《康僧渊传》:"晋成帝之世,与康法畅、支愍度等俱过江。"又说王导以鼻高眼深戏渊,云云,而王导卒于成帝咸康五年七月①,则支愍度与康僧渊等过江必早于王导辞世之年。后秦鸠摩罗什译出中观学的代表作《中论》《百论》等,后于支愍度渡江60余年,故支愍度不及见《中论》等佛典。他有负的如来原意,应该是小乘空宗。

魏晋以降,佛教《般若》经典译出日繁,性空之说成为影响最大的佛学流派。支愍度虽不及见《中论》等大乘空宗的著作,但必定读过《放光般若经》(西晋于阗无罗叉译)。是经《摩诃般若波罗蜜·本无品》第十一,反复论证诸法为空。舍利佛问须菩提:"何以故,诸法无有生,无有出?"须菩提答:"五阴空,亦不见其出,亦不见其生。般若波罗蜜。佛十八法,亦不见其出,亦不见其生。"②又叙须菩提答舍利佛:"菩萨摩诃萨从初发意以来,不见法有生灭,亦不见有增减,亦不见着、亦不见断。舍利弗!诸法不生不灭、不增不减、不着不断者,亦无罗汉、辟支佛意,亦无道意、亦无佛意;是为菩萨摩诃萨意无有与等者,非罗汉辟支佛所能及知者。"③《放光经》论诸法不生不灭、不增不减、不着不断,显然已同《中论》非常接近了。

佛教的性空说,初看与魏晋玄学的本无论相同,实质是有差异的。前者讲诸法皆无自性,十二因缘造成的诸法,不过是假名,毕竟亦空。玄学讲以无为本、为母,无生有,而有非无、非空。故僧肇《不真空论》说:"心无者,无心于万

---

① 见《晋书》七《成帝纪》。
② 《放光般若经》卷二,《大正藏新修大藏经》第8册,NO.22。
③ 《放光般若经》卷三,《大正新修大藏经》第8册,NO.221。

物,万物未尝空。"承认万物是有。而佛教空宗,以为诸法皆空,有亦是"妙有"。

支愍度为在江南谋食,而造"心无义",盖江南盛行以无为本的玄学,佛教性空说与玄学有抵触,且江南名流亦不能正确理解,为了谋食,不惜违背如来原意。

"心无义"的出现表明,东晋中期之前的江南佛学,与中原是有区别的。江南哲学思潮的主流是《老》《庄》和玄学,佛教尚未脱离依附玄学的阶段。中原佛教则与江南不同。永嘉之后,谈玄的名士避乱过江,北方的玄谈风气基本消停。此外,佛教东来,首先驻足于西凉、长安、洛阳一线,因未受老庄及玄学的浸染,品格比较纯正。我们看东晋后期,鸠摩罗什译出大乘空宗的佛经,博学如庐山高僧慧远,尚且不甚解中观学。证明江南玄学根深蒂固,大乘空宗义旨精微,难得解人。佛教中观学的理论魅力征服中国读书人,那是后来的事。

北来道人之所以能在江南立足,一是如支愍度,造"心无义",主动迎合江南哲学思潮的主流,二是依靠江南大名士的接纳和抬举。后者突出的例子是王洽供养竺法汰。《赏誉》一一四:"初,法汰北来,未知名。王领军供养之,每与周旋行来,往名胜许,辄与俱。不得汰,便停车不行。因此名遂重。"据刘孝标注引车频《秦书》,释道安为慕容晋所掠,欲投襄阳。行至新野,乃分僧众,使竺法汰诣扬州。时王导第三子王洽为中领军。法汰初至江南,未知名。王洽承琅琊王氏世代奉佛的家风,供养法汰,常与其周旋往来。"往名胜许,辄与俱。不得汰,便停车不行。"可见王洽培养法汰声誉,十分有意,十分细心。凭借王氏的门第及王洽本人的加持,法汰遂致重名。

法汰名重后,王珣、谢安等权要与名士,无不对之钦敬。甚至简文帝亦深相敬重,请讲《放光经》。开题大会,简文亲临幸,王侯公卿,莫不毕集。(《高僧传·竺法汰传》)当初,释道安僧团在新野分张徒众,法汰拟往扬州,道安对他说:"彼多君子,上胜可投。"以为扬州多君子,为上胜之地。道安对扬州的判断非常明智。扬州确实多君子——文化素养极高的名士,是弘法的上胜之地。凡是北方南投扬州的僧人,无不得到江南名士的真诚接纳和有力提携。

与竺法汰相同,其他北来道人在江南知名,也是靠了扬州君子的帮助。《文学》四七:"康僧渊初过江,未有知者,恒周旋市肆,乞索以自营。忽往殷渊源许,值盛有宾客。殷使坐,粗与寒温,遂及义理,语言辞旨,曾无愧色,领略粗举,一往参诣,由是知之。"康僧渊初过江,处境之困窘,甚于法汰过江之初。但他见机而作,"忽往殷渊源许"。据此判断,他大概已知大名士殷浩其人。康僧渊有辩才、辞藻、义理均佳,正符合东晋名士的喜好和人物审美趣味,遂为殷浩等名士所知。他从未有知者到名重,再次证明释道安所谓"彼多君子,上胜可投"的见识高明。江南的深厚的文化环境,盛行清谈的哲学思潮,为北来道人融入江南文化提供了最富营养的土壤。

四、从谈玄至谈佛

作为学术史意义上的清谈滥觞于东汉的讲经(指五经)与谈论。正式的、形成规模的清谈,则仍应以魏末正始年间的玄谈为起始。清谈的代表人物为王弼、何晏,清谈的内容以《易》《老子》《庄子》为主,旁及形名之学、圣人有情无情、才性四本等。王弼之后,所谓"正始之音"——精深玄妙的谈论,曾一度短暂消失。但谈论者不绝如缕,其中乐广、郭象为佼佼者。西晋永嘉之末,青年才俊卫玠出现,时人为之倾倒,流传有"卫玠谈道,平子(王澄)三倒"的佳话。时人所谓正始之音,复闻于斯。

东晋初期的清谈,继西晋清谈余绪,内容仍以三玄(《易》《老》《庄》)为主。《文学》二一载:"旧云王丞相过江,止道《声无哀乐》《养生》《言尽意论》三理而已。"以上三理,前二理出于嵇康。《养生论》中有"无为自得,体妙心玄"之语,合乎老庄的自然之旨。《言尽意》为欧阳坚石作,与《庄子》的言不尽意有关。以此看来,说东晋初期的清谈上承中朝谈玄的余绪,大概不会有问题。

追溯名僧讲佛经、谈佛理的风气,西晋支孝龙可能是一位先驱者。《高僧传》一《支孝龙传》称支"高论适时"。《法苑珠林》五三"适时"下有"无人能抗"四字。据上判断,支孝龙善发高论,一时独步。《高僧传》四《竺法深传》:"至年二十四,讲《法华》《大品》。既蕴深解,复能善说。故观风味道者,常数盈五百。"至东晋成帝之后,谈席上僧人的身影就多起来了。从此,清谈内容发生新变化,由纯谈玄理,到兼谈佛理。这是东晋清谈的发展,意义重大。

《世说》一书中记录僧人清谈的故事不少,以支遁为最多。有了支遁,魏初以来历经百余年的清谈,注入了新的思想清流,呈现出异样的精彩,开拓出新的境界。

支遁清谈为容广泛,仅《世说》所见,谈《庄子》《四本论》及佛理。尤其是谈佛,世人莫及。最传为佳话的,是谈《逍遥游》独标新义。《文学》三一:"《庄子·逍遥》篇旧是难处,诸名贤所可钻味,而不能拔理于郭、向之外。支道林在白马寺中,将冯太常共语。因及《逍遥》。支卓然标新理于二家之表,立异义于众贤之外,皆是诸名贤寻味之所不得。后遂用支理。"关于向秀、郭象的《逍遥义》,刘孝标注说:大鹏与尺鷃,小大虽差,各任其性,苟当其分,逍遥一也。即物以适性为逍遥。支遁《逍遥论》云:"夫逍遥者,明至人之心也。庄生建言大道,而寄指鹏鷃。鹏以营生之路旷,故失适于体外。鷃以在近而笑远,有矜伐于心内。至人乘天正而高兴,游无穷于放浪。物物而不物于物,则遥然不我得。玄感不为,不疾而速,则逍然靡不适。此所以为逍遥也。"关于支遁"逍遥"义,前人与时贤探讨已多。其中,陈寅恪《逍遥游向郭义与支遁义探源》一文有精彩论述,以为支遁"逍遥"义"借用《道行》《般若》之意旨,以解释《庄子》之《逍遥游》,实是当时河外先有之格义,但在江东则为新义耳"。然则,《道行》《般若》的意旨究竟是什么?与支遁《逍遥论》究竟有何关系?以下略作申说,以证寅恪先生的见解。

释道安《道行经序》开头就说:"大哉智度,万圣资通,咸宗以成也。地含日照,无法不周。不恃不处,累彼有名。既外有名,亦病无形。两忘玄漠,块然无主。此智之纪也。""要斯法也,与进度齐轸。逍遥俱游,千行万宜,莫不以成。"①智,波罗蜜。度,修行智慧的方法。道安以为智慧及修行的方法是宗极。它有名无形,块然无主。但执其智度,可以"进度齐轸,逍遥俱游"。意思是说,有智度者,无不逍遥。《摩诃般若波罗蜜道行经·清净品》第六,叙佛对须菩提说:"不著色者,为行般若波罗蜜。不着痛痒思想生死识行者,为行般若波罗蜜。是为菩萨摩诃萨行于色为不著,于痛痒思想生死识为不著,于须陀洹、斯陀含、阿那含、阿罗汉、辟支佛、佛道亦不著。所以者何?以过诸著故。复出萨芸若中,是为般若波罗蜜。"佛言"不著色行者",意思是说,不执著一切法而修行者,是为般若波罗蜜。色有两义:一是变坏义。二是示现义。两种意义都指世间一切法,变动不居。行,身口意之造作。《大乘义章》八:"起作名行。"又,行有内心趣于外境,即迁流之义。一切法皆变,不可见其变而随而造作。应保持内心寂然不动,不执著色而妄作。无所著,便是佛的最高智慧,即"般若波罗蜜"。

---

① 《出三藏记集》七。

《摩诃般若波罗蜜·空行品》第一二又叙世尊报言："不生、不有、不可见、无所为，是为净。"世尊报言："五阴无所有，内外所有无所有，空故。三十七品、佛十八法无所有，内外所有无所有，空故。凡夫愚人随痴入爱，于中作痴行，为两际所得而不知不见；法所不痴者，而为入于名色、入于六入、入于三十七品及佛十八法，虽入其中，法所无者及更念，亦复不知亦不见。"①以上两段论证般若波罗蜜的本质是空、净，故无所得，亦无所见。一切法，乃至佛，因为空、净之故，皆不可见。而何等为净？世尊回答："不生、不有、不可见、无所为，是为净。"可知净与空同义。

现在回到支遁的《逍遥论》。支遁说："夫逍遥者，明至人之心也。"至人，是魏晋时代的最高人格，与圣人、佛同义。又说："至人乘天正而高兴，游无穷于放浪。物物而不物于物，则遥然不我得。"一切法为空，心神寂然不动。"玄感不为"，即佛所言"不著色行者"，"无所为，是为净"，任外物千变万化，始终不妄作。如此，则无不逍遥。而鹏、鹦心有所执著，有所为，一至体力的不适，一至矜伐于心内，随外物而造作、而迁流，皆非逍遥。

支遁"逍遥"义，确实消化了佛理，但仍不离玄学的思想与语言。非常明显的事实是，"不疾而速"一语出于《易·系辞上》："无思也，无为也，寂然不动，感而遂通，天下之故，非天下之至神，其孰能与于此？……唯神也，故不疾而速，不行而至。"故支遁"逍遥"义，是佛教空宗与《易》学之"神"的混合物。支遁精通《易》学，也精通佛学，故论《逍遥游》能卓然标新理于向、郭两家之外。

支遁纯谈佛理，见于《文学》三〇："有北来道人好才理，与林公相遇于瓦官寺，讲《小品》。于时竺法深、孙兴公悉共听。"这是两位义学僧谈《小品经》。"林公辩答清析，辞气俱爽。此道人每辄摧屈。"林公谈理简明，言辞、气势爽朗，占了上风。在座的孙兴公讥讽竺法深当是逆风家，不会从风而靡，何以刚才不发一言？深公笑而不言。林公则称深公好比佛经里的白旃檀，虽香，但不能逆风。微讽深公只能处下风，暗喻自己为波利质多天树，其香则逆风而行。深公明白林公之喻，夷然不屑。这则故事，描写支遁与北来道人辩论《小品》的场面，以及他与竺法深、孙绰之间生动有趣的对话，个性无不鲜明，是《世说》中最精彩的故事之一。

---

① 《放光般若经》卷三，《大正新修大藏经》第8册，No.221。

支遁擅谈《小品》，又见于《文学》四五："于法开始与支公争名，后情渐归支，意甚不平，遂遁迹剡下。遣弟子出都，语使过会稽，于时支公正讲《小品》。开戒弟子：'道林讲，比汝至，当在某品中。'因示语攻难数十番，云：'旧此中不可复通。'弟子如言诣支公。正值讲，因谨述开意。往反多时，林公遂屈。厉声曰：'君何足复受人寄载来！'"于法开指示弟子在支遁讲《小品》至某品时，攻难支遁，并反复演练数十次。法开弟子遵师教攻难林公，林公屈居下风。于此可见于法开的《小品》造诣之高。《小品》是魏晋般若学的重要典籍，东晋时流行江南，研究者甚多，成为清谈的题目。

支遁对佛家三乘有精深研究，著有《辩三乘论》。《文学》三七："三乘佛家滞义，支道林分判，使三乘炳然。诸人在下坐听，皆云可通。支下坐，自共说。正当得两，入三便乱。今义弟子虽传，犹不尽得。"刘孝标注引《法华经》："三乘者，一曰声闻乘，二曰缘觉乘，三曰菩萨乘。"并解释三乘的旨要。《世说》称"三乘佛家滞义"，究竟滞义何在，已难考见。可知者乃支遁对三乘的分判已臻精深境界，"弟子虽传，犹不尽得"，支遁的义学造诣之高，可见一斑。

支遁研讲佛理，还有"十地"。《文学》三六注引《支法师传》说："法师研十地，则顿悟于七住。"十地，义同"十住"，指佛教修行的十个阶级、十级境界。① 七住，即第七地，名"远行"，是修行很重要的阶段。② 据《法华经》义，从初地至第七地，修行舍离烦恼，依靠自力。第七地则"自智力故"。智力，指般若波罗蜜——佛理中最高的智慧。并以王子的例子证明：王子生在王家，一出生就"具足王相"，就已胜一切臣众，"但以王力，而非自力"。换言之，初地至六地靠修行之功，至第七地则不用艰辛的修行功夫，而以自具的智力，无功用行，悉皆成就。以顿悟之智，便可成佛。

支遁的佛学著作，还有《即色论》。《文学》三五："支道林造《即色论》，论成，示王中郎。中郎都无言。支曰：'默而识之乎？'王曰：'既无文殊，谁能见赏？'"刘孝标注引《支道林集·妙观章》云："夫色之性也，不自有色。色不自

---

① 《大方广佛华严经》二三《十地品》，有一地"欢喜"至十地"法云"十个阶级："何等为十？一曰欢喜，二曰离垢，三曰明，四曰焰，五曰难胜，六曰现前，七曰远行，八曰不动，九曰善慧，十曰法云。"
② 同上，金刚藏菩萨言："佛子！彼悉超过，然但以愿求诸佛法故，非是自智观察之力；今第七地自智力故，一切二乘所不能及。"《大方广佛华严经》三十七《十地品》第二十六之四：金刚藏菩萨言："佛子！菩萨于十地中皆能满足菩提分法，然第七地最为殊胜。何以故？此第七地功用行满，得入智慧自在行故。……菩萨从初地乃至第七地，成就智功用分。以此力故，从第八地乃至第十地，无功用行皆悉成就。"

有,虽色而空。故曰:色即为空,色复异空。"《高僧传》四《支遁传》说:"乃注《安般四禅》诸经,及《即色游玄论》《圣不辩知论》《道行旨归》《学道诫》等。"可知支遁的佛学著作不少①,《即色论》为其中之一。它的要旨是"色即为空,色复异空"二句。"色即为空",因色无自性,虽色而空。"色复异空",因色为耳目所感受,与空有异。细究支遁《即色论》,虽然不如稍后的中观学以二谛解释诸法皆空那样巧妙,但既指出"色即为空",色无自性;又指出"色复异空",色与空有不同。前者同中观学的"第一义谛",后者近于中观学的"世俗谛"或"假名"。虽不如中观学的详尽和透彻,但已属难能可贵。

　　支遁玄学与佛学的造诣罕有人及,为事实上的清谈中心人物,当世名士对之无不推崇备至。他的最忠实的追随者郗超,与亲友书说:"林法师神理所通,玄拔独悟,实数百年来,绍明大法,令真理不绝,一人而已。"(《高僧传·支遁传》)验之事实,郗超的赞叹,并非信口雌黄。东晋中期之前,中外高僧以译经、弘化者为多,研究、讲说者为少。西域神僧佛图澄在北方,以术数弘教为主,不是不想传播佛经义理,而是深知中国士人尚不能理解佛经奥义,故蕴而不发。本土高僧竺法护,平生译经极多,但不闻其在上流社会讲经谈佛。只有到了东晋中期,以支遁为代表的高僧才开始深研佛经,著书立说,在知识者中大讲佛经,绍明大法。

　　支遁之外,谈佛的高僧尚有康僧渊。上文言僧渊过江之初,往殷浩处清谈。谈何义理?《高僧传·康僧渊传》说:"诵《放光》《道行》二般若,即《大小品》也。"后在豫章山立寺,"以常持《心梵经》,空理幽远,故偏加讲说。尚学之徒,往还填委"。据此推测,康僧渊当初很可能在殷浩处谈佛经,后来在豫章寺讲《心梵经》多年。

　　至于支愍度立"心无义",过江之后,为了糊口,也必定是讲说不断。只是不知其详情。而于法开曾遣弟子攻难支遁讲《小品》,使支落下风,义学之高深不难想见。

　　东晋后期隆安初,罽宾高僧僧伽提婆来游京师,王珣迎至舍讲《阿毗昙》。

---

① 汤用彤据《广弘明集》、《世说》及《世说注》、《出三藏记集》、《高僧传》、慧达《肇论疏》,列出现存的支遁著作:《即色游玄论》、《释即色本无义》、《道行旨归》、《大小品对比要钞》、《辩著论》、《辩三乘论》、《与郗嘉宾书》、《答谢长遐书》、《本起四禅序》并注、《本业略例》、《本业经注序》、《圣不辩知论》、《释矇论》、《安般经注》、《妙观章》、《逍遥论》、《通渔父》、《物有玄几论》等。详见汤用彤《汉魏两晋南北朝佛教史》,第179—180页。

提婆至庐山,慧远请译出此经。①

东晋清谈由初期的依旧谈玄,到中期之后玄佛并谈,传统的清谈注入思想清流,发生新变化。深奥的佛教哲学极大地开拓了中国文化精英的思想视野,引起精神的愉悦和探幽索奇的兴趣。佛理与中国传统思想交锋的同时,开始融合儒道思想,其意义的重大与影响的深远,不言自明。

五、佛教如何征服东晋名士

《世说》有关佛教的记录,具体、生动地描绘出佛教征服中国知识者的历史场景。

所谓"佛教征服中国",征服的手段不外两种:一以术数,一以佛理。常人多数不解六合之外,只信耳目之内。佛经结构宏大,包蕴无穷,如三千大千世界、三世佛、泥犁地狱之类,如何证之?谁人能信?故弘法往往以术数,以显灵验之效。以佛理弘法,受众多为知识者。知识者有理性,往往视术数为左道旁门,而服膺"妙理"的精湛深微。

东晋佛教弘法,事实是术数和佛理并行不悖。《文学》四五注引《名德沙门传》说:"于法开才辩纵横,以数术弘教。"又注引《高逸沙门传》说:"法开初以义学著名,后与支遁有竞,故遁居剡县,更学医术。"医术,为佛教数术之一。《术解》一○记郗愔曾请于法开治病:"郗愔信道甚精勤,常患腹内恶,诸医不可疗。闻于法开有名,往迎之。既来便脉,云:'君侯所患,正是精进太过所致耳。'合一剂汤与之,一服即大下,去数段许,纸如拳大,剖看,乃先所服符也。"

高坐道人亦有道术,《世说》不载,《高僧传》则说:"蜜善持咒术,所向皆验。初江东未有咒法,蜜译出《孔雀王经》,明诸神咒。"

佛教征服中国的历程,极其漫长和艰辛。原因一是外来的宗教,遇中国的传统文化必然发生冲突。二是中国的知识者向来具有怀疑精神,对佛教义理有一个审视和验证的过程。例如,佛经有感应之说,谓众生有善根感动之机缘,佛应之而来。②阮思旷原先敬信大法甚至,大儿疾笃,为之昼夜祈请三宝,以为必

---

① 详见《文学》六四注引《出经叙说》。
② 《三藏法数》三七:"感即众生,应即佛也。谓众生能以缘机感佛,佛即以妙应应之。"

蒙佛应。结果儿却不济。感应之道不验,于是"结恨释氏"①,从此再不相信因果善恶报应的说教,又怀疑并讥讽佛教成佛说。《排调》三二:"何次道往瓦官寺礼拜甚勤,阮思旷语之曰:'卿志大宇宙,勇迈终古。'何曰:'卿今日何故忽见推?'阮曰:'我图数千户郡尚不能得,卿乃图作佛,不亦大乎?'"佛经以为不断修炼,便可成佛。阮思旷因为感应不验,怀疑成佛说,故讥讽何充礼佛不会有结果。

阮思旷对佛教感应说与成佛说的怀疑,犹停留在佛教灵验不灵验的浅层认识。坚守中国传统思想的儒者,则从根本上质疑佛教哲学。例如,王坦之(文度)就对支遁的佛学不以为然,两人之间的冲突由此而起。《轻诋》二一:"王中郎与林公绝不相得。王谓林公诡辩,林公道王云:'著腻颜帢,榻布单衣,挟《左传》,逐郑康成车后,问是何物尘垢囊?'"刘孝标注引《裴子》曰:"林公云:'文度著腻颜,挟《左传》,逐郑康成,自为高足弟子,笃而论之,不离尘垢囊也。'"王坦之与支遁绝不相得,当然是两人所持的思想与学术观点不同所致。佛经的奇奥、弘大的哲学殿堂,与儒学迥异。坦之坚守郑玄的儒学传统,对于林公的佛学,自然不理解而多所质疑,称之为"诡辩"。作为佛学代表的支遁,当然也很鄙视王坦之的学问。他对坦之的攻击,尖刻无比,称对方迂腐守旧,不知时变,拾郑康成牙慧,不过是装着尘垢的粗布袋。两人相互攻击,表明儒学与佛教两相拒斥,有时产生激烈冲突。

王坦之与支遁不相得,还表现为对佛教戒律的不以为然。《轻诋》二五:"王北中郎不为林公所知,乃著论《沙门不得为高士论》,大略云:'高士必在于纵心调畅,沙门虽云俗外,反更束于教,非情性自得之谓也。'"佛教为保持其超世绝俗的独立面貌,制订许多戒律。王坦之认为高士必然是纵心调畅,精神自由,而沙门虽标榜离俗,却为戒律束缚,不得为高士。坦之作此论,明显带着个人情绪,攻击支遁不是高士,本质上则是站在儒者立场上,鄙视佛教的戒律。

王坦之虽不为林公所知,然两人仍有交往。《文学》三五说:"支道林造《即色论》,论成,示王中郎。中郎都无言。支曰:'默而识之乎?'王曰:'既无文殊,谁能见赏?'"《即色论》义旨高深,上文已言及。林公论成给坦之看,有自负味道。坦之却一言不发。林公"默而识之"之问,语带嘲讽味道。而坦之以《维摩

---

① 见《尤悔》一一。

诘经》中语应对之，十分切合。据此推测，坦之熟悉《维摩诘经》。他之所以对林公《即色论》一言不发，原因可能有二：一是确实不解《即色论》"色即为空，色复异空"的奥义，以为诡辩；二是心亦知《即色论》佳，然既然不为林公所知，又暗讽我不识，故我偏不叹赏，说你不是文殊。

以上《世说》所记三条支遁与王坦之不相得的故事，说明东晋中期，佛教的传播仍受到正统儒者的阻击。诸如阮思旷对佛教的怀疑，王坦之对佛教戒律的质疑，是佛教发展道路上必然会有的坎坷。毕竟外来的宗教与中国传统思想大相径庭。但佛教在长期的怀疑和反对声中，以它独有的浮图影、梵钟声、精妙义，吸引东方的众生，接引他们走向佛国。

《世说》记载更多的，是东晋的文化精英，从不解佛理，到逐渐读经、讲经、研经。这才是中国知识者接受异域文化的主要场景。

在佛教征服江南名士的进程中，支遁作出了最大的贡献。论东晋清谈的新风貌，论当时佛教与传统文化的融合，都离不开支遁的人格和理论的魅力。

《文学》四〇："支道林、许掾诸人共在会稽王斋头。支为法师，许为都讲。支通一义，四坐莫不厌心。许送一难，众人莫不抃舞。但共嗟咏二家之美，不辩其理之所在。"会稽王，指简文。时在永和元年（345）。① 据《高逸沙门传》，道林时讲《维摩诘经》。许询可能是东晋中期名士中最早谈佛的人。而在场听讲的众人，"但共嗟咏二家之美，不辩其理之所在"。说明当时多数人还不理解佛理。许询是著名的佛教信徒，曾舍宅为寺，建造佛塔。可惜早卒，难以考见他与佛教更多的史迹。

许询之外，读佛经、谈佛理，佛学造诣最高的是殷浩。《文学》四三载："殷中军读《小品》，下二百签，皆是精微，世之幽滞。尝欲与支道林辩之，竟不得。今《小品》犹存。"刘孝标注引《高逸沙门传》说："殷浩能言名理，自以有所不达，欲访之于遁。遂邂逅不遇，深以为恨。其为名识赏重，如此之至焉。"又注引《语林》说："浩于佛经有所不了，故遣人迎林公。林乃虚怀欲往，王右军驻之曰：'渊源思致渊富，既未易为敌，且己所不解，上人未必能通。纵使服从，亦名不益高。若佹脱不合，便丧十年所保。可不须往。'林公亦以为然，遂止。"《小品》盛行于两晋，研读者很多。殷浩能于"世之幽滞"处，下二百签，"皆是精微"，可见他对

---

① 《晋书》八《穆帝纪》："永和元年夏四月，诏会稽王司马昱录尚书六条事。"则支道林、许询在会稽王斋头时为永和元年。

《小品》的研究已至精深地步,可以与支遁一争高下了。王羲之劝支遁勿往殷浩处,因浩"未易为敌",林公亦以为然。证明殷浩对《小品》的研究,已可同支遁相抗。

殷浩读佛经,见于《文学》五〇:"殷中军被废东阳,始看佛经。初视《维摩诘》,疑般若波罗蜜太多,后见《小品》,恨此语少。"又见于《文学》五九:"殷中军被废徙东阳,大读佛经,皆精解。唯至事数处不解。遇见一道人,问所签,便释然。"前一条说殷浩被罢官后,迁居东阳,始读佛经。此说恐怕不确。殷浩北伐惨败,废为庶人,徙居东阳,时在永和十年(354)。①《黜免》五说,浩外生韩伯始随至徙所,周年还都。临别咏曹颜远诗曰:"富贵他人合,贫贱亲戚离。"因泣下。二年后,浩卒。而《文学》五九说殷浩废徙东阳,大读佛经,皆精解。不言"始看佛经"。我以为"大读"得其实。试想,殷浩徙居东阳,被主流社会抛弃,"贫贱亲戚离",不可能再有与众名士清谈的机会。再说,始看佛经仅二年,哪能做到"皆精解"?

其实早在废居东阳之前,殷浩已能同谢安等人谈佛经了。《文学》四八:"殷、谢诸人共集。谢因问殷:'眼往属万形,万形来入眼不?'"据刘孝标注引《成实论》,殷浩、谢安等人讨论《成实论》中眼识与万物两者的问题。

殷浩还有另一句话赞叹佛经:"理亦应阿堵上。"②意思是说:名理也应该在佛经上面。殷浩此语,代表了东晋中期的本土文化精英对佛经的普遍感受。他们以前读儒道,如今又读异域传来的佛经,然后比较儒道佛三家义理的优长,那是很自然的事。东晋不少名士都有读佛经的经验,得出与殷浩相同的结论。例如,庐山高僧慧远,初闻道安讲《般若经》,豁然而悟,乃叹曰:"儒道九流,乃糠秕耳。"③慧远致刘遗民书,回顾自己先读儒道之书,后读佛经的经历,说:"以今观之,则知沉冥之趣,岂得不以佛理为先?"④同时的著名佛学理论家僧肇,先前每以《庄》《老》为心要,曾读《老子·德章》,乃叹曰:"美则美矣,然期神冥累之方,犹未尽善也。"后见《旧维摩经》,欢喜顶爱,披寻玩味,始知所归矣。⑤ 慧远、僧肇所言,其实与殷浩"理亦应阿堵上"这句话意思相同,都赞叹佛理的精妙深微,

---

① 《晋书》八《穆帝纪》:"十年二月,废扬州刺史殷浩为庶人。"
② 《文学》二三。
③ 《高僧传》六《慧远传》。
④ 《广弘明集》二七。
⑤ 《高僧传》六《释僧肇传》。

胜于儒道等俗书。可见东晋中期的名士，开始为佛理折服。

但折服不等于盲目信从。中国固有的学术传统根深蒂固，它从来不在外来的文化面前彻底缴械。怀疑精神也从来是中国学术推崇的优秀品格。简文也读佛经，也同僧人有广泛的交往，然终究怀疑佛经的成佛说。《文学》四四说："佛经以为祛练神明，则圣人可致。简文云：'不知便可登峰造极不？然陶练之功，尚不可诬。'"简文之语，有两层意思：一是怀疑佛经的成佛说；二是肯定修炼之功。一切众生皆有佛性，只要不断祛练神明，便能成佛，这是佛经的根本要旨。简文受中国"圣人不可学不可至"的传统观念的影响，怀疑成佛说。但又以为修炼之功不可否定。这种看法，相当程度上受养生家和神仙家所谓"积学可以长生，可以成仙"之说的影响。故简文对佛经成佛说既怀疑，又适度肯定，表明中国固有文化与以佛教为代表的印度文化两者之间，是存在冲突的。

不过，冲突并不影响两者的融合。豫章太守范宁，是当时著名的儒者，经术精湛，在郡大办学校。《晋书》七五《范宁传》说："在县兴学校，养生徒，洁己修礼，志行之士莫不宗之。"但就是这样一位粹儒，亦拜佛讲佛经。《言语》九七记范宁"八日请佛有板"，即在4月8日佛诞日请佛像，在板上写请疏。又《十八贤传》说，豫章太守范宁请释慧持讲《法华经》《阿毗昙论》，四方云聚。① 儒术与奉佛并行，范宁是一典型人物。这种从容出入儒佛的新风气，当然是佛教征服中国文化精英的很好表征，影响后世非常深远。

到了东晋后期，名士的佛学修养达到更高的水平。出于奉佛世家的王恭、王珣、王珉、王谧为其代表。晋安帝隆安初，罽宾高僧僧伽提婆过江至京师，在王珣舍讲《阿毗昙》。"始发讲，坐裁半，僧弥便云：'都已晓。'即于坐分数四有意道人，更就余屋自讲。提婆讲竟，东亭问法冈道人曰：'弟子都未解，阿弥那得已解，所得云何？'曰：'大略全是，故当小未精核耳。'"②王珣弟珉，小字僧弥。提婆讲到一半，僧弥就说都懂了。接着在别的屋里自讲，而且所讲"大略全是"。可见僧弥悟性高，亦可猜测他平素必定读过许多佛经，且能融会贯通。此条所记僧弥事是否属实，且存疑。③ 即便其事可疑，然珉能讲佛经或许可信。《高僧

---

① 《大正新修大藏经》第49册，No.2035《佛祖统纪》。
② 《文学》六四。
③ 《出三藏记集》一〇释道安《阿毗昙序》，慧远《阿毗昙心序》谓提婆于太元十六年（391）译出此经。而珉卒于太元十三年。《晋书》六五《王珉传》谓珉幼时听提婆讲《阿毗昙》，时间上恐无此可能。

传》—《帛尸黎蜜传》说王珉师事高坐。那么，王珉明解佛经，超绝凡众，不是没有缘由的。

琅琊王氏家族中奉佛至诚、护法有功、佛学造诣最高的是王谧。因《世说》不载其与佛教的关系，本文略而不论。

《世说》记录两晋皇室及士族名士与佛教的关系，对于了解和研究中古佛教史、思想史，魏晋清谈史，以及儒道佛三家思想的冲突和交融，都有重要的意义。

东晋永和时期的会稽侨寓文人集团考论*

王建国

一般认为,中国的山水诗至谢灵运才得以真正确立。但钱锺书先生在《管锥编·全后汉文卷八九》中论及山水文学的源流时云:

> 诗文之及山水者,始则陈其形势产品,如《京》《都》之《赋》,或喻诸心性德行,如《山》《川》之《颂》,未尝玩物审美。继乃山水依傍田园,若茑萝之施松柏,其趣明而未融,谢灵运《山居赋》所谓"仲长愿言""应璩作书""铜陵卓氏""金谷石子",皆"徒形域之荟蔚,惜事异于栖盘",即指此也。终则附庸蔚成大国,殆在东晋乎?①

钱先生在这里实质上论述了中国山水文学的特质问题,什么样的作品才算山水文学?首先山水文学要具有"玩物审美"的特点,即以一种审美的态度来观照山水,而非像《二京赋》《三都赋》,描写山水只是"陈其形势产品",或如董仲舒《山川颂》那样,以山水"喻诸心性德行";其次,山水描写要成为作品内容的主体,而非如"茑萝之施松柏",只是诗文其他内容的附庸。真正达到上述两个条件,使山水摆脱附庸地位而蔚成大国,"殆在东晋"。范文澜先生亦认为,山水之诗起自东晋初庾阐诸人。② 可见,山水文学从酝酿到产生有一个发展的过程,而东晋文人的山水审美活动在山水文学的形成过程中起着重要作用。尤其值得注意的是,东晋永和年间,许多侨寓士人③移居会稽,形成了以王羲之、谢安为中心的

---

* 本文为国家社科基金项目(08BZW033)最终成果之一。
① 钱锺书:《管锥编》,第三册,中华书局,1986,第1037页。
② 范文澜:《文心雕龙注》"明诗篇"注三十四案语,人民文学出版社,1958,第92页。
③ 侨寓士人,指永嘉以后从北方迁至江左的士人,他们过江后,并不认同自己是南方人,仍然保留原来在北方的籍贯,视自己为寓居南方的北方士人,也称"侨姓士人"。

侨寓文人集团,他们在会稽地区大量的山水审美实践,极大地增强了文人的山水审美意识,积累了丰富的山水审美经验,形成一种自觉的山水审美思潮,为山水文学的产生奠定了社会基础和艺术基础,成为后来晋宋之际山水诗兴起的重要契机。这一点似乎为过去的山水文学研究者所忽视。本文试以会稽侨寓文人集团的山水游赏活动为中心,探讨他们在晋宋山水文学发展过程中的作用及其对后世文学的影响。

一、会稽侨寓文人集团的形成及其时代背景

西晋末年的永嘉之乱打断了魏晋文学在北方的发展进程,但同时也为文学的发展带来新的契机。西晋政权瓦解后,大批的北方人拥向南方,不仅建康及其附近地区麇集了许多北方士人,就是在当时被认为偏远的福建地区,也有中原大族林、黄、陈、郑、詹、丘、何、胡等八族迁居于此[1]。"中州士女避乱江左者十六七",其总数有90余万人,约占当时全国人口的六分之一。[2] 东晋建立后,为了更好地安置侨居的北方人,政府专门设立了许多侨州、侨郡、侨县。《宋书·州郡志》云:"自夷狄乱华,司、冀、雍、凉、青、并、兖、豫、幽、平诸州一时沦没,遗民南渡,并侨置牧司,非旧土也。"[3] 仅在晋陵(今江苏常州一带)一郡就设立了徐、兖、幽、冀、青、并州的10多个侨郡和60多个侨县机构。随着侨寓士人数量的增加,各种政治、经济特权制度也随之推行开来。其中一个重要的政策就是允许北来的士人在江南求田问舍以重建其私有田庄。这些侨寓士人在北方的田业已丧失殆尽,来到江南后经济基础十分薄弱,所以特别注意财富的聚敛和积累。为了满足自己建屯、邸、别墅的土地欲望,他们不惜破坏山林泽地不许私有的禁令,封山占水,不断扩大在江南的经济基础以立稳足跟。由于太湖流域的土地已成为江南土著士族的禁脔,为了避免与吴人争夺利益而引起冲突,侨寓士人不得不南下到人口较少的会稽一带求田问舍,开发田庄,甚至继续向南迁移,发展到温、台地区,形成东晋侨寓士人迁居江南后的第二次移民热潮[4]。

---

[1] 何乔远:《闽书》卷一百五十二:"永嘉二年(308),中原板荡,衣冠始入闽者八族,所谓林、黄、陈、郑、詹、丘、何、胡是也。"
[2] 谭其骧:《晋永嘉丧乱后之民族迁徙》,载《长水集》上册,人民出版社,1987,第219页。
[3] 沈约:《宋书》,中华书局,1974,第1028页。
[4] 参见王仲荦《魏晋南北朝史》,上海人民出版社,1980,第330页。

会稽郡,秦初置,治所在吴(今江苏吴县),辖春秋时长江以南的吴国、越国故地。汉武帝元狩四年(前119),将"关东贫民徙陇西、北地、西河、会稽,会稽凡七十二万五千口",开启移民开发会稽的序幕①。东汉时会稽郡太守马臻"创筑镜湖长堤以蓄水……溉田九千余顷"②。随着经济的发展和人口的繁衍,会稽辖域屡经分割,范围日狭。至西晋,会稽仅统山阴、上虞、余姚、鄞、句章、始兴、剡、永兴、诸暨、鄮等十县,治所山阴。东晋时期会稽是三吴的腹心,不仅具有优越的经济条件,在南北对峙形势中也较为安全,成为东晋政权主要枕藉之地。东晋立国前,晋元帝就曾告诫会稽内史诸葛恢:"今之会稽,昔之关中,足食足兵,在于良守。"韩康伯《王述碑》称赞会稽是"关、河之重,泱泱大邦"③,足见当时会稽之繁盛。东晋咸和四年(329),苏峻之乱平定后,建康宫阙尽为灰烬,朝士和三吴豪杰甚至曾提出迁都会稽的主张④。为了便利会稽与建康之间的交通,加强两地之间人员往来,信息传递,东晋政府进一步疏浚运河和水道,使寓居会稽的侨寓士人能与朝廷保持较为密切的联系。⑤ 于此可见会稽在东晋时的地位。⑥ 会稽有时也泛指以会稽为中心的浙东地区,即所谓的"会稽五郡"(会稽、临海、东阳、永嘉、新安五郡),这五郡非但是汉代会稽故地,在东晋也常被看成一个地域。⑦ 由于这一地区位居都城建康以东,常被人们称为"东""东土""东山"等。东土五郡不但人口较少,而且都有绝佳的山水美景,因此成为侨寓士人迁居的首选之地。其迁居的特点是以家族为团体,往往是举家或举族迁徙,如琅邪王氏、陈郡谢氏、太原王氏、高平郗氏、陈留阮氏、颍川庾氏等率其宗族、乡里、宾客、部曲不断迁居东土,开发庄园,经营山居,形成巨大的利益团体和政治势力。东土五郡在侨寓士人迁徙中的重要地位,陈寅恪先生有着更为深刻的揭示,他说:"北来上层社会阶级虽在建业首都作政治之活动,然其殖产兴利为经济之开发,则在会稽临海间之地域。故此一带区域亦是北来上层社会阶

---

① 辛德勇:《汉武帝徙民会稽史事释证》,《中国史研究》2005年第1期。
② 西吴梅堂老人《越中杂识》上卷《名宦》,浙江人民出版社,1982,第42页。
③ 萧统《文选》卷59《碑文下》,李善注引,上海古籍出版社,1986,第2549页。
④ 参见《晋书》卷91、《世说新语·文学》第102条注引《晋阳秋》。
⑤ 见《东晋门阀政治》,第82—89页。
⑥ 会稽在东晋中的重要地位,具体可参田氏《东晋门阀政治》中《会稽——三吴的心腹》一节及陈国灿《试论会稽郡在东晋政权中的地位与作用》,《浙江师范大学学报》(社科版)1990年第1期。
⑦ 田余庆:《东晋门阀政治》,北京大学出版社,1989,第79—82页。

级所居住之地。"①

在东土五郡中,会稽郡是侨寓士人迁移的中心地区。据王志邦先生研究,东晋时期侨寓士人迁入会稽郡大约分三个阶段:第一阶段在西晋末年至东晋元帝时期,主要有陈郡阳夏谢氏、颍川鄢陵庾氏、北地泥阳傅氏和高阳许氏等,其中谢氏家于始宁、上虞,庾氏、许氏家于山阴,傅氏家于上虞。他们大多趁到会稽任地方官之机,举家寓居于此,此时迁入人数相对有限。第二阶段在成帝至康帝时期,因避苏峻之乱,一些北方士族从都城建康迁到会稽,主要有庐江何氏、陈留阮氏、太原王氏以及削发为僧的琅邪王氏等。此阶段流寓会稽的士人,为避免与土著大族争夺土地,大多选择上虞江源头的剡溪流域为迁居地。第三阶段在穆帝时期,主要有太原中都孙氏、江夏李氏、高平金乡郗氏、谯国戴氏、乐安高氏、琅邪王羲之家族及高僧支遁等。这一阶段迁移人口最多,侨寓士人中的很多文化名流接踵而至,云集在剡溪—上虞江(即曹娥江)流域。② 在上述整个人口迁移过程中,山阴、上虞、始宁、剡县四县是侨寓士人迁徙最集中的地带。

西晋永嘉初至东晋永和年间迁居会稽郡的主要侨寓士人统计表

氏族及郡望	迁居时间	迁居地点	代表人物	资料来源
晋室司马氏	咸和二年	山阴	会稽王司马昱	《晋书》卷32
陈郡谢氏	咸康年间	会稽东山	王胡之	《世说新语·方正》、《晋书》卷79
	成帝末年	剡县	竺潜(王敦弟)	《高僧传》卷4
	永和七年	山阴	王羲之、王献之、王徽之、王凝之等	《晋书》卷81、张可礼《东晋文艺系年》"永和七年"
	东晋初	始宁	谢衡	河南太康谢家堂皮藏《谢氏族谱》
	咸和初	剡县	谢奕、谢安等	《世说新语·德行》
	咸康年间	上虞	谢安、谢万、谢玄等	《世说新语·赏誉》引《续晋阳秋》《晋书》卷49 等

---

① 陈寅恪:《述东晋王导之功业》,载《金明馆丛稿初编》,生活·读书·新知三联书店,2001,第71页。
② 王志邦:《东晋朝流寓会稽的北方士人》,载《六朝江东史论》,中国青年出版社,1989,第53—58页。

续表

氏族及郡望	迁居时间	迁居地点	代表人物	资料来源
颍川庾氏	永嘉中	山阴	庾琛、庾亮	《晋书》卷73
太原王氏	咸和间	山阴	王述	《建康实录》卷8、《晋书》卷75等
庐江何氏	咸和四年	山阴	何充	《晋书》卷77
高平郗氏	永和年间	山阴、剡县	郗愔、郗超	《晋书》卷67、《世说新语·栖逸》等
北地傅氏	永嘉中	上虞	傅敷、傅晞	《晋书》卷47、《宋书》卷55等
陈留阮氏	咸和初	剡县	阮裕	《晋书》卷49
济阳江氏	永和中	山阴	江彪	《晋书》卷56、《陈书》卷27
高阳许氏	东晋初	山阴、永兴	许归、许询	《建康实录》卷8
乐安高氏	永和年间	山阴	高柔	《世说新语·言语》及《轻诋》等
谯国戴氏	永和年间	剡县	戴逵	《晋书》卷92、《世说新语·栖逸》等
江夏李氏	永和年间	剡县	李充	《晋书》卷92、《晋书》卷78
太原孙氏	永和年间	鄞县	孙统	《晋书》56
	永和七年	山阴	孙绰	《晋书》56
陈留关氏	永和年间	山阴、剡县	支遁	《高僧传》卷4、《世说新语·文学》

  侨寓士人之所以多集中在山阴、上虞、始宁、剡县四县,是因为会稽土著大族主要集中在山阴、永兴、余姚等浙东北部的平原地区,侨寓士人如欲求田问舍,通常避开浙东土著势力强固之域,向曹娥江流域的上虞、剡、始宁等山区丘陵地带迁移。① 而山阴作为会稽郡的治所,侨寓士人往往借出任会稽内史的权力才得以在此安置家口。

  侨寓士人到达会稽后,不断地"行田,视地利"②,占山固泽,兴建庄园,扩大自己在会稽的经济基础。如谢氏谢安一支从谢安"寓居会稽"始,到其孙子谢混,有"田业十余处,僮仆千人"。谢混之妻晋陵公主死时,仍是"资财巨万,园宅十余所。又会稽、吴兴、琅邪诸处"的田产,皆是"太傅(谢安)、司空(谢)琰时事业"。王羲之在与谢万的通信中谈到了他在会稽的庄园生活:"顷东游还,修植桑果,今盛敷荣,率诸子,抱弱孙,游观其间,有一味之甘,割而分之,以娱目前。"

---

① 刘淑芬:《三至六世纪浙东地区的经济发展》,载《六朝的城市与社会》,台湾学生书局,1992,第234—235页。
② 《晋书》卷八十《王羲之传》。

"衣食之余,欲与亲知时共欢宴,虽不能兴言高咏,衔杯引满,语田里所行,故以为抚掌之资,其为得意,可胜言邪!"孙绰《遂初赋》形容他在东山的田园生活说:"余少慕老、庄之道,仰其风流久矣。却感于陵贤妻之言,怅然悟之,乃经始东山,建五亩之宅,带常皋,倚茂林,孰与坐华幕、击钟鼓者而同年而语其乐哉!"① 许询的父亲许归,以琅琊太守随中宗(晋元帝)过江,迁会稽内史,因家于山阴。许询"乃策杖披裘,隐于永兴西山,凭树构堂,萧然自致"。"遂舍永兴、山阴二宅为寺。家财珍宝,悉皆是给。既成,启奏。孝宗(晋穆帝)诏曰:'山阴旧宅,为祇园寺。永兴新宅,为崇化寺。'"②可见许氏在永兴、山阴二县都有很大的宅园。阮裕在东山萧然无事,常内足于怀。

灵运与庐陵王义真笺曰:"会境既丰山水,是以江左嘉遁,并多居之。但季世慕荣,幽栖者寡,或复才为时求,弗获从志。"

建康和会稽是侨寓士人南迁之后的两个重要据点。二者对于侨寓士人的发展有着不同的意义,建康为谢氏子弟提供了建立功业的机会,而会稽则是发展经济、养育后代的稳固后方。对于在外做官的人而言会稽可以退守,而在会稽成长起来的家族子弟,迟早又会转向建康寻求发展。

二、庄园经济为侨寓文人提供了物质基础

在山水审美的发展过程中,东晋的庄园经济为侨寓士人提供了山水鉴赏的物质基础。这些士族一边侵占山林川泽,建立和扩大自己的田园,一边"与东土人士尽山水之游,弋钓为娱",尽情感悟会稽的自然美景。谢灵运说:"会境既丰山水,是以江左嘉遁,并多居之。"③会稽及其附近地区之所以成为侨寓士人的集聚之地,也与会稽蕴涵无限自然美的灵秀风光有关。《会稽郡记》云:"会稽境特多名山水,峰崿隆峻,吐纳云雾,松栝枫柏,擢干疏条,潭壑镜彻,清流泻注。"④顾恺之曾形容会稽的山川之美说:"千岩竞秀,万壑争流,草木蒙笼其上,若云兴霞蔚。"⑤会稽风景可谓美不胜收。

---

① 《世说新语·言语》第八四条注引。
② 许嵩:《建康实录》卷八《孝宗穆皇帝》,上海古籍出版社,1987,第162页。
③ 《宋书》卷九三《隐逸传·王弘之传》,载《与庐陵王义真笺》。
④ 《世说新语·言语》第九一条刘注引《会稽郡记》。
⑤ 《世说新语·言语》第八八条。

在会稽令人心醉的山水美景中，上虞东山、山阴兰亭、始宁和剡县等地成为侨寓士族的荟萃之地，据《嘉泰会稽志》卷一三《园池》载，这一带有谢安石东西二眺亭、王羲之书堂、王子敬山亭、许询园、谢康乐始宁园等东晋名士遗址。当时移居会稽的主要有谢安与谢万兄弟、王羲之家族、孙绰与孙统兄弟、王胡之、阮裕、许询、李充、江逌、江惇、郗昙、庾友、庾蕴、曹茂之、华茂、桓伟、袁峤之等等一大批侨寓文士，此外还有高僧支遁、竺法深等，他们在会稽构成了一个侨寓文人集团。在这个文人集团中，王羲之、谢安是他们的领袖。上虞东山和山阴兰亭是他们经常集会之处。

上虞东山是东晋名士谢安、谢万兄弟的隐居地。《嘉泰会稽志》云："东山会稽上虞县西四十五里，晋太傅谢安所居，一名谢安山。岿然特立于众峰中间，拱揖亏蔽，如鸾鹤飞舞，其巅有谢公调马路，白云、明月二堂址。千嶂林立，下视沧海，天水相接，盖绝境也，下山出微径，为国庆寺，乃太傅之故宅。"①《世说新语·赏誉》云："初，安家于会稽上虞县，优游山林，六七年间，征召不至，虽弹奏相属，继以禁锢，而晏然不屑也。"由于这里风景优美，再加上名士领袖谢安居住这里，东山自然成为南迁文人的一个辐辏中心。《世说新语·雅量》"谢太傅盘桓东山时"条，刘注引《中兴书》曰："安先居会稽，与支道林、王羲之、许询共游处，出则渔弋山水，入则谈说属文，未尝有处世之意。"

王羲之家族居住在会稽山阴，《晋书·王羲之传》："羲之雅好服食养性，不乐在京师，初渡浙江，便有终焉之志。会稽有佳山水，名士多居之，谢安未仕时亦居焉。孙绰、李充、许询、支遁等皆以文义冠世，并筑室东土，与羲之同好。"《嘉泰会稽志》卷一三《园池》云："王逸少有书堂在山阴兰亭，鹅池、墨池亦在焉。当其与群公祓禊、赋诗，盖一时之集尔。而遗迹胜概，照映林谷，则右军或尝居之。后人追怀风流，于是葺为流觞曲水，此必皆其旧也。"王羲之永和年间曾任会稽内史，他既是高门的风流名士，又是当地的长官，因此他经常召集名士雅集兰亭，郦道元《水经注》卷一四《浙江水注》载："湖水下注浙江，又迳会稽山阴县，浙江又东与兰溪水合。湖南有天柱山，湖口有亭，号曰兰亭，亦曰兰上里。太守王羲之、谢安兄弟数往造焉。"其中最有名的一次就是他于永和九年（353）三月三日在兰亭举行的集会，这次集会参加的名士达42人，基本是由南迁文士

---

① 施宿等著《嘉泰会稽志》卷九，成文出版社，1983。

构成的一个盛会。兰亭从此也成为文人雅集的代名词。

在这美丽的湖光山色之中,移居会稽的侨寓士族纷纷选择自己的息影之处,许询建园萧山,孙绰在东山结宅,郗愔居于罗壁山巅,戴逵隐于剡溪水侧。在山水的感召下,玄学名士对山水自然的热爱才与日俱增,如孙绰"居于会稽,游放山水,十有余年"(《晋书·孙绰》);许询"好游山水,体便登陟"(《世说新语·栖逸》)。他们对山水的热爱甚至达到如痴如狂的地步,如孙统,《世说新语·任诞》载,刘尹云:"孙承公狂士,每至一处,赏玩累日,或回至半路却返。"此条刘注引《中兴书》曰:"承公少诞任不羁,家于会稽,性好山水。及求鄞县,遗心细务,纵意游肆,名阜胜川,靡不历览。"《世说新语·排调》载,支道林因喜爱印山风景,托人向竺法深买印山,竺法深答道:"未闻巢、由买山而隐。"《晋书》卷八十《王羲之传》载:"(羲之)遍游东中诸郡,穷诸名山,泛沧海,叹曰:'我卒当以乐死。'"在这种风气影响下,甚至会稽土著世族也加入山水游乐的行列,如会稽山阴孔愉"在郡三年,乃营山阴湖南侯山下数亩地为宅,草屋数间,便弃官居之"①。正是会稽及其周围地区这种难以形容的秀丽风光,深深地吸引了众多的玄学名士,他们纷纷投身这片风光旖旎的山水之中,陶醉在这片大自然赐予的美景里面,在"澄怀观道"中培养了敏锐而细腻的山水审美能力,形成一种自觉的山水审美思潮。《世说新语·言语》载:

> 谢中郎(万)经曲阿,问左右:"此是何水?"答曰:"曲阿湖。"谢曰:"故当渊注渟著,纳而不流。"
>
> 王司州(胡之)至吴兴印渚中看,叹曰:"非唯使人情开涤,亦觉日月清朗。"
>
> 道壹道人好整饰音辞,从都下还东山,经吴中。已而会雪下,未甚寒。诸道人问在道所经。壹公曰:"风霜固所不论,乃先集其惨澹;郊邑正自飘瞥,林岫便已皓然。"

同书《言语》又载:

---

① 《晋书》卷七八《孔愉传》。

>   王子敬云:"从阴山道上行,山川自相映发,使人应接不暇。若秋冬之际,尤难忘怀。"

因此,在中国山水审美意识的形成过程中,东晋时会稽地区的山水美景占有重要的地位。刘勰《文心雕龙·物色》云:"若乃山林皋壤,实文思之奥府……然屈平所以能洞监《风》《骚》之情者,抑亦江山之助乎?"沈德潜《归愚文钞余集》中说:"余尝观古人诗,得江山之助者,诗之品格每有其所处之地。"南迁士人山水审美意识的自觉与成熟,正是源于东南会稽地区的"江山之助"。所以宗白华先生说:"中国山水诗画的最高境界,只有置身于东南山水中才能深刻地体会到。"林风眠先生也说:"中国的风景画,因晋代之南渡,为发达的动机。南方山水秀丽,在形式之构成上,给与不少之助力。"①他们都强调了会稽山水景色在山水审美和山水艺术发展中的重要作用。

三、永和政局与侨寓士人心态

但是,我们应看到,庄园经济只是为东晋山水审美的出现提供了必要条件,但不是充分条件。我们知道,在东晋以前,江南世族的庄园早已出现,如"吴郡四姓"顾、陆、朱、张及"会稽四姓"虞、魏、孔、贺等,大抵已有庄园,他们"僮仆成军,闭门为市,牛羊掩原隰,田池布千里"②。但在东吴时期并未出现山水审美思潮。因此,东晋山水审美思潮的出现,还必须从时代文化风气来考虑。

山水审美思潮在东晋出现,原因是多方面的。东晋门阀政治为士族提供了一个宽松自由的社会环境,庄园经济又为士族提供了一个独立的生活世界,政治的优越地位与经济的相对独立使东晋士族不必过分地依靠皇权,使他们在精神上和物质上获得较多的自由。而江南胜景对于长期生活在景色比较单调的黄河流域的文人雅士来说,自是一种新鲜的美感刺激。以门阀士族和皇权共治为特色的门阀政治的确立使作为门阀士族政治点缀的清谈之风也开始兴盛起来。当他们发现这种山水美景之后,心灵便与之契合。而这种契合又是通过玄学的自然主义启迪来完成的。玄学本身就是主张亲近自然、回归自然的,《庄

---

① 林风眠:《林风眠艺术随笔》,上海文艺出版社,2012,第13页。
② 葛洪:《抱朴子·吴失篇》。

子·知北游》就说:"山林欤?皋壤欤?使我欣欣然而乐欤?"南迁士族对大自然的热爱实际上带有浓厚的玄学色彩。而江南的良辰美景,正是清谈名士体道"散怀"的好去处,同时也激发起名士纵情山水的热情。

在侨寓士族中,欣赏山水已成为一个名士的基本修养,甚至可与治国才能相媲美。《世说·品藻》云:

> 明帝问谢鲲:"君自谓何如庾亮?"答曰:"端委庙堂,使百僚准则,臣不如亮;一丘一壑,自谓过之。"

东晋经过三十几年的经营和发展,到永和年间终于迎来它最安定和平的时期。永和是东晋皇权最为衰弱的时期之一,穆帝2岁即位,在位17年,19岁去世,他的一生基本上可以说没有执政的能力,也没有执政的机会。但这个时期未像曹魏正始和西晋惠帝元康皇权衰弱时那样出现大的政治动荡和社会动乱,反而出现和平安定的局面,《晋书》卷八《穆帝纪》史臣曰:"孝宗因襁抱之姿,用母氏之化,中外无事,十有余年。以武安之才,启之疆场;以文王之风,被乎江汉,则孔子所谓'吾无间然矣'。"这种局面的出现自有其外部条件和内部条件。内部条件是王、庾两大家族在政坛上相继衰落,而桓氏崛起还需要假以时日。江左士族还没有哪一家取得王、庾那样在政坛上的影响,永和政局呈胶着状态。外部条件是北方后赵石氏盛极而衰,对南方的压力大减,永和七年(351),东晋收复洛阳,这对南方产生了很大的政治、心理影响,给人以旧都可复的升平气象。①

四、永和政局与士人心态是山水审美思潮兴起的重要条件

永和局面也在悄悄地影响着士人心态的变化。永和时期,江左无事,士族超越了皇权,处于一种非常优越的社会地位,他们不需要像西晋文士陆机、潘岳等人那样趋走权贵门下,也不必像他们那样心中终日怀着临深履薄的忧惧。清谈玄学也不再是正始时代的政治理论的探讨,而是南迁士族调剂生活的佐料。

---

① 参见田余庆《永和政局和永和人物》,载《东晋门阀政治》,北京大学出版社,1989,第168—170页。

人物风流,清言隽永,成为这个时期上层社会的一个特色。在这样一个精神自由的天地里,他们追求着自己的人生理想、生活情趣和生活方式,同时影响到他们的审美趣味,甚至影响到文艺思潮的形成和发展。

《世说新语》载,王羲之任会稽内史时,曾与支遁在剡东沃洲山岭初遇。"孙兴公谓王曰:'支道林拔新领异,胸怀所及乃自佳,卿欲见不?'王本自有一往隽气,殊自轻之。后孙与支共载往王许,王都领域,不与交言。须臾支退。后正值王当行,车已在门。支语王曰:'君未可去,贫道与君小语。'因论庄子《逍遥游》。支作数千言,才藻新奇,花烂映发。王遂披襟解带,留连不能已。"

永嘉南渡的士族多为玄学人士,渡江之后,他们的放诞之风依然如旧,但是随着江东政权的稳定及门阀政治格局的确立,士族在政治和经济上取得了相对独立的地位,南迁士人逐渐适应了优越的自然环境,渡江之初那种举目山河有异的悲伤情绪也早已被偏安的舒适环境所消释。在东晋相对稳定的环境里,任自然、重性情仍然是名士们的精神追求,但已不是元康名士那种纵情败礼、毫无节制的放诞,而是任自然而有节。尤其永和的和平气象,使名士们显得自适而悠闲,玄学不再是一种政治学说,而化为清谈名士的一种生活情趣,"追求宁静的精神天地"和"优雅从容的风度"是东晋士族的一种普遍心态。① 刘师培《中古文学史讲义》说:"东晋人士,承西晋清谈之绪,并精名理,善论难,以刘惔、王濛、许询为宗,其与西晋不同者,放诞之风,至斯尽革。"刘氏所说反映了东晋、西晋士人作风和心态的嬗变。东晋永和士人心态一个最重要的变化就是,由西晋的放纵任诞一变而为追求宁静、萧散、洒脱的精神天地,而南方清秀的山水之美恰与他们的心灵追求相契合。

过去很多人往往笼统地认为由于政局动荡,仕途险恶,所以士大夫遂以山林泽野为全身避祸之地,这是山水诗兴起的一个原因。其实在东晋,情况并非如此,东晋士族在山林中感到的,已主要不是庇护生命的安全感。他们迷恋山林,也不完全是明哲保身,更多的是为了赏心乐事,为了得到美的享受。他们把因现实矛盾的冲击而感到的苦恼、迷茫,用清幽的山水之美和玄虚的哲理来排遣,以清淡飘逸的色彩来表现他们萧散宁静的情怀。东晋隐士戴逵在他的《闲游赞》中很好地表现了东晋士族的这一心态:

---

① 参见罗宗强《玄学与魏晋士人心态》,浙江人民出版社,1991,第294—305页。

> 且夫岩岭高则云霞之气鲜，林薮深则萧瑟之音清，其可以藻玄莹素，疵其皓然者，舍是焉。故虽援世之彦，翼教之杰，放舞雩以发咏，闻乘桴而憀厉。况乎道乖方内，体绝风尘，理楫长谢，歌凤逶巡，荡八疵于玄流，澄云崖而颐神者哉？然如山林之客，非徒逃人患，避争门，谅所以翼顺资和，涤除机心，容养淳淑，而自适者尔。况物莫不以适为得，以足为至，彼闲游者，奚往而不适，奚待而不足？故荫映岩流之际，偃息琴书之侧，寄心松竹，取乐鱼鸟，则澹泊之愿，于是毕矣。①

戴逵在这里明确指出，东晋的"山林之客"，并非仅仅是为了"逃人患，避争门"，而是为了"涤除机心，容养淳淑，而自适者尔"。会稽的山水美景恰与这种心境相吻合。而从东晋初年到永和年间，通过三次大的迁移活动，南迁士人在会稽地区已经集聚了众多家族，这样一个大的文学集团大量的山水活动，必然会引起一股强劲的审美思潮——山水审美思潮的出现。而这种思潮的出现与东晋以来的南迁玄学士族有着密切的关系，晚明袁宏道诗："钱塘艳若花，山阴芊如草。六朝以上人，不闻西湖好。"②袁宏道所说"六朝以上"实际上指永嘉南渡以前。普列汉诺夫认为：大自然"对我们的影响是随着我们对自然的态度的改变而改变的，而我们自己对自然的态度是由我们的（即社会）文化的发展进程所决定的"③。没有这批带有玄学"自然观"的南迁文人在会稽的活动，东晋中期的山水审美思潮恐怕也就不可能在会稽出现。

五、会稽侨寓文人的交游与山水文学创作

韦勒克、沃伦《文学理论》认为，文学对于哲学思潮的接受，并非总是直接的反映，思想只有与文学作品的肌理真正交织在一起，对文学才有意义，因此文学研究者必须注意"思想在实际上是怎样进入文学的"④。玄学对文学的影响也

---

① 《艺文类聚》卷三六，上海古籍出版社，1999。
② 钱伯城：《袁宏道集笺校》上册，上海古籍出版社，1981，第368页。
③ 普列汉诺夫：《论艺术——没有地址的信》，曹葆华译，生活·读书·新知三联书店，1964，第29页。
④ 雷·韦勒克、奥·沃伦：《文学理论》，刘象愚、邢培明、陈圣生、李哲明译，生活·读书·新知三联书店，1984，第128页。

是如此,我们看到,图解玄学思想的玄言诗并未获得创作上的成功,但玄学在东晋实际上已经逐渐深入到南迁士族的生活观念和生活情趣中,并影响着东晋文人心态,当时文人对山水的喜好以及对山水艺术题材的开拓,无疑受到玄学思想的影响。

《文心雕龙·明诗》云:"宋初文咏,体有因革,庄老告退,而山水方滋。"现代学者往往据此认为山水诗是从玄言诗演变而来的。事实上并非在玄言诗之后才有山水诗,在玄言诗产生与盛行的时代,就已经有不少的山水诗创作,由于山水诗是在玄风影响下出现的,所以东晋山水诗不免带有玄言色彩,有时甚至会出现玄言、山水混合的状态。当清谈风气衰落后,玄言诗也自然衰退,山水诗中的玄言成分也当然会逐渐减少,人们便误认为山水诗是由玄言诗演变而来。其实玄言诗和山水诗是在东晋清谈和山水游乐风气下滋生出的两种诗体。如果没有南迁文人对会稽山水美景审美感知和体会作为基础,在讲枯燥玄理的玄言诗中无论如何都不会演变出山水诗来。会稽文人集团的出现标志着东晋人文开始由玄言清谈向山水审美转变。

丹纳《艺术哲学》第二章"艺术品的产生"说:"作品的产生取决于时代精神和周围的风俗。"东晋南迁士人群体大量的山水实践,不断积累审美经验,必然影响到当时的文学创作,并走向与文学相结合的道路,形成中国文学史上山水文学的兴盛。事实上早在庾亮任征西将军期间[①],孙绰就有关于山水与文学的论述。时孙绰任庾亮参军,共游白石山,卫君长在座。孙绰云:"此子神情都不关山水,而能作文?"[②]孙绰的话似乎在向我们透露一个新的时代信息,作为一个名士,除了善于谈玄之外,还必须具有欣赏山水的爱好和素养;一个性情都不关山水的人,将不会被人们看作风流名士;而没有山水游乐内容的诗文,很难被人看成是好文章。一句话,在东晋山水游乐的社会风气里,山水之于文学,正如玄学之于名士,已经成为不可或缺的生命要素之一。

事实上,西晋以来文士爱好山水的风气在东晋并未减弱,他们在玄谈中除作诗阐释玄理外,山水美景也往往以悟道的形式进入他们的诗歌创作中,这种情形在东晋初期就已经出现。庾阐即是东晋较早创作山水诗的诗人,史家称之

---

① 庾亮任征西将军在成帝咸和九年(334)至咸康六年(340),参见张可礼《东晋文艺系年》,山东教育出版社,1992。
② 《世说新语·赏誉》第一○七条。

为"中兴之秀"①。他现存诗十余首,其中,《三月三日临曲水诗》《三月三日诗》《观石鼓诗》《登楚山诗》等,都是山水诗。如《三月三日临曲水诗》:

> 暮春濯清汜,游鳞泳一壑。高泉吐东岑,洄澜自净荥。临川叠曲流,丰林映绿薄。轻舟沈飞觞,鼓枻观鱼跃。

庾阐山水诗大概都写在荆州一带,因为颍川庾氏兴盛时的势力范围在荆州,庾阐曾任零陵太守。庾阐的时代山水审美思潮在整个社会还未兴起,清谈及玄言诗的创作方兴未艾,故他的山水创作还未形成一定的气候。只有到了东晋穆帝永和年间,审美思潮的社会条件已经具备,山水审美经验大量积累,山水诗创作才会成为一个时代的追求。

永和的太平气象,永和士人追求宁静洒脱精神世界的心态,及大量南迁士族在会稽的会集,为山水诗的兴起准备了条件。白居易《沃洲山禅院记》记述当时名士与名僧游历沃洲的情形说:"东南山水,越为首,剡为面,沃洲天姥为眉目。夫有非常之境,然后有非常之人栖焉。晋宋以来,因山洞开,厥初,有罗汉西天竺人曰道猷居焉。次有高僧竺法潜、支道林居焉。次又有乾、兴、渊、支、遁、开、威、蕴、崇、实、光、织、裴、藏、济、度、逞、印凡十八僧居焉。高士名人有戴逵、王洽、刘恢、许玄度、殷融、郗超、孙绰、桓彦表、王敬仁、何次道、王文度、谢长霞、袁彦伯、王濛、卫玠、谢万石、蔡子叔、王羲之凡十八人,或游焉,或止焉。"②如此众多的名士赏游山水,他们把山水作为审美的对象欣赏,反映在他们的诗歌创作上,产生了描写山川之美的诗篇。如李充之子李颙的《涉湖诗》:

> 旋经义兴境,弭棹石兰渚。震泽为何在,今唯太湖浦。圆径紊五百,眇目缅无睹。高天淼若岸,长津杂如缕。窈窕寻湾漪,迢递望峦屿。惊飚扬飞湍,浮霄薄悬岨。轻禽翔云汉,游鳞憩中浒。黯蔼天时阴,岂峣舟航舞。凭河安可殉,静观戒征旅。

---

① 《晋书》卷九二《文苑传序》。
② 朱金城:《白居易集笺校》卷六八,上海古籍出版社,1988。

37

此诗当为永和年间李颙从建康回剡县之作。① 诗中描写了太湖寥廓壮美的景象。写景远近结合,从不同角度展现了太湖变幻莫测、奇景叠现的风光,刻画细致,对仗工整,已初具谢灵运山水诗"繁富"之特色。历来被视为东晋玄言诗代表的孙绰在会稽也创作了《游天台山赋》、《遂初赋》、《兰亭后序》、《兰亭诗》二首、《三月三日诗》、《秋日诗》等一系列的模范山水之作,如《秋日诗》:

> 萧瑟仲秋月,飂戾风云高。山居感时变,远客兴长谣。疏林积凉风,虚岫结凝霄。湛露洒庭林,密叶辞荣条。抚菌悲先落,攀松羡后凋。垂纶在林野,交情远市朝。澹然古怀心,濠上岂伊遥。

所谓"山居",当指他在会稽东山的隐居处。诗的前十句写秋天萧散疏朗的景色,末四句颇有玄味,诗人澹泊情志、宁静致远的意趣与秋天疏散落寞的景象很好地糅合在一起,可称为东晋山水诗之杰作。此诗从结构、立意到风格与后来的陶渊明诗作都有相似之处。

在会稽地区,山水赏乐和山水诗的创作并非单个人的行为,常常形成集体性的活动,《世说新语·雅量》注引《中兴书》载孙绰、许询、王羲之、谢安、谢万、支遁等在会稽常"出则渔弋山水,入则谈说属文"。这个以南迁士族为主体的作家群出入山水之间,谈玄论道,作诗属文,不可避免地要出现大量涉及山水的文学创作。如永和九年(353)三月三日,王羲之、谢安、孙绰等42人会集山阴(今绍兴)兰亭,饮酒赋诗,得五言23首,四言14首,汇编成《兰亭集》。很多人把兰亭诗视为玄言诗,却忽略了有些诗是在山阴山水美景的感召下创作的。其实这些诗明显地可以分为两类:一类是表现名士体玄独特感受的玄言诗,一类则是山水、玄言杂糅的作品。其中有几首山水的描写已占诗歌主要部分,初具山水诗规模,诗中洋溢着清新的山水气息,远非玄言诗所能比拟,如:

> 流风拂枉渚,停云荫九皋。莺语吟修竹,游鳞戏澜涛。携笔落云藻,微

---

① 《晋书·李充传》:"征北将军褚裒又引为参军,充以家贫,苦求外出……乃除剡县令。"按褚裒任征北将军在永和二年至五年,李氏移家剡县,当在此间,此诗盖为李颙从建康归家剡县途中所作。徐公持先生认为:"此诗与庾阐《三月三日临曲水诗》等同为东晋前期优秀写景诗。"失考,见徐公持《魏晋文学史》,人民文学出版社,1999,第477页。

言剖纤毫。时珍岂不甘,忘味在闻韶。(孙绰)

肆眺崇阿,寓目高林。青萝翳岫,修竹冠岑。谷流清响,条鼓鸣音。玄崿吐润,霏雾成阴。(谢万)

地主观山水,仰寻幽人踪。回沼激中逵,疏竹间修桐。因流转轻觞,冷风飘落松。时禽吟长涧,万籁吹连峰。(孙统)

这些诗所表现的清新怡人的山水美景与"万殊一理"之类的枯燥玄言明显不同了。王夫之评谢万此诗"不一语及情而高致自在"(《古诗选评》卷二),显然是说他已经把自己的高情远韵融注到山水景色之中了。

但是,由于清谈的影响,东晋山水诗还没有完全摆脱玄言的影响,以玄观山水,以山水体玄是东晋山水诗的特色,处处力求在山水中发现和体悟诗人的玄学人生态度。《世说新语·容止》"庾太尉在武昌条"注引孙绰《庾亮碑文》曰:"公雅好所托,常在尘垢之外,虽柔心应世,蠖屈其迹,而方寸湛然,固以玄对山水。"孙绰此处所说的"以玄对山水"也被有的玄学名士称为"澄怀观道"[1],它是指山水游历者面对山水时忘却世俗利禄,超然物外,做到心灵玲珑剔透,即"方寸湛然",只有具备了这种空明的心境,才能真正体认到山水间的自然之美。同时,山水游历者在登山临水之际,将自己超然的心境,进一步升华到"道"或"玄"的境界,做到心与"道"冥,将观赏山水之美时享受到的心情快乐,转化为体"道"得"意"的"至乐"。"以玄对山水",正体现了玄学对山水审美的影响,文人在自然中体悟玄理、感悟生命,把个人的生命意识融化于山水审美之中,无疑增加了山水诗的审美深度,这也是中国文人山水诗的主要特征。

(王建国,男,洛阳师范学院文学院院长,教授,文学博士,主要从事中国古代文学和文献研究)

---

[1] 《宋书》卷九三《隐逸传·宗炳传》:"(宗炳)叹曰:'老疾俱至,名山恐难遍睹,唯当澄怀观道,卧以游之。'"

论《世说新语》人物口谈的"兴会"之美*

宁淑华

"兴会"是中国古典美学的重要理论范畴,也是中华民族独特审美方式的显现。"兴会"作为文学审美名词第一次出现于沈约的《宋书·谢灵运传论》,学界尽知;但"兴会"二字并举最早出现于《世说新语》却少为人知,《世说新语》的人物语言洋溢着"兴会"之美,也少为人探究。《世说新语》人物语言的"兴会"之美,其实是《世说新语》人物口谈诗性美的最高体现。

一、"兴会"概念的提出及内涵

何为"兴会"?"兴"本义是"起也"(《尔雅》)、"举也"(《五音集韵》)、"悦也"(《正韵》);"会"本义是"合也"(《说文解字》)。"兴会"作为复合词第一次出现是在《世说新语·赏誉》第153则中:"王恭始与王建武甚有情,后遇袁悦之间,遂致疑隙。然每至兴会,故有相思。"①但当时学界并未将此视为美学"兴会"概念的诞生,而是把"兴会"概念的首出置于著名诗人谢灵运头上。沈约的《宋书·谢灵运传论》:"爰逮宋氏,颜、谢腾声,灵运之兴会标举,延年之体裁明密,并方轨前秀,垂范后昆。"②这里的"兴会",唐代李善《文选注》解释为"情兴所会也"③,也就是内在情思被外物触发并有所融会的意思。"情兴",是审美化了的创作情绪,这种情绪被诗人用文词表现出来,在作品中飘逸流荡,就叫作"兴会标举"。当然,谢灵运诗歌的内在情思受时代玄风的笼罩和拘囿,其"兴会

---

* 本文为国家社会科学基金后期项目"《世说新语》人物口谈的诗性美研究(项目编号21FZWB008)"以及湖南省教育厅重点项目课题"《世说新语》人物谈吐艺术研究"(19A021)的阶段性成果。

① 余嘉锡:《世说新语笺疏》,刘义庆著,刘孝标注,中华书局,2011,第435页。
② 沈约:《谢灵运传论》,载郭绍虞主编《中国历代文论选》,上海古籍出版社,1979,第216页。
③ 王利器集解《颜氏家训集解》,颜之推撰,上海古籍出版社,1980,第222页。下同。

标举"还是呈现为"山水观赏之兴致及观赏中之会于心之理悟也"①。但比起盛行江左百年的"理过其辞,淡乎寡味""平典似道德论"②的玄言诗,谢灵运以审美情兴晤对山水以观道,其诗歌确乎大大超越了玄言诗的寡淡,故被称赏为"兴会高超",彰显了一种新的审美风尚。更难得的是,其诗作之高妙者,如"池塘生春草,园柳变鸣禽",确乎摆脱了阐发玄理的套路,成为得"自然英旨"之"胜语",故而被后人认同为"兴会"之佳构。但谢灵运"兴会标举"这种新的审美风范却遭到了颜之推的批评:"然而自古文人,多陷轻薄。……每尝思之,原其所积,文章之体,标举兴会,发引性灵,使人矜伐,故忽于持操,果于进取。今世文士,此患弥切,一事惬当,一句清巧,神厉九霄,志凌千载,自吟自赏,不觉更有傍人。"③颜之推拘于推崇儒学反对绮艳浮华文风的立场,将士人德操的沦丧归咎于文风的"标举兴会,发引性灵",未免片面,但归罪之严重,正意味着"兴会"之美在当时之盛行。

首出置于谢灵运头上的"兴会"概念到底有着怎样的内涵?从古至今,论者纷纭,当代学者崔海峰先生的论述比较全面:"兴会""主要是指文艺家在瞬间直觉中对自然山水或宇宙人生进行深刻的、本真的体会和把握"④。"兴会"的特点有四:"其一,偶然性或突发性……诗的灵通之句或化工之笔来自于即景会心的瞬间直觉。换句话说,佳妙诗句通常是'偶然凑合'或'偶然凑手'的结果。""其二,直接性和直觉性……所谓即景会心、会景生心、触目生心和寓目警心等都是指诗人在直接的审美观照中产生瞬间直觉。""其三,能动性或创造性。能动性主要表现为诗人的创造性想象、深远广大的胸襟怀抱和在天人合一的情境中把握风神思理(或风韵神理)的能力。""其四,言与意的统一性……言与意的统一充分体现的是意境的生成。"⑤这里"言与意的统一性"包括寓目成吟、即目成吟和意在言外、意伏象外两个层面,后者就是"超以象外,得其环中"(司空图)、"境生于象外"(刘禹锡)和"言有尽而意无穷"(严羽)。

现在的问题是,《世说新语》中王恭(389年去世)的"兴会"概念比谢灵运(385—433)先出,是不是和谢灵运之"兴会"为同一概念?

---

① 王钟陵:《中国中古诗歌史》,江苏教育出版社,1988,第563页。
② 陈延杰:《总论》,载《诗品注》,人民文学出版社,1961。下同。
③ 《颜氏家训集解》,第222页。
④ 崔海峰:《王夫之诗学中的"兴会"说》,《文艺研究》2000年第5期,第45—51页。
⑤ 同上。

二、《世说新语》人物语言的"兴会"之美

"兴会"一词在《世说新语》中只出现1次,出于王恭之口,在《赏誉》第153则:

> 王恭始与王建武甚有情,后遇袁悦之间,遂致疑隙。然每至兴会,故有相思。时恭尝行散至京口射堂,于时清露晨流,新桐初引,恭目之曰:"王大故自濯濯。"①

据《世说新语》刘孝标《注》引《晋安帝纪》曰:"初,忱与族子恭少相善,齐声见称。及并登朝,为主相所待,内外始有不咸之论。恭独深忧之,乃告忱曰:'悠悠之论,颇有异同,当由骠骑简于朝觐故也。将无从容切言之邪?若主相谐睦,吾徒得戮明时,复何忧哉?'忱以为然,而虑弗见令,乃令袁悦具言之。悦每欲间恭,乃于王坐责让恭曰:'卿何妄生同异,疑误朝野?'其言切厉。恭虽惋怅,谓忱为构己也。忱虽心不负恭,而无以自亮。于是情好大离,而怨隙成矣。"②这里解释了王恭和王大由交情深厚而成怨隙的复杂关系。王恭和王大交情很深,在《世说新语》中有多条记载,如《识鉴》第26则记载,王恭曾经看望王大,流连十余日方还;《德行》第44则记载,王大索要王恭坐簟,王恭当即撤席送之。这种深厚交情后来被袁悦离间而成怨隙。《忿狷》第7则记载,两人曾经在何仆射家里差点大打出手。虽是反目,但旧日情契终也耿耿难忘,这是王恭"兴会"条目的背景和心理积淀。这条的"兴会",目前大致有这样一些解释:"兴致因有所感触而引发"③"喜悦情绪产生的时候"④。这两个解释显然都不是美学的"兴会"一词之义。若是单独考察第一句,这样的解释是说得过去的:每当兴致被触发(或者高兴)的时候,王恭就会想起王大。但本条的"兴会"一词,光是这样理解肯定是不到位的,因为本条的重点是在下一句:当王恭服药后行散至京口的射

---

① 余嘉锡:《世说新语笺疏》,第435页。
② 余嘉锡:《世说新语笺疏》,第435页。
③ 余嘉锡:《世说新语笺疏》,第374页。
④ 王先霈:《试说诗人兴会》,《文学评论》1985年第5期。

堂,见清露在晨光中闪动,桐叶在枝头新生,脱口而出:"王大确实清朗明亮而有光泽呀,就像这晨光中闪烁的露珠、新生的桐叶一样。""濯濯",是"鲜明有光泽的样子"①,本是形容清晨露珠闪亮,桐叶初发,王恭却脱口移于王大。故田中曰:"无端赏美。"陈梦槐云:"读此令人自远。"刘辰翁云:"言因物象如此,而想其精神也。"②这三家评点正好点出王恭"兴会"的奥妙:"无端"是"无缘无故"的意思,王恭由行散而思王大,是"无端";由物之"濯濯"而冠以王大"濯濯",也是"无端";正是这种"无端",却让人进入悠远超越的意境。这些正符合审美"兴会"概念的特征:寓目生思的瞬间直觉、即目成吟的灵妙、意在言外和意伏象外的意境。王恭于王大,过往在心,即景偶会,物之光彩与人之风神倏然为一,刹那妙语,意境玲珑透彻而难以实指。这就与谢灵运的"兴会"同一概念了。

随之而来的问题是,王恭在《世说新语》中并非特别一流的名士,是否具有"兴会"这样的审美趣味或者水平?

首先,作为前辈大名士王濛的孙子,王恭本身风度非凡,也是品评和清谈名家,清谈长处在于常能出新。《企羡》第6则:

  孟昶未达时,家在京口。尝见王恭乘高舆,被鹤氅裘。于时微雪,昶于篱间窥之,叹曰:"此真神仙中人!"③

《品藻》第84则:

  王孝伯道:"谢公浓至。"又曰:"长史虚,刘尹秀,谢公融。"④

《品藻》第78则:

  谢公语孝伯:"君祖比刘尹,故为得逮。"孝伯云:"刘尹非不能逮,直不逮。"⑤

---

① 张永言荣誉主编《〈世说新语〉大辞典》,上海古籍出版社,2015,第459页。下同。
② 周兴陆辑著《世说新语汇校汇注汇评》,凤凰出版社,2017,第845页。下同。
③ 余嘉锡:《世说新语笺疏》,第548页。
④ 余嘉锡:《世说新语笺疏》,第476页。
⑤ 张永言荣誉主编《〈世说新语〉大辞典》,第459页。

《赏誉》第155则：

> 王恭有清辞简旨，能叙说而读书少，颇有重出。有人道孝伯："常有新意，不觉为烦。"①

人物仪容之美乃魏晋人格审美之重要方面。王恭姿容俊美，望之如"神仙中人"，为当时名士"风流"之重要方面。《品藻》第84则，王恭品藻了当时三大顶级名士，王濛、刘惔以及谢安，分别用"虚""秀""浓至""融"，用语简至而又精切，确实有"清辞简旨"之能，体现了很高的人物审美品藻水平。《品藻》第78则，就反映了王恭品藻善出新意的一面。谢安将王濛与刘惔相比，王恭回答："王濛相比刘惔不是比不上，而是不比。"这是巧妙出新之语，因为王濛虽是和刘惔并称"王刘"的大名士，但在清谈水平上，王濛承认刘惔稍胜于自己："韶音令辞，不如我；往辄破的，胜我。"（《品藻》第49则）《刘惔别传》曰："惔有俊才，其谈咏虚胜，理会所归，王濛略同，而叙致过之，其词当也。"②但王濛又是王恭祖父，所以此回答算是别出机智，既避开尴尬，又符合"长史虚"的特点。王世懋评价："孝伯自私其祖，未为公论，毕竟刘胜王。"③这一评价恰好点出了王恭巧妙出新所在。

其次，王恭有很深的诗学素养。《伤逝》第17则：

> 孝武山陵夕，王孝伯入临，告其诸弟曰："虽榱桷惟新，便自有黍离之哀。"④

这是一次浓烈的感物兴怀。据《中兴书》曰："烈宗丧，会稽王道子执政，宠幸王国宝，委以机任。王恭入赴山陵，故有此叹。"⑤《诗经·王风·黍离》是一首典型的"兴"诗，周大夫行役过镐京，见故都尽为禾黍，既痛宗周之亡，也痛己

---

① 余嘉锡：《世说新语笺疏》，第436页。
② 余嘉锡：《世说新语笺疏》，第460页。
③ 刘强：《世说新语会评》，凤凰出版社，2007，第323页。
④ 余嘉锡：《世说新语笺疏》，第559页。
⑤ 余嘉锡：《世说新语笺疏》，第559页。

心之莫我知,寓目生情,"此何人哉!"哀痛欲绝,又低回无限。王恭凭吊山陵,因崭新榱桷,却生黍离之悲感,"言今朝廷虽榱桷之小新立,非栋梁之才,故便自有宫室变为禾黍离离之哀也"①。也自有低回无限感慨难已之情韵。

《文学》第 101 则:

> 王孝伯在京行散,至其弟王睹户前,问:"古诗中何句为最?"睹思未答。孝伯咏:"'所遇无故物,焉得不速老?'此句为佳。"②

《古诗十九首》之"回车驾言迈,悠悠涉长道。四顾何茫茫,东风摇百草。所遇无故物,焉得不速老?"表达的就是对人生无常、生命短促的感喟。王恭漫步行散,乃是服食五石散的例行功课,沿着熟悉的路径缓缓行来,旷野茫茫,东风摇摇,吹动百草。恍惚间,冬去春来,往岁的"故物"已非。寓目生思,时光易逝,人生易老,"所遇无故物,焉得不速老?"恰合此时情味,正体现"晋人对生命之易逝最具不能自已之深情"③,而此种"对生命之易逝最具不能自已之深情"正是东晋一代玄心和诗心所在。桓温之"木犹如此,人何以堪?"④王羲之《兰亭集序》"死生亦大矣!岂不痛哉!"同此痛彻心扉之悲慨与不能自已之深情。王恭识得"所遇无故物,焉得不速老?"之最佳况味,乃是最具时代审美诗心的体现。

最后,王恭不仅深于《诗经》,而且对《楚辞》独有心得。《任诞》第 53 则:

> 王孝伯言:"名士不必须奇才,但使常得无事,痛饮酒,熟读《离骚》,便可称名士。"⑤

此一条大是不凡。此处《离骚》当作《楚辞》解⑥。魏晋清谈的内容主要是三玄(《老子》《庄子》和《周易》),除此之外,大概就是《楚辞》了。魏晋名士有取于《楚辞》的浪漫抒情,合于魏晋的一往深情和追求精神自由超越的旨趣。鲁

---

① 周兴陆:《世说新语汇校汇注汇评》,第 1107 页。
② 余嘉锡:《世说新语笺疏》,第 242 页。
③ 龚斌:《世说新语校释》,上海古籍出版社,2011,第 555 页。下同。
④ 余嘉锡:《世说新语笺疏》,第 102 页。
⑤ 余嘉锡:《世说新语笺疏》,第 660 页。
⑥ 《世说新语》中《豪爽》第 12 则和《排调》第 45 则,中有《楚辞》中出自《卜居》和《九歌》的诗句,刘孝标注为出自《离骚》。

迅曾指出《楚辞》特点："较之于《诗》，则其言甚长，其思甚幻，其文甚丽，其旨甚明，凭心而言，不遵矩度。故后儒之服膺诗教者，或訾而绌之，然其影响于后来之文章，乃甚或在三百篇以上。"①确实如此，比之于《诗经》的"发乎情，止乎礼义""主文谲谏"的"比兴讽诵"的特色，《楚辞》情感抒发奔放，想象丰富，形象瑰丽，文采富艳，在"熟读《离骚》即成名士"的魏晋风气中，对于魏晋文学，尤其是诗歌的影响极大。钟嵘《诗品》把先秦以来的诗歌传统分为源于"风""骚"的两大流派，又把受《楚辞》一系影响的诗人分为情感哀怨和文辞艳丽两类，属于前者的有李陵，"其源出于《楚辞》。文多凄怆，怨者之流"；班姬"怨深文绮"；王粲"发愀怆之词"；属于后者的则有潘岳"烂若舒锦"；张华"其体华艳"；张协"调采葱菁"。②钟嵘共考察了37位诗人源流，其中就有22位出自《楚辞》一派，故有学者言："钟嵘以为汉魏六朝的诗家，受《楚辞》的影响最大。"③如此而言，对《楚辞》钟情有得的王恭，其诗学素养之高应是不言而喻的。

由此可知，善于品鉴、清谈能出新、诗学素养很深、对《楚辞》情有独钟的王恭，其口谈能发"兴会"之美，也就在情理之中。

第二个问题是，"兴会"之美是王恭所超卓独有的，还是时代风气如此？应该说东晋士人已经具备一种"兴会"的审美自觉，这一点在《世说新语》的人物言谈中是有多处体现的。

《言语》第32则：

> 卫洗马初欲渡江，形神惨悴，语左右云："见此茫茫，'不觉百端交集'。苟未免有情，亦复谁能遣此！"④

刘孝标注引《玠别传》曰："玠颖识通达，天韵标令，陈郡谢幼舆敬以亚父之礼。论者以为出王眉子、平子、武子之右。世咸谓'诸王三子，不如卫家一儿'……永嘉四年，南至江夏，与兄别于梁里涧，语曰：'在三之义，人之所重，今日忠臣致身之道，可不勉乎？'"余嘉锡评曰："然则叔宝南行，纯出于不得已。明知此

---

① 鲁迅：《汉文学史纲要》，人民文学出版社，1977，第54页。
② 陈延杰：《诗品注》，第18—27页。
③ 罗立乾：《钟嵘诗歌美学》，武汉大学出版社，1987，第92页。
④ 余嘉锡：《世说新语笺疏》，第84页。

后转徙流亡,未必有生还之日。观其与兄临诀之语,无异生人作死别矣。当将欲渡江之时,以北人初履南土,家国之忧,身世之感,千头万绪,纷至沓来,故曰不觉百端交集,非复寻常逝水之叹而已。"①这就是典型的审美"兴会"。北土沦陷,转徙江南,渡江之际,并无当下发生的突然具体情事,一切只是眼前之景,一片江水茫茫,但就像无意中触动了一个水龙头的开关,往事、未来、中土、江左,一起涌到眼前,汇为一片茫茫,直欲将人淹没。"(江水)茫茫"是景物,"(胸有)百端"是情理,因"茫茫"而通"百端",由"百端"而更感"茫茫",触目生心,寓目警心,物我相值相取又相生,便成难以言说而又回肠欲断的意境。所以,朱光潜认为它具有既直截了当而又飘渺摇曳的风致:"这段散文,寥寥数语,写尽人物俱非的伤感,多么简单而又隽永!"②刘辰翁云:"似痴似懒,似多似少,转使柔情易断。"③宗白华说:"陈子昂《登幽州台歌》'前不见古人,后不见来者。念天地之悠悠,独怆然而涕下'不就是从这里脱化出来?"④"兴会"的力量,说穿了,就是刹那感兴,引起无端情思,汇成无边的意境,将理性的自我瞬间淹没或者抽离,人沉浸在景物和自我构成的意境之中,实现一种百味在胸又难以确指、难以言传的体验,故而狄期进于此评价曰:"祖士雅中流击楫耶?周伯仁新亭之叹欤?"⑤这里也只说到卫玠"百端交集"所成万般滋味中的两味而已!而刘应登则评价说:"接此匆匆出语耳,而微辞逸旨,超然风埃之表。"⑥点破卫玠由一时"兴会"而臻于"玲珑不可凑泊"的"超然风埃之表"的意境。李商隐之诗歌《登乐游原》:"向晚意不适,驱车登古原。夕阳无限好,只是近黄昏。"纪昀曰:"百感茫茫,一时交集,谓之悲身世可,谓之忧时事亦可。"⑦程千帆曰:"非常成功地揭示了诗人在登上乐游古原时深沉而又激越、向往而又追悔的无可奈何之感。"⑧后来的况周颐将这种"兴会"之美表述为:"吾观风雨,吾览江山,常觉风雨江山之外,有万不得已者在。"(《蕙风词话》)

再看《言语》第73则:

---

① 余嘉锡:《世说新语笺疏》,第85页。
② 朱光潜:《诗论》,载《朱光潜全集》第三卷,安徽教育出版社,1987,第107页。
③ 刘强:《世说新语会评》,第54页。
④ 宗白华:《天光云影》,北京大学出版社,2005,第58页。
⑤ 周兴陆:《世说新语汇校汇注汇评》,第171页。
⑥ 刘强:《世说新语会评》,第54页。
⑦ 陈伯海主编《唐诗汇评》,浙江教育出版社,1995,第2417页。
⑧ 程千帆:《闲堂诗学》,辽海出版社,2002,第99页。

> 刘尹云:"清风朗月,辄思玄度。"①

许询乃东晋清谈领袖之一,与孙绰并为一代文宗。刘孝标注引《晋中兴士人书》曰:"许询能清言,于时士人皆钦慕仰爱之。"②另《建康实录》八曰:"询幼冲灵,好泉石,清风朗月,举酒咏怀。中宗闻而征为议郎,辞不受职。遂托迹,居永兴。肃宗连征司徒掾,不就。乃策杖披裘,隐于永兴西山。凭树构堂,萧然自致。"③许询和刘惔交情非常,《世说新语》有多条记载。如《品藻》第 50 则中刘尹称赞许玄度曰:"自吾有由,恶言不及于耳。"④《宠礼》第 4 则:"许玄度停都一月,刘尹无日不往,乃叹曰:'卿复少时不去,我成轻薄京尹!'"⑤从这些文献可知,许询不仅与孙绰并为东晋玄言诗的代表人物,还长于清谈,赏爱山水,隐居不仕,风韵萧然卓朗,堪为东晋名士的最高标杆。相较于平常睹物思人所见的俗物、实物,"清风""朗月",这两个自然意象才最为恰当地烘托出了许玄度的清朗高洁之风,也只有这两个意象才当得起许询高朗出尘的风度,妙处和难处就在脱口而出。这就是"一时兴会",即景会心,情景相生,脱口而出,使人陷入对许询清朗风骨的无限遐想中,自然灵妙而又意味无穷,又难以实指,并无迹可求。故凌濛初评价:"可思。"⑥龚斌评价:"见清风朗月,俗情都消,喻玄度精神境界之超凡脱俗。"⑦许玄度的"清风朗月"风致也一再被后人仰望,如骆宾王《秋日饯陆道士陈文林》:"唯当玄度月,千里与君同。"陆龟蒙的《奉和袭美所居首夏水木尤清,适然有作次韵》:"更爱夜来风月好,转思玄度对支公。"⑧

再如《黜免》第 8 则:

> 桓玄败后,殷仲文还为大司马咨议,意似二三,非复往日。大司马府听前,有一老槐,甚扶疏。殷因月朔,与众在听,视槐良久,叹曰:"槐树婆娑,

---

① 余嘉锡:《世说新语笺疏》,第 119 页。
② 余嘉锡:《世说新语笺疏》,第 119 页。
③ 余嘉锡:《世说新语笺疏》,第 114 页。
④ 余嘉锡:《世说新语笺疏》,第 461 页。
⑤ 余嘉锡:《世说新语笺疏》,第 626 页。
⑥ 刘强:《世说新语会评》,第 77 页。
⑦ 龚斌:《世说新语校释》,第 264 页。
⑧ 刘强编著《世说新语资料汇编》,凤凰出版社,2020,第 1084 页。下同。

无复生意!"①

刘孝标注引《晋安帝纪》曰:"桓玄败,殷仲文归京师,高祖以其卫从二后,且以大信宣令,引为镇军长史。自以名辈先达,位遇至重,而后来谢混之徒,皆畴昔之所附也。今比肩同列,常怏然自失。"这里牵涉到刘宋代晋的历史。殷仲文本桓玄心腹,桓玄起兵反晋,殷仲文却叛玄,奉晋之二后归建康。后桓玄为刘裕所败,刘裕以殷仲文护救二后有功,任命殷为镇军长史,殷怀不满,颇有失意。余嘉锡笺疏:"婆娑,本训为舞貌。舞必宛转倾侧,引申为人偃息纵弛之状……仲文此语,谓槐树婆娑剥落,无复生趣。"②这也是殷仲文对现状不满,心有所郁,即景生心,不待安排而情与景合,言与意协,脱口而出,万千失意全寓于枝叶纷披散乱衰败的槐树之中,无可言说而又尽在其中。

再如《豪爽》第12则:

> 王司州在谢公坐,咏"入不言兮出不辞,乘回风兮载云旗"。语人云:"当尔时,觉一坐无人。"③

此条王司州即吟诵之景,会超越之境。"入不言兮出不辞,乘回风兮载云旗",出自《楚辞·九歌·少司命》,上句言司命神往来奄忽,入不言语,出不辞别;下句言司命之去,乘风载云,邈不可见也。王司州在满座济济的场景下,吟咏这两句诗,借吟诵声音的引导进入诗句中乘云驾雾、独自遨游天地的场景,恍如司命之神,天地辽旷,唯我翱翔。此乃情以诵兴,境因情生,玲珑透彻而又难以言喻。王司州其人,出身琅琊王氏,少有声誉,才能卓著,豪爽阔朗而又率性,在《世说新语》中有多条记载,《言语》第81则"王司州至吴兴印渚中看,叹曰:'非唯使人情开涤,亦觉日月清朗。'"④自然景色的陶冶,不仅使人胸怀阔朗,尘垢尽除,而且第二自然——外部世界也变得更加清新美好。能由山水的第一自然进入人化的第二自然,这本是魏晋山水审美的一大进步,王司州此悟可谓玄

---

① 余嘉锡:《世说新语笺疏》,第751页。
② 余嘉锡:《世说新语笺疏》,第751页。
③ 余嘉锡:《世说新语笺疏》,第523页。
④ 余嘉锡:《世说新语笺疏》,第123页。

学的妙得。如此朗阔的王司州,在谢安座中吟诗入境,那洋溢着自由人格的风范,甚至令宗白华欣赏不已:"神情超迈,举止历落,态度恢廓,胸襟潇洒。"①所以,对于此条,有识者反复赞叹,崔朝庆曰:"因神往于超现实之神灵境界,故觉一坐无人。"田中叹赏:"一坐无人。"②倒是刘辰翁有不以为然之言:"此复何足语人?"③刘是从义理角度来赏解,确实并无新意,但他忽视了从审美角度的观照,因"兴会"而进入神超形越的胜境,岂非美学的一大进展?魏晋风流说到底是一种审美风范,审美的超越岂非"胜解"?

再如《言语》第83则:

> 袁彦伯为谢安南司马,都下诸人送至濑乡。将别,既自凄惘,叹曰:"江山辽落,居然有万里之势!"④

此条之妙,古人倒是多有深味,只是说得云笼雾罩。刘辰翁云:"黯然销魂,直是注情语耳,未在能言。"黄辉云:"别语惟'春草碧色,春水绿波,送君南浦,伤如之何?'与此二语,千古作匹。"陈梦槐云:"忽忽有此怀,是知别离者。"袁中道云:"语俊。"⑤读来令人神往而又莫名。现代多种注本也语焉不详,唯龚斌本有解释:"袁宏所叹,并非是欣赏山河绵延之美,乃别时情语。东晋安南将军所镇处所不定,或荆州,或江州,然皆距京师不近。袁宏于告别亲友之际,已是凄惘;放眼江山辽落,油然而生征途漫漫之感。于此又见晋人深情,而言语常有诗味。"⑥应该说,能拈出"深情"和"诗味",龚先生可谓洞悉机窍,但对于普通的《世说新语》爱好者而言,其实还是晦暗的。"深情"何有?"诗味"何在?这里要重点理解两个词语:"辽落""万里"。"辽落"乃"稀疏空旷,旷远的样子"⑦,"万里"一词在《尚书》《周易》《汉书·地理志》中都有使用,起初是指实际的空间距离,后来演变成"极言距离长远"⑧的抽象意义,后一种意义在汉魏诗歌中

---

① 宗白华:《美学散步》,上海人民出版社,1981,第386页。
② 周兴陆:《世说新语汇校汇注汇评》,第1025页。
③ 同上。
④ 余嘉锡:《世说新语笺疏》,第124页。
⑤ 刘强:《世说新语会评》,第80页。
⑥ 龚斌:《世说新语校释》,第278页。
⑦ 张永言荣誉主编《〈世说新语〉大辞典》,第198页。
⑧ 张永言荣誉主编《〈世说新语〉大辞典》,第330页。

已有大量使用，比如李陵《别歌》："径万里兮度沙漠，为君将兮奋匈奴。"这里"万里"形容"空间绝远"；再如《古诗十九首》："客从远方来，遗我一端绮。相去万余里，故人心尚尔。""行行重行行，与君生别离。相去万余里，各在天一涯。"①这里"万里"都是虚数，夸张形容相隔空间之远，反衬别情思念之深。魏晋时期，这样的"万里"仍在大量使用，如曹植《杂诗》："之子在万里，江湖迥且深。方舟安可极，离思故难任。"②陶渊明诗歌《拟古九首》其一："出门万里客，中道逢嘉友。未言心相醉，不在接杯酒。"③都是用"万里"夸张形容相隔空间之远。放在这样的"万里"语境中，《世说新语》中袁彦伯的凄感就可理解了：袁宏于告别亲友之际，已是凄惘；放眼江山旷远，油然而生此去万里，相隔天涯之感。但袁彦伯之语妙胜前面"万里"之诗，原因在于，不仅用"万里"之远，衬托情感之深，而且是情在景中，即只利用景物的无限兴发之意，不说破，却又是万千情意尽在景中，一如柳永名句"今宵酒醒何处，杨柳岸，晓风残月"同一妙也。词人柳永酒醒梦回，只见一舟临岸，习习晓风吹拂萧萧疏柳，一弯残月悄挂杨柳梢头，天地秀淡幽绝，身处此境，乍醒之情怀，客情之凄凉，怀人之绵邈，惝恍迷离，不能自主，皆一一飘摇在杨柳晓风残月中，凄其欲语而不能出一字，却又千言万语尽在其中。此正所谓"不着一字，尽得风流也"。

《世说新语》人物语言中类似王恭的"兴会"之美的实例不止这些，比如《言语》第61则记载："简文入华林园，顾谓左右曰：'会心处不必在远，翳然林水，便自有濠濮间想也，觉鸟兽禽鱼自来亲人。'"④"觉鸟兽禽鱼自来亲人"，这就是一种不经意的"兴会"。

上述六条，其实都符合美学"兴会"的特点。一是偶然自发性，并非事先筹划或者苦思冥想，而是寓目生心，触景生情，自然生发；二是兴致表达的直觉性，即眼前景直接道出，不假推理，不用典故，即景即情；三是灵妙性，包含了把握住风神思理的主观创造性以及玲珑透彻意境的生成。这就表明当时名士们已经有颇为自觉的"兴会"之美的艺术素养，并直接在口语交际中获取胜场，成为后世仰望的魏晋风流的重要标范。

---

① 陈延杰注《诗品注》，第79—82页。
② 曹植著，赵幼文校注《曹植集校注》，人民文学出版社，1984，第251页。
③ 袁行霈撰《陶渊明集笺注》，中华书局，2011，第219页。
④ 余嘉锡：《世说新语笺疏》，第107页。

三、《世说新语》人物口谈"兴会"之美的时代审美根源

《世说新语》作为一部笔记体小说,却率先呈现出了诗歌中的"兴会"之美,这并非凭空而来,而是有其时代审美思潮根源。

首先,根源于"兴"的审美理论的发展与实践。源于孔子"兴观群怨"和《诗经》"六义"之说的"兴",既是《诗经》的艺术表现手法(赋比兴),也是"诗歌"的审美作用(兴观群怨),但早期是笼罩在儒家的美刺教化说之内的。"兴"的定义,汉代郑众云:"比者,比方于物也;兴者,托事于物。"① 东汉郑玄在《周礼注疏》中说道:"赋之言辅,直铺陈今之政教善恶;比,见今之失,不敢斥言,取比类以言之;兴,见今之美,嫌于媚谀,取善事以喻劝之。"② 王逸的《楚辞章句·离骚》云:"《离骚》之文,依诗取兴,引类譬喻。故善鸟香草,以配忠贞;恶禽臭物,以比谗佞;灵修美人,以媲于君;宓妃佚女,以譬贤臣;虬龙鸾凤,以托君子;飘风云霓,以为小人。"③ 无论是郑玄还是王逸,都是以儒家美刺说论"比兴",背离了审美的方向。直到挚虞的《文章流别论》才有里程碑式的转变:"赋者,铺陈之称也;比者,喻类之言也;兴者,有感之辞也。"④ 这里直接将"兴"诠释为"起兴、感发"的审美含义,"兴"的"起情"含义和作用从此凸显,"此后大多文学批评著作都在'兴'之'起情'的含义基础上进行阐释"⑤。刘勰《文心雕龙·比兴》继承了挚虞的观点:"比者,附也;兴者,起也……起情,故兴体以立,附理,故比例以生。"⑥ 钟嵘《诗品序》则有了更大突破:"文已尽而意有余,兴也。"⑦ 这是对挚虞的"感物起兴"说的拓新。后来,中国古典诗歌基本是沿着"文已尽而意有余"的方向发展。从上述梳理可以见出,魏晋时期"兴"的"感物起情"的美学含义凸显,成了主流,并且拓出了诗歌要有"言外之意"的境域。至此,对于"兴"的审美认识大体完成。所以有论者曰:"中国古典美学的'兴',到了魏晋南北朝时

---

① 郑玄注、贾公彦疏《周礼注疏》,《十三经注疏》本,北京大学出版社,1999,第 610 页。
② 同上。
③ 郭绍虞:《中国历代文论选》第一册,第 155 页。
④ 同上书,第 190 页。
⑤ 姜子龙:《中国古典美学"兴会"范畴研究》,青岛大学硕士论文,2015,第 5 页。
⑥ 周振甫:《文心雕龙注释》,人民文学出版社,1981,第 394 页。
⑦ 陈延杰注《诗品注》。

代才真正形成了完整丰厚的范畴结构与内涵。"①

　　实践总是先于理论的。挚虞的"感物起兴"理论其实是对汉魏时期诗歌创作实践的总结。早在东汉末年,《古诗十九首》的感物起兴已经摆脱政教得失的藩篱,由个体之兴上升到人生悲慨和新的生命价值的追寻,故胡应麟说:"《十九首》及诸杂诗,随语成韵,随韵成趣,辞藻气骨,略无可寻,而兴象玲珑,意致深婉,真可以泣鬼神、动天地。"②其后建安文学中,"感物兴想"成为创作的基本特色,如曹植的《赠徐干》:"慷慨有悲心,兴文自成篇。"③应玚的《公宴诗》:"辩论释郁结,援笔兴文章。"④建安文学的梗概多气是以"感物兴想""感物兴怀"为创作驱动的,故唐皎然的《诗式》"邺中集"条总结说:"邺中诸子,陈王最高……语语兴趋,势逐情起。不由作意,气格自高,与《十九首》其流一也。"⑤南宋叶适也指出:"魏晋名家,多发兴高远之言,少念物切近之实。"⑥阮籍的《咏怀》,更是"反复零乱,兴寄无端"⑦,将无路可走的忧生之嗟托于各种扑朔迷离的意象之中,"将建安文学感物而兴的风格引向深致委婉、别有洞天的心灵世界,从仗气写怀转向师心造象"⑧。

　　其次,是"兴会"审美理论的发展。在《世说新语》王恭的"兴会"二字正式出现之前,魏晋时期其实已有对"兴会"理论的较多探讨。最早是陆机的《文赋》:"遵四时以叹逝,瞻万物而思纷,悲落叶于劲秋,喜柔条于芳春。心懔懔以怀霜,志眇眇而临云。咏世德之骏烈,诵先人之清芬。游文章之林府,嘉丽藻之彬彬。"⑨这里讲见四季变化,叹时光流逝;观万物荣谢,起纷繁思绪;因落叶而生悲,因春芽而生悦,这是因自然而生感;赞叹先人之清节,则胸臆肃然如怀霜雪;歌颂圣贤之伟业,则情志高远似上青云,这是指因人文而生感。因自然与人文之景观,触动内心情感冲动,这不就是"兴起"吗?"若夫应感之会,通塞之纪,来不可遏,去不可止,藏若景灭,行犹响起。方天机之骏利,夫何纷而不理?思风

---

① 袁济喜:《兴:艺术生命的激活》,百花洲文艺出版社,2017,第34页。
② 胡应麟:《诗薮》,上海古籍出版社,1958,第25页。
③ 赵幼文校注《曹植集校注》,第42页。
④ 陈书良主编《建安七子》,岳麓书社,1998,第330页。
⑤ 赵幼文校注《曹植集校注》,第562页。
⑥ 叶适:《水心文集》卷十七,《徐道晖墓志铭》,四库全书本。
⑦ 沈德潜:《古诗源》,文学古籍刊行社,1957,第136页。
⑧ 袁济喜:《兴:艺术生命的激活》,第45页。
⑨ 郭绍虞:《中国历代文论选》第一册,第170页。

发于胸臆,言泉流于唇齿;纷葳蕤以馺遝,唯毫素之所拟;文徽徽以溢目,音泠泠而盈耳。"①这里的"应感之会"不就是"兴会"之"融会"吗?这种"融会"具有偶然性和突发性,"来不可遏,去不可止";一旦发生,则是文思喷涌,言如泉流。所以,陆机《文赋》虽未提"兴会"二字,但它实际却是在中国文学史上首次论述了"兴会"达到高潮阶段的思维特质与审美心理状态。

王恭之后,"兴会"理论有了进一步发展。钟嵘在《诗品》中用到了"直寻"概念:"'思君如流水',即是即目;'高台多悲风',亦惟所见;'清晨登陇首',羌无故实;'明月照积雪',讵出经、史?观古今胜语,多非补假,皆由直寻。"(《诗品序》)②这里指向的是人和自然或宇宙的直接的心灵交会和摄照,不假典故或者推理,故曰"直寻"。许文雨将"直寻"解释为:"即景会心,自然灵妙。"③可见,钟嵘的"直寻说"其实就是指"兴会"的情景交融的直接性和言意一致性,即"融会""感会"的直接呈现——"即景会心",并指出了这种"会心"的结果是产生"胜语",也就是"兴会"的灵妙性。再其后,刘勰在《文心雕龙》里对"兴会"之美也有探讨。《文心雕龙·诠赋》篇提道:"原夫登高之旨,盖睹物兴情。情以物兴,故义必明雅;物以情观,故词必巧丽。"④这实际上就是指"兴会",具体包含"起兴"和"融会"两个方面,"情以物兴"就是情思因外物兴起,继而融会,结果是含义一定会明显雅正,这其实是对先秦诗歌"比兴"理论的继承和发展;而"物以情观",则体现了主体的"兴致"映射于外物之上,托物以抒情,物皆著我之色彩,这是"兴致"的进一步"融会",结果是词采必然巧妙而美丽,此"情"此"景"就已经是"兴"中之"会"了,故有学者评价"它成为后世'情景'理论的肇端"⑤。《文心雕龙·物色》中还说:"山沓水匝,树杂云合。目既往还,心亦吐纳。春日迟迟,秋风飒飒,情往似赠,兴来如答……是以四序纷回,而入兴贵闲。"⑥这里物我之间"情往似赠"就是指触物起情,而"兴来如答"也就是"兴"而有"会","入兴贵闲"就是指"兴会"多是在心情闲适的情况下的偶然的突发的出现。至此可见,《文心雕龙》虽未直接使用"兴会"二字,但"兴会"的内涵已经基本出来了。

---

① 郭绍虞:《中国历代文论选》第一册,第174页。
② 陈延杰注《诗品注》,第4页。
③ 许文雨:《钟嵘诗品讲疏·人间词话讲疏·附补遗》,成都古籍书店,1983,影印本,第22页。
④ 刘勰:《文心雕龙》,人民文学出版社,1981,第81页。
⑤ 袁济喜:《兴:艺术生命的激活》,第50页。
⑥ 刘勰:《文心雕龙》,第494页。

所以,魏晋时期"兴会"之美,已成为士族文人和名士明确的艺术追求,在叙事文学中则体现于《世说新语》中人物谈吐的"兴会"之美,在诗歌中则有陶渊明"欣然会意"的诗歌。温汝能评价:"渊明胸次悠然,虽寄怀沉湎,而德辉弥上,每当兴会所到,意不在诗,亦如琴不必弦,书不甚解焉耳,亦何尝必于字字句句皆关君父耶?"①王夫之赞叹陶渊明"微雨从东来"二句:"不但兴会佳绝,安顿犹好。"②陶渊明之后就是谢灵运诗歌创作的"兴会标举"。《宋书·谢灵运传论》:"郡有名山水,灵运素所爱好,出守既不得志,遂肆意游遨,遍历诸县……所至辄为诗咏,以致其意焉。"③钟嵘盛赞他:"兴多才高,寓目辄书,内无乏思,外无遗物。"④谢灵运可谓拉开了六朝山水诗"标举兴会"的大幕。到六朝末期的颜之推,就有对当时盛行的"兴会"之美的批评之声:"文章之体,标举兴会,发引性灵,使人矜伐,故忽于持操,果于进取。"⑤这种批评恰好反映了当时"兴会"之美的兴盛情况。

四、"兴会"理论的美学意义

王恭"兴会"只是第一次运用或呈现了审美"兴会",到谢灵运诗歌创作已经大量运用,但"兴会"作为中国古典美学的重要范畴,"情兴"何时"会"?"情兴"如何"会"?"情兴"所会"何"?这三个问题的完整揭示却是经历了由魏晋到明清的发展过程,这一漫长发展过程也奠定了"兴会"理论对于中华民族美学的非凡意义。

继上文六朝的"兴会标举"之后,唐代迎来了"兴会"之美发展的顶峰——"盛唐诗人,唯在兴趣",而其理论的揭示也趋向完善。先是唐代书法理论家张怀瓘在《书断》中提到"兴会":"偶其兴会,则触遇造笔,皆发于衷,不从于外。"⑥这里说的是王献之书法,犹如陶渊明的诗歌,皆是"兴会"所致,从心中流出,不假于外。张怀瓘虽未对"兴会"一词有解释,但却指出了"兴会"的偶然性和外

---

① 《陶渊明研究资料汇编》,中华书局,1962,第221页。
② 王夫之:《古诗评选》,文化艺术出版社,1997,第206页。
③ 沈约:《谢灵运传论》,载郭绍虞主编《中国历代文论选》,第216页。
④ 陈延杰注《诗品注》,第29页。
⑤ 王利器:《颜氏家训集解》,第222页。
⑥ 张怀瓘:《书断》,收入张彦远《法书要录》,人民美术出版社,2004,第267页。

内融合性。然后是日僧遍照金刚的《文镜秘府论》对于"兴会"有较多阐述,其《地卷·十七势》云:"感兴势者,人心至感,必有应说,物色万象,爽然有如感会。"①其《南卷·论文意》又云:"自古文章,起于无作,兴于自然,感激而成,都无饰练,发言以当,应物便是。"②这里的"人心至感"是指主体的内在情思容易被感发,"物色万象"就是引起感发的外在媒介,"感会""兴于自然,感激而成",就是指内在之"人心"和外在之"物色万象"的融合和洽,这就是"兴会"。遍照金刚已看到"兴会"的三个特点,一是时机的偶然性,"起于无作",没有事先筹划苦思;二是方式的直接性,即"爽然""兴于自然,感激而成";三是"兴会"的结果,情景言意妙合,体现为不假思索,脱口而成,"都无饰练,发言以当,应物便是"。

对于诗歌"兴会"之美进行精辟提炼的是宋代严羽。他在《沧浪诗话·诗辩》中说:"夫诗有别材,非关书也;诗有别趣,非关理也……所谓不涉理路、不落言筌者,上也。诗者,吟咏情性也,盛唐诗人惟在兴趣,羚羊挂角,无迹可求。故其妙处莹彻玲珑,不可凑泊,如空中之音,相中之色,水中之月,镜中之象,言有尽而意无穷。"③这里的"别材"就是指诗人特有的艺术气质;"别趣""兴趣"就是指"兴会"之趣,对此,清代王士禛有明确论断:"夫诗之道,有根底焉,有兴会焉,二者不可得兼。镜中之象,水中之月,相中之色,羚羊挂角,无迹可求,此兴会也。"④也就是说,严羽的"唐诗兴趣美"其实就是指唐诗的"兴会"之美。另外,严羽提出"诗道亦在妙悟",其实就是意识到了"兴会"的发生具有超然顿悟性,这和禅宗悟道强调妙悟同趣同径。比起遍照金刚的说法,严羽"兴会"之美理论在两个方面有了突破。一是"兴会"发生的路径,"羚羊挂角,无迹可求",就是指"感于外物""兴于自然"的兴会之美,具有不循理路、难以言诠的特别径路,也就是内在情思和外在景物之间关联的直觉性。二是"兴会"发生之后的美学结果——"莹彻玲珑,不可凑泊","言有尽而意无穷",这里虽未明言,但实际指向蕴藉空灵、深婉不迫的意境生成。对此,王运熙和袁行霈两位先生都有解读,王先生指出:"他把'兴'与'趣'结合起来成为一个概念。'趣'相当于诗歌的韵味,与钟嵘的'滋味'、司空图的'韵外之致'、杨万里的'风味'相近,它与

---

① [日]遍照金刚:《文镜秘府论》,人民文学出版社,1980,第41页。
② 同上书,第127页。
③ 郭绍虞:《沧浪诗话校释》,人民文学出版社,1983,第26页。
④ 王士禛:《王士禛全集》,齐鲁书社,2007,第4769页。

'兴'的含义是相通的。因之严羽的'空中之音''水中之月''镜中之象'云云，虽然说得似乎有点神秘化，实际上无非力图描述出诗歌中的形象应该空灵蕴藉、深婉不迫，与现实保持一定距离，令人神往而不要太落实。"①袁行霈先生则有更明白的阐发："'趣'指兴趣，是进行诗歌创作时的兴发感动作用，以及由此产生的特有的艺术趣味。""这样的诗歌通过有限的字句给人以无限的启示，具有多义的效果。因为是多义的，所以不停留在一种解释上，这就叫'不可凑泊'。因为是多义的，所以单从任何一个角度都不能完全把握它，因而觉得它是'空中之音，相中之色，水中之月，镜中之象'。"②此外，严羽在这里也界定了"兴会"生发的主体一方是"情性"，"诗者，吟咏情性也"。也就是将谢灵运式的"理悟"驱出了"兴会"的范畴。可以说，到严羽这里，"兴会"理论主要内容已具备。

明清两代，可以说是"兴会"理论的集大成时期，这一时期的很多诗论家如胡应麟、谢榛、王夫之、王士禛、袁枚、赵翼等人都标举"兴会"，并对"兴会"的来源、触发规律、思维特质等重要问题在理论上做了更为全面深刻的生发。胡应麟《诗薮》评价《黄鹤楼》《郁金堂》等诗"兴会适超，而体裁未密"。评价李白的诗"兴会标举，非学可至"③。赵翼则是将"兴会"与"肌理"并提："是知兴会超，亦贵肌理亲。"④沈宗骞提出："不前不后，恰值其时，兴与机会，则可遇而不可求之杰作成焉。""一时之会即千古之奇迹也。"⑤但最重要的人物则是王夫之。

王夫之最可贵的贡献在于解决了"兴会"理论的核心问题，即"情景相生"问题：

> 夫景以情合，情以景生，初不相离，唯意所适。截分两橛，则情不足与，而景非其景。⑥

> 情、景名为二，而实不可离。神于诗者，妙合无垠。巧者则有情中景，景中情。⑦

> 关情者景，自与情相为珀芥也。情景虽有在心在物之分，而景生情，情

---

① 王运熙、顾易生：《中国文学批评史》，上海古籍出版社，1984，第125页。
② 袁行霈：《中国诗学通论》，安徽教育出版社，1994，第601页。
③ 胡应麟：《诗薮》，载胡经之主编《中国古典美学丛编》，凤凰出版社，2009，第303页。
④ 赵翼：《论诗》，载胡经之主编《中国古典美学丛编》，凤凰出版社，2009，第309页。
⑤ 沈宗骞：《芥舟学画编》，载胡经之主编《中国古典美学丛编》，凤凰出版社，2009，第307—308页。
⑥ 王夫之著，舒芜校点《姜斋诗话》，人民文学出版社，1961，第151页。
⑦ 同上书，第150页。

生景,哀乐之触,荣悴之迎,互藏其宅。①

"池塘生春草","胡蝶飞南园","明月照积雪",皆心中目中与相融浃,一出语时,即得珠圆玉润;要亦各视其所怀来,则与景相迎者也。②

含情而能达,会景而生心,体物而得神,则自有灵通之句,参化工之妙。③

有识之心而推诸物者焉,有不谋之物相值而生其心者焉。知斯二者,可与言情矣。天地之际、新故之迹、荣落之观、流止之几、欣厌之色,形于吾身以外者,化也,生于吾身以内者,心也:相值而相取,一俯一仰之际,几与为通,而浡然兴矣。④

以神理相取,在远近之间,才著手便煞,一放手又飘忽去……神理凑合时,自然恰得。⑤

这里指出"兴会"是"心""物"即"情""景"二者双向互动并交感融合的过程。"景生情",即"荣悴之迎",客观事物的荣枯盛衰作用于人,从而引起人的喜怒哀乐之情;"情生景",即"哀乐之触",诗人以我之情观物,则物也著我之色彩。"情景"相逢之后,还有一个"与相融浃(融通和洽)"的过程,"情"与"景"互相融洽的结果,就是因景生情,情反作用于景,物皆著我之色彩,遂为"人化之景";因情观景,景又反作用于情,或同向而增哀乐,或反向而衬哀乐,此情因景而倍显,所以他反对将情景分为两橛的意见。情景交感相生的结果便是"会景而生心,体物而得神",这句话应该是互文,此"神"乃景之神和情之神的融合,也就是物我的风神思理(或风韵神理),既体悟了物灵,又照见了自性,然后"自有灵通之句,参化工之妙","化工之妙"就是情与景"妙合无垠",也就是主客体完全融合,达到"嗒然遗其身、其身与竹化""天地与我并生,万物与我为一"之境界,这是"兴会"所达到"目击道存"的审美情感的高峰体验,也是"兴会"的超越性所在,这时候意境自然呈现,于是"自有灵通之句","自然拾得",但又是"玲珑不可凑泊"的,是"才著手便煞(杀),一放手又飘忽去"。王夫之关于"兴会"

---

① 王夫之著,舒芜校点《姜斋诗话》,第144页。
② 同上书,第146页。
③ 同上书,第155页。
④ 王夫之:《诗广传》,见《诗经稗疏·诗广传》,岳麓书社,2011,第383—384页。
⑤ 王夫之著,舒芜校点《姜斋诗话》,第149页。

的核心——"情景"问题,廓清了两个难点:一是"情景"如何"会"?那就是"情景交感相生";二是"情景"所会者何?是"会景而生心,体物而得神",融会的境界是得到物我的风神思理(或风韵神理),既体悟了物灵,又照见了自性;融会的语言呈现是"自有灵通之句,参化工之妙"。至此,"兴会"理论的奥秘已完全揭示。

"兴会"理论发展到王夫之这里,已经走向了高度自觉和完全解密,它对整个民族审美思维方式的推进使得其影响远远超出诗学本身,广泛延伸至文学艺术各个领域之中。王夫之之后,王士禛的"神韵说"更是注重感兴,提倡诗人的自然感发和"兴会神到","夫诗之道,有根底焉,有兴会焉,二者不可得兼。镜中之象,水中之月,相中之色,羚羊挂角,无迹可求,此兴会也"。"古人诗只取兴会超妙,不似后人章句,但作记里鼓也。"①清人袁守定甚至将"兴会"扩充到了文章之道:"文章之道,遭际兴会,摅发性灵,生于临文之顷者也。然须平日餐经馈史,霍然有怀,对景感物,旷然有会,尝有欲吐之言,难遏之意,然后拈题泚笔,忽忽相遭,得之在顷俄,积之在平日。"②由此可见,"兴会"在明清时期文艺中的地位,已经上升到一切文学艺术成败的关键。

王小舒先生认为:"中国的诗歌艺术体系是一个二元互补的形态结构,其中有两大主流,一个是面向社会的主流,外向、倾向于执着,具有阳刚之美;一个是面向自然的主流,内省、倾向于超越,具有阴柔之美。"③在这条"面向自然的主流"中,"神韵派"可谓是典型代表,"兴会"则是其重要理论范畴,"唐代司空图有《二十四诗品》,宋代严羽有《沧浪诗话》,清代王士禛有《带经堂诗话》和《渔洋诗话》,此三家俱是'神韵派'诗学的代表人物。司空图《二十四诗品》中尤以'冲淡''自然''清奇'三品为最上,取的是'兴会'虚静无为、'羚羊挂角,无迹可求'之意;严沧浪将佛语'妙悟'移用诗学之上,取的也是'兴会'超然顿悟却不可名状的部分;而王士禛提出的'神韵'一说,亦是汲取'兴会'中把握生命本质的内涵。由此看来,'神韵派'诗学实际上是'兴会'范畴的发展与延伸"④。其实,"兴会"不仅是"神韵派"诗学的范畴,风骨派诗学也有兴会,比如叶燮《原

---

① 王士禛:《渔洋文》,载胡经之主编《中国古典美学丛编》,凤凰出版社,2009,第306页。
② 袁守定:《占毕丛谈》,北京出版社,2000,第519页。
③ 王小舒:《神韵诗学》,山东人民出版社,2006,第138页。
④ 姜子龙:《中国古典美学"兴会"范畴研究》,硕士学位论文,青岛大学,2015。

诗》论及:"原夫创始作者之人,其兴会所至,每无意而出之,即为可法可则。如《三百篇》中,里巷歌谣、思妇劳人之吟咏居其半。彼其非素所诵读讲肄推求而为此也,又非有所研精极思、腐豪辍翰而始得也。情偶至而感,有所感而鸣,斯以为风人之旨也。"①有学者评价曰:"叶燮认为'兴会'就是情感激烈、自然天放时的创作心理状态,并不专重神韵。"②

由此可以说,中国诗歌"兴会"理论所体现的审美主体与审美客体的关系,集中表明了中国传统审美方式中审美主体与客体的关系,构成了中华民族独特的美学思想和审美境界。

综上所述,王恭口谈的"兴会"之美其实就是中国古代诗歌领域的"兴会"之美,但当时"兴会"之名新出,且王恭并不擅诗名,再加之研究者未能结合文境慎重剖析,更未能对《世说新语》中普遍洋溢的"兴会"之美有所探究,只把它当成"起兴"看待,实在是一大遗憾。魏晋时期"兴会"之美,已成为士族文人和名士明确的艺术追求,王恭的"兴会"之谈是《世说新语》中人物口谈诗性美的最高表现形式。这种"兴会"之美,既是当时文学审美创作实践的结果,也是传统"比兴"理论和"兴会"理论发展融会的结果,后来更凝铸了盛唐诗歌的最鲜明的特征——兴趣之美,从而成为中华民族独特的审美方式。在这个意义上,"王恭"的"兴会"之美先于谢灵运的"兴会"之美,开了民族独特审美的先声。

(宁淑华,女,长沙理工大学教授。出版过《南宋湖湘学派的文学研究》等)

---

① 叶燮著,蒋寅笺注《原诗笺注》,上海古籍出版社,2014,第223页。
② 袁济喜:《兴:艺术生命的激活》,第204页。

《世说新语·伤逝第十七》
"丧作驴鸣"二条读解

李剑锋

《世说新语·伤逝第十七》"丧作驴鸣"二条原文及刘孝标注如下：

○王仲宣好驴鸣。《魏志》曰："王粲，字仲宣，山阳高平人。曾祖龚、父畅，皆为汉三公。粲至长安见蔡邕，邕奇之，倒屣迎之曰：'此王公孙，有异才，吾不及也！吾家书籍，尽当与之。'避乱荆州，依刘表，以粲貌寝通脱，不甚重之。太祖以从征吴，道中卒。"既葬，文帝临其丧，顾语同游曰："王好驴鸣，可各作一声以送之。"赴客皆一作驴鸣。按：戴叔鸾母好驴鸣，叔鸾每为驴鸣以说其母。人之所好，傥亦同之。（第1条）①

○孙子荆以有才，少所推服，唯雅敬王武子。武子丧时，名士无不至者。子荆后来，临尸恸哭，宾客莫不垂涕。哭毕，向灵床曰："卿常好我作驴鸣，今我为卿作。"体似真声〔一〕，宾客皆笑。孙举头曰："使君辈存，令此人死！"《语林》曰："王武子葬，孙子荆哭之甚悲，宾客莫不垂涕。既作驴鸣，宾客皆笑。孙曰：'诸君不死，而令武子死乎？'宾客皆怒。"（第3条）②

〔一〕余嘉锡笺疏：李慈铭云："案'真声'误倒。《晋书·王济传》作'体似声真'，今据改。李本亦误。"③剑锋补：田中以为："《晋书》作'体似声真'，若可从者。然此谓并己体貌专拟，似其真声之意，与'好驴鸣'接应更佳。"④体似，形似、类似。晋郭璞《蚍音铭》曰："蚍之为名，体似无害。所经

---

① 余嘉锡：《世说新语笺疏》，上海古籍出版社，1993，第635页。本文所引《世说新语》原文及刘孝标注文，皆据此版本。
② 余嘉锡：《世说新语笺疏》，第636—637页。
③ 余嘉锡：《世说新语笺疏》，第637页。
④ 周兴陆编著《世说新语汇校汇注汇评》下册，凤凰出版社，2017，第1088页。

枯竭,甚于鸩厉。"①北齐《颜氏家训》卷下:"《尔雅》云:'术,山蓟也。'郭璞注云:'今术似蓟而生山中。'按:术叶,其体似蓟。"②

《伤逝》属于《世说新语》的第十七类,伤逝即对去世者的哀悼。"伤"的本义是创伤,指身体生理破损疼痛之处。故《说文解字》云:"伤,创也。"③后演化为心理的哀伤,包括对去世者的伤悼。《管子·君臣下》曰:"是故明君饰食饮吊伤之礼。"④吊伤之礼即慰问伤悼之礼,丧祭之礼。"逝"的本义是过往,从辵(chuò),折声。《论语》:"逝者如斯夫!"包氏注云:"逝,往也。言凡往也者如川之流。"⑤汉代古诗云:"人生天地间,忽如远行客。"⑥人"寓形宇内",一旦逝去,仿佛辞别旅馆,故陶渊明《杂诗十二首》之七云:"家为逆旅舍,我如当去客。去去欲何之,南山有旧宅。"⑦所以去世仿佛过往,死亡离世也属于"往",属于"逝"。"伤"与"逝"连用组成"伤逝"一词,至少东汉末就已经出现了。如蔡邕《司徒袁公夫人马氏碑铭》云:"吁嗟上天,何辜而然。伤逝不续,近者不旋。"⑧鲍照有《伤逝赋》云:"凄怆伤心,悲如之何!尽若穷烟,离若剪弦。如影灭地,犹星殒天。弃华宇于明世,闭金扃于下泉。永山河以自毕,眇千龄而弗旋。思一言于向时,邈众代于古年。逝稍远而变体,浸幽明而改时。"⑨其所言伤痛正是生死离隔、逝者不回之痛。

鲍照曾为临川王刘义庆参军,极有可能是《世说新语》的编者之一。《文学第四》第46条云:"殷中军问:'自然无心于禀受。何以正善人少,恶人多?'诸人莫有言者。刘尹答曰:'譬如写水着地,正自纵横流漫,略无正方圆者。'一时绝叹,以为名通。"⑩按:鲍照《拟行路难》云:"泻水置平地,各自东西南北流。人生

---

① 郭璞撰《山海经传》"东山经第四",四部丛刊景明成化本。
② 颜之推:《颜氏家训》卷下,四部丛刊景明本。
③ 段玉裁注《说文解字注》卷七篇上,清嘉庆二十年经韵楼刻本。
④ 管仲撰、房玄龄注《管子》卷一一《短语五》,四部丛刊景宋本。
⑤ 何晏集解、邢昺疏《论语注疏》卷九,清嘉庆二十年南昌府学重刊宋本十三经注疏本。
⑥ 萧统编、李善注《文选》卷二九,第3册,上海古籍出版社,1986,第1344页。本文所引《文选》原文,皆据此版本。
⑦ 逯钦立校注《陶渊明集》,中华书局,1979,第119页。
⑧ 蔡邕:《蔡中郎集》卷九,四部丛刊景明活字本。
⑨ 鲍照著、钱仲联增补集说校《鲍参军集注》,上海古籍出版社,1980,第9—10页。
⑩ 余嘉锡:《世说新语笺疏》,第230页。

亦有命,安能行叹坐复愁!"①其以水流平地各有趋向比喻人生命运不同,与"譬如写水着地,正自纵横流漫"如出一辙,《世说》本条很可能是鲍照所编。② 或者《伤逝》一门就是出自鲍照之手。

综合《伤逝》全部19条,其内容皆属于生者对死者表达伤悼之情。第一条"王仲宣好驴鸣"和第三条"孙子荆以有才"情节高度相似,即在表达伤悼时都涉及在丧礼上学驴鸣,在表现痴情哀伤的同时,都表现了魏晋名士任诞越礼的新风貌。此就驴鸣二条相关史实、内涵及其影响解析如下。

一、去世的时间、地点、人物和赴吊原因等

王粲去世的时间,史书记载很明确。《三国志·魏书·王粲传》云:"建安二十一年,从征吴。二十二年春,道病卒,时年四十一。"建安二十二年是公元217年。曹植《王仲宣诔》记述得更确切,云:"建安二十二年正月二十四日戊申,魏故侍中、关内侯王君卒。"③同年,正月曹操"军居巢"④;二月,曹操进军濡须口(水口名,在濡须山和七宝山之间,濡须山在今安徽含山县东关镇境),孙权退走;三月退兵时,留夏侯惇、曹仁、张辽等屯居巢。居巢在今安徽桐城市南,原为吴国之地,据《三国志·吴书·周瑜传》,周瑜曾经做过居巢长;后当为曹军所占,所以曹军才会驻扎于此。从曹操攻打孙权的过程来看,王粲"道病卒"之"道"应该是前往征讨的路上,而不是回军的路上,即极可能是初到前线驻军居巢还没有攻击孙权之前。

王粲极可能死于瘟疫。据《三国志·魏书·司马朗传》:"到居巢,军士大疫。"王粲"体弱"(《三国志·魏书·王粲传》),在"大疫"到来之前,早早染病是情理中事。建安二十二年(217)瘟疫流行,建安文坛损失惨重,王粲先去,此后"徐(干)、陈(琳)、应(玚)、刘(桢),一时俱逝"⑤。瘟疫造成的死亡现象对敏感的建安文人的精神刺激是显而易见的,读曹丕《与吴质书》可以有深切的感

---

① 鲍照著、钱仲联增补集说校《鲍参军集注》,第229页。
② 范子烨《世说新语研究》论及《鲍照与〈世说新语〉》,从骈俪、词语、典故的使用,游戏诗的创作和长时间追随刘义庆三个方面论析,认为"刘义庆主编《世说》,他不可能不参与其事"。(黑龙江出版社,1998,第68页)但所举例子未涉及本文所举"泻水置平地"类似"写水着地"一事。
③ 萧统编、李善注《文选》卷五六,第6册,第2433页。
④ 司马光:《资治通鉴》,中华书局,1955,第2148页。
⑤ 曹丕:《与吴质书》,收入萧统编、李善注《文选》卷四二,第5册,第1896页。

受,正是这一背景使王粲的去世不仅仅是个体的死亡、一个朋友的离去,还有生命无常、灾难可惧等浓重的时代氛围笼罩其上。

值得注意的是,曹操这次出征,曹丕、曹植是否随从,这涉及"赴客"中有无曹植的问题。史称"操尝出征。丕、植并送路侧"云云,《资治通鉴》将此事编入建安二十二年(217),但很慎重,仍然保留了"尝"字,没有明确说就发生在本年。曹植《王仲宣诔》云:

> 丧柩既臻,将反魏京。灵輀回轨,白骥悲鸣。虚廓无见,藏景蔽形。孰云仲宣,不闻其声?延首叹息,雨泣交颈。嗟乎夫子,永安幽冥。①

这段话有值得琢磨的信息。既然提到"丧柩既臻,将反(返)魏京"云云,王粲的丧礼应是在"魏京"邺城举行的。但曹植的诔文却不是在邺城写的。即王粲死后,在未返回"魏京"之前已经进行了装殓入棺的仪式,诔文是为王粲丧柩"将反魏京"、为其送行时所作,所以才说"延首叹息",祝愿他"永安幽冥",曹植很可能没能同行,即没有与曹丕一起到邺城参加葬礼。《世说新语》故事说"既葬",则葬礼是在邺城举行的,曹丕是肯定参加了丧礼,同时参加的"赴客"可能还有不久后在同一年去世的"徐、陈、应、刘"诸人,然确切为谁,难以实考。又今济宁有王粲墓,根据曹植诔文,葬礼当不在济宁举行,此冢或许乃家乡尊奉先贤所设,待考不赘。

从曹丕参加王粲葬礼来看,最大的可能是曹丕在建安二十二年(217)春天没有追随曹操出征,而是留守邺城。曹丕与王粲至少从建安十三年(208)相识结交,因为这一年9月王粲劝刘琮归降有功被辟为丞相掾,从此有机会与曹丕交游,一起参与邺下诗酒风雅之事,如,建安十七年(212)阮瑀卒,王粲曾奉曹丕之命作《寡妇赋》;建安二十年(215)与曹丕同到官渡,见到曹丕建安五年(200)所植柳树,应曹丕命作《柳赋》等。② 曹丕在《典论·论文》中把王粲归入"七子"之一,对其"长于辞赋"创作的才能格外赞赏。③ 至建安二十二年(217)王粲去

---

① 萧统编、李善注《文选》卷五六,第6册,第2437页。
② 参见唐绍忠《曹丕集校注》第59页、第70页,张蕾《王粲集校注》第56页、第74页,并河北教育出版社,2018。
③ 参见唐绍忠《曹丕集校注》,第235页。

世,他们已经有10年的交往了。曹丕如果留守邺城,自然是一时主人,王粲是朋友又是"侍中、关内侯",虽死于疾病,但毕竟属于因公殉职。所以从公从私,曹丕参加王粲葬礼都是理所当然、责无旁贷。

王济(247?—292?),年20,授任中书郎。母忧去官,起为骁骑将军,迁右卫将军。泰始八年(272)或稍前,迁侍中,每与晋武帝议论朝政和人物得失,最受赏识。太康三年(282)忤帝意。六年(285)或者稍前,复入为侍中。后因过错移居北邙山,以白衣领太仆。据《晋书》本传,王济卒年46,不载去世之年份。曹道衡、沈玉成《中古文学史料丛考》"王济卒年及两为侍中之年"条考论孙楚卒年在晋惠帝元康三年(293),"则王济之卒,当在元康元年或二年"。① 可从。

王济与孙楚为同乡,都是太原郡人,从小交往融洽,而且王济对孙楚有识拔之恩。《世说新语·言语第二》第24条刘孝标《注》引《晋阳秋》曰:"楚,骠骑将军资之孙,南阳太守弘之子。乡人王济,豪俊公子,为本州大中正,访问弘为乡里品状,济曰:'此人非乡评所能名,吾自状之曰:"天才英特,亮拔不群。"'仕至冯翊太守。"②可见,王济在太原郡做大中正的时候曾经亲自品状孙楚,评之为"天才英特,亮拔不群",因此,孙楚对王济心存感恩,在王济去世的时候伤心悼念乃事出有因。王济卒于太仆之任,时在西晋京城洛阳,孙楚"仕至冯翊太守",或者闻王济去世,专往赴吊,故与"诸名士"相遇。孙楚有《王骠骑诔》,颜之推《颜氏家训》引佚句云:"奄忽登遐。"③伤其仙逝;《太平御览》引佚句云:"逍遥芒阿,阖门下帷。研精六艺,采颐(当通赜)钩微。"④赞其风度学问,皆可见孙楚与王济情谊非常,临丧悲悼乃情理中事。

二、驴与学驴鸣的源流

《世说》两则故事最奇异的地方是人学驴鸣,可谓驴声进入文学之始。因

---

① 曹道衡、沈玉成:《中古文学史料丛考》,中华书局,2003,第171页。
② 余嘉锡:《世说新语笺疏》,第86页。余嘉锡笺疏引程炎震云:"《魏志·孙资传》注引《晋阳秋》云:'访问关求楚品状',《晋书·楚传》云:'访问铨邑人品状.'此注云:'访问弘为邑人品状.'盖衍'弘'字。'天才'二语,《文选》五十四《辨命论》,六十《竟陵王行状》注,两引《郭子》作'孙楚状王济',盖传闻异辞。《御览》二百六十五引《郭子》较《选》注为详,仍是王状孙,非孙状王也。"余嘉锡之说可从。
③ 颜之推:《颜氏家训》卷上,四部丛刊景明本。
④ 李昉撰《太平御览》卷五六,四部丛刊三编景宋本。

此,粗略考察此前驴的文化史对于读解故事本身是一种重要的源流梳理。

甲骨文和金文中没有"驴"字。《山海经》没有写到驴,其《北山经第三》记述县雍之山"其兽多闾麋",郭璞注曰:"闾,即羭也,似驴而岐蹄角……一名山驴。"①这里的"闾"是一种羊,晋代郭璞虽然说它像驴,甚至又名为"山驴",但从头上长角来看,本来不是驴。此外,先秦典籍如《老子》《论语》《孟子》《庄子》《春秋左传》《战国策》《国语》等不见"驴"字。直到汉代才出现了"驴"字。许慎《说文解字》说:"驴,似马,长耳。"②长相说得不错,不过,实在没有给我们提供多少文化信息。《史记》卷一一〇《匈奴列传》云,驴是匈奴"奇畜"③。《汉书》卷九六《西域传》曰:乌秅国"有驴无牛"。南朝宋何承天《纂文》曰:"驴,一曰漠骊。"④这些记载告诉我们,驴是外来户,从西域传过来的,其根不在华夏。因此,段玉裁注《说文解字》云:"'驴、骡、馲駼、駏驉、驒騱',太史公皆谓为匈奴奇畜,本中国所不用,故字皆不见经传,盖秦人造之耳。"⑤段玉裁以为中国本无"驴"字,"驴"字"盖秦人造之耳",当是符合汉字史的事实。汉初贾谊《吊屈原赋》即提到"驴",可见汉初或者秦代就有"驴"字,这与段玉裁的判断相合。由于驴子长相奇特,生性倔强而愚鲁,又是"蛮夷",所以很早就被借用来骂人。东汉应劭《风俗通义》说:"凡人相骂曰'死驴',丑恶之称也。董卓陵虐王室,执政皆如死驴。"⑥《三国志·诸葛恪传》云:"恪父瑾面长似驴,孙权大会群臣,使人牵一驴入,长检其面,题曰:'诸葛子瑜'。恪跪曰:'乞请笔益两字。'因听与笔。恪续其下曰:'之驴。'举坐欢笑,乃以驴赐恪。"⑦这个故事常被作为表现诸葛恪聪明滑稽的典故来看待,但他被讥笑的原因是他父亲诸葛瑾"面长似驴",驴的长相自然也在人的讥讽之列。

驴子总是出力不讨好,它长相似马,常被人提出来与马对比,以显其陋劣。西汉初年贾谊《吊屈原赋》云:"腾驾罢牛兮骖蹇驴;骥垂两耳兮服盐车。"⑧《史

---

① 郭璞撰《山海经传》,四部丛刊景明成化本。
② 桂馥义证《说文解字义证》卷三〇第二十四面,清同治刻本。
③ 司马迁:《史记》第 9 册,中华书局,1982,第 2879 页。
④ 徐坚撰《初学记》卷二九,清光绪孔氏三十三万卷堂本。
⑤ 段玉裁注《说文解字注》卷一〇篇上,清嘉庆二十年经韵楼刻本。
⑥ 李昉撰《太平御览》卷九〇一引《风俗通》佚文,四部丛刊三编景宋本。
⑦ 陈寿:《三国志》卷六三《吴书十八》,百衲本景宋绍熙刊本。
⑧ 司马迁:《史记》卷八四《屈原贾生列传》第 8 册,第 2493 页。

记》卷一二七《日者列传》亦云："骐骥不能与罢驴为驷。"①扬马抑驴也就罢了，还要被骂为瘸腿驴。《世说新语·排调第二十五》第 12 条也这样对比："诸葛令、王丞相共争姓族先后。王曰：'何不言葛、王，而云王、葛？'令曰：'譬言驴马，不言马驴，驴宁胜马邪？'"②在重门阀的时代，贵族为了自高门第把人家比作驴，而自己以马自居。在文化观念中有让驴子很不高兴的一面。

当然，驴子也有令人赞赏的优点，从功利的角度讲，第一大优点就是吃苦耐劳，南朝臧道颜《吊驴文》、袁淑《庐山公九锡文》的俳谐文章虽是骂它，但把这一点写得很清楚，可参看。到魏晋，驴子已是常见之物。在各种情况下的物资运输离不开驴子。故袁淑俳谐文《庐山公九锡文》云："若乃三军陆迈，粮运艰难，谋臣停筹，武夫吟叹。尔乃长鸣上党，慷慨应官，崎岖千里，荷囊致餐，用捷大勋，万世不刊，斯实尔之功也。"③驴子也是重要的脚力，上文提到的阮籍、阮咸骑驴可证，又如《世说新语·德行第一》第 27 条刘孝标《注》引《晋阳秋》提到清廉的胡威"每至客舍，自放驴取樵爨炊"④，也是以驴代步。因此，士民居住之地便不乏卖驴之所，被称为"驴肆"⑤。所以，魏晋名士能够熟悉驴子，惯听驴鸣，都是日常生活中的自然之事。

驴的叫声本来就"高音远畅"，肆意宣泄，无所忌惮，声音抑扬顿挫，不乏动听韵致。这是驴子吃苦耐劳之外的另一大优点。从历史记载来看，喜欢听学驴鸣的源头不是魏晋人，而是东汉戴良及其母亲。《汉书·逸民传》记载："良少诞节，母熹驴鸣，良常学之以娱乐焉。"⑥戴良有节操却任诞不拘，母亲喜欢驴鸣，少年戴良便经常学驴鸣来娱乐母亲，母亲开怀大笑，儿子也心情舒畅。《孝经·纪行章》记曰："孝子之事亲也，居则致其敬，养则致其乐。"⑦戴良正是借驴鸣表达孝心，所谓"养则致其乐"，属于名教允许范围之内的事。魏晋名士学驴鸣表达对于友情的怀念，他们大约是学了东汉初年的隐士戴良的做法。所以余嘉锡先生说："此可见一代风气，有开必先。虽一驴鸣之微，而魏、晋名士之嗜好，亦袭

---

① 司马迁：《史记》第 10 册，第 3219 页。
② 余嘉锡：《世说新语笺疏》，第 791 页。
③ 欧阳询撰《艺文类聚》卷九四，影印清文渊阁四库全书本。
④ 余嘉锡：《世说新语笺疏》，第 28 页。
⑤ 余嘉锡笺疏引《历代名画记》卷五："王濛，字仲祖，晋阳人。放诞不羁，书比庾翼。丹青特妙，颇希高达。常往驴肆家画辎车。"(《世说新语笺疏》第 125 页)
⑥ 范晔：《后汉书》卷八三，百衲本景宋绍熙刻本。
⑦ 李隆基注《孝经》不分卷《纪孝行章第十》，四部丛刊景宋本。

自后汉也。"①但不是为了娱亲,而是为了娱友,不是针对活人,而是针对死人,不是私人场所,而是公共丧礼。启功先生在一次演讲中甚至以为驴鸣符合平上去入四声,启功解释,"魏晋时代的人,为何喜欢听驴鸣?那是他们在当时有意识地探索诗歌的声律,后来南朝的沈约发明的四声,正与驴叫时发出的'嗯啊嗯特'相合"。②他认为驴子产于中国,因此四声也就产于中国,实际不然,遵循启功先生的逻辑,据上所论,驴子不是产于中国,所以驴子的四声还是来自西域。但发现驴鸣动听这一优点的确是魏晋名士的功劳。袁淑《庐山公九锡文》称驴子"音随时兴,晨夜不默,仰契玄像,俯叶漏刻,应更长鸣,毫分不忒"③。人如果学起来那就是一种心情的肆意宣发和富有意味的审美展现。

要之,驴子原本不产于中原,是从西域传来的外来品种。东汉末年到魏晋时期,驴子已经很常见,广泛用于运输和贫寒者的脚力。人们对它的情感态度有贬有褒。这些都为王粲、曹丕、王济、孙楚等名士接触熟悉、喜欢聆听或者模仿驴鸣准备了物质和观念条件。

三、越礼放诞与笃于友情

仔细品味"丧作驴鸣"二则故事,其精神主要体现出三个层次的蕴含,即越礼放诞、笃于友情与超越之境。

首先,"丧作驴鸣"表现了魏晋时期越礼放诞的时代新风。宋刘昌诗云:"晋人放旷,至于吊丧亦出礼法之外。"④传统丧礼是严肃的仪式,在丧礼上即兴增加驴鸣环节,实为礼法所不容,显示了这个时代"越名教而任自然"⑤的新精神。驴子之所以与逍遥物外的狂士、诗人结下不解之缘,与魏晋这个特殊的时代密不可分。

驴子受到青睐乃魏晋放达之风的反映。纵观汉晋时期的贵族出行,经历了一个重马到重牛的转变,而士人则放达不羁,弃马弃牛而好骑驴。汉代贵族重视乘马,刘邦初定天下,王公贵族无马可乘,只好坐牛车;文景之治之后,经济恢

---

① 余嘉锡:《世说新语笺疏》,第635页。
② 韩三洲:《书丛探幽集》,北岳文艺出版社,2016,第116页。
③ 欧阳询撰《艺文类聚》卷九四,影印清文渊阁四库全书本。
④ 刘昌诗:《晋人吊丧弹琴作驴鸣》,载《芦浦笔记》卷三,清知不足斋丛书本。
⑤ 嵇康:《释私论》,载《嵇中散集》卷五,四部丛刊景明嘉靖本。

复,物阜民丰,贵族生活大大改善,出门以乘坐母马所拉的车为耻辱。① 到东汉即如太守出行,也是以"白马从骊驹"②为荣。三国时期亦乘马,故曹植归藩,有"我马玄以黄"③之叹。然而到晋代,贵族重视牛车,不论是从出土文物还是从史料记载来看,牛车是贵族最日常的交通工具,其极端表现为皇亲贵族王恺以"八百里驳"自重④。至于驴子主要是运输畜力,不在贵族出行之选,有身份的人也不骑驴子。因此,如果有名士骑了驴子便为人刮目相看。骑驴的名士最早的要算东汉末年的向栩了。《后汉书》卷八一《向栩传》说:"向栩……少为书生,性卓诡不伦,恒读《老子》,状如学道,又似狂生。……或骑驴入市乞匄[gài]于人。"⑤《后汉书》卷一三五《五行志》:"灵帝于宫中西园驾四白驴,躬自操辔,驱驰周旋,以为大乐。于是公卿贵戚转相放效。"⑥帝王驾驴,公卿仿效,任诞之风起于青萍之末。至于魏晋,儒学定于一统的局面解体崩溃,思想解放,政治上倡导唯才是举,玄学上主张名教本于自然,正始时期甚至走向否定名教、专尚自然的极端。于是士风由东汉之严谨而转为魏晋之放达,"魏武好法术而天下重刑名,魏文慕通达而天下贱守节"⑦,遂有名士阮籍、阮咸骑驴佚事,被收录在《世说新语》《文士传》等史书之中:

  籍放诞有傲世情,不乐仕宦。晋文帝亲爱籍,恒与谈戏,任其所欲,不迫以职事。籍常从容曰:"平生曾游东平,乐其土风,愿得为东平太守。"文帝说,从其意。籍便骑驴径到郡,皆坏府舍诸壁障,使内外相望,然后教令清宁。十余日,便复骑驴去。(《任诞第二十三》第五条"步兵校尉"刘孝标注引《文士传》)⑧

汉末陈蕃登车揽辔,那是乘驾马车;《晋书》卷七一《陈頵传》载:"陈頵,字延思,

---

① 班固:《汉书》卷二四上《食货志上》:"天下既定,民亡盖臧,自天子不能具醇驷,而将相或乘牛车。"又:"乘牸牝者摈而不得会聚。孟康曰:'皆牸父马,有牝马间其间则蹀啮,故斥出,不得会同。'"(清乾隆武英殿刻本影像本)
② 汉乐府《日出东南隅行(即陌上桑)》,徐陵编《玉台新咏》卷一,四部丛刊景明活字本。
③ 曹植:《赠白马王彪》,收入萧统编、李善注《文选》卷二四,第3册,第1123页。
④ 余嘉锡:《世说新语笺疏》,第86页。
⑤ 范晔:《后汉书》卷八一,百衲本景宋绍熙刻本。
⑥ 范晔:《后汉书》卷一三五,百衲本景宋绍熙刻本。
⑦ 西晋傅玄上疏中语,房玄龄等《晋书》卷四七,清乾隆武英殿刻本影像本。
⑧ 余嘉锡:《世说新语笺疏》,第729页。

陈国苦人也,少好学,有文义,父欣,立宅起门,颢曰:'当使容马车。'欣笑而从之。……太守刘亨拔为主薄州,辟部从事,乘马车还家,宗党荣之。"①足见不论贵族还是百姓,其心理一般以乘马车为荣。阮籍为名士,上任东平太守不骑马不坐车而骑驴,行为任诞,故为史书所载。无独有偶,他的侄子阮咸也有骑驴之举:

> 阮仲容先幸姑家鲜卑婢。及居母丧,姑当远移,初云当留婢,既发,定将去。仲容借客驴,著重服自追之,累骑而返。曰:"人种不可失!"即遥集之母也。(《任诞第二十三》,第15条)②

阮咸家贫,《任诞第二十三》第10条很生动地说明了这一点,云:"阮仲容,咸也。步兵居道南,诸阮居道北。北阮皆富,南阮贫。七月七日,北阮盛晒衣,皆纱罗锦绮。仲容以竿挂大布犊鼻裈于中庭。人或怪之,答曰:'未能免俗,聊复尔耳!'"③由此可见阮咸贫穷之一斑。或许是由于家贫没有牛车,所以"借客驴"去追回"鲜卑婢"。

质言之,驴子的长相、本性和在现实生活中从事苦力的遭遇,在鄙视实务、崇尚虚放的贵族眼里,都注定它成为一个出力不讨好的动物形象。但魏晋时代,通脱自然之风渐胜,名士们不拘常规,对驴子也开始另眼相待。阮籍、阮咸骑驴代步,傲视世俗成见,越名教而任自然;曹丕、孙楚在丧礼上学驴鸣,置礼法于不顾,与阮籍、阮咸之举类似,都显示了新的时代风气,都是思想解放时代所带来的士人言行上的变化。

其次,"丧作驴鸣"表现了魏晋名士纯真任情、笃守友谊的尚情特点。

王粲之好驴鸣,首先得自天性。王粲聪颖特出,受到蔡邕赏识之后,声名远扬,才性成长一帆风顺;但"避乱荆州,依刘表,以粲貌寝通脱,不甚重之",怀才不遇,大受压抑,肆意的驴鸣足可以令其宣泄愤懑,发抒真情。

曹丕为人善于矫饰,尤其是在与曹植争太子的过程中,面对父亲曹操的考察刻意自我掩饰,谨守子道,不违礼法,礼贤下士;这与曹植的不自雕励、任性而

---

① 房玄龄等《晋书》,清乾隆武英殿刻本影像本。
② 余嘉锡:《世说新语笺疏》,第734—735页。
③ 余嘉锡:《世说新语笺疏》,第731—732页。

行形成了鲜明对比。但这并不表明曹丕缺乏真情,读其《与吴质书》,娓娓道来,真情流溢,充满对友情的怀恋,读其《典论·自叙》可见其对自我才艺的自诩,毫不掩饰。也就是说,如王粲一样,称帝之前的曹丕也是一位才华天然而饱受压抑的文人士子。王粲所好之驴鸣未尝不可以打动曹丕被层层掩饰的放荡之心。建安二十二年(217)是曹丕命运出现转机的一年,在太子之争中,曹丕的竞争对手曹植因犯禁私开司马门、饮酒不节等,失去父宠,而曹丕则因"御之以术,矫情自饰,宫人左右并为之游说"①,而渐得父心,"冬十月……以五官中郎将丕为魏太子"②。当然这个倾斜在举行王粲丧礼的春天还没有发生,也就是说曹丕心情正处于黎明前的黑暗,极为郁闷。在礼法与自然的夹缝中,曹丕需要一个精神宣泄的出口,这个出口既可以宣泄自己,又不能破坏自己在父亲曹操心目中的形象。而在丧礼上学驴鸣以表达对于王粲的怀念之情正好符合这种双重要求。首先,珍重友情,乃自古以来士人所尊尚的价值观念,何况王粲是吊客们共同的朋友,驴鸣只是被借助的行为,学驴鸣不是真正的目的,真正的目的是伤悼友人,这便从根本上保证了怪诞行为的正义性,此如戴良借驴鸣表现孝心,在价值本质上是一致的。其次,在丧礼上学驴鸣是对礼法的突破,是犯禁,而恰恰是这种犯禁可以释放心理的压力,同时这种擦边的犯禁还构不成曹操的重视,不会带来曹植那种明知有禁酒令、禁行令还饮酒不节、私开司马门所带来的严重后果。再次,王粲的丧礼,或者因其年辈较小(比曹操小22岁)、职务较卑,或者因征讨孙吴未归,曹操不会亲临,曹丕于是就成为参加丧礼的吊客中当然的领袖人物,他便可以在一定程度上摆脱顾忌,特立独行,引领风气,任性而行,流露真情。

至于王济,为人豪奢,泰始八年(272)或稍前,迁侍中,每与晋武帝议论朝政和人物得失,可谓得意。但太康三年(282)忤帝意,六年(285)或者稍前,复入为侍中,后因过错移居北邙山,以白衣领太仆。可见其恃才傲物的性格和坎坷的遭遇。至于孙楚,也是恃才傲物,从小"缺乡曲之誉",可谓磊砢不平之士。此与王粲喜欢学听驴鸣在心理上有相同之处,有些不平之鸣的意味。

孙楚学驴鸣主要是为了表达悼念和知遇之情。正如曹丕与王粲等建安诸子"止则连舆,行则接席",时常"酒酣耳热,仰而赋诗"一样,孙楚与王济交非寻

---

① 陈寿:《三国志》卷一九《魏书·陈思王植传》,百衲本景宋绍熙刊本。
② 陈寿:《三国志》卷一九《魏书·武帝纪》,百衲本景宋绍熙刊本。

常,他们是同乡,少年时期就有交游,也有共同的清言之好,曾经一起各言其志(《排调第二十五》第6条)①,"各言其土地人物之美"(《言语第二》第24条)②,也曾一起进行文学切磋。孙楚笃于夫妇之情,曾作悼亡诗云:"时迈不停,日月电流。神爽登遐,忽已一周。礼制有叙,告除灵丘。临祠感痛,中心若抽。"给王济读后,王济说:"未知文生于情,情生于文,览之凄然,增伉俪之重。"(《文学第四》第72条)③可谓知音玄赏。魏晋尚情,有过圣人有情无情的讨论,如王戎以为"圣人忘情,最下不及情;情之所钟,正在我辈"(《伤逝第十七》第4条)④。面对朋友的逝去,生死的阻隔,"临尸恸哭",实为情不自已。这是对逝者的伤悼,是对友谊的眷恋,也是对自我生命的悲悯。真正的朋友往往能越礼任情,因为形式上越礼只有朋友明白其笃于真情的用意。

《老子》云:"下士闻道,大笑之。"⑤孙楚驴鸣之后,因"体似真声"引得"宾客皆笑",显然,大笑之客无法体会孙楚与王济之间难以言说的深情厚谊。孙楚也不自我解释,高傲地举头说:"使君辈存,令此人死!"这是孙楚的名士作风,也是对王济的最高评价,知音不存,驴鸣无赏,只有寂寞而已。借驴鸣以归真,只有死人明白,活人已经不能体会,此非笃于友谊、深会知音者不能为。至于曹丕学驴鸣是否"体似真声",故事没说,学驴鸣之后,吊客的反应也没有说,倒是记载了"赴客皆一作驴鸣"的滑稽结局。宋人刘辰翁评曰:"不应送客尽能驴鸣。"⑥此虽胶柱鼓瑟,但也令人遥揣实情。曹丕驴鸣是真为友谊而发,"赴客"神会者学驴鸣也凄然有感,至于碍于场面不得不学驴鸣者,便与友谊隔了一层,其来送丧不过束于名教礼节而已,与情谊何关?

总之,王粲、王济之好驴鸣,除了天性喜欢之外,从后天来看,主要出于怀才不遇、遭遇不平之后寻求宣泄的需要,曹丕学驴鸣也有这一方面的心理需求,但他与孙楚更多的是对友谊、真情的眷恋、伤悼和不能自已。"丧作驴鸣"是特定情境下暂时摆脱礼法约束后的放达,更是人的觉醒状态下的真情流露。明王世懋云:"《世说》唯《伤逝》独妙,无一语不解损神。"⑦明李贽评《伤逝》篇云:"以

---

① 余嘉锡:《世说新语笺疏》,第781页。
② 余嘉锡:《世说新语笺疏》,第86页。
③ 余嘉锡:《世说新语笺疏》,第254页。
④ 余嘉锡:《世说新语笺疏》,第637页。
⑤ 河上公注《老子河上公注》卷下,第四十一章,四部丛刊景宋本。
⑥ 转引自刘强《世说新语会评》,第368页。
⑦ 同上。

上皆哀死者。唯其痛之,是以哀之;唯其知之,是以痛之。故曰哀至则哭,何常之有!非道学礼教之哀作而致其情也。"①日本读者田中云:"方极哀之时,追念其所好,以忘可耻,作酷丑态,乃为伤逝也。"②"驴鸣"二条在发抒真情上具有《伤逝》篇的共同特点。曹丕、孙楚(孙子荆)学作驴鸣来悼念喜欢听此奇音的亡友,无视严肃的葬礼要求,越名教而任自然,可谓冒天下之大不韪,但这叫声里传达的悲伤之情却是如此真率,让后人掩卷沉思,甚至扪心自问:我们什么时候也可以抖掉一切忌讳,像驴子那样畅快而肆意地鸣叫一声?

四、超越、自由与审美化的境界

越礼、任情还不是"丧作驴鸣"意蕴的全部,这一放诞不羁、纯真任情的仿效行为背后还有更为深远和动人的境界,它便是对天籁之趣的发现和痴迷,是超越功利、傲视世俗、以本真面目融入外物之后对超越、自由与审美化的境界的体验。作驴鸣时正是这一终极体验的高峰时刻。

王粲为人通脱自然,自我性情爱好往往得之天然,对天然之事物便少有僵化道德理念约束下的成见,更容易发现和欣赏它们的天趣,感悟不受约束的自由;简言之,王粲为人简易不羁,故能好常人所不能好③,但这个爱好不仅仅是不平之鸣,在本质上乃出于天性的欣赏。不独王粲如此。《世说新语》所记简文帝爱好鼠迹,支遁和尚喜欢养马等,这都是世俗人和一般名士所厌恶或者鄙弃者,然而不从人类好恶来观察,老鼠在灰尘上的足迹自有其佳妙独特之处,不从马乃军事用畜考虑问题,其天然神骏足以动人。驴鸣不从粗俗狼抗、极不文雅的厌恶态度看待,其实乃大俗大雅,天然畅快至极,人与其他动物之天然叫声实在难出其右。所谓趣味无争辩,王粲的通脱和时代的开放为他及其同好喜好非常之音提供了条件。其次,驴鸣之爽朗肆意、抑扬顿挫,能引发特殊的美感,是一代名士欣赏的一种美学特点。从驴鸣的天然音质来看,启功先生所谓"驴有四

---

① 李贽:《初潭集》卷一九"哀死"类末总评语,明万历刻本。
② 周兴陆编著《世说新语汇校汇注汇评》下册,第1084页。
③ 王粲好驴鸣之因,周勋初以为乃因受麻风病痛之折磨,参其《王粲患麻风病》,原载《学林漫步》第十三辑,中华书局1991年版,收入其《魏晋南北朝文学论丛》等;萧艾《〈世说〉探幽》认为,因思念家乡常见驴鸣,在荆州每闻驴鸣而好之。皆臆测之词。

声"之说虽有附会之嫌,但其音调"抑扬爽朗"之美有合萧统评价陶渊明诗之赞。① 按,"爽朗"乃《世说新语》所欣赏的名士风神,如评嵇康"爽朗清举"②,评阮孚"爽朗多所遗"③,刘孝标《注》引《袁氏家传》称袁耽"魁梧爽朗,高风振迈"④等。又抑扬顿挫之美也是魏晋作家意识到的一种艺术美。"若前有浮声,则后须切响"虽然是南朝沈约等人才明确意识到的,⑤但不可否认魏晋作家已经有一定的自觉探索。故陆机《文赋》多有描绘,如云"暨音声之迭代,若五色之相宣"⑥,强调声韵的变化和协调。又如《世说新语·文学第四》第92条记王珣批评袁宏《北征赋》"恨少一句,得'写'字,足韵当佳"⑦,这说明不但是诗,连辞赋在内的主流文体在用韵、节奏上已经极为讲究。从王粲《从军行》等诗来看,其不用韵和用韵两句末字之间的声调往往多是仄起平收,在还没有自觉运用四声的时代,颇具抑扬顿挫之美。应该说驴鸣的抑扬高低的韵调与诗歌甚至辞赋追求的音韵之美无形中异曲同工,异物同应,这应该是敏感的诗人喜欢驴鸣的客观因素。龚斌先生说:"魏晋人作驴鸣乃旷达习气,非以为驴鸣真悦耳动听也。"⑧前半句良是,后半句则值得商榷。从生性爱好驴鸣、推崇天籁之声的魏晋名士来说,实在难以排除审美爱好的动机。魏晋人向内发现了自己的深情,故能在特定情境下不受礼法世俗约束,保持率真的自我本性;向外发现了自然,所发现的不仅仅是自然山水之美,更有天籁之音,驴鸣自是一种天籁之声⑨、自然之音。以自然本真之我面对自然天籁之鸣,注定存在契合的玄机。

曹丕、孙楚借助驴鸣表达伤悼之情,其表达的极致是"体似真声",此时正属于沉浸于驴鸣的朗畅抑扬、碎心又醉心于友谊的生死幻灭之际。这时,驴鸣者入乎其中,又出乎其外。"入乎其中"是说对伤逝的特殊表达恰似与朋友晤对,学驴鸣成为一种迷醉。明代读者注意到历史上喜欢驴鸣的现象,概括云:"王粲好驴鸣,将葬,文帝临其丧,顾语同游曰:粲好驴鸣,可各作一声送之,赴客各一

---

① 萧统:《陶渊明集序》:"其文章不群,词采精拔,跌宕昭章,独起众类,抑扬爽朗,莫之与京。"萧统《昭明太子集》卷四,四部丛刊景明本。
② 《容止第十四》第5条,载余嘉锡《世说新语笺疏》,第607页。
③ 《赏誉第八》第29条,载余嘉锡《世说新语笺疏》,第437页。
④ 《任诞第二十三》第34条,载余嘉锡《世说新语笺疏》,第747页。
⑤ 沈约:《宋书》卷六七《谢灵运传论》,中华书局,1974,第1779页。
⑥ 萧统编、李善注《文选》卷一七,第2册,第766页。
⑦ 余嘉锡:《世说新语笺疏》,第270页。
⑧ 龚斌:《世说新语校释》,上海古籍出版社,2011,第1253页。
⑨ 驴鸣是一种天籁之声的感悟受到山东大学文学院《世说新语》读书会参与讨论同学的启发。

作驴鸣;又王濛好孙子荆驴鸣;张南渠亦好驴鸣;戴叔鸾母好驴鸣,叔鸾每作驴鸣以悦之。夫驴鸣本无可悦,而子以是悦母,友以是悦朋,君以是悦臣,异哉!"①"驴鸣本无可悦"可再商榷,这里对为取悦对方而无视世俗的痴迷的概括引人深思,它实际上就是人与人高度和谐的极端表现之一。"出乎其外"是说不但傲视世俗礼法,因伤悼之情至于极端而忘掉世俗悲伤之情,不禁脱略形骸,在刹那间神游玄妙之境。这时,学驴鸣者从自我私情的束缚中暂时摆脱出来,转入自己与去世朋友心有灵犀的两人世界,以彼此之情代替自我单方之情;进而又从生死之情中升华上去,以悟道玄思、宇宙大情代替具体悲伤、世俗哀痛。这种从世俗悲情转入忘俗真情的过程类似于"圣人有情"而终至于"圣人忘情",在类似审美的沉迷中脱落"情累"。曹丕、孙楚都能够以朋友喜好的方式与朋友道别,也是再做一次超越生死之隔心灵的交流,共同欣赏一次驴鸣抑扬朗畅的神韵,有对奇异音韵的审美愉悦,也有对宇宙人生超越世俗一切约束的体悟,是自由、自然和欢畅的生命之歌,是生命挣脱一切羁束之后的盛开和翱翔,是自我融入大道的天人合一,这时候已经超越了丧礼和悲痛,超越了生死离隔与区别,完成了一次灵魂的洗礼和升华,是生命在死亡、在灾难面前的觉醒,是饱受世俗束缚的生命向自然真性的回归。

《庄子》一书记载庄子见妻死鼓盆而歌,还写到他见到朋友死而歌:"子桑户、孟子反、子琴张三人相与为有,曰:'孰能相与于无相与,相为于无相为?'……三人相视而笑,莫逆其心,遂相为友。……莫然有间而子桑死,孔子使子贡往侍事焉,或编曲,或鼓琴,相和歌曰:'嗟来,桑户乎!嗟来,桑户乎!而已反其真,而我犹为人。'"②这种任诞之举是因为看到了去世的妻子、朋友是"已反其真",归于道,如果因此再哭是自己不知运化之道,不悟生命之真。假言之,即使朋友有知,也因志趣相合不会怪罪自己的放达言行,此可谓形而上的旷达,友情深深隐藏,心灵拴系于道,故没有世俗的眼泪,只有逍遥自由的洒落。曹丕、孙楚则是含泪而鸣,发之于情,归之于情,其中玄学之趣深微难明,若存若亡,所传达的不是抽象的形而上的道,而是超越世俗的痴情玄趣。所谓"自是天机动,将无发不平"③是也。

---

① 夏树芳辑《词林海错》,明万历刻本。
② 郭庆藩撰《庄子集释》卷三上《大宗师》,清光绪思贤讲舍刻本。
③ 焦源溥:《驴鸣》,载《逆旅集》卷五,清道光十九年宏道书院刻本。

晋人向外发现的自然之美，不只有山清水秀的自然美，也有鸢飞鱼跃的自然美。明人解庄子濠梁之乐联系到驴鸣，云："游濠梁，正天机活发、中心无累时也。见鱼而契其性，本无可言，惠子逐言起识，遂生辨诘。循本者指点初游未言之时，胸次自适。故曰'知之濠上也'。不在濠上，不知鱼乐。见庭草、闻驴鸣，天机触于无心者。"①"天机活发"有赖于主体的解放和外在的触发，魏晋时期人的觉醒为自我提供了主体的条件，于是万物之美也从功利道德束缚中解放出来，能够以其天然会人之天然，相引以造玄道意趣。其平和的状态是简文帝入华林园见鸟兽虫鱼自来亲人，是陶渊明见树木交荫、禽鸟变声便欣然有喜；其激荡的状态便是支遁养马赏其神骏，王粲等人爱驴鸣朗畅。这一鸣是动物的春天之鸣，是人的觉醒时代以审美之眼重新审视外物的奇声异韵！更何况，模仿本身就是一种跨越实际的审美。如果束缚于名教世俗价值理念，则会是另一种情形，即物我分离。明沈长卿曾对人学驴鸣之放诞不理解，他说："战国时孟尝君之客能为鸡鸣，晋时送王仲宣之葬者赴客各为驴鸣，嗟乎！马牛犬猫之作人语者，泂物怪；而人之为鸡驴鸣者，亦人妖矣。"②一定要从政教理念评判人学驴鸣，看到的仅仅是与政教不合的"怪力乱神"一类的怪异，驴鸣以及模仿驴鸣的天趣也就荡然无存。

"丧作驴鸣"故事行文至"顾语同游曰"和"举头曰"时，曹丕和孙楚已经从学驴鸣的迷醉状态中走出来，从即真入玄的意趣和境界中苏醒过来，又清醒地回到越礼任诞的情绪状态，回到与驴鸣隔江相望的分离状态；但这个分离状态从另一面烘托了进入"体似真声"时的超越、自由与审美的境界。这正如陶渊明《饮酒诗二十首》之五结尾写到"此中有真意，欲辨已忘言"③时，诗人已经从"悠然见南山"的物我融合之境中走出来，但"此中"二句虽在境外，却向读者很好地烘托了境内的自由、和谐、忘我、天人合一的审美状态。至如闻驴鸣而笑者最多悟到越礼任诞是什么，至于真情伤逝则已隔膜，何况自我、驴鸣、友情等浑融一体的玄妙之境！

---

① 朱得之：《庄子通义》卷六《秋水通义》，明三子通义本。
② 沈长卿：《沈氏弋说》卷六《畜作人语说》节录，明万历刻本。
③ 逯钦立校注《陶渊明集》，中华书局，1979，第89页。按："辩"，原作"辨"，当误。宋刻递修本、汤汉注本、元李公焕本陶集等皆作"辩"，无异文，此据改。

五、"驴鸣"影响举例

在丧礼上学驴鸣可谓任诞至极,但《世说新语》还是把他们的故事收入《伤逝》,可谓略形取神,得意忘言。后来读者每每心领神会,再续雅篇。

唐初类书《艺文类聚》卷九十四、《初学记》卷二十五分别引录了"王仲宣好驴鸣"和孙楚学驴鸣的故事,之后《白氏六帖》卷二十九,宋代类书《太平御览》卷三八八、卷九○一等皆作引录。文人也往往用为典实。如唐代诗人刘言史《题王况故居》:"入巷萧条起悲绪,儿女犹居旧贫处。尘满空床屋见天,独作驴鸣一声去。"① 宋人黄庭坚《次韵谢外舅食驴肠》:"垂头畏庖丁,趁死尚能鸣。"② 明人刘城《西台哭所思韵》:"客子长号处,驴鸣一座哀。"③ 张岱《祭周伯戬文》:"抚棺号痛,以当驴鸣。"④ 清人桑调元《同莲峰哭盛庸三》:"何处驴鸣送,他年鹤返不。"⑤ 基本在伤逝意义上理解驴鸣之典。明焦源溥《驴鸣》云:"自是天机动,将无发不平。……今无怜汝者,昂首为谁鸣?"⑥ 清刘大绅《驴鸣行》云:"忽然一声来枥间,屋瓦欲飞墙欲倒。……披衣翦烛为长歌,抑郁胸怀试一扫。如何名士偏欢忻,吊客情深尚扰扰。"⑦ 摹写形象,揭示驴鸣抒情泄愤作用,颇得魏晋名士精神。"驴鸣"故事当对绘画也产生过影响,如五代时有"王子庆《驴鸣图》"⑧,或者取材于此。

今人石小梅戏曲工作室创作有《世说新语·驴鸣》短剧昆曲折子戏,以《世说新语》"王仲宣好驴鸣"条为取材来源附会而成,精短有味,超越了单纯的伤逝主题,颇有创造性。剧情先写王粲去世,好友曹丕、曹植前往致祭,贾诩奉曹操之命,借机窥判曹丕、曹植二子高下,好为曹操决定谁做太子提供参考,兄弟二人为此在祭奠是否用酒等方面勾心斗角。次写曹植灵前宣读诔文,风流高才胜过曹丕一筹。最后写曹丕真情不泯,在冢前驴鸣致哀,勾起兄弟旧情,余韵悠

---

① 彭定求等编《全唐诗》卷四六八,影印清文渊阁四库全书本。
② 黄庭坚著,史容注《山谷外集诗注》卷三,四部丛刊景元刊本。
③ 刘城:《峄桐诗》卷七,清光绪十九年养云山庄刻本。
④ 张岱著、夏咸淳辑校《张岱诗文集》,上海古籍出版社,2018,第402页。
⑤ 桑调元:《弢甫集》卷三,清乾隆刻本。
⑥ 焦源溥:《逆旅集》卷五,清道光十九年宏道书院刻本。
⑦ 刘大绅:《寄庵诗文钞》卷六,民国云南丛书本。
⑧ 汤垕《画鉴》不分卷,明万历程氏丛刻本;又《珊瑚网》卷四八《画继》,影印清文渊阁四库全书本。

然。戏曲能够将"王仲宣好驴鸣"与曹丕、曹植争立太子结合到一起是一大创造，增加了《世说新语》该条所没有的现实内容，比如据前面所论，曹植虽然写了诔文，但有没有参加王粲葬礼还是一个疑问，而戏曲则落实下来；其意蕴也深刻隽永，既写出了兄弟间勾心斗角的微妙心理，也传达出难忘真情的朋友、兄弟之意，还有人生异化的悲凉。关于"驴鸣"情节，编剧罗周分析说：

> 一声驴鸣，祭奠的远远不止是王粲，甚至也不仅祭奠了兄弟之情，他也祭奠了自己、祭奠了父子之情。是谁将骨肉手足逼成这样的呢？正是曹操、他们的父亲。进而，他这是对人世间所有因权力而放弃的真情，因权力而产生的凉薄，发出的一声祭奠。
>
> ……
>
> 曹丕对真情的呼唤、对帝王家凉薄的质疑悲哀，其思想之深度、情感之浓度，同样也击中了贾诩的内心。《世说新语》条目里，"驴鸣"是一次较简单的祭奠，但在我们这个折子戏里，它不是简单意义上的祭悼，而有了更深的指向与寄托。①

该阐述把驴鸣祭奠的举动揭示得很深细，但该戏所增加的"对真情的呼唤、对帝王家凉薄的质疑悲哀"在很大程度上超出《世说新语》原作"伤逝"的意蕴，是读者在接受原作基础上的再创造。这个创造联系了《三国志》中关于曹丕、曹植等的相关记载，显得合情合理，可谓破茧成蛾，独具风采。驴鸣余韵，至此再生异彩。

（李剑锋，山东大学文学院教授，博士生导师，著有《陶渊明接受通史》等）

---

① 罗周：《〈世说新语·驴鸣〉阐述与完整剧本》，微信公众号"云拥三峰"2020年3月21日微文。

《世说新语》与晚明"小品热"

欧明俊

晚明小品渊源久远,魏晋小品与宋人小品对晚明小品影响最大。《世说新语》记载魏晋时文人名士嘉言懿行、文采风流,被晚明文人奉为圭臬,是他们心目中的小品典范。《世说新语》与晚明文学关系,已经有不少研究成果,如官廷森《晚明世说体著作研究》(台湾花木兰文化出版社2007年版),刘强《世说学引论》(上海古籍出版社2012年版),王旭川《明代〈世说新语〉的研究与影响》(《上海师范大学学报》2005年第3期),贾占林《论晚明"世说体"》[《湖南工业大学学报》(社会科学版)2008年第3期],甄静《元明清时期〈世说新语〉传播研究》(暨南大学2008年博士学位论文),刘楠楠《〈世说新语〉评点研究》(集美大学2012年硕士学位论文),杨之娴《〈世说新语〉历代重要评注的比较研究》(台北大学2012年硕士学位论文),等等。这些成果皆论及《世说新语》与晚明小品,为本文研究奠定了基础,本文集中、系统论述《世说新语》与晚明"小品热"的关系。

一

"小品"一词早在晋代即有,本属佛教用语。《世说新语·文学》"殷中军读《小品》"句下刘孝标注:"释氏《辨空经》,有详者焉,有略者焉。详者为《大品》,略者为《小品》。"①鸠摩罗什翻译《摩诃般若波罗蜜大明咒经》,将较详的二十七卷本称作《大品般若》,较略的十卷本称作《小品般若》,可见,"小品"与"大品"相对,指佛经的节本,篇幅短小,语言简约,便于诵读和传播。晚明许多文人为

---

① 刘义庆撰,刘孝标注,刘强会评辑校《世说新语会评》,凤凰出版社,2007,第134页。以下凡引《世说新语》原文皆据此书,注释省略。

逃避政治祸患,嗜佛成风,但只是逃于禅、隐于禅,并未真的遁入空门,因此没有耐性钻研深奥玄秘、卷帙浩繁的佛典,对"小品"则情有独钟。随着"禅悦"之风兴盛,他们自然地将"小品"概念移植到文学中。吴承学指出,晚明小品与佛经、《世说新语》关系密切,特别是《世说新语》所追求的"精要简远,高情远韵"给晚明小品注入精神,遂以"小品"概念指称当时兴起的结体短小、率性而为的"小文"。① 晚明时,许多文人竞相写小品、选小品、论小品,蔚然成风。晚明小品名义上只"热"在万历末到明亡,前后不过30余年。但实际创作和鉴赏"热",则从万历初即开始,前后约60年。晚明"小品热"是文学内、外部各种因素"合力"的结果,特别是从《世说新语》到苏轼、黄庭坚"小品",再到明中叶"小品"发展的必然结果。②

《世说新语》主要记载魏晋名士任诞放旷,玄言清谈,生活艺术化,个性张扬,达观洒脱,潇洒闲逸,喜新、好奇、求异,自由、活泼,十分契合晚明文人心态,文化精神上相通。《世说新语》篇幅短小精悍,简约凝炼,多秀句隽语,清雅隽永,趣味盎然,晚明小品与《世说新语》文体和语言上有一致性。唐显悦《〈媚幽阁文娱〉序》引郑元勋语,认为小品"幅短而神遥,墨希而旨永"③。晚明小品的"小",多类似《世说新语》的"短章小语"。晚明小品接受《世说新语》品评人物之风影响,重"品",品评、品玩、品鉴、品赏,以怡情悦性。明初以来的文学"复古"流弊日显,长期处于潜隐状态的表现自我、独抒性灵的闲适、趣味文学自然兴起流行。邢侗《刻〈世说新语抄〉引》曰:"盖自隆、万以来,而《世说新语》大行东南天地间,若发中郎之帐,而斫淮南之枕,口不占不得中微谈,士不授不得称名下也。"④晚明文人喜爱《世说新语》的简约玄淡、清逸超迈,尔雅有韵,主要是爱魏晋名士清谈、放达之风,爱其高情远韵、文采风流。⑤ 嘉靖以来,随着阳明心学和王学左派的兴盛,士风、学风、文风为之一变,文人企慕"魏晋风度",狂狷放达,脱略名教,自然率性,清雅脱俗,被晚明文人反复谈论,晚明小品受到《世说新语》文风的熏染浸润,《世说新语》的影响无所不在。

王世贞喜爱《世说新语》,得风气之先,其《〈世说补〉序》曰:"私心已好之,

---

① 吴承学:《旨永神遥明小品》,天津人民出版社,2019,第4页。
② 参见欧明俊《论晚明人的"小品"观》,《文学遗产》1999年第5期。
③ 郑元勋选《媚幽阁文娱》卷首,明崇祯刻本。
④ 邢侗:《邢侗集》卷六,齐鲁书社,2017,第184页。
⑤ 参见欧明俊《论晚明人的"小品"观》,《文学遗产》1999年第5期。

每读辄患其易竟……至于《世说》之所长，或造微于单辞，或征巧于只行，或因美以见风，或因刺以通赞，往往使人短咏而跃然，长思而未罄。"①王世贞《艺苑卮言》卷三称："正史之外……有以一言一事为记者，如刘知幾所称'琐言'，当以刘义庆《世说新语》第一。"②郑仲夔《〈清言〉序》曰："嘉、隆以前学者，知有所谓《世说》者绝少，自王元美《世说补》出，而始知有所谓《世说》。"③胡应麟也盛赞《世说新语》："读其语言，晋人面目气韵恍忽生动，而简约玄澹，真致不穷，古今绝唱也。"④于是《世说新语》风行一时，刊刻、续仿、评点者不绝。

李泽厚《美的历程》认为，《世说新语》展示的是文人"内在的智慧，高超的精神，脱俗的言行，漂亮的风貌"⑤。晚明小品承传了《世说新语》的精神气韵。袁宏道备尝作令的苦楚，给龚惟长的信中，他列举五种"真乐"，坦露真性情。⑥张岱《湖心亭看雪》写"大雪三日""人鸟声俱绝"时节，自己身着裘毳，划一小舟，半夜到湖心亭看雪，兴致与《世说新语》中王子猷雪夜访戴十分相似。⑦

晚明许多文人寄情山水，与魏晋名士放浪形骸、向往山林之乐相通。王思任《游焦山记》：

> 试以金、焦评之，金以巧胜，焦以拙胜；金为贵公子，焦似淡道人；金宜游，焦宜隐；金宜月，焦宜雨；金宜小李将军（按：指唐李昭道，善画青绿山水），焦则大米（按：指宋代米芾，善于泼墨山水）；金宜神，焦宜佛；金乃夏日之日，而焦则冬日之日也。伯纯主驳："子腹中丘壑，舌下阳秋，谁为我金、焦赂子左右足乎？⑧

以品人之法品金山与焦山，"丘壑"一语出自《世说新语·巧艺》和《容止》，"阳秋"一语出自《世说新语·赏誉》。王思任《淇园序》："天下山水，有如人相：眉目凹，蜀得其险；骨大肉张，秦得其壮；首昂须戟，楚得其雄；意清态远，吴得其

---

① 何良俊：《世说新语补》卷首，明万历刻本。
② 王世贞撰，罗仲鼎校注《艺苑卮言校注》，齐鲁书社，1992，第151—152页。
③ 郑仲夔：《清言》卷首，明万历四十五年（1617）玉麈新谭本。
④ 胡应麟：《少室山房笔丛》，上海书店出版社，2009，第285页。
⑤ 李泽厚：《美学三书》，安徽文艺出版社，1999，第96页。
⑥ 袁宏道：《龚惟长先生》，见《袁宏道集笺校》上册，上海古籍出版社，1981，第205—206页。
⑦ 张岱著，路伟点校《陶庵梦忆 西湖梦寻》，浙江古籍出版社，2018，第49页。
⑧ 王思任：《王季重十种》，浙江古籍出版社，2010，第147—148页。

媚;貌古格幻,闽得其奇;骨采衣妍,滇粤得其丽。然而韶秀冲停,和静娟好,则越得其佳,故吾越谓之佳山水。"①品评山水方式与《世说新语·品藻》神似:"诸葛瑾弟亮,及从弟诞,并有盛名,各在一国。于时以为'蜀得其龙,吴得其虎,魏得其狗。'"②王思任洒脱放旷,其《徐伯鹰〈天目游诗记〉序》曰:"尝欲佞吾目,每岁见一绝代丽人,每月见一种异书,每日见几处山水,逢阿堵举却,遇纱帽则逃入深竹,如此则目著吾面不辱也。"③《世说新语·规箴》载,王夷甫口不言钱事,见钱辄唤婢女"举却阿堵物"。"阿堵",即"阿堵物",钱的略称,作者开宗明义宣示孤高自傲、不与世接的志趣。④

晚明文人多如魏晋名士,追求妙赏、趣味,小品多表现童心、奇癖。⑤袁中道《〈刘玄度集句诗〉序》说:"凡慧则流,流极而趣生焉,天下之趣未有不自慧生焉。"⑥真情至性是对传统的反叛,陈继儒《〈赵无声集〉序》宣称自己"宁为真丈夫,不为假道学。宁为兰摧玉折,不作萧敷艾荣"⑦。

陈平原论张岱:"张岱擅长写人,而且以细节为主。三言两语,便足以流传千古。这种笔调,最直接的渊源,应该是《世说新语》。《陶庵梦忆》里的不少人物,包括张岱自己,都颇具晋人风韵。"⑧《世说新语》记载很多有癖好者,如王徽之癖于竹,阮籍癖好长啸,刘伶癖于酒,支道林癖好养马,王戎癖于钱,王粲、孙楚癖好驴鸣,等等。晚明文人多尚"真",多狂怪之人,如屠隆、袁宏道、陈继儒等,有各种各样的癖嗜。张岱受《世说新语》影响颇深,有诸多癖好,如《自为墓志铭》:"好烟火,好梨园,好鼓吹,好古董,好花鸟,兼以茶淫橘虐,书蠹诗魔。"⑨张岱也欣赏有癖好的人,《祁止祥癖》:"人无癖不可与交,以其无深情也;人无疵不可与交,以其无真气也。"⑩生于末世,张岱无法有所作为,只能寄情于物,寄情于自然,放浪形骸,以寻求暂时的精神寄托。《世说新语》以称赏态度记载魏晋

---

① 王思任:《王季重十种》,第11页。
② 刘义庆撰,刘孝标注,刘强会评辑校《世说新语会评》,第296页。
③ 王思任:《王季重十种》,第51页。
④ 参见刘伟生《王思任小品中的晋人风韵》,《广西社会科学》2008年第4期。
⑤ 参见刘伟生《由风流气韵到性灵趣味——〈世说新语〉与晚明小品的承传论议》,《吉首大学学报》2011年第2期。
⑥ 袁中道:《珂雪斋集》,上海古籍出版社,1989,第456页。
⑦ 陈继儒:《陈眉公集》卷五,《续修四库全书·集部》,第1380册,上海古籍出版社,2002。
⑧ 陈平原:《从文人之文到学者之文》,生活·读书·新知三联书店,2004,第112页。
⑨ 张岱撰,路伟、马涛点校《沈复灿钞本琅嬛文集》,浙江古籍出版社,2015,第369页。
⑩ 张岱撰,夏咸淳、程维荣校注《陶庵梦忆 西湖梦寻》,上海古籍出版社,2009,第72页。

名士沉醉山水，《言语》记载顾长康、王子敬对会稽山水流连忘返、难以忘怀。张岱对山水景物一往情深，明亡前，长期寓居杭州，经常踏访西湖，陶醉于湖光山色中，晚年写《西湖梦寻》，详记西湖及周边名胜。

晚明小品中，狂、放、痴、颠、率、傲、拙、愚、疏、懒、醉、怪，皆是"真"的极端表现。徐渭《自书小像》、钟惺《自题小像》等，自我暴露，自我解嘲，不讳己短，尽露真我。说真话、写真文、抒真性，自然有真趣。袁宏道《叙陈正甫〈会心集〉》曰："世人所难得者唯趣。趣如山上之色，水中之味，花中之光，女中之态，虽善说者不能一语，唯会心者知之。"他又说："得之自然者深，得之学问者浅。当其为童子也，不知有趣，然无往而非趣也。面无端容，目无定睛；口喃喃而欲语，足跳跃而不定；人生之至乐，真无逾于此时者。孟子所谓不失赤子，老子所谓能婴儿，盖指此也，趣之正等正觉最上乘也。"①"最上乘"之趣源于"绝假纯真"的童心。②

张岱模仿、借鉴《世说新语》作《快园道古》二十卷，主要辑录明代文人趣闻轶事，分为二十类。董金鉴序曰："是编门目一仿《世说》，而于乡邦黎献，搜罗潜曜，十居三四。虽不及《梦忆》《梦寻》之隽雅，然以此肩随何、李，亦为可观。"③《世说新语》第一门为"德行"，《快园道古》易名为"盛德"；"言语""夙慧""品藻""任诞""隐逸"等门，在《世说新语》中皆有对应；"学问""经济""戏谑""博物"等类则是张岱的创新。④

张岱对《世说新语》有精神上的认同，他出身官宦世家，世代书香，风流自赏，落拓不羁。他家居山阴，山水风物是东晋况味，有地缘身份上认同，长期浸润"魏晋风度"。《陶庵梦忆》《西湖梦寻》二书可见《世说新语》影子。张岱是魏晋名士的精神传人，喜读《世说新语》，受其祖父张汝霖影响。张汝霖在江西任职时，把《世说新语》以袖珍本刊刻。

《世说新语》记载魏晋名士沉迷艺术，流连山水，看似颓唐消极，实是对生活的挚爱。李泽厚说："表面看来似乎是无耻地在贪图享乐、腐败、堕落，其实，恰

---

① 袁宏道著，钱伯城笺校《袁宏道集笺校》，上海古籍出版社，1981，第463—464页。
② 参见欧明俊《论晚明人的"小品"观》，《文学遗产》1999年第5期。
③ 张岱撰，高学安、佘德余标点《快园道古》，浙江古籍出版社，1986，第1页。
④ 参见蔡丽玲《从晚明"世说体"著作的流行论张岱的〈快园道古〉》，台湾清华大学1993年硕士学位论文。

恰相反,它是在当时特定历史条件下深刻地表现了对人生、生活的极力追求。"①这样的人生态度和审美趣尚深刻影响张岱,《陶庵梦忆》多有表现。张岱生活态度与魏晋名士一脉相承,纵情任性,洒脱自如。《湖心亭看雪》载张岱兴之所至,雪夜拥"毳衣炉火",前往湖心亭赏雪,意趣、境界正与《世说新语》中王徽之雪夜访戴相似。

王思任与《世说新语》中的魏晋名士一样,率性随意②,他深嗜《世说新语》,《〈世说新语〉序》曰:

> 今古风流,惟有晋代……前宋刘义庆撰《世说新语》,尚罗晋事,而映带汉、魏间十人,门户自开,科条别定……然而小摘短拈,冷提忙点,每奏一语,几欲起王、谢、桓、刘诸人之骨,一一呵活眼前,而毫无追憾者。又说中本一俗语,经之即文;本一浅语,经之即蓄;本一嫩语,经之即辣;盖其牙室利灵,笔颠老秀,得晋人之意于言前,而因得晋人之言于舌外,此小史中之徐夫人也。嗣后孝标助注,时或以《经》配《左》,而博赡有功,须溪贡评,亦或以郭解庄,而雅韵独妙,义庆之事,于此乎毕矣……嗟乎! 兰苕翡翠,虽不似碧海之鲲鲸,然而明脂大肉,食三日定当厌去,若见珍错小品,则唊惟恐其不继也。此书泥沙既尽,清趣自悠,日以之佐《史》《汉》炙可也。③

他对《世说新语》赞不绝口,比作"珍错小品",从接受论角度论其价值。王思任小品中,《世说新语》的影响随处可见。

王思任《〈世说新语〉序》称赏《世说新语》"雅韵独妙""清趣自悠"④。陆云龙《叙〈袁中郎先生小品〉》说小品要具"灵气""生韵"⑤,评袁中道《游西山记》"雅有清韵"⑥。孙七政《社中新评》品评43位诗社中诗人,如:"莫廷韩为人正,如淮南小山作《招隐》,悲怀远意,不出骚家宗旨。而以气韵峻绝,独称高作,宜其为风流宗……张仲立为人才高灿发,而托意幽玄。正如冰壶秋月,本宜着烟

---

① 李泽厚:《美的历程》,生活·读书·新知三联书店,2009,第93页。
② 参见陈文新《论晚明文言小说中的名士风度》,《明清小说研究》1989年第2期;刘伟生《由风流气韵到性灵趣味——〈世说新语〉与晚明小品的承传论议》,《吉首大学学报》2011年第2期。
③ 王思任:《王季重十种》,第4—5页。
④ 同上书,第5页。
⑤ 陆云龙等选评,蒋金德点校《明人小品十六家》(上),浙江古籍出版社,1996,第105页。
⑥ 同上书,第253页。

霞外去,乃强使适俗,故少年即多子建忧生之嗟。"①品评重精神,略皮相,语言生动传神,表现出人物风神个性,颇得《世说新语》神髓。

二

学界多视《世说新语》为"小说",晚明文人多视为笔记体散文,《世说新语》全方位影响晚明小品体制、风格、语言等。晚明尺牍小品明显受到《世说新语》影响。屠隆《与张肖甫大司马》:"此时恨小子不得奉幺么六尺,而侍明公床头捉刀之旁。"②"床头捉刀",指英雄豪杰本身。曹操曾使崔琰代见匈奴使者,自己捉刀立床头。既毕,令人问曰:"魏王何如?"答曰:"魏王雅望非常,然床头捉刀人,此乃英雄也。"(见《世说新语·容止》)。屠隆大约于万历十一年(1583)秋北上赴任礼部主事,路过杭州,与张佳胤见面定交。当时张佳胤已由金都御史浙江巡抚升任兵部左侍郎,但尚未离开杭州。此尺牍当作于万历十一年(1583)冬或万历十二年(1584)初春。政治地位上,屠隆与张佳胤相差悬殊,但他们又是平等的诗文之友。写此尺牍,恭维而不谄媚,洒脱而不唐突,把握分寸,措辞得体,着重刻画张佳胤之文武兼备、豪俊洒脱,其形象显得贵而不俗。

周亮工《尺牍新钞》卷二莫廷韩尺牍:"中年哀乐易感,触事销魂,虽复强颜应世,而内怀愦愦。每一念至,卒卒欲无明日。雨中抱郁,且人境尘喧,悲秋之士,极难为情也。稍朗霁,西出图面。不尽缕缕。仆平生无深好,每见竹树临流,小窗掩映,便欲卜居其下。"③又卷四茅维尺牍:"入夏暂学闭关,益懒酬对。驰思足下,如暑月凉风,招摇不能去怀抱。"④有意模拟《世说新语》语言,形神兼似,得其流风余韵。

晚明笔记小品受到《世说新语》影响。张大复《梅花草堂笔谈》记文社中人逸事隽言及自己随兴杂感,涉笔成趣,人情物理与甘言冷语相错而出,虽逸笔草草、琐语小言,却尔雅闲淡,清真隽永,兴味悠长。明代笔记小品主要是业余闲暇时的精神消遣品,可消永昼长夜,可驱睡意,可遣愁排闷,令人开心解颐,超功

---

① 孙七政:《刻孙齐之先生松韵堂集》卷一二,明万历四十五年(1617)孙朝肃刻本。
② 屠隆:《白榆集》卷一二,明万历龚尧惠刻本。
③ 周亮工辑,米田点校《尺牍新钞》,岳麓书社,2016,第53—55页。
④ 同上书,第105页。

利,不求经世实用。周高起序卫泳辑《枕中秘》:"展卷掩卷之间,可以辟寒,可以消夏;可以坐隐,可以卧游;可补《世说》,可广闲情。倚枕北窗,南面王不与易也。"①

《世说新语》"言约旨远"、隽永有致,影响晚明小品的风格。许多清言小品隽言妙语,可看出模仿《世说新语》的痕迹,如《清言》《霞外麈谈》《舌华录》等。《四库全书总目》"子部杂家类"称陈继儒《古今韵史》"亦《世说新语》之支流"②;又称吴从先《小窗四纪·清纪》"摹仿《世说》"③。郑仲夔《兰畹居清言》十卷,收入所编《玉麈新谭》内。曹征庸《〈清言〉序》称:"踵《世说》《语林》诸书之后,而茸《清言》一编,虽晚出而旨微不同,大氐(抵)《世说》在因事以传言,其言精;《清言》在因言以征事,其事核。《世说》之精,使人流想于片言;《清言》之核,期以示的于千古。"④

万历四十三年(1615)前后,曹臣仿《世说新语》撰《舌华录》九卷,卷首潘之恒《〈舌华录〉序》:"舌根于心,言发为华。以吾心,入人之心,非从耳食;以吾心华,开众心华,非因色显:此《舌华》所由录也。晋人尚清言,其立论则以无舌通心,识超言外。故有言,不若无言之含章;多言,不若歙言之微中。"⑤作者从《世说新语》至宋元明笔记、史籍等书中采前人与当代人清言隽语,分类编辑,凡十八门:慧语、名语、豪语、狂语、傲语、冷语、谐语、谑语、清语、韵语、俊语、讽语、讥语、愤语、辨语、颖语、浇语、凄语,每类有序。如《清语第九》:"吴苑曰:'晋人尚清谈,清谈之语,除世务之外,凡风流豪爽、放达高傲之类,皆清也。'是前人所取之义广,吾既以此区分类别,则清之之义,不得不隘矣。淘之汰之,则在山林之士乎?乃次'清语'第九。"⑥"舌华"之名,取佛经舌本莲花之意,《凡例》称该书"所采诸书,惟取语不取事……所取在仓促口谈,不取往来邮笔,以其乃笔华非舌华"⑦。故被誉为"妙语纷披,俯拾即是,试诵一过,何患不舌本生莲也"⑧。潘

---

① 卫泳辑《枕中秘》卷首,天启六年刻本。
② 永瑢等《四库全书总目》,中华书局,1965,第1127页。
③ 同上书,第1235页。
④ 郑仲夔:《清言》卷首,明万历四十五年(1617)玉麈新谭本。
⑤ 曹臣撰,陆林校点《舌华录》,黄山书社,1999,第243—244页。
⑥ 同上书,第124页。
⑦ 同上书,第1页。
⑧ 同上书,第249页。

之恒《〈舌华录〉序》："舌本自强,何关道德?"①为"清言"辩护,是《世说新语》精神的延续。②《舌华录》虽片言只语,琐谈杂感,但勾勒人物风韵气质、声容笑貌,生动如绘,且语俊言清,言约旨远,寓有哲理。曹臣《舌华录》载袁中道评点数百条,侧重语言鉴赏,如卷九《凄语》,袁中道评:"英雄分外多情。"③《政事》第十三则:"陆太尉诣王丞相咨事,过后辄翻异。王公怪其如此,后以问陆。陆曰:'公长民短,临时不知所言,既后觉其不可耳。'"袁中道评:"婉言可爱。"④袁中道评点多"韵正在此""妙绝""韵极"⑤,等等。

吴从先性嗜山水,见识超奇,锦心绣口,咳珠唾玉,妙笔生花。《小窗自纪》体物精微,灵动韶秀,清语、爽语、俊语、妙语、逸语、韵语俯拾皆是,幽雅若空谷之兰,赏心悦目,语冷趣远,尔雅有韵,有晋、宋人风格。刘侗《帝京景物略》属于"竟陵派",文笔峻峭奇崛,语言尖新奇活。纪昀《删正〈帝京景物略〉序》曰:"其胚胎则《世说新语》《水经注》,其门径则出入竟陵、公安,其序致冷隽,亦时复可观。"⑥

三

晚明产生不少"世说体"笔记小品,正是学习《世说新语》结出的硕果。晚明文人大力表彰《世说新语》,各类刻本层出不穷,李贽、王世懋等当世名士对《世说新语》传播起到重要作用。万历时,兴起一股模仿《世说新语》创作热,文人效仿《世说新语》体例,编纂仿拟,如郑仲夔《兰畹居清言》、周应治《霞外麈谈》、梁维枢《玉剑尊闻》、郑暄《昨非庵日纂》、赵瑜《儿世说》、张墉《廿一史识馀》、江东伟《芙蓉镜寓言》、张岱《快园道古》等,多脍炙人口。

万历年间,张懋辰刊刻《世说新语》并会评,在保留刘辰翁、王世贞、王世懋评语基础上,又将李贽、王思任等人评语辑入,卷首有王思任《〈世说新语〉序》。王世懋评点《世说新语》,鉴赏语言修辞;王思任的评点涉及各个方面。《容止》

---

① 曹臣撰,陆林校点《舌华录》,第244页。
② 李灵年、陆林:《晚明曹臣与清言小品〈舌华录〉》,《中国典籍与文化》2001年第1期。
③ 曹臣撰,陆林校点《舌华录》,第239页。
④ 同上书,第175页。
⑤ 参见刘楠楠《〈世说新语〉评点研究》,集美大学2012年硕士学位论文;曹子轩《明代〈世说新语〉评点研究》,西北师范大学2015年硕士学位论文。
⑥ 纪昀:《纪文达公遗集》卷八,清嘉庆十七年(1812)纪树馨刻本。

第八则:"王夷甫容貌整丽,妙于谈玄,下捉白玉柄麈尾,与手都无分别。"黄辉评:"好摹写。"①赞赏此段文字将王夷甫风度翩翩、道骨仙缘形象描写得生动传神。

《世说新语》评点,有专门评点本,也有散见于个人文集、笔记中的评语。有个人评点本,如万历九年(1581),乔懋敬刻王世懋批点《世说新语》三卷;万历十年(1582),余碧泉刻王世贞批点《世说新语》八卷。也有多人集评本,如凌濛初刻《世说新语》三卷,汇集刘辰翁、刘应登、王世贞、王世懋等人批语。明人所刻、所撰《世说新语》评点本,分《世说新语》评点本和《世说新语补》评点本。万历十三年(1585),张文柱校刊王世懋批点《世说新语》六卷、《世说新语补》二十卷。万历十年(1582),太仓王氏刻李卓吾批点《世说新语补》二十卷,卷首有焦竑序。

晚明文人欣赏《世说新语》中魏晋名士的放浪不羁,机智、幽默。如《排调》第四则:"嵇、阮、山、刘在竹林酣饮,王戎后往。步兵曰:'俗物已复来败人意!'王笑曰:'卿辈意,亦复可败邪?'"袁中道评:"妙甚。"王戎机智,面对阮籍刁难,用对方语言逻辑漏洞反唇相讥。晚明文人结合自身经历,带着感情品评《世说新语》。如《言语》第五十五则"桓公北征"故事,李贽评:"极感,极悲。"②

王世懋《批点〈世说新语〉序》曰:"晋人雅尚清谈,风流映于后世,而临川王生长晋末,沐浴浸溉,述为此书。至今讽习者,犹能令人舞蹈,若亲睹其献酬。傥在当时,聆乐(旷)、卫(玠)之韶音,承殷(仲堪)、刘(惔)之润响,引宫刻羽,贯心入脾,尚书(何晏)为之含笑,平子(王澄)由斯绝倒,不亦宜乎。"③《世说新语》言简意赅,生动形象,别有风韵,具有独特的艺术魅力。李贽、袁中道等着重鉴赏《世说新语》的语言,常出现"好言语""无味""隽永"等字眼。善于抓住个性化言行举止评点人物神情。李贽评点多"不必解,妙""妙言"等字眼,赞赏人物智慧,"妙"字使用频率较高,《言语》第九则:"士元从车中谓曰:'吾闻丈夫处世,当带金佩紫,焉有曲洪流之量,而执丝妇之事。'德操曰:'子且下车,子适知邪径之速,不虑失道之迷。昔伯成耦耕,不慕诸侯之荣;原宪桑枢,不易有官之宅。何有坐则华屋,行则肥马,侍女数十,然后为奇。此乃许、父所以慷慨,夷、

---

① 刘义庆撰,刘孝标注,刘强会评辑校《世说新语会评》,第355页。
② 同上书,第66页。
③ 王世懋:《王奉常集》卷二三,明万历十七年(1589)吴郡王氏家刻本。

齐所以长叹。虽有窃秦之爵，千驷之富，不足贵也！'"李贽评："妙，妙！"①一字概括，点到为止。

《世说新语·任诞》第四十七则"王子猷雪夜访戴"，"乘兴而行，兴尽而返"，王世懋品评曰："大是佳境。"凌濛初曰："读此每令人飘飘欲飞。"②《文学》第四十九则："人有问殷中军：'何以将得位而梦棺器，将得财而梦矢秽？'殷曰：'官本是臭腐，所以将得而梦棺尸；财本是粪土，所以将得而梦秽污。'时人以为名通。"王世懋赞曰："名言，名言！"③

《德行》第七则："客有问陈季方：'足下家君太丘，有何功德，而荷天下重名？'季方曰：'吾家君譬如桂树生泰山之阿，上有万仞之高，下有不测之深；上为甘露所沾，下为渊泉所润。当斯之时，桂树焉知泰山之高，渊泉之深，不知有功德与无也！'"黄辉注意到"譬如"后四句排比，字字珠玑，堪称"浑古"。④《言语》第八十八则："顾长康从会稽还，人问山川之美。顾云：'千岩竞秀，万壑争流，草木蒙笼其上，若云兴霞蔚。'"袁宏道评："山阴山水，如元人画：人或无目，树或无枝头，山或无毛，水或无波，隐隐约约，远意若生，此山阴之山水也。二者孰为优劣，具眼者当自辨之。"张懋辰评："顾语高华，袁语风致，并妙。"⑤

四

晚明文人习染《世说新语》，将其语言化为己有。小品创作用《世说新语》典故频率很高，俯拾皆是。李贽《〈初潭集〉又叙》一段文字连用"碎金""自相映发""应接不暇""传神写照于阿堵""目睛既点""益三毛，更觉有神""四体妍媸，本无关于妙处"等《世说新语》语汇。⑥ 李维桢《〈绿天小品〉题词》："娄东王时驭，自号'酒憷'，好酒不减五君。其诗文所谓《绿天馆小品》者，清言秀句，多人外之赏。起五君九原，挥麈酬酢，定入《世说》'言语''文学''任诞'三则中。"⑦赞扬友人王时驭旷达超脱的处世态度，写其敬仰的五位古人，写王时驭好

---

① 刘义庆撰，刘孝标注，刘强会评辑校《世说新语会评》，第40页。
② 同上书，第431页。
③ 同上书，第137页。
④ 同上书，第5—6页。
⑤ 同上书，第82—83页。
⑥ 李贽撰，籍秀琴注《李贽全集注·初潭集注》，社会科学文献出版社，2010，第4页。
⑦ 李维桢：《大泌山房集》卷一三〇，明万历三十九年（1611）刻本。

酒,由此而及诗文特色,只用"清言秀句,多人外之赏"句轻轻点出,又将其与五位古人及《世说新语》联系在一起,亦庄亦谐,活泼风趣。董其昌《〈苏黄题跋〉序》说黄庭坚:"其为文仿《兰亭序》,题跋书画,寥落短篇,出于刘义庆《世说》。虽偏师取奇,皆超出情量,切中肯綮,而广川之藻,长睿之博,顾不无逊席焉,亦得东坡薰染力耳。"①说明黄庭坚文章风格源流,题跋书画出于《世说新语》。

李日华《紫桃轩杂缀》中《题孔鲁森竹册》:"古人称韵士必曰'有林下风气',然惟松竹桃榔乃得称林,其他臃肿支离各自傲兀者不与焉。顾竹之生江湖滨者,琐细欹斜,其在岩崖窟穴者,孤挺无伴,俱非林下……余友鲁孔孙天资高亮,神用沉郁,居恒祛俗自恣,走入林中,挹其飒爽之气……可谓居多竹之乡而工于选胜者矣,斯真不负林下风气哉!"②"林下风气",形容女子风韵气度,闲雅大方,不同凡俗。典出《世说新语·贤媛》第三十则:"王夫人神情散朗,故有林下风气。""林下",指山林田野,即辞官隐居处。此文阐述自己对"林下""成林"看法,写友人品性,看似漫不经心,实含深意,"林下风气"与"工于选胜"必不可少。

袁宏道游记《楞伽》一文曰:"楞伽,一名支硎。《吴地记》云:'支公尝隐此山,后得道,乘白马升云而去。'余谓升云事不见于本传,岂非好事者因《世说》神骏一语,附会其邪?"③"《世说》神骏一语",指《世说新语·言语》"支道林养马"并云"贫道重其神骏"一事。《园亭纪略》"林下风味",语出《赏誉》和《贤媛》;《王以明》"轩轩霞举",语出《容止》;《何湘潭》"渐入苦境",语出《排调》;《龚惟长先生》"玉树满庭"和《冯琢菴师》"满庭芝兰",语出《言语》;《冯琢菴师》和《管东溟》"鸡骨支床",语出《德行》。

王思任率性随意,谐谑恣肆,与《世说新语》中"魏晋风度"一脉相承。小品多直接使用《世说新语》典故。多一典数用,如《简巢必大》:"袁六来,大败人意,然其拇陈亦可矣。"④《天姥》:"使吾家林得百十本,逃帻去其下,自不来俗物败人意也。"⑤《游九华山记》:"云物作噩,各有败意。"⑥皆用《世说新语·排调》

---

① 董其昌撰,严文儒、尹军主编《董其昌全集》第1册,上海书画出版社,2013,第23页。
② 李日华撰,赵杏根整理《恬致堂集》上册,上海古籍出版社,2012,第1395页。
③ 袁宏道撰,钱伯城笺校《袁宏道集笺校》上册,第176页。
④ 王思任撰,李鸣注评《王思任小品全集详注》,北京联合出版公司,2018,第18页。
⑤ 同上书,第110页。
⑥ 同上书,第149页。

"俗物已复来败人意"典。《剡溪》:"移舟桥尾,向月碛枕漱取酣,而舟子以为何不傍彼岸,方喃喃怪事我也。"①《仙岩》:"季中语之曰:'山阴道上人,其言咄咄,吾辈一日东道主。'"②《钓台》:"咄咄子陵。"③《〈礴园诗稿〉序》:"皇天性妒,止令绣云黄土,封其文字于名山大川,咄咄怪事。"④皆用《世说新语·黜免》"殷中军恒书空作'咄咄怪事'"典。《淇园序》:"如是则子犹能径诣而啸者,淇园中又何可一日少此君也。"⑤《〈惹云小集〉序》:"坐对此君,自有飘骚欲上之意。"⑥语皆出《世说新语·任诞》:"王子猷尝暂寄人空宅住,便令种竹。或问:'暂住何烦尔?'王啸咏良久,直指竹曰:'何可一日无此君?'"王思任随手拈来,表达精神气韵。⑦

吴从先《小窗四纪》:"若夫木落霜飞,秋光冷落,风送捣衣之韵,柳衰系马之条,虽非思动寒莼,客兴于兹萧索。""思动寒莼",抒发思乡之情,语出《世说新语·识鉴》第十则:"张季鹰辟齐王东曹掾,在洛,见秋风起,因思吴中菰菜、莼羹、鲈鱼脍,曰:'人生贵得适志尔,何能羁宦数千里以要名爵?'遂命驾便归。"⑧

张岱熟稔《世说新语》,如数家珍,《陶庵梦忆》多直接引述或化用《世说新语》典故。《世说新语》用景物比拟人的风韵,如"谡谡"一词,形容李元礼"谡谡如劲松下风",喻指其为官为人清正冷峻,张岱《朱楚生》描述女戏朱楚"楚楚谡谡"⑨,用"谡谡"形容朱楚生孤高不俗。《世说新语》常用双声、叠韵或叠音词描绘人物风神,如"濯濯如春月柳""朗朗如日月之入怀""森森如千丈松""温润恬和"等,《陶庵梦忆》也如此形容人物,如"婆娑一老""粥粥若无能者""楚楚文弱"⑩等,极具形象性、风情美。⑪

---

① 王思任撰,李鸣注评《王思任小品全集详注》,第109页。
② 王思任:《王季重十种》,第131页。
③ 王思任:《王思任小品全集详注》,第106页。
④ 王思任:《王季重十种》,第41—42页。
⑤ 同上书,第12页。
⑥ 同上书,第53页。
⑦ 参见刘伟生《王思任小品中的晋人风韵》,《广西社会科学》2008年第4期。
⑧ 吴从先编著,岳朗校注《小窗四纪》,陕西师范大学出版社,2018,第108页。
⑨ 张岱:《陶庵梦忆 西湖梦寻》,第90页。
⑩ 同上书,第71、20、75、127页。
⑪ 参见梁建蕊《张岱对〈世说新语〉的接受》,《绍兴文理学院学报》2020年第4期。

五

从"长时段"视野考察，从魏晋到晚明，"魏晋风度"是这一"长时段"的"序曲"，魏晋文已经萌发晚明"小品"特质，李贽的"童心说"、袁宏道的"性灵说"都以个人为中心，求个性解放，袁宏道《序〈小修诗〉》强调"独抒性灵，不拘格套""信腕信口，皆成律度"①。晚明小品是魏晋"文学自觉"的"复活"，根本方向相同。晚明文人倾慕"魏晋风度"，引为同调，反抗传统，重个性、自由、情趣，与《世说新语》精神相近，风致一致，历史有相通性。晚明"小品"实质上并非新的体裁，其实是"古已有之"，只不过是"潜隐"很长时间重新"复活"起来，是"复兴"，"小品"只是新的"命名"而已。

周作人《〈中国新文学大系·散文一集〉导言》说："小品文是文学发达的极致，它的兴盛必须在王纲解纽的时代。"②

中国古代历史上先后有过三次思想解放高峰，即春秋战国时期、魏晋时期、晚明时期，置于整个思想文化史和文学发展史中看，三个时期环境相似，都是时局混乱，专制集权衰落，思想文化空前活跃，处士横议，百家争鸣，自由言说，放言无忌，敢怒、敢言、敢写，文学上没有统治力量专制。周作人指出："魏时三国鼎立，晋代也只有很少年岁的统一局面，因而这时候的文学，又重新得到解放，所出的书籍比较有趣一些。"③晚明小品家生存环境与文化语境正与魏晋文人相似，自然有亲近之感，感情上共鸣，皆具末世情怀，心态、人格、文学趣味上认同。陈继儒《岩栖幽事》引《文中子》名言："上士闭心，中士闭口，下士闭门。"④感叹文人易惹文祸，只有"闭心"才是真正的"苟全性命法"。文人软弱，事业不可为，苦闷郁结，于是沉溺文艺，避难到艺术世界里去，营造心灵"桃花源"，以文自娱，寻求精神慰藉。晚明小品家从《世说新语》中找到异代知己，历史循环，可以"重来"，晚明小品在很大程度上是《世说新语》的"重演"。

晚明"小品热"是以《世说新语》为代表的魏晋文风的承传和"复兴"，观念

---

① 袁宏道撰，钱伯城笺校《袁宏道集笺校》上册，第187页。袁宏道《雪涛阁集序》《袁宏道集笺校》，下册，第710页。
② 赵家璧主编《中国新文学大系·散文一集》，上海良友图书印刷公司，1935，卷首，第6页。
③ 周作人：《中国新文学的源流》，北京出版社，2020，第24页。
④ 陈继儒撰《岩栖幽事》，民国景明宝颜堂秘笈本。

上、精神上认同,追溯渊源,推而上之,自然与"魏晋风度"接上关系,叛逆、旷达、自由、冷峻、洒脱,学习魏晋文的趣味,重新接续"文统"以外的"文脉"。从某种意义上说,晚明小品是对唐宋古文的"反拨",是经学的"反动",是理学的"反动",是"文以载道"的"反动",镜头拉得远,才能看得比较清楚。

历史往往在某些方面表现出惊人的相似,传统文化血脉无法割断,文化基因可以遗传,一是显性,一是隐性,也会"隔代遗传"。魏晋文和晚明小品受正统文人打压后,处于"潜隐"状态发展,但不会完全消逝,一旦遇到合适的气候和土壤,在外力推动下,又会"复活",晚明小品主要是魏晋文的"复活"。从某种程度上说,晚明小品是以学习魏晋文代替学习唐宋文,背离古文统系。魏晋文不仅是晚明小品的文学资源,也是其思想资源,他们高度赞赏孔融、嵇康等人,以历史讽喻现实。晚明小品是"衰世文章",近似魏晋的"乱世文章",不同于大一统时雍容华贵、清真雅正、严谨规范的"盛世文章"。

晚明是社会大变革时代,"天崩地解"[1]。阳明后学具有"异端"品格,李贽公开批评世人"咸以孔子之是非为是非"[2],反儒家正统思想,打破思想禁锢,反传统,反礼教,反程朱理学,反复古,独立、自由,不盲从,不虚伪矫饰,文章从真心自然流出。晚明小品家承继"魏晋风度"和文风,崇尚非正统的"旁门左道"的"异端"思想。周作人《〈近代散文抄〉新序》说:"中国古文汗牛充栋,但披沙拣金,要挑选多少真正好的文章,却是极难的事。正宗派论文,高则秦、汉,低则唐、宋,滔滔者,天下皆是。以我旁门外道的目光来看,倒还是上有魏、晋,下有明朝吧?"[3]他将魏晋和晚明两个时代当作散文史上两个大放异彩的时代,将其散文当作现代散文的渊源,看重的正是非正统、非正宗的传统。魏晋文人特立独行,如嵇康《与山巨源绝交书》所说的"非汤、武而薄周、孔"[4]。晚明小品家也是对抗"文统",张扬个性。周作人《读〈初潭集〉》说:"我们生于衰世,犹喜尚友古人,往往乱谈王仲任、李卓吾、俞理初如何如何,好像都是我们的友朋。"[5]晚明与魏晋也是如此,魏晋叛逆和异端思想为晚明小品之源,两者有血缘关系,精神、情趣一致,反正统,思想解放,文体解放。周作人《〈近代散文抄〉序》认为:

---

[1] 黄宗羲:《黄梨洲文集》,中华书局,1959,第477页。
[2] 李贽撰,籍秀琴注《李贽全集注·藏书注》,社会科学文献出版社,2010,第1页。
[3] 周作人:《中国新文学的源流》,第98页。
[4] 嵇康著,武秀成导读《嵇康集》,凤凰出版社,2020,第63页。
[5] 周作人撰,钟叔河编订《周作人散文全集》第8卷,广西师范大学出版社,2009,第377页。

在朝廷强盛,政教统一的时代,载道主义一定占势力,文学大盛,统是平伯所谓"大的高的正的",可是又就"差不多总是一堆垃圾,读之昏昏欲睡"的东西。一直到了颓废时代,皇帝祖师等等要人没有多大力量了,处士横议,百家争鸣,正统家大叹其人心不古,可是我们觉得有许多新思想好文章都在这个时代发生,这自然因为我们是赞成诗言志的缘故。①

晚明时,阉党专权,党争激烈,纲纪混乱,文士们对政治失去热情,对功名事业感到绝望,为保全性命,于是退居闲处,纵情山水,文酒自娱,躲进个人生活的小天地。因集权衰弱,思想文化控制相对松弛,正统思想缺乏凝聚力,理学受到冲击,"异端"思想便趁虚而入,王学左派思想盛行,非名教,反传统,张扬主体精神,表现自我,肯定个人价值,追求自由。这种"异端"思想成为晚明小品创作的精神武器,李贽把个性解放的精神带进散文创作领域,其"童心说"影响了袁宏道"性灵说"。晚明小品具有反抗精神,批判、质疑、暴露,思想通达,晚明与魏晋两个时代精神相通。

乡土传统对部分晚明小品家有明显影响。周作人《自己的园地·旧梦》说:"风土的力在文艺上是极重大的。"②文人思想离不开地缘关系,会有一种乡土情结,自觉不自觉地抬出故乡先贤,为自己的理论服务。徐渭、王思任、张岱等偏好魏晋人物和魏晋文,有出于热爱故乡先贤的因素。自晋室南迁以后,越中成为当时区域文化中心之一,历史上许多名人如嵇康、王羲之等,是他们的故乡先贤,与魏晋文章有天然的感应和契合,可以跨越时空间隔,达到一种内在心灵交融。"魏晋情结"渗入深层的生命体验,参与建构晚明文人文化人格与小品风格。越中文化传统中的叛逆性,潜移默化感染、影响部分晚明小品家。魏晋名士清谈,庄谐杂出,或幽玄,或奔放,或飘逸,徐渭、王思任、张岱等都是飘逸一派人物。王思任谐谑滑稽,放达不羁,嗜读《世说新语》。张岱《王谑庵先生传》引王思任门人陆德先语:"先生之莅官行政、摘伏发奸,以及论文赋诗,无不以谑用

---

① 周作人:《中国新文学的源流》,第110页。
② 周作人撰,钟叔河编订《周作人散文全集》第3卷,第55页。

事者。"①王思任《谑庵自赞》自谓"舌如风,笑一肚"②。他性格、气质近晋人风韵。作为山阴人,王思任对《世说新语》自然有亲切感、认同感。沈廷芳《书〈方望溪先生传〉后》引方苞语:"南宋、元、明以来,古文义法不讲久矣,吴越间遗老尤放恣,或杂小说,或沿翰林旧体,无一雅洁者。"③王思任即属于方苞批评的"吴越间遗老尤放恣"的代表。其《谑庵文饭小品》以诙谐手法写小品,趣味、幽默,可找到魏晋根源。他好用《世说新语》典故,《剡溪》"秋、冬之际,想更难为怀。不识吾家子猷,何故兴尽?"④典出《世说新语·言语》:"王子敬云:'从山阴道上行,山川自相映发,使人应接不暇。若秋冬之际,尤难为怀。'"《任诞》:"王子猷雪夜访戴,乘兴而行,兴尽而返。"王思任小品用典,有时代风习和个人气质因素,也有地域文化因素。⑤王羲之兰亭雅集,临流被禊,饮酒赋诗。张岱三游兰亭,作《古兰亭辨》,倾慕晋人精神风度,开篇即曰:"会稽佳山水甲于天下,而霞蔚云蒸,尤聚于山阴道上。"⑥明显出自《世说新语·言语》顾恺之赞美"草木蒙笼其上,若云兴霞蔚"及王献之赞叹"从山阴道上行,山川自相映发,使人应接不暇"。祁彪佳《〈寓山注〉序》:"予家梅子真高士里,固山阴道上也。方干一岛,贺监半曲,惟予所恣取。顾独予家旁小山,若有夙缘者,其名曰'寓'……于园以外山川之丽,古称'万壑千岩',园以内花木之繁,不止七松、五柳。"⑦"山阴道上",指今绍兴城西南郊一带,以景色秀丽闻名。典出《言语》。"万壑千岩",描绘会稽山水。《世说新语·言语》:"顾长康从会稽还,人问山川之美。顾云:'千岩竞秀,万壑争流。'"寓山是祁彪佳家乡山阴一座小山,他在其上建造一座园林,《寓山注》是一组描写园林各景点的园记,序言清新优美。越中小品家有浓厚的乡土意识,带着热情来继承乡土文化资源,增强历史感和自豪感。⑧

魏晋名士崇尚自然,超然物外,率真任诞,洒脱自如,清峻、通脱,风流自赏,有情调,有风致,"魏晋风度"成为晚明文人的审美理想。魏晋名士风流,是经学

---

① 张岱:《张岱诗文集》,第332页。
② 王思任撰,蒋金德点校《文饭小品》,岳麓书社,1989,第46页。
③ 彭林、严佐之主编《方苞全集·附录》第13册,复旦大学出版社,2018,第69页。
④ 王思任:《王季重十种》,第109页。
⑤ 参见刘伟生《王思任小品中的晋人风韵》,《广西社会科学》2008年第4期。
⑥ 张岱:《张岱诗文集》,第291页。
⑦ 祁彪佳:《祁彪佳集》卷七,中华书局,1960。
⑧ 参见宋源《寓园的人文情趣及人本特色》,《绍兴文理学院学报》2013年第3期。

人格的反动,晚明文人"独抒性灵",是对宋明理学"存天理、灭人欲"桎梏的解脱。① 《世说新语》生香真色,随意、自然,不事华饰,平和、冲淡,简洁、灵动,有韵味,晚明小品家对《世说新语》语言情有独钟,模仿创造。

清初文人对晚明小品多反思性批判。钱谦益《徐司寇〈画溪诗集〉序》云:"自万历之末以迄于今,文章之弊滋极。"② 申涵光:《荆园小语》曰:"《世说新语》多隽永有致,凡书札及作诗常引用,不可不知。若沉酣太过,诗文流向小品一派矣。"③ 他代表正统文学观念,批评晚明"小品一派"。

(欧明俊,福建师范大学文学院教授,中国散文学会副会长,中国欧阳修研究会会长。出版著作多种)

---

① 参见刘伟生《王思任小品中的晋人风韵》,《广西社会科学》2008 年第 4 期。
② 钱谦益著,钱曾笺注,钱仲联标校《牧斋初学集》卷三〇,上海古籍出版社,1985,第 903 页。
③ 申涵光:《荆园小语》,民国刘承幹辑《留余草堂丛书》本。

《世说》及"世说体"的形式要素、文体意识与可能缺陷

王澧华

自从刘义庆编纂《世说新语》，后世异代同嗜，仿作蔚然成风，由此出现别具标格的"世说体"。本文试图整体抽取《世说》与"世说体"的形式特征，归纳其形式要素，从"世说体"对"志人小说"的集体认知，探寻其潜在的文体意识及其可能缺失。

一、"名人轶事"的题材意义与构思意义

（一）必须真人真事，有据可查

据《宋书》本传与《隋志》，刘义庆撰有《徐州先贤传》《江左名士传》《幽明录》以及《世说》《集林》，分别属于史传、志怪、志人与总集。其中史传为名贤立传，总集汇聚别集，史部集部判然二途，而志怪与志人，其属性划分却颇有歧异：或归入史部杂史类，或列入子部小说家。《汉志》叙述子部学术源流，称小说家者流，盖出于稗官，街谈巷语、道听途说者之所造也，而后世文体意义上的"小说"一词，则与"故事"密切相关，只不过这"故事"却有真假之分。大体说来，年代越古老，其"故事"越近于真，或曰自信其真，哪怕是神话与志怪，也都因故老传说而一律视之为人不我欺。至于志人小说，更是着重真人真事，如刘义庆《世

说》,包括此前的裴启《语林》以及后世的"世说体"①,一律与虚构绝缘,一律书写真人真事,不管是前朝名公,还是当代隐士,都是实有其人,确信其事,这才援笔落字,哪怕是道听途说,也从不凭空虚造。即便是"世目李元礼:'谡谡如劲松下风'"(《世说新语·赏誉》第2条)那样的传闻之词,仍然可以从《李氏家传》找到近似出处。

究其原因,在于《世说》以及后世的"世说体",都不是创作,而是编纂,是对名人传记的摘抄与改编,是对舆论传播的记录与加工。刘孝标《世说注》注文千余条,注引数百种文籍,几乎都是证明其人其事的可信度,少数条目辩证细节,辩驳者仅占极少数。如王戎云:"与嵇康居二十年,未尝见其喜愠之色。"(《德行》第16条)刘孝标注引《(嵇)康集叙》曰:"康,字叔夜,谯国铚人。"又注引《(嵇)康别传》曰:"康行含垢藏瑕,爱恶不争于怀,喜怒不寄于言。所知王濬冲在襄城,面数百,未尝见其疾声朱颜。"哪怕是王平子、胡毋彦国相聚裸体,刘孝标也能在王隐《晋书》中,找到阮籍"裸袒箕踞",王澄、胡毋辅之等人"去巾帻,脱衣服"的记载来。

后世续仿之作,编者干脆明言取自载籍与文集,最典型的莫如李垕《南北史续世说》,明确告示此《续世说》取材于《南史》与《北史》。周嘉猷《南北史捃华》,也是明显取材于《南北史》,条内自注"以上《南史》","以上《北史》",都是以昭征信。明人何良俊《语林序》,便自称"余撰《语林》,颇仿刘义庆《世说》","余惧后世典籍渐亡,旧闻放失","故披览群籍,随事疏记"。其友文徵明《语林序》,亦称该书于"上下千余年,正史所列,传记所存","渔猎靡遗"。其后焦竑撰《玉堂丛语》,自序中坦言"余自束发,好览观国朝名公卿事迹。迨滥竽词林,尤欲综核其行事,以待异日之参考","苦无从咨问,每就简册中求之","以片纸书之,储之巾箱"之语,其友顾起元作序推介,称其于"词林往哲之行实,昉临川《世说》而记之",故"词林一代得失之林,煌煌乎可考镜矣"。明清之际,浙江王晫撰《今世说》,其"例言"且明言"是集事实,俱从刻本中来,择其言尤雅者然后

---

① 刘义庆《世说新语》问世之后,目前还能看到的有"世说"之名虽无其名而有其实者,有唐王方庆《续世说新书》十卷,宋王说《唐语林》八卷,宋李垕《续世说新语》(一名《南北朝续世说》)十卷,宋孔平仲《续世说》十二卷,明何良俊《何氏语林》三十卷,明焦竑《明世说》八卷,明李绍文《皇明世说新语》八卷,清吴肃公《明语林》,清李清《女世说》四卷,清王晫《今世说》卷,清宫伟镠《庭闻州世说》六卷,清赵瑜《儿世说》一卷,清严衡《女世说》一卷,近代易宗夔《新世说》八卷,夏敬观《清世说新语》未竟稿,不分卷。

收录；若未见刻本，虽有见闻，不敢妄列，昭其信也"；与王晫同时代的梁维枢撰《玉剑尊闻》，其自序则声称"凡有闻见，略同《世说新语》者，分部书之简素，未敢参一己见"，而吴梅村为之作序，也是说"百余年来中外之轶事，皆耳闻目给，若坐其人而与之言，无不可以取信"。

除此之外，后世"世说体"还多有自注，间或有自备序目者，一则不烦刘孝标辈补苴罅漏，二则明言出处，自证清白，上述三书各有自注，宋人王谠撰《唐语林》，卷首更有50本"征信"书目，而且大都是《国史补》《补国史》《唐会要》《本事诗》《大唐说纂》《大唐新语》之类。明末清初李清撰《女世说》，自称"二十一史皆简尽"。近人易宗夔《新世说》，其"例言"一再表白："卫正叔之言曰：'他人著书，惟恐不出于己；某著此书，惟恐不出于人。'可谓先得我心矣。""编辑是书时，所资参考书不下百数十种。纪载之事，虽未能一一表明来历，要皆具有本末。"如其书《言语》第25条："曾涤生尝谓：'不为圣贤，便为禽兽。莫问收获，但问耕耘。'"自注："曾公爵里见前。四语见公《日记》中。"以此自证未曾"凭虚以构"，确属信实无欺。近人夏敬观《清世说新语》，也同样如此，采写真人，补注简历。如此认真，无非意在彰显其真实与可信，既非子虚子，亦非亡是公、乌有先生，绝非杜撰。

（二）专注名人轶事，津津乐道

除了从不考虑虚构，《世说》的题材选择还有一个特征，即偏重逸闻轶事。《三国演义》也是写真人真事，但那是宏大题材，《世说》也涉及三国人事，但不写"赤壁大战"，不写"三国归晋"，而写"望梅止渴""床头捉刀""绝妙好辞"，甚至是"今年破贼正为奴"。即便是涉及重大题材，它也往往关注当事人的言谈举止与风神气度。淝水大战，八万对百万，东晋江山在此一决，但《世说》不写"投鞭断流"，不写"草木皆兵"，写赌棋胜墅，写"小儿辈大破贼"，而且是"意色举止，不异于常"(《雅量》第35条)。写桓温北伐，不写他军指洛阳，却选取其"木犹如此，人何以堪"之语以及"攀枝执条，泫然流泪"之举(《言语》第55条)。可以说，《世说》与"世说体"，最钟情的是名人的趣事与雅事，如：

顾长康啖甘蔗，先食尾。人问所以，云："渐至佳境。"(《世说新语·排调》第59条)

> 太宗亲录囚徒,归死者二百九十人,令来年秋就刑。及期毕至,悉原之。(王说《唐语林·政事》第2条)
>
> 独孤郁是权相婿,历掌纶诰,有美名。宪宗常叹曰:"我女婿不如德舆女婿。"(何良俊《何氏语林·企羡》第37条)
>
> 曾湘乡言:"作书要似少妇谋杀亲夫。"人多不解。曾曰:"既美且狠!"(夏敬观《清世说新语·巧艺》第21条)

这些名人轶事,本身就有超凡色彩,就有趣味性,就有关注点,就能增强关注度。此外,《世说》与"世说体",不仅写"雅事""趣事",同时也写"糗事"甚至"坏事",如:

> 谢无奕性粗强。以事不相得,自往数王蓝田,肆言极骂。王正色面壁,不敢动。半日,谢去良久,转头问左右小吏曰:"去未?"答云:"已去。"然后复坐。时人叹其性急而能有所容。(《世说新语·忿狷》第5条)
>
> 安禄山好作诗,咏樱桃云:"樱桃一篮子,半青一半黄。一半寄怀王,一半寄周贽。"或请以"一半寄周贽"句在上,则协韵。禄山怒曰:"岂可使周贽压我儿邪!"(何良俊《何氏语林·纰漏》第22条)

总之,《世说》以及"世说体"的题材,都是史有其人,书有其事。哪怕有些出自传闻,不尽确实,那也是编纂者依据耳闻目睹而转述,从不凭空虚构。小说创作,最主要的就是人物与故事,就是题材与构思,但是"故事哪里来",对于"世说体",不仅绝非难题,而且轻而易举。

二、"隽语条记"的语体意义与篇章意义

(一)语体意义:文言文,隽永语,品位高简,美感悠永

小说需要描写场景,展开对话,一般来说,白话口语,更能充分自如,酷肖口吻。但《世说》与"世说体"的编纂形式,基本决定了它们大体只能从书面文献中取材。但这对古代文人而言,却反而是更加轻车熟路,得心应手。《世说》与"世说体"的主人公,一般都是高人雅士,社会名流,锦心绣口,出口成章,俯拾即

是。而《世说》及"世说体",更是着意在"文雅"与"隽永"上炼字造句。如:"简文入华林园,顾谓左右曰:'会心处不必在远,翳然林水,便处有濠、濮间想也,觉鸟兽禽鱼,自来亲人。'"(《言语》第61条)"王子敬云:'从山阴道上行,山川自相映发,使人应接不暇。若秋冬之际,尤难为怀。'"(《言语》第91条)"王太尉云:'郭子玄语义如悬河写水,注而不竭。'"(《赏誉》第32条)"时人道阮思旷:'骨气不及右军,简秀不如真长,韶润不如仲祖,思致不如渊源,而兼有诸人之美。'"(《品藻》第30条)无不隽永绵长,令人回味无穷。

《世说》与"世说体",最擅长撷取看似寻常的只言片语,言约旨丰,神韵毕现,超凡脱俗,显现人物精神特质。如:"王夷甫自叹:'我与乐令谈,未尝不觉我言为烦。'"(《赏誉》第25条)王衍、乐广都是清谈领袖,但一个是口中雌黄,一个却是一字千金。王衍之叹,一下子写活两人。这是自叹弗如,更有负气相争的,如:"桓公少与殷侯齐名,常有竞心。桓问殷:'卿何如我?'殷云:'我与我周旋久,宁作我。'"(《品藻》第35条)"卿何如我",咄咄逼人,殷浩则根本不论二人短长,出其不意来上一句"我与我周旋久,宁作我"。我当然了解你,可是我更了解我自己,我肯定也更看好我自己,我当然宁愿继续作我。唐代新编的《晋书》,把这句话改成"我与君周旋久",逊色多矣!

(二)篇章意义:速记,素描,不展开,少议论

小说一般都有完整的故事情节,时间地点人物缺一不可。但《世说》不是这样,它或者只有人物,只有话语,不太有情节,很少有冲突,不注重过程描写,它们大多都像是速写,是素描。如东晋画家顾恺之,名闻遐迩,《世说新语》"巧艺篇"多次言及,但都是素描式的,寥寥数笔,毫无渲染:

谢太傅云:"顾长康画,有苍生以来所无。"(《巧艺》第7条)

谢安这句赞语,推崇无限,而又突如其来,不免让人有些愕然。刘孝标作注,不得不东拉西扯,多方弥缝:"《续晋阳秋》曰:恺之尤好丹青,妙绝于时。曾以一厨画寄桓玄,皆其绝者,深所珍惜,悉糊题其前。桓乃发厨后取之,好加理。后恺之见封题如初,而画并不存,直云'妙画通灵,变化而去,如人之登仙矣'。"

顾长康画裴叔则，颊上益三毛。人问其故。顾曰："裴楷俊朗有识具，此正其识具。"看画者寻之，定觉益三毛有如神明，殊胜未安时。(《巧艺》第9条)

这一条，也是惜墨如金，一句多话都没有，再加一句都多余。

　　顾长康好起人形。欲图殷荆州，殷曰："我形恶，不烦耳。"顾曰："明府正为眼尔。但明点童子，飞白拂其上，使如轻云之蔽日。"(《巧艺》第11条)

这一条，比上条更加简易，殷荆州的眼睛到底怎么了，作者不说，读者毕竟费解，刘孝标作注，不得不亲自出面，以"仲堪眇目故也"六字代为补充。

　　顾长康画谢幼舆在岩石里。人问其所以。顾曰："谢云'一丘一壑，自谓过之'，此子宜置丘壑中。"(《巧艺》第12条)
　　顾长康画人，或数年不点目精。人问其故，顾曰："四体妍蚩，本无关于妙处；传神写照，只在阿堵中。"(《巧艺》第13条)
　　顾长康道画："'手挥五弦'易，'目送归鸿'难。"(《巧艺》第14条)

以上数条，既无场地，又无时间，只有对话，甚至连问话都不出现，直接以答话来揭示。而"顾长康道画"，通篇三句话，15字，再多一字一句都是饶舌。在"'手挥五弦'易，'目送归鸿'难"这样的金句面前，谁还敢置喙？任何议论都是蛇足。不展开，不议论，纯白描，几乎全不依靠情节与冲突，就是速写，只靠素描，把是非褒贬，把审美评价，统统交给读者。这或许就是《世说》与"世说体"的篇章结构与篇章意义。

三、"类聚汇编"的组合意义与类别意义

《世说》是分门别类的，从"德""言""政""文"，到"诌""悔""仇隙"，36门，每门多则上百则，少则二三条，有德者居前，缺德者置后，张三李四，王五赵六，

玄学家一拨,文学家一拨;刚正者一群,优雅者一批;这几页写七贤把臂入林,写山水自来亲人,另几页写"潘江陆海",写"洛阳纸贵"。这一圈是美男子,那一圈是贤淑女;酒鬼、小气鬼,各以类聚:

何平叔美姿仪,面至白。魏明帝疑其傅粉,正夏月,与热汤饼。既啖,大汗出,以朱衣自拭,色转皎然。(《容止》第2条)

骠骑王武子是卫玠之舅,俊爽有风姿。见玠,辄叹曰:"珠玉在侧,觉我形秽!"(《容止》第14条)

卫玠从豫章至下都,人久闻其名,观者如堵墙。玠先有羸疾,体不堪劳,遂成病而死。时人谓"看杀卫玠"。(《容止》第19条)

陶公少时,作鱼梁吏,尝以坩鲊饷母。母封鲊付使,反书责侃曰:"汝为吏,以官物见饷,非唯不益,乃增吾忧也。"(《贤媛》第20条)

桓车骑不好著新衣。浴后,妇故送新衣与,车骑大怒,催使持去。妇更持还,传语云:"衣不经新,何由而故?"桓公大笑,著之。(《贤媛》第24条)

步兵校尉缺,厨中有贮酒数百斛,阮籍乃求为步兵校尉。(《任诞》第5条)

张季鹰纵任不拘,时人号为"江东步兵"。或谓之曰:"卿乃可纵适一时,独不为身后名邪?"答曰:"使我有身后名,不如即时一杯酒!"(《任诞》第20条)

毕茂世云:"一手持蟹螯,一手持酒杯,拍浮酒池中,便足了一生。"(《任诞》第21条)

王戎俭吝,其从子婚,与一单衣,后更责之。(《俭啬》第2条)

王戎有好李,卖之,恐人得其种,恒钻其核。(《俭啬》第4条)

王戎女适裴頠,贷钱数万。女归,戎色不说;女遽还钱,乃释然。(《俭啬》第5条)

后世"世说体",在组合与类别上还新增了变化,有专写一朝的,如王说《唐语林》;有专写一地的,如宫伟镠《州世说》;有专写佛门、女性或儿童的,如颜从乔《僧世说》、李清《女世说》、赵瑜《儿世说》,分门别类,条记汇聚,万变不离其宗。即便是《何氏语林》,书名宗《语林》而不《世说》,但何良俊却在《何氏语林序论·言语第二》中也坦言:"余撰《语林》,颇仿刘义庆《世说》。"而文徵明在《何氏语林叙》中说得更为明确:"《何氏语林》三十卷,吾友何元朗氏之所编,类仿刘氏《世说》而作也……元朗雅好其书,研寻演绎,积有岁年,搜览篇籍,思企芳躅……类列、义例,一惟刘氏之旧。"所有的"世说体",其写法无一不是接续《世说新语》的"近代/当代的真人群像"+"轶事类传"+"条记汇列",即轶事体笔记体汇编之法。分类有助于立体面面观,有益于按图索骥,汇编又更能产生"山阴道上,应接不暇"的审美冲击。

四、《世说》的典型示范与"世说体"的典范束缚

《世说新语》传世之后,唐宋明清所有的"世说体",大多将其奉为圭臬:

取材是名人轶事,嘉言懿行,成书是诠次旧闻,好语疏取,语体始终是文言,措辞一律重隽永,用意都在彰显风流,惩恶扬善,代代相承,异代同风,由此形成"世说体"对志人小说的集体认知,即"近代/当代的真人群像"+"轶事类传"+"条记汇列",与此同时,也带来文体上的典范约束。

(一)"真人轶事"导致情节拘束,展示内容不充分

无论是《世说》还是"世说体",编者都是采集名人逸闻,或口耳相传,或截取故书,其用意只是取其精妙,命笔以简约为尚,但时有过简之失。即如下例:

> 阮籍嫂尝还家,籍见与别,或讥之。籍曰:"礼岂为我辈设也?"(《任诞》第7条)

"礼岂为我辈设也",堪称中国思想史上的重大宣言,但是,《世说新语》只是当作轶事记载,却至少有两部分很重要的内容被不合理地裁剪了。第一是缺失《礼记·曲礼》"叔嫂不通问"的经义,其实,只有展示"叔嫂不通问"的礼教束缚,才能突出阮籍对礼教禁锢的反叛。第二是没有写出阮籍叔嫂可能存在的年龄差别。《晋书》本传称阮籍3岁(2岁)丧父,阮瑀在47岁左右染疫而逝,如此,则阮籍之兄阮熙有可能年长20岁,其子阮咸,能与叔父及其朋辈数人相契好,山阳竹林之游,纵情肆意酣畅,叔侄并为"竹林七贤",这从另一侧面也说明

叔侄间年龄差别可能不大。自古乡俗,长嫂如母,阮籍在路上遇见老嫂回娘家,上前问询交谈,旁人见到,竟至公然讥刺,这应该是比"礼岂为我辈设也"更加违背情理,也更加离经叛道。但是,《世说》仅用区区22个字记载这一非同寻常的思想交锋,唐修《晋书》据以照抄,只能将"还家"改为"归宁",此外再无增益,后世也只能阙疑,徒唤奈何了。

  王安丰妇,常卿安丰。安丰曰:"妇人卿婿,于礼为不敬,后勿复尔。"妇曰:"亲卿爱卿,是以卿卿,我不卿卿,谁当卿卿!"遂恒听之。(《惑溺》第6条)

  "妇人卿婿,于礼为不敬",今人看来,何等迂腐可笑,但当时的礼制规范就是这样尊卑分明的。面对丈夫的责备与约束,王夫人没有像丈夫的朋友阮籍那样,昂扬宣称"礼岂为我辈设也",而是用独创"卿卿我我"的巧妙方式,一连八个"卿"一卿到底,逼得丈夫投降,"遂恒听之"。如此锦心绣口,王夫人姓甚名谁,何方人氏,《世说新语》毫不经心,仅用"王安丰妇"一带而过。除了"亲卿爱卿",王夫人还有哪些"惑溺"的本领与故事?除了"谁当卿卿",王夫人还有哪些林下风气?这些,应该都是可以展现而没有展现的。如此难得的写作题材,显然具有很大的写作空间,但《世说》的这种"轶事"+"条记"的模式,将此一概忽略,由此一来,无论是东晋史实还是文学素材,也就随之一并舍弃了。

  这种模式,《世说》既创之于前,"世说体"乃袭之于后:

  阳城为谏议大夫,德宗欲用裴延龄为相,城曰:"白麻若出,我必裂之而死。"德宗以为难,竟不相延龄。(王谠《唐语林·规箴》第3条)

  唐代诏书用白麻纸书写,阳城公然扬言:皇上如真让裴延龄出任宰相,我必将撕毁这份诏书,甘愿受死。唐德宗不但不治罪阳城,反而"竟不相延龄",如此裴延龄声名之劣,不问可知。一方面,我们应该说,阳城之忠刚,跃然纸上,王谠之刀笔,入木三分,但是,另一方面,裴延龄到底做了哪些坏事,如何为舆论所不齿,也是必要的写作素材。其实,裴延龄为给儿子科举打通关节,竟然亲赴吏部,当着两位考官,口诵儿子答卷开篇,以及"裴延龄恃恩轻躁,班列惧之,惟顾少连不避延龄"等事,已经编入《唐语林》,只是分类条记的写法,使之散见于其他条目了。

(二)正文过简,有赖补注,导致文注叠加,情节支离

《唐语林》只知模仿《世说》之简约,而不知刘义庆缺省的地方,很多都是依靠刘孝标的补注,读者才得以获得必要的史料铺垫。后世"世说体",或无人作注如《唐语林》,或自我作注如《何氏语林》,以至于"每条之下,又仿刘孝标例,自为之注"(《四库全书总目提要》),这都是对《世说》典型的过度遵循,对既往典范的过度因袭。编书需人作注,甚至一边自编,一边自我作注,可见这书的编写体例颇为怪异。试看:

> 林少穆以道光戊戌督师广西,道出长沙。左季高往见之,论新疆事,援古证今,风发泉涌。林公亟赏之,至拍其肩曰:"他日建奇勋于天山南北,竟某之志者,其惟君乎?"左亦殊自负,后卒如林言。(易宗夔《新世说·赏誉》第36条)

文下自施补注:

> 左公晚年尝以遇林公事为平生第一荣幸事。林公是时手书一联赠左公云:"此地有崇山峻岭茂林修竹;是能读三坟五典八索九丘。"左公常悬此联于斋壁。

其实上文完全可以合二为一:

> 林少穆以道光戊戌督师广西,道出长沙。左季高往见之,论新疆事,援古证今,风发泉涌。林公亟赏之,至拍其肩曰:"他日建奇勋于天山南北,竟某之志者,其惟君乎?"左亦殊自负,后卒如林言。左公晚年尝以遇林公事为平生第一荣幸事。林公是时手书一联赠左公云:"此地有崇山峻岭茂林修竹;是能读三坟五典八索九丘。"左公常悬此联于斋壁。

之所以一定要以"正文"与"注文"分别行文,只在于《世说》是这么做的,此前的"世说体"都是这么做的。更有甚者,夏敬观《清世说新语》,不但自注,进至一注再注:

  郭嵩焘出使泰西,问政采风,嗟诧称。归而语人曰:"孔孟欺我也。"(夏敬观《清世说新语·政事》第24条)

郭嵩焘何许人,读者需要查核;"孔孟欺我"语意深远,读者需要深思。于是,夏敬观先有"郭嵩焘,字筠仙,湘阴人,历官广东巡抚"的自注,该书出版后,再有"孔孟欺我:此盖目睹西方工业革命之成绩,遂生民族自卑之心理,乃兴到之语,非真自绝孔孟之道也"之补注。早知一补再补,何不当初一并编入:

  郭嵩焘,字筠仙,湘阴人,历官广东巡抚。出使泰西,问政采风,嗟诧称。归而语人曰:"孔孟欺我也。"此盖目睹西方工业革命之成绩,遂生民族自卑之心理,乃兴到之语,非真自绝孔孟之道也。

《世说》崇简,需人补注,或许不过偶一为之,后世不察,相沿不改,或者察而不变,积千百年而不思变异,是否值得深思?

(三)就事论事,见事不见人,碎片化阅读,导致"内涵深度"的模糊与单薄

《世说新语》对"竹林七贤"中的王戎给予了很多篇幅,刘义庆让王戎正面或侧面出场37次,却分散在"德行""言语"以及"俭啬"与"惑溺"等14个门类中,这种断片式的写法,留给读者的人物印象,也容易忽左忽右,难于捉摸。作为"七贤"之一,王戎给人留下的印象,似乎是"贤人"不足而"悭吝"有余。卖李钻核、嫁女讨债、借衣索回等等,都很不近人情。"俭啬篇"一共9条,王戎一人独占4条,"悭吝"之名,几乎无可洗刷。可是,在"德行篇",他又连占5条,即王戎父丧,"九郡义故,怀其德惠,相率致赙数百万,戎悉不受"(《德行》第21条),又很能推翻他"小气鬼"的骂名。如此一来,此亦一是非,彼亦一是非,读者莫衷一是,无所适从。对于一个爱财如命、贪得无厌的财迷来说,操办丧仪是一个借机敛财的绝佳机会,他为何对送上门来的百万礼金一文不取?那么,王戎平时的极度吝啬,到底是本性流露,还是刻意伪装?如果真是伪装,这与阮籍的醉卧酒乡、大醉数十天,阮咸与群猪(或曰"獠")共饮一槽,是否同一不得已?一方面是"阿戎了了解人意","王戎简要"(《赏誉》第 5 条),"尚约"之称(《赏誉》第 14 条),"使人思安丰"之追忆(《任诞》第 32 条),好评如潮,世人皆知,如果不是伪装,他何至以吝啬自毁英名?另一方面,阮籍那句"俗物已复来败人意",到底是一时谐谑(刘义庆不列入"轻诋"而收入"排调"),还是酒后真言("俗物","复来",下语毕竟都不轻),因为《世说》毫无铺垫,导致读者缺乏具体语境判断。再如:

> 王丞相有幸妾姓雷,颇预政事,纳货。蔡公谓之"雷尚书"。(《惑溺》第 7 条)

《世说新语》对王导着墨甚多,但涉及家庭的很少,此条触及"幸妾",可惜只写了两句,一是"颇预政事,纳货",二是时人"谓之'雷尚书'",加起来也只有 11 个字。同僚出以"雷尚书"之恶谑,读者固然可以会心一笑,但从情节与内容而论,王导"幸妾"的情节与程度,雷妾"颇预政事"的案例与频次,"纳货"的金额,行贿者的身份,受贿后的交易,丞相对小老婆到底是"不想管""管不住",或是"默认""纵容",应该都是很好的记述素材,但编者只是将其编入"惑溺",虽然暗寓讥讽,但终因记述过于简单,影响到"志人"的深度。

这种文体的"志人"拘束,在此后"世说体"中也因之不察,如:

> 左侯与一屠者同诞日,功业既盛,告归田里。过屠者门,邀与共醉。从容问生计,屠者曰:"侯杀人,民杀猪。"(夏敬观《清世说新语·雅量》第 25 条)

左宗棠衣锦还乡,与屠夫共醉,本可列入"豪爽";屠夫回答生计,称"侯杀人,民杀猪",亦可归诸"规箴"抑或"任诞",夏敬观收入"雅量",意在凸显左宗棠生性狂傲而能大度包容,但仅从本篇看来,行文过简,并无"左侯言笑如初"之类的下文,颇有不当简而简之嫌;而此条未见自注,又似当注而未注。诸如此类,似乎都是"世说体"在文体上的某些拘束之失。

又如易宗夔《新世说·德行》第 52 条:

黎宋卿貌凝重,居恒呐呐,然沉毅持大体,能坚忍胜人。袁世凯帝制自为,铸金印大如斗,封君为"武义亲王",君麾使者于门外。

自注:

黎名元洪,湖北黄陂人。君习海军,清两江总督南皮张之洞任为要塞司令官。南皮雅号知人,于海内英俊多所奖借,顾尤奇君曰:"是谨厚者,终当断大计,不仅武略之长也。"南皮移督武昌,以君为陆军第二十一混成协统领。辛亥八月,鄂军倡义于武昌,推君为鄂都督。民国成立国会,选举君为副总统。民国四年,大总统袁世凯谋叛民国称帝,饵君以王爵,君毅然拒之。世凯贿君左右,以利害怵之。君曰:"予自入军籍,死生置之度外,焉知祸福。"世凯死而君就职为大总统,海内翕然称为"东方华盛顿"。

正文不到50字,作者宁可将注文数倍于此,宁愿搁笔于"麾使者于门外",而将"死生置之度外"与"东方华盛顿"作为题外话,然而,恰恰是"死生置之度外"与"东方华盛顿",正是大有助于主题的提升,大有助于思想深度的加强的。

模范之于铸造,副作用就是束缚。文体好尚一旦相沿不改,秉笔倾向也就归于划一。仿拟,赓续,每每遵循有余而突破不足,踵武名家名作,流于拘束而不自觉。《世说》出而"志人"成风,"世说体"沿而不改。尽管同为文人创作、同为文言小说的唐传奇以"记""传"别开一途,有意无意弥补了"世说体"的题材征实与体裁短小,但其典范程度远不及《世说》之于"世说体",与此同时,约束与局忌也相应减少,反倒给后世留下更多革新的空间。

与中国古代散文一样,中国古代小说,注重真实、征信而不太重视想象力,注重情趣审美而不注重思想深度,尤其是主题的深刻、意义的崇高,这应该是"小说者流出于街谈巷语"的文体基因。我们在欣赏《世说》隽永简约的同时,如果加以对其"典型示范"的多维分析,尤其是它对"世说体"的文体拘束,或许有助于研究视野的拓展与研究深度的推进。

(王澧华,上海师范大学教授)

新世纪"世说学"研究的回顾与展望

刘小兵

具有现代学术意义的《世说新语》研究起步于20世纪上半叶,标志性的笺注之书如刘盼遂《世说新语校笺》、李审言《世说笺释》和程炎震《世说新语笺证》等,都产生过一定影响。20世纪80年代以来,《世说新语》研究体系更趋完整、系统,相关论著数以百计,较具影响力的著述有余嘉锡《世说新语笺疏》、徐震堮《世说新语校笺》、杨勇《世说新语校笺》、朱铸禹《世说新语汇校集注》、张永言《世说新语辞典》等,学位及期刊论文更是汗牛充栋,据中国知网简略统计,2001—2019年以《世说新语》为题的硕博论文即有200多篇,研究成果可谓繁富。对于20世纪《世说新语》研究,学界曾有多篇论文加以总结回顾,较有代表性的如刘强的《20世纪〈世说新语〉研究综述》(《文史知识》2000年第4期),其文视野开阔,概述全面。故而,本文对20世纪《世说新语》研究的成就不再赘述,仅对学界关于"世说学"这一概念的提出和运用加以梳理,同时对新世纪以来近20年的"世说学"研究做简略回顾与展望,以期引起学界对相关研究的关注与推进。

一、何为"世说学"?

何谓"世说学"?依笔者浅见,若概而言之,"世说学"是指自《世说新语》诞生之后,历代学人留下的与之相关的各种学说及研究。"世说学"一词若追根溯源,据刘强考察,为明代嗜好《世说新语》一书的王世懋首提。刘强完成于2004年的博士论文《世说学引论》较早借用了这一概念,并对这一概念的内涵及外延做了大致界定:"(世说学)乃是以《世说》为中心的所有学术研究的总称,一种学术研究一旦以'学'名之,必须满足以下条件:首先,研究对象自身必须具有丰富的文化蕴含和广阔的阐释空间;其次,研究对象在其所产生的文化语境中有着举足轻重的地位,并对后世的文化生态产生过深远影响;再次,对此一对象的研究已经或开始具备相当的规模,在时间和空间、深度和广度上拥有相当的基础,能够形成自身较为独立的学术谱系。"自此,"世说学"这一古人偶然提及的概念被赋予了现代学术意义。同时,刘强将"世说学"的研究区分为文献学、文体学、美学、接受学、语言学及文化学等6个分支;将研究型态区分为版本系统、校注系统、批点系统、续仿系统等4个系统;将发展分期区分为史学期、说部期、小学期、综合期等4期。刘强意在多角度、多层面地构建起"世说学"研究的大致框架。尽管刘强关于"世说学"研究的分类、型态及分期等可能还有进一步补充、调整和完善的空间,但他对这一概念的"古为今用"有首倡之功。这是一次赋予旧有名词以现代意义的重新界定,其理论体系颇具学理内涵且已臻完善。同时,从刘强个人较为突出的与之相关的系列成果来看,加之学界同人的认同与合力推动,这一将《世说新语》视为一门全面、系统的专门之学的概念,已经逐渐成为现实。

将《世说新语》的相关研究提升为一专门之学,其意义确如骆玉明所思考的那样:"一部著作可以称为经典,是因为它容载了丰富且具有重要意义的文化信息,在民族的文化史上具有特殊的并且是不可替代的价值,对民族文化的发展有着不可忽视的影响。这样的著作,毫无例外会引起后人格外的关注。人们需要从不同层面去理解它,并以此为坐标,将分析的眼光展延到更为广大的历史范围。因此就形成围绕一部经典著作的专门之学,如早期的有'《诗经》学'、'《楚辞》学',晚期的有'《红》学'等。拿《世说新语》来说,它也是有足够的资格成为一门专学的。可惜的是,虽然古人就曾提出'《世说》学'的概念,近代以来,研究此书的论著亦堪称汗牛充栋,却并没有形成一个完整的专学系统。研究者各自寻求自己感兴趣的或大或小的专题,时有重叠而缺乏相互支持与观照。这使得《世说新语》研究的进一步扩展和深入变得越来越困难。"[①]而将《世说新语》相关研究确立为一专门之学,势必会扩大学术影响,扩充研究队伍,使得相关学人更为自觉地在学术领域开疆拓土,营造相对独特的学术景观,构建与之相应的学术大厦。

---

① 刘强:《世说学引论》,骆玉明序,上海古籍出版社,2012。

二、新世纪以来"世说学"研究的回顾

一个时代有一个时代的学术,其研究对象、方法路径、学术思想无不展现新的气象。新世纪开启以来,在近20年的时间里,"世说学"研究成果斐然,业绩不俗。然限于笔者眼界与文章篇幅,仅择要而述。

(一)关于《世说新语》的疏证、会评、校释、新评

朱铸禹《世说新语汇校集注》成书于20世纪80年代,于2002年由上海古籍出版社出版,香港学者杨勇的《世说新语校笺》也是成书于20世纪,然该书在内地出版发行则是2006年的事,由中华书局出版。朱著与杨著见仁见智,各有所长,其中杨著特色之一是书后附有《世说新语品藻人名谱校笺》《世说新语校笺人名索引》《世说新语校笺人名异称表》,对《世说新语》中的人名进行了考订和整理。另外,李天华《世说新语新校》(岳麓书社2004年版)、刘强《世说新语会评》(凤凰出版社2007年版)也值得关注,其中刘强"会评"本订正了朱著的若干讹误,汇集历代评点包括近现代,可谓有所突破与创新,其著的价值亦如骆玉明所论:"一是对《世说新语》本身的研究……对我们深入理解文本很有益处……再一个重要的方面是在批评史……汇集《世说新语》的评点为一书,对于追溯这一种具有中国特色的文学批评形式的发展历程,分析其利弊得失,也是很有必要的。"[1]周兴陆《世说新语汇校汇注汇评》(全三册),于2018年由凤凰出版社出版,值得关注的是该书将海外文献如16世纪以来日本学者对《世说新语》的相关注纳入视野,在资料的丰富性、校勘的精细性方面可谓后来居上,有集大成的特色。

新世纪以来,在校释方面更为厚重,后出转精的还有龚斌的《世说新语校释》,该书于2011年由上海古籍出版社出版。龚著耗时十余年,可谓十年磨一剑,全书集语辞考释、史料钩沉、评论辑录于一体,计93万字,是迄今较为完备的校释本,且此书近年又经作者仔细补充修订,于2019年由上海古籍出版社再版。不过,在接续前人注释校勘的朴学之风的同时,也出现了颇具创新意义的

---

[1] 刘强:《世说新语会评》,骆玉明序,凤凰出版社,2007。

所谓"新评"。这一成果为刘强的《有竹居新评世说新语》,由岳麓书社 2013 年出版,此书效法古人评点,以简明扼要的语言对《世说新语》全文逐一评点,可谓"旧瓶装新酒",台湾学者吴冠宏评曰:"刘强先生此书,出入二刘与历代评注之间,引用文献详切严谨,功夫下得极深,又能通贯古今,读出个中殊趣与真味,于点拨勾勒间,宛如《世说》神采再现,洵为当代《世说》学之翘楚也。"故而,此书有学术性,亦有趣味性,便于学人研读,亦有助于大众普及。

此外,域外汉籍中的相关文献也取得令人瞩目的成就。由张伯伟主编的《日本世说新语注释集成》(全十五册)于 2019 年由凤凰出版社出版,该丛书为 17 世纪至 19 世纪日本人对于《世说新语》所做的笺注和解释,共 24 种,同时附录日本人模仿《世说新语》的汉文著作 5 种,具体作品包括冈白驹《世说新语补觿》、释文雄《世说新语补鸡肋》、林榴冈《本朝世说》等。

(二)关于《世说新语》多元化的研究视角

新世纪以来,学者借助前人的基础性文献,多角度、多层次地展开《世说新语》研究。

接续 20 世纪 90 年代以来思想文化的研究路径,在新世纪初相关成果依然令人瞩目,如宁稼雨《魏晋士人人格精神:〈世说新语〉的士人精神史研究》(南开大学出版社 2003 年版)、唐翼明《魏晋玄学与文学》(长江文艺出版社 2004 年版)。有从艺术角度进行的综合研究,如刘伟生《世说新语艺术研究》(湖南大学出版社 2008 年版)运用文体学、叙事学、接受美学等理论,对《世说新语》的文体特征、叙事艺术、语言艺术等做了系统研究。有综合性、整体性研究,如海外华人学者萧虹《世说新语整体研究》(上海古籍出版社 2011 年版)综合运用多种研究方法探讨此书折射的社会风尚、该书的历史价值及对后世的影响;刘强《世说学引论》(上海古籍出版社 2012 年版)在其博士学位论文和相关期刊文章之后,再次提出"世说学"的概念及其理论框架,并通过这部书稿将"世说学"理论概念的实践运用落到了实处。

新世纪以来的 200 多篇硕博论文中,语言学角度的研究约占三分之一,其次为人物形象、叙事学、历史文化学、文献学、美学等角度的研究,路径方法多样,不拘一格。而大量的相关论文更展示了多元化的研究趋势,略举如下。提出或运用"世说学"概念,如刘强《"世说学"论纲》(《学术月刊》2003 年第 11

期),刘小兵《龚斌教授"世说学"研究综述》(《天中学刊》2018年第4期)等。关于《世说新语》书名、文体的研究,如宁稼雨《〈世说新语〉书名及类目释义》(《文献季刊》2000年第3期),刘强、吴寅《〈世说新语〉文体考辨》(《复旦学报》2005年第2期),刘伟生《〈世说新语〉书名、类目与编次问题思考》(《南华大学学报》2006年12月)等。关于"刘注"及评点本的研究,如潘建国《〈世说新语〉元刻本考——兼论"刘辰翁"评点实系元代坊肆伪托》(《文学遗产》2009年第6期)、周兴陆《元刻本〈世说新语〉补刻刘辰翁评点真伪考》(《文艺研究》2011年第11期)、赵建武《刘孝标家世新考》(《文学遗产》2013年第4期)等。关于《世说新语》续仿研究,如范子烨《〈世说〉〈续世说〉〈世说新书〉》(《书品》2001年第2期)、罗宁《张询古〈五代新说〉考论》(《中国典籍与文化》2009年第2期)、翟永《何氏语林成书考论》(《西华师范大学学报》2010年第1期)等。亦有域外文献研究,如潘建国《日本尊经阁藏本〈世说新语〉考辨》(《中国典籍与文化》2012年第1期)等。相较于20世纪90年代的综合性、整体性研究,如蒋凡、王能宪、范子烨等人的著述,新世纪以来上述整体研究性的专著开始有走出刻意传统朴学之风的意识,而更侧重追求学术的思想性和理论性,无疑这是学术具有了时代性的体现。① 本时期的相关学位及期刊论文依然各有所重,各具特色,体现了多元化的发展趋势,兹不赘述。

(三) 与"世说学"相关的国际学术研讨会

与"世说学"相关并值得回顾的,还有两次对"世说学"具有推动意义的学术研讨会。首届"世说学"国际学术研讨会于2017年11月4日至5日在河南新乡召开,由河南师范大学文学院与中原文献与文化研究中心主办,同济大学人文学院协办。参与会议的有来自中国(包括台湾地区)、美国、澳大利亚、韩国等海内外专家学者近70人,从文献与传播、语言与考论、文化及美学等角度对《世说新语》进行交流研讨。此次研讨会加强了国内外世说学研究学者之间的交流沟通,会议论文集《神超形越:首届"世说学"国际学术研讨会文集》(刘强、李永贤主编)于2018年由凤凰出版社结集出版。这些对推进"世说学"研究都有深远的意义。第二届"世说学"国际学术研讨会于2019年8月21日至24日

---

① 宁稼雨:《时代学风的印迹与思考——三部〈世说新语〉研究著作述评》,《社会科学》2000年第2期。

在南京举行,由南京大学文学院主办,50余位来自中国(包括台湾地区)、美国、日本、韩国、马来西亚等地的学者参会。本届研讨会主题为"魏晋风流与中国文化",相关议题丰富,涉及"世说学"的众多面向,包括世说文献学、世说文体学、世说美学、世说文化学、世说诠释学等。新世纪以来的两次国际性"世说学"研讨会的召开,汇聚群贤,共赏《世说》,已经昭示了相关研究的光明未来和无限潜力,亦使得"世说学"这一概念及其研究逐渐为更多人所接受、关注和参与。

(四)关于《世说新语》的解读与传播、普及工作

由于《世说新语》是一部影响深远的文学、文化名著,与《世说新语》相关的读物也一直受到读书爱好者的欢迎。据业内人士分析,近几年全国出版社的古典文学类书籍的销量,《世说新语》遥遥领先。便于初学者阅读的《世说新语》版本很多,此类书市面上很多,仅近五六年间出版发行的就不下20种。例如,大众普及类中质量较高的是朱碧莲教授的两个版本:一是中华书局"中华经典名著全本全注全译丛书"版及"全本全注全译初中生学生版"中的《世说新语》,2011年以来不断再版;二是上海古籍出版社2013年出版的《世说新语详解》,该书包括《世说新语》原文、今译、刘孝标注、今注、评析五个部分,底本参考余嘉锡《笺疏》本的校勘成果,今注详确,对生僻字均注音助读,今译部分采取直译,评析部分注重对历史事件、社会背景和人物关系进行交代。该书便于初学者使用,有普及之功。另外,戴建业著《浊世清流——〈世说新语〉会心录》(海南出版社2016年出版)深受学生及普通读者青睐。该书精选《世说新语》中的100篇,按内容分为专题,借鉴传统点评与西方文本细读的方法,精细入微地解读作品。在此书基础上,2019年上海文艺出版社出版了《戴建业精读世说新语》,同样成为关于《世说新语》的畅销书。

在"世说学"的社会传播和大众普及方面,刘强教授建树亦多,同样令人瞩目。近十年来,他陆续出版了《一种风流吾最爱:〈世说新语〉今读》(广西师范大学出版社2009年初版、台北麦田出版社2011年修订版)、《世说三昧》(岳麓书社2016年版)、《竹林七贤》(中国青年出版社2010年版)、《魏晋风流十讲:〈世说新语〉中的奇风异俗》(中国青年出版社2014年修订,2018年再版)。正如宁稼雨在刘强《世说三昧》"专家荐书"部分所评:"刘强先生的《世说三昧》一书在认真阅读并吃透原著的基础上,结合古往今来的相关历史知识和人生价值

命题,进行了深入的思考和爬梳,并且以深入浅出而又优美散淡的表述方式呈现给社会普通读者。因此,该书做到了科学性、知识性、普及性和艺术性的完美统一,是学术研究普及化的典范之作。"例如,《世说三昧》一书分为"人物""典故""风俗"三篇(卷),该书既富于学理性的剖析,如"风俗篇"中对清谈的介绍和隐逸的解读;同时,又带有人文情怀的深切观照,如"人物篇"中对阮籍的同情与理解、对嵇康的赞誉与惋惜。故而全书文情并茂,颇能唤起读者的共鸣。

当然,众人拾柴火焰高,经典的普及需要更多的人参与。新世纪以来有助于普及的"世说学"著作有很多,如申家仁《〈世说新语〉与人生》(上海古籍出版社2003年版),骆玉明《世说新语精读》(复旦大学出版社2007年版),张永言主编、蒋宗许等编撰《〈世说新语〉大辞典》(上海古籍出版社2015年版)等著作。如龚斌《世说新语索解》,是在其"校释"一书基础上再做的"索解",2016年由华东师范大学出版社出版,篇幅近50万字,书中部分内容曾于《名作欣赏》连载。龚著的着力点主要是求真与求美——求文字训诂之真(准确意义的把握),求历史文化之真(人文意蕴的发掘);同时,他还着力探求蕴涵其间的人物形神、文学艺术与思想文化之美,并且尝试将求美、求真的考察合二为一。龚著读来令人赏心悦目。特别值得一提的是,2018年底,应上海辞书出版社之邀,刘强教授主持了《世说新语鉴赏辞典》的编写,并得到复旦大学骆玉明教授、华东师范大学龚斌教授等学者的大力支持以及众多中青年学者的加盟,此书于2022年底问世。此书的出版必将惠及学界及文学爱好者,尤其有助于大众对这部文学及文化经典的阅读与接受。

此外,台湾艺术家蔡志忠的漫画版《世说新语》自20世纪90年代初流行迄今,不断再版,亦说明大众对这一名著的喜欢。2018年腾讯、爱奇艺等新媒体平台发布了制作唯美的10集动漫《世说新语》。这部动漫根据《世说新语》原著改编而成。动漫中"以诗情才气发酵文采的陈酿,以潇洒不羁回应时代阿斗的苍凉",动漫采以浓重的中国风来表现魏晋名士的风流逸事。而无论是漫画还是动漫,都是对经典文本的演绎,而学界向大众推出内涵丰富、深入浅出的经典文本及释读,更会调动大众的阅读热情,推动大众对经典的正确理解与接受。可见,新世纪以来,"世说学"已经出现了书斋案头学问与大众文化普及传播并兴的局面。

三、新世纪"世说学"研究的展望

结合上述近20年来"世说学"的研究历史与现状,展望未来,笔者以为有以下几个方面有待接续拓展。

(一) 继续加强《世说新语》的基础性研究

文字释读、历史文化、美学意蕴、哲学内涵一直都是"世说学"的基础性研究。学术探索永无止境,谁也不可能成为终结者,此点毋庸讳言,亦无须多言,未来的学者仍要接续前人,于基础性研究方面继续开拓。

(二) 加强《世说新语》的渊源及影响研究

关于《世说新语》"前生后世"的研究,即关于《世说新语》的历史与渊源、传播与接受研究,这方面虽已有人涉及,但尚待加强。[①] 面对1500多年的"世说"传播接受史,无疑其空间广阔,有待更多的学者参与推进。后世的续仿之作如《续世说新书》《续世说》《唐语林》《何氏语林》《女世说》《明语林》等,都值得做传承影响或比较研究。此类成果目前尚集中在《唐语林》《何氏语林》等研究方面。如《明语林》,已有学者于20世纪90年代加以校点[②];又如《清世说新语》,至2015年才被校注[③],而在此类文献基础上的深度研究尚不多见,故而空间还很广阔。相关续仿之作,是对《世说新语》的接力,可见其影响所在。接受研究大有可为,其一便是文体的续仿,此类研究需要在界定何为"世说体"的同时对后世相关续仿之作做历史的纵向梳理,既需要宏观把握,更需要细致的个案分析,从而将文体的接受落到实处。除了传承影响研究,尚有"研究的研究",如历代评点校注研究,历代相关"世说学"学者的研究,也都有待加强。不仅关注古代,也要注意近现代及当代,目前虽然已经有刘强的《世说新语会评》辑录了部分近现代学者的评语,但限于个人精力和文献散布之多,还需扩大搜索,尽可能竭泽而渔然后展开研究。总之,如同"诗经学""杜诗学""陶学"一样,后世的

[①] 如马彦峰《世说新语传播接受史述略》,西北师范大学,2018年硕士学位论文。
[②] 吴肃公:《明语林》,陆林校点,黄山书社,1999。
[③] 刘强:《清世说新语校注》,复旦大学出版社,2015。

"世说学"研究同样大有可为。

(三)关注台湾与海外"世说学"研究,加强交流,取长补短

"世说学"研究也要关注台湾与海外的相关研究。这方面南京大学张伯伟主持的域外汉籍研究所一直关注日本、韩国等地的《世说新语》研究,出版了上文所述《日本世说新语注释集成》等,但是相关研究的地域范畴还有待开拓,理论研究更有待跟上。例如,台湾等地的"世说学"研究成就斐然,值得关注,这方面虽有刘强《近六十年台湾地区〈世说〉学研究的回顾与展望》(《上海师范大学学报》2015年第1期)等文章曾予以专题述评,然总体而言,学界对海外研究关注依然明显不够。

(四)跨学科交叉、汇通研究有待展开

除了传统的文史哲融通研究之外,《世说新语》与传统医学、音乐艺术、书画艺术(图像学)以及对后世的小说、戏剧艺术的影响等也有待展开研究。跨学科交叉研究也是新世纪以来很多学术研究的大势所趋,其中古代文学研究已经多有展开,"世说学"研究显然不可能置身事外,同样大有可为。例如,不仅后世的许多成语典故出自《世说新语》,许多小说、戏剧艺术、绘画艺术的"母题"最早也源自此书。

此外,笔者期待"世说学"研究会的组建和成立,也期待有学术期刊为之开辟"世说学"研究专栏,有了专门性的学术共同体和学术专栏,无疑会成为相关研究的平台,有助于共同推动"世说学"研究。

近日欣闻"世说学"首倡者刘强教授新著《世说新语资料汇编》及《世说新语研究史论》即将问世。刘强的这两部书稿,从酝酿到成书历时20年,可谓厚积薄发。鉴于其"世说学"研究20余载的积淀和已有成就,其最新成果同样值得期待。当然,学术乃天下之公器,"世说学"作为一门方兴未艾、蓬勃发展中的学问,需要更多俊杰的热情参与及传承接力,这样才能汇集成流。总之,新世纪以来的近20年,学界关于《世说新语》的基础文献整理日臻完善,相关理论探讨日趋繁富,研究队伍逐渐壮大。随之而来的是学术交流愈加频繁,探讨趋向深入,研究角度向多层次、多元化良性推进。其中,"世说学"这一概念的提出与学术实践的推进,体现的是学人的"学术自觉"。虽然"世说学"研究与很多学术

领域一样,面临种种机遇与挑战,存在诸多不足之处,但我们依然有理由相信,未来,"世说学"研究必将进一步展现蓬勃的生机与活力。

(刘小兵,黄淮学院天中书院教授)

刘义庆生平仕历与主要事迹考实

赵建成

刘义庆自幼便为刘裕所知赏，常说："此我家丰城也。"[1]"丰城"是比喻的说法，典出《晋书》卷三六《张华传》，系以剑中神品喻刘义庆，称赞其为家族精英，很是看重。其生平仕历与事迹主要见于《宋书》卷五一《宗室·刘道规传》附《刘义庆传》与《南史》卷一三《宋宗室及诸王上·临川烈武王道规传》所附《刘义庆传》，此外《宋书》之《文帝本纪》《符瑞志》等篇章、《资治通鉴·宋纪》以及其他一些文献中也有相关内容，但总体上看材料不多，且较零散。现略述之如下：

一、生平仕历

刘义庆生于晋安帝元兴二年（403），正当东晋末年的乱世，这一年的十二月，桓玄篡帝位，迁天子于浔阳，后为刘裕所灭。

晋安帝义熙八年（412），刘义庆10岁。这一年八月，叔父刘道规去世，因其无子，以义庆为嗣。

义熙十一年（415），刘义庆13岁，袭封南郡公。除给事，不拜。第二年，随刘裕伐长安。义熙十二年，刘义庆镇寿春[2]，义熙十三年又镇寿阳[3]。义熙十四年正月，刘裕取胜归来后任之为辅国将军、北青州刺史，未之任，徙督豫州诸军事、豫州刺史，复督淮北诸军事，豫州刺史、将军并如故。

公元420年，刘义庆18岁，刘裕代晋自立，建立宋朝。追封司徒刘道规为

---

[1] 沈约：《宋书》卷五一《刘义庆传》，第5册，中华书局，1974，第1475页。
[2] 刘义庆镇寿春，系据萧子显《南齐书》卷一四《州郡志上》，第1册，中华书局，1972，第250页。
[3] 刘义庆镇寿阳，系据《宋书》卷三六《州郡志》，第4册，第1072页。

临川王,刘义庆袭封临川王,征为侍中。

刘裕卒后,经过宋少帝刘义符的短暂统治时期,宋文帝取得帝位,元嘉元年(424),刘义庆22岁,转散骑常侍,秘书监,徙度支尚书,迁丹阳尹,加辅国将军,常侍并如故。

元嘉六年(429),刘义庆27岁,为尚书左仆射。

元嘉八年(431),刘义庆29岁。太白星犯右执法。古人认为天象与人事有密切的关系,对人事有预警作用,刘义庆害怕会有灾祸降临,于是乞求外镇。文帝下诏,说天象不可凭据,并举之前遭此异象者如晋孝武帝等皆无事之例,认为天道辅仁福善,不足横生忧惧,百般劝慰。又强调刘义庆乃国家重臣,因地位之重,自然会产生盛衰之感。刘义庆固求解仆射,乃许之,加中书令,进号前将军,常侍、尹如故。

元嘉九年(432),刘义庆30岁。在京尹九年,出为使持节、都督荆雍益宁梁南北秦七州诸军事、平西将军、荆州刺史。荆州居上流之重,地广兵强,资食兵甲居朝廷之半,所以刘裕称帝后一直使诸子居之。刘义庆以宗室令美,故特有此授,可见其当时之地位。刘义庆生性谦虚、仁民爱物,始至及去镇,迎送物并不受。

元嘉十年(433),刘义庆31岁。上一年,仇池大饥,益、梁州丰稔,梁州刺史甄法护在任失和,氐帅杨难当因此寇汉中。本年二月,刘义庆派兵增援。但史书所载有异,《宋书·萧思话传》说"平西将军临川王义庆遣龙骧将军裴方明三千人赴"①。《宋书·刘粹传》附《刘道济传》则说"平西将军临川王义庆,以扬武将军、巴东太守周籍之即本号督巴西、梓潼、宕渠、遂宁、巴郡五郡军事,巴西、梓潼二郡太守,率平西参军费淡、龙骧将军罗猛二千人援成都"②。《资治通鉴》卷一二二略同于后者。

元嘉十六年(439),刘义庆37岁,改授散骑常侍、都督江州豫州之西阳晋熙新蔡三郡诸军事、卫将军、江州刺史,持节如故。第二年,以本号都督南兖徐兖青冀幽六州诸军事、南兖州刺史,寻加开府仪同三司③。

---

① 《宋书》卷七八,第7册,第2012页。
② 《宋书》卷四五,第5册,第1384页。
③ 刘义庆加府仪同三司,准确时间在元嘉十八年。《宋书·文帝本纪》曰:"(元嘉十八年)夏五月壬午,卫将军南兖州刺史临川王义庆、征北将军南徐州刺史南谯王义宣并开府仪同三司。"(卷五,第1册,第88页)

元嘉二十年(443),刘义庆 41 岁,在广陵,有疾,而白虹贯城,野麋入府,心甚恶之,固陈求还。文帝许解州,以本号还朝。南朝宋刘敬叔《异苑》亦载此事,颇具神怪色彩:

> 长沙王道怜子义庆,在广陵卧疾。食次,忽有白虹入室,就饮其粥。义庆掷器于阶,遂作风雨声,振于庭户,良久不见。①

元嘉二十一年(444),刘义庆薨于京邑,时年 42 岁。追赠侍中、司空,谥曰康王。

二、避仇之议

元嘉元年(424),发生了一件这样的事:会稽剡县人黄初的妻子赵氏醉酒将儿媳王氏打死,刘义隆即皇帝位,大赦天下,得以免于死罪,但按照法律,还要将其流放到二千里外,以防止孙子黄称为母亲报仇。这里需要交代一下,移乡避仇是古代的法律规定,具体内容是,如果杀人者遇赦免刑,而被杀者家中尚有近亲属,为执行赦令,又防止仇杀,被赦者不得返居故乡,要移居千里之外落户。但赵氏杀人的情况显然比较特殊,她杀死的是自己的儿媳,需要防备的是孙子的复仇。对此,刘义庆上表议曰:

> 案《周礼》,父母之仇,避之海外,虽遇市朝,斗不反兵。盖以莫大之冤,理不可夺,含戚枕戈,义许必报。至于亲戚为戮,骨肉相残,故道乖常宪,记无定准,求之法外,裁以人情。且礼有过失之宥,律无仇祖之文。况赵之纵暴,本由于酒,论心即实,事尽荒耄。岂得以荒耄之王母,等行路之深仇。臣谓此孙忍愧衔悲,不违子义,共天同域,无亏孝道。②

刘义庆所据《周礼》云云,实际上是杂糅了《周礼》与《礼记》的相关内容。《周礼·地官司徒下》:"调人掌司万民之难而谐和之。……凡和难,父之仇辟诸

---

① 刘敬叔:《异苑》卷一,中华书局,1996,第 1 页。
② 《宋书》卷五一,第 5 册,第 1475—1476 页。

海外,兄弟之仇辟诸千里之外。"①《礼记·檀弓上》:"子夏问于孔子曰:'居父母之仇如之何?'夫子曰:'寝苫枕干,不仕,弗与共天下也。遇诸市朝,不反兵而斗。'"②孔子认为,父母之仇不共戴天,有此仇恨的人,应该枕着盾牌睡在草垫上,不出来做官,随时带着兵刃,无论在集市还是官府,只要遇到仇人,就拿出武器报仇。而就国家层面而言,则需要采取措施以调解冤仇,杀人父母的,要他躲到海外去。发展到后来,就是上面说到的移乡避仇之律。刘义庆看到赵氏杀媳一案的特殊性,即骨肉相残,不同于一般杀人,且赵氏系酒后昏聩失手打死儿媳,法律之外,更要裁以人情,认为黄称对其年迈的祖母赵氏,应该克制自己的悲伤,不致有"行路之深仇",因此主张赵氏不应流放。

在当时的礼、法环境下,我们能够看出,刘义庆的处置意见是通达而合理的。而且假令黄称为母报仇杀死祖母,那么对于其父黄载来说是不是又要杀死儿子,为自己的母亲报仇呢?明人姜南评价说:"汉晋六朝有避仇之律,此议甚当。"③此事亦见于《宋书》卷五五《傅隆传》,傅隆时任司徒左长史,亦有详论,与刘义庆观点一致。后来这件事的处理也采纳了二人之意见。

三、举荐人才

刘义庆在荆州,"留心抚物,州统内官长亲老,不随在官舍者,年听遣五吏饷家"④,对于州内贤才高士,多礼遇有加,并予以荐举。元嘉十二年(435),文帝下诏,普使内外群官举士,刘义庆上表举荐庾寔、龚祈、师觉授。其文曰:

> 诏书畴咨群司,延及连牧,旌贤仄陋,拔善幽遐。伏惟陛下惠哲光宣,经纬明远,皇阶藻耀,风猷日升,而犹询衡室之令典,遵明台之睿训,降渊虑于管库,纡圣思乎版筑,故以道邈往载,德高前王。臣敢竭虚暗,祗承明旨。伏见前临沮令新野庾寔,秉真履约,爱敬淳深。昔在母忧,毁瘠过礼,今罹父疾,泣血有闻。行成闺庭,孝著邻党,足以敦化率民,齐教轨俗。前征奉

---

① 郑玄注,贾公彦疏《周礼注疏》卷一四,第1册,北京大学出版社,2000,第421—422页。
② 郑玄注,孔颖达疏《礼记正义》卷七,第1册,北京大学出版社,2000,第248页。
③ 姜南:《蓉塘诗话》卷一"刘义庆议避雠"条,明嘉靖二十二年张国镇刻本。
④ 《宋书》卷五一,第5册,第1477页。

朝请武陵龚祈,恬和平简,贞洁纯素,潜居研志,耽情坟籍,亦足镇息颓竞,奖勖浮动。处士南郡师觉,才学明敏,操介清修,业均井渫,志固冰霜。臣往年辟为州祭酒,未污其虑。若朝命远暨,玉帛遐臻,异人间出,何远之有。①

龚祈、师觉授皆于史有传:

龚祈,字孟道,武陵汉寿人也。从祖玄之,父黎民,并不应征辟。祈年十四,乡党举为州迎西曹,不行。谢晦临州,命为主簿,彭城王义康举秀才,除奉朝请,临川王义庆平西参军,皆不就。风姿端雅,容止可观,中书郎范述见而叹曰:"此荆楚仙人也。"……时或赋诗,言不及世事。(《宋书·隐逸传》)②

(师觉授)与外兄宗少文并有素业,以琴书自娱。……后撰《孝子传》八卷。宋临川王义庆辟为州祭酒、主簿,并不就。乃表荐之,会卒。(《南史·孝义传上》)③

又有刘凝之,字志安,小名长年,南郡枝江人。……凝之慕老莱、严子陵为人,推家财与弟及兄子,立屋于野外,非其力不食,州里重其德行。……临川王刘义庆、衡阳王刘义季镇江陵,并遣使存问。凝之答书顿首称仆,不修民礼,人或讥焉。……性好山水,一旦携妻子泛江湖,隐居衡山之阳。登高岭,绝人迹,为小屋居之;采药服食,妻子皆从其志。(《宋书·隐逸传》)④

四、营建楼阁

刘义庆任职地方期间,对营建楼阁颇有兴趣,仅就有限的文献记述,我们知道他至少在荆州兴建了栖霞楼、一柱观、竹林堂与清暑台,在浔阳兴建了凌

---

① 《宋书》卷五一,第5册,第1476—1477页。
② 《宋书》卷九三,第8册,第2285页。又见《南史》卷七五《隐逸传上》,而较为简略。
③ 李延寿:《南史》卷七三,第6册,第1806页。《宋书·隐逸传》作"师觉",所载与此略同。
④ 《宋书》卷九三,第8册,第2284—2285页。

烟楼。

《初学记·居处部·楼第五》"凌云栖霞"条引盛弘之《荆州记》曰:"城西百余步,有栖霞楼,宋临川康王置。"①郦道元《水经注·江水》亦载:"(江陵)城西有栖霞楼,俯临通隍,吐纳江流。"②对于栖霞楼的具体环境,王韶之《始兴记》曰:"城西百余步,有栖霞楼,临川王营置。清暑游焉。罗君章居之,因名为罗公洲。楼下洲上,果竹交荫,长杨傍映,高梧前竦。虽即城隍,趣同丘壑。"③罗君章即罗含,所谓罗公洲,《晋书·文苑·罗含传》有相关记载:"(罗含)转(荆州)州别驾,以廨舍喧扰,于城西池小洲上立茅屋,伐木为材,织苇为席而居,布衣蔬食,晏如也。"④

刘义庆在罗公洲还建有一柱观。宋王象之《舆地纪胜·荆湖北路》"一柱观"条:"《皇朝郡县志》云在松滋县东丘家湖中。按《渚宫故事》:宋临川王义庆在镇,于罗公洲立观,甚大,而惟一柱。梁刘孝绰诗云:'经从一柱观,出入三休台。'杜甫诗云……张说诗云……"⑤

刘义庆又建竹林堂与清暑台。宋乐史《太平寰宇记·山南东道五·荆州》引《渚宫故事》云:"……竹林堂,宋临川王义庆所造,梁元帝因而修(之)。庭前有竹名桂竹……其西有筱箭……其花卉虽繁,竹林弥盛。昔豫章以树名郡,酸枣以枣为邦,故号竹林堂。清暑台,一名大暑台,台在江陵城东北二十一里罗含宅。"⑥考之《舆地纪胜·荆湖北路》"清暑台"条:"《寰宇记》云在江陵城东北二十里。旧经云宋临川王义庆在镇修清暑台。"⑦《水经注·沔水》:"湖东北有大暑台,高六丈余,纵广八尺,一名清暑台,秀宇层明,通望周博,游者登之,以畅远情。"⑧

凌烟楼在浔阳,鲍照《凌烟楼铭并序》原注云:"宋临川王起。"应建于刘义庆江州刺史任上。鲍照序及铭曰:"臣闻凭飙荐响,唱微效长。垂波鉴景,功少

---

① 徐坚:《初学记》卷二四,清光绪孔氏三十三万卷堂本。
② 陈桥驿:《水经注校证》卷三四,中华书局,2013,第763页。
③ 李昉等:《太平御览》卷六九,中华书局,1960,第327页。
④ 房玄龄等:《晋书》卷九二,第8册,中华书局,1974,第2403页。
⑤ 王象之:《舆地纪胜》卷六四,清影宋钞本。
⑥ 乐史:《太平寰宇记》卷一四六,文渊阁《四库全书》本。之,据明陈耀文《天中记》卷五十三所引补。
⑦ 王象之:《舆地纪胜》卷六四。
⑧ 陈桥驿:《水经注校证》卷二八,第642—643页。

致深。是以冰台筑乎魏邑,凤阁起于汉京,皆所以赞生通志,感悦幽情者也。伏见所制凌烟楼,栖置崇迥,延瞰平寂,即秀神皋,因基地势。东临吴甸,西眺楚关。奔江永写,鳞岭相茸。重树穷天,通原尽日。悲积陈古,赏绝旧年。诚可以晖旷高明,藻彻远心矣。夫识缘感倾,事待言彰,匪言匪述,绵世罔传。敢作铭曰:岩岩崇楼,巍巍层隅。阶基天削,户牖云区。瞰江列槛,望景延除。积清风露,合彩烟涂。俯窥淮海,俛眺荆吴。我王结驾,藻思神居。宜此万春,修灵所扶。"①

五、招聚文学之士

彭城刘氏,并不以文学见长。刘裕取得帝位之后,虽对教育有所重视并采取了一定的措施,但皇族成员的文化修养仍然无法与那些高门士族相比。而刘义庆是个例外,他爱好文义,并对魏晋名士风流十分倾心。《宋书》本传云:

> (义庆)为性简素,寡嗜欲,爱好文义,文词虽不多,然足为宗室之表。……招聚文学之士,近远必至。太尉袁淑,文冠当时;义庆在江州,请为卫军咨议参军。其余吴郡陆展,东海何长瑜、鲍照等,并为辞章之美,引为佐史国臣。太祖与义庆书,常加意斟酌。②

在中国文学史上,文人集团是一个特别值得重视的文学现象。比如汉初的梁孝王文人集团,以枚乘、司马相如、邹阳等人为核心;汉末以曹丕、曹植、王粲、陈琳等人为核心的邺下文人集团;等。刘义庆招聚文学之士,形成了刘宋时期的重要文人集团。这一文人集团的全部成员,已不可确考,除上面所列的袁淑、陆展、何长瑜、鲍照等人之外,曹道衡、沈玉成《中古文学史料丛考》(下文简称曹沈《丛考》)又考得四人:何偃、萧思话、张畅、盛弘之③。这些人并不是同一时

---

① 严可均:《全上古三代秦汉三国六朝文·全宋文》卷四七,民国十九年(1930)景清光绪二十年黄冈王氏刻本。
② 《宋书》卷五一,第5册,第1477页。
③ 曹道衡、沈玉成:《中古文学史料丛考》卷三《宋齐·刘义庆幕中文士》,中华书局,2003,第325—326页。该书又列刘义庆辟而不就者二人:羊欣、师觉授。然既辟而不就,自非刘义庆幕府文士,故本文不列之。

间、同一地点聚集于刘义庆帐下的,追随刘义庆的时间长短也有所不同。现简要考之于下:

袁淑,字阳源,陈郡阳夏人,丹阳尹袁豹少子。少有风气,年数岁,伯父袁湛谓家人曰:"此非凡儿。"至十余岁,为姑夫王弘所赏。不为章句之学,而博涉多通,好属文,辞采遒艳,纵横有才辩。彭城王刘义康命为军司祭酒。刘义康不好文学,虽外相礼接,意好甚疏。刘湛,淑从母兄也,欲其附己,而淑不以为意,由是大相乖失,以久疾免官。补衡阳王刘义季右军主簿,迁太子洗马,以脚疾不拜。卫军临川王刘义庆雅好文章,请为谘议参军。顷之,迁司徒左西属。出为宣城太守,入补中书侍郎,以母忧去职。服阕,为太子中庶子。又历尚书吏部郎、始兴王征北长史、南东海太守、御史中丞、太子左卫率等。元嘉三十年,太子刘劭弑宋文帝,袁淑不从刘劭,亦被杀。世祖孝武帝即位,赠侍中、太尉,谥曰忠宪公。(据《宋书》卷七〇《袁淑传》)钟嵘《诗品》将其列为中品。《隋书·经籍志》(下文简称《隋志》)著录"《宋太尉袁淑集》十一卷,并目录。梁十卷,录一卷"①。刘义庆为卫将军、江州刺史在元嘉十六年,元嘉十七年即离开江州改任南兖州刺史,又由《宋书》刘义庆本传所述,义庆在江州,请袁淑为卫军咨议参军,又袁淑在刘义庆帐下时间不长即迁司徒左西属,则袁淑在刘义庆府的时间应是元嘉十六年。

陆展生平事迹不详,据《宋书》卷六六《何尚之传》、卷九二《良吏·陆徽传》,知其为陆徽弟,吴郡吴人,曾为车骑将军臧质长史、浔阳太守,丞相、南郡王刘义宣与臧质谋反,事败后陆展亦被诛。《隋志》著录亡书有南海太守《陆展集》九卷②,知其曾任南海太守。据《南齐书·陆澄传》,又可知陆展曾任尚书左丞。由下文何长瑜曾在江陵作诗嘲戏刘义庆州府僚佐陆展,知陆展于刘义庆任荆州刺史时曾在其幕府。

何长瑜,东海人。和谢惠连(谢灵运族弟)、颍川荀雍、泰山羊璿之一起,与谢灵运以文章赏会,共为山泽之游,时人谓之"灵运四友"。何长瑜曾教谢惠连读书,谢灵运目为"当今仲宣",仲宣即"建安七子"中最有才华的王粲,可见对他的欣赏。刘义庆招集文士,何长瑜自国侍郎至平西记室参军。何长瑜尝于江陵寄书与宗人何勖,以韵语序义庆州府僚佐云:"陆展染鬓发,欲以媚侧室。青

---

① 魏徵等:《隋书》卷三五,第 4 册,中华书局,1973,第 1073 页。
② 同上书,第 1073 页。

青不解久,星星行复出。"如此者五六句,而轻薄少年遂演而广之,凡厥人士,并为题目,皆加剧言苦句,其文流行。刘义庆大怒,禀告宋文帝,以何长瑜为广州所统曾城令。刘义庆死后,朝士诣第叙哀,何勗谓袁淑曰:"长瑜便可还也。"袁淑曰:"国新丧宗英,未宜便以流人为念。"庐陵王刘绍镇浔阳,以何长瑜为南中郎行参军,掌书记之任。行至板桥,遇暴风溺死。(据《宋书》卷六七《谢灵运传》)钟嵘《诗品》将其诗列入下品。《隋志》云梁有《平南将军何长瑜集》八卷,亡①。逯钦立《先秦汉魏晋南北朝诗》存其诗二首。刘义庆为平西将军在元嘉九年至十六年,时为荆州刺史,何长瑜为刘义庆平西记室参军便在这一时间段限中。

鲍照在中国文学史上的地位,要远高于袁淑、陆展,其五、七言乐府诗"发唱惊挺"(《南齐书·文学传论》),影响很大。《鲍照传》附于《宋书》刘义庆本传:"鲍照,字明远,文辞赡逸,尝为古乐府,文甚遒丽。……世祖以照为中书舍人。上好为文章,自谓物莫能及,照悟其旨,为文多鄙言累句,当时咸谓照才尽,实不然也。临海王子顼为荆州,照为前军参军,掌书记之任。子顼败,为乱兵所杀。"②其为刘义庆所知,《南史》本传附《鲍照传》有述:

照始尝谒义庆,未见知,欲贡诗言志,人止之曰:"卿位尚卑,不可轻忤大王。"照勃然曰:"千载上有英才异士沉没而不闻者,安可数哉。大丈夫岂可遂蕴智能,使兰艾不辨,终日碌碌,与燕雀相随乎。"于是奏诗,义庆奇之。赐帛二十四,寻擢为国侍郎,甚见知赏。③

鲍照在刘义庆幕府的时间,曹沈《丛考》"鲍照《通世子自解启》与《临川王服竟还田里诗》"条云:"《通世子自解启》《重与世子启》及《临川王服竟还田里诗》,皆元嘉二十一年临川王义庆死后,鲍照即将解职还乡时作。《通世子自解启》云'自奉清尘,于兹六祀',按自元嘉十六年至二十一年前后合计为六年,不误。"④这一考证颇可信从。有人据《临川王服竟还田里诗》"舍耨将十龄,还得

---

① 《隋书》卷三五,第 4 册,第 1073 页。
② 《宋书》卷五一,第 1477、1480 页。
③ 《南史》卷一三,第 2 册,第 360 页。
④ 《中古文学史料丛考》卷三,第 292 页。

守场藿"句,指出"十龄"与"六祀"不合,然此所谓"十龄"指的是鲍照出仕将近十年,非在刘义庆帐下十年,所言非一,二者并无矛盾。

何偃,字仲弘,庐江灊人,司空何尚之中子。州辟议曹从事,举秀才,除中军参军、临川王刘义庆平西府主簿。召为太子洗马,不拜。元嘉十九年,为丹阳丞,除庐陵王友,太子中舍人,中书郎,太子中庶子。时义阳王刘昶任东宫,使偃行义阳国事。迁始兴王刘浚征北长史、南东海太守。元凶刘劭弑立,以偃为侍中,掌诏诰。会世祖刘骏即位,任遇无改,除大司马长史,迁侍中,领太子中庶子。改领骁骑将军,亲遇隆密,有加旧臣。转吏部尚书。素好谈玄,注《庄子·消摇篇》(即《庄子·逍遥游》)传于世。(据《宋书》卷五九《何偃传》)刘义庆为平西将军在元嘉九年至十六年,时为荆州刺史。曹沈《丛考》认为何偃有可能随刘义庆至江州。《隋志》著录《宋吏部尚书何偃集》十九卷,梁十六卷。又梁有《毛诗释》一卷,宋金紫光禄大夫何偃撰;《楚辞》十一卷,宋何偃删,王逸注,皆亡。①

萧思话,南兰陵人,孝懿皇后弟子。年十许岁尚未知书,以博诞游遨为事,好骑屋栋,打细腰鼓,侵暴邻曲,莫不患毒之。自此折节,数年中,遂有令誉。好书史,善弹琴,能骑射。高祖一见,便以国器许之。年十八,除琅邪王大司马行参军,转相国参军,父忧去职。服阕,拜羽林监,领石头戍事,袭爵封阳县侯,转宣威将军,彭城、沛二郡太守。涉猎书传,颇能隶书,解音律,便弓马。元嘉五年(428),迁中书侍郎,仍督青州、徐州之东莞诸军事、振武将军、青州刺史,时年二十七。十四年,迁使持节、临川王义庆平西长史、南蛮校尉。十六年,衡阳王刘义季代刘义庆,又除安西长史,余如故,在刘义庆府共计两年。又历任宁蛮校尉、雍州刺史、襄阳太守、侍中、太子右率、左卫将军、吏部尚书、护军将军、抚军将军、徐兖二州刺史、散骑常侍、中书令、丹阳尹等。(据《宋书》卷七八《萧思话传》)

张畅,字少微,吴郡吴人,吴兴太守张邵兄子。少与从兄张敷、张演、张敬齐名,为后进之秀。起家为太守徐佩之主簿,除度支左民郎,江夏王刘义恭征北记室参军、晋安太守,又为衡阳王刘义季安西记室参军、南义阳太守,临川王刘义庆卫军从事中郎,扬州治中别驾从事史,太子中庶子。刘骏镇彭城,张畅为安北

---

① 《隋书》卷三五,第1074、1055页;卷三二,第917页。

长史、沛郡太守。(据《宋书》卷五十九《张畅传》)据《宋书》卷六十一《武三王传》,刘义恭为征北将军、南兖州刺史在元嘉九年至十七年,刘义季为安西将军、荆州刺史在元嘉十六年至二十一年。而刘义庆为卫将军、江州刺史在元嘉十六年。又《宋书·百官志上》云:"自车骑以下为刺史又都督及仪同三司者,置官如领兵,但云都督不仪同三司者,不置从事中郎,置功曹一人。"① 前文已考之,刘义庆加开府仪同三司的准确时间在元嘉十八年,故张畅入刘义庆幕当在元嘉十八年或之后。《隋志》著录《宋会稽太守张畅集》十二卷,残缺,梁十四卷,录一卷②。

盛弘之,相关史书无载,《隋志》著录《荆州记》三卷,宋临川王侍郎盛弘之撰③。

刘义庆及其文学之士的活动,现有文献中并无具体叙述,但仍可稍见端倪。如鲍照《从登香炉峰》:"辞宗盛荆梦,登歌美凫绎。……惭无献赋才,洗污奉毫帛。"近人黄节注曰:"此篇盖明远从义庆登香炉峰作也。辞宗谓当时文学之士,视屈宋为盛。歌颂义庆,比之鲁侯。其时义庆以江州刺史都督南兖州、徐、兖、青、冀、幽六州诸军事,一若鲁侯之保有凫绎也。"④ 鲍照《登庐山》《登庐山望石门》《从登香炉峰》三诗,钱振伦以为"皆从临川王江州所作"⑤,可知其有登庐山、登庐山香炉峰之事,应为文人雅集之性质。

六、上奏祥瑞

刘义庆主政地方期间,多次奏闻祥瑞之事。今检《宋书·符瑞志》,录之于下:

> 元嘉十二年二月丁卯,南郡江陵庾和园甘树连理,荆州刺史临川王义庆以献。(《符瑞志下》)⑥
>
> 宋文帝元嘉十二年,衡阳湘乡醴泉出县庭,荆州刺史临川王义庆以闻。

---

① 《宋书》卷三九,第 4 册,第 1227 页。
② 《隋书》卷三五,第 4 册,第 1074 页。
③ 《隋书》卷三三,第 4 册,第 983 页。
④ 黄节《鲍参军诗注》卷三,《黄节注汉魏六朝诗六种》,人民文学出版社,2008,第 803、804 页。
⑤ 钱仲联增补集说校《鲍参军集注》卷五,上海古籍出版社,1980,第 263 页。
⑥ 《宋书》卷二十九,第 3 册,第 857 页。

(同上)①

元嘉十四年,白燕集荆州府门,刺史临川王义庆以闻。(同上)②

元嘉十七年七月,武昌崇让乡程僧爱家候风木连理,江州刺史临川王义庆以闻。(同上)③

元嘉十七年十月,浔阳弘农祐几湖芙蓉连理,临川王义庆以闻。(同上)④

元嘉十八年五月甲申,甘露降丹阳秣陵卫将军临川王义庆园,扬州刺史始兴王浚以闻。(《符瑞志中》)⑤

元嘉十八年六月,甘露降广陵广陵(案:此处衍"广陵"二字)孟玉秀家树,南兖州刺史临川王义庆以闻。(同上)⑥

元嘉十九年五月,山阳张休宗获白麕,南兖州刺史临川王义庆以献。(同上)⑦

元嘉十九年五月,海陵王文秀获白乌,南兖州刺史临川王义庆以献。(《符瑞志下》)⑧

元嘉十九年九月戊申,广陵肥如石梁涧中出石钟九口,大小行次,引列南向,南兖州刺史临川王义庆以献。(同上)⑨

元嘉二十年七月,盱眙考城县柞树二株连理,南兖州刺史临川王义庆以闻。(同上)⑩

祥瑞之事,究其本质,仍是为帝王歌功颂德。刘义庆奏闻祥瑞,一方面是臣子的本分,但主要的原因恐怕和宋文帝的政治高压有关,刘义庆是在通过这种表现表明自己对宋文帝的忠心,详见下文论述。

---

① 《宋书》卷二十九,第3册,第866页。
② 《宋书》卷二十九,第3册,第840页。
③ 《宋书》卷二十九,第3册,第857页。
④ 《宋书》卷二十九,第3册,第857页。
⑤ 《宋书》卷二十八,第3册,第819页。
⑥ 《宋书》卷二十八,第3册,第819页。
⑦ 《宋书》卷二十八,第3册,第810页。
⑧ 《宋书》卷二十九,第3册,第843页。
⑨ 《宋书》卷二十九,第3册,第868页。
⑩ 《宋书》卷二十九,第3册,第857页。

七、晚年奉养沙门

《宋书》本传云:"(义庆)为性简素,寡嗜欲……受任历藩,无浮淫之过,唯晚节奉养沙门,颇致费损。"①元嘉十七年(440),刘义庆任南兖州刺史,镇所在广陵。"晚节奉养沙门"事,当在此期间。梁释慧皎《高僧传》中有相关记载,列之于下:

> 时中寺复有昙冏者,与成同学齐名,为宋临川康王义庆所重。(《宋淮南中寺释昙无成传》附《昙冏传》。案:淮南中寺在广陵)②
>
> 释道儒,姓石,渤海人。寓居广陵。少怀清信,慕乐出家。遇宋临川王义庆镇南兖,儒以事闻之。王赞成厥志,为启度出家。(《齐福寺释道儒传》)③
>
> 时又有天竺沙门僧伽达多、僧加罗多等,并禅学深明,来游宋境。……元嘉十八年夏,(达多)受临川康王请,于广陵结居,后终于建业。(《宋京师道林寺畺良耶舍传》附《僧伽达多传》)④
>
> 释道冏,姓马,扶风人。……宋元嘉二十年,临川康王义庆携往广陵,终于彼矣。(《宋京师南涧寺释道冏传》)⑤

刘义庆奉养沙门之事,一方面与他信佛、重佛理有关,他著有《宣验记》,就是宣传佛教的著作,其《幽明录》也有与佛教相关的内容,而《世说新语》一书记载了很多有关名僧的事迹与对佛理的讨论。另一方面,还是由于政治上的高压,他通过奉养沙门,沉迷于佛教而表明自己并无政治上的野心。

(赵建成,南开大学文学院中文系副教授)

---

① 《宋书》卷五十一,第5册,第1477页。
② 释慧皎:《高僧传》卷七,中华书局,1992,第275页。
③ 释慧皎:《高僧传》卷一三,第515页。
④ 释慧皎:《高僧传》卷三,第128—129页。
⑤ 释慧皎:《高僧传》卷一二,第462—463页。

刘义庆事迹作品系年

胡耀震

南朝刘宋临川王刘义庆爱好文义,才词为当时宗室之表。诗文之外,他的著述还有《徐州先贤传赞》《江左名士传》《宣验记》《幽明录》等多种。据隋唐人记载,中国文学史上轶事小说的代表和笔记文的经典《世说新语》为其所撰。他与当时许多杰出文人都有交往,同当时许多政治事件都有关联。范子烨先生曾撰有《临川王刘义庆年谱》①,对刘义庆和《世说新语》的研究提供了很大的帮助。曹道衡、刘跃进先生的《南北朝文学编年史》②对相关问题也有所考辨。在这些研究成果基础上,本文重新勾稽史料,补充完善,对刘义庆的事迹和作品进行系年考证。

刘义庆,彭城县绥舆里人,汉高帝弟楚元王交之后,宋长沙景王道怜第二子,出继临川烈武王道规。道怜曾为东晋国子学生。

《宋书》卷一《武帝纪上》:"高祖武皇帝讳裕,字德舆,小名寄奴,彭城县绥舆里人,汉高帝弟楚元王交之后也。交生红懿侯富,富生宗正辟强,辟强生阳城缪侯德,德生阳城节侯安民,安民生阳城釐侯庆忌,庆忌生阳城肃侯岑,岑生宗正平,平生东武城令某,某生东莱太守景,景生明经洽,洽生博士弘,弘生琅邪都尉悝,悝生魏定襄太守某,某生邪城令亮,亮生晋北平太守膺,膺生相国掾熙,熙生开封令旭孙,旭孙生混,始过江,居晋陵郡丹徒县之京口里,官至武原令。混生东安太守靖,靖生郡功曹翘,是为皇考。高祖以晋哀帝兴宁元年岁次癸亥三月壬寅夜生。"

《宋书》卷五一《长沙景王道怜传》:"长沙景王道怜,高祖中弟也。初为国子学生。……道怜六子:义欣、义庆……义欣弟义庆,出继临川烈武王道规。"又

---

① 范子烨:《〈世说新语〉研究》,黑龙江教育出版社,1998,第305—317页。
② 曹道衡、刘跃进:《南北朝文学编年史》,人民文学出版社,2000。

同卷《临川烈武王道规传》:"道规无子,以长沙景王第二子义庆为嗣。初,太祖少为道规所养,高祖命绍焉,咸以礼无二继,太祖还本,而定义庆为后。"

汉高帝同父少弟楚元王交字游,好书,多材艺。与申公等俱受《诗》于浮丘伯。为《诗》传,号曰《元王诗》。交孙辟强字少卿,亦好读《诗》,能属文。辟强子德字路叔,修黄、老术,有智略。德子安民为郎中右曹;德子向字子政,本名更生,有《列女传》《新序》《说苑》等。刘义庆《世说新书》或续其同宗祖上刘向之书。

《汉书》卷三六《楚元王传》:"楚元王交字游,高祖同父少弟也。好书,多材艺。少时尝与鲁穆生、白生、申公俱受《诗》于浮丘伯。伯者,孙卿门人也。……元王既至楚,以穆生、白生、申公为中大夫。高后时,浮丘伯在长安,元王遣子郢客与申公俱卒业。文帝时,闻申公为《诗》最精,以为博士。元王好《诗》,诸子皆读《诗》,申公始为《诗》传,号《鲁诗》。元王亦次之《诗》传,号曰《元王诗》,世或有之。……辟强字少卿,亦好读《诗》能属文。武帝时,以宗室子随二千石论议,冠诸宗室。清静少欲,常以书自娱,不肯仕。昭帝即位,……遂拜辟强为光禄大夫,守长乐卫尉,时年已八十矣。徙为宗正,数月卒。德字路叔,修黄、老术,有智略。少时数言事,召甘泉宫,武帝谓之'千里驹'。昭帝初,为宗正丞,杂治刘泽诏狱。父为宗正,徙大鸿胪丞,迁太中大夫,后复为宗正,杂案上官氏、盖主事。德常持《老子》'知足'之计。妻死,大将军光欲以女妻之,德不敢取,畏盛满也。盖长公主孙谭遮德自信,德数责以公主起居无状。侍御史以为光望不受女,承指劾德诽谤诏狱,免为庶人,屏居山田。光闻而恨之,复白召德守青州刺史。岁余,复为宗正,与立宣帝,以定策赐爵关内侯。地节中,以亲亲行谨厚封为阳城侯。子安民为郎中右曹,宗家以德得官宿卫者二十余人。……向字子政,本名更生。年十二,以父德任为辇郎。既冠,以行修饬擢为谏大夫。是时,宣帝循武帝故事,招选名儒俊材置左右。更生以通达能属文辞,与王褒、张子侨等并进对,献赋颂凡数十篇。……会初立《穀梁春秋》,征更生受《穀梁》,讲论《五经》于石渠。……(石)显诬谮(张)猛,令自杀于公车。更生伤之,乃著《疾谗》《摘要》《救危》及《世颂》,凡八篇,依兴古事,悼己及同类也。遂废十余年。成帝即位,显等伏辜,更生乃复进用,更名向。向以故九卿召拜为中郎,使领护三辅都水。数奏封事,迁光禄大夫。是时,帝元舅阳平侯王凤为大将军,秉政,倚太后,专国权,兄弟七人皆封为列侯。时数有大异,向以为外戚贵盛,凤兄弟用事之咎。而上方精于《诗》《书》,观古文,诏向领校中《五经》秘书。向见《尚书·洪范》,箕子为武王陈五行阴阳休咎之应。向乃集合上古以来历春秋六国至秦、汉符瑞灾异之记,推迹行事,连传祸福,著其占验,比类相从,各有条目,凡十一篇,号曰《洪范五行传论》,奏之。天子心知向忠精,故为凤兄弟起此论也,然终不能夺王氏权。……向睹俗弥奢淫,而赵、卫之属起微贱,逾礼制。向以为王教由内及外,自近者始。故采取《诗》《书》所载贤妃贞妇,兴国显家可法则,及孽嬖乱亡者,序次为《列女传》,凡八篇,以戒天子。及采传记行事,著《新序》《说苑》凡五十篇奏之。数上疏言得失,陈法戒。书数十上,以助观览,补遗阙。上虽不能尽用,然内嘉其言,常嗟叹之。"

余嘉锡说:"刘向《世说》虽亡,疑其体例亦如《新序》《说苑》,上述春秋,下纪秦汉。义庆即用其体,托始汉初,以与向书相续,故即用向之例,名曰《世说新书》,以别于向之《世说》。"①

性简易,好文义。

《宋书》卷五一《刘义庆传》(下简称《宋传》):"为性简易,寡嗜欲,爱好文义,才词虽不多,然足为宗室之表。……招聚文学之士,远近必至。……太祖与义庆书,常加意斟酌。"

元兴二年癸卯(403)　一岁

刘义庆生。

《宋传》:元嘉"二十一年,薨于京邑,时年四十二"。以此上推,当生于本年。又同卷《长沙景王道怜传》:"长沙景王道怜,高祖中弟也。初为国子学生。谢琰为徐州,命为从事史。高祖克京城,进平京邑,道怜常留家侍慰太后。……道怜六子:义欣嗣、义庆、义融、义宗、义宾、义綦。"

元兴三年甲辰(404)　二岁

道怜为员外散骑侍郎,寻迁建威将军、南彭城内史。

《宋书·长沙景王道怜传》:"桓玄走,大将军武陵王遵承制,除员外散骑侍郎。寻迁建威将军、南彭城内史。"《晋书》卷一〇《安帝纪》载本年"夏四月己丑,大将军、武陵王遵称制,总万机"。

---

① 余嘉锡:《四库提要辨证》卷十七子部八《世说新语》条,第3册,中华书局,1980,第1019页。

义熙八年壬子(412)　十岁

秋七月,刘道规卒,无子,刘义庆为其嗣。

《晋书·安帝纪》:本年秋七月"庚子,征西大将军刘道规卒"。《宋书》卷五一《临川烈武王道规传》:"道规无子,以长沙景王第二子义庆为嗣。初,太祖少为道规所养,高祖命绍焉,咸以礼无二继,太祖还本,而定义庆为后。"《宋书》卷六〇《范泰传》:"(范泰)徙为太常。初,司徒道规无子,养太祖,及薨,以兄道怜第二子义庆为嗣。高祖以道规素爱太祖,又令居重。道规追封南郡公,应以先华容县公赐太祖。泰奏议曰……从之。"

义熙十一年乙卯(415)　十三岁

刘义庆袭封南郡公。除给事,不拜。

《宋传》:"义庆幼为高祖所知,常曰:'此我家丰城也。'年十三,袭封南郡公。除给事,不拜。"

义熙十二年丙辰(416)　十四岁

刘义庆随刘裕伐长安。善骑乘。

《宋传》:"义熙十二年,从伐长安。"又载:"少善骑乘。"

是年,义庆镇寿春。

《南齐书》卷一四《州郡志上》:"时豫州边荒,至乃如此。(义熙)十二年,刘义庆镇寿春,后常为州治。抚接遐荒,扞御疆场。"

义熙十三年丁巳(417)　十五岁

镇寿阳。

《宋书》卷三六《州郡志二》:"安帝义熙二年,刺史刘毅戍姑孰。宋武帝欲开拓河南,绥定豫土,九年,割扬州大江以西、大雷以北,悉属豫州,豫基址因此而立。十三年,刺史刘义庆镇寿阳。"震按:陈垣说东晋避讳:"至郑太妃讳,虽经朝议,多数以为不应讳。然君之所讳,臣无不讳之说,亦极有力,故凡春字地名,悉以阳字易之,如富春曰富阳,宜春曰宜阳之类,是也。"①依此例,东晋末年寿春当称寿阳。《南齐书·州郡志上》所载义熙十二年刘义庆镇寿春,亦即镇寿阳。

义熙十四年戊午(418)　十六岁

刘义庆任豫州刺史。

---

① 陈垣:《史讳举例》,上海书店出版社,1997,第101页。

《宋传》:"从伐长安,还拜辅国将军、北青州刺史,未之任,徙督豫州诸军事、豫州刺史,复督淮北诸军事,豫州刺史、将军并如故。"《宋书·武帝纪中》载义熙十四年正月壬戌,刘裕从长安还至彭城。《通鉴》卷一百一十八系义庆任豫州刺史于义熙十四年正月。震按:据《南齐书·州郡志上》载义熙十二年刘义庆镇寿春为豫州刺史,《宋书·州郡志二》载义熙十三年任豫州刺史镇寿阳。刘义庆三年实际都任豫州刺史。

元熙二年、宋武帝永初元年庚申(420)　十八岁

宋武帝追封道规临川王,义庆袭封临川王。

《宋书·临川烈武王道规传》:"高祖受命,赠大司马,追封临川王,食邑如先。"《宋传》:"永初元年,袭封临川王。征为侍中。"

景平二年、宋文帝元嘉元年甲子(424)　二十二岁

迁丹阳尹。作《黄初妻赵罪议》。

《黄初妻赵罪议》见《宋传》:"元嘉元年,转散骑常侍,秘书监,徙度支尚书,迁丹阳尹,加辅国将军,常侍并如故。时有民黄初妻赵杀子妇。遇赦应徙送避孙仇,义庆曰:'按《周礼》父母之仇,避多海外,虽遇市朝,斗不反兵。盖以莫大之冤,理不可夺,含戚枕戈,义许必报。至于亲戚为戮,骨肉相残,故道乖常宪,记无定准,求之法外,裁以人情。且礼有过失之宥,律无仇祖之文。况赵之纵暴,本由于酒,论心即实,事尽荒耄。岂得以荒耄之王母,等行路之深仇。臣谓此孙忍愧衔悲,不违子义,共天同域,无亏孝道。'"

元嘉六年乙巳(429)　二十七岁

加尚书左仆射。

《宋传》:元嘉"六年,加尚书左仆射"。

元嘉八年辛未(431)　二十九岁

惧有灾祸,乞求外镇。八月解仆射。加中书令,进号前将军。

《宋传》:元嘉"八年,太白星犯右(《南史》卷十三《刘义庆传》作'左',因义庆时任左仆射)执法,义庆惧有灾祸,乞求外镇,太祖诏譬之曰:'……兄与后军,各受内外之任,本以维城,表里经之,盛衰此怀,实有由来之事。设若天必降灾,宁可千里逃避邪?既非远者之事,又不知吉凶定所,若在都则有不测,去此必保利贞者,岂敢苟违天邪。'义庆固求解仆射,乃许之,加中书令,进号前将军,常侍、尹如故"。按《宋书》卷五《文帝纪》,本年秋八月甲辰义庆解尚书仆射。

元嘉九年壬申(432)　　三十岁

六月,出为平西将军、荆州刺史,加都督。

《宋书·文帝纪》载:本年六月壬寅,以"前将军临川王义庆为平西将军、荆州刺史"。《宋传》:"在京尹九年,出为使持节、都督荆雍益宁梁南北秦七州诸军事、平西将军、荆州刺史。荆州居上流之重,地广兵强,资实兵甲,居朝廷之半,故高祖使诸子居之。义庆以宗室令美,故特有此授。性谦虚,始至及去镇压,迎送物并不受。"《宋书》卷六八《南郡王义宣传》:"高祖以荆州上流形势……又以临川王义庆宗室令望,且临川烈武王有大功于社稷,义庆又居之。"

文帝下《追崇临川王道规诏》。临川烈武王神主随义庆镇江陵。

文帝下《追崇临川王道规诏》见《宋书·临川烈武王道规传》:"义庆为荆州,(道规)庙主当随往江陵,太祖诏曰……"《宋书》卷一五《礼志二》:"太傅长沙景王神主随子南兖州刺史义欣镇广陵,备所加殊礼下船。及至镇,入行庙。大司马临川烈武王神主随子荆州刺史义庆江陵,亦如之。"

以何偃为平西府主簿,申恬为平西中兵参军、河东太守。以何长瑜为平西记室参军,后因其以韵语序嘲义庆僚佐陆展等,被除为曾城令。遣使存问隐士刘凝之。

《宋书》卷五九《何偃传》载何偃曾为"临川王义庆西府主簿"。《宋书》卷六五《申恬传》:"临川王义庆镇江陵,为平西中兵参军、河东太守。"

《宋书》卷六七《谢灵运传附何长瑜传》:"长瑜文才之美,亚于惠连,雍、璿之不及也。临川王义庆招集文士,长瑜自国侍郎至平西记室参军,尝于江陵寄书与宗人何勖,以韵语序州府僚佐云:'陆展染鬓发,欲以媚侧室。青青不解久,星星行复出。'如此者五六句,而轻薄少年遂演而广之,凡厥人士,并为题目,皆加剧言苦句,其文流行。义庆大怒,白太祖除为广州所使统曾城令。"

《南史》卷七五《刘凝之传》:"凝之慕老莱、严子陵为人,推家财与弟及兄子,立屋于野外,非其力不食。州里重其行,辟召一无所就。……临川王义庆、衡阳王义季镇江陵,并遣使存问。"以上数事俱发生在义庆于本年至元嘉十六年任平西将军、荆州刺史镇江陵期间,附于此。

元嘉十年癸酉(433)　　三十一岁

正月,氐帅杨难当等焚掠汉中。二月,义庆遣裴方明击之,以巴东太守周籍之督军援成都。

《宋书》卷七八《萧思话传》：元嘉"十年正月……难当焚略汉中，引众西还，留其辅国将军、梁秦二州刺史赵温守梁州，魏兴太守薛健据黄金。……二月，……承之司马锡文祖进据黄金，萧汪之步骑五百相继而至。平西将军临川王义庆遣龙骧将军裴方明三千人赴，承之等进黄金，早子、健等退保下桃"。

《宋书》卷四五《刘粹传》：元嘉"十年正月，贼众（震按：指扰乱巴蜀程道养、赵广等）大至，改逼成都……二月……平西将军临川王义庆，以扬武将军、巴东太守周籍之即本号督巴西、梓潼、宕渠、巴郡五郡诸军事，巴西、梓潼二郡太守，率平西参军费淡、龙骧将军罗猛二千人援成都"。《宋书》卷六一《衡阳王义季传》："义庆在任，值巴蜀乱扰，师旅应接，府库空虚。"

元嘉十二年乙亥（435）　　三十三岁

二月，献甘树连理。

《宋书》卷二九《符瑞志下》："元嘉十二年二月丁卯，南郡江陵庾和园甘树连理，荆州刺史临川王义庆以献。"

四月，文帝诏内外群官举士，义庆上《荐举庾寔等表》。

《荐举庾寔等表》见《宋传》：元嘉"十二年，普使内外群官举士，义庆上表曰：'……伏见前临沮令新野庾寔，秉真履约，爱敬淳深。昔在母忧，毁瘠过礼，今罹父疚，泣血有闻。行成闺庭，孝著邻党，足以敦化率民，齐教轨俗。前征奉朝请武陵龚祈，恬和平简，贞洁纯素，潜居研志，耽情坟籍，亦足镇息颓竞，奖励浮动。处士南郡师觉，才学明敏，操介清修，业均井渫，志固冰霜。臣往年辟为州祭酒，未污其虑。若朝命远暨，玉帛遐臻，异人间出，何远之有。'"按《宋书·文帝纪》，文帝诏作于本年四月丙辰；"师觉"，《南史》卷一三《刘义庆传》、卷七三《师觉授传》及《宋书》卷九三《宗炳传》均作"师觉授"；义庆所上荐表，《全宋文》卷一一"庾寔"作"庾实"。

义庆上荐表前曾辟师觉授、龚祈，皆不就。

《宋书》卷九三《宗炳传》："炳外弟师觉授亦有素业，以琴书自娱。临川王义庆辟为祭酒，主簿，并不就，乃表荐之，会病卒。"又同卷《龚祈传》："彭城王义康举秀才，除奉朝请，临川王平西参军，皆不就。"

湘乡醴泉出县庭，义庆以闻。

《宋书·符瑞志下》："宋文帝元嘉十二年，衡阳湘乡，醴泉出县庭，荆州刺史、临川王义庆以闻。"

元嘉十三年丙子(436)　　**三十四岁**

在荆州留心抚物,撰《徐州先贤传》《典叙》。

《宋传》:"义庆留心抚物,州统内官长亲老,不随在官舍者,年听遣五吏(按《南史·刘义庆传》作"三吏")饷家……在州八年,为西土所安。撰《徐州先贤传》十卷,奏上之。又拟班固《典引》为《典叙》,以述皇代之美。"义庆为平西将军、荆州刺史始于元嘉九年六月,止于元嘉十六年二月,共八年。此数事在此八年间,姑附于此。

春游作《游鼍湖诗》。

《读史方舆纪要》:"沔阳州,府南三百二十五里。东北至汉阳府四百里,南至岳州府三百五十里,西至荆州府四百四十里。春秋、战国时楚地。秦为南郡地。汉属江夏郡。后汉因之。晋惠帝时,分属竟陵郡。梁又置沔阳郡……州襟带襄、随,腹背郢、鄂,当重湖之右,介江汉之中,地洼而卑,水漾而潴,实川泽之区也。……白鹭湖,州东十五里。其东相接者曰鼍湖。"①明代沔阳州,洪武九年改沔阳府置,治所在今湖北仙桃市西南沔城镇,辖境相当今仙桃、洪湖、天门三市②,在南朝宋时属于荆州的下辖之地,鼍湖在这里。义庆当在任荆州刺史八年间曾游鼍湖。义庆《游鼍湖诗》云:"暄景转谐淑,草木目滋长。梅花覆树白,桃杏发荣光。"③游览作诗当在春季。

元嘉十四年丁丑(437)　　**三十五岁**

白燕集荆州府门,义庆以闻。

《宋书·符瑞志下》:"元嘉十四年,白燕集荆州府门,刺史临川王义庆以闻。"

萧思话任平西长史。

《宋书·萧思话传》:元嘉"十四年,迁使持节、临川王义庆平西长史、南蛮校尉"。

元嘉十六年己卯(439)　　**三十七岁**

二月,衡阳王义季任荆州刺史,义庆离开荆州。

《宋书·文帝纪》载本年二月"以南徐州刺史衡阳王义季为安西将军,荆州

---

① 顾祖禹:《读史方舆纪要》第7册,中华书局,2005,第3599—3603页。
② 史乐为:《中国历史地名大辞典》上册,中国社会科学出版社,2005,第1324页。
③ 逯钦立:《先秦汉魏晋南北朝诗》中册,中华书局,1983,第1202页。

刺史"。

四月，为卫将军、江州刺史。

《宋传》：元嘉"十六年，改授散骑常侍、都督江州、豫州之西阳、晋熙、新蔡三郡诸军事、卫将军、江州刺史，持节如故"。《宋书·文帝纪》载此事于本年夏四月丁巳。

以袁淑为卫军谘议参军，用鲍照等为佐史国臣，张畅为从事中郎。《世说新语》的编撰或有此众僚佐的参与。

《宋传》："太尉袁淑，文冠当时，义庆在江州，请为卫军谘议参军；其余吴郡陆展、东海何长瑜、鲍照等，并为辞章之美，引为佐史国臣。"震按：陆展、何长瑜在元嘉九年至十六年义庆任平西将军、荆州刺史间便被义庆引为佐史国臣；何长瑜在此间被除为曾城令，已离开义庆，未到江州。《宋书》卷七十《袁淑传》："袁淑字阳源……少有风气……不为章句之学，而博涉多通，好属文，辞采遒艳，纵横有才辩……卫军临川王义庆雅好文章，请为谘议参军。顷之，迁司徒左西属。"《宋书》卷五十九《张畅传》："张畅字少微，吴郡吴人……为后进之秀，……为义季安西记室参军、南义阳太守、临川王义庆卫军从事中郎。"

关于《世说新语》编撰者，《隋书》卷三四《经籍志三》载："《世说》八卷，宋临川王刘义庆撰。"明人陆师道《何氏语林·后序》说："抑义庆宗王牧将，当时如袁淑、陆展、鲍照、何长瑜之徒，皆一世名彦，为之佐史，虽曰笔削自己，而检寻赞润，夫岂无人？"[1]鲁迅说："《世说》文字，间或与裴郭二家书所记相同，殆亦犹《幽明录》《宣验记》然，乃纂缉旧文，非由自造；《宋书》言义庆才词不多，而招聚文学之士，远近必至，则诸书或成于众手，未可知也。"[2]

鲍照贡诗，义庆奇之，寻擢为国侍郎，鲍照作《解褐谢侍郎表》。鲍照甚见义庆知赏。义庆起凌烟楼，鲍照作《凌烟楼铭并序》。义庆登香炉峰，鲍照作《从登香炉峰》。有献野鹅于临川王，世子命鲍照作《野鹅赋并序》。

《南史》卷一三《宋临川烈武王道规传附鲍照传》："照始尝谒义庆，未见知，欲贡诗言志，人止之曰：'卿位尚卑，不可轻忤大王。'照勃然曰：'千载有英才异士沉没而闻者，安可数哉！大丈夫岂可遂蕴智能，使兰艾不辨，终日碌碌，与燕雀相随乎？'于是奏诗。义庆奇之，赐帛二十区匹。寻擢为国侍郎，甚见知赏。"

---

[1] 何良俊：《何氏语林》，上海古籍出版社，1983。
[2] 鲁迅：《中国小说史略》，人民文学出版社，1973，第47页。

上述鲍照奏诗诸事之时间,史无明文记载。《宋书》载义庆在江州时"鲍照等,并为辞章之美,引为佐史国臣"。则鲍照奏诗,约在义庆在江州时。

虞炎《鲍照集序》载鲍照两次为侍郎:"宋临川王爱其才,以为国侍郎,王薨,始兴王濬又引为侍郎。"①始仕在临川王义庆幕为国侍郎,再仕始兴王濬幕。鲍照《解褐谢侍郎表》题曰"解褐",又表中云:"臣孤门贱生,操无炯迹。鹑栖草泽,情不及官。不悟天明广瞩,腾滞援沈。观光幽节,闻道朝年。"是始仕语,则鲍照《解褐谢侍郎表》作于本年初任侍郎时。

鲍照《凌烟楼铭并序》宋本题下注曰:"宋临川王建。"②《宋书》卷三六《州郡志二》:"江州刺史治浔阳。"照序有云:"伏见所置凌烟楼,栖置崇迥,延瞰平寂。即秀神皋,因基地势。东临吴甸,西眺楚关。"③盖凌烟楼为临川王任江州刺史时在浔阳所建。钱仲联《鲍参军集注》录闻人倓注《登庐山》《登庐山望石门》《从登香炉峰》等三诗,曰:"《唐书·地理志》:'江州浔阳县有庐山。'"④又曰:"《后汉书》注:'庐山在浔阳南,东南有香炉山,其上氛氲若香烟。'"⑤《从登香炉峰》黄节补注说:"此篇盖明远从义庆登香炉峰作也。"⑥《宋书·文帝纪》载临川王义庆本年四月任江州刺史,明年十月改任南兖州刺史,则鲍照《凌烟楼并序》《登庐山》《登庐山望石门》《从登香炉峰》等,当作于此期间。

《野鹅赋序》云:"有献野鹅于临川王,世子愍其樊萦,命为之赋。"⑦鲍照于本年至二十一年正月任临川王国侍郎。赋当作于这段时间内,姑附于此。

以世路艰难,不复跨马。刘义庆寄情文史,编《世说新语》,或言为全身远祸。至于《世说新语》成书时间,或言于元嘉三年之后,至本年徙彭城王义康于江州刺史之前。

《宋传》:"少善骑乘,及长以世路艰难,不复跨马。"周一良认为:由"世路艰险"一句话,由此可以窥见,"刘义庆处在宋文帝刘义隆对于宗室诸王怀疑猜忌的统治之下,为了全身远祸,于是招集文学之士,寄情文史,编辑了《世说新语》

---

① 鲍照著,钱仲联增补集说校《鲍参军集注》,上海古籍出版社,1980,第5页。
② 同上书,第120页。
③ 同上书,第119页。
④ 同上书,第263页。
⑤ 同上书,第267页。
⑥ 同上书,第267页。
⑦ 同上书,第41页。

这样一部清谈之书"。①

　　郑学弢说："至于《世说》所载的人物、事件、议论，还不能说与时事相去悬远。《世说》虽不载宋代的事，但书中提到的人物入宋犹存的共五人（傅亮、谢灵运、孔淳之、羊欣、王惠。其中孔淳之以下三人不是记叙的主体）。《识鉴》篇载傅瑗请郗超观其二子（迪、亮），超曰：'小者才名皆胜，然保卿家，终当在兄。'傅亮于元嘉三年被诛，准以《左传》记预言有验有不验可以推断成书年代，则《世说》的撰集，当在元嘉三年之后。这一条虽记前代的事，却正好证明傅亮的品性终将招祸，与现实还是有关联的。《言语》篇记谢灵运答孔淳之的话，谢灵运于元嘉十年被杀，《世说》有可能撰于元嘉十年之前。但是杀谢灵运，是彭城王义康极力主张的。当时宋文帝还想保留他的性命，所以即使作于元嘉十年之后，这一条也不会触犯文帝。但《世说》不会撰于元嘉十七年彭城王义康出为江州刺史以后，因为《世说》一再提到晋武帝出齐王攸这件事。《方正》篇还记述王济回答晋武帝的话：'尺布斗粟之谣，常为陛下耻之。'如果作于出义康为江州刺史之后，而《世说》又是为全身远祸而作，就决不会采录这种可能会被认为借古讽今、影射时事的言论。又，刘义庆晚年供养沙门，颇致费损，如果《世说》撰集于义庆晚年，文士们也不会编入讥笑佞佛的条文。"②

　　文帝召见王僧达，妻以临川王义庆女。

　　《宋书》卷七五《王僧达传》："王僧达，琅邪临沂人，太保弘少子。……太祖闻僧达蚤慧，召见于德阳殿，问其书学及家事，应对闲敏，上甚知之，妻以临川王义庆女。"又载：王僧达大明二年八月，"于狱赐死。时年三十六"。推之，王僧达本年十七岁。《南史》卷二一《王弘传》载元嘉六年后男十七岁为全丁。僧达婚当在此年或稍后。

元嘉十七年庚辰（440）　　三十八岁

　　七月，武昌候风木连理；十月，浔阳芙蓉连理，义庆以闻。

　　《宋书》卷二九《符瑞志下》："元嘉十七年七月，武昌崇让乡程僧爱家候风木连理，江州刺史临川王义庆以闻。元嘉十七年十月，浔阳弘农祐几湖芙蓉连理，临川王义庆以闻。"

　　十月，前丹阳尹刘湛有罪，及同党伏诛。以大将军、领司徒、录尚书、扬州刺

---

① 周一良：《〈世说新语〉和作者刘义庆身世的考察》，《中国哲学史研究》1981年第1期。
② 郑学弢：《〈世说新语〉的政治倾向和成书年代》，《徐州师范学院学报》1984年第4期。

史彭城王义康为江州刺史;义庆在江州与之相见而哭,为文帝所怪,大惧。义庆任南兖州刺史。离江州时,作《乌夜啼》。

《宋书·文帝纪》:元嘉十七年冬十月,"冬十月戊午,前丹阳尹刘湛有罪,及同党伏诛。大赦天下,文武赐爵一级。以大将军、领司徒、录尚书、扬州刺史彭城王义康为江州刺史,大将军如故。以司空、南兖州刺史江夏王义恭为司徒、录尚书事。戊寅,卫将军临川王义庆以本号为南兖州刺史,尚书仆射、护军将军殷景仁为扬州刺史,仆射如故"。《宋传》:"十七年,即本号都督南兖、徐、兖、青、冀、幽六州诸军事,南兖州刺史。寻加开府仪同三司。"

《旧唐书》卷二九《音乐志二》:"《乌夜啼》,宋临川王义庆所作也。宋元嘉十七年,徙彭城王义康于豫章。义庆时为江州,至镇,相见而哭,为帝所怪,征还宅,大惧。妓妾夜闻乌啼声,叩斋阁云:'明日应有赦。'其年更为南兖州刺史,作此歌。故其和云:'笼窗窗不开,乌夜啼,夜夜望郎来。'今所传歌似非义庆本旨。辞曰:'歌舞诸少年,娉婷无种迹。菖蒲花可怜,闻名不相识。'"

震按:"征还宅"之宅或疑当作京字。唐吴兢《乐府古题要解》上《乌夜啼》条云:"右宋临川王义庆造也。宋元嘉中,徙彭城王义康于豫章郡。义庆时为江州,相见而哭。文帝闻而怪之,征还宅。义庆大惧,妓妾闻乌夜啼,叩斋阁云:'明日应有赦。'及旦,改南兖州刺史。因此作歌。"亦为宅字。盖义庆在京师本有宅,"征还宅"即"征还京"。

郭茂倩《乐府诗集》卷八七《黄昙子曲》题解:"凡歌辞,考之与事不合者,但因其声而作歌尔。"[1]唐以后所传歌辞虽与事不合,但《旧唐书·音乐志二》所存《乌夜啼》的和声"笼窗窗不开,乌夜啼,夜夜望郎来"当为义庆原诗。义庆《乌夜啼》所存诗句,逯钦立先生从《黄氏集千家注杜工部诗史补遗》卷九辑出者,作:"笼窗一不开,乌夜啼,夜啼望郎来。"[2]可惜逯先生未察《旧唐书·音乐志二》所存者,这是义庆《乌夜啼》诗出处更早的记载。

元嘉十八年辛巳(441)　三十九岁

五月,开府仪同三司。

《宋书·文帝纪》载:本年"夏五月壬午,卫将军,南兖州刺史临川王义庆……并开府仪同三司"。

---

[1]　郭茂倩:《乐府诗集》第4册,中华书局,1979,第1219页。
[2]　《先秦汉魏晋南北朝诗》中册,第1202页。

六月,甘露降广陵,义庆以闻。

《宋书》卷二八《符瑞志中》:"元嘉十八年六月,甘露降广陵孟玉秀家树,南兖州刺史临川王义庆以闻。"

夏,请天竺沙门僧伽达多于广陵结居。

《高僧传》卷三《宋京师道林寺畺良耶舍传》:"时又有天竺沙门僧伽达多、僧伽罗多等,并禅学深明,来游宋境。达多尝在山中坐禅,日时将迫,念欲虚斋。乃有群鸟衔果飞来授之。达多思惟,猕猴奉蜜,佛亦受而食之。今飞鸟授食,何为不可?于是受而进之。元嘉十八年夏,受临川康王请。于广陵结居。后终于建业。"①

元嘉十九年壬午(442)　四十岁

五月,献白獐、白乌。

《宋书·符瑞志中》:"元嘉十九年五月,山阳张休宗获白獐,南兖州刺史临川王义庆以献。"同书《符瑞志下》载:同年五月,"海陵王文秀获白乌,南兖州刺史临川王义庆以献"。

九月,献石钟九口。

《宋书·符瑞志下》:"元嘉十九年九月戊申,广陵肥如石梁涧中出石钟九口,大小行次,引列南向,南兖州刺史临川王义庆以献。"

元嘉二十年癸未(443)　四十一岁

义庆晚节奉养沙门。任南兖州刺史间,曾敬重释昙无成、昙冏,为释道儒启度出家。

《宋传》:"受任历藩,无浮淫之过,唯晚节奉养沙门,颇致费损。"《高僧传》卷七《宋淮南中寺释昙无成传》:"释昙无成,姓马,扶风人。……姚苌将亡,关中危扰,成乃憩于淮南中寺。《涅槃》《大品》常更互讲说,受业二百余人。与颜延之、何尚之共论实相,往复弥晨。成乃著《实相论》,又著《明渐论》。宋元嘉中卒,春秋六十有四。时中寺复有昙冏者,与成同学齐名,为宋临川康王义庆所重。"②范子烨先生说:"《宋书·州郡志》:'淮南郡,文帝八年始割江淮间为境,治广陵。'义庆之为南兖州刺史,镇所即在广陵。因之,昙无成之见重于刘义庆,

---

① 释慧皎撰,汤用彤校注《高僧传》,中华书局,1992,第128—129页。
② 同上书,第275页。

当在此时。"①

《高僧传》卷一三《齐齐福寺释道儒传》:"释道儒,姓石,渤海人。寓居广陵。少怀清信,慕乐出家。遇宋临川王义庆镇南兖,儒以事闻之。王赞成厥志,为启度出家。"②事亦在元嘉十七年冬十月至本年刘义庆任南兖州刺史间,系于此。

病而还都。

《宋传》:"义庆在广陵,有疾,而白虹贯城,野麇入府,心甚恶之,固陈求还。太祖许解州,以本号还朝。"

王僧达为有司所纠。又好鹰犬、自屠牛,刘义庆使沙门慧观造而观之,与论文义。

《宋书》卷七五《王僧达传》:"(王僧达)坐属疾,于杨列桥观斗鸭,为有司所纠,原不问。性好鹰犬,与闾里少年相驰逐,又躬自屠牛。义庆闻如此,令周旋沙门慧观造而观之。僧达陈书满席,与论文义,慧观酬答不暇,深相称美。"义庆于明年正月卒,卒前曾还朝。则上述僧达诸事当在本年。僧达《上表解职》有所追述:"俄迁舍人,殆不朝直。……屡经启闻,终获允亮,赐反初服。"

元嘉二十一年甲申(444)　四十二岁

义庆卒。

《宋书·文帝纪》:元嘉二十一年春正月,"戊午,卫将军临川王义庆薨"。《宋传》:"二十一年,薨于京邑,时年四十二。追赠侍中、司空,谥曰康王。"

何长瑜仍未还。

《宋书·谢灵运传附何长瑜传》:"义庆大怒,白太祖除为广州所统曾城令。及义庆薨,朝士诣第叙哀,何勗谓袁淑曰:'长瑜便可还也。'淑曰:'国新丧宗英,未宜便以流人为念。'庐陵王绍镇浔阳,以长瑜为南中郎行参军,掌书记之任。行至板桥,遇暴风溺死。"

《徐州先贤传》《典叙》《世说》之外,义庆还著有《四海耆旧传》《海内士品》《先贤集》《兖州先贤传》《徐州先贤传赞》《江左名士传》《宣验记》《幽明录》《集林》《临川王义庆集》等。今存文六篇,诗二首。

《南史·刘义庆传》:"所著《世说》十卷,撰《集林》二百卷,并行于世。"《隋

---

① 《〈世说新语〉研究》,第314页。
② 《高僧传》,第515页。

书》卷三三《经籍志二》:"《四海耆旧传》一卷,《海内士品》《先贤集》《兖州先贤传》《徐州先贤传》《徐州先贤传赞》九卷,刘义庆撰。……《江左名士传》一卷,刘义庆撰。……《宣验记》十三卷,刘义庆撰。……《幽明录》二十卷,刘义庆撰。"卷三四《经籍志三》:"《世说》八卷,宋临川王刘义庆撰。"卷三五《经籍志四》:"宋《临川王义庆集》八卷……《集林》一百八十一卷,宋临川王刘义庆撰。梁二百卷。"

今存文六篇,见清人严可均校辑《全上古三代秦汉三国六朝文》之《全宋文》卷一一收录①。除上引者外,还有《筌箬赋》《鹤赋》《山鸡赋》《启事》等四篇。逯钦立辑校《先秦汉魏晋南北朝诗》之《宋诗》卷四录其诗二首《乌夜啼》《游鼍湖诗》,系年已见上文。

《宋传》:"爱好文义,才词虽不多,然足为宗室之表。"震按:"才词虽不多"的记载,似与刘义庆多著述不一致。这有两种可能:其一,其中著作或有其僚佐文人实作,而由其挂名;其二,是《宋书》作者沈约以沉思翰藻的诗赋文为"才词",而不将子史之类的杂传小说看作"才词"。

有子五。有女,妻王僧达。

《宋传》:"子哀王烨字景舒嗣,官至通直郎,为元凶所杀。追赠散骑常侍。子绰字子流嗣,官至步兵校尉。昇明三年反,伏诛,国除。绰弟绾,早卒。烨弟衍,太子舍人。衍弟镜,宣城太守。镜弟颖,前将军。颖弟倩,南新蔡太守。"女妻王僧达事,考见元嘉十六年"文帝召见王僧达,妻以临川王义庆女"条。

(胡耀震,男,文学博士,江西师范大学文学院教授。发表过论文《刘勰论陶渊明和〈文心雕龙·隐秀〉补文真伪新证》等)

---

① 严可均:《全上古三代秦汉三国六朝文》第3册,中华书局,1958,第2496—2497页。

王恭是否"不学无术"

徐国荣

《世说新语·任诞篇》载:"王孝伯言:'名士不必须奇才,但使常得无事,痛饮酒,熟读《离骚》,便可称名士。'"王孝伯即王恭,东晋时期名士,与谢安等人同时。此处所说的可称名士的三个条件,"常得无事"与"痛饮酒"容易理解,也可以从当时诸多清谈名士中找到具体实例。至于为什么"熟读《离骚》"便可称名士,学界对此则见仁见智。余嘉锡《世说新语笺疏》于此条下加案语,对王恭大加痛斥说:

> 《赏誉篇》云:"王恭有清辞简旨,而读书少。"此言不必须奇才,但读《离骚》,皆所以自饰其短也。恭之败,正坐不读书,故虽有忧国之心,而卒为祸国之首,由其不学无术也。自恭有此说,而世之轻薄少年,略识之无,附庸风雅者,皆高自位置,纷纷自称名士。政使此辈车载斗量,亦复何益于天下哉?[①]

他结合《世说新语·赏誉篇》的记载而批评王恭因"读书少"而导致最终的失败,所以是"不学无术"。但王恭是否真的"不学无术",并且正因此而导致最终的失败呢?如果结合《世说新语》和《晋书》等文献资料来看,或许未必如此,这样的结论未必妥帖。这便需要我们还原《任诞篇》这段话的背景,然后探讨《世说新语》作者的用意,从而对王恭"不学无术"之评作出自己的判断。

[①] 余嘉锡:《世说新语笺疏》,上海古籍出版社,1993,第763页。下引《世说新语》原文,除特别说明外,皆出此书。为免繁琐,不重复注释。

一、王恭此言对"名士"是贬是赏？

我们先须了解王恭此言对待"名士"的态度，究竟是讥刺还是欣赏。也就是说，究竟王恭所说的是对当时所谓"名士"有所贬损讥刺，还是以欣赏的态度提出可称名士的三个条件或"标准"。

古今大多数人注评此书时，基本上都认为这是王恭对当时"名士"标准的一种表述，当然也代表了他自己对这种"名士"行为的认同。但另一种意见认为，王恭此言是对当时"名士"的讥刺。杨勇《世说新语校笺》在笺释此条时说："孝伯此言，虽存讥刺，然亦见当时士流学问之一斑。《赏誉》155 谓'王恭有清辞简旨，能叙说而读书少'。"① 蒋凡等注释时评曰："史称王恭身为皇亲国戚，自负其才地高华，满怀理想而企望作为，故曾叹道：'仕宦不为宰相，才志何足以骋！'其积极入世的人生态度，当然与不拘礼法而超然世外的任诞之士大异旨趣。此言讽刺名士，有入木三分之妙。但应强调指出，只合为虚假名士画像，而与嵇、阮之辈先贤无涉。真名士之'痛饮酒，熟读《离骚》'，常富味外之味，语言文字背后，寓藏有深奥的文章。但假名士不过是紧跟流行的装模作样而已，岂是真知酒趣而读懂《离骚》！"② 或许对上引余嘉锡的批评之言别有所解，台湾有学者也认为王恭的话是对名士的"讽刺"③。如果单从这段话本身来看，确实可以得出两种截然相反的结论，但若结合王恭一生的行迹来看，则问题会看得更加清楚。

王恭出身于当时的名门望族——太原王氏，为孝武帝定皇后之兄。《世说新语》（包括刘孝标注）中，王恭共出现 36 次，形象记载几乎都是正面的，并没有什么诸如纵酒裸裎而过于放诞的地方。如《德行篇》第 44 则记载其"身无长物"的故事，赞其俭约；《方正篇》第 64 则以"忠孝"自许，实则也是《世说新语》编者意旨之体现。而《方正篇》第 63 则曰："王恭欲请江庐奴为长史，晨往诣江，江犹在帐中。王坐，不敢即言，良久乃得及。江不应，直唤人取酒，自饮一碗，又不与王。王且笑且言：'那得独饮？'江云：'卿亦复须邪？'更使酌与王，王饮酒毕，因得自解去。未出户，江叹曰：'人自量，固为难。'"虽然此则欲表现的是江庐奴的

---

① 杨勇：《世说新语校笺》（修订本），中华书局，2006，第 686 页。
② 蒋凡等《全评新注世说新语》，人民文学出版社，2009，第 928 页。
③ 参见张钧莉《魏晋美学趋势》，台湾花木兰出版社，2011，第 118 页。

"方正",实则也正体现着王恭的"雅量"与名士风采。再看《世说新语·赏誉篇》第154、155条的两则记载:

> 司马太傅为二王目曰:"孝伯亭亭直上,阿大罗罗清疏。"(刘孝标注曰:"恭,正亮沉烈;忱,通朗诞放。")
>
> 王恭有清辞简旨,能叙说,而读书少,颇有重出。(刘孝标注引《中兴书》曰:"恭虽才不多,而清辩过人。")有人道孝伯"常有新意,不觉为烦"。

司马太傅即司马道子,也就是后来王恭欲兴兵讨伐的人,作为政敌的评论,"亭亭直上""正亮沉烈",无论动机如何,都是十分肯定王恭的为人与风采。而后一则中虽然指出其"读书少"的客观情况,却以"清辞简旨""不觉为烦"替其解释与辩护,很明显是站在欣赏的角度而言的。而且,就当时名士的行为表现来看,读书的多少并不是名士们的追求,而清通简要,清辩过人,却是时人非常欣赏的,也是当时名士们的普遍追求。正如《世说新语·文学篇》所载:"褚季野语孙安国云:'北人学问,渊综广博。'孙答曰:'南人学问,清通简要。'支道林闻之曰:'圣贤固所忘言。自中人以还,北人看书,如显处视月;南人学问,如牖中窥日。'"他们将南北学问的特点进行比较,看似不分轩轾,而实则东晋的玄学名士们所崇尚的正是南人学问的"清通简要"。又《赏誉篇》云:"王濬冲、裴叔则二人,总角诣钟士季。须臾去后,客问钟曰:'向二童何如?'钟曰:'裴楷清通,王戎简要。后二十年,此二贤当为吏部尚书,冀尔时天下无滞才。'"此处对于裴楷与王戎的赏誉未必可信,余嘉锡在《世说新语笺疏》中已辨之,但却可以说明玄学名士们对于"清通简要"的欣赏。

同样,我们看《世说新语·文学篇》第99则的一段记载:"殷仲文天才宏赡,而读书不甚广,博亮叹曰:'若使殷仲文读书半袁豹,才不减班固。'"无论这声叹息是"博亮"还是"傅亮"或"谢灵运",都可以说明,读书的广博与才华的大小并没有必然的关系。所以,史载王恭的"清辞简旨"在东晋之世是受到好评的,与"清通简要"有相通之处。

王恭祖父王濛也为当时清谈名士,与刘惔齐名。王濛其人风流放诞,史书多有记载。《晋书·王濛传》载曰:"濛少时放纵不羁,不为乡曲所齿,晚节始克己励行,有风流美誉,虚己应物,恕而后行,莫不敬爱焉。事诸母甚谨,奉禄资产常推厚居薄,喜愠不形于色,不修小洁,而以清约见称。善隶书。美姿容,尝览镜自照,称其父字曰:'王文开生如此儿邪!'居贫,帽败,自入市买之,妪悦其貌,遗以新帽,时人以为达。与沛国刘惔齐名友善,惔常称濛性至通,而自然有节,濛每云:'刘君知我,胜我自知。'时人以惔方荀奉倩,濛比袁曜卿,凡称风流者,举濛、惔为宗焉。"①《历代名画记》卷五载曰:"王濛字仲祖,晋阳人。放诞不羁。书比庾翼,丹青甚妙,颇希高达,常往驴肆家画辎车,自云:'我嗜酒、好肉、善画,但人有饮食、美酒、精绢,我何不往也?'特善清言,为时所重。"②王恭虽然赞赏自己祖父王濛的名士风采,却也完全从名士风流的视角出发,更欣赏甚至崇拜其祖的好友——前辈名士刘惔的风流与风采。《世说新语·品藻篇》:"谢公语孝伯:'君祖比刘尹,故为得逮。'孝伯云:'刘尹非不能逮,直不逮。'"(刘孝标注:言濛质,而惔文也)《晋书》本传则直接称其"慕刘惔之为人"。他自己也以风流标望而为世所称,其行散、标榜飘逸风度等行为也都是标准的东晋名士的作风与派头。因此,我们从其言谈举止中找不出任何对"名士"风流行为有所讥刺的理由。而他所谓的名士的三个标准,无疑也是他所认同,并且是他自己标榜的。问题在于,当时名士的类型不止一种,王恭所追求的名士风流以及他的行为究竟属于哪一种呢?

二、王恭是什么样的名士?

如果按照鲁迅在《魏晋风度及文章与药及酒之关系》中的说法,总起来看,追求魏晋风流的名士们大致可分为两大派:饮酒派与服药派。这其中当然也因个人的不同而可细分,但总体来说,饮酒派多不拘礼节,行为放诞不羁,前世以阮籍为代表,近世则以王恭祖父王濛为代表;服药派则追求风度潇洒,行为飘逸,文采风流,前世以嵇康为代表,近世则以王恭崇尚的刘惔为代表。王恭为人简贵,虽崇尚名士风流,却并不像其祖父王濛那样放诞不羁,而是一方面志存高远,颇有建功立业的志向,另一方面又追求高雅飘逸的行为,属于典型的服药派。《世说新语》中也有两处明确载其服药后行散的行为:

---

① 《晋书》卷九十三,中华书局,1974,第2418页。本文所引《晋书》皆出于此,后文不再详注页码。
② 张彦远著,俞剑华注释《历代名画记》,江苏美术出版社,2007,第153页。

王孝伯在京行散,至其弟王睹户前,问:"古诗中何句为最?"睹思未答。孝伯咏:"'所遇无故物,焉得不速老!'此句为佳。"(《文学篇》101)

王恭始与王建武甚有情,后遇袁悦之间,遂致疑隙。然每至兴会,故有相思时。恭尝行散至京口谢堂,于时清露晨流,新桐初引。恭目之曰:"王大故自濯濯。"(《赏誉篇》153)

服药者自是追求长寿与容止,长寿未必能达到目的,而服药后的容光焕发则是可见的暂时效果,也是诸多名士乐此不疲的重要原因。王恭既是服散者,平时自是十分在意自己的外在行为,而他本人的容貌俊美也使得他更加追求飘然欲仙的外在风度。《世说新语·容止篇》第39则载:"有人叹王恭形茂者,云:'濯濯如春月柳。'"而《世说新语·企羡篇》第6则更有这样的记载:"孟昶未达时,家在京口,尝见王恭乘高舆,被鹤氅裘。于时微雪,昶于篱间窥之,叹曰:'此真神仙中人!'"被称为"神仙中人",自是由于风度潇洒,飘飘欲仙,不似凡俗中人的感觉。对此,余嘉锡在《世说新语笺疏》中先引了李慈铭的说法,然后又据之而证曰:

李慈铭云:"案《颜氏家训·勉学篇》云:'梁朝全盛之时,贵游子弟无不熏衣剃面,傅粉施朱,驾长檐车,跟高齿屐,坐棋子方褥,凭斑丝隐囊,从容出入,望若神仙。'昶之所谓,正此类也。王恭凭藉戚畹,早据高资,学术全无,骄淫自恣。及荷孝武之重委,任北府之屏藩,首创乱谋,妄清君侧。要求既遂,跋扈益张,再动干戈,连横群小。昧于择将,还以自焚。坐使诸桓得志,晋社遽移。金行之亡,实为罪首。枭首灭族,未抵厥辜。孟昶寒人,奴颜乞相,惊其炫丽,望若天人,鄙识琐谈,何足称述?而当时叹为名士,后世载其风流,六代陵迟,职由于此。昶得遭时会,缘藉侯封,其子灵休,遂移志愿。临汝之饰,贻秽千秋。其父报仇杀人,其子必将行劫,此之谓矣!"

嘉锡案:矜饰容止,固是南朝士大夫一病。然名士风流,仪形俊美者,自易为人所企羡,此亦常情。《晋书·王恭传》载此事云:"恭美姿仪,人多爱悦,或目之云'濯濯如春月柳'。尝被鹤氅裘,涉雪而行。孟昶窥见之,叹曰:'此真神仙中人也!'"然则昶之赞恭,乃美其姿容,非第羡其高舆鹤氅裘而已。莼客乃鄙昶为寒人,诋为奴颜乞相,不知本书所载,若此者多矣!即如上篇王长史于积雪中著公服入尚书,王敬和叹为不复似世中人,此与昶之赞恭何异?敬和宰相之子,岂亦寒人奴颜乞相耶?苑客此评,深为无谓。若移《家训》语入《容止篇》下,以见风气之弊,则善矣。

李慈铭引用《颜氏家训》中的话,从寒人与高门大族的角度来解释孟昶对王恭的仰慕,并且对此大加斥责,认为王恭"学术全无,骄淫自恣","而当时叹为名士,后世载其风流,六代陵迟,职由于此"。很明显,这其中带有很强的个人情绪。余嘉锡驳之,认为"昶之赞恭,乃美其姿容",这是正确的。同时还举了《容止篇》第33则的一段话为例,此例原文为:"王长史为中书郎,往敬和许。尔时积雪,长史从门外下车,步入尚书,著公服。敬和遥望,叹曰:'此不复似世中人。'"所谓"不复似世中人"也就是"神仙中人",王长史即王恭祖父王濛,也是长相俊美的男子。王敬和即王洽,王导之子,出于琅玡王氏,自是当时一流高门,所以余氏以此驳之,可谓深中肯綮。另外,宁稼雨教授认为余氏之解尚有未尽之处,"从'地仙'说的角度看,正是因为两晋名士把本阶层的贵族生活视为神仙境界,所以动辄才会产生将周围的出色人物视为神仙中人的念头"①。这个解释将问题引向深入。

如果我们回到艳羡"神仙中人"的现场,又会发现这类的"企羡",其实需要特殊的条件:一是被企羡者自身的俊美姿容;二是"积雪"中的特殊背景,有一种隔离风尘的审美的距离感。二王都具备时人艳羡的俊美"容止",而在"积雪"之中,一片洁白光亮的背景下,身"著公服"或"被鹤氅裘",飘然欲举,符合世人对神仙的想象,远远看去,自有视觉上的赏心悦目,所以被叹为"神仙中人"。《世说新语》中若干处提及"雪"的背景,基本上都视之为能够激发诗意的审美境界,《文学篇》第71则所载谢氏家族"讲论文义"时,谢道韫以"未若柳絮因风起"回答"白雪纷纷何所似"之得到赞赏,正是从审美与风韵而言的。《任诞篇》第47则王子猷雪夜访戴成为千古佳话,也是立足于这一审美场景之上的。

我们再看《世说新语·言语篇》第93则的记载:

道壹道人好整饰音辞,从都下还东山,经吴中。已而会雪下,未甚寒。

---

① 宁稼雨:《魏晋士人人格精神——〈世说新语〉的士人精神史研究》,南开大学出版社,2003,第435页。

> 诸道人问在道所经,壹公曰:"风霜固所不论,乃先集其惨澹。郊邑正自飘瞥,林岫便已皓然。"

此则虽然表现的是道壹道人的"言语",其实他的"言语"只是写实性的描述,但却经过"整饰音辞",表现出一种诗意般的审美场景,因而得到赞赏。所以,王恭被赞为"神仙中人",不仅由于其容貌俊美,更由于其在特殊的背景下,配合其外形,表现出不同凡俗、远离尘世的客观效果。这也正是追求雅化生活方式与内在精神世界的服药派名士所欲达到的目的。那么,王恭所谓的"名士不必须奇才"的三个条件,他自己是否符合,又有没有做到这些呢?

这三个条件——常得无事、痛饮酒、熟读《离骚》,前两者容易理解,也可以举出很多例子。"常得无事"也就是不愿为实际事务的浊官,理想的状态便是《晋书·刘惔传》中所说的"居官无官官之事,处事无事事之心"。这是孙绰为刘惔诔文的一句话,而且当时还"以为名言",自是认同这个说法。也就是说,这些名士们一方面希望享受着高官厚禄,另一方面又不想操持实际事务。刘惔与王濛同时,都是当时的名士领袖,关于玄言清谈,对于老庄义理理解得也颇深。《世说新语·言语篇》第64则载曰:"刘尹与桓宣武共听讲《礼记》。桓云:'时有入心处,便觉咫尺玄门。'刘曰:'此未关至极,自是金华殿之语。'"桓温是当时权臣,偏偏也要标榜风流,认为对玄学义理别有会解,而刘惔其实是深会其理,故一语中的。田余庆教授对此解释说:"案汉成帝时张禹等入讲《论语》《尚书》于金华殿,故云。刘惔听来不过是儒生讲经之语,桓温却以为是'咫尺玄门'。这是刘惔对桓温不辨儒玄、学无根柢的讽刺。"①《晋书》本传说他"性简贵",也就是不喜俗务,追求简远,当然也有不愿接近俗世而自我标榜之意,但刘惔喜好老庄玄理,确实学有根柢,所以颇为当世人赞赏。对于王恭来说,他出身高门大族,又自命不凡,之所以崇拜刘惔式的名士风流,也正是如此。而且,王恭也被当时的王雅评为"风神简贵"。如果对比刘惔与王恭的行迹,可以发现,刘惔作为前辈名士,其言行特征——玄言,简贵,高自标持,都是王恭所企慕的。而在实际效果上,王恭达不到刘惔那样对玄言义理的精深程度,但这自不妨碍王恭的崇拜之情。

---

① 田余庆:《东晋门阀政治》,北京大学出版社,2012,第166页。

关于对名士"痛饮酒"的条件,这是当时诸多名士的共同特征,尤其是东晋时放达派名士大都如此。因为酒可以使其"形神相亲",可以"引人入胜"。王恭自己虽然没有醉酒放达的行为,这一方面与他服散不能过多饮酒有关,另一方面是东晋后期名士们逐渐追求雅化的生活方式相关。但"痛饮酒"确实成了当时诸多名士的一个标识,即使王恭无意于此,却也不妨承认这是名士的一个特征。关于玄学名士因"痛饮酒"而放达的例子甚多,无须举例以明。

至于为什么"熟读《离骚》"也可称为"名士",此则见仁见智。至少可以从三个方面来看待。其一,或与当时"以悲为美"的审美风尚有关。因为屈原"忠而被谤"的遭际自两汉以来一直颇受同情,《离骚》中也充满着哀婉的情绪,故而可使得喜听挽歌、以悲为美的玄学名士们在痛哭流涕中把握到身心两忘的审悲快感。其二,或与玄学名士崇尚自由、追求个性的时代风气有关。龚斌教授对此解释说:"《离骚》情感奔放,颇具自由精神,正与魏晋重情、重自然、摆脱一切羁绊之文化品格相契。"① 也有学者将其与魏晋士人崇尚的庄子精神联系,说:"当魏晋士人以崇尚个性的眼光看待屈原的怨愤激切与狷介直行,他们就从'任情率性'的特质上找到与庄子的精神相通处,而引狂放的屈原为士人们的同调。……王恭的不拘俗迹,时誉为'神仙中人'。他自恃甚高,有济世之想,曾叹曰:'仕宦不为宰相,才志何足以骋!'可知魏晋士人的追求个性自由,并不依庄子齐物我、一死生、泯是非、忘利害的路,而是仅只于风神的滋养、情性的自适。"② 其三,或与魏晋士人欣赏《离骚》的浓烈情感与艳丽才藻相关联。其实,唐人编著史书已注意到这一点,《周书·庾信传论》曰:"逐臣屈平,作《离骚》以叙志,宏才艳发,有恻隐之美。"③ 应该说,这些解释可以相互补充,虽然现在已经无法确切探知王恭此言的真实心态,但也可以由此而了解他对当时名士形象的认同与构想。在他的日常生活中,他一直以刘惔式的名士作为自己的偶像,虽然在玄学素养上无法达到刘惔的境地,却是以此进行自我要求的,所以,他喜欢清谈,追求外在的飘逸风度,也喜爱文籍,不喜俗务,给时人一种颇负才华的印象。无奈他在政治争斗中失败了,而且并没有成就什么功业,这便使他成为"成王败寇"史论心态的牺牲品,由志向宏放、立身清正的正面形象成为谋反而败、"不学

---

① 龚斌:《世说新语校释》,上海古籍出版社,2011,第1487页。
② 黄雅淳:《魏晋士人之悲情意识研究》,台湾花木兰出版社,2012,第68页。
③ 《周书》卷四十一《庾信传》,中华书局,1971,第743页。

无术"的反面人物典型。

三、王恭形象的由正而反:成王败寇的史评惯性

无论是《世说新语》还是《晋书》等文献材料,在王恭没有失败之前,对于王恭形象的描述基本上都是非常正面的。《晋书·王恭传》曰:"少有美誉,清操过人,自负才地高华,恒有宰辅之望。……谢安常曰:'王恭人地可以为将来伯舅。'……起家为佐著作郎,叹曰:'仕宦不为宰相,才志何足以骋!'因以疾辞。"如果史书记载至此,给人的印象便是,此人志向高远,颇有美名。接着又记载了他立身端正的行为:"(司马)道子尝集朝士,置酒于东府,尚书令谢石因醉为委巷之歌,恭正色曰:'居端右之重,集藩王之第,而肆淫声,欲令群下何所取则!'石深衔之。淮陵内史虞珧子妻裴氏有服食之术,常衣黄衣,状如天师,道子甚悦之,令与宾客谈论,时人皆为降节。恭抗言曰:'未闻宰相之坐有失行妇人。'坐宾莫不反侧,道子甚愧之。"谢安对王恭的高评,究竟是出于什么目的与心态,难以一言以蔽之。或许出于真心与真实感受,或许王恭处于太原王氏,又与帝室有姻亲关系。但这些记载王恭早年的事迹则是客观存在的。王恭或许读书不多,但他的"清辞简旨"和"清操过人"其实正是当时玄学名士的标识。在他兵败之前,他其实一直是以具有才华、爱好文籍、立身端正而示人的。下面几例可略见一斑:

> 孝武问王爽:"卿何如卿兄?"王答曰:"风流秀出,臣不如恭,忠孝亦何可以假人!"(《方正篇》64)
>
> 孝武山陵夕,王孝伯入临,告其诸弟曰:"虽榱桷惟新,便自有《黍离》之哀!"(刘注:《中兴书》曰:"烈宗丧,会稽王道子执政,宠幸王国宝,委以机任。王恭入赴山陵,故有此叹。")(《伤逝篇》17)
>
> 王东亭与孝伯语,后渐异。孝伯谓东亭曰:"卿便不可复测!"答曰:"王陵廷争,陈平从默,但问克终云何耳。"(刘注:《晋安帝纪》曰:"初,王恭赴山陵,欲斩国宝,王珣固谏之,乃止。既而恭谓珣曰:'此日视君,一似胡广。'珣曰:'王陵廷争,陈平从默,但问克终如何也。'")(《仇隙篇》6)
>
> 时帝雅好典籍,珣与殷仲堪、徐邈、王恭、郗恢等并以才学文章见昵于

帝。(《晋书》卷六十五《王珣传》)

时王恭与殷仲堪并以才器,各居名藩。(《晋书》卷七十五《王坦之传》)

淳之少有高尚,爱好坟籍,为太原王恭所称。①

从这些记载中可以看出,王恭年轻时便志向远大,颇负才华,也以"才器"与"才学文章"而为人所称,而且在朝廷面临重大选择时敢于担当而讥讽王珣"一似胡广"的明哲保身。但后来的事实说明,王恭的才华其实主要体现在"清辞简旨""风流秀出"的名士行为之上,而不表现在需要运筹帷幄的政治军事斗争方面。所以,尽管王恭的起兵出于讨伐当时权臣司马道子,并具有一定的正当道义,同时又因偶然事件(书信的毁坏与刘牢之的反叛)而失败了,但这并不意味着他的"不学无术"或"学术全无",更不能推导到其失败的原因正在于"不学无术"。史书的记载总是滞后性的,对于客观事件的记载虽然不易抹掉,而一些带有神秘寓言色彩的记载其实是出于成王败寇的历史惯性的心态。这从《晋书》的相关记载中不难看出。

孝武帝太元十四年十二月乙巳,雨,木冰。明年二月王恭为北藩,八月庾楷为西藩,九月王国宝为中书令,寻加领军将军,十七年殷仲堪为荆州,虽邪正异规,而终同夷灭,是其应也。(《晋书》卷二十七《五行志上》)

孝武帝太元末,京口谣曰:"黄雌鸡,莫作雄父啼。一旦去毛衣,衣被拉飒栖。"寻而王恭起兵诛王国宝,旋为刘牢之所败,故言"拉飒栖"也。(《晋书》卷二十八《五行志中》)

王恭在京口,百姓间忽云:"黄头小儿欲作贼,阿公在城,下指缚得。"又云:"黄头小人欲作乱,赖得金刀作藩扞。"黄字上恭字头也,小人恭字下也,寻如谣言者焉。(《晋书》卷二十八《五行志中》)

这些所谓的"谣言"似乎总是未卜先知,其实《晋书》中也是将其当作"诗妖"来看待的。这些都是在历史事实之后一种成王败寇心理的真实写照。同样,《晋书·王雅传》载:

---

① 《宋书》卷九十三《隐逸·孔淳之传》,中华书局,1974,第2283页。

>帝以道子无社稷器干,虑晏驾之后皇室倾危,乃选时望以为藩屏,将擢王恭、殷仲堪等,先以访雅。雅以恭等无当世之才,不可大任,乃从容曰:"王恭风神简贵,志气方严,既居外戚之重,当亲贤之寄,然其禀性峻隘,无所苞容,执自是之操,无守节之志。仲堪虽谨于细行,以文义著称,亦无弘量,且干略不长。若委以连率之重,据形胜之地,今四海无事,足能守职,若道不常隆,必为乱阶矣。"帝以恭等为当时秀望,谓雅疾其胜己,故不从。二人皆被升用,其后竟败,有识之士称其知人。

如果不是王恭等人的失败,客观事实不是如此,也就没有所谓的"有识之士称其知人"了,这其实是史书的滞后性所体现出的记述性的优势而已。《五行志》这类记述"诗妖"的"谣言""童谣",不过是以后来的事实推算先前的征兆,属于"神话"性质的"预言",也就是以果而推因。事实上,在《晋书·王恭传》中,即使王恭兵败,其结局是被杀,但记载其事迹以及道德性的价值判断依然是正面的,符合嵇康式的名士风流。其云:"恭性抗直,深存节义,读《左传》至'奉王命讨不庭',每辍卷而叹。为性不弘,以暗于机会,自在北府,虽以简惠为政,然自矜贵,与下殊隔。不闲用兵,尤信佛道,调役百姓,修营佛寺,务在壮丽,士庶怨嗟。临刑,犹诵佛经,自理须鬓,神无惧容,谓监刑者曰:'我暗于信人,所以致此,原其本心,岂不忠于社稷!但令百代之下知有王恭耳。'家无财帛,唯书籍而已,为识者所伤。"在其后的史臣论赞中,又有"王恭鲠言时政,有昔贤之风"。这段评论可以看出《晋书》作者对王恭是充满同情的,并没有把他当作一个反叛者的负面形象来描写。王恭的失败,其实是一个不谙于政治风波和军事斗争而追求风流洒脱的名士的失败,其临刑前的"自理须鬓,神无惧容"与嵇康的"顾视日影,索琴而弹"并没有本质上的区别,都是名士风流的体现。只不过,嵇康在政治争斗中失败,并没有直接领兵打仗的失败行为,所以一直被当作名士风流的典范,而王恭并没有多少文字留存下来,并且兵败被杀,成了军事斗争的失败者,又间接引起后来桓玄的执掌大权以及北府兵势力的崛起,这便容易成为历史评论"成王败寇"心理的牺牲品。

如果综合《世说新语》和《晋书》等文献所载,可以看出,王恭的形象是:出身名门大族,自负才地高华;少有高远之志,颇欲建功立业;爱好文籍,亦具才干;姿容俊美,风流秀出;风神简贵,不乐接下。他的形象本应是嵇康、刘惔式的风流名士,却无意中卷入自己并不擅长的政治军事的争斗,最终导致失败。所以,他的失败,并非因为不读书或读书少,也不是什么"不学无术"或"学术全无",除了当时具体事件的偶然因素之外,其个人因素只能说是"学而无术",至少只能说是"志大才疏"。这或许正是追求飘逸风度名士们的共同特征。而李慈铭与余嘉锡等学者对他"不学无术"的评价,除了受到历史评论的影响之外,还有其个人撰作时的特殊背景。余嘉锡先生撰作《世说新语笺疏》,始于1937年,当时正值国家多难之际,所以余氏注书用意尤在于砥砺士节,明辨是非,这一点,其婿周祖谟在重新出版此书的前言中已有交代。牟润孙也这样解释说:"所有《笺疏》中抨击反礼教思想,涉及亡国、亡民族的,都因为季老身处沦陷之区,触目惊心产生的愤慨言论。必须这样去知人论世,始能正确地理解季老在抗战时的心情。"①在这样的背景下,我们方可理解余氏的良苦用心。吴冠宏教授正从这样对余嘉锡先生作"同情之理解",认为"余嘉锡虽因立足于儒家传统而与魏晋新文化精神格格不入,但他不时在感时忧国的悲鸣中扬起民族自信心与文化认同感,成为近代传统知识分子身处危急存亡之秋,仍试图以学术寄寓其爱国精神的具体写照。"②当然,王恭没有得到嵇康那样的高评,甚至也没有如刘惔那样的声誉,正是由于他虽爱好文籍,却并无作品留存,且于政治争斗中失败,按照史评者成王败寇的心理,他也无法为自己辨白。这是他个人的悲剧。

综上所述,王恭对于魏晋名士文化十分认同,其所提出的"名士不必须奇才"其实也是当时社会上对于名士的共同认知。他自身十分爱好文籍,也以"清辞简旨"和"风神简贵"的风流名士而著称。但他自负才地高华,并不熟谙政治军事的争斗,其最终的失败,除了历史的偶然因素,就其个人而言,并非由于"不学无术",只是"学而无术"或"志大才疏"。后世对他的负面评价,多因成王败寇的历史心理或评论者特殊的个人背景。

(徐国荣,男,暨南大学文学院教授,博士生导师。出版过《中古感伤文学原论》等著作)

---

① 牟润孙:《学兼汉宋的余季豫先生》,见《海遗丛稿》二编,中华书局,2009,第227—228页。
② 吴冠宏:《从儒理到玄义——〈论语〉与〈世说新语〉之诠释理路的探索》,台湾新文丰出版社公司,2017,第265页。

古代剧作对《世说新语》素材的艺术再造

齐慧源

一

南朝宋刘义庆的《世说新语》作为魏晋南北朝志人小说的里程碑，对后世小说、诗歌的创作产生了深远的影响，也为后世戏曲的创作提供了大量的素材。《世说新语》记述了东汉后期至晋宋间一些名士的逸闻琐事。而所记内容多属历史上的真人真事，或经过传闻的轶事。内容涵量广泛丰富、寓意深刻、语言纯熟精美。在表现魏晋题材的戏曲作品中，从宋元的南戏、元明清杂剧到明清的传奇，与《世说新语》内容相关的剧目，约有六十部之多。其中元杂剧约十五部。如关汉卿《温太真玉镜台》，演温峤以玉镜台为聘，骗娶姑母之女事；《终南山管宁割席》，演管宁与华歆同席读书，管宁因华歆不专心而割席分坐事。这两部分别取材于《世说新语·假谲》和《德行》。秦简夫《晋陶母剪发待宾》中陶侃母剪发卖钱招待学士范逵，以助儿子成名事，见《世说新语·贤媛》《晋书·陶侃传》。高文秀《五凤楼潘岳掷果》（佚），潘岳因貌美上街被妇女投果，引出其婚姻的故事，据《世说新语·容止》《晋书·潘岳传》演绎。庾天锡《英烈士周处三害》（佚），演周处除三害的事，事见《世说新语·自新》《晋书·周处传》。赵天锡《试汤饼何郎傅粉》，演何平叔面白，魏明帝与其热汤饼，以试其面是否傅粉，事见《世说新语·容止》。

明清杂剧约十八部，如许潮《桓元帅龙山会僚友》，演东晋驸马都尉桓温九月置宴龙山事，事本《世说新语·言语》《世说新语·贤媛》。徐渭《狂鼓史》，演汉末名士祢衡在地府重演裸体击鼓骂曹操事，事本《后汉书·祢衡传》《世说新

---

* 本文为国家社会科学基金一般项目"世说体小说体例演变研究"（14WZW023）阶段性成果。

语·言语》。许潮《谢东山》,演谢安雪天与晚辈讲论文艺事,本《世说新语·言语》。周乐清《波戈香》写荀粲在华佗的指引下,到波戈国求仙药救活妻子事,据《世说新语·惑溺》改编。洪昇《谢道蕴》演谢道蕴雪天与谢安等家人讲论文艺事,事本《世说新语·言语》。

明清传奇约十七部,如沈鲸《青锁记》(佚)韩寿与晋司空贾充女私下幽会并结成夫妻事,本《世说新语·惑溺》。《群英类选》存部分剧目。邱瑞吾《运甓记》写陶侃母剪发待宾、陶侃被推荐为官、陶侃母拒收儿子送来的官物、眠牛卜葬等事情,见《世说新语·贤媛》《晋书·陶侃传》。孤屿学人《贤星聚》演"竹林七贤"逸事,阮籍哭穷途、山涛荐官嵇康子、向秀作《思旧赋》、王戎晚年游竹林等事,本《世说新语·任诞》《世说新语·政事》《世说新语·伤逝》。朱鼎《玉镜台》,范文若《花筵赚》,关汉卿《温太真玉镜台》题材相同,但情节各异。

宋元明南戏约五部,如陆采《怀香记》、佚名《韩寿窃香记》,与李子中《韩寿偷香》同题材。无名氏《温太真》,与关汉卿《温太真玉镜台》同题材。今仅存少数残曲。无名氏《周处风云记》明陈罴斋有改编本(佚),演周处除三害的故事。

在以上所述戏剧创作中,相当一部分作品对原作素材,绝不是简单的改编,而是作家根据个人创作风格与创作意图对原故事进行的一番精心改造。有的直接搬演原故事,说唱古人逸事;有的根据故事生发枝叶,演绎曲折离奇的情节,借古说今;有的借书中人与事,大胆虚构,借题发挥,抒自己情怀。这些据史虚构的剧情大多符合戏剧艺术真实,演绎出一幕幕精彩的戏剧故事,成功地完成了戏剧对小说的二度创作。

创编过程中较凸显的问题,首先是虚实关系,也是历来戏剧家和戏剧理论家反复辩难而又众说纷纭的问题,自然也是对《世说新语》素材进行改编过程中不可避免的一个实际问题。一般"实"指的是史实,"虚"指的是虚构,是作家依据书中记载,凭想象编造的情节。王骥德在《曲律·杂论上》就戏剧情节的虚实问题有一段精彩的分析:

> 古戏不论事实,亦不论理之有无可否,与古人事多损益缘饰为之,然尚存梗概。后稍就实,多本古史传杂说略施丹垩,不欲脱空杜撰。迩始有捏造无影响之事,以欺妇人小儿者,然类皆优人及里巷小人所为,大雅之士亦

不屑也。①

这段话讲了虚实关系的三种情况：多虚少实，"尚存梗概"者；多实少虚，"稍就实"者；基本为虚，"捏造无影响之事"者。受此启发，笔者对以《世说新语》为题材进行创作的作品，根据对原素材处理的不同，分为以下几种情况：

（一）以原简单的事件为基础，编构更为复杂的戏剧故事，或增设人物，添加情节，或对人物改头换面，移花接木，张冠李戴。结构曲折丰富的剧情，塑造生动传神的人物形象。此即"多虚少实""尚存梗概"者。此类作品最多。如徐渭《狂鼓史渔阳三弄》、杨潮观《温太真晋阳分别》、邱瑞吾《运甓记》、许潮《桓元帅龙山会僚友》、马致远《汉宫秋》、无心子《金雀记》等。

以无心子《金雀记》为例，在《世说新语·容止》篇中记载："潘岳妙有姿容，好神情。少时挟弹出洛阳道，妇人遇者，莫不连手共萦之。左太冲绝丑，亦复效岳游遨，于是群妪齐共乱唾之，委顿而返。"②《晋书·潘岳传》也有潘岳被妇女掷果满车事。该剧中除潘岳、左思、山涛等实有其人外，其他人物如井王孙之女文鸾、青楼女子巫彩凤及戏剧关目皆为虚构。故事由抛雀联姻开始，以还雀、分雀、合雀作为线索来安排关目，如《觅花》《庵会》《乔醋》《醉风》等。由掷果故事生发的这些戏剧情节，对小说所记载的事，进行了合情合理的调度、整合与改造，使故事情节更集中，人物形象更突出，戏剧性更浓，也体现了剧本创作"奇与真"的特点。

（二）把原文中的悲剧故事，通过虚构情节，变为顺应观众欣赏心理的喜剧结局。这是中国戏曲习见的大团圆结局。这类剧作都是取材于史传、小说，却更动其主要史实，改悲剧结局为喜剧收场。如周乐清杂剧《波弋香》《紞如鼓》《琵琶语》，无名氏传奇《双合和》《百子图》等，皆可称为翻案戏。如周乐清《波弋香》，写荀粲在华佗的指引下，到波弋国求仙药救活妻子事。据《世说新语·惑溺》记载：

> 荀奉倩与妇至笃，冬月妇病热，乃出中庭自取冷，还以身熨之。妇亡，奉倩后少时亦卒。以是获讥于世。奉倩曰："妇人德不足称，当以色为主。"

---

① 王骥德著，陈多、叶长海注释《王骥德曲律》，湖南人民出版社，1983，第198页。
② 刘义庆著，刘孝标注，余嘉锡笺疏《世说新语笺疏》，中华书局，2011，第528页。

裴令闻之曰:"此乃是兴到之事,非盛德言,冀后人未昧此语。"①

《三国志注·魏书·荀彧荀攸贾诩传》注曰:"粲常以妇人者,才智不足论,自宜以色为主。骠骑将军曹洪女有色,粲于是聘焉。容服帷帐甚丽,专房燕婉。历年后,妇病亡。未殡,傅嘏往唁粲,粲不哭而神伤。嘏问曰:'妇人才色并茂为难。子之娶也,遗才而好色,此自易遇,今何哀之甚?'粲曰:'佳人难再得!顾逝者不能有倾国之色,然未可谓之易遇。'痛悼不能已已。岁余亦亡。时年二十九。粲简贵,不与常人交接,所交者一时俊杰。至葬夕,赴者裁十余人,悉同年相知名士也。哭之,感恸路人。粲虽褊隘,以燕婉自丧,然有识犹追惜其能言。"②

《波弋香》为了将这个爱情悲剧结局改为喜剧,作者重新设计,增添了人物和情节。荀粲在华佗的指点下,到西北海外波弋国山上向仙人求回返魂香,将妻子救活,演绎了一出爱情团圆剧。再如清代无名氏的传奇《双合和》,据《世说新语·言语》篇中记载,孔融被曹操逮捕后,他的两个七八岁的儿子也未能幸免于难。该剧却改为孔融的两个儿子都到了结婚的年龄,当孔融被杀害时,两个儿子却因分别到川西和江东去完婚而逃脱了这场灾难。

(三)有些故事在不同的时代被多次改编,由于被赋予的主题思想不同,虚构的情节也大相径庭。王昭君故事,史书多有记载,如《世说新语·贤媛》《汉书·元帝纪》《后汉书·南匈奴传》、西晋葛洪《西京杂记》等。在后世的文学作品中,多有咏叹此事,而将此事进行戏曲创作,始自元代。元代汉族作家多借创作王昭君故事来显示民族气节。明清时期,昭君戏更为流行,世上流传的版本有十几种,但多歌颂她与元帝的爱情,写昭君自杀,既为朝廷殉身,又为元帝尽节,统一于爱国忠君观念中,剧情皆与史实背离。

马致远的《汉宫秋》(全名《破幽梦孤雁汉宫秋》),演西汉元帝与农家女王嫱相爱,后册封为昭君。昭君为解国家之难,自请前往匈奴和番。行至番汉交界的黑龙江岸,投河自尽。该杂剧以汉帝为中心,侧重写昭君去后汉帝回宫时种种凄楚回忆。陈与郊的杂剧《昭君出塞》,情节完全本于《西京杂记》和《世说新语·贤媛》,与马致远《汉宫秋》结构、立意均不同。剧中既不写昭君死,也不

---

① 余嘉锡:《世说新语笺疏》,第789页。
② 陈寿著,裴松之注《裴松之注三国志》,天津古籍出版社,2009,第186页。

写其嫁,而是写她换装上马,一路上手弹琵琶,吐诉内心哀愁,众人送至玉门关而返。清薛旦的杂剧《昭君梦》,叙昭君在单于帐中,睡魔奉氤氲大使法旨,指引昭君回汉。全剧写昭君的一个梦,梦中有玉门关断肠处,白骨森森古战场,黑龙江与元帝相见等情节。此剧令她和番,下嫁呼韩邪单于,较为合乎史实,不同于当时的同题材戏,结构与立意不落窠臼。由于主题侧重不同,其虚构的情节自然有异,而且大异。

清道光时的周乐清杂剧《琵琶语》写王昭君由匈奴返回中国。作者用翻案的手法,把历史悲剧结局改为喜剧结局。因与历史相乖,又无新义,故作品意义不大。

(四)基本保持故事原貌,主题单一、明确,属于"多实少虚"一类。这类剧多为短剧。许潮明杂剧《谢东山雪朝试儿女》《张季鹰因风忆故乡》,洪昇的杂剧《谢道蕴》等。如《张季鹰因风忆故乡》演张翰弃官回故乡事,见《世说新语·识鉴》:

> 张季鹰辟齐王东曹掾,在洛见秋风起,因思吴中菰菜羹、鲈鱼脍,曰:"人生贵得适意尔,何能羁宦数千里以要名爵!"遂命驾便归。俄而齐王败,时人皆谓为见机。①

剧写张翰被征召为齐王东曹掾。在洛邑见秋风起,因思念故乡的莼羹鲈脍,曰:"人生贵得适意尔,何能羁宦数千里以要名爵。"遂弃官,命驾便归。《谢东山雪朝试儿女》演谢安雪天与晚辈讲论文艺事,也是完全本于《世说新语·言语》,与原作相比,未添加任何人物和情节。明清杂剧中有不少像这样描写文人生活情趣的短小作品。

(五)根据书中一点,妄自推测,大胆虚构,望风捕影。为"捏造无影响之事"者。这类剧也为数不多,且多为文人抒情剧。如杨潮观《穷阮籍醉骂财神》、汪道昆《洛水悲》、吴藻《乔影》等。汪道昆的《洛水悲》根据《世说新语·惑溺》曹丕纳甄氏为后和曹植的《洛神赋》而写成的。《世说新语·惑溺》记载:

---

① 余嘉锡:《世说新语笺疏》,第347页。

> 魏甄后惠而有色,先为袁熙妻,甚获宠。曹公之屠邺也,令疾召甄,左右白:"五官中郎已将去。"公曰:"今年破贼正为奴。"①

魏文帝的甄后既温柔又漂亮,原先是袁熙的妻子,很受宠爱。曹操攻陷邺城,屠杀百姓时,下令立即传见甄氏,侍从禀告说:"五官中郎已经把她带走了。"曹操说:"今年打败袁贼,正是为了她。"

曹植在《洛神赋》并序里写了创作的缘由:黄初三年,来到京都朝觐,归渡洛水。古人曾说此水之神名叫宓妃。因有感于宋玉对楚王所说的神女之事,于是作了这篇赋。赋虚构了作者自己与洛神的邂逅和彼此间的思慕爱恋,洛神形象美丽绝伦,人神之恋飘渺迷离,但由于人神道殊而不能结合,最后抒发了无限的悲伤怅惘之情。

汪道昆《洛水悲》根据以上文献材料,加上民间传说,便进行了该剧的创作加工。剧叙三国时甄后属意于曹植却被曹丕拆散,死后为洛水水神,与经洛水东归的曹植相见并互赠信物,以志永不相忘,曹植便作《洛神赋》以记此遇。这种文人的风流韵事,虽然没有太大的社会意义,但这种对闲适生活情趣的咏赞、向往,正从另一侧面折射出一部分文人的思想变化轨迹,即对现实政治热情的越发减退,却越来越看中个人的生活情趣、生活享受。

二

戏剧情节构思中对虚与实关系的处理,并不仅仅停留在虚与实多少的比例上,更重要的是如何去构思"虚",如何保留"实"。情节的虚构,历来没有一个固定的标准。虽然可以随故事情节、作品主题、作家风格和时代背景的不同而千变万化,但却是不可以随意进行胡编乱造、脱离戏剧特性的。

戏剧不是历史,不需要事事求实。古人曾有"凡为小说及杂剧戏文,须是虚实相伴,方为游戏三昧之笔"②的说法。王骥德认为:"戏剧之道,出之贵实,而用之贵虚。"(《曲律·杂论上》)③这都说明了戏剧创作,要有事实作依据,但又

---

① 余嘉锡:《世说新语笺疏》,第789页。
② 谢肇淛:《五杂俎》卷十五,国学珍本文库,襟霞阁主人重刊,第307页。
③ 王骥德著,陈多、叶长海注释《王骥德曲律》,第201页。

不要过分拘泥于历史,因为戏剧不等同历史,结构戏曲故事,就要充分发挥虚构想象的能力。如完全本于《世说新语》创作的明杂剧《谢东山雪朝试儿女》《张季鹰因风忆故乡》,就缺乏戏剧性。戏剧真实虽来源于生活真实,却又不同于生活真实,犹如洋槐蜜虽来源于洋槐花,经过蜜蜂的酿造却又不同于洋槐花一样。

徐渭《狂鼓史渔阳三弄》将《世说新语·言语》中祢衡击鼓事进行了大胆的虚构,改成了一部鬼戏:阴府判官让祢衡、曹操的鬼魂把当年击鼓骂曹的情景再演述一番。剧中曹操影射严嵩,借古喻今,意在描绘、讥刺明代的社会现实。以阴司骂曹的形式表达出对黑暗朝政的不满和有志之士的悲愤之情,抒发自己怀才不遇、壮志难酬的愤懑。剧中飞扬着狂傲、愤世嫉俗的叛逆精神,在创作上也形成了"嬉笑怒骂"、寓庄于谐的特色。该剧在明以后剧坛上影响颇大,有"明曲第一"①之称。这样的虚构既是大胆的又是成功的。剧本的价值在于它的思想意蕴和文学价值,并不在于是否符合历史事实。

因此,虚构可以不受历史事实的限制,但并不是说作家创作过程中的想象活动可以没有任何制约,如脱缰的野马,任其漫无目的地驰骋。虚构不是脱离实际生活的胡思乱想,要符合戏剧创作的规律,符合艺术的真实。想象再奇特,再广阔,也不能越出"人情物理"所允许的范围,也不能不受生活法则的制约。"既出寻常视听之外,又在人情物理之中。"②艺术想象似乎完全是虚幻的,但必须"幻中有真",如果幻中无真,则纯属梦呓,与艺术创造无涉。

周乐清《纮如鼓》在文献记载的基础上进行了虚构,故事的本事见《世说新语·德行》:

> 邓攸始避难,于道中弃己子,全弟子。既过江,取一妾,甚宠爱。历年后,讯其所由,妾具说是北人遭乱,忆父母姓名,乃攸之甥也。攸素有德业,言行无玷,闻之哀恨终身,遂不复畜妾。③

王隐《晋书》记:"攸以路远,斫坏车,以牛马负妻子以叛。贼又掠其牛马。牧语要曰:'吾弟早亡,唯有遗民。今当步走,儋两儿尽死,不如弃己儿,抱遗民。

---

① 蔡毅:《中国古典戏曲序跋汇编》,齐鲁书社,1989,第865页。
② 李渔:《李渔全集》卷一,浙江古籍出版社,1982,第47页。
③ 余嘉锡:《世说新语笺疏》,第26页。

吾后犹当有儿。'妇从之。"

《中兴书》曰:"攸弃儿于草中,儿啼呼追之,至莫复及。攸明日系儿于树而去,遂渡江,至尚书左仆射,卒。弟子绥服收齐衰三年。"

邓攸将儿子拴在树上的做法为人诟病,比如房玄龄在《晋书》邓攸传记最后评价:"而攸弃子存侄,以义断恩,若力所不能,自可割情忍痛,何至预加徽缧,绝其奔走者乎!斯岂慈父仁人之所用心也?卒以绝嗣,宜哉!勿谓天道无知,此乃有知矣。"是说邓攸弃子存侄是大义之举,可是把儿子绑在树上不让其逃命是错的,这不是慈父应该做的,后来邓攸没有儿子,是老天的惩罚!

所以很多人认为邓攸称不上贤良。因为在生死关头,在儿子和侄子只能活其一的前提下,选择了侄子,这点无论古今,应该肯定是大义之举!正如《赵氏孤儿》中程婴舍子存孤千秋扬名。问题是把儿子拴在树上是否属实。《晋书》同文中还有一句话"又遇贼,掠其牛马,步走,担其儿及其弟子绥",用担子挑着儿子和侄子邓绥,可见两小儿非常幼小,能追上大人的可能性不大,在当时兵荒马乱,倘若其子能够跟随而至,那么何必绑缚?把这么小的孩子绑在树上不让他逃命,于情于理都是说不过去的。

那么,邓攸缚儿是对还是错呢?这是不是真的历史呢?我们先看《晋书》。《晋书》是二十四史之一,为房玄龄、褚遂良、许敬宗等以南齐臧荣绪的《旧晋书》为蓝本编撰,然而和《旧晋书》等有差异的地方在于,对于当时尚存的各家晋史及其他晋代史料没有充分利用和选择考核,又好采小说和神怪故事入史,对一些重要史实都有所删削。可惜的是其他版本的晋史全部佚失,无法对证,因而真实性值得怀疑。

而这些也是后代历史学家们质疑《晋书》有很多不靠谱的史料原因所在,正如鲁迅评价此事:"邓伯道弃子救侄,想来也不过'弃'而已矣,昏妄人也必须说他将儿子捆在树上,使他追不上来才肯歇手。正如将'肉麻当作有趣'一般,以不情为伦纪,诬蔑了古人,教坏了后人。"[①]可见,弃子为真,缚子未必真。邓攸青史留名并非源自缚儿于树和纳甥为妾,而是因为其清廉为民,造福一方。《晋书》记载,邓攸与刁协、周顗(伯仁)素厚,因而前往东晋,得到晋元帝司马睿重任,先任太子中庶子,然后授以吴郡太守。邓攸任职吴郡太守,自己带着米粮前

---

① 鲁迅:《朝花夕拾》,中国华侨出版社,2017,第29页。

去上任,除了饮用吴郡之水,连俸禄都不要。邓攸为官一方,造福百姓,不贪一钱,清廉如水,深得百姓拥戴。百姓听说邓攸要走,数千人拿绳牵住坐船,不让走,邓攸不得已,只好半夜才悄悄离去。

因为保侄弃子,后又误娶外甥女,发誓不再续妾,以至于没有子嗣,因而百姓感恩,替邓攸不平。人们对他这种行为十分敬佩,谢安就曾说过"天地无知,使邓伯道无儿"。正因如此,周乐清在创作《紞如鼓》时就虚构出了邓攸儿子被丢弃后,有人将其收养,长大后官运亨通,子孙百人,受到皇帝的嘉奖,全家得以团圆的情节。虽然有人说这是为邓攸补恨才虚构这一情节的,但这样的虚构不符合现实生活的客观规律。

无名氏传奇《双合和》也属于这种情况。作者本意是匡扶正义、抨击邪恶,却表现出了一种主观的历史是非观念或情感倾向。由于剧情乖违历史常识,给人以荒诞不经的印象,因而作品达不到作者预想的社会效果。

同样,以宣传教化为目的的虚构,由于失去生活的本真,自然也会失去戏剧真实。秦简夫的《晋陶母剪发待宾》,就是为了宣传忠信而虚构情节,而不是按生活逻辑,说教色彩较浓。民间陶母教子,历来传为美谈,《世说新语·贤媛》中,只有陶母剪发卖钱招待学士范逵、陶侃追送、范逵称赞事的简单情节,而秦简夫的剧本虚构了陶侃将自己写的一个"信"字作为典当品,韩夫人向陶母说婚、陶侃中状元与韩夫人女儿成婚等情节。作者用一系列情节来竭力渲染"信"字,除了有写"信"字、典当"信"字的关目,还安排了陶母的大段台词来述说"信"字,什么"都是那十数画儿有这信字,为臣的做个重臣,为子的做个诤子,为吏的情取个素身行止",并将它视为立身的根本来歌颂。作者为宣传忠孝节义等封建伦理道德而虚构情节,人物形象自然不会生动感人。古代的戏剧家们常常借戏曲来宣传某种思想,这类剧就继承了我国古典戏曲"广教化,美风俗"的传统,把戏曲作为宣传儒家思想和封建伦理道德观念的工具。如此不从生活出发,不按照生活的本来面目描写生活,就不能获得戏剧真实,就算不上是好的作品。

因此,作家进行艺术虚构,也还是应该从现实生活出发,以生活的自身逻辑为前提。汪道昆把历史人物曹植和其作品《洛神赋》结构戏剧,创作了《洛水悲》。前人指出汪道昆与徐渭、康海一样,都是"胸中各有磊磊者,故借长啸以发抒其不平"①,借曹植等古代文人来显示自己的才高、抒发胸中的郁闷。该剧进行的艺术虚构或艺术想象,表面上看起来好像是离开了生活真实,但实际上却是更加接近了生活真实。这里说的不是表面现象的真实,而是内在本质的真实,是更全面、更深刻、更高一级的真实,即艺术典型的真实。这叫做艺术形式的合理虚构。

戏曲的创作同李渔所说的传奇创作一样,"非奇不传",但这传奇的"奇事"并非背离人情物理凭空捏造的,而是依据客观规律,从日常生活中提取出来的、合理虚构出来的。虚构不是胡思乱想,要符合戏剧创作的规律,既不能脱离实际生活,又要符合艺术的真实。这样的创作才是有生命力的。正如他特别强调的:"凡说人情物理者,千古相传;凡涉荒唐怪异者,当日即朽。②"只有以具体生动的艺术形象真实地描写生活情理的戏剧,才能千古相传,具有不朽的艺术生命。

李渔在谈到传奇题材的问题时说:"传奇所用之事,或古或今,有虚有实,随人拈取。古者,书籍所载,古人现成之事也;今者,耳目传闻,当时仅见之事也。实者,就事敷陈,不假造作,有根有据之谓也;虚者,空中楼阁,随意构成,无影无形之谓也。"③

意思是说,选材可古可今,即书籍所载,或耳目传闻,"随人拈取",这里的"实"指传奇要有生活根据,"必须有本"。"虚"可以"随意构成",可以"幻生",如"空中楼阁","无影无形"。然而这并不意味着作家可以离开现实生活去瞎编乱造,根据他一贯写"人情物理"戒"荒唐怪异"的主张,可知这里的所谓"幻生",不过是说作家可以进行艺术虚构而已。而虚构的事物,必须"既出寻常视听之外,又在人情物理之中"④,不然,就属于荒诞不经的东西。只有符合艺术真实的虚构才是艺术形式的合理虚构。

总之,虚与实关系的处理除了受作家创作的目的性、倾向性及创作风格、时代背景的影响,还受戏剧本身的特性制约。一味追求"新""奇",而脱离实际生活的虚构,就构不成戏剧真实。戏剧真实就是生活真实与艺术虚构的辩证统

---

① 沈泰:《盛明杂剧》,中国戏剧出版社,1958,第5页。
② 李渔:《李渔全集》卷十五,浙江古籍出版社,1982,第15页。
③ 李渔:《李渔全集》卷十一,浙江古籍出版社,1982,第14页。
④ 李渔:《李渔全集》卷一,浙江古籍出版社,1982,第47页。

一,是"虚"与"实"、"真"与"假"、"有本"与"无实"的辩证统一。这也是我国戏曲艺术家们常常讲的"真真假假,虚虚实实"的辩证法。

仅就上述据《世说新语》故事改编的杂剧传奇来说,大部分剧作家都能借助大胆的虚构、丰富的想象,对素材进行脱胎换骨的、符合艺术真实的再造,编织出迷离变幻的情节、生动感人的人物形象,演绎出一幕幕精彩的戏剧故事。或鞭挞黑暗,或寄托美好理想,或歌颂美德,做到了虚实有机结合,成功地完成了戏剧对小说的二度创作,为后世戏剧尤其是历史剧创作留下了宝贵的经验。

(齐慧源,女,徐州工程学院人文学院教授,古代戏曲小说方向,出版专著《名家名篇与〈聊斋〉》《名士的教科书——话说世说新语》《世说新语续仿作品研究》《世说体小说体例演变研究》等)

《世说新语》在韩国诗话中的文本表现

李雅婷　罗春兰

《世说新语》是六朝时期的一部志人小说,记录了汉末至东晋近三百年间的名士风流,嘉言懿行,俯拾皆是。鲁迅曾言:"《世说新语》今本凡三十八篇,自《德行》至《仇隙》,以类相从,事起后汉,止于东晋,记言则玄远冷峻,记行则高简瑰奇,下至缪惑,亦资一笑。"①作为韩国最受欢迎的十大中国古典名著之一,《世说新语》流传甚广。《世说新语》在韩国的流传及其影响,大约从高丽时期便已开始。②虽无确切的年代记录,但据高丽时代李奎报(1169—1241)《东国李相国集》(《次韵吴东阁世文呈诰院诸学士三百韵诗》):"恩能怀密老,威已慑王姨"。③(《东国李相国全集》卷五,第1册,第338页)由此亦可推测该书至少于公元1195年前便已经传入韩国了。距今为止,韩国现存的《世说新语》版本不下二十一种,现存的《世说新语补》版本不下十六种,另有《世说新语姓汇韵分》等十余种,《世说新语》在韩国的确是备受欢迎的。④

概括而观,《世说》⑤对韩国文坛的影响体现在多方面。其一,韩国文人曾有意效仿"世说"文化而进行创造发展,许筠的《闲情录》便是受《世说》的直接影响而创作的,亦是朝鲜文坛上唯一一部本土创作的"世说体"作品。⑥其二,一些笔记小说如沈梓的《松泉笔谈》,李济臣的《清江小说》《清江琐语》,柳梦寅的《於于野谈》,作者未详的《青丘野谈》《稗林》等,在谐谑性或清谈精神上可能或直接或间接地也受到《世说新语》的影响。⑦其三,韩国的一些史部资料亦有

---

① 鲁迅:《中国古代小说史略》,上海古籍出版社,1998,第38页。
② [韩]闵宽东:《中国古典小说在韩国之传播》,学林出版社,1998,第10页。
③ 王夷甫,姨也。事见《世说》。
④ 陈文新、[韩]闵宽东:《韩国所见中国古代小说史料》,武汉大学出版社,2011,第70页。
⑤ 后文皆用《世说》代指《世说新语》。
⑥ 左江:《许筠〈闲情录〉与"世说体"小说》,《南京大学学报》2010年第3期。
⑦ 孙勇进:《朝鲜王朝时期的〈世说新语〉在韩传播》,《文学与文化》2015年第2期。

载录,如《光海君日记》里所载的《世说新语·假谲》中魏武行役,失汲道的故事。《景宗实录》里认为朝鲜诗歌中有《世说》的影子,认为此书值得一读。其四,韩国文人于汉诗、填词中记叙了《世说》中的人物故实、引用《世说》典故。其五,韩国的花郎道精神非常重视人的容止、性灵之美,花郎和郎徒均雅斯多含、风标清秀。在行止上,行步顾影、性情娴雅,强调风流蕴藉,这与魏晋的时代风尚有相当高的契合度。从花郎道到"风流道",也可证见魏晋风流的影响,皆可视为《世说》对韩国古代文化影响的鉴证。

上述诸多方面兹不赘述,本文仅以韩国诗话中所录《世说》的内容条目为关注视点,从析论典故、考辨史实及稗谈仿效三方面来论述。

一、析论典故,标扬风度

《世说》在韩国诗话中出现最多的形式,便是裒辑杂录,频繁用典。饶宗颐先生曾言:"《世说新语》者,盖人伦之渊鉴,而清谈之林薮也。"① 人伦品第和玄风清谈是《世说》的两大关键点。此处分别以对"咏雪"之才与魏晋风度的探讨为例。

(一)"咏雪"之才与朝鲜女性

《世说新语·言语》中谢太傅集儿女"咏雪"之典,在韩国诗话中出现的频次最高,讨论也最为广泛。新罗时期的崔致远,便有《前邵州录事参军顾元夫摄桐城县令》:"一门多咏雪之才,众推徐庆;百里渴象雷之理,勉振政声。事须差摄舒州桐城县令。"② 而崔致远笔下的"咏雪"之才正是指谢安兄长的长子谢朗以及谢奕之女谢道韫。

其中,有将谢道韫化用为典故,将其视为才女之例。如《东诗丛话续》载:

十里清淮水蔚蓝,板桥斜日柳毶毶。栖鸦流水空萧瑟,不见题诗纪阿男。蔚蓝,青色也,古人多用蔚蓝天,言天光如蓝色也。纪阿男,诗人纪伯紫之妹也,善诗藻,作柳诗曰:"栖鸦流水点秋光,爱此萧条树几行。不与行

---

① 杨勇:《世说新语校笺》,台北正文书局,1999,第3页。
② 〔新罗〕崔致远:《桂苑笔耕集》卷十三,收入崔致远著、王云五主编《丛书集成初编》,第1865册,商务印书馆,1935,第121页。

人绾难别,赋成谢女雪飞香。"谢女,晋谢安女,道蕴也。①

韩国古代对女性的书写和记录是较少的,对女性文学也并未十分重视。纵有如安东金氏、坡平尹氏这样的望族,女性的聪慧才干也并没有能扭转刻板的"女子无才便是德"的印象。对此,洪万宗(1643—1725)《诗话丛林》云:"妇人之职,中馈织纴而已,文墨之才非其所宜。吾东之论从古如此,虽有才禀之出人者,亦忌讳而不勉,可叹也。"②在传统的朝鲜两班眼中,他们认为女性能诗者罕见,一般士大夫家闺范严正,也绝不学诗词。女性文学也同样被忽视。而韩国诗话中部分文士也载录了称美谢道韫"咏絮之才",赞其节行有"林下之风"之言。如南羲采《龟礀诗话》,摘录了多条关于谢道韫言行的文字:

> 谢太傅集儿女讲论,俄而雪骤。公欣然曰:"白雪纷纷何所似?"兄子胡儿曰:"撒盐空中差可拟。"兄女道韫曰:"未若柳絮因风起。"公大笑为乐。坡诗"柳絮才高不道盐"是也。③

这条是直接摘引自中国诗话的。此外,还有"道韫才慧"之语:

> 谢道韫,安之侄女,朗之妹也。神精散朗,有林下之风。安尝问,《毛诗》何句最佳,曰:"'吉甫作颂,穆如清风'最佳。"尝咏雪,有"不若风絮因风起"之句。坡雪诗"柳絮才高不道盐",盖谓是也。适右军子凝之,之弟与客谈论屈。道韫曰:"请施青绫步障,为小郎解围。"其才慧类是,故山谷诗"谢女多才慧。"……道韫、金銮皆女子之聪慧才辩、能文工书,非男子所可比敌者也。④

南羲采录于此,自是默认了谢道韫的"咏絮"之才,对其才情尤为嘉许。与传统文士的刻板不同,南羲采所录文字中未见对女性的轻慢,体现了他对女性才情观点的认可,足以彰其包容的性别文学观念,难能可贵。

---

① 《东诗丛话续》第13册,第512页。
② [朝]洪万宗:《诗话丛林》,载[韩]赵钟业编《修正增补韩国诗话丛编》第5册,韩国太学社刊,1996,第154页。以下所引皆据此版本,不再一一出注。
③ 《龟礀诗话》第7册,第68页。
④ 同上书,第440页。

此外,一些诗话中也开始关注到本国女性的创作,以及与谢道韫才情竞丽,如《姑妇奇谭》载:

> 尝见媳妇童年咏雪诗有"入水盐初化,逢风絮不轻"之句。赞曰:"不让谢女才思。"妇辞以不敢。姑曰:元来谢家雪诗别无奇趣,况"差可拟"、"未若"等字非诗学文字。①

《姑妇奇谭》据传为申郑氏、申吴氏撰,二人为婆媳关系,多以诗对答酬唱。值得探究的是这里讲到谢道韫所用之语,并非诗学文字,而姑妇的咏雪诗是比较对仗的,词性和句式也较为工整。这里也从侧面反映了朝鲜女子关注到作诗的一些基本法则。

在这样的发展趋势下,也出现了对本国女性创作肯定的记录。如《东诗丛话》所载:

> 朝鲜闺房之才,一言蔽之于兰雪轩。兰雪譬如三苏家小妹,容有其奇。而今无名氏姑妇,本以鲜人流寓支那,其文词不愧为兰雪后身。姑妇是异伦相成,而妇继姑迹,可谓飞琼双成,隶属于西王母也。按《姑妇奇谭》:谷雨日来,妇曰:"好雨知时节。"姑曰:"阳春布德泽",两句皆古诗,而发口辄应,有若准备,诚是奇事。妇于十三岁时咏雪:"入水盐初化,逢风絮不轻。"句语颇胜谢女。②

兰雪轩是许筠的姐姐,也是朝鲜朝有名的才女,还曾得到明使朱之蕃的称赞。而无名氏姑妇的文采,屡被称颂。这里将姑妇之才比作谢女,甚至给出胜于谢女的评价。这是对朝鲜女性文学创作的肯定,类似言论虽凤毛麟角,却也值得被关注。

(二) 魏晋风度与朝鲜士族

儒学的式微,促进了魏晋文学自觉时代的到来。《世说》多载魏晋文士风度,其雅好风尚吸引了众多朝鲜文士的目光。朝鲜中期文人许筠(1569—1618)

---

① 蔡美花、赵季编《韩国诗话全编校注》第11册,第9235页。
② 《东诗丛话》卷一,第13册,第427页。

曾在《世说删补注解序》中对魏晋风尚作了较为精练又准确的概括：

> 晋人喜清谈，辞简指远。语语有玄解，风流宗尚。至于江左极矣。撮其旨者，登之于简。初曰刘义庆氏，世所传《世说新语》者是已。六朝以还，逮于胜国，名大夫士只言绪论，可配于典午诸贤者，暨汉魏晋三代名人所谈扐。见遗于刘氏者，收录而成书曰。①

清谈之风，是魏晋的标识。如《诗文清话》：

> 晋世不惟士人语清标玄致，而释子辈语亦复可听。《高僧传》所苏如鸠摩罗什偈云："哀鸾孤桐上，清音彻九天。"慧济谑宝渊曰："昔谢氏青箱不至，不作文章，今卿白簏未到，判无讲理。"道贵闻蟋蟀曰："时闻此声，足代箫管。"薛道衡称则公之文曰："屡发新彩，英英独照。"慧常闻梵呗曰："却转弄响飞扬，长引声发喉中，唇口不动。"又曰："以哀婉为入神，用腾掷为清举。"又云："依义莫依语。"又云："当为心师，不师于心。"又云："笼淩诳贵，钓饵难尝。"又云："忘怀去来者，朝市一江湖；眷情生死者，幽栖犹桎梏。"又云："沙漠织寒，长风负雪。"又云："庄袊老带，弹沐斜阳。"又云："虽泪至之有端，固忧来之无兆。"使入《世说》固不能辨也。②

与一贯谈论魏晋清玄语不同，此处关注到了魏晋时期的释家语，举例指出释家语因与清标语相似而难辨，这里体现出魏晋时期文化的一种交互。这则诗话出自明代杨慎（1488—1559）的《升庵集》，《诗文清话》撰者不详，是一部抄撮中国多部诗话而成的汇本。杨慎论文主张："论文者当辨其美恶，而不当以繁简难易也。"③在其许多杂考文章中，又表现出对具有"魏晋之遗"风格小文的喜爱。杨慎对《世说》的偏爱与推崇，在于对其语言清标俊逸、旨趣奥妙的倡导，以及魏晋遗风的赞赏。《诗文清话》不避其详全文摘录，自是推重。

此外，朝鲜文人在品评魏晋风流特色的同时，也有对《世说》传入的记载。

---

① 《惺所覆瓿稿》卷之四，见《朝国文集丛刊》第74册，第173页。
② 《诗文清话》卷二，第3册，第84页。
③ 杨慎撰《升庵集》卷五十二《杨子卮言论文》，《钦定四库全书》集部六，别集类五。

如李宜显(1669—1745)《陶谷杂著》记：

> 晋人乐放旷,喜清言,其弊也。及于国家五胡乱华,衣冠奔波。陶弘景诗所谓"夷甫任散诞,平叔坐论空。岂悟昭阳殿,遂作单于宫"者是也。然其谈论风标,书之文字,则无不淡雅可喜。此刘义庆《世说》所以为楮人墨客所剧嗜者也。因此想当时亲见其人,听其言语者,安得不倾倒也。明人删其芜,补其奇,作为一书,诚艺林珍赏也。朱天使之蕃携来,赠柳西坰,遂为我东词人所欣睹焉。①

这里反映出两个问题。其一为《世说》的传播与版本情况,明朝天使朱之蕃(1558—1626)曾携书入朝鲜,其中便有《世说》,并留赠当时的朝鲜文臣柳根(1549—1627)。朝鲜文人看到的这本书是明人王世贞(1526—1590)删补的《世说新语补》,是否得见原本并不可知,但对于韩国所存《世说》版本可提供参考依据。朝鲜文人对《世说》的选录和观念可能也会受到明人的影响。其二是对魏晋文人行为的探讨。魏晋时局动荡下文人喜谈清言而未敢言政事的时弊,是其政治影响下文人心态的反映。但是其清言内容与文字清雅的风格,颇为后人所赞扬。可见朝鲜文人对中国文学的关注是多方面的。

《世说》在当时是颇受瞩目的中国古典名著之一,而这一点也在其他文人的诗话集中得到印证。如尹根寿(1537—1616)《答海嵩尉书》：

> 近者连奉令书,笔翰殊可玩。长进若此,令人极爱敬,即晋时王大令,我朝宋砺城其人也。但未闻两豪旁通画法,如令公也,不亦比前人兼美具全乎？今送《世说新语》极可观,魏晋风流清谈,尽在于此。又续以唐时绮丽语,展卷寓目,便可忘倦。异日当面悉,惟是令炤。谨此复。②

宋浚吉(1606—1672)《答闵持叔》：

> 本义口诀,若刊之则为好,其疏并刊似宜,似是宣祖朝壬寅间矣。《世

---

① 《陶谷杂著》卷之一,第6册,第239页。
② 《月汀集》卷五,第47册,第260页。

说新语》文字可爱。才借于人,字细难看。如以大字誊出则似好,其处可为之否? 蒙许,则后便当送之。①

后者对《世说》刊刻时间进行了大胆的推测,以及对版本字体过于小而不适宜阅读也提出了改进。总之,魏晋清谈的清雅之风,是他们对《世说》魏晋风度的普遍认同。

韩国诗家对《世说》典故的运用,不仅止步于单纯的"拿来",而是多方面去呈现自我意图。如涉及对作诗之法的探讨与分析,对女性诗文创作的态度转变等。

二、探求释义,考辨史实

韩国诗话所录《世说》条目,常摘录对字、句、诗语的出处、考释,还有对古语推源的借用等。同一条目也会在多部诗话中呈现。如《文章杂评》抄撮了李晬光(1563—1628)《芝峰类说》的部分条目,举一例:

《世说》桓温谓王敦为"可儿",可儿即可人也。渊明不欲束带见乡里小儿,小儿即小人也。盖晋俗之语,人、儿二字通用也。②

还有对地名考证的摘录,南羲采《龟磵诗话》中不胜枚举:

玉溪诗:"越桂留烹张翰脍,蜀姜供煮陆机莼。"按《世说》:"机诣王武子,前置数斛酢。"示曰:"卿江东何以敌此?"机曰:"有千里莼羹,但未下盐豉耳。"《鸡跖集》以"千里"、"未下"皆为地名,以《世说》看,"未下"未必是地名。以"但未下"三字皆谓地名,则文势似然。而独以"未下"为地名,则"但"字当曰衍字耶?③

---

① 《同春堂先生文集》卷十三,第107册,第65页。
② 《文章杂评》第14册,第438页。
③ 《龟磵诗话》,第245页。

另有,对作物来历之语的摘录:

> 许浑诗:"溪田数顷胡麻熟,岂待乌程载米舟?"《世说》:"王修岭贫乏,陶胡奴为乌程令,送米一船,答曰:"王修岭饥,自就谢仁祖索食,不须陶胡奴米。"胡麻,道家以为饭。陶隐居云:"八谷之中,胡麻最良。"《尔雅》:"胡麻有寋,本生大宛。一名油麻,一名枸荏,一名方茎。淳黑者名苣蓣,亦曰一叶两荚为巨胜,八棱者为巨胜,必夫妇同种茂盛。"《诗》:"禾麻菽麦。"麻,亦谷也。《月令》:"以犬尝麻,先荐寝庙。"《淮南子》曰:"三秋之月,天子衣白衣,乘白骆,食麻与犬。"鲍丘子事孙卿饭麻蓬藜,修道白屋之下。闵仲叔与周党友,周尝遗生麻,仲叔叹曰:"我欲省烦,受而不食。则非沤绩之麻也。"而胡麻则麻中最良者也。①

这些文字只能反映韩国诗话摘录《世说》内容的一个方面,不足以推求文人自身的想法,只能说是对所摘录文字观点的一种认同。由于很多诗话作者和来源存疑,也未能穷尽相关书写。

三、所收稗谈,诸多仿效

稗谈本为诗话发展过程中囊括的一种内容风格。稗相对于正而言,加剧了内容的谐谑性,有"辞浅会俗,皆悦笑也"(《谐隐篇》)②与"遁辞以隐意,谲譬以指事也"(《谐隐篇》,第271页)二用,揭示了稗谈的功能。对于考察文人墨客的事迹生平,可以起到一个简单的补充作用;但稗谈多出处不明,真实性有待考证。

《世说》中最直观的特点就是分门类述,饶宗颐在序中曾有言,曰:"《世说》之书,首揭四科,原本儒术……清浊有礼,良莠旷分。譬诸草木,既区以别。"③因此,后世诗话有受《世说》文体形式的影响。韩国诗话承续中国诗话,循着欧派诗话论事的特色发展。语精意简,诙谐妙趣是其最显著的特色。诸如《诗文清

---

① 《龟磵诗话》,第239页。
② 刘勰著,范文澜注《文心雕龙注》上册,人民文学出版社,1958,第270页。
③ 杨勇:《世说新语校笺》上册,台北正文书局,2000,第1页。

话》《龟砚诗话》等书,录《世说》条目较多,多摘中国诗话,仿效《世说》处多矣。

稗谈中所录内容没有固定的考究,可谓无所不包。有摘自生平轶事的言行,可反映魏晋文士节行之言语。如李圭景(1788—1856)《诗家点灯》载:

范宣洁行廉约,韩豫章以绢百匹遗之,宣不受,如是递减至一疋,终不肯受。因裂二丈与范云:"人岂可使妇无裈耶?"乃笑而受之。①

南羲采《龟砚诗话》:

支道林丧法处之后,精神霣丧,风味转坠,谓人曰:"昔匠石废斤于郢人,牙生辍弦于钟子。推己外求,良不虚也。冥契既逝,废言莫赏,中心蕴结,余其亡矣。"支遂殒。②

"始自东京,盛言品第"③,魏晋名士风度深入朝鲜文士内心,以言语观其节行,推崇清廉与节义的品格,并以此为风范。

有状容貌之言语,见魏晋文人形貌之风度。如《诗文清话》摘录四条:

康僧渊目深而鼻高,王丞相每嘲之,僧渊曰:"鼻者,面之山。目者,面之渊。山不高,不灵。渊不深,不清。"④

王夷甫容貌整丽,妙于谈玄。恒捉白玉柄麈尾,与手都无分别。魏毛曾与夏侯玄共坐,时人谓"蒹葭依玉树"。⑤

晋郝隆为桓公南蛮参军,三月三日会,作诗云:"娵隅跃清池。"桓问:"'娵隅'是何物?"曰:"蛮名鱼为娵隅。"桓曰:"作诗何以作蛮语?"隆曰:"千里投公,始得蛮府参军,那得不作蛮语?"⑥

晋桓温娶妾甚都,尝贮斋中。妻南康公主率婢持刀往害之。妾正梳

---

① 《诗家点灯》卷五,第 12 册,第 285 页。
② 《龟砚诗话》,第 493 页。
③ 杨勇:《世说新语校笺》,第 3 页。
④ 《诗文清话》卷二,第 84 页。
⑤ 同上书,第 91 页。
⑥ 同上。

妆,见其发玄委地,肤色玉耀,遂掷刀前抱曰:"我见尚怜,何况老奴。"①

魏晋风貌以修长为美,喜俊朗飘逸的风姿,见者可叹"萧萧肃肃,爽朗清举",对外形容貌的追求亦为魏晋时期的主流之一。诗话中所录,应是由言语想见其人。

南羲采的《龟砚诗话》分门别类,方便之处在于能够按图索骥,考察相关内容。其《序》云:

> 闲寂之中,遂取唐宋人以诗话者,撷芳选华,薙具繁冗,兼掇坟典子史及稗官野乘所载丛话,而以古人诗句润色之,为其便于考据。随事分门,立三才以纪之,族万物以谱之,人情以经之,事类以纬之,搜罗成帙。②

此外,南羲采还借用小标题来概括每段文意,单独叙事。用事甚广,如:

> 永叔哭友人诗曰:"床置彦先琴。"彦先,顾荣字也。《世说》:"荣平生好琴,及丧,家人以琴置灵床上。张翰往哭之,上床鼓琴数曲。曰:'彦先复能赏此否?'因又哭,不吊丧主而去。"按《曲礼》:知生者吊,知死者伤。知生而不知死,吊而不伤;知死而不知生,伤而不吊。张季鹰乃伤而不吊者耶?又,王子敬卒,子猷奔丧不哭,直上灵床,坐取子敬琴弹之,久而不调,叹曰:"子敬人琴俱亡!"因烦绝,月余亦卒。("灵床鼓琴")③。

> 杜草堂诗:"犹有泪成河,经天复东注。"梅圣俞诗曰:"独护慈母丧,泪如河水流。"皆用顾长康语也。《世说》:"长康哭桓温诗曰:'山崩溟海竭,鱼鸟将何依?'人问长康哭宣武之状如何,曰:'鼻如广莫风,眼如悬河决。声如震雷破山,泪如倾河注海云云。'"恺之以文章、书、画,时称为"三绝",而依倚桓温,如鱼鸟之依山海,及其卒,又复痛之如是,则其为人,无足取者。杨诚斋所谓"才黠而人痴"者,其以是也。("泪如河倾")④。

---

① 《诗文清话》卷二,第92页。
② 《龟砚诗话》第7册,第23页。
③ 《龟砚诗话》,第532页。
④ 同上。

足见朝鲜文人广博精深,善于溯源推求,用事旁征博引。

四、结语

粗略来论,韩国诗话既受了《世说》的影响,亦承续欧派的论事之风。表现为:一是文体形式的多方借鉴;二是内容记行的表述风格。特别是其中的稗谈内容,多直录《世说》条目或者从他人诗话中摘引,较少评述,如《龟磵诗话》《诗文清话》,对《世说》条目的记录,并未做过多删改,而是直接拿来。这样也很难见文人的具体想法。而部分诗话的作者和来源存疑,也会增加一些不确定性。因此,探究韩国文人作品中《世说》的表现情况,倘若只借助诗话会略显单薄。诗话终归只能作为一种补充,具体资料仍待细致考查。

但从个别来看,他们也有自己的独创性。如对谢道韫诗歌的评价上,并非一味地附和,而是借此褒扬本国的才情女性。对中国的诗歌偶尔可见出不卑不亢,以及彰显其东国文化精神和民族性情。不可否认的是,朝鲜文人对《世说》的热忱自其传入便未衰绝,韩国诗话中涉及《世说》的评论亦是一种观照韩国文人创作的研究视角。

当然,细究《世说》在韩国诗话中的文本表现,理应不止于此,还有其他细枝末节尚待充实。但就笔者所概括的三个方面,也可以略窥韩国诗话对《世说》内容研究的一些关注点。可见,朝鲜文人对《世说》的学习不仅仅是止步于对《世说》文本的吸收和解析。更重要的是,朝鲜文人透过《世说》所作出的仿效和开创,才是一部作品在异域传播的更为深刻的意义。

(文后附韩国所藏《世说新语》概况一览表)

(罗春兰,女,南昌大学中文系教授。

李雅婷,女,深圳大学博士研究生。)

韩国所藏《世说新语》概况一览表

注:表格内容据韩国全寅初所编《韩国所藏中国汉籍总目》(《子部》)一书整理。

书名	著者	版本	现藏	备注
世说	刘义庆〔刘宋〕著	写本/刊年未详	雅丹文库	
世说	刘义庆〔刘宋〕著	写本/刊地未详	庆尚大	
世说(增补)	刘义庆〔刘宋〕著	写本/刊年未详	梨花女大	
世说	刘义庆〔刘宋〕著	写本	延世大	
世说	刘义庆〔刘宋〕著		延世大	
世说新语	刘义庆〔刘宋〕撰,刘孝标〔梁〕注	木版本/湖北崇文书局 光绪三年(1877)/6卷4册	奎章阁	印:集玉斋
世说新语	刘义庆〔刘宋〕撰,刘孝标〔梁〕注	石印本/上海中华书局/刊年未详/6册	奎章阁	孔平仲〔宋〕撰、钱照祚〔清〕校,12卷3册
世说新语	刘义庆〔刘宋〕撰,刘孝标〔梁〕注	木版本/万历年间/3册	国立中央图书馆	印:诗龛书画印
世说新语	刘义庆〔刘宋〕撰,刘孝标〔梁〕注,吴中珩〔明〕校	木版本/三畏堂/6卷6册	高丽大—汉籍	标题:世说新语补 序:嘉靖乙未(1535)吴邑袁褧撰 印:太华山人,赵氏宗藏
世说新语	刘义庆〔刘宋〕撰,刘峻〔梁〕注,凌濛初〔明〕订	木版本/宝姐斋/6卷6册	高丽大—汉籍	标题:增订世说新语补 印:太华山人,赵氏宗藏
世说新语	刘义庆〔刘宋〕撰,刘峻〔梁〕注,凌濛初〔明〕订	木版本/承德堂/6卷补4卷合10册	高丽大—汉籍	印:默容室藏

续表

书名	著者	版本	现藏	备注
世说新语	刘义庆〔刘宋〕撰,何良俊〔明〕补,程谓〔清〕重订	木版本/庆陵玉禾堂/8卷补4册合4册	高丽大—汉籍	刊记:庆陵玉禾堂藏版
世说新语	刘义庆〔刘宋〕撰,刘孝标〔梁〕注,王世懋〔明〕批点,凌濛初〔明〕校	木版本/万历八年(1580)序/8卷8册	高丽大—华山	序:万历庚辰(1580)王世懋书 印:东阳 申翊圣君爽 乐斋外2种
世说新语	刘义庆〔刘宋〕撰,刘孝标〔梁〕注	石印本/6卷6册	高丽大—华山	
世说新语	刘义庆〔刘宋〕撰,刘孝标〔梁〕注,张懋辰〔明〕订	木版本/刊年未详/8卷4册	高丽大—华山	叙:山阴笑奄居士王思任题 序:嘉靖乙未(1535)岁立秋日也吴郡袁褧撰
世说新语	刘义庆〔刘宋〕撰,刘孝标〔梁〕注	石印本/上海扫叶山房6卷3册	高丽大—华山	
世说新语	刘义庆〔刘宋〕撰	活字本/刊年未详/12卷6册	国立中央图书馆	序:刘应登
世说新语	刘义庆〔刘宋〕撰,刘孝标〔梁〕注	石印本/刊年未详/6卷6册	梨花女大	
世说新语	刘义庆〔刘宋〕撰	写本/写年未详/6卷1册	雅丹文库	表纸:昭阳协洽开逢摄提格始题于南隔石南家
世说新语	刘义庆〔刘宋〕撰,刘孝标〔梁〕注	木版本/刊年未详/3卷6册	雅丹文库	刊记:光绪十有七年(1891)思贤讲舍开雕

续表

书名	著者	版本	现藏	备注
世说新语	刘义庆〔刘宋〕撰,刘孝标〔梁〕注	石印本/民国年间刊/1卷1册（零本）	东国大	藏本:卷6
世说新语	刘义庆〔刘宋〕撰	写本/刊年未详/2册	庆尚大	表题:世说
世说新语	刘义庆〔刘宋〕撰,刘孝标〔梁〕注	木版本/刊地、刊年未详/1册（零本）	庆尚大	表题:世说 藏本:卷下之上
世说新语（附补）	刘义庆〔刘宋〕撰	活字本/刊年未详/11册（缺本）	梨花女大	藏本:第1—10册
世说新语	刘义庆〔刘宋〕撰,刘孝标〔梁〕注	木版本/思贤讲舍开雕(1891)/6卷6册	延世大	藏书记:罗州丁氏寓居谷城珍藏
世说新语	刘义庆〔刘宋〕撰,刘孝标〔梁〕注,吴勉学〔明〕校	木版本/全6卷6册	延世大	藏本:卷1—4（2册）缺
世说新语		1册	中韩翻译文献研究所	
世说新语	刘义庆〔刘宋〕撰,刘孝标〔梁〕注	木活字本/刊年未详/17卷6册（零本）	檀国大 罗孙	表题 版心题:世说补
世说新语	刘义庆〔刘宋〕撰	木版本/8卷8册	延世大	表题:刘氏世说
世说新语	刘义庆〔刘宋〕撰,刘孝标〔梁〕注,刘辰翁〔宋〕注	木版本/明版本/光海君1年己酉(1699,万历三十七年)/3卷6册	涧松文库	序:袁褧(1535) 印:闵丙承印
世说新语	刘义庆〔刘宋〕撰,刘孝标〔梁〕注,刘辰翁〔宋〕注	石印本/6卷1匣6册	涧松文库	

续表

书名	著者	版本	现藏	备注
世说新语补	刘义庆〔刘宋〕撰,刘孝标〔梁〕注,何良俊〔明〕增,李贽〔明〕批点	木版本/刊地、刊者未详/清版本/20卷6册	奎章阁	版心题:批点世说补 表纸题:世说补 表题纸:李卓吾批点
世说新语补	何良俊〔明〕撰补,张文柱〔明〕校注	木版本/刊地、刊者未详/清版本/4卷4册	奎章阁	
世说新语补	刘义庆〔刘宋〕撰,刘孝标〔梁〕注,刘辰翁〔宋〕批,何良俊〔明〕增,王世贞〔明〕删定,王世懋〔明〕批释,钟惺〔明〕批点,张文柱〔明〕校注	显宗宝录字本/肃宗三十四年(1708)/20卷7册	高丽大　华山	
世说新语补	刘义庆〔刘宋〕撰,刘孝标〔梁〕注,刘辰翁〔宋〕批,何良俊〔明〕增,王世贞〔明〕删定,王世懋〔明〕批释,钟惺〔明〕删定	显宗宝录字本/肃宗三十四年(1708)/20卷7册	高丽大　晚松	序:嘉靖丙辰(1556)季夏琅耶王世贞撰,万历庚辰(1580)秋吴郡王世懋撰,乙酉(1585)王世懋再识,乙酉丙戌(1586)秋日沔阳陈文烛玉叔撰 印:东阳　汝成　申晚
世说新语补	刘义庆〔刘宋〕撰,何良俊〔明〕增补	显宗宝录字本/肃宗三十四年(1708)/零本1册	高丽大　薪庵	藏本:卷16—17(1册)(全7册中)

续表

书名	著者	版本	现藏	备注
世说新语补	刘义庆〔刘宋〕撰,刘孝标〔梁〕注,刘辰翁〔宋〕批,何良俊〔明〕增	木版本/万历十四年（1586）/20卷6册	高丽大 晚松	王世贞〔明〕删定,王世懋〔明〕批释,张文柱〔明〕校注,王湛〔明〕校订
世说新语补	刘义庆〔刘宋〕撰,王世贞〔明〕删	显宗宝录字本/肃宗年间/20卷7册	国立中央图书馆	补序：嘉靖丙辰(1556)王世贞
世说新语补	刘义庆〔刘宋〕撰	木活字本/刊年未详/9卷2册	梨花女大	序：万历丙戌(1586)沔阳陈文烛玉叔撰
世说新语补	王世贞〔明〕编	写本/写年未详/20卷10册	奎章阁	序：嘉靖丙辰(1556)王世贞,万历庚辰(1580)王世懋
世说新语补	刘义庆〔刘宋〕著,何良俊〔明〕增,张文柱〔明〕注	显宗宝录字本/刊年未详/7册	国立中央图书馆	序：万历庚辰(1580)王世懋;补序：嘉靖丙辰(1556)王世贞;印记：月城之李 夏坤载大氏 澹轩
世说新语补	刘义庆〔刘宋〕撰,刘孝标〔梁〕注,刘辰翁〔宋〕批	显宗宝录字本/肃宗年间/20卷7册	奎章阁	序：嘉靖丙辰(1556)王世贞
世说新语补	刘义庆〔刘宋〕撰,刘孝标〔梁〕注,何良俊〔明〕增	显宗宝录字本/肃宗三十四年(1708)/20卷5册	奎章阁	序：嘉靖丙辰(1556)王世贞〔明〕,万历丙戌(1586)陈文烛〔明〕

续表

书名	著者	版本	现藏	备注
世说新语补	刘义庆〔刘宋〕撰,刘孝标〔梁〕注,刘辰翁〔宋〕批	显宗宝录字本/肃宗年间/20卷7册	奎章阁	序:嘉靖丙辰(1556)王世贞 印记:姜铣子和
世说新语补	刘义庆〔刘宋〕撰,刘孝标〔梁〕注,刘辰翁〔宋〕批,何良俊〔明〕增,王世贞〔明〕删定,张文柱〔明〕校注	显宗宝录字本/肃宗三十四年(1708)刊/9卷2册/楮纸	东国大	跋:长洲陆师道〔明〕撰 序:嘉靖丙辰(1556)季夏琅琊王世贞〔明〕撰 藏本:卷1—5,10—13
世说新语补	刘义庆〔刘宋〕撰,刘孝标〔梁〕注,何良俊〔明〕增,王世贞〔明〕删定	显宗宝录字本/刊年未详/7卷2册	雅丹文库	序:万历丙戌(1586)秋日沔砀陈文烛玉叔撰 藏本:卷1—4,12—14
世说新语补	刘义庆〔刘宋〕撰,刘孝标〔梁〕注,何良俊〔明〕增	木版本/刊年未详/2卷1册	雅丹文库	印记:金柱臣(1661—1712)庭卿印庆恩府院君家藏书籍 藏本:卷17—18
世说新语补	刘义庆〔刘宋〕撰,刘孝标〔梁〕注,何良俊〔明〕增	木版本/刊年未详/8卷9册	雅丹文库	藏本:卷10—12,16—20
世说新语补	刘义庆〔刘宋〕撰,刘孝标〔梁〕注,何良俊〔明〕增	写本/写年未详/5卷1册	雅丹文库	表纸题:世说新语 藏本:卷16—20
世说新语补	刘义庆〔刘宋〕撰	显宗宝录字本/1册	延世大	藏本:卷6—11(全20卷6册中)

续表

书名	著者	版本	现藏	备注
世说新语补	刘义庆〔刘宋〕撰,王世贞〔明〕删定	写本/写年未详/103张1册	庆尚大	
世说新语补	刘义庆〔刘宋〕撰,刘孝标〔梁〕注,刘辰翁〔宋〕批,何良俊〔明〕增	显宗宝录字本/20卷6册	延世大	王世贞〔明〕删定,王世懋〔明〕批释,钟惺〔明〕批点,张文柱〔明〕校注
世说新语补	刘义庆〔刘宋〕撰,刘孝标〔梁〕注,刘辰翁〔宋〕批,何良俊〔明〕增	木版本/古吴麟瑞堂藏版/20卷10册	延世大	王世贞〔明〕删定,王世懋〔明〕批释,张文柱〔明〕校注
世说新语补	刘义庆〔刘宋〕撰,刘辰翁〔宋〕批	木版本/宣朝十九年庚戌(1586,万历十四年)/20卷5册	涧松文库	刊记:梅墅石渠阁梓 印:洪重寿
世说新语补	刘义庆〔刘宋〕撰,刘辰翁〔宋〕批	显宗宝录字本/20卷7册	涧松文库	表纸题:世说补 印:金东弼之直章
世说新语补		木版本/10卷7册	中韩翻译文献研究所	
世说新语补	刘义庆〔刘宋〕撰,何良俊〔明〕增补	木版本/茂青书室/20卷6册	延世大	表题:世说 印:韩章锡印 藏本:卷1—3缺
世说新语补	刘义庆〔刘宋〕撰,何良俊〔明〕增补,王世贞〔明〕删定	显宗宝录字本/零本3册	延世大	序:嘉靖丙辰(1556)王世贞 藏本:卷1—2,9—11,18—20

续表

书名	著者	版本	现藏	备注
世说新语姓汇韵分	刘义庆〔刘宋〕撰,刘辰翁〔宋〕编	写本/丁酉/12卷2册	高丽大 晚松	
世说新语姓汇韵分	刘义庆〔刘宋〕撰,何良俊〔明〕增补,王世贞〔明〕删定	写本/2卷2册/线装	忠南大	表题:世说 印:夏山 纸质:楮纸
世说新语姓汇韵分	刘义庆〔刘宋〕撰,王世贞〔明〕删定	木活字本/英祖年间/12卷4册	国立中央图书馆	补序:嘉靖丙辰(1556)王世贞 书序:嘉靖乙未(1535)袁褧
世说新语姓汇韵分	刘义庆〔刘宋〕撰,王世贞〔明〕删定	木活字本/12卷6册	高丽大 晚松	序:嘉靖丙辰(1556)季夏琅玡王世贞撰 书序:嘉靖乙未(1535)吴郡袁褧撰
世说新语姓汇韵分	刘义庆〔刘宋〕撰,王世贞〔明〕补	木活字本/12卷4册	高丽大 晚松	序:嘉靖丙辰(1556)季夏琅玡王世贞撰 书序:嘉靖乙未(1535)岁立秋日也吴郡袁褧撰
世说新语姓汇韵分	刘义庆〔刘宋〕撰,王世贞〔明〕补	木活字本/零本11册	高丽大 晚松	序:嘉靖丙辰(1556)季夏琅玡王世贞撰,嘉靖乙未(1535)岁立秋日也吴郡袁褧撰
世说新语姓汇韵分	刘义庆〔刘宋〕撰,王世贞〔明〕补	木活字本/12卷6册	延世大	序:嘉靖丙辰(1556)季夏琅玡王世贞撰 书序:嘉靖乙未(1535)立秋日也吴郡袁褧撰

续表

书名	著者	版本	现藏	备注
世说新语姓汇韵分	刘义庆〔刘宋〕撰,王世贞〔明〕补	木活字本/12卷6册	延世大	序：嘉靖丙辰（1556）王世贞 书序：嘉靖乙未（1535）袁褧
世说新语姓汇韵分	刘义庆〔刘宋〕撰	写本/12卷6册	延世大	序：嘉靖丙辰（1556）王世贞 书序：嘉靖乙未（1535）袁褧
世说新语姓汇韵分	刘义庆〔刘宋〕撰	木活字本/9卷4册/线装/楮纸	忠南大	书序：嘉靖乙未（1535）岁吴郡袁褧撰 世说新语补序：嘉靖丙辰（1556）季夏琅琊王世贞撰
世说新语姓汇韵分	刘义庆〔刘宋〕撰,王世贞〔明〕删定	木活字本/12卷3册	高丽大 华山	书序：嘉靖乙未（1535）岁立秋日也吴郡袁褧撰 世说新语补序：嘉靖丙辰（1556）季夏琅琊王世贞撰

《山家清供》与《世说新语》饮食文化

章 原

作为一部专门记录魏晋人物逸闻轶事和言谈风尚的优秀笔记小说,《世说新语》生动而形象地展示了当时的社会情态,堪称反映时代风貌的瑰丽画卷。因此,《世说新语》的价值远不止于文学领域,后世对其的诠释亦可从多个角度进行。

饮食文化是研究《世说新语》的一个独特而重要的视角。《世说新语》分为36类,其中虽未设专门的饮食内容的篇章,但全书记载的饮食活动与言谈却着实不少,收录了大量与饮食相关的语汇,展现了魏晋时期丰富而独特的饮食内涵,对了解和研究当时的饮食文化具有重要的参考价值。对此,历代的研究,特别是饮食类文献对于《世说新语》中的饮食资料多有收录、探究,但以从文献的角度进行考证论述者居多。其中宋代的《山家清供》作为古代一部重要的食经类文献,主要反映的是宋代士人的饮食情趣,其中涉及部分《世说》中的饮食和人物,其角度较为独特。但因其为专门的食经类文献,以往为《世说》学界关注不多,故不揣浅陋,对其中的相关资料进行介绍。

一、《山家清供》简介

宋代是中国古代饮食文化史上一个大放异彩的时期,一个突出的标志便是涌现出了不少以饮食为主题的著作,对饮食文化的各个层面进行了广泛的讨论与研究。其中,南宋文人林洪撰写的笔记《山家清供》堪称最有代表性的著作之一。

林洪,字龙发,号可山,福建泉州人。南宋中后期人,具体生卒年不详,绍兴年间进士,曾求学于学者危巽斋在漳州兴办的龙江书院。林洪学识丰富,多才多艺,擅长诗词书画,《山家清供》中有多处他在饮宴聚会时作诗绘画的描述,可见是一个饱读诗书的士人。《千家诗》收有署名"林洪"的《宫词》二首、《冷水亭》一首,但学界仍存疑问。林洪交游广阔,其自述在江淮一带游历20余年未曾返乡,与当时江浙一带士林人物颇多交游,其中不乏知名学者。林洪著有《西湖衣钵集》《文房图赞》等,不过,最被人称道的还是他撰写的《山家清供》与《山家清事》二书。《山家清供》谈饮食,而《山家清事》则记录各类幽隐生活与清雅玩赏之物,如"山轿""种竹""插花"之类,可见其对于园艺等也有一定的研究,具有较高的审美情趣与艺术品位。

值得一提的是,林洪自称是北宋著名隐士林逋的七世孙,在其所撰《山家清事》中,林洪自云:"七世祖逋,寓孤山,国朝谥和靖先生。"《山家清供》中,他亦有"吾翁和靖先生"之语,明言其同林和靖的特殊关系。但这不但没有为他带来荣耀,反而遭到了时人无情的嘲弄与鄙视,甚至被人写诗讽刺挖苦:"和靖当年不娶妻,只留一鹤一童儿;可山认作孤山种,正是瓜皮搭李皮。"这主要是因为林逋在宋代名声极大,举世皆知其不仕不娶,隐居杭州西湖,以梅为妻,以鹤为子,不可能有后人,故时人多认为林洪故意杜撰名人后裔的身份来抬高自己。不过,林洪所言可能并非全然诳语。据清代施鸿保《闽杂记》载:嘉庆年间,林则徐外任浙江杭嘉湖道期间,曾主持重修孤山林和靖墓及放鹤亭、巢居阁等古迹,发现一块碑记,从内容推断,林和靖确有后裔。而且以常理度之,即便林和靖梅妻鹤子,确无嫡传,但也不排除子侄过继、义子随姓等可能[①]。此外,从林洪的行迹来看,是一个颇为清雅的士人,似不会去和不相干的名人扯上关系,在重视纲纪伦常的宋代,这样做不啻是对列祖列宗的大不孝,以常理度之,似也可能性不大。

林洪的代表作《山家清供》以笔记的形式记录了100余种美食的名称、原料与制作方法,涉及菜、羹、汤、饭、饼、面、粥、糕团、点心等,对了解宋代的饮食面貌有很高的文献价值。因此,研究者通常将《山家清供》视为宋代的代表性食经而加以分析,视其为"南宋一部重要的烹饪著作"[②]而加以研究。但如果仅将《山家清供》视为烹饪著作,则无疑大大抹杀了其文化价值。《山家清供》的主题固然是围绕饮食展开,但其侧重点并不在于饮食烹饪技术的描述,而是着眼

[①] 汤兴中:《和靖先生裔孙林洪小考》,《泉州师专学报》,1998年第2期,第70页。
[②] 徐海荣主编《中国饮食史》卷四,华夏出版社,2014,第394页。

于与饮食相关的文化内涵。书中几乎每道美食都有掌故或者诗文品评,而且牵涉到的人物大多是历代和林洪同时期的文人墨客,其中不乏李白、杜甫、苏轼、陆游、朱熹、叶适等的饮食轶事。

总体来看,该书虽被后人视为食经,但实则是一部了解宋代士人饮食文化的独特作品。《山家清供》突出的一个特色是借饮食谈诗论词,大量地征引诗词中的相关名句,并加以评析。全部100余则食物记载中,涉及诗词典故的就不下70余则。因此,从文学角度来看,《山家清供》也可视为一本别具一格的论诗之作。

二、《山家清供》与《世说》饮食文化

《山家清供》中涉及《世说》饮食内容者有20余条,按照内容相关程度大体可以分为两类:其一,直接与《世说》中饮食活动内容相关者;其二,虽未直接涉及《世说》中的饮食活动,但却涉及与《世说》相关的人物或饮食。

《山家清供》中直接与《世说新语》饮食文化相关者,以"锦带羹"一则最为典型,其与《世说新语》中著名的"莼鲈之思"有关。

> 锦带者,又名文官花也。条生如锦,叶始生柔脆,可羹,杜甫固有"香闻锦带羹"之句。或谓莼之紫纡如带,况莼与菰同生水滨。昔张翰临风,必思莼鲈以下气。按《本草》:"莼鲈同羹,可以下气止呕。"以是,知张翰当时意气抑郁,随事呕逆,故有此思耳,非莼鲈而何?杜甫卧病江阁,恐同此意也。谓锦带为花,或未必然。仆居山时,因见有羹此花者,其味亦不恶。注谓"吐绶鸡",则远矣。①
>
> ——《山家清供·锦带羹》

所谓锦带,通常指文官花,因其花颜色错杂,因此有"锦带"之称,其新生叶非常柔脆,可以做羹汤吃,林洪所记正是此道美食。关于"锦带"一词,也有观点认为或指"莼之紫纡如带",林洪由此联想到了张翰"莼鲈之思"的典故。所谓

---

① 林洪著,章原译注《山家清供》,中华书局,2013。本文《山家清供》材料皆引自该书。

"莼鲈之思"在《世说新语》与《晋书》中皆有记载,内容大体一致,细微处略有不同:

> 张季鹰辟齐王东曹掾,在洛,见秋风起,因思吴中菰菜羹、鲈鱼脍,曰:"人生贵得适意尔,何能羁宦数千里以要名爵?"遂命驾便归。俄而齐王败,时人皆谓见机。
>
> ——《世说新语·识鉴》

> 翰因见秋风起,乃思吴中菰菜、莼羹、鲈鱼脍,曰:"人生贵适志,何能羁宦数千里,以邀名爵乎?"遂命驾而归。
>
> ——《晋书·张翰传》

该典故表面的理解是张翰在秋天,突然思想故乡的菰菜、莼羹、鲈鱼脍,于是毅然辞官回家,此后多以此来指代游子思念故乡。但结合时代背景与其个人经历,通常的观点是认为张翰实际很有远见,号称"江东步兵"的张翰,本是吴江人,他此前受当权的大司马、齐王司马冏之邀,赴洛阳出任东曹掾。后来之所以辞官不做,实际上是洞察到了齐王失败的命运,因此提早辞官避开祸端,所谓君子不立危墙之下。思念家乡的美食只是其借口罢了,正如《世说新语·识鉴》中所云:"俄而齐王败,时人皆谓为见机。"这几乎是世人的共识。《世说新语》之所以将此则轶事放诸《识鉴》之列,再清楚不过地表明了态度。而林洪则另辟蹊径,针对张翰的"莼鲈之思"提出了自己的独特观点。他根据《本草》"莼鲈同羹,可以下气止呕"的记载认为"张翰临风,必思莼鲈以下气"。张翰当时心情抑郁,不时呕逆,所以下意识地才想到吃莼菜和鲈鱼,不但寄寓思乡之情,而且也有顺气、止呕的食疗效果。为了证明自己的观点并非凭空而来,林洪还引用了杜甫《江阁卧病走笔寄呈崔卢两侍御》中"香闻锦带羹"的诗句,认为杜甫创作此诗时,正值病卧在江边小阁,所以恐怕也是和张翰一样身体不适,想吃莼鲈羹了吧。

按,林洪这种解释着眼于饮食与健康的关系,可谓角度独特。莼菜在我国黄河以南的水泽中多有生长,尤以江浙一带为多,用以作羹汤味道极鲜,是有名的美食。《世说新语·言语》中记载:

陆机诣王武子,武子前置数斛羊酪,指以示陆曰:"卿江东何以敌此?"陆云:"有千里莼羹,但未下盐豉耳!"

从该则记载可以看出,莼羹之美味确实令人神往无比。《山家清供》中除了"锦带羹"之外,在"玉带羹"中亦提及了"镜湖之莼"。莼菜不但美味,而且确有一定的食疗价值,其味甘性寒,长久食用对人体有益,《本草》中"莼鲈同羹,可以下气止呕",亦可谓是实践中得出的经验之谈。如果就张翰的"莼鲈之思"来看,其出发点当然是触景生情,思念故乡的美味与对当下身处的险境的畏惧情绪交织在一起,至于是否为了"下气止呕",则至多只能是莼鲈在美味之余客观上所起到的疗疾效果。正如大诗人东坡《三贤赞》所云:"浮世功名食与眠,季鹰真得水中仙;不须更说知机早,只为莼鲈也自贤。"

除了"莼鲈之思"外,《山家清供》中亦在谈论食蟹之时,提及《世说新语》中的另一则有名的轶事——毕卓持螯。《世说新语·任诞篇》记云:"毕茂世云:一手持蟹螯,一手持酒杯,拍浮酒池中,便足了一生。"寥寥数语,将毕卓嗜酒好蟹、任性放浪的形状描绘得栩栩如生。林洪则在《持螯供》中描述了一种"何异乎拍手浮于湖海之滨"的食蟹方法:

蟹生于江者,黄而腥;生于河者,纺而馨;生于溪者,苍而清。越淮多趋京,故或桴而不盈。幸有钱君谦斋震祖,惟砚存,复归于吴门。秋,偶过之。把酒论文,犹不减昨之勤也。留旬余,每旦市蟹,必取其元,烹以清醋,杂以葱、芹,仰之以脐,少俟其凝,人各举其一,痛饮大嚼,何异乎拍手浮于湖海之滨。庸庖族丁,非曰不文,味恐失真。此物风韵也,但橙醋自足以发挥其所蕴也……

——《山家清供·持螯供》

按,我国食蟹的历史悠久,《周礼·天官·庖人》中便已有记载。自古以来蟹就被认为是难得的美食,如清代美食家李渔所说:"蟹之鲜而肥,甘而腻,白似玉,而黄似金,已达色、香、味三者之至极,更无一物可以上之。"[①]有这么多人喜

[①] 李渔:《闲情偶寄》,中华书局,2014,第230页。

欢,有关蟹的食用方法也是多种多样。林洪所介绍的螃蟹的烹饪方法其实是非常简单的白煮蟹,也就是把螃蟹放在水里煮熟,佐以简单的调料,与朋友一起把酒持螯,十分豪爽。这种吃法,与今天的蒸蟹相差无几,虽然看似清淡,但却是原汁原味的吃蟹方法,保有了蟹肉的新鲜风味。正如林洪所云"此物风韵也",只需略加一些最简单的调料如橙醋等就足以发挥其特有的风味了。更难得的是与朋友一起喝酒吃蟹,议论纵横,其心满意足之情自不待言。

《山家清供》中还有不少与《世说新语》中饮食文化间接相关者,涉及的人物包括桓玄、陶潜、郭璞、李预、蔡遵等,虽然这些人物或者饮食活动并未直接与《世说新语》的内容相对应,但亦与《世说》内容相关联,为更好地理解其内容提供了更多的视角。如《寒具》讨论的便是桓玄为客人准备的一种食物——寒具。

> 晋桓元(玄)喜陈书画,客有食寒具不濯手而执书帙者,偶污之。后不设。寒具,此必用油蜜者。《要术》并《食经》者,只曰"环饼",世疑"馓子"也,或巧夕酥蜜食也。杜甫十月一日方有"粔籹作人情"之句,《广记》则载于寒食事中。三者俱可疑。及考朱氏注《楚辞》"粔籹蜜饵,有帐餭些",谓"以米面煎熬作之,寒具也"。以是知《楚辞》一句,自是三品:粔籹乃蜜面之干者,十月开炉,饼也;蜜饵乃蜜面少润者,七夕蜜食也;帐餭乃寒食寒具,无可疑者。闽人会姻名煎𫗦,以糯粉和面,油煎,沃以糖。食之不濯手,则能污物,且可留月余,宜禁烟用也。吾翁和靖先生《山中寒食》诗云:"方塘波静杜蘅青,布谷提壶已足听。有客初尝寒具罢,据梧慵复散幽经。"吾翁读天下书,和靖先生且服其和《琉璃堂图》事。信乎,此为寒食具矣。
>
> ——《山家清供·寒具》

按,"寒具"是古代饮食文化中的一个小公案,自唐以后,就不断有人争议"寒具"到底是什么。历代相关文献不少,除了林洪所举之外,又如苏轼《寒具》诗"纤手搓来玉数寻,碧油轻蘸嫩黄深。夜来春睡无轻重,压褊佳人缠臂金";陆游《西窗》诗"看画客无寒具手,论书僧有折钗评";清赵翼《题黄陶庵手书诗册》诗"摩挲忍污寒具油,激赏欲浮大白酒"……可谓不胜枚举。林洪从桓玄撤寒具的轶事出发,对"寒具"进行了考证,认为应是"必用油蜜"的一种面食,或即闽人所云"煎𫗦"。当然,其虽然所言有据,但也只是一家之言。直到今天,依然有学者在辩论,尚未形成统一意见。

又如《世说》中关于服食的记载甚多,而《山家清供》中也多处提及与服食相关的内容,并明确表明了其反对服食的态度。如《蓝田玉》一则:

> 《汉书·地理志》:"蓝田出美玉。"魏李预每羡古人餐玉之法,乃往蓝田,果得美玉种七十枚。为屑服饵,而不戒酒色。偶病笃,谓妻子曰:"服玉,必屏居山林,排弃嗜欲,当大有神效。而吾酒色不绝,自致于死,非药过也。"要之,长生之法,能清心戒欲,虽不服玉,亦可矣。今法:用瓠一二枚,去皮毛,截作二寸方,烂蒸,以酱食之。不烦烧炼之功,但除一切烦恼妄想,久而自然神气清爽。较之前法,差胜矣。故名"法制蓝田玉"。
>
> ——《山家清供·蓝田玉》

服食,又称"服饵",是指服用某些动植物、矿石或经特殊炼制的所谓丹药,以达到强身健体、祛病延年,乃至"长生不死"的一种古代养生方术。其中,服食玉石则称之为"服玉"。之所以服玉,是因为一种错误的观念,许多求仙者认为玉性质坚,而且玉通神灵,人服食之后便能获得这些特性,从而可以长生。许多人对此坚信不疑,想方设法寻找玉石来服食。事实上,服食这些矿物类药物往往导致许多疾病,甚至死亡。文中所举的李预,羡慕古人服玉,因此仿效,满以为只需要服食便可以长寿,在生活上一点也不加检点,喝酒吃肉房事不节,很快便病危。悲哀的是,他至死不悟,临终还告诉家人:服玉并没有过错,自己病重是酒色不绝的缘故。《魏书》中还记载,李预死了之后,大热的天,却体色不变,毫无污浊之气云云。(《魏书·李预传》)这显然是后人的以讹传讹、故意神化。林洪反对这种服玉的做法,认为"长生之法,能清心戒欲,虽不服玉,亦可矣",这种观点无疑是较为客观的。至于林洪取服玉之意,所烹饪的这道用瓠瓜做成的菜肴——"蓝田玉",则是当然的田园美味了。

三、《山家清供》与《世说》所反映的士人饮食风尚

《世说新语》记录的是魏晋时期士族阶层逸闻轶事,即便是其中的饮食文化所体现的也是魏晋时代精神的反映。而《山家清供》如前所述,是由士人林洪所

撰写的反映宋代士人饮食情趣的著作,其所体现的正是宋代的时代精神。

《世说新语》中所记载的饮食活动十分丰富,形式也多样,即便从饮食文化阶层属性而论,君主、豪富阶层、士人,乃至于贫者的饮食活动皆有涉及,但其重点往往并不在于记录饮食本身,而是要通过对饮食行为的描述反映人物内心的丘壑与精神风貌。以涉及士人的饮食活动而论,便是展现其精神世界的重要手段和方式。如《世说新语·文学》三十一则所记:

> 孙安国往殷中军许共论,往反精苦,客主无间。左右进食,冷而复暖者数四。彼我奋掷麈尾,悉脱落,满餐饭中。宾主遂至莫忘食。殷乃语孙曰:"卿莫作强口马,我当穿卿鼻!"孙曰:"卿不见决牛鼻,人当穿卿颊!"

这里虽然也提到了饮食活动,但"左右进食,冷而复暖者数四""宾主遂至莫忘食"等的描述是为了凸显其辩论往返精苦,而非聚焦饮食本身。因此,《世说新语》中的饮食活动往往与《世说新语》所整体凸显的士人风度有着密不可分的关系。这在两方面格外明显:

首先,与服食养生相关的内容比较多。虽然《山家清供》中也有一些与食疗相关的内容,还多处引用本草医书中的内容,但大多属于日常饮食保健内容。而《世说新语》则收录了不少为了长生所进行的服食,特别是与服散相关的内容,极具时代特色,这当然与当时特定的时代背景密不可分。魏晋南北朝是我国历史上一个大分裂、大动乱的时代,政权的更替、生命的无常,使得文人雅士开始关照个体生命的价值与尊严,人们留恋现世,有关养生学的讨论亦十分盛行,除服用五石散外人们还十分注重日常生活中的养生饮食,这些都使得与养生有关的饮食活动格外盛行。

其次,《世说新语》中所记录的士人的饮食活动在许多场合下都表现得较为狂放。魏晋士人在价值观念、人格特点和行为模式等方面都与其他各朝各代的士人有明显的不同,这在饮食领域同样烙下了深刻的印记。以饮酒为例,酒的功能和价值显得尤为突出,整个社会纵酒狂饮成风,人们的举止大都十分狂放不羁,嗜酒放浪成为名士风度的一种体现。如被称为"醉侯"的刘伶嗜酒如命,其妻劝他断酒以养生,他假装答应,请妇具酒肉,以便他在神前起誓。然而刘伶却跪而祝道:"天生刘伶,以酒为名。一饮一斛,五斗解酲。妇人之言,慎不可听!"说完,将酒肉吃尽,隗然而醉。

而与《世说新语》相比,《山家清供》毕竟属于饮食类著作,主要聚焦的往往是饮食本身。作为一部饮食文化著作,《山家清供》自然有着传统饮食文化所追求的通用的标准,如食物的色香味、饮食方式的多样化、烹调技术的高超等。但除了这些共性的内容之外,作为一部反映宋代士人饮食文化的著作,有着这个群体所独有的鲜明特点:

首先,推崇食物真味。《山家清供》中体现的一个重要饮食文化特点便是如书名中"清供"所昭示的,对于食物真味的追求。第一,体现在原材料的选择上,便是以素食为主。《山家清供》中涉及的食材种类丰富,虽然也有少量荤菜或者荤素搭配的菜肴,但整体上来看,大多以果蔬为主要原料,而且都是山野间常见的日常果蔬。第二,体现在食物的烹制上,力求保持食物的原味。《山家清供》中的食物大多采用蒸、煎、煮等较为简单的方法加工而成,有些甚至简化到了极致。比如有一道名为"素蒸鸭"的菜肴,实际上便是将葫芦洗净、蒸熟而已,此外未加任何调料。第三,在食物的组合搭配上,也以保持真味为原则。如"傍林鲜"是一道用竹笋制成的美食,林洪认为"大凡笋贵甘鲜,不当与肉为友",认为如果笋与肉相杂的话,会破坏笋的甘鲜。故此其推崇的做法是在夏初林笋正盛时,"扫叶就竹边煨熟,其味甚鲜"。

其次,注重精神享受。文人通常具有较高的文化修养和审美情趣,对于饮食自不会只停留在满足口腹之欲的层次,所以虽然同样谈吃论喝,但显然与市井百姓的饮食不同,其突出的一个区别就是对于精神愉悦感的注重。在某些场合,过于突出的精神享受追求甚至使得食物本身成为了配角,如《松黄饼》一则,其实对于食物本身色香味等的描述并不多,其侧重描述的是精神的愉悦与满足:

> 暇日,过大理寺,访秋岩陈评事介。留饮,出二童,歌渊明《归去来辞》,以松黄饼供酒。陈角巾美髯,有超俗之标。饮边味此,使人洒然起山林之兴,觉驼峰、熊掌皆下风矣。

所谓松黄饼,即春末时,"采松花黄和炼熟蜜,匀作如古龙涎饼状",有着特殊的清香,文中以松黄饼佐酒,同时让小童咏唱陶渊明的《归去来辞》。不仅"洒然起山林之兴",甚而觉得世俗所艳羡的驼峰、熊掌等的味道也远不如松黄饼。

最后,充满文人雅趣。作为一部反映文人饮食风貌的著作,《山家清供》在谈论饮食时充满了各种文人雅趣,扫雪烹茶、拥炉烧酒等雅事比比皆是。如书中对菜肴的命名,相当一部分名字都是林洪新取,十分别致有趣:有些是与人物有关,如考亭蕨、太守羹、东坡豆腐、元修菜;有些则取自原材料,如木鱼子、罂乳鱼、麦门冬煎、柳叶韭;有些则是以意境命名,如傍林鲜、煿金煮玉、玉井饭、雪霞羹等;还有一些则来自烹饪方法,如蜜渍梅花、酒煮菜、樱桃煎等。这些名字既典雅,又有趣,不但增加了食物的风味,也体现出了作者相当高的审美情趣。如"雪霞羹",系采摘新鲜的芙蓉花,去掉花心和花蒂,热水焯一下,和豆腐一起煮,看上去红白交错,恍如雪霁之霞,所以名叫"雪霞羹"。

《山家清供》中士人饮食活动之所以会出现这样的特点,与宋代士人所处的大环境是分不开的。由于统治者的重视,宋代士人有着较高的社会地位,"宋代皇帝尊士,前越汉、唐,后逾明、清"[1],但是在宋代士人的身上,却再也没有唐代士大夫那样的飞扬的外向精神,他们所追求的人生理想,不再是出将入相、金戈铁马等轰轰烈烈的外部功业,正如李泽厚先生所指出的那样:"宋代的时代精神已不在马上,而在闺房;不在世间,而在心境,人的心灵意绪成了艺术和美学的主题。"[2]与前代相比,士人们"更关注的是自己内心世界的谐调,因此他们的精力往往专注于生活的末节,以此寄托其用舍行藏的政治态度和旷放超脱的人生理想,饮食生活由以前的不屑一顾转变为热门话题,从而大谈特谈了"[3]。

要之,《山家清供》作为古代一部重要的饮食著作,其中收录了多则与《世说》相关的饮食活动资料,其解读多从饮食文化的角度出发,视角较为独特,对于《世说新语》的多元化研究具有一定的参考价值。作为一部集中反映宋代士人饮食情趣的著作,其与《世说新语》所体现的士人饮食文化亦有着明显的区别,这背后体现的则是魏晋与宋代两种时代精神的差异。

(章原,上海中医药大学科技人文研究院研究员。出版过《山家清供》译注等)

---

[1] 余英时:《朱熹的历史世界》,生活·读书·新知三联书店,2011,第199—200页。
[2] 李泽厚:《美的历程》,广西师范大学出版社,2000,第207页。
[3] 王学泰:《中国饮食文化史》,广西师范大学出版社,2006,第253页。

阮籍其人其诗*

胡 旭

一

阮籍(210—263),字嗣宗,陈留尉氏(今属河南开封)人。其父阮瑀,字元瑜,生年不详,曾受学于蔡邕,解音律,善鼓琴,长于文学,为曹操司空军谋祭酒、仓曹掾,建安十七年(212)卒。

阮瑀去世时,阮籍才两岁,孤儿寡母,大约过得凄凉而困苦。同样少年丧父的孔子,曾对学生说:"吾少也贱,故多能鄙事。"① 阮籍早期的生活境况,可能比孔子也好不了多少。然而,困窘的生活,反倒让阮籍得到了磨砺,成为一代知识分子的典范。家学与遗传对阮籍的影响十分明显。他酷爱读书,年轻时甚至闭户苦读,累月不出,因此得以博览群书,名闻天下。此外他还精于音乐,尤善鼓琴。不仅有实践,而且理论水平很高,写过著名的《乐论》。另外,从长相和气质来看,阮籍"容貌瑰杰,志气宏放,傲然独得,任性不羁,而喜怒不形于色"②,这在注重仪表风度而又讲究学问才情的魏晋时期,可能会倾倒众生的,一些达官显贵招揽阮籍,大约不无这方面的因素。

那么,阮籍在仕途上发展如何呢? 年轻时随叔父到东郡(今河南濮阳及周边地区),兖州刺史王昶邀请他,见面后阮籍却非常沉默,甚至终日不开一言。他越是不说话,王昶就越摸不着头脑,认为他深不可测。王昶在当时是个大官,阮籍能见到他已经不太容易,何况受到他的邀请,这说明阮籍年轻时就有很大

---

* 本文为国家社科基金项目"传世先唐别集的编纂、刊刻与流布研究"(批准号:19BZW039)阶段性成果。
① 杨伯峻:《论语译注》,中华书局,1984,第88页。
② 《晋书》卷四十九《阮籍传》,中华书局,1974,第1359页。

的名声。而此事之后,阮籍的名声就更大了。三十出头时,太尉蒋济听说他很有才华,于是辟他为掾。太尉为三公之一,位高权重,进入太尉府是很多年轻人梦寐以求的事。但是,阮籍又一次让人目瞪口呆,他写了封奏记予以拒绝。蒋济大怒,准备惩罚他,家乡父老齐声相劝,他才迫不得已接受了召辟。但过了一段时间后,还是以生病为由,辞去了蒋济的属官。如果因此说阮籍天性淡泊,不愿入仕(他拒绝蒋济的奏记就是这么说的),可能还不准确,因为后来他又做了尚书郎。但时间不长,又以疾病的原因免官了。至于是真病还是假病,史无明文。

曹爽辅政后,召阮籍为参军,也被他以疾病为名推却了。一年多后,发生了高平陵事变,曹爽势力被司马懿一网打尽。阮籍因此又声名大震,人们都非常佩服他,认为他有远见卓识。随后太傅司马懿召阮籍为从事中郎,好像他老老实实地接受了,至少看不到有什么推拒的记载。不到两年的时间,司马懿病卒,阮籍又转为司马师的大司马从事中郎。

曹魏时期,太傅从事中郎和大司马从事中郎、大将军从事中郎大约是六品官,这对于初入仕途的阮籍说来,其实是一种不错的礼遇。两任从事中郎,大约五年。高贵乡公曹髦继位后,阮籍居然被封为关内侯。关内侯有封而无食邑,在爵位中排在末位,但普通士人封为关内侯,实在是一种殊荣。其父阮瑀追随曹操多年,军国书檄,多其所作,不可谓不被亲遇,然终其一生,官不过仓曹掾,与阮籍刚入司马懿太傅府就当上的从事中郎,品级相当,封侯根本难以想象。事实上,建安七子中,唯一获得封侯的,是王粲。这是因为王粲立过大功。刘表死后,他力劝刘琮投降曹操,让曹操省却了很多军事和政治的麻烦。阮籍有什么能与王粲相比的功劳呢?唯一的解释是司马师欣赏他,看重他。更有甚者,在高贵乡公时期,阮籍官至散骑常侍。曹魏散骑常侍官居三品,与九卿同列,甚为显赫。大权独揽的司马师,对阮籍确实不是一般的偏爱。

二

按照这样的发展节奏,阮籍下一步就要走上公辅之位了。然而,司马师死后,司马昭继位,情况就发生了变化。阮籍主动要求去做东平相,司马昭很爽快地同意了。此事十分怪异,曹魏东平相为五品官,远远不能与高华清贵的散骑常侍相提并论。有意思的是,阮籍在东平相任上,才干了十余日,就回来了,又做司马昭大将军府从事中郎。干了这么多年,品秩又回到起点了。随后又迁转为四品的步兵校尉,遂不再变化,终于此官。

阮籍自司马师时代步步升迁,距离贵显一步之遥,一到司马昭时代就蹭蹬不前,甚至一度沉沦下僚。从《晋书》等史料记载来看,是阮籍甘于自贬,但个中情形却不免令人蹊跷。而且,司马昭对阮籍这些近乎儿戏的要求,基本上都顺水推舟,也颇有耐人寻味之处。

古今学者多谓司马懿老奸巨猾,算计曹魏天下。事实上高平陵事件后两年,司马懿就去世了,没有什么事实能证明他觊觎曹魏政权。那么司马师呢?大权在握时曾废黜魏齐王曹芳,立高贵乡公曹髦,动作很大,但同样也不能证明他要夺取曹魏的天下。《三国志·魏书·高贵乡公纪》裴松之注引《魏氏春秋》:

> 公神明爽俊,德音宣朗。罢朝,景王私曰:"上何如主也?"钟会对曰:"才同陈思,武类太祖。"景王曰:"若如卿言,社稷之福也。"①

这个记载饶有意味。司马师选择高贵乡公,不可能不考察其为人,如果从操控的角度,不应该选一个如此有作为有才干的人。而且,如果司马师公然要夺曹魏天下,钟会也不能公然赞美高贵乡公。总不能说此时钟会就暗示司马师,让司马师杀掉曹髦吧?

阮籍封关内侯及擢升散骑常侍,可能还与参与废立定策之功有一定关系。也就是说,阮籍对司马懿、司马师父子,可能没有什么反感,甚至还相当亲近,否则以他的个性,完全可以用疾病等名义拒绝入仕或中途辞官,事实上这一切都没有发生。但是随着司马师病死,司马昭主政,阮籍仿佛变了一个人,矫激、任诞、狂放的习气与日俱增。毫无疑问,这与司马昭走上政治前台有莫大的关系。

古今学者多将阮籍与司马昭完全对立起来,这可能不是客观的态度。阮籍在司马昭面前,常常会表现出率性使气的样子。比如自己要求去东平国为相,结果去了以后,把官府的围墙推倒,把法令制度变得宽松一些,就回来了。而

---

① 《三国志》卷四《魏书·高贵乡公纪》,中华书局,1959,第132页。

且,回来后也没被怪罪,接着做司马昭的大将军从事中郎。其为所欲为,有恃无恐,直令人匪夷所思。后来因为步兵厨营人善酿酒,有贮酒三百斛,乃求为步兵校尉,居然也如愿以偿。毫无疑问,这些任性中流露着撒娇意味的行为,显示出阮籍与司马昭之间有相当的亲近与默契。《晋书》本传记载此事时,有一点特别值得注意:"虽去佐职,恒游府内,朝宴必与焉。"①就是说,阮籍虽然不做司马昭的属官,但经常往来于司马昭的大将军府,只要有宴会,他都是座上客。不难想见,二人之间的关系在常人眼中是何等的亲密。

  司马昭与司马懿、司马师的不同之处,大概是对曹魏统治者的控制更加严格,而且,篡夺曹魏天下的风声大约也逐渐流露。司马懿灭曹爽后,已把军政大权牢牢控制,这一直为后人诟病。可是,如果司马懿不这样做,势必又会弄成"人为刀俎,我为鱼肉"的局面,他自己及家族的命运可能都会面临极大的危险。司马师和司马昭面临的局面,比司马懿时期更加凶险,他们对军事政治的控制,也越发变本加厉。从自己及家族安全来考虑,确实也退无可退,这样就把自己逼到一个尴尬的境地。

  司马师死后,司马昭面临的局面更加艰难,以前还有兄弟合力,同舟共济,如今却只能孤身奋战,临深履薄。这一阶段,曹魏统治者及其追随者对司马昭处处提防,试图打压。司马师刚死时,魏帝曹髦命司马昭镇守许昌,令尚书傅嘏率六军回京师。这实际上就是要剥夺司马昭的兵权,将其固定在地方行政长官的任上,削弱他在朝廷中枢的影响,并逐步清除他的势力。司马昭当然不会任人宰割,坐以待毙,乃亲自率军回京,迫使魏帝将其晋位为大将军,加侍中,都督中外诸军、录尚书事,辅佐朝政。这样,司马昭完全掌控了当时的中央政权,魏帝曹髦就成了实实在在的傀儡。司马昭在维护家族利益和安全的路上,根本不能停止,更无法回头,取代曹魏最终只是时间问题。

  如果说司马昭开始就坚定不移地要夺取曹魏政权,这其实不能完全让人信服。司马昭大权在握后,于甘露元年(256)正月、甘露三年(258)五月、甘露五年(景元元年,260)四月,数度加九锡而不受,有人认为他虚伪,这不完全符合实际。在五年时间里,多次不接受劝进,不是简单的"虚伪"所能解释的。可能最主要的原因,是他没有做好这方面的思想准备。与其说他虚伪,还不如说他狡

---

① 《晋书》卷四十九《阮籍传》,第1360页。

猾。可能司马昭在取代曹魏一事上,有复杂的思想斗争,迟迟下不了决心。至少,他认为取代曹魏之事还没到瓜熟蒂落的时候,不愿意因此被架在火上烤。迫不及待想让司马昭取代曹魏的,可能还不是司马昭本人,而是他的那些亲信,他们希望借此成为开国功臣,博取名利。

但司马昭掌控曹魏政权,架空魏帝曹髦,却是毫不手软的,这是关系到他和他的家族生死存亡的问题,绝对含糊不得。这种情形,大部分人都看得明白。高贵乡公曹髦喊出的"司马昭之心,路人皆知"①,基本上也是事实。以阮籍之敏感与识见,对司马昭及其党羽的所作所为,实际上洞若观火。

阮籍与曹魏统治者之间,有较深的感情渊源。其父阮瑀追随曹操、曹丕父子,长达十五年左右。阮瑀死后,曹丕多次在文中表示怀念,他在《寡妇赋》序中写道:"陈留阮元瑜,与余有旧,薄命早亡,故作斯赋,以叙其妻子悲苦之情。命王粲等并作之。"②可见曹丕不仅自己写,而且让当时文人同题共作(今尚存若干篇佚文)。可能曹丕等人不仅仅是写文章怀念朋友,也会在物质上给孤儿寡妇一些实际的帮助。因此,阮籍对曹魏政权有一定的感情,这是道义所在。在切实地感受到司马昭要篡夺曹魏天下的时候,他的内心,可能交织着困惑、矛盾、痛苦等多种情绪。

阮籍与司马昭都是绝顶聪明之人,彼此都能看穿对方。为了自保,阮籍与司马昭之间保持着一种特殊的关系。首先,他没有像嵇康那样明确地抵触、对抗司马昭,而是将一切是非深埋在内心。其次,他毕竟在司马师时代仕途通达,司马昭倒也并不排斥他。再次,他们彼此之间——特别是司马昭对阮籍——可能有一定程度的欣赏。但是,阮籍突破不了内心的底线,他无法接受司马昭谋划篡夺曹魏天下这一事实,却也不敢明确地抵抗与反对,基本上采取虚与委蛇、不即不离的策略。司马昭洞悉阮籍的心思,《世说新语·德性》"晋文王称阮嗣宗至慎"条,刘孝标注引李康《家诫》的一段记载,颇有意味:

> 昔尝侍坐于先帝。时有三长史俱见。临辞出,上曰:"为官长,当清、当慎、当勤,修此三者,何患不治乎?"并受诏。上顾谓吾等曰:"必不得已而去,于斯三者何先?"或对曰:"清固为本。"复问吾,吾对曰:"清慎之道,相

---

① 裴松之注《三国志》卷四《魏书·高贵乡公纪》,第144页。
② 李善注《文选》卷十六潘岳《寡妇赋》,中华书局,1977,第233页。

须而成,必不得已,慎乃为大。"上曰:"卿言得之矣,可举近世能慎者谁乎?"吾乃举故太尉荀景倩、尚书董仲达、仆射王公仲。上曰:"此诸人者,温恭朝夕,执事有恪,亦各其慎也。然天下之至慎者,其唯阮嗣宗乎!每与之言,言及玄远,而未尝评论时事,臧否人物,可谓至慎乎!"①

司马昭对阮籍,简直达到令人脊背发凉的了解,故他们之间也是一场高手的较量。看起来司马昭并没有过为已甚,没有直接打压他,但其爪牙何曾、钟会等人却常常指摘、陷害阮籍。何曾当着司马昭的面,斥责阮籍伤风败俗,甚至要求流放阮籍,但司马昭表面上总是为阮籍开脱,要他们理解阮籍。这很像唱戏中的红脸和白脸,白脸较容易本色演出,红脸则要颇费一点心思。如果司马昭真的亲遇阮籍,何曾之徒岂敢如此放肆?何曾年高位尊,也就罢了,钟会比阮籍年轻十五岁,居然经常找阮籍的茬子,有恃无恐,可见阮籍与司马昭之间关系微妙,有时甚至是貌合神离的。

司马昭之所以没有跟阮籍撕破脸皮,一方面固然是阮籍"至慎",另一方面也是一种高明的策略。阮籍是当世名流,社会影响巨大,如果打击或迫害他,必然会引起知识界——特别是清流——的反弹,得不偿失。此外,阮籍的利用价值也很高,除了在知识界名声以外,他还是当世最好的文学家,经国典册之文,非此等大手笔不能为之。所以,党附之徒劝司马昭加九锡时,以郑冲为首的劝进文就出自阮籍之手。按照常理,阮籍是爱惜自己羽毛的,他似乎不应该接受这个为后世所讥的任务。《晋书·阮籍传》云,司马昭想为司马炎求婚于阮籍之女,阮籍醉了六十余日,弄得司马昭没有机会去说此事,只好作罢。阮籍也曾想用酒醉的方式,拒绝写劝进文。《世说新语·文学》记此事时云:"籍时在袁孝尼家,宿醉扶起,书札为之,无所点定,乃写付使。时人以为神笔。"②可见,酒醉的方式有时管用,有时也不管用,这要看对方是否较真。阮籍大醉后还能下笔千言,一挥而就,可能是早已打好了腹稿,虽然满肚子不情愿,但终究躲不过去。

劝进文一事,最能体现阮籍对司马昭的态度:内心虽不认同,但并不敢真的抵抗。某种程度上,阮籍反对的还不是纯粹意义上的司马昭本人,毕竟他们之间有一定的私人感情。阮籍内心无法平衡的,是司马昭破坏了一种价值观念,

---

① 徐震堮:《世说新语校笺》,中华书局,1984,第10页。
② 同上书,第135页。

后者逐步走向"篡"的行为，导致前者的精神信仰出现断裂乃至颠覆。这种情形，在历史上并不少见。孔融最初是歌颂曹操的，可是当他意识到曹操有夺取汉家天下的意向时，立刻就冷嘲热讽起来。曹操和荀彧是志趣相投的好友，而且是儿女亲家，但当曹操流露出加九锡的想法时，荀彧坚决反对，甚至因此导致彼此关系紧张，忧郁而死。孙明君先生说："从理性出发，从现实出发，荀彧清醒地认识到汉不可为，于是他拥护曹操重造天下的大业，并建立了赫赫功绩。同时，他与旧王朝之间在情感上又有藕断丝连的联系，封建伦理纲常礼教的阴影亦笼罩在他的心头，让他难以挣脱。"①阮籍就是这种人，他明知曹魏统治者不值得期待，但又跳不出纲常伦理的精神框架；明知司马氏取代曹魏乃大势所趋，但感情上却又接受不了。写劝进文后不久，阮籍辞世，可能与他思想上找不到出路有一定关系。

阮籍与司马昭父子之间也有一定的真情实感，将他们完全对立起来，不是客观的态度。阮籍对曹魏政权的维护，除了纲常伦理的因素外，还有念旧之情和恻隐之心。善良的文人和功利的政客，思维根本不在一个层面上。值得注意的是，阮籍对曹魏王室，也并不一味念旧和恻隐，哀其不幸的同时，对他们不知死活地在火山上跳舞，也表示了极大的鄙夷和强烈的批判。

三

阮籍一生的特点，是孤独、落寞、悲苦。

少年失怙的影响是毫无疑问的，所以阮籍对母亲的情感，十分特殊，依恋到难以想象的地步。别人在母亲去世时也很伤心，但基本上有个分寸，阮籍在母亲去世后连续几次吐血，几乎无视自身的存在，足见失去了母亲，也就失去了感情的依托。母亲以外，阮籍的亲人中还有叔父（名不详），他甚至可能是在叔父的帮助、养育下长大的，叔父还带着阮籍去过东郡等地，他受到王昶等官员的赏识，可能多少也与叔父的身份有关。阮籍应该有个哥哥，还有个姐姐，但具体情况已很难弄清楚。此外，族兄阮武，官至清河太守，很赏识他，认为阮籍超过自己。还有个侄儿阮咸，与阮籍同为"竹林七贤"中人。

---

① 孙明君：《汉魏政治与文学》，商务印书馆，2003，第126页。

母亲之外,阮籍最亲近的,是阮咸。阮咸之所以能进入"竹林七贤",除了旷达不羁与才华过人外,跟阮籍的挈带有一定关系。在阮氏家族中,这是两个另类,他们在仕途上漫不经心,而且有所不为,大约是很难得到认同的。因而,说阮籍在家庭和家族中比较孤独,是没有多少疑义的。

值得注意的是,阮籍在家庭中跟年辈最小的阮咸亲近,在朋友中也是跟年辈最小的王戎最为亲近。《晋书·王戎传》云:

> 阮籍与浑为友。戎年十五,随浑在郎舍。戎少籍二十岁,而籍与之交。籍每适浑,俄顷辄去,过视戎,良久然后出。谓浑曰:"濬冲清赏,非卿伦也。共卿言,不如共阿戎谈。"①

阮、王相识的时候,阮籍已经三十九岁,王戎只有十五岁②,完全不是一个辈分。阮籍与王戎的父亲王浑是朋友,往还中偶然见到了朋友的儿子,在无心的交谈中,发现王戎宅心玄远,洞达事理,情趣不凡,不禁被他深深地吸引了,于是从此不大理会当父亲的,而与做儿子的成了忘年之交。阮籍平时高傲而缄默,话不投机的时候,往往终日不开一言,但一见王戎则"良久乃出",不难想见他对王戎的喜爱。阮籍对王戎的高看,不只一端,《世说新语·简傲》云:

> 王戎弱冠诣阮籍,时刘公荣在坐,阮谓王曰:"偶有二斗美酒,当与君共饮,彼公荣者无预焉。"二人交觞酬酢,公荣遂不得一杯,而言语谈戏,三人无异。或有问之者,阮答曰:"胜公荣者,不得不与饮酒;不如公荣者,不可不与饮酒;唯公荣可不与饮酒。"③

阮籍有美酒时,要找一个知音来喝,这个知音就是比他小二十四岁的王戎,他人即使在座,也不得一杯。刘公荣即刘昶,时兖州刺史,年岁与阮籍相仿,且有一定地位,但在阮籍眼中,竟不及王戎重要。阮籍与王戎之间有一种非同寻

---

① 《晋书》卷四十三《王戎传》,第1231页。
② 《晋书·王戎传》云"戎少籍二十岁"不确。据《晋书·阮籍传》,阮籍卒于景元四年(263),年五十四,故知其生于建安十五年(210)。另据《晋书·王戎传》,王戎卒于永兴二年(305),年七十二,故知其生于青龙二年(234),少阮籍二十四岁明矣。
③ 徐震堮:《世说新语校笺》,第411页。

常的亲近,不仅一起饮酒,而且共同欣赏美色。《世说新语·任诞》云:"阮公邻家妇,有美色,当垆沽酒。阮与王安丰常从妇饮酒,阮醉,便眠其妇侧。"可见,日常生活中,能有资格和阮籍一起饮歌啸傲的,大约连阮咸都未必能够,只有王戎。在竹林七贤中,亲密无间而随意笑骂的,大约也只有阮籍对王戎。《世说新语·排调》云:"嵇、阮、山、刘在竹林酣饮,王戎后往,步兵曰:'俗物已复来败人意。'王笑曰:'卿辈意亦复可败邪?'"阮、王之间的对答是笑骂,这是他们亲昵的表现。一些学者将这一对答理解为阮籍对王戎的不满,甚至认为他们之间关系有了裂隙,显然是不能让人信服的。

竹林七贤中,最具代表性的是阮籍、嵇康和山涛。山涛年龄最大,阮籍少山涛五岁,嵇康少山涛十九岁、少阮籍十四岁。《世说新语·贤媛》云"山公与嵇、阮一面,契若金兰",意即三人心性相通,感情投契。实际上,山涛是一个成熟的政治家,社会经验丰富,老到世故,城府很深,阮籍和嵇康本质上还是文人,比较情绪化,不愿意违背自己的处世原则,常常理想化,每每脱离实际。因而,山涛与嵇、阮二人,即便有过竹林之游,终将分道扬镳,即使有私人感情,政治取向亦判然有别。阮籍对嵇康青眼有加,嵇康也明确表示服膺阮籍,这是气性相近的缘故。但是,嵇、阮之间亦非知音,相对而言,阮籍谨慎,嵇康峻急;阮籍折中,嵇康激烈;阮籍多和光同尘,嵇康更目下无尘。他们的处世方式,其实相当不同。嵇、阮之间,彼此欣赏是有的,要说多么知心,只能说是后人的一厢情愿。至于刘伶和向秀,与阮籍之间大约只是一种泛泛之交,谈不上知心,更不是知音。

阮籍在家庭中与阮咸亲近,在朋友中与王戎亲近,颇能说明问题。其中最重要的原因,是两个年轻人都是初入社会(王戎甚至还没有走上社会),相对来说还保持着赤子之心,还没受到世俗社会的熏染,没有那么多世故和矫情。与他们之间超越功利的自然交往,多多少少可以给阮籍带来一些感情的慰藉,减轻其内心的孤独落寞。

阮籍毕竟生活在官场,为了保身,他要和很多道貌岸然、利欲熏心之辈周旋。曹魏后期,士人的典型表现,是没有操守,即史书所谓之"士无特操"[①]。如前文提及的王昶,曾做过曹丕的太子文学,曹丕即位后,升为散骑侍郎,魏明帝即位后,加封为扬烈将军,赐爵关内侯,迁武观亭侯,迁征南将军、持节,都督荆

---

① 费枢:《廉吏传》,商务印书馆,1935,第27页。

州、豫州诸军事。但高平陵事变后,就一步步滑向司马氏集团,置曹丕、曹叡的恩义于不顾,其为人操守可见一斑。王昶做兖州刺史时,阮籍还跟随叔父去拜见过他。当时阮籍不愿说话,也许就是因为不喜欢王昶的人品。但王昶与阮氏家族大约是比较友好的,阮籍还不需要提防他的陷害。

另一个典型人物,是何曾。何曾的父亲叫何夔,曹魏时官至太仆,封阳武亭侯,死后何曾袭爵。魏明帝曹叡为平原侯时,何曾为其文学掾。曹叡即位后,何曾升至散骑常侍。景初二年(238),大将军司马懿将伐辽东,何曾向曹叡上疏请求派遣监军或副将同行,以防意外。但司马氏专权后,何曾立刻转向,甚至参与废黜魏帝。不仅为人与时俯仰,毫无节操,生活尤其穷奢极侈。《晋书》本传云:"帷帐车服,穷极绮丽。厨膳滋味,过于王者……食日万钱,犹曰无下箸处。"①其时有些正直之士如刘毅等,多次弹劾,但司马氏为了拉拢他,一无所问。这样的人,阮籍可能是不愿与之为伍的,所以还遭到他的陷害。

不惟何曾,其时居庙堂之高者,难得找到什么有品格的人。吕思勉说:"晋初元老,如石苞、郑冲、王祥、荀𫖮、何曾、陈骞之徒,非乡愿之徒,则苟合之士。此等人,而可以托孤寄命哉?"②年高位尊者既如此,其影响下的社会风气可想而知。阮籍同辈人中,卑鄙猥琐者,比比皆是。如高贵乡公欲起兵讨伐司马昭,召王经、王沈、王业商议,王沈、王业居然向司马昭告密,导致曹髦被杀。王沈就是前文所提及的王昶侄儿,自幼由王昶养育长大。而王业则是王粲的侄儿,因王粲的两个儿子参与魏讽案被杀,曹丕特地让王业继承王粲的爵位。他们皆曾受曹魏大恩,但趋炎附势,出卖良心,没有底线,毫无原则。阮籍下一辈的钟会,其父钟繇为曹魏三公,配享太庙,他和哥哥钟毓,也颇得曹魏统治者赏识,并因此也仕宦显赫。但钟会却成为司马氏的爪牙,其为虎作伥,狐假虎威,令人侧目。钟会对嵇康、阮籍等人的陷害,最能看出其时世风的衰败和士人的堕落。还有一个是吕巽,不仅诱奸了自己的弟媳妇,还设计陷害自己的弟弟吕安,并连带着坑害了嵇康。

魏晋时期就是这样,从长者到青年,满嘴仁义道德,一肚子男盗女娼,这让骨子里执着于伦理纲常的阮籍,找不到精神寄托,无法畅快地呼吸,内心憋着很多无法言说的苦闷。阮籍常常痛哭,如《晋书》本传云,兵家女有才色,未嫁而

---

① 《晋书》卷三十三《何曾传》,第998页。
② 吕思勉:《两晋南北朝史》,中国友谊出版公司,2009,第11页。

死。籍不识其父兄,径往哭之,尽哀而还。又云,时率意独驾,不由径路,车迹所穷,辄恸哭而反。此类看似荒诞的痛哭,实际上是借他人之酒浇自己心中块垒。他只能借此类看似无厘头的事情,曲折地宣泄内心的悲苦。

然而,诚如李白所云:"抽刀断水水更流,举杯消愁愁更愁。"①阮籍的孤独、落寞、悲苦,召之即来,却挥之不去,伴随着阮籍一生,到死也无法解脱。

四

阮籍的思想,是一个颇为复杂的话题。

阮籍深受儒家思想的影响,这表现于他的积极入世精神。如《咏怀诗》其十四云:

> 昔年十四五,志尚好诗书。
> 被褐怀珠玉,颜闵相与期。

此处的诗、书,可能不是普通的诗书,而是儒家的经典《诗经》和《尚书》,这与下面的颜(颜回)、闵(闵子骞)是对应的。显然,阮籍年少即有志于学,也有明确的榜样,以道德楷模自期。不仅如此,阮籍还有更大的志向和抱负,《咏怀诗》其三十九云:

> 壮士何慷慨,志欲威八荒。
> 驱车远行役,受命念自忘。
> 良弓挟乌号,明甲有精光。
> 临难不顾生,身死魂飞扬。
> 岂为全躯士,效命争战场。
> 忠为百世荣,义使令名彰。
> 垂声谢后世,气节故有常。

---

① 《李太白全集》,中华书局,1977,第861页。

此诗塑造了一个激昂慷慨的壮士,要建立威震八方的不世功业。诗人热血贲张,激情勃发,神采飞扬,充满着理想主义的热情。很显然,现实是令他振奋的,给了他很高的人生期许。而且,诗中强调受命于君主,为国献身,而不计个人死生,可见阮籍此时还十分单纯,世道也还不像后来那么诡谲,诗人有明确的效忠对象。这首诗令人联想到曹植的《白马篇》和左思的《咏史》(其一),一在其前,一在其后,其中蕴含的思想则是一脉相承的,体现了年轻人对国家前途的真诚期待和对个人事业的狂热追求。

基于这种热情,阮籍自负到令人难以想象的程度。他曾登广武山,观楚、汉战场,叹曰:"时无英雄,使竖子成名!"①这话说得很大,甚至根本不把刘邦、项羽放在眼里。当然,此话不能当真,项羽作为失败者就罢了,刘邦作为开国帝王,雄才大略,为世公认,后代石勒云:"朕若逢高皇,当北面而事之,与韩彭竞鞭而争先耳。脱遇光武,当并驱于中原,未知鹿死谁手。"②作为政治家、军事家,石勒的评价当然更有分量,远非在政治军事上没什么建树的阮籍所能相比。但是,阮籍的自负,恰恰能看出他对政治的热情,对前途的期待,对自我能力的肯定。

从上面的情形来看,说阮籍有浓厚的儒家思想,是没有什么问题的。但是,后人谈论阮籍,却多将其思想归入道家。西晋末年的刘琨,在其名作《答卢谌书》中说:"昔在少壮,未尝检括。远慕老庄之齐物,近嘉阮生之放旷。"③这是较早把阮籍思想归为道家的。刘琨距离阮籍的时代很近,他的评价对后世的影响十分深远。

认为阮籍思想属于道家的更多依据,源于他的作品。他有一篇很著名的作品《大人先生传》,其中的主人公大人先生,"与造物同体,天地并生,逍遥浮世,与道俱成,变化散聚,不常其形"④,这个形象毫无疑问来源于老庄。与此文相应,阮籍还有《通老论》,虽仅存佚文数则,然从"道者,法自然而为化,侯王能守之,万物将自化",及"圣人明于天人之理,达于自然之分,通于治化之体,审于大慎之训,故君臣垂拱,完太素之朴;百姓熙怡,保性命之和"⑤若干佚文,不难看出

---

① 《晋书》卷四十九《阮籍传》,第1361页。
② 《晋书》卷一百五《石勒载纪下》,第2749页。
③ 《艺文类聚》卷二十六《人部十》,中华书局,1965,第480页。
④ 陈伯君:《阮籍集校注》,中华书局,1987,第165页。
⑤ 同上书,第159页。

其道家思想指向。阮籍还有一篇《达庄论》,认为"死生为一贯,是非为一条"①,强调顺其自然,甚至抹煞生死,混同是非,是庄子"齐物"思想的继承和发扬。

鉴于上述的客观情况,古今学者普遍认为,阮籍从早年到晚年,存在着一个明显的思想变化轨迹,即由早年的儒家思想,逐渐演变为中年、晚年的道家思想。这种看法有一定的道理。事实上,早年英气勃发,积极入世,立德、立功、立名,追求人生不朽,这是大多数人的常态。中年以后,历尽人生艰辛,遍尝人情冷暖和世态炎凉,心态渐渐消颓,觉得世事无常,功名镜花水月,也是十分自然的。

但阮籍的思想变化,还不完全是这种情况。尽管阮籍中晚年时期写了上述那些表现道家思想的作品,我们还不能说他的思想完全就转向了道家。比如《大人先生传》一文,我们看到道家思想的同时,还应该看到,与之对立的君子形象为"服有常色,貌有常则,言有常度,行有常式。立则磬折,拱若抱鼓。动静有节,趋步商羽,进退周旋,咸有规矩。心若怀冰,战战栗栗。束身修行,日慎一日",一副假道学的嘴脸,与《咏怀诗》其六十七所讽刺的"洪生资制度,被服正有常。尊卑设次序,事物齐纪纲。容饰整颜色,磬折执圭璋"近乎无缝对接。也就是说,阮籍所处的世道,有很多欺世盗名的儒家学者,有很多道貌岸然的道德楷模。

司马氏重视名教,古今学者多斥之为虚伪,这是不足以完全服人的。河内司马家族世代儒学,忠、孝乃其传家伦理,所以当司马昭听说高贵乡公被杀后,大惊失色,跌倒在地,说:"天下其谓我何?"其叔司马孚闻此事,奔入,枕帝股痛哭,说:"杀陛下者,臣之罪也。"这并非做戏,家学浸润已久,不只立身处世有其原则,亦甚在意身前身后的评价。而且,司马昭兄弟确实也会践行这些伦理道德。司马懿晚年宠爱柏夫人,曾当众辱骂发妻张春华"老物可憎",张又羞又惭,准备自杀,司马师兄弟为此绝食,最后以司马懿亲自道歉而作罢。阮籍在母亲死后一些任诞之举,能得到司马昭理解和关照,与后者切身体验并践行"孝"的价值观有很大关系。

然而,由于司马昭实际掌控曹魏政权,与名教强调的道德教化和伦理纲常产生了冲突。名不正则言不顺,其时士人价值观念已被颠覆,他们不惟心口不

---

① 陈伯君:《阮籍集校注》,第140页。

一,简直诡诈伪善,利用名教装神弄鬼、以此博取功名利禄者不乏其人。司马昭执政时期,满朝文武,没几个有人品的。当时两个被表彰的孝子何曾和荀𫖮,就遭到后代学者王应麟的嘲弄:"何曾、荀𫖮之孝,论者比之曾、闵。夫以孝事君则忠,不忠于魏,又不忠于晋,非孝也。𫖮之罪,浮于曾。曾之骄奢,祸止及家;𫖮之奸谀,祸及天下。"

阮籍周围遍布着这样的道德之士,这让他发自内心地反感,决不愿意与他们为伍,并因此表现出背离名教的矫激行为。后人结合阮籍对道家思想的喜好与深入理解,认为他到中晚年思想发生了转变,即由儒家思想转为了道家思想。

事实上,阮籍的思想可能发生了变化,但还不能说他放弃了儒家思想。《晋书》本传说阮籍之子阮浑,亦有父风,慕通达,不饰小节。阮籍对他说:"仲容已豫吾此流,汝不得复尔!"可见他对侄子走上任达之路,已不无后悔,并坚决不让儿子再走自己走过的路。这应该是一种真实的态度,能说明阮籍并不是真的任诞放纵,他的骨子里可能比那些口口声声维护名教的人,更加循规蹈矩。无独有偶,嵇康临终前留下的《诫子书》与他的名文《与山巨源绝交书》,完全不同,对儿子谆谆告诫,要求儿子做忠臣烈士。可见嵇、阮二人骨子里依然信奉儒家思想。

总而言之,儒家思想和道家思想都对阮籍产生了深刻影响,但究其本质,儒家思想是其主体——即便他拼命阐述自己对道家思想种种理解,也难以掩盖这个事实。

五

阮籍是曹魏后期最出色的文学家。

南朝梁代有《阮籍集》十三卷,到唐代则有所亡佚,为十卷本。唐末宋初,日本流传着两种阮籍作品集,一题《阮嗣宗集》五卷,另一题《阮步兵集》十卷。宋元时期,有《阮籍集》五卷、《阮籍集》十卷、《阮步兵集》十卷。然上述诸本皆亡,今传皆为明本,以薛应旂《六朝诗集》之《阮嗣宗集》三卷、天一阁所藏《阮嗣宗集》二卷为早,后之诸本,多在此基础上整理所得。

阮籍在文学上的最大成就,当为《咏怀诗》八十二首。八十二首的由来,现存文献首见于臧荣绪《晋书》，云阮籍作《咏怀诗》八十余篇。① 然究竟多少，并无确数，亦不见单行本。然具体作品见之于典籍者，《文选》选录十七首，《玉台新咏》选录二首，《艺文类聚》选录二十一首，《初学记》选录八首。宋、元以降，亦不见八十二首单行。明冯惟讷《古诗纪》，大约是目前最早将八十二首明确固定下来的。冯氏云：

> 阮嗣宗集传之既久，颇存讹阙。世之较录者往往肆为补缀，作者之旨，淆乱甚焉。今以诸本参校，其义稍优者为正文，互异者分注于下。其旧有阙文、疑字而今本窜益者，廓其傍，俟再考正。②

很显然，冯氏所见阮籍《咏怀诗》，传世既久，衍脱误讹，淆乱不堪，此八十二首实际上是冯惟讷整理的，遂为后来者所本。毫无疑问，八十二首《咏怀诗》几乎代表了阮籍诗歌的全部，最能体现阮籍诗歌的成就。

关于《咏怀诗》的成就，《文心雕龙》《诗品》等早期文学理论著作，早已给予其极高的评价，唐人更是将阮籍、嵇康与建安文人并列，将他们的文学特征概括为"汉魏风骨"，并大力标举。历宋元明清直至当下，阮籍的文学地位甚为崇高，与此前的曹植、此后的陶渊明数峰并峙，成为先唐文学家中的标志性人物。

八十二首的数量，实在不小，已经不能简单以组诗来对待。严格说来，阮籍留下的诗，也就是五言《咏怀诗》八十二首、四言《咏怀诗》三首，总共八十五首。后人又把《大人先生传》中的《采薪者歌》和《大人先生歌》，也算作阮籍的诗，那么也就是八十七首。很显然，"咏怀"是一个总题，但这个名称是否绝对准确，依然存在仁智之见。毕竟，"咏怀"指抒发怀抱，寄托情感，这个意义实在太过宽泛，与"咏史""杂诗"等题材存在太多的交叉，显得不够精确、严密，也没有内在的系统性，太过笼统，太过随意。当然，这一题名究竟是阮籍所立，还是后人添加，已难考索。

那么，八十二首《咏怀诗》写了哪些内容呢？历代研究者从各个角度进行研究，多有独到之处。总的说来，主题集中在如下几个方面：

第一，自述身世。《咏怀诗》中有部分写自己身世和经历的。如其五"平生

---

① 李善注《文选》卷二十一颜延年《五君咏·阮步兵》，第303页。
② 《古诗纪》第四册卷二十九，聚锦堂藏版。

少年时"一诗,对自己早年生活进行了概括,特别着眼于少年时的轻佻浮泛,这当然有自谦之意,但也不无追悔与自责,对曾经的自我放纵,追名逐利,交游权贵,都有相当程度的思考与反省。又如其十五"昔年十四五"写自己少年时期,酷爱诗书,以颜回、闵子骞这一类的道德高士自期,这是作者早年生活的又一侧面。此外,像其二十九"昔余游大梁"、其三十九"壮士何慷慨"、其六十一"少年学击剑"、其六十八"北临乾昧溪"等,都描写了自己生活的不同侧面,将其综合起来,可以大致看出阮籍生活的大致轨迹。但是,这一内容在《咏怀诗》八十二首中,数量还是偏少的,难以看出阮籍生活的细节,必须将其与其他作品和相关史志记载结合起来,仔细研读,才能真正全面地了解阮籍的身世经历。

第二,感时伤世。阮籍身处乱世、末世,不可避免地关注社会、时局,悲悯、感伤甚至绝望,在《咏怀诗》中表现甚多。如其十一"湛湛长江水"一诗,写湛湛江水浩浩东流,岸上长满了高大挺拔的枫树,兰草覆盖着江边的小径,黑色的骏马疾驰而过。但如此美丽河山,作者联想到的却是国破家亡的场景,他在为覆亡者哀怜痛哭。如果一定要说清阮籍的政治立场,可能会很有难度,难免失之牵强,但面对阴谋、倾轧、杀戮,世道混乱,社会黑暗,内心感慨,情绪感伤,是可以理解的。又如其十六"徘徊蓬池上",描写阴霾满天的自然环境,实际上这正是社会环境在诗人眼中的折射,旧国废都,旷野茫茫,触物伤怀,感时伤逝,不由得就让人黯然神伤。感伤的情怀,不仅会用专题来表现,更多是零星见于其他题材的诗中,如其三云"繁华有憔悴,堂上生荆杞"、其七云"四时更代谢,日月递参差"、其十三云"感慨怀辛酸,怨毒常苦多"、其三十二云"人生若尘露,天道邈悠悠"等,都表达了类似的感情。

第三,忧生之嗟。如其一"夜中不能寐"一诗,表面上几乎没写什么,无非自己长夜无眠,聊以弹琴自娱,以及在清风明月中的所见所感所想。但是,诗中那种深入骨髓的忧思,却不时扑面而来。这与阮籍身仕乱朝、常恐招祸的思想有关。对于那一时代的知识分子来说,苟且活着未必很难,但如果有思想,讲节操,那就非常别扭了,因为那是一个知识分子的信仰遭到扭曲的时期。要么同流合污,要么洁身自好,而后者面临着巨大的风险,阮籍的孤独和痛苦,就来源于此。又如其三云:"一身不自保,何况恋妻子。凝霜被野草,岁暮亦云已。"阮籍平时谨慎至极,达到口不臧否人物的地步,可谓十分委曲求全,但还是时时有生的忧虑,足见活着是如何艰难。这一类的作品很多,如其四"天马出西北"、其十七"独坐空堂上"、其二十"杨子泣歧路"、其四十一"天网弥四野"、其四十七"生命辰安在"、其十七"咄嗟行至老"等,都属于此类作品。魏末晋初,天下多故,名士少有全者,何晏、夏侯玄、嵇康等皆盛年被杀,不能不让人意识到,个体生命的把握几乎不在自己手中,忧生之嗟几乎是每个正直的知识分子必须直面的主题。

第四,隐喻讽刺。如其三十一"驾言发魏都",写战国时期魏王于大梁城东南筑吹台,专事享乐,其所演奏的音乐如今还在流传,而魏王本人呢?早已灰飞烟灭,音沉响绝。如果仅仅从咏史的角度理解此诗,那就降低了作品的思想高度。事实上,魏明帝后期好歌舞,尚荒淫,青龙三年(235)之后,尤大兴土木,劳民伤财,与战国时期亡国的魏王,差可相近。虽然魏明帝的政权掌控并无问题,更没有亡国,但是随后曹魏君主的大权旁落,为司马氏所灭,揆其所始,实源于魏明帝。其奢侈荒淫导致的结果,对于曹魏政权的延续而言,实在是致命的。其中的讽喻意义,亦不言自明。又如其六十七"洪生资制度"一诗,写一群知识分子在服饰、礼仪、行止、言语等方方面面的矛盾或悖反。阮籍所处的时代,由于正统价值观念的扭曲,出现了大量的伪君子,他们表里不一,言不由衷,金玉其外,败絮其中,追名逐利,趋炎附势,反复无常,毫无原则,却板着一副道德高士的面孔,既虚伪又阴险。此诗讽刺功力入木三分,揭露了伪善之士的丑恶嘴脸。阮籍此类作品甚多,诸如其六"昔闻东陵瓜"、其八"灼灼西隤日"、其十二"昔日繁华子"、其二十九"昔余游大梁"、其七十五"梁东有芳草"等,皆为讽刺隐喻之诗。出于保全自己的需要,他喜欢这种隐晦曲折的表达方式。

第五,隐逸高蹈。阮籍写了不少隐逸诗,他多次写到伯夷、叔齐,更是多次言及他们隐居的首阳山(一曰西山)。如其九"步出上东门"一诗,就写自己遥望首阳山,仿佛看见了正在采薇的山中隐士。又如其二十四"殷忧令志结",写自己孤独无依,对人生充满失望,期望高蹈世外,远游长生。与此厌世之情相应,阮籍写了很多企慕神仙生活的游仙诗。如其二十三"东南有射山"一诗,借用《庄子》中"藐姑射之山"的神人形象,而又加以想象和进一步神化,把《庄子》和《楚辞》中关于神仙的形象进行了复合,表达了自己的神往。他的笔下,王子乔、赤松子等仙界人物常常出现,日、月、星辰在他笔下也幻化出奇特烂漫的色彩。如其三十二"朝阳不再盛"一诗,写人世短促,浮生若寄,进而期待登上太华山,与赤松子一起遨游太空。此外如其二十六"朝登洪坡颠"、其二十八"若木耀西海"、其三十五"世务何缤纷"、其四十三"鸿鹄相随飞"、其四十四"儵物终始殊"、其五十五"人言愿延年"、其六十五"王子年十五"、其七十八"昔有神仙士"、其八十一"昔有神仙者"等,皆是隐逸游仙主题。而且,越是到了《咏怀诗》后半部分,此类题材的比例越高,这实际上反映出阮籍后期的思想取向。

《咏怀诗》主题的基本表现,主要在于以上五个方面,个别难以归纳成类型的,则略而不论。而且,在实际写作的过程中,同一首诗中也会表现出不止一个主题,彼此之间并不是截然分开而泾渭分明的,浑融在一起难以分割的也并不少见。

《咏怀诗》在艺术上取得了很高的成就,其最基本的特质表现在如下方面:

第一,重风骨。《文心雕龙·风骨》提出风骨的概念,云"结言端直,则文骨成焉;意气骏爽,则文风清焉"。陈子昂在此基础上,进一步提炼出"汉魏风骨"这一概念,显然其中的代表性作家是建安时期的三曹、七子以及正始时期的阮籍、嵇康。然而,如果再仔细思索一下陈子昂的《感遇诗》三十八首,则不难看出其与阮籍八十二首《咏怀诗》的内在联系,因此,用"汉魏风骨"来概括阮籍诗的风格,确实不该有任何疑问。那么,阮籍《咏怀诗》的"风骨"究竟体现在什么地方呢?首先,《咏怀诗》中有一种内在的力量。阮籍与前代诗人一个很大的不同之处,在于他特别善于写自己的傲岸与孤独,如其十七"独坐空堂上"写自己遗世独立的情怀,又如其五十七"惊风振四野"写满腔的悲愤抑郁,皆劲气内蕴,力透纸背。其次,《咏怀诗》中有一种特别的风致。如其一"夜中不能寐",写月上中天,银光匝地,清风徐来,襟带飘拂,孤鸿夜号,翔鸟悲鸣,意境朦胧,情调悲凉,虽然给人苦涩的况味,却也有一种难以言喻的美感。此外如其五十写"清露为凝霜,华草变蒿莱"的世事无常,其八十写"不见季秋草,摧折在今时"的阴霾肃杀,都能把思想感情表现得鲜明爽朗,文辞劲健有力。陈子昂在《修竹篇序》中所说的"骨气端翔,音情顿挫,光英朗练,有金石声",如果用来概括阮籍的《咏怀诗》,也是恰如其分的。

第二,有深情。阮籍《咏怀诗》的感人之处,是笔端常带感情。阮籍写了多种感情,如其三十三"一日复一夕"一诗,写日往月来,颜色顿改,精神损消,万物变化,无可遁逃,胸怀汤火,如履薄冰,这是精神找不到出路的幻灭感,忧生惧祸之情深蕴其中。又如其三十九"壮士何慷慨"一诗,写壮志凌云,报国心切,激昂慷慨,踌躇满志,这是难得一见的豪情满怀。阮籍写得最多的,是人生短促的感慨,如《咏怀诗》三十二"朝阳不再盛"写朝阳不再,光景西流,人生如寄,天道邈邈,沉重与悲哀充斥于笔端。东汉末年,《古诗十九首》的出现,标志着诗歌重回抒情传统,文学开始着重表现人的内心。经过建安文人的标举,这个传统得到了强化。阮籍是建安文学的忠实继承者,也是发扬光大者,他的《咏怀诗》可谓一往情深。《世说新语·伤逝》载王戎之语云:"圣人忘情,最下不及于情,情之所钟,正在我辈。"在竹林七贤中,阮籍与王戎是忘年之交,思想特别相通,重情是他们性格中的共同之处。冯友兰谈魏晋风流时,归纳了四点:玄心、洞见、妙赏、深情①,谈魏晋风流是离不开阮籍的,而阮籍的风流最明显的体现,就是他的《咏怀诗》。

第三,善比兴。阮籍之前的《诗经》《楚辞》及古诗中,都有大量的比兴手法,到了阮籍手中,这种手法得到了发扬光大。如其一"夜中不能寐"之"孤鸿号外野,翔鸟鸣北林"和其十七的"独坐高堂上"之"孤鸟西北飞,离兽东南下",都用了比的手法,含蓄地写出自己的孤独、忧伤。又如其五十八"危冠切浮云"一诗,表面写精骛八极、心游万仞的逍遥生活,实际上在现实生活中根本没有可能,只能借助这样的想象,达到精神上佯狂、放旷的目的,其中象征的意味远远大于现实的行为。前文谈到阮籍的《咏怀诗》中有大量的游仙题材,其实就是比兴手法的密集体现。阮籍非常善于营造气氛,如其九"步出上东门"之"寒风振山冈,玄云起重阴"句、其十六"徘徊蓬池上"之"朔风厉严寒,阴气下微霜"句,皆非简单地描摹实景,而是刻意描写一种阴冷、凄凉、肃杀的气氛,暗示现实生活的严酷、黑暗、恐怖,字里行间有强烈的感情。总的说来,阮籍大量使用比兴手法,使其诗歌表现得含蓄、委婉,避免了直露、浅白。

第四,多隐晦。阮籍的《咏怀诗》大部分不那么容易理解,如其四"天马出西北"一诗,就写得非常模糊,其中"朝为媚少年,夕暮成丑老"一句,到底要表达什么,让人摸不着头脑,引起古今学者的无数猜测。再如其三十一"驾言发魏都"一诗,写战国时魏王穷奢极侈导致亡国一事,究竟隐喻什么,虽然学者多认为是影射魏明帝,但终究难以绝对认定,甚至其中究竟有没有影射,也未完全见得。正因为阮籍把诗歌写得如此隐晦难解,后世乃有"阮旨遥深"之评。② 之所以如此,诚如颜延之等所言:"嗣宗身仕乱朝,常恐罹谤遭祸。因兹发咏,故每有忧生

---

① 冯友兰:《三松堂小品》,北京出版社,1998,第281—294页。
② 刘勰:《文心雕龙》,中华书局,1985,第9页。

之嗟。虽志在讥刺,而文多隐避,百代以下,难以情测。"①就是说,阮籍为了避祸,故意把诗写得隐晦曲折,这是合情合理的推测。但是,阮籍本人的情趣和审美价值观念,可能也是不容忽视的方面。换言之,他喜欢将诗写得曲折朦胧,也喜欢用艰涩的词语、深僻的典故,营造幽深、隐晦的氛围。不仅是诗,阮籍的文也同样能体现出这样的特色。

阮籍的《咏怀诗》无论在内容,还是形式上,无论在思想,还是艺术上,都取得了伟大的成就,这在文学史上已成定评。但是,用八十二首的数量,写大致五六种主题的诗歌,不可避免地会出现重复与凌乱。这一点清人沈德潜早已指出过,今人邱镇京则细致地进行了对照和列举,诸如"徘徊空堂上"(其七)、"徘徊蓬池上"(其十六),"白日忽蹉跎"(其五)、"朝阳忽蹉跎"(其二十七),"登高望所思"(其十五)、"登高眺所思"(其十九)、"临路望所思"(其三十七),"长剑倚天外"(其三十八)、"长剑出天外"(其五十八),"念我平常时"(其六十一)、"念我平居时"(其六十七),诸如此类,不胜枚举。② 还有更严重的,如其九云"步出上东门,北望首阳岑",其六十四云"朝出上东门,遥望首阳基"。再如,其三十三前四句为:

一日复一夕,一夕复一朝。颜色改平常,精神自损消。

而其三十四前四句为:

一日复一朝,一昏复一晨。容色改平常,精神自飘沦。

这种重复,几乎是令人难以容忍的。还有另一些方面的重复,也给诗歌带来损害,如意象与用典,光王子乔这一形象,出现了九次,赤松子出现了七次,白日出现了六次。不过,由于阮籍的《咏怀诗》流传既久,已非原貌,我们还不能就此认定这些重复全部是阮籍的问题,因为流传过程中形成的舛误,所在多有。目下流传的八十二首《咏怀诗》,已未必绝对是阮籍本人的原创之作。

这样评价阮籍的《咏怀诗》,无损于作者和作品的伟大。事实上《咏怀诗》

---

① 颜延年、沈约等注《文选》卷二十三阮籍《咏怀诗十七首》,第322页。
② 邱镇京:《阮籍咏怀诗研究》,台湾文津出版社,1980,第216—217页。

一直受到后人的重视,甚至追捧。《文选》特别设立"咏怀",将其作为一类,并从阮籍的《咏怀诗》中选出十七首,作为典范,供后人学习。阮籍之后,陶渊明有《杂诗》十二首,江淹有《效阮公诗》十五首,庾信有《拟咏怀》二十七首,陈子昂有《感遇》三十八首,张九龄有《感遇》十二首,李白有《古风》五十九首,精神上与阮籍的《咏怀诗》一脉相传。正因为历代伟大诗人都倾心学习阮籍,"咏怀"乃成为诗歌题材的一个重要系列,在漫长的文学史上源远流长。可以这样说,无论是内容,还是形式,阮籍的《咏怀诗》都给后代诗歌提供了丰厚的滋养,无愧于五古抒情诗的典范。

(胡旭,男,厦门大学中文系教授、博士生导师。出版过《汉魏文学嬗变研究》等)

刘伶《酒德颂》脞论
——以萧统《文选》颂类为中心

张亚军

昭明太子萧统所编《文选》辑录了 39 种文体,其中颂类作品有 5 篇入选①,分别是王褒《圣主得贤臣颂》、扬雄《赵充国颂》、史岑《出师颂》、刘伶《酒德颂》和陆机《汉高祖功臣颂》。作为汉魏六朝颂文的代表,这些作品的典型意义不言而喻。颂之文体功能本是褒赞成功,弘扬德业,而刘伶《酒德颂》虽以颂命名,实则类赋。其文不涉国政,不关军情,唯摹写人物,抒写性情,凸显魏晋名士的超脱情怀,在主题和行文方面与其他四篇颂文殊有不同。本文试以刘伶《酒德颂》为中心,结合颂体的发展演变特征,深入探讨《文选》编者的选文特点及其颂体观。学识浅陋,祈请指正。

一、颂义

颂之文体,起源甚早,《诗经》"六义"有"风、雅、颂、赋、比、兴"。颂之含义,前贤论之详矣,如《毛诗序》曰:"颂者,美盛德之形容,以其成功告于神明者也。"②郑玄细而论之:"颂之言容。天子之德,光被四表,格于上下,无不覆焘,无不持载,此之谓容。于是和乐兴焉,颂声乃作。"③西晋挚虞《文章流别论》言:"颂,诗之美者也,古者圣帝明王,功成治定,而颂声兴,于是史录其篇,工歌其章,以奏于宗庙,告于鬼神;故颂之所美者,圣王之德也。"④刘勰《文心雕龙》亦

---

① 本文所引《文选》颂类作品俱自萧统《文选》,中华书局,1977,第 658—667 页,各句具体页码不再一一标注。
② 萧统:《文选》,中华书局 1977 年版,第 637 页。
③ 毛亨:《毛诗正义》,见阮刻《十三经注疏》,中华书局,1980,第 581 页。
④ 严可均:《全上古三代秦汉三国六朝文》,第 2 册,中华书局,1958,第 1905 页。

云:"四始之至,颂居其极。颂者,容也,所以美盛德而述形容也……风雅序人,事兼变正;颂主告神,义必纯美。"①可见,颂乃《诗经》四始之一,其意为"容",有颂扬美德、褒赞成功之意。颂文的创作目的是为了端告神明以显圣王之德,颂文的体式风格是须从雅正,要做到文理允备,即"颂惟典雅,辞必清铄"②。作为一种重要文体,颂文要遵守一定的规范要求。先秦至汉,颂体萌生发展并确定体式,呈现出由正体向变体的演化特征。魏晋时期,随着人们文学观念的觉醒和文学创作的丰富,颂体与其他文体之间旁衍和渗透的状况更加明显,萧统《文选》颂文的选录情况就印证了这一现象。

《文选》卷四十七颂类共收录颂文5篇,除了刘伶《酒德颂》之外,其他4篇作品的内容基本符合颂文的文体要求,或写帝王功臣,或写军国政事,非常明显倾重于政治内容而突显颂扬之义。如王褒《圣主得贤臣颂》立足于圣主与贤才之间的关系,表现出"圣主必待贤臣而弘功业,俊士亦俟明主以显其德"的主题。扬雄《赵充国颂》赞扬了虎臣赵充国将军"料敌致胜,威谋靡亢"的特点及其为国奋旅、讨伐西羌的丰功伟业。史岑《出师颂》则称誉东汉外戚邓骘出师北疆、平定西羌的功绩。陆机《汉高祖功臣颂》列举萧何、张良、曹参、陈平、韩信、黥布、樊哙等31位功臣,"诜诜众贤,千载一遇",充分肯定他们帮助刘邦建功立业、定天下、安社稷的壮举。这4篇颂文事关国政,颂德述容,无论颂事还是颂人,均不失雅音,涵蓄有致。相比之下,刘伶《酒德颂》的主题内容是以摹写"大人先生"醉酒的情态为主,显现了"无思无虑,其乐陶陶"、超越世事、蔑视礼法的竹林名士之心态。《酒德颂》中的"大人先生"是刘伶构化的一位超现实的理想人物,他"以天地为一朝,万期为须臾。日月为扃牖,八荒为庭衢。行无辙迹,居无室庐。幕天席地,纵意所如……唯酒是务,焉知其余"。这样一位达人在面对搢绅处士"闻吾风声,议其所以"时,"乃奋袂攘襟,怒目切齿。陈说礼法,是非锋起",兀然而醉之际却能豁然而醒,遂俯观万物,纵意所如。可见,刘伶此文是以人物描写的方式来表现"大人先生"的行为和道德,重在指事述意,非唯敬慎褒赞。与《文选》其他4篇颂文相较,其文在短,其意在小。按照颂体规范,"颂以

---

① 范文澜:《文心雕龙注》,人民文学出版社,1958,第156—157页。
② 同上书,第158页。

褒述功美,以辞为主,故优游彬蔚"①,"颂须铺张扬厉,而以典缛为贵"②,以此观之,刘伶《酒德颂》的创作主题和艺术表现并不符合这些要求。

《文选》选录的颂文,其作者起于西汉王褒,终于西晋陆机,东晋及南朝宋齐梁时期的作品诸如名篇鲍照的《河清颂》、江淹的《草木颂》等并未择入,这种情况说明《文选》编者比较认可和推崇汉晋之间的颂文作品。不过,汉魏时期,很多文学名家均有颂文产生,体式规范、内容丰富者不乏其例,如蔡邕《陈留太守行县颂》《祖德颂》,王粲《太庙颂》,曹植《孔子庙颂》《皇太子颂》《列女传颂》《母仪颂》等,内容多是颂美扬德,风格雅正典则,但均未入选《文选》。萧统《文选序》曾言:"颂者,所以游扬德业,褒赞成功。"③说明他非常认可颂文褒扬和颂美的文体功能。然而汉魏颂文,《文选》独选《酒德颂》为代表,是因竹林名士的风采还是刘伶"酒仙"的美誉? 抑或是"酒德"之主题,还是《酒德颂》独具的"奇文"魅力呢?④ 所以,刘伶《酒德颂》入选《文选》的原因引人深思。

从颂文的传统主题来看,《酒德颂》无疑在很大程度上偏离了颂文的创作方向。它以敷写描摹的方式塑造了"大人先生"这个人物,传达作者超越世事、崇尚自我的精神境界。《酒德颂》篇幅不长,但却是刘伶"意气所寄"⑤,所谓"颂酒虽短章,深衷自此见"⑥,"诗文岂在多,一颂了伯伦"⑦。可见,这篇文章表达了刘伶真实的思想、深刻的感情,文中的"大人先生"也承载了刘伶本人很多性情特征。刘伶嗜酒放旷,"大人先生"饮酒时"操卮执觚""挈榼提壶",放任时"捧罂承槽,衔杯漱醪。奋髯踑踞,枕曲藉糟";刘伶超越礼法,"大人先生"与贵介公子论争时,"乃奋袂攘襟,怒目切齿";刘伶睥睨傲物,"大人先生"则俯观万物扰扰如浮萍,豪富在侧不过是蜾蠃和螟蛉。如此生动的形象描写、鲜明的人物个性正是魏晋名士潇洒超迈的神韵体现。"大人先生"虽是刘伶虚构的人物,但与"竹林七贤"另一名士阮籍塑造的《大人先生传》中的人物有所同,亦有所不同。

---

① 萧统:《文选》卷十七陆机《文赋》,李善注,中华书局,1977,第241页。
② 吴讷:《文章辨体序说》,人民文学出版社,1962,第47页。
③ 萧统:《文选》,中华书局,1977,第2页。
④ 王晓东《昭明太子与竹林七贤》言:"(与阮籍《大人先生传》)相比之下,《酒德颂》既没有直接斥责礼法之士,行文又多用骈辞俪句,其为《文选》录用自在情理之中。"《焦作师范高等专科学校学报》2011年第2期。
⑤ 余嘉锡:《世说新语笺疏》,上海古籍出版社,1993,第250页。
⑥ 颜延之:《五君咏》,见逯钦立《先秦汉魏晋南北朝诗》宋诗卷五,中华书局,1983,第1235页。
⑦ 苏轼语,引自朱弁《风月堂诗话》卷上,见《风月堂诗话 藏海诗话 碧溪诗话》,中华书局,1991,第21页。

同处在于两人笔下的"'大人先生',既体现玄学家的理想境界,又表现出作者所企慕人格"①,都有傲视礼法的行为表现;异处则是刘伶《酒德颂》中的"大人先生"更多地透示出他爱酒、饮酒、醉酒的鲜明的个性特征。二者"精神完全一致,只是阮文更周详,更缜密,发挥玄学理致更全面,批判礼法君子也更尖锐而已"②。相较之下,刘伶是以更具体的行为描写来展示"大人先生"酒后"无思无虑,其乐陶陶"的状态。《酒德颂》以颂为名,称赞的对象、目的与意义即在于此。

《酒德颂》顾名思义,其主题是颂扬酒德,彰显情理。在中国传统文化体系中,酒德是一项非常重要的内容。据历史记载,夏商帝王的失德均与酒相关,或酗酒,或溺酒,都给国家带来了很大危害。因此,周公制周礼而成《酒诰》,言:"克用文王教,不腆于酒,故我至于今,克受殷之命"③,规定了禁酒的法令,警示人们要遵守礼法,不要因饮酒而失礼失德。"《酒诰》所涉及的儒家酒德伦理思想,其核心要旨,是引导人们用政治观念去审视酒事活动,把饮酒行为与国家治乱现象相联系,并由此形成国家政治生活中'饮酒亡国'论或'酒祸'论的基本酒德政治意识。"④可见,酒德是立足于传统儒家文化范畴内的有德之礼。"君子以之败德,小人以之速罪,耽之惑之,鲜不及祸。"⑤儒家文化规范酒德的出发点正是告诫人们勿以酒乱政、勿以酒败德,不可耽于酒祸而毁于酒事。刘伶《酒德颂》名为颂扬酒德,但并非以传统颂文的表现形式直接称赞酒德,而是以人德显酒德,在展现"大人先生"这位饮酒者的行为与道德的同时进而彰显酒德,借助于"大人先生"这位其醉犹醒、超然物外的人物展示作者睥睨世情的精神风采。《酒德颂》的主题内容与儒家的酒德规范之间存在很多差异:周礼要求人们饮酒以礼,须有节制,而刘伶文章推崇的是饮酒自适,率性而为;周礼倡导人们要遵循儒家的礼仪规范,而刘伶颂扬的是道家循性而动、委运任化的精神境界。"大人先生"与贵介公子、搢绅处士围绕虚伪的礼法展开的论争"是非蜂起",异常激烈,显示出刘伶的道德观念与儒家思想规范之间的矛盾和冲击。颂者,美盛德之形容,刘伶是以"形容"的方式传达出他对酒德的理解和感悟。《酒德颂》中大人先生"兀然而醉,豁尔而醒"的状态,"静听不闻雷霆之声,熟视不睹

---

① 徐公持:《魏晋文学史》,人民文学出版社,1999,第168页。
② 同上书,第169页。
③ 孔颖达:《尚书正义》,上海古籍出版社,2007,第554页。
④ 黄修明:《〈尚书酒诰〉与儒家酒德文化》,《北京化工大学学报》2009年第1期。
⑤ 葛洪:《抱朴子》卷二十四《酒诫》,上海书店,1986,第144页。

泰山之形,不觉寒暑之切肌,利欲之感情"的超脱,乃是刘伶以具体的行为方式完成了对酒德内涵的阐释,即"无思无虑,其乐陶陶"。嗜好满足之乐,此为酒也;论争胜利之乐,此为理也;纵意所如之乐,此为人也。

由上可见,刘伶《酒德颂》的创作主题与传统颂文迥然不同,虽然取材在小,并非事关军国,但它借助描摹人物形态来抒写性情,彰显酒德,呈现出鲜明的个性色彩。有人说《酒德颂》是游戏文章,命意荒诞①,其实则不然。作为"竹林七贤"的创作当中非常重要的一篇文学作品,《酒德颂》叙写的是作者超脱的思想、率然的性格以及抨击世事的自我,此为"事出于沉思";《酒德颂》的文风虽非典雅懿美,却也文简思清,新奇的构想与骈化的形式为其文增彩无限,是谓"义归乎翰藻"。诚然,《文选》编者正是以这样一种文学标准审验与核定《酒德颂》的入选,同时,也是以这样一种奇文共赏、疑义与析的态度来眷顾和择录《酒德颂》的。

二、颂体

汉魏六朝时期,各种文体众制蜂起,源流间出,随着时代的变化与文学创作的丰富,文体的发展也处于动态的演变过程中。纵向来看,颂文经历了由最初美盛德而述形容的正体,发展为短辞以讽、比类寓意或是罩及细物、褒贬杂居的诸多变体、谬体乃至讹体。岂唯如此,颂体与其他文体之间也存在相互交叠、旁衍、渗透等状况,这些现象在刘勰《文心雕龙》和萧统《文选》当中均有反映。

《文选》颂类作品的时间跨度是汉晋之间,正是文学自觉、文体发展的重要时期。细而察之,入选的5篇颂文的文体特征多有不同,能够切实地反映出《文选》编者的颂体观。汉代作家王褒的《圣主得贤臣颂》、扬雄的《赵充国颂》、史岑的《出师颂》"皆庙堂之制,奏进之篇。垂诸典章,播诸金石者也"②,其特征是"拜扬殿陛,敷颂功德,同体对越,表里诗书"③,义严气厚,雄而不矜。相比之

---

① 郭宝军《中古颂文研究》言:"(刘伶《酒德颂》)赞美纵酒任诞,蔑视礼法的生活,实乃游戏文章。"广西师范大学2003年硕士论文,第57页。又许红英《〈文选〉颂体文初探》言:"刘伶以诙谐的语调描写了与酒的深情厚谊,措辞随意,命意荒诞,文风近似赋体中的游戏之作,与所谓典雅、敬慎的颂体判然有别。"《枣庄师范专科学校学报》2004年第3期。
② 李兆洛:《骈体文钞》目录,上海古籍出版社,2001,第7页。
③ 李兆洛:《骈体文钞》目录,上海古籍出版社,2001,第7页。

下,刘伶《酒德颂》与陆机《汉高祖功臣颂》作为魏晋杂颂的代表①,艺术表现与前三篇颂文显然有别,"指事欲其曲以尽,述意欲其深以婉"②,实为颂之变体。前已分析,刘伶《酒德颂》名虽为颂,实则类赋,这种创作手法与汉代马融之《广成颂》《上林颂》"雅而似赋"③的表现方法同出一辙,而且,《酒德颂》作为魏晋颂文的代表列入《文选》颂类,说明在编者看来,即使其文形式类赋,有"弄文而失质"④之嫌,它的文体属性依然还是颂体。陆机的《汉高祖功臣颂》篇幅较长,有繁冗之积,名虽为颂,内容却褒贬杂居,所以,刘勰讥其"固末代之讹体也"⑤。但即使如此,《文选》依然择录于内,视为西晋颂文之典范。这些情况说明《文选》编者的颂体观具有非常明显的泛文学特征,在他们看来,诸如刘伶《酒德颂》和陆机《汉高祖功臣颂》这样的杂颂作品,可以作为魏晋颂文的典型代表而纳入颂文体系。这一立场同时也表明,颂体在南朝梁代文学批评背景下,其文体功能在体现传统颂文褒赞德业的同时,呈现出明显的杂化趋势。

刘师培云:"文虽小道,实与时代而迁变"⑥,文体迁变是文学发展的必然。颂文的最初特点体现在重美、重形容、重告于神明⑦,但随着时代的变化,后人颂作趋新求变,其形制与三代之颂已是殊途甚远。挚虞《文章流别论》曾论述颂体的古今之变,其云:

> 昔班固为《安丰戴侯颂》,史岑为《出师颂》《和熹邓后颂》,与《鲁颂》体意相类,而文辞之异,古今之变也。扬雄《赵充国颂》,颂而似雅,傅毅《显宗颂》,文与《周颂》相似,而杂以风雅之意。若马融《广成》《上林》之属,纯为

---

① 李兆洛《骈体文钞》目录列班固和史岑《出师颂》为颂类,王褒《圣主得贤臣颂》为杂扬颂类,刘伶《酒德颂》和陆机《汉高祖功臣颂》为杂颂类。上海古籍出版社,2001,第1页、第6页。
② 李兆洛:《骈体文钞》目录,上海古籍出版社,2001,第8页。
③ 范文澜:《文心雕龙注》,第157页。
④ 同上书,第157页。
⑤ 同上书,第158页。
⑥ 刘师培:《论文杂记》,见陈引驰编校《刘师培中古文学论集》,中国社会科学出版社,1997,第234页。
⑦ 刘师培:《〈文心雕龙〉讲录二种》言:"析其涵义,第一重美……是风雅可有美刺,颂则有美无刺也。其次重形容……故形容盛德必舞与声相应以方物之也。又次重告于神明……是知告于神明乃颂之正宗也。逮及《鲁颂》,多美僖公,不皆祭神之词,是颂体之渐变。"见陈引驰编校《刘师培中古文学论集》,中国社会科学出版社,1997,第149—150页。

今赋之体,而谓之颂,失之远矣。①

挚虞概括了汉代颂文的变化特点:日趋杂化,颂而似雅,甚至如马融的颂文创作纯粹采用赋体的表现手法,与原初的颂体规范已是失之甚远。刘勰非常赞同挚虞的观点,称其评论"颇为精核"②,并且从通变的角度阐述了颂文在发展过程中所呈现的变体、谬体、讹体等特点。刘勰指出,容告神明谓之颂,周公《时迈》篇作为"规式存焉"。后来出现的《鲁颂》直言不咏,意有所讽,乃颂之变体。屈原《橘颂》,覃及细物,比类寓意,实则又一变体。汉晋时期,作家增多,作品丛出,颂文体式多变,日趋繁杂,其曰:

> 汉之惠景,亦有述容。沿世并作,相继于时矣。若夫子云之表充国,孟坚之序戴侯,武仲之美显宗,史岑之述熹后,或拟《清庙》,或范《駉》《那》,虽浅深不同,详略各异,其褒德显容,典章一也。至于班傅之《北征》《西征》,变为序引,岂不褒过而谬体哉!马融之《广成》《上林》,雅而似赋,何弄文而失质乎!又崔瑗《文学》,蔡邕《樊渠》,并致美于序,而简约乎篇……及魏晋杂颂,鲜有出辙。陈思所缀,以《皇子》为标;陆机积篇,惟《功臣》最显。其褒贬杂居,固末代之讹体也。③

刘勰结合颂体初义,肯定了汉代扬雄《赵充国颂》、班固《安丰戴侯颂》、傅毅《显宗颂》和史岑《和熹邓后颂》等褒德显容、取范雅颂的创作,认为这些作品虽特点不同,但都遵从了颂体雅正典则的体式要求。刘勰批评班固《北征颂》、傅毅《西征颂》重视铺叙,存在"褒过"的倾向,反而破坏了颂体体制,故称之"谬体"。陆机《汉高祖功臣颂》褒贬共存,繁杂多变,刘勰遂称之"讹体"。从正体到变体,再到谬体、讹体,不同的称谓喻示了汉晋之间颂体复杂多变的衍化特征。因此,"颂名至广,用之者或以为局,颂类至繁,而执名者不知其同然,故不可以不审察也"④。

---

① 挚虞:《文章流别论》,见严可均《全上古三代秦汉三国六朝文》第2册,中华书局,1958,第1905页。
② 范文澜:《文心雕龙注》,第158页。
③ 同上书,第157—158页。
④ 黄侃:《文心雕龙札记》,上海古籍出版社,2000,第72页。

前已述及，魏晋颂文除刘伶《酒德颂》、陆机《汉高祖功臣颂》之外，尚有许多题材丰富、褒扬成功、颂人或颂物的作品。如与德业相关者，有曹植《学宫颂》《孔子庙颂》《贤明颂》，何晏《瑞颂》，左棻《德柔颂》《神武颂》，庾峻《祖德颂》，庾阐《乐贤堂颂》，傅玄《魏德颂》，傅咸《皇太子颂》，挚虞《太康颂》《释奠颂》等。此期兼及细物、以物寓意的作品更多，如王粲《灵寿杖颂》，陈琳《砚颂》，曹植《社颂》《宜男花颂》《柳颂》，三国吴时薛综《麟颂》《凤颂》《驺虞颂》《白鹿颂》《赤鸟颂》《白鸟颂》，左棻《郁金颂》《菊花颂》《神武颂》，成公绥《菊颂》以及挚虞《连理颂》等，可见，魏晋颂文名类增多，形式多变，杂化倾向愈发明显。黄侃先生认为可以从广狭二义来理解颂体："是则颂之谊，广之则笼罩成韵之文，狭之则唯取颂美功德……其体或先序而后结韵，或通篇全作散语。又或变其名而实同颂体，则有若赞，有若祭文，有若铭，有若箴，有若诔，有若碑文，有若封禅，其实皆与颂相类似。"①据此，颂文的杂化倾向主要有两种表现：一是名虽为颂，实则类赋，如刘伶《酒德颂》；二是名虽非颂，实则与颂义相似或相同，如箴、铭、赞等文体。然则《文选》并未选择那些颂人或颂物的作品入内，而是撷取刘伶《酒德颂》这样一篇被后人列为杂颂甚至视为辞赋的作品②，说明《文选》编者一定程度上接受这种杂化的文体状况。由此，《酒德颂》的主题虽然不是扬厉休功、述美盛德，但它依然可以作为杂颂的代表被纳入《文选》的颂类体系。

文体的形成与发展正是在树立常体、遵循惯体而又突破常体的过程中得以明辨和推进的，一种新风格的塑造是要通过融合，即多种文学风格的交叠、不同文体的渗透才能实现。南朝时期，一些学者业已意识到这一变化特点，如张融《门律自序》言："夫文岂有常体，但以有体为常，政当使常有其体。"③钱锺书先生释曰："'岂有常体'与'常有其体'相反相顺，无适无莫，前语谓'无定体'，'常'如'典常''纲常'，后语谓'有惯体'，'常'如'寻常''平常'之'常'。"④文体产生之初，形成常体、惯体，而此体又常常会被后来作者打破，尤其是名家的创作。因此，钱先生总结道："足见名家名篇，往往破体，而文体亦因以恢弘焉"⑤，这是文体学的发展规律。刘勰《文心雕龙·通变》篇曾述及古今文体之

---

① 黄侃：《文心雕龙札记》，第72页。
② 姚鼐：《古文辞类纂》卷七十列刘伶《酒德颂》为辞赋类，中国书店，1986，第1296页。
③ 严可均：《全上古三代秦汉三国六朝文》第3册，第2875页。
④ 钱锺书：《管锥编》第3册，中华书局，1986，第889页。
⑤ 同上书，第890页。

变,其言:"夫设文之体有常,变文之数有方,何以明其然耶? 凡诗赋书记,名理相因,此有常之体也;文辞气力,通变则久,此无方之数也。"①一种文体的形制规格乃是历代因袭、众多作家创作积累的结果,具有一定的格式规范和体式要求,此为常体。由于作家气性不同,所以,同一种文体创作也会呈现不同的创作风格,此为变体。因此,刘勰强调:审视古今文体之变,一定要以"参伍以相变,因革以为功"②的通变态度来看待文体的发展。另外,不同文体之间的同体异用、交汇叠合的情况也不容小窥。罗宗强先生指出:"不同文体的互相渗透,主要就写法而言,功用、目的不变,而写法(或者叫表现手法)相互影响。但也有称名不变而内容发生变化的,如颂。颂原为颂美功德,后来发展到颂物。发展到颂物时,颂之对象虽不同,而颂之义仍存。但是,发展到颂而论理,则颂名存而颂义已消失,用以称名的基础不得存在,如王融写了大量说理的颂。这类颂,已无颂义,而称颂名。这是文体发展过程中一种值得探讨的现象。"③汉晋之间不同文体之间相互渗透、相互影响是文体发展的实际状况,同时,也正是这种力量推进了各文体的不断演进。《文选》颂文的五位作者分处于不同时期,西汉中期王褒、西汉中后期扬雄、东汉史岑、魏刘伶、西晋陆机,他们的创作客观地反映了颂体随时代而变迁的轨迹,这是显而易见的。

刘勰总结颂文的形制特点时言:"原夫颂惟典懿,辞必清铄,敷写似赋,而不入华侈之区;敬慎如铭,而异乎规戒之域;揄扬以发藻,汪洋以树义,虽纤巧曲致,与情而变,其大体所底,如斯而已。"④颂文的写作要求是典雅懿美的风格与清丽言辞的统一。颂文创作可以采用辞赋铺写描摹的方式,但不能过分夸饰辞藻,须以敬慎的态度来褒赞德业、颂扬成功,从而很好地发挥词藻的作用以显现深刻的内涵。文章即使细巧曲致,但也可以达到词显情达的艺术效果。就此而言,刘伶《酒德颂》虽与颂文典懿敬慎的要求不相吻合,但其文敷写似赋而不入华侈,纤巧曲致而性情自现,在某些方面它与颂文的特点却是交织和重合的。与魏晋时期那些专注咏物的颂作相比,《酒德颂》具有的思想意义以及错比文华的审美特征还是非常突出的。

---

① 范文澜:《文心雕龙注》,第519页。
② 同上书,第694页。
③ 罗宗强:《我国古代文体定名的若干问题》,见吴承学、何诗海编《中国文体学与文体史研究》,凤凰出版社,2011,第11页。
④ 范文澜:《文心雕龙注》,第158页。

因此，《文选》颂类的五篇文章代表了三种颂文类型：一是西汉王褒《圣主得贤臣颂》，义典则弘，不失雅音，但其形制与先秦颂文殊有不同，故"后人亦遂无效之者"[①]。二是扬雄《赵充国颂》和史岑《出师颂》，褒赞功业，述写政事，文辞典雅，较为规范，乃是两汉颂文的代表。三是刘伶《酒德颂》和陆机《汉高祖功臣颂》，前者名为颂体，实为赋体陈说；后者篇幅过大，繁冗有加。二者皆属"杂颂"，是颂之变体。《文选》颂文的载录体现了汉晋时期颂体由简至繁的衍化趋势。总之，《文选》编者择定刘伶《酒德颂》入选颂类，一是认可它的颂体性质，二是认同"酒德"之主题，三是欣赏其从容率情的风格，四是推崇其联辞结采的文藻。《文选》编者的选择不仅是出于奇文共赏的态度，而且也是其颂体观的集中体现。

(张亚军，河南大学文学院)

[①] 李兆洛：《骈体文钞》，第39页。

从萧齐宗室之争考察刘勰之丕植优劣论

周兴陆

曹丕与曹植的兄弟恩怨、才性高下,为世人所津津乐道,是政治史和文学史上一个备受争议的话题。总体上看,扬植抑丕者多,褒丕贬植者少。刘勰《文心雕龙》对曹氏兄弟多有评论,特别是《才略》篇尤为详细。刘勰说:"魏文之才,洋洋清绮,旧谈抑之,谓去植千里。然子建思捷而才俊,诗丽而表逸,子桓虑详而力缓,故不竞于先鸣;而乐府清越,《典论》辩要,迭用短长,亦无懵焉。但俗情抑扬,雷同一响,遂令文帝以位尊减才,思王以势窘益价,未为笃论也。"①《才略》篇以1423字简要品评98位文人的文才识略,竟花费90个字来辨析曹氏兄弟,而且采用的是辩驳口气,可谓是具深心,有用意的。

刘勰论文学,"同之与异,不屑古今"②,富有独立不倚的精神,因此不满于"雷同一响";他所持的是大文学观,把《典论》之类子书也纳入范围,不同于他人仅仅就诗赋衡量曹丕、曹植的高下。但这还不足以彻底解释为什么刘勰如此严正地批驳"旧谈""俗情"而对曹氏兄弟作出新的评判。刘勰的深心用意,还需要作一番剖白。

一、曹氏兄弟恩怨"旧谈"的建构

刘勰所谓的"俗情抑扬,雷同一响",是指此前长期存在的扬植抑丕论,而这种抑扬是建立在关于曹丕、曹植为世子立嗣产生恩怨的"旧谈"上的。历史上是否真的发生过曹丕和曹植为立嗣世子而发生的争斗,这且不论。从文献记述上看,在刘勰撰写此书之前,曹氏兄弟的恩怨是"箭垛式"地被建构出来的。

---

① 刘勰撰,范文澜注《文心雕龙注》,人民文学出版社,1962,第700页。
② 刘勰撰,范文澜注《文心雕龙注·序志》,人民文学出版社,1962,第727页。

早在三国鼎立时期,魏、吴之间就爆发了激烈的舆论战,相互诋毁,"污名化"对方的国君。像《三国志·吴书·孙晧传》载孙晧锯断陈声头等,应该是敌方过甚其辞的诋毁,很难说是历史真实。《曹瞒传》出自吴人之手,此书虽佚,但是书名就是对曹操的诋毁,残存的片段多是给曹操的身世和人品编排一些猥琐的故事,奠定了曹操在后世"奸诈"形象的基础。

较早记载曹操立嗣问题的史书,是魏末晋初鱼豢的《魏略》。此书今虽不存,但裴松之注《三国志》多有摘引。试看《魏略》这几则:

> 太祖不时立太子,太子自疑。是时有高元吕者,善相人。乃呼问之,对曰:"其贵乃不可言。"问寿几何,元吕曰:"其寿,至四十当有小苦,过是无忧也。"后无几而立为王太子。至年四十而薨。(《三国志·魏书·文帝纪》注引)
>
> (曹)彰至,谓临淄侯植曰:"先王召我者,欲立汝也。"植曰:"不可。不见袁氏兄弟乎!"(《三国志·魏书·任城威王彰传》注引)
>
> 太子嗣立,既葬,遣彰之国。始彰自以先王见任有功,冀因此遂见授用,而闻当随例,意甚不悦,不待遣而去。(同上)
>
> 初植未到关,自念有过,宜当谢帝。乃留其从官著关东,单将两三人微行,入见清河长公主,欲因主谢。而关吏以闻,帝使人逆之,不得见。太后以为自杀也,对帝泣。会植科头负铁锧,徒跣诣阙下,帝及太后乃喜。及见之,帝犹严颜色,不与语,又不使冠履。植伏地泣涕,太后为不乐。诏乃听复王服。(《三国志·魏书·陈思王植传》注引)①

从这几则传记可以看出,曹操的确在立太子问题上犹豫不决;曹丕也一度为此紧张和不安;曹彰性格急躁,义愤于颜;曹植没有争夺立嗣的意图,为此前的任性而悔过不安,文帝待之严苛。但鱼豢《魏略》没有涉及曹丕与曹植为立嗣直接争斗的情形。

鱼豢撰《魏略》,动笔于魏末,成书于晋初。② 他是站在司马氏的立场上来写曹魏历史的,如他详细地记述太祖如何纳何晏母,收养何晏,晏"性自喜,动静

---

① 陈寿撰,裴松之注《三国志》,中华书局,1964,第57、557、557、564页。
② 罗秉英:《〈魏略〉的上限和下限——兼说〈魏略〉成书年代》,《古籍整理研究》1989年第1期。

粉白不去手,行步顾影"①等等。明人陈绛就说:"此《魏略》用司马家诬说耳,岂信史乎!"②意谓这是鱼豢站在司马集团的立场上对曹魏君主的诬陷。

比鱼豢撰《魏略》稍晚,陈寿在西晋灭吴的280年后鸠合魏、吴、蜀三书成《三国志》,其中也屡屡提及曹操为立太子事的踌躇。如:

> (曹)植既以才见异,而丁仪、丁廙、杨修等为之羽翼。太祖狐疑,几为太子者数矣。而植任性而行,不自雕励,饮酒不节。文帝御之以术,矫情自饰,宫人左右并为之说,故遂定为嗣。(《三国志·魏书·陈思王植传》)
>
> 时未立太子,临淄侯植有才而爱。太祖狐疑,以函令密访于外。(《三国志·魏书·崔琰传》)
>
> 时太子未定,而临淄侯植有宠。(《三国志·魏书·毛玠传》)
>
> 是时,文帝为五官将,而临淄侯植才名方盛,各有党与,有夺宗之议。文帝使人问诩自固之术。(《三国志·魏书·贾诩传》)③

陈寿的这些记述,强调曹植有才,受到曹操的宠爱,差点儿被立为太子,曹植和曹丕两边都各有支持者。曹植任性妄动,而曹丕矫情自饰,善于谋划,结果立定了曹丕为太子。陈寿还记述了曹植的怨望之情,特别是在《文帝纪》末评曰:"若加之旷大之度,励以公平之诚,迈志存道,克广德心,则古之贤主,何远之有哉!"既称赞曹丕近乎古之贤主,又遗憾他气度褊狭,待诸弟无诚爱之德。

陈寿和鱼豢的记述,恐怕不是空穴来风。一方面,乱世里,在立嗣的问题上立长还是立才往往是诸侯们格外费神的事。传统的礼制是立长,但乱世更需要有才干的君主起来创立基业。当时袁绍、刘表、孙权都在立嗣的问题上反复犹豫过,曹操在曹丕、曹植之间举棋不定,也是情理之中的事。另一方面,鱼豢《魏略》定稿于晋初,陈寿撰成《三国志》在晋初太康年间。西晋初年的司马皇室遇到了与曹魏当年一样的问题。早在司马昭掌握曹魏实权的魏末,就为司马炎和司马攸谁立为世子的事费尽脑汁。司马炎代魏建晋即位后,对弟弟齐王司马攸处处防范,即使知道太子"不慧",也不忍心废掉。结果齐王司马攸被排挤出朝,

---

① 陈寿撰,裴松之注《三国志·魏书·曹爽传》,第292页。
② 陈绛:《金罍子》中编卷五,明万历三十四年刻本,第10a页。
③ 陈寿撰,裴松之注《三国志》,第557、368、375、331页。

在外发病而死。晋初司马氏在立嗣问题上的犹疑,是陈寿和鱼豢记述三国历史时关注立嗣之争的现实语境,甚至可以说他们记述三国时曹操等诸侯在立嗣上的教训,暗含警示晋文帝或晋武帝以及朝臣殷鉴不远的用意。鱼豢曾说:"假令太祖防遏植等在于畴昔,此贤之心,何缘有窥望乎?"①这话与其说是在责怪曹操,不如说是讲给晋文帝司马昭听的。对于《三国志》的一些记载,裴松之就曾说是"存录以为鉴戒"②。甚至我们可以大胆地类比,晋武帝司马炎、齐王司马攸、晋惠帝司马衷之间的关系,不就是曹丕、曹植和魏明帝之间关系的翻版吗?如果说司马代魏是曹魏代汉的重演的话,未尝不可说司马皇室的立嗣问题乃是曹氏宗室立嗣问题的重演。

但陈寿只点出了曹植的任性和文帝的机谋,兄弟之间存在"携隙",并没有记述曹植和曹丕之间发生冲突。随着晋武帝去世,晋惠帝继位,晋皇室的矛盾从争夺立嗣转为宗室向皇权发难。参加"八王之乱"的,除了晋惠帝的叔伯外,还有其亲弟楚王司马玮、长沙王司马乂和从弟齐王司马冏,兄弟之争成为皇室内的严重问题。相应地,对曹魏历史的叙事,重心也就从曹操立嗣的犹豫转向了曹丕、曹植兄弟之间的斗争。陈寿只说曹丕"御之以术",从西晋郭颁开始,就敷衍出了各种机诈谋略。郭颁《世语》载:

> 魏王尝出征,世子及临淄侯植并送路侧。植称述功德,发言有章,左右属目,王亦悦焉。世子怅然自失,吴质耳曰:"王当行,流涕可也。"及辞,世子泣而拜,王及左右咸歔欷,于是皆以植辞多华,而诚心不及也。③

这就正面描写了曹丕与曹植之间的勾心斗角。裴松之批评郭颁《魏晋世语》"蹇乏全无宫商,最为鄙劣,以时有异事,故颇行于世",或许就是指这一类的记载。东晋孙盛《魏氏春秋》载:

> 植将行,太子饮焉,逼而醉之。王召植,植不能受王命,故王怒也。

---

① 陈寿撰,裴松之注《三国志·魏书·任城陈萧王传》,第577页。
② 陈寿撰,裴松之注《三国志·吴书·张顾诸葛步传》,第1235页。
③ 陈寿撰,裴松之注《三国志》,第609页。

(《三国志·陈思王植传》注引)①

王指魏王曹操。这里就把曹操对曹植的疏远归咎于曹丕的故意陷害。到了南朝宋初刘义庆撰《世说新语》,进一步衍生为曹丕有意要致弟曹植于死地。《尤悔》第1则:

> 魏文帝忌弟任城王骁壮。因在卞太后阁共围棋,并啖枣,文帝以毒置诸枣蒂中。自选可食者而进,王弗悟,遂杂进之。既中毒,太后索水救之。帝预敕左右毁瓶罐,太后徒跣趋井,无以汲。须臾,遂卒。复欲害东阿,太后曰:"汝已杀我任城,不得复杀我东阿。"

这段引文叙述曹丕用药枣毒杀了任城王曹彰,又想毒杀曹植事。最著名的"七步诗"故事,就首先见载于《世说新语·文学》,故事一方面是表现曹植才思敏捷,另一方面揭露了曹丕对兄弟的狠毒。《世说新语》对曹操、曹丕竭尽揶揄讽刺之能事。《贤媛》第4则载:

> 魏武帝崩,文帝悉取武帝宫人自侍。及帝病困,卞后出看疾。太后入户,见直侍并是昔日所爱幸者。太后问:"何时来邪?"云:"正伏魄时过。"因不复前而叹曰:"狗鼠不食汝余,死故应尔!"至山陵,亦竟不临。

这是《世说新语》最为辛辣的一则,以其母亲的口吻把曹丕的人品贬至猪狗不如。《惑溺》第1则载曹丕破袁绍邺城得甄后事:

> 魏甄后惠而有色,先为袁熙妻,甚获宠。曹公之屠邺也,令疾召甄,左右白:"五官中郎已将去。"公曰:"今年破贼,正为奴。"

这个故事,《魏略》和《世语》都有记载,但只是描写曹丕如何欣赏甄氏的美貌而纳之;《世说新语·惑溺》的记载竟然转化为曹操、曹丕父子之间争抢甄氏。

---

① 陈寿撰,裴松之注《三国志》,第561页。

可能因为这种改编过于不伦,后来再衍化为"魏东阿王,汉末求甄逸女,既不遂。太祖回与五官中郎将。植殊不平,昼思夜想,废寝与食"①云云,变成曹植、曹丕与甄后之间的三角恋爱,并以《洛神赋》相比附。

《世说新语》关于曹魏皇室的记载,多是"小说家言",有的是根据前代史书的记载而大加发挥,更多的则完全缺乏历史根据。那么刘义庆组织文士编撰《世说新语》为什么要如此诬蔑、作践曹操、曹丕父子呢?这可从两方面进行解释。一方面,南朝宋武帝刘裕自称是西汉楚元王刘交之后,自然对窃取刘汉江山的曹魏没有好感。另一方面,更重要的是,刘裕建立宋政权后,苛刻地对待刘宋宗室,严加防范;特别是宋文帝刘义隆的猜忌,使诸王和大臣都怀有戒心,惴惴不能自保。②刘义庆撰《世说新语》借叙写曹丕对兄弟的猜忌恶毒来隐射他对宋文帝的不满。

从《魏略》到《世说新语》,我们可以清晰地梳理出曹丕、曹植兄弟的恩怨是如何被建构起来的。曹操在立嗣问题上犹豫不决,曹丕为捍卫世子位置而花费心思,应该是史实;至于毒枣事件、七步诗,乃至曹植与甄妃的不伦之恋等等"旧谈",不过是小说家言,是后世文士从当下现实处境出发对历史事件的某一方面的强化和夸张。时代越久,细节越生动,离历史真相就越远。这正如刘勰《文心雕龙·史传》所言:"传闻而欲伟其事,录远而欲详其迹,于是弃同即异,穿凿傍说,旧史所无,我书则传,此讹滥之本源,而述远之巨蠹也。"③在同一篇里,刘勰就批评鱼豢《魏略》、孙盛《魏氏春秋》等杂史"或激抗难征,或疏阔寡要",鱼豢、孙盛、刘义庆等对曹丕、曹植等的记载,大约可当此批评。

在曹丕、曹植冲突的建构中,人们的褒贬愈益分明,往往是出于同情弱者的心理,为有才而不获驰骋的文士鸣不平,曹丕的文才遭到贬抑,曹植的任性和才气得到夸张和提升,所谓"八斗才""七步之才""才若东阿"在南北朝时成为文才颖异的代名词。这都应了刘勰所谓"文帝以位尊减才,思王以势窘益价"。

二、萧齐宗室争斗是刘勰论曹丕曹植的现实考量

曹丕曹植优劣论,体现出人们同情弱者这一普遍的"俗情",这是由来已久

---

① 萧统撰,李善注《文选·洛神赋》,上海古籍出版社,1986,第895页。
② 周一良:《〈世说新语〉和作者刘义庆身世的考察》,收入《魏晋南北朝史十二讲》,中华书局,2010。
③ 刘勰撰,范文澜注《文心雕龙注》,第287页。

的"旧谈"。刘勰为什么要花费笔墨来对此加以辩驳呢？除了刘勰"同之与异，不屑古今"的独立的文学批评精神外，还有他的现实考量。这需要联系宋齐，特别是齐代的宗室争斗情况来加以推测。

刘宋、萧齐都是素族豪强凭借其武功而取得政权，刘宋宗室成员多不读书，粗野鄙陋，如《宋书·刘道怜传》谓其"素无才能，言音甚楚，举止施为，多诸鄙拙"①，因出身低微，生性鄙拙，而贪婪无度，动生衅端，觊觎皇位，多不臣之心。因此，宋齐帝王对宗室藩邸管教尤为严格，齐武帝时，"诸王不得读异书，五经之外，只能看孝子图而已"②，不得习学弓箭骑马，并设有典签进行严密监视，宋齐之典签，近乎曹魏时期曹植、曹彰等人身边的监国使者。即便如此，也不能消泯宗室的猜忌之心。兄弟之争，叔侄相斗，宗王叛乱，骨肉相残的闹剧，在刘宋和萧齐的皇室一再上演。特别是刘宋孝武帝时期的大肆杀戮以及萧齐明帝对武帝子孙的屠灭，最终导致了两个朝代的衰落。可以说刘宋和萧齐不是败给对手，而是宗王内斗，自取灭亡。清人汪中《补宋书宗室世系表序》统计，刘宋60年中，皇族129人，被杀者121人，其中骨肉自相屠害者80人。罗振玉《补宋书宗室世系表》更详细地统计，皇族158人，子杀父者1人，臣杀君者4人，骨肉相残杀者103，被杀于他人者4人，夭折者36人，无子国除及出奔者34人，其令终者3人，其令终与否不可知者2人。③刘盼遂统计，萧齐七世24年，其本支人物之可考见者，约得100人，而被诛夷者57人。④从整个中国历史上来说，刘宋和萧齐是皇室骨肉相残最为残酷的朝代，其国祚之不长，原因也正在此。刘勰约生于刘宋前废帝永光元年（465），《文心雕龙》约作于萧齐和帝中兴元年（501）。这30余年时光，他耳濡目染了宋明帝刘彧疯狂屠戮宗室，萧齐代宋，齐武帝与萧嶷的斗争，齐明帝对武帝子侄的屠杀。现实中的皇室政治斗争不能不影响到他对历史上的宗王问题的关注和认识。

萧道成趁刘宋皇室无人而夺取其江山建立南齐朝，因此在临终时告诫武帝："宋氏若骨肉不相图，它族岂得乘其弊？汝深戒之。"⑤但是他自己也埋下了宗室相斗的隐患。建元年间"世祖（武帝萧赜）以事失旨，太祖（高帝萧道成）颇

---

① 沈约：《宋书》，中华书局，1974，第1462页。
② 李延寿：《南史》，中华书局，1975，第1088页。
③ 罗振玉：《补宋书宗室世系表》，《亚洲学术杂志》1921年第2期。
④ 刘盼遂：《补齐书宗室世系表》，《学文》1931年第1卷第3期。
⑤ 李延寿：《南史》，第1080页。

有代嫡之意"①;"豫章王(萧)嶷素有宠,政以武帝长嫡,又南郡王兄弟并列,故武帝为太子,至是有改易之意"②。高帝萧道成既立了萧赜为太子,又宠爱次子豫章王萧嶷,有改易之意,这不完全是在重复魏王曹操当年的错误吗?结果导致了武帝萧赜与豫章王萧嶷兄弟之间为皇位继承权的斗争。③ 武帝对几个弟弟时刻防范,不加亲宠。萧嶷"自以地位隆重,深怀退素"④。萧晃少有武力,太祖萧道成常曰:"此我家任城也。"⑤就把他比作曹操之子曹彰,但得不到武帝的亲宠。萧晔有非常之相,"执心疏婞,偏不知悔"⑥,武帝对他颇有忌讳,故无宠爱,未予重任,萧晔曾抱怨说:"陛下爱其羽毛,而疏其骨肉。"⑦武帝不悦。武帝对萧晃、萧晔诸弟都未加重用,"当时论者,以武帝优于魏文,减于汉明"⑧。指齐武帝萧赜对待诸弟既不像曹丕对待曹植、曹彰那样刻薄,也不如汉明帝那样爱护东平王刘苍。萧子显在《南齐书·齐高帝诸子传》后"论曰"中特别引了曹植《表》所谓"权之所存,虽疏必重;势之所去,虽亲必轻"的感慨,并肯定说:"曹植之言,远有致矣!"⑨可见当时人在议论皇室时就已拿汉魏作比较,那么本文所言刘勰评论曹魏宗室时含有对现实政治的考量,也是合乎情理的推断。

　　齐武帝对兄弟寡恩,已导致宗王离心离德。特别是临死前,走了一步败棋,直接引起萧齐皇室大乱。当时文惠太子早薨,武帝临崩前,众论物议,以为当立次子萧子良。宁朔将军王融就想到要矫诏拥立萧子良即位。从当时的政治格局上说,要想镇住诸宗王和名士大姓,的确须要一位年长成熟的继位者。正如当时袁象所说:"齐氏微弱,已数年矣,爪牙柱石之臣都尽,命之所余,政风流名士耳。若不立长君,无以镇安四海。王融虽为身计,实安社稷,恨其不能断事,以至于此。"⑩结果没想到武帝遗诏将皇位传给了刚弱冠的皇太孙郁林王萧昭业,让萧子良辅政。而萧子良素来仁厚,不乐时务,又将辅政实权让给了武帝的从弟萧鸾,于是大权旁落。萧鸾贪狠残暴,连续废掉郁林王萧昭业、海陵王萧昭

---

① 萧子显:《南齐书》,中华书局,1972,第409页。
② 李延寿:《南史》,第1170页。
③ 可参汪奎《萧赜、萧嶷之争与萧齐政局》,《许昌学院学报》2016年第6期。
④ 萧子显:《南齐书》,第414页。
⑤ 同上书,第624页。
⑥ 李延寿:《南史》,第1082页。
⑦ 同上书,第1081页。
⑧ 同上书,第1080页。
⑨ 萧子显:《南齐书》,第1093页。
⑩ 李延寿:《南史》,第1105页。

文,自己称帝,即齐明帝。他一登基,就于建武初(494、495)大肆杀戮高帝、武帝的子孙。"自建武以来,高、武王侯,居常震怖,朝不保夕"①,皇室成员人人惶惶不可终日。而"明帝取天下,已非次第,天下人至今不服"②,导致宗王叛乱此起彼伏。至明帝临崩的永泰元年(498),他又担心"我及司徒诸儿子皆不长,高、武子孙日长大",再次大开杀戒,将高帝、武帝和文惠太子的子孙杀戮殆尽,萧齐的根本也就动摇了。明帝驾崩时,年长的儿子萧宝卷、萧宝融才10余岁。于是,宗室之争再次兴起。东昏侯萧宝卷在位时,三弟萧宝玄"恨望有异计",参与崔慧景的叛乱,兵败被杀,萧齐皇室已虚弱且混乱至极。结果梁武帝乘虚而入,取代了萧齐。宗王之争像解除不开的符咒一样,萧齐犯了与刘宋一样的错误,落得与刘宋一样的下场。

　　萧齐政权的短暂收场,当归因于宗室的内乱。朝廷是权力斗争场,人人觊觎权杖,都想称帝,必然导致兄弟叔侄之间骨肉疏离,甚至自相残杀。从个人立场看,世道艰难,政治险恶,逞才使气容易招致祸端。如齐武帝五弟萧晔,擅长诗文,执心疏婞,偏不知悔。武帝临崩,大行在殡时,竟然于众中言曰:"若立长,则应在我;立嫡,则应立太孙。"③结果于隆昌元年(494)不明不白地死去,年仅28岁。齐武帝第八子萧子隆,性和美,有文才,娶尚书令王俭女为妃。武帝以子隆能属文,谓俭曰:"我家东阿也。"就把萧子隆比作东阿王曹植。"明帝辅政,谋害诸王,武帝诸子中子隆最以才貌见惮,故与鄱阳王锵同夜先见杀。"④史书载齐高帝凡19子,唯有萧轩"以才弱年幼"得全,但明帝临死之前还是把他毒死了,以防后患。萧齐宗室与刘宋宗室相比,更饱学擅文,有才华,但以才貌招致祸端的惨案比比皆是。武帝之弟萧锵"性谦慎,好文章",曾与萧子隆计划废掉萧鸾,结果被明帝萧鸾杀害。另一弟萧锋善书法,能文章,时鼎业潜移,萧锋独慨然有匡复之意,也遭明帝毒手。这些血的教训,不能不影响刘勰,使其产生对宗室成员逞才任气的警戒。曹植与上列诸人一样,既是文士,更是宗王。像曹植那样任性而行,不自雕励,饮酒不节,便是引颈承戈,自取灭亡。

　　整个萧齐的皇室中,唯有萧嶷一支保存完好。萧嶷是高帝萧道成次子,辅

---

① 李延寿:《南史》,第1105页。
② 萧子显:《南齐书》,第749页。
③ 李延寿:《南史》,第1083页。
④ 同上书,第1113页。

佐父兄代宋建齐,建立功勋。兄长萧赜继位后,萧嶷"常虑盛满"①,自以地位隆重,深怀退素。萧嶷常警诫诸子曰:"凡富贵少不骄奢,以约失之者鲜矣。汉世以来,侯王子弟,以骄恣之故,大者灭身丧族,小者削夺邑地,可不戒哉!"②临终时,召子萧子廉、萧子恪曰:"吾无后,当共相勉励,笃睦为先。才有优劣,位有通塞,运有富贫,此自然理,无足以相陵侮。勤学行,守基业,修闺庭,尚闲素,如此足无忧患。"③萧嶷在齐皇室中的处境非常近似于曹丕登基后的曹植。而且当时人也是这么看待的。梁武帝取代萧齐后,对萧嶷的儿子萧子恪说:"曹志亲是魏武帝孙,陈思之子,事晋武能为晋室忠臣。此即卿事例。"④曹志是曹植次子,萧子恪是萧嶷次子,梁武帝不正是把萧嶷比作曹植了吗?萧嶷饱读诗书,静默退素,以文史传家,16个儿子都全身入梁,"有文学者子恪、子质、子显、子云、子晖。子恪亦涉学,颇属文"⑤,其中萧子显还撰著了《南齐书》。尚文而谦退,是萧嶷一支的门风,为宗王在乱世中的行为举止树立了典范。刘勰在论曹丕、曹植时,有意地矫正过去扬植抑丕的"旧谈",对曹植任性使气、凭文才盛满而有竞心加以贬抑,实际上就是标尚一种谦退收敛的处世态度,毕竟曹植身份是宗王,而非一般的文人。刘义庆撰《世说新语》,采取扬植抑丕的态度,是因为他的身份是宗王,与曹植的立场和处境近似,借扬曹植以吐气。刘勰撰《文心雕龙》,则摆脱了身份的限制,着眼于对政局的关注和担忧,在萧齐的政治格局中,抑制宗王的任性狂悖。这不论对宗王的全身远害,还是对朝政的和谐稳定,都是不无意义的。正是有这一层现实的考量,刘勰才一反传统的"扬植抑丕"论,对曹植显有微辞。

三、结语

在《文心雕龙》的文体论中,刘勰"扬丕抑植"的立场都是比较明显的。如《明诗》篇曰:"暨建安初,五言腾踊。文帝陈思,纵辔以骋节。"把曹丕列在曹植之前。其实,就五言诗来说,曹丕的成绩不足以与曹植并列。钟嵘《诗品》专论

---

① 萧子显:《南齐书》,第413页。
② 同上书,第1065页。
③ 李延寿:《南史》,第1066页。
④ 姚思廉:《梁书》,中华书局,1973,第509页。
⑤ 同上书,第509页。

五言诗,就把曹植置于上品,曹丕置于中品。《诔碑》篇论诔体曰:"陈思叨名,而体实繁缓,文皇诔末,旨言自陈,其乖甚矣。"《封禅》篇曰:"陈思《魏德》,假论客主,问答迂缓,且已千言,劳深绩寡,飙焰缺焉。"《杂文》篇曰:"陈思《客问》,辞高而理疏。"《论说》篇曰:"曹植《辨道》,体同书抄。言不持正,论如其已。"①曹植不善持论,《辨道论》比不上曹丕"辨要"的《典论》。但曹植之上表,独冠群才,诗体四言与五言兼善,这二体的成绩是曹丕不可比拟的。兄弟二人在文体上"迭用短长",各有偏擅。

如前所论,刘勰"扬丕抑植",不只是对历史上的曹丕、曹植的高下之分,还体现出他对当时萧齐宗王内乱政局的关注和担忧,暗含的用意是,有文才的宗王在乱世中应收敛个性,明哲保身,维护朝政的稳定。这里表现出刘勰论文的淑世情怀。淑世情怀在《文心雕龙》里随处可见。如刘勰对近世文风的批评,《程器》篇强调文士"达于政事"的实际才干;《史传》篇感叹"勋荣之家,虽庸夫而尽饰;迍败之士,虽令德而常嗤"的不合理,无不具有鲜明的现实针对性。又《史传》篇曰:"及孝惠委机,吕后摄政,班史立纪,违经失实。何则?庖牺以来,未闻女帝者也。汉运所值,难为后法。牝鸡无晨,武王首誓;妇无与国,齐桓著盟;宣后乱秦,吕氏危汉,岂唯政事难假,亦名号宜慎矣。"②如果联系刘勰撰《文心雕龙》的和帝时期"宣德太后临朝"的政治格局来看③,他用70余字议论"妇无与国"的事,就不是无的放矢的。这些居今论古、借古指今的地方,刘勰说得不太直白,后世研究还不够充分,有待发覆,须要联系当时的历史作出合理的推断。

(周兴陆,北京大学中文系教授。出版过古籍整理《世说新语汇校汇注汇评》等)

---

① 刘勰撰,范文澜注《文心雕龙注》,第66、213、394、255、328页。
② 同上书,第285页。
③ 萧子显:《南齐书·和帝本纪》:"二年春正月戊戌,宣德太后临朝,入居内殿。大司马梁王解承制,致敬如先。"中华书局,1972,第114页。

失落的思想及其形式*

——颜延之陶诗"文取指达"说非否定评价论

吴怀东

陶渊明是中国文学史上具有鲜明独创风格的著名诗人、文学家,陶渊明研究还存在很多有待索解、澄清的重要命题。陶渊明文学地位的提升经历了一个复杂而长久的过程,一般认为南朝时期并不高。历来被视为最早、影响极其深远的评论,是年龄稍小于陶渊明的同代人、其好友颜延之在《陶徵士诔并序》中对陶渊明之诗文的"盖棺论定"——"文取指达"①。唐代刘良释之曰:"文章但取指适为达,不以浮华为务也。"(《五臣文选注》)后来学者之解读基本不出此释义,认为"文取指达"是批评陶渊明为文朴素,不重视语言之美、文学之美,至今学术界对此解无异辞。② 其实,颜延之"文取指达"并非否定评价,其内涵亦非流行理解那么简单或单一,这一千古误解有待破解、澄清。

一、令人生疑的起点:《陶徵士诔并序》的思想内容、情感逻辑

流行的理解使我们起疑,关键是对"文取指达"否定性内涵的解读与《陶徵

---

* 本文为教育部全国高校古委会研究项目"《诗比兴笺》校疏"阶段性成果之一。
① 今人常将"文取指达"写作"文取旨达"(如最新论文钟书林《从"文取指达"到"文章不群":论陶渊明文学史地位的升格》,《人文杂志》2020 年第 7 期),混淆"指"与"旨"、"指达"与"旨达"。其实这种异写并没有文献版本依据,刘跃进著《文选旧注辑存》(凤凰出版社,2017,第 11372—11373 页)于颜延之《陶徵士诔并序》"文取指达"文字下并没有列出作"旨达"的异文。
② 缪钺 20 世纪 40 年代撰写的《颜延之年谱》(元嘉四年谱)云:"陶渊明、颜延之交谊甚深,故撰诔极经意。文中盛称陶潜之高节介性,而不及其诗,仅云'文取旨达'而已。盖陶诗超出晋、宋风气之外,延之诗则犹承陆机以来华绮雕琢之风,二人性情虽有相契之处,而延之于陶诗之真价值犹未能认识也。"(缪钺《读史存稿》,生活·读书·新知三联书店,1963,第 140 页)当今学者讨论颜延之此文论陶,对"文取指达"内涵的传统解读从无质疑。

士诔并序》文体规范、感情倾向不一致,二者间存在难以弥合的矛盾。

按照齐梁时期著名诗论家钟嵘的说法,颜延之为文颇讲究技巧性、艺术性:"其源出于陆机。尚巧似。体裁绮密,情喻渊深,动无虚散,一句一字,皆致意焉。又喜用古事,弥见拘束,虽乖秀逸,是经纶文雅才。雅才减若人,则蹈于困踬矣。汤惠休曰:'谢诗如芙蓉出水,颜如错彩镂金。'颜终身病之。"(钟嵘《诗品》)后代读者视"文取指达"的意思为否定性评价,以"简言以达旨"(刘勰《文心雕龙·征圣》)释之,自然事出有因,因为陶渊明的诗文风格确实不符合颜延之本人为文风格。然而,陶渊明生前与颜延之关系密切,且考虑诔文书写赞美逝者的基本格式要求(《文心雕龙·诔碑》概括诔文的写作要求是"选言录行,传体而颂文,荣始而哀终"),尤其是考虑《陶徵士诔并序》全文主导的思想感情倾向,"文取指达"不能被必然视作否定性的评价。

清人许梿指出,此文"追往念昔,知己情深,而一种幽闲贞静之致,宣露行间,尤堪讽咏"(《六朝文絜笺注》)。在《陶徵士诔并序》中,颜延之先述陶渊明的品行德操,然后追述了他俩的友谊,"伊好之洽,接阎邻舍,宵盘昼憩,非舟非驾。念昔宴私,举觞相诲",最后表达了深切的哀悼之意。从中引申出与我们讨论的话题有关的两个重要内容是:第一,总体上,颜延之对陶渊明的价值立场没有任何非议,毋宁说全是赞美;第二,对陶渊明身份的认定,认为陶渊明品德高尚,是固穷守节、淡泊自守、绝不随俗俯仰的"南岳之幽居者"。此文虽没有直接引用陶渊明具体诗文文字,没有突出陶渊明的文学成就,但是,如论者所云,颜延之对陶渊明诗文并非没有关注。[①]可见,如果将"文取指达"视作否定性评价,与全文的总体感情倾向以及诔文写作的基本格式要求(赞美逝者)、颜延之对陶渊明诗文的总体态度违和,因此,可以说,"文取指达"并非颜延之以自我创作为标准所进行的否定性评论,而是对陶诗文特征的客观、中性描述。事实上,对陶渊明其人其文情有独钟的萧统主编《文选》"诔"文,即收录此文,可见此文在南朝就被视作诔文之典范。

---

① 按,邓小军《陶渊明政治品节的见证——颜延之〈陶徵士诔并序〉笺证》(《北京大学学报》2005年第5期)认为,"颜《诔》虽未对渊明的文学成就作出直接评价,实际是以一种特殊方式作出了评价",并详细列举了《诔》文中引用陶渊明诗文词语及典故,"只有对渊明诗文爱之至深,寝馈至深,才能妙用渊明诗文大量今典如此娴熟、贴切,如数家珍"。但是,我们认为不能同意他由此得出的结论——"此实际是延之对渊明文学成就之极高评价",因为,如本文所论,颜延之《陶徵士诔并序》"文取指达"论并非赞美陶渊明诗文追求语言形式美的文学成就。

从颜延之本人后期创作以及南朝崇尚形式美的社会风气和文学标准看，诔文确实对陶渊明文学成就有所忽视，只有寥寥"文取指达"四个字，但是，颜延之的评论并不必然是否定性评价。因此，我们有必要还原颜延之评论语境，讨论其评论之丰富内涵以及复杂态度，并进一步讨论何以被后代误解。

二、作为玄学思想表达形式的"指达"及其思想渊源

颜延之所谓"指达"与儒、道两家思想都有关联，但并非来自儒家语言表达之"达旨"论，实出自玄理表达之要求。

"指达"之"达"确实来自儒家诗教。先秦儒家创始人孔子也很关注语言表达思想的作用，《论语·卫灵公》载孔子语曰："辞达而已矣。"对此后代学者讨论甚多，一般认为是强调言辞通达，不追求文采①，这是儒家主流的文章语言表达观念②。儒家经学理解的典范——《春秋》，经过孔子删削之后，被认为达到了语言简约而思想深邃的境界，所谓"皮里阳秋""微言大义"。《史记·十二诸侯年表》说："兴于鲁而次《春秋》，上记隐，下至哀之获麟，约其辞文，去其烦重。"在唐代史学家刘知幾看来，《春秋》"贵于省文"，且"文约而事丰"，是"述作之尤美者也"。（《史通·内篇·叙事》）孔子虽没有直接使用"旨"这个词语，而后世学者使用的"达旨"之"达"来源于孔子的思想，"达旨"就是简约而深刻地表达自己的思想见解。③清章学诚《文史通义·诗教》说："战国者，纵横之世也。纵横之学，本于古者行人之官。观春秋之辞命，列国大夫聘问诸侯，出使专对，盖欲文其言以达旨而已。"《后汉书·崔骃传》记载：崔骃"常以典籍为业，未遑仕进之事。时人或讥其太玄静，将以后名失实。骃拟扬雄《解嘲》，作《达旨》

---

① 参见丁秀菊《孔子"辞达而已"的语言学解读》，《山东大学学报》2007年第1期。
② 孔子还强调"文质彬彬"（《论语·雍也》）、"绘事后素"（《论语·八佾》），强调"言之无文，行而不远"（《左传·襄公二十五年》），可见其也注重文采。因此，对"辞达而已"说，后来还兴起另外一种理解，即强调通过修辞以取得最佳的语言表达效果，如宋代文学家苏轼云："夫言至于达意，即疑若不文，是大不然。求物之妙，如系风捕影，能使是物了然于心者，盖千万人而不一遇也，而况能使了然于口与手者乎？是之谓辞达。辞至于能达，则文不可胜用矣。"（《与谢民师推官书》）不过，在先唐时期，"言约旨达"的语言观才是儒家诗学主流的观念。
③ 近代思想家、翻译家严复在《天演论·译例言》中提出"译事三难：信达雅"，并解释"达"的意涵："译文取明深义，故词句之间时有所颠倒附益，不斤斤于字比句次，而意义则不倍本文。题曰达旨，不云笔译，取便发挥，实非正法。"后来学者归纳为"达旨术"，此虽论翻译直译、意译问题，实亦涉及思想的表达问题。

以答焉"。曹丕《与孟达书》云:"近日有命,未足达旨,何者?"相比于道家老、庄,儒家虽也关注"言以达意"问题,关注通过文字与口头语言传播自己的思想、宣传自己的主张,但就像他们关注现实社会政治问题一样,他们并没有抽象地讨论语言能指的有限性,在语言问题上所关注的重点是语言的通达、简明以及文采问题。①

然而,"指达"之"指"却另有深刻的渊源,其来自先秦思想家对论辩表达方式的关注,与道家及名家关系尤其密切,或者说其主要反映了这些学派的语言逻辑观。②《庄子·齐物论》云:"以指喻指之非指,不若以非指喻指之非指也。以马喻马之非马,不若以非马喻马之非马也。天地一指也,万物一马也。"《公孙龙子·指物论》也使用了这个概念:"物莫非指,而指非指。"这些论述认为,"指"是事物的共性、概念或指称(抽象的语言概念),指向具体的事物但不等于具体事物。《庄子·天下篇》引惠施之语曰:"指不至,至不绝。"③在道家看来,作为宇宙本体的"道"是最神秘抽象无形的,语言对它的表达十分有限,言语则道断,《老子》开篇即云:"道可道,非常道。名可名,非常名。"所以,论道时与其千言万语不如三言两语,必须简约,只能通过主观体会。

先秦儒、道两家的语言观有异有同。与儒家关注现实社会秩序不同,道家关注个体自由问题,关注宇宙的本源问题,思考万事万物共存共生的本质与规律,关注形而上("道")的问题以及语言的表达能力,尤其是言说神秘"道"的表达能力。但是,在语言的使用上,二者有相同点:儒家强调为了准确表达主题思想,语言使用必须追求简约、通达,不要"以文害意",而道家、玄学认为,对于"道"而言,语言表现力有限,语言只有简约。

魏晋时期,《周易》与老、庄思想在现实的作用下逐渐合流而形成玄学思潮。玄学与两汉经学不同,有其系统的世界观和认识论以及一套完整的概念体系,对语言表现能力有限性的讨论是玄学清谈的重要话题之一。"指达"正是玄学思想特定的思想与语言表达方式,涉及魏晋玄学的言意之辨问题。汤一介先生指出,魏晋"产生了'名教'与'自然'之讨论,而'名教'与'自然'之讨论实是

---

① 参见张金梅《"简言达旨":"〈春秋〉笔法"与中国文论话语的会通》,《兰州学刊》2011 年第 10 期。
② 周云之主编《中国逻辑史》,山西教育出版社,2004,第 80—81 页。
③ 唐翼明《魏晋清谈》(人民文学出版社,2002,第 77—79 页)对此条内涵有详细辨析,可参。

儒、道两家学说之关系的讨论。此一讨论上升为哲学问题,就是'有'(具体的事事物物)和'无'(存存真真的宇宙本体)的讨论。魏晋玄学就是为了解决这一从'名教'与'自然'关系而产生的一种哲学"①。人生观、人生论的变革带动本体论和认识论的变化,他们以"道"为世界本体,并以"无"释"道",从本质上说,魏晋玄学家是通过对"道"无限性的体认来把握个体人生的有限性,从而走向心理超脱和精神自由的。对"道"的把握则涉及认识方法,尤其是语言哲学问题,先秦思想家的语言哲学及逻辑思想则成为玄学论辩的核心论题,即"言意之辨"。《世说新语》记载的东晋玄学家的"名言隽语",除了讨论神秘的本体问题之外,很多是讨论如何理解语言在表现抽象本体中的有限性的问题。梁慧皎《高僧传·支遁》记载东晋中叶佛教高僧、著名玄学家支遁语云:"寮朗三蔽,融冶六疵。空同五阴,豁虚四支。非指喻指,绝而莫离。妙觉既陈,又玄其知。婉转平任,与物推移。过此以往,勿思勿议。"魏晋玄学家对"指"是否可"达"有更精微的讨论,讨论内容主要为抽象的语言("言")与客观现实("象")、主观思想情感("意")的复杂"能指"关系。《庄子·天道》:"语之所贵者意也,意有所随。意之所随者,不可以言传也。"《庄子·外物》:"筌者所以在鱼,得鱼而忘筌。"王弼继承《周易》之说,力主"言不尽意",并承接《庄子》"得意忘言""得鱼忘筌"命题,提出了"得意忘象"(《周易略例·明象》)之说。汤用彤先生论云:"王弼之说起于言不尽意义已流行之后,二者互有异同。盖言不尽意,所贵者在意会;忘象忘言,所贵者在得意,此则两说均轻言重意也。惟如言不尽意,则言几等于无用,而王氏则犹认言象乃用以尽象意,并谓'尽象莫若言','尽意莫若象',此则两说实有不同。然如言不尽意,则自可废言,故圣人无言,而以意会。王氏谓言象为工具,只用以得意,而非意之本身。故不能以工具为目的,若滞于言象则反失本意,此则两说均主得意废言也。"②《三国志·荀彧传》注引《荀粲传》中荀粲关于"言不尽意"的论述:"盖理之微者,非物象之所举也。今称立象以尽意,此非遂于意外者也。系辞焉以尽言,此非言乎系表者也,斯则象外之意、系表之言,固蕴而不出矣。"简言之,玄学家们认为,"尽象莫若言","尽意莫若象","言"通过"象"以达"意"("指"),以形写神。

《世说新语·文学》保存了一条使用"旨达"概念的珍贵实例:

---

① 汤一介:《郭象与魏晋玄学》(增订本)自序,中国人民大学出版社,2014,第5—7页。
② 汤用彤:《汤用彤学术论文集》,中华书局,1983,第216—217页。

客问乐令"旨不至"者,乐亦不复剖析文句,直以麈尾柄确几曰:"至不?"客曰:"至。"乐因又举麈尾曰:"若至者,那得去?"于是客乃悟服。乐辞约而旨达,皆此类。

乐令是尚书令乐广。论者以为"旨不至"当作"指不至"①,出自《庄子·天下篇》所引惠施之语"指不至,至不绝",是先秦名家讨论的经典逻辑学思辨命题。这就是玄学家的清谈玄理。乐广阐述的正是抽象的概念与其具体指称对象的关系问题。乐广在中朝名士中很受人赞叹,主要是因为他"辞约而旨达"②。《世说新语·赏誉》记载,王衍自叹曰:"我与乐令谈,未尝不觉我言为烦。"注引《晋阳秋》:"乐广善以约言厌人心,其所不知,默如也。太尉王夷甫、光禄大夫裴叔则能清言,常曰:'与乐君言,觉其简至,吾等皆烦。'"《世说新语·规箴》注引《管辂别传》记载,他与何晏、邓飏论阴阳之事,语却不及《易》中辞义,邓飏怪而问之:"君见谓善《易》,而语初不及《易》中辞义,何故也?"管辂回答说:"夫善《易》者不论《易》也。"何晏甚为赞赏:"可谓要言不烦也。"对这则史料,研究者历来关注的是乐广"辞约而旨达"的语言能力,却忽视了乐广以象喻意的表达特点:乐广其实是通过一个动作生动地表现抽象的玄理。换言之,我们既要注意乐广"达旨"的语言特点,更要注意其"达""指"的思想与思维方式。

虽然"言不尽意",玄学家仍然撰文(使用语言)表达自己的玄理认识或思想。玄学家裴頠"深患时俗放荡,不尊儒术,何晏、阮籍素有高名于世,口谈浮虚,不遵礼法,尸禄耽宠,仕不事事,至王衍之徒,声誉太盛,位高势重,不以物务自婴,遂相放效,风教陵迟,乃著崇有之论以释其蔽",有感而发:"退而思之,虽君子宅情,无求于显,及其立言,在乎达旨而已。然去圣久远,异同纷纠,苟少有仿佛,可以崇济先典,扶明大业,有益于时,则惟患言之不能,焉得静默。"(《晋

---

① 周兴陆《世说新语汇校汇注汇评》(凤凰出版社,2017,第350页),此说实有卓见。其实,《世说新语》这条记载中的"旨"都应作"指"。按《史记·陈涉世家》:"卜者知其指意。""指""旨"词意可通,不过,"旨达"与"指达"实有根本区别。"指不至"被误作"旨不至"的原因,如果不是刘宋时期《世说新语》的编纂者对玄学论题不熟悉而误录,就是东晋的玄学家已混淆了儒家"旨达"论与道家的"指达"论,而这种混淆也事出有因:玄学家的"指达"论其实包括了儒家"简言"以"达旨"的语言思想,这也是玄学家不废儒学之生动写照。

② 详论参见唐翼明《魏晋清谈》,人民文学出版社,2002,第56页。

书·裴頠传》)此处的"达旨"兼有"指达"之意。玄学家贵无尚道,他们既追求、研究"道",也思考接近"道"的途径:通过文字"达道",也通过实践"体道"①。虽然"文献不足征",不过,根据现有资料,我们大致可以做出判断,在魏晋玄学家的视野里,"指达"是指对玄理的阐释、理解、感悟活动,具有特定的时代特征和文化内涵:

第一,"指达"之"指"是抽象的指称概念,具体所指为玄理(特别是天人之思),而不是一般人之常情。这是玄学世界观和本体论。

第二,因为玄理是抽象、无形、神秘的,而有形语言的表达能力总是十分有限,因此,"指达"要求语言使用遵循简约("辞约")的原则,不斤斤于词句。要用有限的语言表达丰富的思想,有时只能采取比喻、类比的方式让人联想(以象寓意),去感受神秘的言外之意。这是玄学的认识论和语言观。

第三,"指达"有不同方式,清谈与理论思辨可以实现"指达",而文学创作也可以实现玄理"指达"。刘宋时期檀道鸾在《续晋阳秋》中说:"(许)询有才藻,善属文。……正始中,王弼、何晏好《庄》、《老》玄胜之谈,而世遂贵焉。至过江,佛理尤盛,故郭璞五言始会合道家之言而韵之。(许)询及太原孙绰转相祖尚,又加以三世之辞,而《诗》、《骚》之体尽矣。(许)询、(孙)绰并为一时文宗,自此作者悉体之。至义熙中,谢混始改。"钟嵘《诗品序》说:"永嘉时,贵黄老,稍尚虚谈,于时篇什,理过其辞,淡乎寡味。爰及江表,微波尚传,孙绰、许询、桓、庾诸公诗,皆平典似道德论,建安风力尽矣。"刘勰《文心雕龙·时序》云:"自中朝贵玄,江左称盛,因谈余气,流成文体。"这些观察揭示了玄言诗、文与流

---

① 后来刘勰也强调"简言以达旨",不过,已不是从玄理表达而是从一般文字表达的角度进行论述,这是玄学退潮的反映,体现了儒家语言观影响力的恢复和尚文之风的复兴:"或简言以达旨,或博文以该情,或明理以立体,或隐义以藏用。故《春秋》一字以褒贬,《丧服》举轻以包重,此简言以达旨也。《邠诗》联章以积句,《儒行》缛说以繁辞,此博文以该情也。书契决断以象夬,文章昭晰以象离,此明理以立体也。四象精义以曲隐,五例微辞以婉晦,此隐义以藏用也。"(《文心雕龙·征圣》)我们必须注意玄学与儒学、文学语言观的异同,虽然表达内容不同(一是玄理,一是作家主观感受),玄学清谈涉及言意关系("言意之辨"),文学家创作也遭遇同样的问题,如陆机《文赋》云:"恒患意不称物,文不逮意,盖非知之难,能之难也。"《文心雕龙·神思》:"方其搦翰,气倍辞前,暨乎篇成,半折心始。何则? 意翻空而易奇,言征实而难巧也。是以意授于思,言授于意,密则无际,疏则千里。或理在方寸而求之域表,或义在咫尺而思隔山河。"但是,玄学与儒学、文学语言观又存在很大不同:玄学表达尚简,而儒家孔门文学观既有尚简的一脉,也有"尚繁"之一脉,和汉末建安以来"文学自觉"的大趋势一致,文学表达从文字运用而言是尚简——简而通达,而从内涵而言则要求文简而意深,甚至文字本身也要华美,所谓"诗赋欲丽""诗缘情而绮靡"。

行的玄学、玄理之关系。东晋玄言诗就是玄学家通过文学以"指达",这与玄学家在现实生活中清谈玄理、"玄对山水"(《世说新语·容止》引孙绰《庾亮碑文》)以体悟玄理、追求形神超越完全一致。被视作早期玄言诗人嵇康的《送秀才从军》(其十四)写道:"目送归鸿,手挥五弦。俯仰自得,游心太玄。"永和九年(353)上巳兰亭之会,与会者"仰观宇宙之大,俯察品类之盛,所以游目骋怀,足以极视听之娱"(王羲之《兰亭集序》)。顾恺之从会稽还,人问山水之美,顾云:"千岩竞秀,万壑争流,草木蒙笼其上,若云兴霞蔚。"简文帝入华林园,顾谓左右曰:"会心处不必在远,翳然林水,便自有濠濮间想也。觉鸟兽禽鱼自来亲人。"(《世说新语·言语》)如宗炳所谓"圣人以神法道""山水以形媚道",游目于山水自然可以"畅神"。(《画山水序》)这些玄言诗文创作和游目山水的实践,不仅准确呈现了玄学家"玄对山水"之特点,而且也是使用有限的语言呈现具象,进而从具象中感受永恒、普遍而抽象之玄理;这种表达与感受方式不仅语言简约,而且以形写神,形象直观生动,寓意玄远深邃①,别有寄托。

三、颜延之经历、思想的阶段性与对陶渊明的深刻观察

在齐梁文论家的视野中,颜延之是自觉追求文学形式美的"经纶文雅才"。其实,颜延之所处的时代在文化上正发生重大的调整或变化,晋末宋初正是玄风开始消退而未退、尚文之风再兴渐起的特定过渡时代,颜延之的思维及其对陶渊明的认知自然带有独特的过渡性特征:他早年更关注玄学,晚年更重视词采和抒情,而这是重新准确认识颜延之对陶渊明其人其诗评价、认识的基础。

从东晋到刘宋,思潮、文风演变的社会基础正是政局的大调整——从典型的"门阀政治"回归为皇权政治②,"文变染乎世情"(刘勰《文心雕龙·时序》),高门贵族遭到皇权的无情打压和摧抑,政治上的血雨腥风导致文化风尚的剧烈变化:从崇拜玄理、轻视文学转变为推崇文学性。③ 晋末宋初正是玄学、玄言诗

---

① 参见许抗生等《魏晋玄学史》第九章详论,陕西师范大学出版社,1989。
② 参见田余庆《东晋门阀政治》,北京大学出版社,1989。
③ 从内部因素而言,东晋后期佛学逐渐摆脱了与玄学合流,独立发展,并取代了玄学的主流地位。详论参见汤用彤《魏晋思想的发展》(收入其著《儒学·佛学·玄学》,江苏文艺出版社,2009)。另外,我们强调玄学清谈作为一种普遍的士风消歇并沦为专家之学,这不意味着其作为一种思想传统就彻底消失。

走向消歇,而重视文学性的风气兴起,即玄言与尚文并存的过渡时期。东晋高门贵族莫不善清谈、书法、音乐、诗文,而这种风气的衰歇在刘裕身上更直观地显示出来。刘裕出身布衣,不通书法,刘穆之常常提醒他:"此虽小事,然宣彼四远,愿公小复留意。"(《宋书·刘穆之传》)《宋书·郑鲜之传》记载,刘裕"少事戎旅,不经涉学,及为宰相,颇慕风流,时或言论,人皆依违之,不敢难也。(郑)鲜之难必切至,未尝宽假,须要高祖辞穷理屈,然后置之。高祖或有时惭恧,变色动容,既而谓人曰:'我本无术学,言义尤浅,比时言论,诸贤多见宽容。惟郑不尔,独能尽人之意,甚以此感之。'"在这种敏感多忌的政治环境里,文士聚会与清谈大幅减少,社会风气出现变化。谢氏是东晋后期显赫世家,面对晋末宋初的朝代更替不得不变革以求生存,由此可见文化风气之演进。《宋书·谢瞻传》记载,谢瞻"善于文章,辞采之美,与族叔(谢)混、族弟(谢)灵运相抗。灵运父(谢)瑍,无才能,为秘书郎,早年而亡。灵运好臧否人物,混患之,欲加裁折,未有方也,谓瞻曰:'非汝莫能。'乃与晦、曜、弘微等共游戏,使瞻与灵运共车,灵运登车,便商较人物,瞻谓之曰:'秘书早亡,谈者亦互有同异。'灵运默然,言论自此衰止"。晋末宋初,玄言清谈高潮已过,却未彻底消退,如元嘉十五年(438),宋文帝开四馆,其中还有玄学馆;谢灵运的山水诗之产生也与玄学、玄理存在密切关联,其山水诗存在"玄言尾巴"是学界共识。到了元嘉中期,玄学、玄言作为一种普遍的社会实践、社会风气基本上消失。《世说新语》的编纂可以被视为重要标志——士族高门的特立独行、名言隽语、自由洒脱从此走入历史文献,与此同时,尚文之风逐渐兴起。谢氏的家族文化就主要是文学创作,谢灵运自负文才,已成为时代的偶像,"灵运少好学,博览群书,文章之美,江左莫逮",在故乡始宁县游山玩水,"与隐士王弘之、孔淳之等纵放为娱,有终焉之志。每有一诗至都邑,贵贱莫不竞写,宿昔之间,士庶皆遍,远近钦慕,名动京师",刘裕登祚,"寻迁侍中,日夕引见,赏遇甚厚。(谢)灵运诗书皆兼独绝,每文竟,手自写之,文帝称为二宝"(《宋书·谢灵运传论》)。

颜延之(384—456)早年高自标置,深受玄学影响,"孤贫,居负郭,室巷甚陋。好读书,无所不览,文章之美,冠绝当时。饮酒不护细行,年三十,犹未婚。妹适东莞刘宪之,穆之子也。穆之既与延之通家,又闻其美,将仕之;先欲相见,延之不往也",而到刘裕主政之后,仕途畅达,"义熙十二年,高祖北伐,有宋公之授,府遣一使庆殊命,参起居。延之与同府王参军俱奉使至洛阳,道中作诗二首,文辞藻丽,为谢晦、傅亮所赏"(《宋书·颜延之传》),展示了"文辞藻丽"的才华并为当朝权宦激赏,表明颜延之作风之巨大转变——从和陶渊明一样被高门世族歧视却高自标置的玄隐之士,转化为积极入世且"文辞藻丽"深受时人追捧的文学家。事实上,到刘宋朝中期,颜延之政坛地位渐高,已然成为文坛领袖,是宋文帝、宋孝武帝高度信任的"经纶文雅才""宫廷文学家"①。前引钟嵘《诗品》对颜延之的评价,所关注的正是颜延之在其生平后期即元嘉中后期文化活动的特点:为文"体裁绮密……汤惠休曰:'谢诗如芙蓉出水,颜如错彩镂金'"。可见,颜延之文化活动早年与后期的巨大差异,这也是时代文化风气变化在个体文化活动中的反映。

颜延之人生实践中所表现的人生观念可见玄理的深刻影响。曹道衡、沈玉成认为,颜延之的思想从总体上属于儒家②,但不排除颜延之思想中具有老庄玄学的因素,尤其不排除其早年对玄学、玄理的熟悉,因为晋末宋初,文风初起而玄风未歇,颜延之此时仍然关注玄学,谙熟玄理、玄谈。《宋书·颜延之传》记载:"高祖受命,补太子舍人。雁门人周续之隐居庐山,儒学著称,永初中,征诣京师,开馆以居之。高祖亲幸,朝彦毕至,延之官列犹卑,引升上席。上使问续之三义,续之雅仗辞辩,延之每折以简要。既连挫续之,上又使还自敷释,言约理畅,莫不称善。"颜延之性格中除了傲岸一面,也有和光同尘的侧面,这两面都来自早年老庄及玄学的熏陶与积累。③ 在创作时间稍后于《陶徵士诔》的《庭诰》中,颜延之反复告诫其子女为人要低调,要"守中和"。其《白鹦鹉赋》之序云:"余具职崇贤,预观神秘,有白鹦鹉焉,被素履玄。性温言达,九译绝区,作瑞天府。"其说鹦鹉,亦带有崇玄尚静的思想,而且是托物喻志的方式。

从颜延之《陶徵士诔并序》全文看,颜延之对陶渊明的描述所关注的正是陶渊明与玄学家的相似:"在众不失其寡,处言愈见其默""简弃烦促,就成省旷"——这既是隐士的表现,也是玄学家的表现。陶渊明对颜延之的教诲"独正者危,至方则阂。哲人卷舒,布在前载。取鉴不远,吾规子佩",也是玄学家们所

---

① 详参拙文《颜延之诗歌与一段被忽略的诗潮》,《山东大学学报》1998年第4期。
② 曹道衡、沈玉成:《南北朝文学史》,人民文学出版社,1991,第68—70页。
③ 杨晓斌《颜延之的人生命运及其著作的编辑与流传——兼谈〈颜氏传书〉本〈颜光禄集〉的文学与文献》(《文学遗产》2012年第2期)认为"颜延之卒老于家,卒后又受到朝廷的追赠和赠谥褒赞,这是政局动荡时代文人仕子最理想的结局。究其原因,除了内在性格的决定因素之外,与其门第和仕履也有很大关系"。其实,所谓"性格因素",也就是老庄玄学的淡泊自守、明哲保身之人生哲学。

尊崇的老、庄明哲保身的基本理念。现存史料虽没有明确记载《陶徵士诔并序》的写作时间,但据人情之常揆度,应该在陶渊明去世后不久。萧统《陶渊明传》记载:"元嘉四年将复征命,会卒,时年六十三。"那么,据此可以判定《陶徵士诔并序》作于元嘉初年。考虑社会氛围,可想而知,此时颜延之对玄学玄理熟悉且关注。颜延之《陶徵士诔并序》推崇陶渊明"物尚孤生,人固介立"的品格,故主要篇幅着重突出并赞美陶渊明遗世独立之精神,指出陶渊明与时代若即若离的关系,而其评价陶渊明文化活动"学非称师,文取指达",明显也是突出陶渊明"学"与"文"之与众不同。考虑到颜延之对陶渊明的总体态度,这八个字显然不是轻视,更非否定。从与全文观点的统一性角度看,"学非称师,文取指达"八字评语,涉及历史文化内涵非常丰富,简言之有如下内容:

第一,说明陶渊明有"学"有"文"。① 陶渊明虽没有留下什么理论著作,但是,他确实好读书,好思考,其自述"泛览周王传,流观山海图"(《读山海经》其一),表明陶渊明对当时的理论话题有着深入而独到的思考,正是以此为基础,他的人生实践与文学实践都具有鲜明的自觉性,都表现出深刻的理论选择自觉性。

第二,深刻揭示了陶渊明"学""文"与其为人风格的协调一致。在颜延之看来,陶渊明人生活动的最大特点是"幽居者"——低调、自我、独立不迁,自我作古,不与世俗往来,不随俗俯仰。所以,陶渊明的学术并不刻意标榜师门师承而自成一家,不因循"师说""家法""一字不敢易"的学术传统,"好读书,不求甚解,每有会意,便欣然忘食"(陶渊明《五柳先生传》),陶渊明之"学"显然也是对当时流行的玄学的回应(虽然他不一定同意玄学),"有晋中兴,玄风独振,为学穷于柱下,博物止乎七篇"(《宋书·谢灵运传论》)。同理,颜延之用"文取指达"的评价,意图也是强调陶渊明诗文与世俗文风的距离。颜延之的观察与评价,揭示了陶渊明所回应的时代风气及其选择的复杂性:"学非称师"是强调陶

---

① 按,有学者认为颜延之所论"文取指达"之"文"不包括诗,不确。汉魏六朝时期,"文"有广义、狭义之分。就广义言,大凡以文字所书写者皆谓之文(文章),典型例证如曹丕《典论·论文》、陆机《文赋》、刘勰《文心雕龙》、萧统《文选》等;狭义之"文"则专指"有韵"之文("无韵者"为"笔",指应用性文字),这就是南朝文论家们熟知的文笔之辨。宋文帝元嘉二十二年,范晔《狱中与诸甥侄书》云:"手笔差易,文不拘韵故也。"《宋书·颜竣传》云:"太祖(指宋文帝)问(颜)延之:'卿诸子谁有卿风?'对曰:'竣得臣笔,测得臣文,奂得臣酒。'"一般来说,"文""笔"对举时,"文"不包括"笔",而没有对举和明确特指时,"文"指称的范围涵盖了所有文章、文体。即使按照颜延之熟悉的"文笔"之分,诗也包括在"文"内。

渊明为"学"与既有学术风气的差异①，而"文取指达"则强调陶渊明为"文"与晋末宋初日渐兴起、流行的尚文之风之距离。颜延之所强调的并非后代流行理解的那种内涵，而这正是玄学清谈所具备的"指达"特征。既熟悉玄学又熟悉陶渊明及其诗文的颜延之所作出的"文取指达"的评价，正客观地再现了陶渊明之"文"体现了玄学"指达"这个事实，换言之，在颜延之看来，陶渊明之文具有玄学"指达"的基本特征。

这又回到陶渊明与玄学关系的传统命题。在传统的认识里，陶渊明既是玄学的超越者——比如归隐，也是被时代遗弃的人。② 其实，陶渊明的思想、行为与其时代政治文化、玄学学理都存在密切互动。从陶渊明一生行迹来看，他与主流玄学家的不同之处是反复退隐，而退隐也并非当时他一个人的选择。即使隐居时，他活动的内容也很丰富，和时人差不多。有游观："今日天气佳，清吹与鸣弹。感彼柏下人，安得不为欢？清歌散新声，绿酒开芳颜。"（《诸人共游周家墓柏下》）有谈论：虽然他说"时复墟曲中，披草共来往。相见无杂言，但道桑麻长"（《归园田居》其二），此说可能是"此地无银三百两"，因为他说"邻曲时时来，抗言谈在夕。奇文共欣赏，疑义相与析"（《移居二首》其一）。他读书、思考，"弱龄寄事外，委怀在琴书"（《始作镇军参军经由阿作》），"诗书敦夙好，园林无世情"（《辛丑岁七月赴假还江陵夜行涂口》）。他还进行创作："登东皋以舒啸，临清流而赋诗。""悦亲戚之情话，乐琴书以消忧。"（《归去来兮辞》）"衡门之下，有琴有书；载弹载咏，爰得我娱。""乃陈好言，乃著新诗。"（《答庞参军》）陶渊明游观、谈论、读书、创作，从外在形态看，和东晋的玄学家似乎并无二致。陶渊明自述"见树木交荫，时鸟变声，亦复欢尔有喜"（《《与子俨等疏》》），这也是玄学家的"游目骋怀"（王羲之《兰亭集序》），是一种实践的"指达"。《五柳先生传》描述五柳先生"好读书，不求甚解，每有会意，便欣然忘食"，被沈约以及

---

① 严格说，陶渊明之"学非称师"不仅反映其个体思考之特点，从某种意义上说，这种不再恪守"师法"、自由解读，反映了玄学发展末期的状态。
② 沈约《宋书》陶渊明传所记其事迹，入《世说新语》没有任何问题，然《世说新语》故意遗漏陶渊明，原因是歧视陶渊明的家庭出身。详参宁稼雨《传神阿堵，游心太玄——六朝小说的文体与文化研究》，百花文艺出版社，2002，第266—272页。

萧统视作陶渊明的"自况"①,正是因为玄学家认为,有关自然语言不足以表现"道",虽然不得不使用语言,但是必须超越有限的语言进而体悟、玄想。陶渊明诗文大量使用老、庄玄学概念,也是其接受玄学思想影响的明显表征,清人方东树指出"陶之《饮酒》,即《庄》之寓言",《饮酒》其六"行行千万端"篇"本《齐物论》","陶公所以不得与于传道之统者,堕庄老也"(《昭昧詹言》卷四)。《陶徵士诔并序》全文重点也是突出陶渊明与主流文化的互动,他与主流文化若即若离的关系。正是在上述意义上,袁行霈先生说:"陶渊明虽然生于魏晋风流的最后阶段,但他绝不逊于那些赫赫大名的风流名士,甚至可以说他达到了风流的最自然的地步,因而是最风流的风流。"②

陶渊明及其诗文与玄学、玄言诗的密切关联,学术界已有充分的讨论并确认③,而就陶诗与玄学"指达"有关的内涵而言,简单归纳有两个方面:

第一,从陶诗文最富特色的主题和思想来说,陶渊明固然有着丰富的感情,但是,他更重视表达自己的生命思考——"理"或"玄理"。在陶渊明之前,陆机说"诗缘情而绮靡"(《文赋》);陶渊明之后,钟嵘强调"气之动物,物之感人,故摇荡性情,形诸舞咏""感荡心灵,非陈诗何以展其义?非长歌何以骋其情","使味之者无极,闻之者动心,是诗之至也。"(《诗品·序》)刘勰说:"情者,文之经""文质附乎性情"(《文心雕龙·情采》),而尚理的玄言诗正是崇尚文采、推崇抒发感情的陆机到钟嵘、刘勰之间的一个"悖逆"。孙绰《答许询诗》云:"贻我新诗,韵灵旨清。粲如挥锦,琅若叩琼。……理苟皆是,何累于情。"王胡之《答谢安诗》:"来赠载婉,妙有新唱。博以兼济,约以理当。"所强调之"理"即老庄之理。陶渊明重视思想的表达,正是表现了他受到当时流行的玄言诗的影

---

① 按,沈约《宋书》云:"尝著《五柳先生传》以自况。时人谓之实录。"萧统《陶渊明传》亦云:"其自序如此,时人谓之实录。"于溯《互文的历史:重读〈五柳先生传〉》(《古典文献研究》第十五辑,凤凰出版社2012年版)和范子烨先生《谁是五柳先生?》(《中华读书报》2017年9月13日刊载)都主张《五柳先生传》中"五柳先生"乃汉代思想家扬雄,并非陶渊明自传,所言甚是。不过,在我们看来,陶渊明以《五柳先生传》写汉代魏晋以来尊崇的思想家扬雄,显然不排除其尚友古人以"自况"的目的,这其实体现了文学理论的一个常识或观点,即题材与意图的关系。
② 袁行霈:《陶渊明研究》,北京大学出版社,2009,第33页。
③ 详参罗宗强《玄学与魏晋士人心态》(天津教育出版社,2005)第四章第五节"陶渊明:玄学人生观的一个句号"。其强调陶渊明受到同时代的玄学影响,并不是否定陶渊明的人生实践以及诗文创作中表明他受到儒家思想更深刻的影响,这种丰富性正是陶渊明独特创造个性的表现。张廷银直接将陶渊明诗视作玄言诗,参见其著《魏晋玄言诗研究》(商务印书馆,2008)"寄至味于平淡的陶潜诗"之详论。

响。陶渊明所思考的"理"就是深刻的终极关怀和生命思考——这也是玄学的世界观和本体论,陶渊明对生命的反思既包括对个体精神自由与社会秩序冲突的深刻体认——"户庭无尘杂,虚室有余闲。久在樊笼里,复得返自然"(《归园田居》其一),更包含着对个体存在有限与宇宙永恒的鲜明对比的悲哀体认——"人生似幻化,终当归空无"(《归园田居》其四)。这种终极关怀正是玄学家讨论最激烈、也最为挂怀并成为玄言诗最鲜明的"所达之指",即保身贵无、尚虚好静的玄远之"道"。

第二,从陶诗的表达而言,他推崇"得意忘言""得意忘象"的语言表达与思维模式——这是玄学的认识论和语言观。语言自然简洁通达,以形写神,意象生动而寓意深永,正是玄学"指达"的方式。其《饮酒》(其五)就是最好的说明:"结庐在人境,而无车马喧。问君何能尔?心远地自偏。采菊东篱下,悠然见南山。山气日夕佳,飞鸟相与还。此中有真意,欲辨已忘言。"陶渊明的代表作《形影神三首》从主题和表达方式两个方面集中体现了陶渊明诗文"指达"的特点,也是陶渊明与玄学、玄理、玄言诗密切关系的直接证据。陶渊明从山水田园中深悟宇宙无穷之理,其田园诗客观呈现了他的体悟过程。袁行霈先生论陶、谢诗歌的区别在于"从写意到摹象""从启示性的语言转向写实性语言"的历史变迁[1],写意、启示性语言,正是玄言诗的创作特点。

当然,杰出的诗人总是既属于其时代,又超越其时代。我们还要强调陶渊明的发展与创造,这个创造也是时代风气转换的具体表现:由于社会环境与生活处境的改变,陶渊明毕竟不是玄学家,陶诗毕竟不是玄言诗——陶渊明即使是玄言诗人,也是"最后一位"著名的玄言诗人。[2] 陶渊明和玄学家的贵无守虚、淡泊宁静不同,他出仕与归隐间的强烈纠结宣告着玄学思想的无效与终结,他放弃了玄学的超越追求而直面生命的艰难、无奈和痛苦。陶诗对生命的思考既有玄理也有丰富、强烈的感情,理而有趣,实现了"情、景、事、理的浑融"。陶渊明将心灵关注的对象从遥远的山水转入身边的田园,这是他继承基础上的伟大创造。此外,陶渊明不同于玄学家之处是他高度重视文学创作的社会意义和

---

[1] 袁行霈:《中国诗歌艺术研究》,北京大学出版社,1987。
[2] 详论参见罗宗强《玄学与魏晋士人心态》,天津教育出版社,2005。

生命价值①,"登东皋以舒啸,临清流而赋诗"。"悦亲戚之情话,乐琴书以消忧。"(《归去来兮辞》)《感士不遇赋·序》云:"夫履信思顺,生人之善行;抱朴守静,君子之笃素。自真风告逝,大伪斯兴,闾阎懈廉退之节,市朝驱易进之心。怀正志道之士,或潜玉于当年;洁己清操之人,或没世以徒勤。故夷皓有'安归'之叹,三闾发'已矣'之哀。悲夫!寓形百年,而瞬息已尽;立行之难,而一城莫赏,此古人所以染翰慷慨,屡伸而不能已者也。夫导达意气,其为文乎!抚卷踌躇,遂感而赋之。"因此他的田园诗比玄言诗更加形象鲜明。这种文学思想代表着文学精神正在挣脱玄学、玄理的束缚,重新回到"诗赋欲丽""诗缘情而绮靡"的道路,并延续汉末以来"文学自觉"与独立的大势,具有鲜明的前瞻意义,和他同时代而年龄稍小的谢灵运、颜延之自觉追求的"文义之美"正不谋而合,而这也是后来钟嵘赞美他的原因所在。

四、"文取指达"的流传及其被误读

颜延之既是陶渊明的好友,也是刘宋时期重要文学人物,其评论在其身后影响深远。颜延之"文取指达"论,重点是强调陶渊明诗文与玄理的关联,然而,事物的复杂性也在这里:玄学在表达上追求"得意忘言""言近旨远",颜延之的评价客观上也指出了陶渊明诗文不追求文采的基本特点,这却导致后代学者误认为"文取指达"是单纯指向并批评陶诗不讲词采、没有艺术性,"陶渊明诗文的美学特征并没有满足包括颜延之在内的同时代人的审美期待视野","与他们的审美期待视野相抵触"。②这种误读反映了东晋乃至晋宋之际与重视艺术形式美的南朝以来社会风气间的鲜明差异,换言之,"文取指达"的被接受与被误解,本身也是一个涉及学术思潮起伏、演变的深刻命题。

《陶徵士诔并序》撰写于玄言诗尚未完全退潮的历史时刻,此时颜延之切身感受到玄谈、玄风、玄言诗的存在并对玄理有着直觉而准确的体认,且颜延之与

---

① 关于陶渊明自觉的文学创作意识,参见拙稿《心灵的挣扎与生命的超越——论陶渊明的人生问题及其田园咏怀诗创作》,收入拙著《三曹与魏晋文学研究》,安徽文艺出版社,2011。
② 李剑锋:《元前陶渊明接受史》,齐鲁书社,2002,第54页。

陶渊明过从甚密①,相对于后代学者,颜延之更了解陶渊明为人为文,才发现并强调陶渊明与玄学、陶诗与玄理及玄言诗的内在关系,也注意到陶渊明诗与新兴尚文之风的不同,从而提出了"文取指达"说。然而,时过境迁,玄学消退,南朝尚文之风勃兴,儒家文艺思想复兴,人们对抽象的玄学、玄理已不感兴趣甚至感到十分陌生,刘勰强调"简言以达旨"(《文心雕龙·征圣》),其思想取资是儒家诗教,而非玄学。南朝诗论家对陶诗的不太认可或忽视(钟嵘《诗品》将陶诗置于"中品",刘勰《文心雕龙》没有论及陶渊明,萧统只关注作为隐士的陶渊明而忽视了陶渊明的文学),正如他们对东晋玄言诗的不认可。正是在此背景下,人们不仅重新认识、评价陶渊明,也重新认识颜延之的评论,钟嵘对陶诗的关注点和评价标准已发生明显偏移:"其源出于应璩,又协左思风力。文体省净,殆无长语。笃意真古,辞兴婉惬。每观其文,想其人德。世叹其质直。至如'欢言酌春酒'、'日暮天无云',风华清靡,岂直为田家语耶? 古今隐逸诗人之宗也。"(《诗品》)钟嵘忽略了颜延之所关注陶之隐士身份及其与玄学、玄理、玄言诗的关联,更加强调陶渊明的文学身份、文学成就及其诗文的动情性、艺术性,其评价带有鲜明的主体性和时代性。② 钟嵘所谓"世叹其质直"的评论,可能就是对颜延之"文取指达"的误读。后代学者对颜延之"文取指达"产生严重的误读,以为"文取指达"就是儒家的"简言达旨",依此来指责颜延之为人不能算是陶渊明真正的"知音",对陶诗"缺少鉴赏力"。

实际上,儒家强调语言使用要简约、通达,不"以文害道",如儒家经典《春秋》"简言以达旨"(刘勰《文心雕龙·征圣》),而道家、玄学也认识到语言表现力的有限,玄学的"指达"就是要求语言简约与蕴藉、深厚,从"简言"这个意义上说,二者要求是相同的,也可以说,东晋玄学家的"指达"论确实包括了儒家的

---

① 沈约《宋书》陶渊明本传记载:"颜延之为刘柳后军功曹,在浔阳,与潜情款。后为始安郡经过,日日造潜,每往必酣饮致醉。临去,留二万钱与潜,潜悉送酒家,稍就取酒。"有后代学者以为陶渊明藐视颜延之,颜延之不是他的真正知己,所以才将颜延之留给他的大钱"悉送酒家"。钟书林也认为,"颜延之《靖节徵士诔》的创作,更集中体现了颜延之并非是陶渊明的知音"(见前引《从"文取旨达"到"文章不群":论陶渊明文学史地位的升格》)。这种理解确实拔高陶渊明,却难免曲解了沈约的原意,更无视了陶渊明的忠厚。邓小军《陶渊明政治品节的见证——颜延之〈陶徵士诔并序〉笺证》(《北京大学学报》2005 年第 5 期)对此类说法有详细驳议,甚确,可参,此不具引。另,马银琴《独正者危,至方则碍——试说陶渊明对颜延之的影响》(《文史知识》2018 年第 11 期)认为颜延之为人深受陶渊明之影响。

② 其实,对陶诗文学性的关注在刘宋后期即已开始,从保存至今的材料看,鲍照以及稍后江淹已开始模拟陶渊明的田园诗。

"简言达旨"的内涵与要求,正是从这个意义上说,后代流行的理解,即颜延之"文取指达"的评论,确实包含了对陶渊明诗文文辞简约乃至不追求辞藻和艺术性——所谓"文体省净"(钟嵘《诗品》)这一特点的发现与确认。明末清初学者陈祚明评陶渊明《诸人共游周家墓柏下》诗"达旨简言,千秋可感"(《采菽堂古诗选》卷十三)。然而,我们不得不指出,后代学者只关注与孔门文章写作与语言表达思想关系密切的"达"这个概念,却忽略了源自道家并成为魏晋玄学语言哲学的关键词语"指"这个概念,更多的是从孔子"辞达而已"的角度而不是东晋时期流行的玄学、玄理特定思想表达形式的角度理解这个评论的含义,必然导致其关注了语言观却忽视了本体论。我们认为,陶诗"简言达旨"这种解读,不是颜延之强调之重点,亦非"文取指达"概念的全部意思或核心内涵①;"文取指达"只是客观地揭示陶诗与玄学、玄理的密切关系——陶诗重视论"理"、陶诗语言简洁明快而形象鲜明,并非感情上否定陶诗的"简言达旨",不是含蓄批评陶诗"质木无文"。恰恰相反,该评价揭示了陶渊明为诗体现玄学思维的特点及其诗语言上不追求形式美的特点及这些客观事实②,更肯定了陶渊明不随俗俯仰的独立精神。

  从动态的接受史、阐释史角度看,陶渊明独特的人格魅力和陶诗本身的丰富性、对玄言诗的超越及其文学成就,将在南朝追求"感荡性灵"(钟嵘《诗品·序》)、"事出于沈思,义归乎翰藻"(萧统《文选·序》)的文化语境里不断得到发现和阐释,这正是历史交给钟嵘、萧统后来初步完成的任务。而到了宋代,"渊

---

① 按,很多学者引用颜延之评论"文取指达"时"指"和"旨"不分,其实,如前所论,儒家和道家使用的概念是不同的,文取"指达"更直接表明其思想与道家语言观的密切关系。玄学家将"旨达"视同"指达",并不意味着他们认同儒家的世界观与语言观,毋宁说他们只是认同儒家"简言"这个基本观念,玄学有自己的世界观和本体论。后代学者将"文取指达"写成"文取旨达",正表明人们忽视或遗忘了儒、道及玄学语言观的根本区分,从而误将"简言达旨"的儒家语言观等同于道家与玄学语言观。
② 后世有一种观点认为,语言朴素是最高境界,颜延之说陶诗语言朴素、通达正是最高的赞美。显然,此说并不是颜延之的立场,也不是他那个时代的立场。从颜延之个人的文章写作实践以及文学发展趋势而言,辞藻华丽、文采斐然才是更高境界,如刘勰《文心雕龙·征圣》云:"然则圣文之雅丽,固衔华而佩实者也。"但是,我们也不能不承认,当文学发展渐趋繁缛,"物极必反",确实出现了返璞归真的要求,比如初唐史学家刘知幾就要求"夫国史之美者,以叙事为工,而叙事之工者,以简要为主"(《史通·叙事》),明确反对"爱泊中叶,文体大变,树理者多以诡妄为本,饰辞者务以淫丽为宗。譬如女工之有绮縠,音乐之有郑卫"(《史通·载文》)。初唐的诗歌革新运动、中唐的散文复古运动和宋初的诗文革新运动,都是针对六朝以来文学发展繁缛的特点而展开的。

明文名,至宋而极"①,出现了无以复加的崇高评价——"晋无文章,唯陶渊明《归去来兮辞》"(李公焕《笺注陶渊明集》卷五引)、陶"诗质而实绮,癯而实腴,自曹、刘、鲍、谢、李、杜诸人,皆莫及也"(苏辙《追和陶渊明诗引》所引苏轼《与苏辙书》)。② 然而,这些评论和认识却将陶渊明其人其文与其所处环境和名士、玄学、玄言诗完全"割裂"开来,陶渊明与玄学的"一段尘缘"也就被掩埋在厚重的历史尘埃之深处。

五、结语

总之,"文取指达"说深刻地揭示了陶渊明诗文与玄学、玄理、玄言诗文的密切关联,但是,这个评论在传承过程中却被简化甚至被严重误解。与此同时,陶渊明其人其诗也被不断创新性地解读,这个现象的产生其实有着深刻、复杂的原因,与玄学的命运以及中国文化的根本特质有关。在中国文化史上众多思想流派中,玄学是一种独特的思想体系,具有独特的世界观和认识论,是一套独特的概念体系和思想表达方式——极其讲究逻辑性。毫无疑问它继承了先秦道家、名家乃至儒家的思想资源,同时也受到西来的佛教思想之影响③,犹如一朵

---

① 钱锺书:《谈艺录》,生活·读书·新知三联书店,2001,第258页。
② 宋人这种观点在20世纪典型的回响就是朱光潜先生提出的"静穆"说。此说强调陶渊明的"静穆",而忽视陶渊明内心的纠结和矛盾冲突。其实,陶渊明《读山海经》诗云:"精卫衔微木,将以填沧海","刑天舞干戚,猛志固常在",鲁迅据此说批评朱光潜继承宋人之说而片面强调陶渊明的"静穆":"那诗文完全超于政治的所谓'田园诗人','山林诗人',是没有的。完全超出于人间世的,也是没有的。"(《鲁迅全集》第三卷《而已集》,人民文学出版社,2005,第538页)陶渊明"于世事也并没有遗忘和冷淡"(《鲁迅全集》第三卷,第538页),陶渊明"正因为并非'浑身是"静穆",所以他伟大'"(《鲁迅全集》第六卷《且介亭杂文二集》,第444页)。应该说,陶渊明是丰富而有深度的,他有"静穆"的侧面,也有"刑天舞干戚"的侧面;他有同于玄学家的侧面,也有超越玄学家的侧面;有继承儒家的侧面,也有师承道家、道家思想的侧面。其实,早在南朝,萧统就注意到陶渊明"语时事则指而可想,论怀抱则旷而且真"(《陶渊明集序》)的复杂性、丰富性,这也是陶渊明被后代反复解读(如20世纪著名学者梁启超、鲁迅、陈寅恪等都对陶渊明其人其诗有过深入研究)、地位不断提升的原因。
③ 东晋玄学家对思想与语言表达方法有着鲜明的自觉意识,如汤用彤先生曾论佛法初传入中土后,"此族文化输入彼邦,最初均扞格不相入。及交通稍久,了解渐深,于是恍然于二族思想固有相同处,因乃以本国之义理,拟配外来思想。此晋初所以有格义方法之兴起也。迨文化灌输既甚久,了悟更深,于是审外族思想自有其源流曲折,遂了然其毕竟有异,此自道安、罗什以后格义之所由废弃也。况佛法为外来宗教,当其初来,难于起信,故常引本国固有义理,以申明其并不诞妄。及释教既昌,格义自为不必要之工具矣"(汤用彤《汉魏两晋南北朝佛教史》,北京大学出版社,2011,第133页)。

盛开在魏晋浊世里的洁白莲花,是中国文化中极其难得的"异类"和奇迹,光彩照人。毫无疑问,陶渊明其人其诗文正是这种文化孕育出来的,当然陶渊明最终超越了这种文化。然而,因为它与偏重关注人间社会现实问题、更强调感性而不重视逻辑及形而上学思考的中国主流文化精神不相吻合,所以,酝酿甚久,退潮却快。然而,虽然南朝士大夫对艰涩的魏晋玄学已日渐陌生,相关文献遗失、失传自不可免,但是,魏晋玄学赋予时人言行举止一种独有的风采——由玄心、洞见、妙赏、深情综合而成的"魏晋风流"[1],一种尊崇"人格上的自然主义和个性主义"的独特的"晋人的美"[2],即将在现实中消退之际被生动地记载在《世说新语》[3]这部"大书"中,从而给后人留下永远的膜拜和怀想,并内化为古代知识分子的精神信仰与价值指南。我们今天爬梳、甄别、辨析有限的史料,小心翼翼重构、还原"文取指达"的历史内涵,既是重新认识颜延之必要,也是为了清理陶渊明与其所处时代文化氛围间深刻的互动关系,以便更准确地认识陶渊明其人其诗,甚至有助于理解玄学兴衰的命运乃至中国文化的某些特点。

(吴怀东,安徽大学文学院教授、博士生导师。出版《三曹与魏晋文学研究》《诗史运动与作家创造——杜甫与六朝诗歌关系研究》及《曹氏家族与汉晋社会文化变迁》等著作)

---

[1] 冯友兰:《三松堂学术论集》,北京大学出版社,1984。
[2] 宗白华:《艺境》,北京大学出版社,1990。
[3] 一般认为,"爱好文义"的刘义庆"招聚文学之士,近远必至"(《宋书·宗室传》),组织编写《世说新语》,时在元嘉中期,收录的最后一个人物是谢灵运,其时玄学已经退潮,与颜延之成为"经纶文雅才"同时。

社会兴趣和政治文化视野中的谢灵运山水描写

徐 楳

谈论东晋文学向刘宋文学的转变,必然会涉及"宋初文咏,体有因革,庄老告退,而山水方滋"①的问题。而在这一转变中,晋末宋初的谢灵运又是最不可忽视的存在:"(谢灵运)每有一诗至都邑,贵贱莫不竞写,宿昔之间,士庶皆遍,远近钦慕,名动京师。"②关于谢灵运的山水诗,前人论述已多,可谓成果丰硕。而在山水诗的产生来源上则有两种观点颇具代表性:一是认为其来自玄学佛理等思想对山水自然的投射;二是认为山水诗是对曹魏西晋以来的宴游、行旅文学的继承和发展。前者如葛晓音认为:"谢灵运精通佛理和玄理,他的山水诗也是'以山水为理窟',诗中的玄言是将借山水化郁结的意思最终归结为以理自适,乃一篇主旨所在,只是山水描写的成分大大增加。"③后者则以赵昌平为代表:"作为'卓越的艺术作品'的谢客山水诗,必不能产生于庾、桓那种玄言诗的贫瘠土壤上;而理当上承曹陆潘张乃至李颙、孙统、谢混一系,并兼参郭璞游仙之逸荡才丽气调。"④尽管在近年的研究中两种观点也产生了融合的倾向,多数

---

* 本文为上海市社科规划课题"两晋时期五言诗体式发展研究"(项目批准号:2018BWY021)的阶段性成果。
① 刘勰著,詹锳义证《文心雕龙义证》,上海古籍出版社,1989,第208页。
② 沈约:《宋书》卷六七《谢灵运传》,第6册,中华书局,1974,第1754页。
③ 葛晓音:《山水方滋 庄老未退——从玄言诗的兴衰看玄风与山水诗的关系》,《学术月刊》1985年第3期。
④ 赵昌平:《谢灵运与山水诗起源》,《中国社会科学》1990年第4期。程苏东认为:"阅读他们(指庾阐、湛方生)的作品,会发现他们诗风清雅洒落,重情思、写意而不重藻饰、炼字,很明显地带有汉魏'古诗'的特点,与后来蔚为大观的南朝山水诗表现出较远的距离。"(《再论晋宋山水诗的形成——以汉魏山水赋为背景》)这一判断恐怕并不确切。尽管庾、湛等人的一些诗句确实与汉魏士人一样更"重情思、写意",但他们同样追求新鲜的语言表达,其景物描写中很少有见诸汉魏古诗的用词,说他们上承西晋、下启南朝是毫不为过的。

学者都会认为山水诗的形成是多方面作用的共同结果；但相对而言，偏重于从思想层面来对山水诗之产生原因加以阐释的研究要更多一些。一个很重要的原因在于，谢灵运的山水诗中往往可见"玄言的尾巴"，这是很明显的思想影响诗歌的证据。然而，如果将注意力从"山水诗"转向诗中的"山水描写"，则用玄、佛思想来解释诗歌就会遇到困境——诗歌毕竟是语言的艺术，如何证明诗句中对山水自然的描写必然受到某种思想的影响？有鉴于此，我们必须首先探求的是，谢诗在山水描写中所使用的语言究竟有什么特殊性。

一

日本学者高木正一很早就提出了谢灵运山水描写中的一个重要特点："（谢灵运的山水诗）即使全篇贯穿着忧愁，景仍然作为景而独立于情，其客观性得到了生动的描写。""无论是什么季节，其中的美景都是作为美景本身而被客观之眼捕捉到的，诗人的内心却不允许被溶入其中。"①当然严格来说，所有的描写都必然涉及作者的主观情意，如森野繁夫认为谢灵运的山水描写中大量运用了远近、高低、左右扩展的镜头转换等手法，这些手法的使用当然是出于作者的主观选择："谢灵运自然描写的特征，是深广的'画面'构成，以及将自然的一部分加以扩大并详细地进行描述。"②而萧驰在对谢诗的画面选择进行分析后也认为："诗人显然亦同时漠视了同一片实际山水中的诸多要素"，"谢诗此一'非虚构的'山水不应等同于'客观'的山水"。③

然而换个角度来看，谢灵运诗歌中的山水描写又确实与后世很多情景交融的描写有很大不同。尽管前人也曾试图从谢氏的山水描写中阐发出与情感相关的内容，但阐释毕竟只是阐释，如果将谢氏的山水描写从其全诗中摘句而观，则很难看出其与特定情感的关联。以《登上戍石鼓山》（《先秦汉魏晋南北朝诗》，第1164页）一诗为例，尽管全诗的开端（"旅人心长久，忧忧自相接"）和结尾（"佳期缅无像，骋望谁云惬"）都贯穿着一种感伤的情调，但其中的"日末涧

---

① ［日］高木正一：《六朝唐诗论考》，创文社，1999，第466、467页。
② ［日］森野繁夫：《谢灵运论集》，白帝社，2007，第181页。
③ 萧驰：《诗与它的山河——中古山水美感的生长》，生活·读书·新知三联书店，2018，第107、117页。

增波,云生岭逾叠。白芷竞新苕,绿蘋齐初叶"①等山水景物描写似乎更多用力在刻画景物本身的状态,这与刘勰所言"情必极貌以写物"(《文心雕龙·义证》,第208页)、"钻貌草木之中"(同上,第1747页)形成了呼应,而与开头结尾的情调却并未形成有机的融合。换句话说,谢灵运在涉及景物描写时刻意淡化了自己的主观情感,使景物描写可以从全诗中抽离出来而得到独立的欣赏;而从读者的角度而言,在阅读这些诗句时也只需要欣赏景物描写本身,并没有必要追究作者当时的情感。

如果只是难以从景物描写中看出特定情感,那么这种写作特色很难说始自谢灵运。在建安、西晋乃至东晋一些诗人的笔下,也同样可以找到一些无法确知诗人情感的写景诗句。但在谢灵运的创作中,情感和景物之间的关联却因为新鲜的语言表达方式而刻意地遭到了淡化。这种刻意性在所谓"一句二文"的句式选择中体现得最为典型:

> 岩峭岭稠叠,洲萦渚连绵。②
> 石浅水潺湲,日落山照曜。(《七里濑诗》)
> 时竟夕澄霁,云归日西驰。(《游南亭诗》)
> 涧委水屡迷,林迥岩逾密。(《登永嘉绿嶂山诗》)
> 崖倾光难留,林深响易奔。(《石门新营所住诗》)
> 野旷沙岸净,天高秋月明。(《初去郡诗》)
> 春晚绿野秀,岩高白云屯。(《入彭蠡湖口诗》)
> ……

这些诗句的主要特征在于,一句五言句其实是由两个短句构成,每句都拥

---

① 萧驰曾力求从这四句阐发谢灵运的情感:"'日没'一句写夕照里风吹皱了江水,于此仿佛摹拟着心绪波澜……'白芷'一联亦应是近处所见青春之景,却在提示诗人:季节已从去岁的中秋到了新一年的春日。时间的长度深化了由空间阻隔而起的乡愁。"(《诗与它的山河——中古山水美感的生长》,第127—128页)但这样的阐发只是一种可以成立的可能性,而非唯一的解释,其他读者当然也可以作出不同的解读。这恰说明谢灵运的山水描写并不与特定情感存在内在关联。萧驰自己也意识到,"(与鲍照、谢朓不同,谢灵运)铺陈山水美之余,必须不无生硬地解说经此而发的理悟或感叹。情与景、心与物故而由外在的逻辑所连贯。"(同上,第178页)

② 《过始宁墅诗》,逯钦立《先秦汉魏晋南北朝诗》,中华书局,1983,第1160页,下引不详注。

有两个主语及其不同的状态。森野繁夫将其称为"一句二文"①并指出:"灵运诗中'一句二文'的诗句很多,尤其是在描写山水自然方面,甚至达到23例之多。""这种'一句二文'的写法,在陶渊明之前的诗人笔下是极少的,到晋末宋初时才得到了更多的使用。"②确实,尽管在建安时代的曹丕名下就已经有"雉雊山鸡鸣,虎啸谷风起"(《十五》)这样"一句二文"的诗句,但它们都与视觉画面关系不大。而在谢灵运的诗中,"一句二文"的句式却成了一种表现视觉画面时的自觉选择。大立智砂子统计了在谢灵运之前"一句二结"的所有用例,其中与视觉景物相关的仅有"天清月晖澄"(曹毗《咏冬诗》)、"景昃鸣禽集"(谢混《游西池》)等极少数诗句。这样看来,森野氏统计的23例景物描写相对于前代来说确实是有相当显著的差别;而据大立氏统计,谢诗中"一句二结"的对句占该句式所有诗句的88.8%,这在所有六朝五言诗中是最多的,构句的密度足可见其自觉的程度。

  这种构句方式会产生怎样的效果?森野繁夫认为:"在一句中将相互关联的两种景物合并为同一的风景加以描写,并为其设置一句同样合并描写关联景物的对句,这可以将具有广度和深度的风景立体地描写出来。"(《谢灵运论集》,第192页)大立智砂子则认为这样的构句表现了山水"自然而然的状态"(《谢灵运五言诗における"句中の〈主述〉反復"について》)。诚然,在这样的对句中,远近高低的各种物象组合唤起了极为丰富的空间想象,视觉画面的三维空间感得到了空前的突出。但该句式更重要的特点是:第一,在一句五言句中,前二字短句和后三字短句或可构成一种并列关系(如"岩峭岭稠叠,洲萦渚连绵",岩、岭、洲、渚之间并没有明显的孰轻孰重),或可构成一种因果关系(如"崖倾光难留,林深响易奔",因为"崖倾"所以"光难留",因为"林深"所以"响易奔"),或可构成一种聚焦关系(如"春晚绿野秀,岩高白云屯",空间想象的聚焦最后偏在"绿野"和"白云"之上),其中没有一种关系是绝对单一的,两个短句在相互映照之下使景物之间的彼此关系显得相当灵活多元,而彼此关系的不确定又使每一个物象似乎都成了有生命的主体,并时时与其他物象处于灵活的互动之中。重要的是,作者并没有对物象之间的关系加以过多解释,而是在物

---

① 大立智砂子在《谢灵运五言诗における"句中の〈主述〉反復"について》(早稻田大学中国诗文研究会《中国诗文论丛》第20号,2001年10月)一文中称之为"一句二结"。
② [日]森野繁夫:《谢灵运论集》,第189、193页。

象的"自相映发"中将想象的空间更多地留给了读者。尽管读者所感受到的视觉物象确实是由作者提供的,但物象之间的关系却需要由读者自己来建构。由此作者便从景物描写中抽身而出,山水景物因其自身之间的关系而成为诗句的主体,并表现为最接近于客观的存在。第二,从"一句二文"的句式结构来看,该句式中原来的修饰语成为更为重要的谓语,而由于五言句中的短句是由两字或三字构成,所以主语和谓语很可能都必须由单音节词来担任,这样一来作者和读者的注意力都会细化到五言句每个字位的单音节词上——如果是"白云屯高岩",那么即使没有"高",诗句仍然可以得到理解;但在"岩高白云屯"中,"高"便成了不可或缺的特殊存在,将其替换成任何其他语词都会造成全句意境的改变。

当然,谢灵运诗中的写景并不都采用"一句二文"的句式,但这种写法本质上意味着物与物之间的关系呈现出更多需要读者参与建构的可能性,这使得作者有可能尽量淡化主观情感的介入,而使景物从被观察的客体成为被应接的主体,并在其自身的组合之间直接触发读者的视觉想象。除了典型地体现于"一句二文"的句式之外,淡化主观情感的创作意图在谢灵运的景物描写中还有其他新鲜的语言表现,例如《登江中孤屿》诗的"云日相辉映,空水共澄鲜"、《初往新安至桐庐口》诗的"江山共开旷,云日相照媚",以单音节名词相互对应的方式而有意凸显景物之间关系的写法,在之前的空间景物描写诗句中极为罕见。又如在谢灵运之前的景物描写中,只有"远望长州,近察重泉"(曹摅《赠石崇》)等少数诗句涉及景物远近的方位关系,且在这样的诗句中读者仍能意识到观察者视角的存在;但谢灵运《过白岸亭》诗中的"近涧涓密石,远山映疏木"、《游南亭》诗中的"密林含余清,远峰隐半规"则不仅凸显了景物的远近方位,且隐去了作者的主观视角,而使景物在彼此的交映中呈现出自足的空间关系。又如在谢灵运之前的五言诗中,"鸟"或是一个托喻的对象,或是一个被观察的、价值往往已被观察者确定的对象,而在谢灵运的《石门岩上宿》诗中"鸟"却第一次作为被应接的、没有价值预设的对象而得以出现:"鸟鸣识夜栖,木落知风发。"景物(而非观察者)成为诗句的主体。类似的还有《登石门最高顶》诗中的"连岩觉路塞,密竹使径迷"、《石门新营所住》诗中的"苔滑谁能步,葛弱岂可扪"、《从斤竹涧越岭溪行》诗中的"猿鸣诚知曙"等等,都将外在的景物设置在主体的地位,而观察者只是被动地进行应接。这些写法都与"一句二文"的特殊句式具有本质上的共通性——景物本身成为诗句的主体,而作者的情感则在观察者视角的隐退中得到了淡化。这种创作思维构成了谢灵运景物描写中极为重要的一种特色。另外,尽管谢灵运的山水诗中也不乏"俯视乔木杪,仰聆大壑淙"(《於南山望北山经湖中瞻眺》)之类明显体现观察者视角的诗句(这种句式在汉魏古诗中相当常见),但新鲜的、尚未和特定情感形成惯性联想的景物用词的大量引入,同样也使读者无法直接建立描写之景与作者之情之间的关联,这与之前的种种写法共同促成了主观情感的淡化。

值得注意的是,无论是"一句二文"的句式还是其他的淡化情感的写法,它们在谢灵运写景中的频繁出现,在一定程度上可以说标志着六朝诗人创作思维的整体转变。首先,纵观从东汉到西晋的五言诗创作,尽管在某些诗人(如"巧构形似"①的张协)的笔下也出现过相当精巧的即目所见的景物描写,但多数诗句中的景物其实都是与特定情感或特定场合相连的惯用物象。例如"鸟"这一五言诗中常见的物象:从出现频率来看,"鸿鹄""凤凰""鸳鸯""鹤""燕"在汉魏西晋五言诗中极为多见,但它们与其说是抒情者亲眼目睹的眼中之鸟,不如说是被投射特定情感的心中之鸟——"凤凰"多与高洁的志操有关,"鸳鸯"多与夫妻的恩爱有关,等等——而到了南朝,谢朓《游东田》诗中的"鸟散余花落"、萧纲《咏柳》诗中的"花絮时随鸟","鸟"就不再以专名的形式而带上任何习惯性的情感联想,而只以"散""时随"等当下动作而成为作者的即目所见。

其次,当用语词来指称物象的重要性让位给了通过语词连缀来暗示景物之间关系的重要性时,指称物象的语词也很容易朝着简约平易的方向发展。诗人不必再借助于刻意的修辞来凸显物象本身的特殊性,而只需将各种物象以其最平常的语词面貌并置在一起,便能够使语词在前后的连缀中因其所处位置的重要性而获得关注。例如在《从斤竹涧越岭溪行》诗中,前代诗歌常见的"浮云""青云""庆云""油云"等修饰性用语被代之以"岩下云方合,花上露犹泫"——"云"只是"云"、"花"只是"花",但"云"与"岩"、"花"与"露"的空间关系,以及"方"与"犹"所提示的时间动势,却营造了前代诗歌中所从未有过的美感。同样,到了南朝,"鱼"和"鸟"不必再如魏晋诗人那样经过刻意修辞而成为"游鳞""翔禽",而仍然能够以最为平常的"鱼""鸟"为名来获得新意:"鱼戏新荷动,鸟散余花落"(谢朓《游东田》)、"荷风惊浴鸟,桥影聚行鱼"(庾信《奉和山池》)等

---

① 钟嵘著,曹旭集注《诗品集注》(增订本),上海古籍出版社,2011,第185页。

诗句中的"鱼""鸟"都是因其与其他语词不寻常的组合方式而产生了新鲜感。在这样的诗句中,读者往往会忘记语言中介的存在,而直接感受到自然界中生命与生命之间的相互映发。从诗歌发展的角度看,这可以说是创作思维的一个方向性转变,而转变的关键则鲜明地体现于谢灵运诗歌中的山水描写。

二

问题是,为什么谢灵运会选择刻意淡化山水描写中的情感色彩,而尽量用新鲜的语言来凸显对山川景物的描写?有学者认为,作者从景物中的淡出是受佛教思想影响的结果:"佛教之般若意趣,与之(指玄言诗)不同者在于,它虽有更高智慧的自信,但是表现于诗歌,却不落言筌,力戒涉乎主观之理路。在诗歌里,叙述者身影较为隐蔽。"[①]这一观点固然有其合理性,但思想与文学的关系并不能如此简单论定。首先,从逻辑上而言,和玄言一样,即使佛理会在一定程度上影响人们对山水的理解,也未必会导向诗歌中山水景物描写的兴盛,而同样有可能导致"佛对山水"式的类似说理。其次,所谓的叙述者身影之隐蔽,其实也只是在景物描写本身中较为淡化,但从全诗来看则未必如此。如上面所说的谢灵运《登上戍石鼓山》,尽管其景物描写似乎主观性并不强,但其开端和结尾仍表现出了强烈的情感。如果主要是受佛理的影响而产生淡化情感的现象的话,那为何情感仅仅是在山水景物描写中得到淡化?可见,玄学、佛教等思想层面的影响至少并非山水描写中情感色彩淡化的直接原因。

但是,山水描写中情感色彩的淡化又确实是谢灵运,甚至是东晋时期文人在言说和写作时的明显趋势。如谢灵运之前的名士王献之对山阴道上风景的评价就非常明确地表现出了一种前代极为罕见的欣赏立场:"山川自相映发,使人应接不暇。"[②]"山川"因主体自身的相互关系而构成了具有生命感的整体画面,而"人"在这里只是处于接受者的位置,只是被动地"应接"画面中"自相映

---

① 汪春泓:《论山水诗与陈郡谢氏之关系——兼论"庄、老告退,而山水方滋"》,《文学遗产》2015年第6期。又如萧驰也认为:"佛教的法身以及佛的身相不可思议的示现的观念又使'佛之庐''穷目苍苍,翳然灭迹',最终泯去了人物叙事的色彩,而将观照引向法身遍满的神丽庄严的佛之山川!山水在这样的意义之上才可能完全是绘画和抒情诗的对象,观察和描写山水才可能成为如此能提举生命存在和精神层次的庄严活动。"(《佛法与诗境》,中华书局,2005,第55页)
② 余嘉锡:《世说新语笺疏》,中华书局,1983,第145页。下引不详注。

发"的山川之美。由此作者似乎也同样退到了欣赏者的立场,而与读者一起来欣赏诗句中的画面,这一立场与谢灵运在山水描写中所经常采用的"一句二文"等写作策略正可以形成相互的印证。可见欣赏立场的转变并非谢灵运的孤明先发,而自有其文化渊源。

  山水的重要性在东晋文化中逐渐得到凸显,这早已是前人研究的共识。在以往的研究中,山水描写在东晋时期的逐渐增多往往会被简单归因为南方山水的美好,"是江南山水的独特风貌造就了东晋士人的山水审美趣味"[1]。但已有学者指出,北方的山水自有其佳妙之处,江南山水之美并不能解释为何山水描写会到东晋时期才得以兴盛。相对来说,徐公持将关注重心放在两晋士人的生活差异上,或具有更强的说服力:"东晋士大夫之闲适生活,与西晋士大夫之奢靡生活有所不同。西晋士大夫以都市生活为主,东晋士大夫则以山林生活为主;西晋士大夫逞繁炫富纵诞逸乐,东晋士大夫则以优游闲适生活为目标。"[2]这一观察立足于两晋士人生活的差异而非南北山水的不同,确实指出了一个很重要的事实:东晋士人确实有更多在都市之外生活的经验,这就为山水描写的增多创造了可能性。但是从逻辑上说,生活于山水之中并不必然导向对山水的言说,而对山水的言说也不必然导向用新鲜的语言描述山水。山林生活经验的增多和山水描写的增多,其中仍存在着需要进一步阐释的空间。

  一个很重要的事实是,在东晋士人的生活中地理距离这一要素变得空前突出:曹魏西晋时期的文化活动都主要发生于政治中心,即使文化主体来自全国各地,即使在文学中也存在着对异地风物的描述,但绝大多数文化活动都以政治中心为其舞台,对政治中心以外地区的文学性描述也并不会导向寻访异域的兴趣;而东晋时期的文化活动却会同时散布于几个地理距离较远的区域。例如在首都建业之外,依山傍水的会稽成了士大夫生活的另一个中心区域。陈寅恪先生提出了一个非常重要的观察:"北来上层社会阶级虽在建业首都作政治之活动,然其殖产兴利为经济之开发,则在会稽临海间之地域。故此一带区域亦是北来上层社会阶级所居住之地也。"[3]田余庆也认为:"由于会稽具有优越的

---

[1] 罗宗强:《魏晋南北朝文学思想史》,中华书局,1996,第135页。
[2] 徐公持:《魏晋文学史》,人民文学出版社,1999,第508页。
[3] 陈寅恪:《述东晋王导之功业》,载《陈寅恪集·金明馆丛稿初编》,生活·读书·新知三联书店,2001,,第71页。原载《中山大学学报》1956年第1期。

经济条件,在南北对峙形势中又较安全,所以东晋成、康以后,王、谢、郗、蔡等侨姓士族争相到此抢置产业,经营山居,卸官后亦遁迹于此,待时而出。"正因为会稽一地之重要性,所以"会稽内史"一职一般都由门阀士族来担任:"军州以外,以郡的地位而得列为方镇者,只有会稽内史一职。"① 而除了建业和会稽之外,长江沿线的荆州、江州因其地理位置的重要性,在东晋时期也是门阀士族所重视的政治据点。尽管实际掌控者随着历史的推移而自有其变化,但在门阀士族的长期经营下,荆、江地区的文化也得以繁荣。

这些地域之间的地理距离对于文学发展的意义相当重要:

首先,既然东晋时期的士人往往需要在不同地域之间来往,则用语言来描述异地的风物就会逐渐成为一种人与人之间言说与倾听的需求。而在各种异地风物中,异地的山川之美又是其中最为重要的内容之一。例如顾恺之"从会稽还"时,就有人"问山川之美";而道壹道人"从都下还东山,经吴中",也有"诸道人问在道所经"。旅途中的山川能够成为"美",这又关系到东晋时期的交通条件:尽管汉魏西晋时代的北方同样有好的山水,但有关行旅的文学作品却多因交通不便、旅途劳顿而表现出悲苦之情,五言诗中的行旅传统便由此而来。而到了东晋时期,随着交通条件的改善,在行旅中就有条件从旅途劳苦而转向赏鉴风物,传统的行旅之苦便很容易转化为游览之乐。例如根据田余庆考证,东晋时期从建业到会稽之间自有水道相通②,由此浙东一代的山水就不会造成旅途的困扰,而有可能转换成为审美的对象,对异地风物的言说情绪也会从悲苦转为愉悦。从这个角度来看,王献之所谓"从山阴道上行,山川自相映发,使人应接不暇",顾恺之回答"人问山川之美"时所说的"千岩竞秀,万壑争流,草木蒙笼其上,若云兴霞蔚"中对山川的欣赏也只有到东晋时期才可能产生。

其次,程式化的概括很难满足听众(或读者)对异地景物的向往,由此用新鲜的语言来品目异地的山水就会逐渐引发社会性的兴趣。我们注意到,以上王献之、顾恺之、道壹数例均出自《世说新语·言语》,其共同之处在于,无论是听者还是言者,在描述行为发生之时,他们都已与视觉直观中的山川产生了明显的地理距离。而若对《世说新语·言语》中有关言说景物的记载稍作梳理,则可以发现在不存在地理差异的场合(即直面当下的景物),东晋士人在品题景物方

---

① 田余庆:《东晋门阀政治》,北京大学出版社,2012,第75页。
② 参看《东晋门阀政治》,第79—84页。

面就往往少有语言的创新。例如:"简文入华林园,顾谓左右曰:'会心处,不必在远。翳然林水,便自有濠、濮间想也。觉鸟兽禽鱼,自来亲人。'""荀中郎在京口,登北固望海云:'虽未睹三山,便自使人有凌云意。'""谢中郎经曲阿后湖,问左右:'此是何水?'答曰:'曲阿湖。'谢曰:'故当渊注渟著,纳而不流。'""王司州至吴兴印渚中看。叹曰:非唯使人情开涤,亦觉日月清朗。"很明显,同样是言说景物,在面对当下的景物和听众时言说者都并没有表现出对描述景物本身的兴趣,两种态度形成了鲜明的反差,这反过来恰可印证地理距离与造语新奇的景物描述之间存在着正相关的关系。①

再次,对异地景物的描述又与情感的淡化存在着内在的联系。王献之、顾恺之、道壹等人都处在异地景物与听者之间的中介者位置,听者必须通过他们的语言描述才得以想象异地的山水,可以说,来自异地的言说者垄断了对异地景物的解释权。而值得注意的是,他们在描述异地景物时也都会尽可能淡化自己的个人情感。与之相反,上举简文帝、荀羡、谢万、王胡之等人在面对当下风景时却或强调情感、或强调理趣,两种态度之间存在着鲜明的反差。究其原因,则是从听众的需求出发,他们关心的显然并不会是顾恺之、道壹在异地的个人遭遇,而是会稽的"山川之美"、从都下还吴中时的"在道所经"。顾恺之、道壹等人当然明白这一点,所以也不会刻意凸显自我在山水中的存在。他们知道自己对于听者而言的价值在于如何用语言来描述异地的景物,而过多的个人感情介入则会让人感受到言说者的过度强势,这很容易激起听者的反感。向往异地风物的神游者所需要的是一个能够指点神游之路的向导,而"向导"这一角色的作用就是更好地引发游客对山川风物的兴趣。在介绍"景点"时他越是显得客观,就越能吸引"游客"的兴趣,并使自己的价值在潜移默化中获得充分的关注,

---

① 《世说新语·言语》中看似例外的唯一一条记载是:"桓征西治江陵城甚丽,会宾僚出江津望之,云:'若目此城者有赏。'顾长康时为客,在坐,目曰:'遥望层城,丹楼如霞。'桓即赏以二婢。"(《世说新语笺疏》,第141页)尽管面对的是当下的景物,这里的"目"却是一个外在性的要求,这与其他士人在面对当下景物时自然的语言表达并不相同,在一定程度上恰可反映出东晋后期士人已经产生了有意识地用新奇语言描述视觉对象的兴趣。

反之则很容易遭到拒绝或投诉。①

正是从这个角度而言,谢灵运山水描写中的"客观化"效果也同样可以得到理解:在晋宋易代之后谢灵运不仅被降公为侯,也没有得到重用,其内心的不平是可以想见的。《宋书·谢灵运传》有言:"灵运为性褊激,多愆礼度,朝廷唯以文义处之,不以应实相许。自谓才能宜参权要,既不见知,常怀愤愤。"(《宋书》卷六七《谢灵运传》)而他唯一所被认可的只是文艺方面的才能:"灵运诗书皆兼独绝,每文竟,手自写之,文帝称为二宝。"在这样的情况下,谢灵运"出守既不得志,遂肆意游遨,遍历诸县,动逾旬朔,民间听讼,不复关怀。所至辄为诗咏,以致其意焉。"对于谢灵运来说,游览与文学在一定程度上可以视为对政治地位的补偿:当游览与文学结合在一起成为山水诗时,它们带有强烈的面向公众的色彩,于是谢灵运又在其山水诗的传播中找回了众星捧月的自豪感,这种自豪感在一定程度上正相当于一流门阀士族所应获得的尊崇。

而另一方面,无论描写的是旅行中还是居住地的风景,谢灵运的诗歌也是在传到异地时才引发了公众强烈的关注:"(谢灵运)每有一诗至都邑,贵贱莫不竞写,宿昔之间,士庶皆遍,远近钦慕,名动京师。"在阅读这些山水诗时,人们首先感兴趣的显然并非作为失势贵族的谢灵运的个人情感,而是谢灵运用文字所描述的、在京师之外的异地胜游。而一旦谢灵运需要这种万众瞩目的自豪感来补偿政治地位的缺失,那在言说山水时更好的选择显然并非是强调自己的个人情绪,而是要尽量淡化个体意识并用新鲜的诗歌语言来凸显出"向导者"的角色意识。田晓菲在《剑桥中国文学史》中指出:"五世纪的读者对于'来自远方的报告文学'的迷恋激励了谢灵运的诗歌创作,并对其诗歌的广泛流行有促进作

---

① 这里还可以联想到的是东晋南朝所产生的大量地志类山水描写,如袁山松《宜都山川记》、盛弘之《荆州记》、郑缉之《永嘉记》等,其中的山水描写与谢灵运诗歌中的山水描写、与东晋士人对异地风景的言说颇有类似之处,作为书面阅读的作品,地志的作者对景物的观看及其读者对景物描写的阅读之间往往也同样存在着空间(或时间)的距离。这些作者很清晰地意识到,读者的兴趣在于语言所传达的山川而非作者本人的旅游心得,因此他们的山水描写也都体现了对主观情感的刻意淡化和对语言新鲜感的追求。

用。"①此语诚然。谢灵运的山水诗与王献之、顾恺之对山川之美的描述存在着本质上的相似:他们都满足了人们对异地风物的神往,同时也都使其描述者获得了应有的关注。可以说,对山水的描述越能体现语言的新鲜感、越显得不带有个人色彩,就越能让描述者本人获得听众/读者的青睐。至于山水描写之外的其他诗句,则不妨仍然将自己的情思带入其中,这也很可能会获得读者爱屋及乌的欣赏。

三

如上所述,谢灵运既有尽量客观地表现异地山川风物的需要,又有将山川风物运用其诗歌语言表现为独立自足之状态的可能,因此在谢灵运笔下出现了大量极为出色的山水诗句。然而我们必须注意到,尽管谢灵运的山水描写在晋宋之际的诗坛确实显得非常突出,但不仅东晋时期对山水的言说兴趣并不始于谢灵运,甚至在诗歌中以这种方式对山水进行描写也并不始于谢灵运。往上追溯,则正如赵昌平所说,东晋前中期文学家李颙的《涉湖》、庾阐的《江都遇风》等作品都与那些谈玄说理的玄言诗差异极大,而若将《涉湖》诗中"高天森若岸,长津杂如缕"(《先秦汉魏晋南北朝诗》,第858页)等诗句放到谢灵运诗中也并不见得会有多突兀。在构句方式上,尽管新变实例较少,但东晋前中期也毕竟已经产生了曹毗《咏冬》诗中"天清月晖澄"这样的"一句二结"。也就是说,无论从哪个角度看,谢灵运式的山水描写理应是一个诗史发展的渐变性结果。

但这样一来,山水诗的发展历程就和古人对文学史的叙述产生了矛盾——沈约在《宋书·谢灵运传论》中认为:"有晋中兴,玄风独盛,为学穷于柱下,博物止乎七篇,驰骋文辞,义殚乎此。自建武暨乎义熙,历载将百,虽缀响联辞,波属云委,莫不寄言上德,托意玄珠,遒丽之辞,无闻焉尔。仲文始革孙、许之风,叔源大变太元之气。"在沈约眼中,东晋前中期文学是玄言诗的天下,东晋后期则

---

① 孙康宜、宇文所安主编《剑桥中国文学史(上卷)》,生活·新知·读书三联书店,2013,第271页。冈村繁在《"庄老告退,山水方滋"考——淝水之战的文化史意义》一文中提出,谢灵运的山水文学旨在夸耀自己广大秀丽的庄园和贵族的才华。在贵族们失去了政治军事上的优越感之后,唯有文学特别是山水文学才可以让他们显示自己的地位与虚荣(转引自孙明君《庄老告退,山水方滋——东晋士族文学的特征及其流变》,《北京大学学报》2009年第5期)。这也是很有意思的观点,也能够部分解释山水诗发展的动力。

出现了诗风的突变。其他几位南朝文论家所观察到的东晋后期的文学变化也相当一致。檀道鸾在《续晋阳秋》中认为东晋文风"至义熙中,谢混始改"(《世说新语·文学》刘注引),钟嵘在《诗品序》中也同样认为"逮义熙中,谢益寿斐然继作"(《诗品集注》(增订本),第34页)。为什么文学史家都会在东晋文学的发展中发现这样一个突变?尽管前人已从佛理、玄学等多个角度对东晋后期诗歌思想内涵方面的转变作了充分的探讨①,而本文前两节也对山水描写的内容及其语言作了一定的分析,但这些变化都只是文学内部的渐变,文学史叙事中的这一"突变"仍然是个令人无法轻易放过的现象。

如果说,无论从什么角度溯源,我们都最多只能在文学本身的发展中发现渐进式的转变,那么"突变"的现象就使我们对单线发展的文学史叙述产生了怀疑:尽管现存诗歌文献相当有限,但至少可以发现在东晋前中期不仅存在着玄言诗,也同时存在着郭璞、李颙、庾阐等人的创作;而东晋后期到晋宋之际的文学家也不只有殷仲文、谢混、谢灵运,同时还有陶渊明、刘程之、王乔之……于是对究竟是渐变还是突变的追问就应该被转化成如下两个问题:第一,为何是玄言诗而不是郭璞、李颙等人的创作会成为文学史家对东晋前中期文学的典型印象②?第二,为何谢混和谢灵运等人的创作会成为东晋后期、晋宋之交文学史叙述的焦点?

关于第一个问题,《文心雕龙·明诗》给出了一个很好的提示:"江左篇制,溺乎玄风,嗤笑徇务之志,崇盛亡机之谈,袁孙已下,虽各有雕采,而辞趣一揆,莫与争雄。"(《文心雕龙·义证》,第204页)"争雄"二字隐含着力的较量与差别。为何其他诗风无法和玄言诗风"争雄"?按《文心雕龙·时序》有言:"自中朝贵玄,江左称盛,因谈余气,流成文体。"(同上,第1710页)可以说,玄言诗风是自西晋到东晋玄谈之风向文学创作领域的扩张,而玄谈之风的主体则是当时

---

① 如高华平的《佛理嬗变与文风趋新——兼论晋宋间山水文学兴盛的原因》(《中国社会科学》1994年第9期)、普慧的《大乘涅槃学与谢灵运的山水诗》(《陕西师范大学学报》2000年第12期)等等。
② 唐代公孙罗《文选钞》所引的《文录》对东晋文学的观察似乎有所不同:"于时才华之士,有伏滔、庾阐、曹毗、李充,皆名显当世;绰冠其首焉。"(周勋初纂辑《唐钞文选集注汇存》卷六二,上海古籍出版社,2000,第1760页)但"名显当世"只是意味着在当时有能文之名,这种名声是否能使后世的文学史家对其加以重视并纳入文学史的脉络,则是另外一回事。

的社会高层,被视为具有代表性的玄言诗人如庾亮、桓温、王羲之等人①都属于政治上层的清谈贵族。正如田余庆所说:"西晋朝野玄风吹扇,玄学压倒了儒学而成为意识形态的胜利者……两晋时期,儒学家族如果不入玄风,就产生不了为世所知的名士,从而也不能继续维持其尊显的士族地位。"②从这个角度来看,在东晋清谈贵族掌控政局的情况下,玄言诗风一开始就是在最高的政治平台上开展的,这是其他类型的诗歌创作所难以企及的话语权,话语权的难以"争雄"显然会导致诗歌风格的难以"争雄"——之所以西晋时期的"三张二陆两潘一左"等清谈交游圈以外的文学家仍能获得一定的文学话语权,很大程度上是因为绝大多数清谈名士当时尚未对诗歌创作产生足够的兴趣,同时这些文学家也同样可以寻求到清谈交游圈之外的张华、贾谧等人的支持。

明白了政治地位与文学地位的关联,我们也就会理解为何东晋后期的殷仲文和谢混会获得如此突出的地位。尽管两人的诗存世太少,不足以完全了解其创作的实际,但殷仲文《送东阳太守》诗中的"虚亭无留宾,东川缅逶迤"与谢灵运的山水描写自有神似之处,而谢混的《游西池》一诗有"回阡被陵阙,高台眺飞霞。惠风荡繁囿,白云屯曾阿。景昃鸣禽集,水木湛清华"的诗句则与谢灵运的山水描写更为接近:"景昃鸣禽集"是典型的"一句二文"句式,"景昃"浓缩了时间的推移与空间的光影,并与"鸣禽集"构成了相互映照的关系。作者所呈现的是一幅不与特定情感相连的风景画面,这正与谢灵运的山水描写具有本质上的相似性。而"白云屯曾阿"甚至可以被视为"岩高白云屯"的蓝本:正是在从"白云屯曾阿"向"岩高白云屯"的句式变化中,我们看到了创作思维的转变,这可以视为谢灵运对"一句二文"句式的自觉强化。除此之外,"高台眺飞霞"其实也是一种经过语词浓缩之后的特殊句式——在之前的"××【动】××"句式中,动词前的两个字位多为全句的主语,而在本句中"高台"则为登高远眺的处所,登高台的动作以及登高台之人全都被省略了。从诗歌创作技巧的角度来看,这些写法既可以在东晋前中期的山水描写中找到类似的痕迹,也能下通于谢灵运的山水描写,因此殷、谢正可以被视为从东晋前期山水诗人到谢灵运山水描写

---

① 在著名的玄言诗人中许询是最为特殊的。许询终身只是布衣的身份,但却早已得到了清谈交游圈的接纳,其文化地位与清谈贵族更为接近。这一点与孙绰不同,孙绰并未真正进入上层的清谈交游圈,也并无真正与高层贵族进行过清谈的记录,而更多地表现出作为文学家与作为政治幕僚的双重身份。

② 《东晋门阀政治》,第340页。

的过渡环节。

然而正如上文所论,一种具有新意的诗歌创作并不必然能使其获得文学史的关注。与谢灵运时代相近的陶渊明及其周边诗人的边缘化便是最典型的案例:众所周知,陶渊明在后世的文学地位非常高,以至于所有的当代文学史叙事都至少会留给陶渊明一个专门的章节,而陶渊明本身的诗歌创作无论与玄言诗还是谢灵运等人的山水描写相比确实都具有相当的特殊性;但无论是《宋书》《晋书》,还是《文心雕龙》《诗品》,都没有对陶渊明给出很高的评价。一个很重要的原因恐怕正在于陶渊明从来没有得到过政治高层的接纳。查阅陶渊明的诗集,可以发现与之交游的多为没有政治地位的隐士或长史、参军、主簿等中下层政治人物,尽管我们完全可以在这些诗人的创作中发现诸多新意,但政治地位与文学话语权之间的正相关,使这些诗人在他们的时代以及与他们时代相近的文学史叙事中只能屈居于边缘性的地位。

而殷仲文、谢混直到谢灵运的命运则完全不同:在东晋时期,谢混之前极少有以文学见长的人士真正进入政治高层,不必说职位不高的郭璞、孙绰、庾阐、湛方生,即使是最受清谈高层欣赏的许询,也并没有真正参与政治核心的运作。但与这些文学之士不同的是,殷仲文和谢混都曾在政治中枢掌握过相当高的权力:

> (桓)玄将为乱,使(殷仲文)总领诏命,以为侍中,领左卫将军。玄九锡,仲文之辞也。……(桓玄失败后)仲文素有名望,自谓必当朝政,又谢混之徒畴昔所轻者,并皆比肩,常怏怏不得志。……仲文善属文,为世所重。[1]
>
> (谢)混字叔源。少有美誉,善属文。……混竟尚主,袭父爵。……历中书令、中领军、尚书左仆射、领选。……及宋受禅,谢晦谓刘裕曰:"陛下应天受命,登坛日恨不得谢益寿奉玺绂。"裕亦叹曰:"吾甚恨之,使后生不得见其风流!"(《晋书》卷七九《谢混传》)

具体而言,两人的政治地位又属于两种类型:殷仲文出身政治中层(其父殷康为吴兴太守),曾担任过骠骑参军、谘议参军等幕职,因风云际会获得桓玄重

---

[1] 房玄龄:《晋书》卷九九《殷仲文传》,第8册,中华书局,1974,第2604—2605页。

用,由此以能文之名而跻身政坛高层;谢混则出身于陈郡谢氏,而谢氏一族自西晋后期谢鲲起就多经幕职,也多有能文之名,但直到谢安进入政治中枢,才使谢氏在东晋后期晋升为一流的门阀士族。殷、谢等文学之士在政坛的崛起是东晋百年中前所未有的政治现象。① 他们在山水描写的语言策略方面与之前的郭璞、李颙、庾阐都没有判然的区隔界限;而其作品之所以有资格被后世的文学史家拿来与同样具有文学话语权的玄言诗进行比较,恐怕最重要的理由就是他们拥有较高的政治地位以及由此获得的文化关注。从这个角度来看,殷、谢二人的意义首先未必在于对文学作出了多少创新,而更在于其作品中与玄言式创作的不同之处因他们的政治地位而获得了文学史的认可。

而谢灵运的文学修养则正是从谢氏家族,尤其是谢混那里延伸而来:"从叔混特知爱之。"(《宋书》卷六七《谢灵运传论》)很显然,在日常的交游中谢混对谢灵运也产生了文学方面的影响:"混风格高峻,少所交纳,唯与族子灵运、瞻、晦、曜、弘微以文义赏会,常共宴处,居在乌衣巷,故谓之乌衣之游。"②当谢氏家族在东晋后期进入政治中枢之后,带有诗学新思维的山水描写就得以与程式化的玄言诗在同样高度的政治文化平台上形成了一个鲜明的对比,这就使文学史叙事呈现出了一个看似突然的转折。而谢灵运大量的山水描写,则一方面继承、发扬了东晋前中期山水描写的创作潜流,另一方面又借助陈郡谢氏政治地位之势,成为时代文学的关注焦点。

结语

一种文学现象的兴起绝非单一因素的结果。前人在探讨谢灵运五言诗中的山水描写时,往往多着重于如何从玄言引发出山水。这当然是很有价值的思路,但我们必须要注意到,某种思想转化为文学必须要经过语言的中介,而某种文学之所以会成为文学史关注的重心也往往会受到政治的影响。本文从三个角度对谢灵运五言诗中的山水描写进行了新的探索。首先,谢灵运的诗歌语言在其结构上存在着不同于汉魏西晋诗人的新鲜感,山川万物往往以交相映发的

---

① 除此二人之外,在东晋时期的政治高层中出身并非一流士族,且有"善属文"之名的还有殷仲堪与桓玄,但他们在历史上都主要被视为政治人物。

② 李延寿:《南史》卷二十《谢弘微传》,第 2 册,中华书局,1975,第 550 页。

生命姿态成为诗句中的主体,而作者的情感则被刻意地淡化。其次,用新鲜的语言来描述山水到东晋时期成为了一种社会性的需求,由此,淡化主观情感的山水描写才有可能引发创作和欣赏的兴趣。最后,在东晋后期,山水描写的新型诗歌语言因其作者之政治地位的提高而获得了更多的关注,并由此改变了后世诗史叙述的重点。这三个角度当然不能穷尽谢灵运山水描写在这一时期备受关注的所有原因,但在考量一个时代文学风气的转变时,文学语言本身的结构变化、由社会文化变迁而带来的文学兴趣的变化、由政治结构改变而带来的文学地位的变化都理应纳入到研究视野之中。从这个意义上来说,晋宋之际谢灵运诗歌中的山水描写无疑可以视为从语言、社会、政治之综合角度来研究文学现象的一个典型案例。

(徐樑,男,江苏苏州人,现为上海师范大学中文系副教授。曾发表《西晋时期玄学与文学不兼容现象之构成》等论文)

《世说新语》"周处自新"条发覆

——兼论魏晋之际江南义兴周氏"武人士人化"

赵立民

一、"周处自新"考辨

南朝宋临川王刘义庆所著《世说新语》"自新第十五"载有关于周处改过自新的故事:周处年少时,凶强侠气,为乡里所患。又义兴水中有蛟,山中有邅迹虎,并皆暴犯百姓,义兴人谓为"三横",而处尤剧。或说处杀虎斩蛟,实冀三横唯余其一。处即刺杀虎,又入水击蛟,蛟或浮或没,行数十里,处与之俱。经三日三夜,乡里皆谓已死,更相庆,竟杀蛟而出。闻里人相庆,始知为人情所患,有自改意。乃入吴寻二陆,平原不在,正见清河,具以情告,并云:"欲自修改,而年已蹉跎,终无所成。"清河曰:"古人贵朝闻夕死,况君前途尚可。且人患志之不立,亦何忧令名不彰邪?"处遂改励,终为忠臣孝子。

又《晋书》卷五十八《周处传》记载:

周处,字子隐,义兴阳羡人也。父鲂,吴鄱阳太守。处少孤,未弱冠,膂力绝人,好驰骋田猎,不修细行,纵情肆欲,州曲患之。处自知为人所恶,乃慨然有改励之志,谓父老曰:"今时和岁丰,何苦而不乐耶?"父老叹曰:"三害未除,何乐之有。"处曰:"何谓也?"答曰:"南山白额猛兽,长桥下蛟,并子为三矣。"处曰:"若此为患,吾能除之。"父老曰:"子若除之,则一郡之大庆,非徒去害而已。"处乃入山射杀猛兽,因投水搏蛟,蛟或沉或浮,行数十里,而处与之俱,经三日三夜,人谓死,皆相庆贺。处果杀蛟而反,闻乡里相庆,始知人患己之甚,乃入吴寻二陆。时机不在,见云,具以情告,曰:"欲自修而年已蹉跎,恐将无及。"云曰:"古人贵朝闻夕改,君前途尚可,且患志之

279

不立,何忧名之不彰。"处遂励志好学,有文思,志存义烈,言必忠信克己。期年,州府交辟。仕吴为东观左丞。孙皓末,为无难督。

可知《晋书·周处传》所载"周处除三害"故事与《世说新语》"周处自新"条略同。

另有唐许嵩所撰《建康实录》记载,与《晋书·周处传》记载亦大同小异。此外《资治通鉴》卷八十《晋纪》也有相似记载。

《世说新语》是我国南朝宋时期(420—581)产生的一部主要记述魏晋人物言谈轶事的笔记小说。而《晋书》的修撰,从贞观二十年(646)开始到贞观二十二年(648)成书,历时不到3年。其最大缺点就是记述了一些神怪故事和小说材料,史料取舍不够严谨。① 因此《晋书》关于"周处除三害"的记载是来自于唐之前的相关记载,采自《世说新语》的可能性极大。因《晋书》为官方正史,许嵩及司马光在相关著述内予以采纳,此并不为奇。而近人余嘉锡所引,清人劳格在《读书杂识》五《晋书校勘记》曰:"案此采自《世说》,予以处传及《陆机传》核之,知系小说妄传,非实事也。案处没于惠帝元康七年(297),年六十有二。推其生年,当在吴大帝之赤乌元年(238)。陆机没于惠帝太安二年(303),年四十三。推其生年,当在吴景帝之永安五年(262)。赤乌与永安相距二十余载,则(周)处弱冠之年,陆机尚未生也。此云入吴寻二陆,未免近诬。又考《陆机传》:年二十而吴灭,退居旧里。是吴未亡之前,机未尝还吴也。或以为处寻二陆,当在吴亡之后,亦非也。考吴亡之岁,处年亦四十三,筮仕已久。据本传:处仕吴为东观左丞、无难督。故王浑之登建邺宫,(周)处有对(王)浑之言。如使吴亡之后,处方厉志好学,则为东观左丞、无难督者,果何人乎? 以此推之,知《世说》所云尽属谬妄。《晋书》不加考核,遽采入本传,可谓无识。刘子玄讥其好采小说,诚非过也。又案(周)处碑,世传陆机所撰,亦有'来吴事余厥弟'之

---

① 《晋书》成书之后,即受到当代人的指实,认为它"好采诡谬碎事,以广异闻;又所评论,竟为绮艳,不求笃实"。刘知幾在《史通·采撰》里也批评:"晋世杂书,谅非一族。若《语林》《世说》《幽明录》《搜神记》之徒,其所载或诙谐小辩,或神鬼物怪。其事非圣,扬雄所不观;其言乱神,宣尼所不语。皇朝新撰《晋史》,多采以为书。夫以干、邓之所粪除,王、虞之所糠秕,持为逸史,用补前传,此何异魏朝之撰《皇览》,梁世之修《遍略》,务多为美,聚博为功。虽取悦于小人,终见嗤于君子矣"。清人张熷在《读史举正》中举出《晋书》谬误达450多条。钱大昕批评《晋书》"涉笔便误"。

语。此碑系唐刘从谏所重树,窜改旧文,事迹错互,不可尽据以为信。"①清人劳格所说周处没于惠帝元康七年(297)可信,然其生卒年月及寿长,笔者据《周处传》及其父《周鲂传》却不可推出,不知清人劳格何以知周处年62岁,生于吴大帝赤乌元年(238)。况且即便劳氏所言不误,生卒年月相减也不能得出寿长62岁。且陆机生卒当是261—303,即陆机生于吴景帝之永安五年,没于惠帝太安二年,为成都王司马颖所杀,寿长43岁。另有学者指出周处生于吴赤乌三年(240)。② 所论也是质疑周处与陆机、陆云之事,进而质疑周处除三害之真实性。笔者无意考证周处生卒年月,仅就《世说新语》周处除三害这一史料所强调的深层意义展开论述。对于这一史料我们不必苛求其是否完全真实,亦或完全为误,就《世说新语》作者编撰的风格而言,刘义庆本人所处时代与周处所处时代相去近两百年,且《世说新语》本身即是一笔记小说,并非严谨史籍,后人不需以此苛求,记载怪诞在所难免。我以为上述史料亦有真实成分。如《世说新语》所载:"周处年少时,凶强侠气,为乡里所患。""处遂改励,终为忠臣孝子。"《晋书》所载:"周处,字子隐,义兴阳羡人也。父鲂,吴鄱阳太守。处少孤,未弱冠,膂力绝人,好驰骋田猎,不修细行,纵情肆欲,州曲患之。处自知为人所恶,乃慨然有改励之志。""处遂励志好学,有文思,志存义烈,言必忠信克己。期年,州府交辟。仕吴为东观左丞。孙皓末,为无难督。"③另孙盛《晋阳秋》载:"处轻果薄行,州郡所弃。"《九家旧晋书辑本·晋诸公别传》亦载:"处少孤。不治细行。"归纳总结史籍中所见周处的性格特点:一是周处少孤;二是周处凶强侠气,轻果薄行,未弱冠,膂力绝人,好驰骋田猎,不修细行,纵情肆欲,为乡里所患。以此观之,周处为笔者所论之武人无疑。然而就是这样一个"不治细行"的恶少,却能"励志好学,有文思,志存义烈,言必忠信克己。期年,州府交辟。仕吴为东观左丞。孙皓末,为无难督"。

上述史料中所记载不见得真实的部分亦有可商榷之处。对于周处除三害,除了《世说新语》之外,《孔氏志怪》亦有记载,因其为志怪小说,自不足以征信。然而我以为周处为民除害当是事实,是以有所传闻。至于所除之害可能为后人

---

① 刘义庆撰,刘孝标注,余嘉锡笺疏《世说新语笺疏》,中华书局,2007,第739—740页。
② 盛巽昌指出,周鲂在吴黄武四年(225)十二月,任为鄱阳太守,在郡13年,吴赤乌二年(239)病死。据《晋书·周处传》,周处生于吴赤乌三年(240),当为遗腹子。参见盛巽昌《周处除三害质疑》,《学术月刊》2000年第11期。
③ 房玄龄:《晋书》卷五八《周处传》,中华书局,1974,第1569—1570页。

夸大,或因种种原因掠他人之美以增光周处。

周处见陆机的真实性最值得怀疑,并非信史。那么我们不禁要问:为什么后人编造的故事中偏偏要周处去见陆氏兄弟而不是别的人?

若要弄清上述问题,我们需要将周处家族是一个什么样的家族,与同一时期江东大族相比处于什么地位,有什么不同特征,陆氏兄弟又是什么样的人物,义兴周氏有何作为等诸多问题——破解。

二、义兴周氏考略

《晋书》卷五八《周处传》载:"周处,字子隐,义兴阳羡人也。"余嘉锡案:"阳羡汉属吴郡,吴宝鼎元年分属吴兴郡,晋惠帝永兴元年分属义兴郡。此作吴郡,乃吴兴之误。"①杨勇《世说新语校笺》则指出:"《文物》1965年6月第6期有《南京板桥镇石闸湖晋墓清理简报》一文,内《墓砖文字与纹饰》一节,拓载墓砖两块,文曰'吴兴,阳羡人',殆亦是时所造。"②朱铸禹的《世说新语汇校集注》则指出:"《隋书·地理志》载:'昆陵郡有义兴县,旧曰阳羡,置义兴郡,平陈,郡废。'"③吴士鉴《晋书校注》引《晋书校文》三:"义兴郡置于元帝时,西晋无此郡名,(周处)传盖以后蒙前。案《文选·关中诗》注引王隐晋书作吴兴人。盖未置义兴以前,阳羡本属于吴兴也。"④又《晋书》卷一五志《地理志下·扬州》:"后汉顺帝分会稽立吴郡,扬州统会稽、丹杨、吴、豫章、九江、庐江六郡,省六安并庐江郡。孙吴末帝孙皓分会稽立东阳郡,分吴立吴兴郡,分豫章、庐陵、长沙立安成郡,分庐陵立庐陵南部都尉,扬州统丹杨、吴、会稽、吴兴、新都、东阳、临海、建安、豫章、鄱阳、临川、安成、庐陵南部十四郡。惠帝元康元年,以周玘创义讨石冰,割吴兴之阳羡并长城县之北乡置义乡、国山、临津并阳羡四县,又分丹杨之永世置平陵及永世,凡六县,立义兴郡,以表玘之功,并属扬州。"据上述可知,义兴,两汉时期属于会稽郡,名阳羡。东汉顺帝永建元年(126)分原会稽郡为吴郡和会稽郡两郡。两晋之际,因阳羡周氏三定江南,戡叛定乱,为表彰其功,割吴

---

① 刘义庆撰,刘孝标注,余嘉锡笺疏《世说新语笺疏》,中华书局,2007,第739页。
② 刘义庆撰,刘孝标注,杨勇校笺《世说新语校笺》(修订本),中华书局,2006,第573页。
③ 朱铸禹:《世说新语汇校集注》,上海古籍出版社,2002,第760页。
④ 房玄龄等撰,吴士鉴、刘承幹注《晋书校注》,中华书局,2008,第1019页。

兴之阳羡并长城县之北乡置义乡、国山、临津并阳羡四县,又分丹杨之永世置平陵及永世,凡六县,立义兴郡。所以称周处为义兴阳羡人。义兴周氏故里在今江苏省宜兴县。①

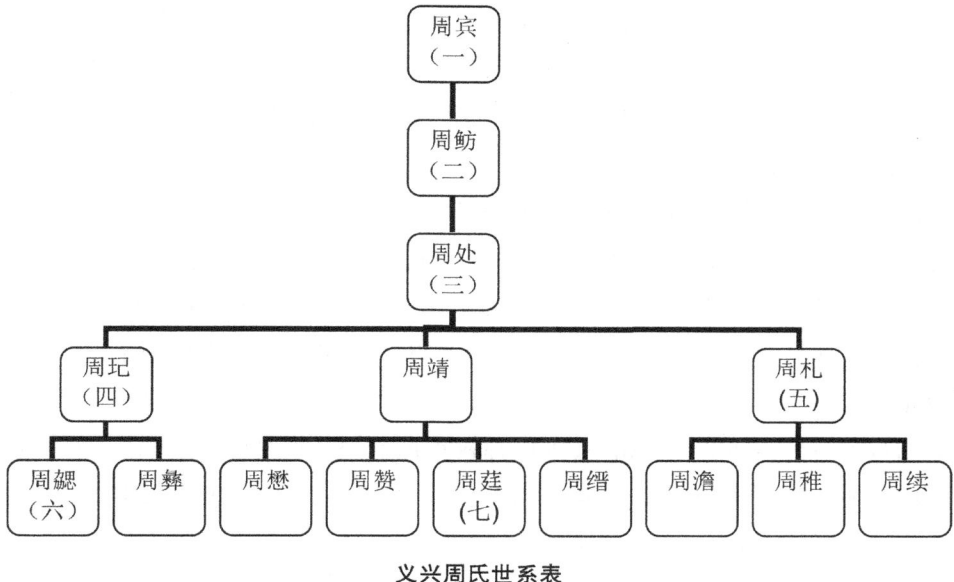

义兴周氏世系表

(据《三国志》卷六〇《吴书·周鲂传》及《晋书》卷五八《周处传》及《周处传附诸子孙传》作)

周处祖父周宾,为三国东吴咨议参军,后转广平太守。②

周处父亲周鲂为东吴名将,"少好学,举孝廉",通晓军事,长于权谋,曾诈降魏大司马扬州牧曹休,使其损兵折将,斩获"以万计",是以威名大显,以军功累迁吴鄱阳太守,赐爵关内侯,吴主孙权更是称赞其功劳:"君下发载义,成孤大事,君之功名,当书之竹帛。"③然《周鲂本传》又载徐众《评》曰:"夫人臣立功效节,虽非一涂,然各有分也。为将执枹鼓,则有必死之义,志守则有不假器之义,死必得所,义在不苟。(周)鲂为郡守,职在治民,非君所命,自占诱敌,髡剔发

---

① 周处墓并义兴周氏墓葬已经在1953年挖掘,确定无疑。一共6座,分别为周处祖父周宾墓,周处父亲周鲂墓,周处墓,周处三个儿子周玘、周札、周靖的墓。
② 周处祖父周宾事迹正史不可考,然有学者指出其为三国东吴咨议参军,后转广平太守。参见王春雨《"周处自新"与世族门阀、乡品择士》,《安康师专学报》2006年10月第5期。姑从其论。
③ 陈寿撰、裴松之注《三国志》卷六〇《吴书·周鲂传》,中华书局,1959,第1391页。

肤,以徇功名,虽事济受爵,非君子所美。"徐众以为周鲂为郡守,职责为治民,不应该自占诱敌,以此非之。我们以为徐众之言不妥。首先,汉魏之际,郡守具有双重职能,王隆《汉官篇》(孙星衍辑本)说:"太守专郡,信理庶绩,劝农振贫,决讼断辟,兴利除害,检举郡奸,举善黜恶,诛讨暴残",所以军事上的职能也是郡守的职能之一。周鲂正是以"诛讨暴残"迁吴鄱阳太守,可见周鲂为武人,擅长带兵而非治民,况且在郡守任上不擅长治民而擅长打仗的祖宗竟然是开创吴国基业的孙坚。《三国志》卷四六《吴书·孙坚传》注引《吴录》说:"是时庐江太守陆康从子作宜春长,为贼所攻,遣使求救于(孙)坚。(孙)坚整严救之。主簿进谏,(孙)坚答曰:'太守无文德,以征伐为功,越界攻讨,以全异国。以此获罪,何愧海内乎?'乃进兵往救,贼闻而走。"孙坚自诩"太守无文德,以征伐为功",一方面反映孙坚武人的特征,另一方面也说明当时与"诛讨暴残"类似的军事行动也是太守的职能。比较而言,孙吴境内的郡守多有"尚武功、少文德"的特点。周鲂行为与当年孙坚何其相似,难怪孙权重加赏赐。孙吴江东立国后,境内大族的势力急剧扩张,史家称之为"江南大族的兴起"[①]。原本史传无闻的义兴周氏自周鲂开始登上了江东的政治舞台。

周处本人为西晋赫赫有名的武将,历任东吴东观左丞、无难督,晋灭吴之后任晋的新平太守、广汉太守,后来迁至御史中丞。为官不畏权贵,忠烈果毅,惠帝元康七年(297)为将征讨氐人齐万年,战死沙场。周处在当时和身后都受到称赞,对手齐万年曾如此评价:"周府君昔临新平,我知其为人,才兼文武,若专断而来,不可当也。"中书令陈准评价:"周处吴人,忠勇果劲。"时潘岳奉诏作《关中诗》曰:"周徇师令,身膏齐斧。人之云亡,贞节克举。"又西戎校尉阎缵亦上诗云:"周全其节,令问不已。身虽云没,书名良史。"及元帝为晋王,将加处策谥,太常贺循议曰:"处履德清方,才量高出。历守四郡,安人立政。入司百僚,贞节不挠。在戎致身,见危授命:此皆忠贤之茂实,烈士之远节。"[②]元顺帝至元三年(1337),"加封晋周处为英义武惠正应王"[③]。死后当地百姓立庙供奉,时至今日,其改过自新的故事仍是家喻户晓。义兴周氏一族的兴盛实际上是发轫于周处。

---

① 翦伯赞主编《中国史纲要》(增订本),北京大学出版社,2006,第173页。
② 房玄龄:《晋书》卷五八《周处传》,中华书局,1974,第1391页。
③ 《元史》卷三九《顺帝纪》,中华书局,1976,第839页。

周处有三子:周玘、周靖、周札。周靖早卒,周玘和周札并知名。

周玘最大功绩当是"三定江南"。西晋惠帝太安二年(303),江汉间爆发张昌起义。义军别帅石冰率部东攻,占据江、扬二州。周玘集合当地武装配合晋军攻灭石冰,一定江南。永兴二年(305),晋右将军陈敏乘内乱据有吴越之地,企图建立割据政权。西晋派兵讨伐,周玘又和江东世族顾荣等起而响应,俘陈敏,后斩于建康,再定江南。永嘉四年(310),晋建武将军钱璯奉命北援洛阳,行至广陵(今江苏扬州)惧敌不敢前进,杀晋官吏,自称平西大将军、八州都督,率兵南攻义兴。周玘又纠合乡里武装,与晋将军郭逸诗平钱璯,三定江南。"(周)玘三定江南,开复王略,(晋元)帝(司马睿)嘉其勋,以(周)玘行建威将军、吴兴太守,封乌程县侯",又"以阳羡及长城之西乡、丹杨之永世别为义兴郡,以彰其功"。周玘"三定江南"所具有的重要意义在于①:

其一,就家族而言,使得义兴周氏在两晋之际一跃而成为江东势力最为显赫的武力强宗。是以义兴周氏,一门五侯,并居显位,盛极一时,"吴士贵盛,莫与为比",达到了家族发展的顶峰。

其二,就江东局势而言,在西晋末年,北方大动乱波及江东,周玘"三定江南",主观意愿是维护江东的稳定,维护江东大族群体的利益。

其三,就东晋建立而言,客观上为司马睿集团在江东的立足和发展铺平了道路。周玘虽有"三定江南"之举,但是却无心效命晋室,客观上帮助晋室维系了它在江东的统治,是以司马睿肯定了周玘"三定江南、开复王略"之功。

其四,就南北士族关系而言,促成了南北士族由对抗走向合作的转变。

周玘弟周札,《晋书》卷五八《周处传附玘弟札传》载:"性矜险好利,外方内荏,少以豪右自处。"以此观之,周札与周玘相较尚武比较明显,以豪右自处。以军功进,号为征虏将军,后来负责建康的军事防务,终于会稽内史任上。

周玘有二子:周勰与周彝。周勰,嗣父爵,终官临淮太守;周彝,官丞相掾,早亡。

周靖有四子:周懋、周赞、周缢、周缙,皆有名。周懋,晋陵太守、清流亭侯;周赞,大将军从事中郎、武康乡侯;周缢,黄门侍郎、冠军将军,"卓荦有才干",王

---

① 参见李小红《论义兴周氏与两晋之际的江东政局》,《宁波大学学报》(人文社科版)2001 年 9 月第 3 期。

导说:"黄门侍郎周莚忠烈至到,为一郡所敬。"①周莚弟周缙,太子文学,都乡侯。《晋书》卷五八《周处传附札兄子莚传》载:"少无行检,尝在建康乌衣道中逢孔氏婢,时与同僚二人共载,便令左右捉婢上车,其强暴若此。"

周札有三子:周澹、周稚、周续,皆有官名。

义兴周氏在周玘三定江南之后,一方面因为"(周)玘宗族强盛,人情所归,帝疑惮之",加之周玘两定江南之后"散众归家,不言功赏",对司马睿政权还心存疑虑,迟迟不肯归附,还因为争侨姓士族所轻视,希望争取与中州士族相等的地位,吴兴太守周玘遂密谋发动政变,以南士执政,未成,忧死。谓其子周勰:"杀我者诸伧子,能复之,乃吾子也。"周勰后起兵讨王导,事败。王敦之乱,周札开城门迎王敦,致朝军大败。王敦之乱时,江东有影响力的三个武力强宗周、沈、钱三大家族都卷入其间。王敦之乱后,吴兴钱凤"以周氏宗强,与沈充权势相侔,欲自托于(沈)充,谋灭周氏,使(沈)充得专威扬土",遂进言王敦:"今江东之豪莫强周、沈,公万世之后,二族必不静矣。周强而多俊才,宜先为之所,后嗣可安,国家可保耳。"于是王敦用沈充尽灭周氏一门。王敦败后,沈充被杀,周、沈同归于尽。此后吴姓士族放弃了武装抵抗,接受了低于侨姓的地位。周玘、周勰、周札三次反晋的斗争,最大意义在于最终确立了东晋王朝以"侨姓"士族为主、江东大族为辅的政治统治格局。②对于义兴周氏的"三定江南"与"三次反晋",陈寅恪先生指出:"盖此等强宗具有武力经济等地方之实力,最易与南来北人发生利害冲突,而元帝、王导委曲求全,以绥靖周氏,实由其实力特强之故,必非有所偏爱。不过畏其地方势力之强大而出此,断可知也。然江东之豪族不止义兴周氏,孙吴旧统治阶级亦多不满南来之北人,何以义兴周氏一门特别愤恨北人,至于此极者,颇疑其所居住之地域与南来之北人接触,两不相下,利害冲突所制也。"③

纵观义兴周氏,自周处父周鲂开始登上了江东的政治舞台,周处时代将其家门发扬光大,周玘三定江南确立了义兴周氏在江东的大族地位,使得义兴周氏成为江东势力最为显赫的武力强宗。也是从周玘开始,三次反晋,卷入与侨姓大族的斗争中,遭到毁灭性打击。自此由盛转衰,不得已屈居侨姓士族之下,

---

① 房玄龄:《晋书》卷五八《周处传附札兄子莚传》,中华书局,1974,第01577页。
② 李小红:《论义兴周氏与两晋之际的江东政局》,《宁波大学学报》(人文社科版)2001年第3期。
③ 陈寅恪:《金明馆丛稿初编》,生活·读书·新知三联书店,2009,第65页。

为东晋配角。

三、江南的文化大姓与武力强宗

东晋立国,北方避乱到南方的大姓成为侨姓,与当地之吴姓难免冲突。经过一番较量之后,吴姓屈居于侨姓之下,失去了原来居首的重要地位。然而原东吴旧壤的吴姓只不过是汉魏之际崛起的大姓,其地域分布及特征有待交代,方可明白义兴周氏在江东大姓中所处地位。东汉"建安七子"之一的名士陈琳曾做《檄吴将校部曲文》,其文说:"丞相深惟江东旧德名臣,多在载籍。近魏叔英①(魏朗)秀出高峙,著名海内;虞文绣②(虞歆)砥砺清节,耽学好古;周泰明③(周昕)当世俊彦,德行修明。皆宜膺受多福,保乂子孙。而周、盛④(盛宪)门户无辜被戮,遗类流离,湮没林莽,言之可为怆然,闻魏周荣⑤(魏滕)虞仲翔⑥(虞翻)各绍堂构,能负析薪。及吴诸顾陆旧族长者,世有高位,当报汉德,显祖扬名。"陈琳文中所提的吴郡顾、陆两族在东汉后期已是"世有高位"。另魏、虞两族皆是会稽郡望族。汉魏之际,江东大姓分布如下:著名有如吴郡的四大勋姓,每一姓形成独特的门风,号为"张文、朱武、陆忠、顾厚"⑦。另外有义兴周氏、吴兴沈氏,会稽有孔、魏、虞、谢四姓。此外唐长孺还指出:"会稽贺氏、钱塘全氏、丹阳朱氏,即使远郡桂阳也有谷朗那样的'衣冠子弟'。"⑧晋灭东吴,江东士族的实力却仍旧非常强大。陈寅恪先生在《述东晋王导之功业》一文中亦指出:

---

① 叔英疑为少英,《后汉书》卷六七《党锢传·魏朗传》载:"魏朗,字少英,会稽上虞人也。"汉末党锢人士之一,名列"八俊",曾任河内太守。
② 虞文绣即虞歆是虞翻父亲。《北堂书钞》卷一〇二引《典录》说:"虞歆字文肃,历郡守,节操高厉。魏曹植为东阿王,东阿先有三十碑铭,多非实,植皆毁除之,以欲碑无虚,独全焉。"鲁迅先生说:"侯康《三国志补注续》云:'文肃'当作文绣。"
③ 周泰明,即周昕。《三国志》卷五八《吴书·宗室传·孙静传》注引虞预《会稽典录》说:"周昕字大明……稍迁丹阳太守。曹公(曹操)起义兵,昕前后遣兵万余人,助公征伐。袁术之在淮南也,听恶其淫虐,绝不与通。"字大明的周昕就是《檄文》所说"当世隽彦,德行修明"的周泰明,"大""泰"古通作。周昕在会稽为孙策所杀。
④ 盛指盛宪,字孝章。李善注:"《吴志》曰:'(孙)权杀吴郡太守盛宪。'《会稽典录》曰:'宪字孝章'。"
⑤ 魏周荣即魏滕,《三国志》卷六三《吴书·吴范传》注引《会稽典录》曰:滕字周林,祖父河内太守朗。
⑥ 虞仲翔即虞翻,与虞文绣是父子。
⑦ 刘义庆:《世说新语·赏誉第八》,三秦出版社,2016,第178页。
⑧ 唐长孺:《东汉末期的大姓名士》,载《唐长孺文存》,上海古籍出版社,2006,第22页。

"东晋初年孙吴旧统治阶级略可分为二类,一为文化士族,如吴郡顾氏等是,一为武力强宗,如义兴周氏等是,前者易于笼络,后者则难驯服,而后者之中推义兴周氏为首。"①比照陈寅恪先生的分类标准,加上虽曾经不以大族凸显,然以武力建立孙吴政权的吴郡孙氏,上述汉魏晋之际的江南先后出现的大姓可分为文化大姓与武力强宗两类:

文化大姓:会稽郡的魏、虞、贺,吴郡的陆、顾、朱、张,桂阳郡谷朗。

武力强宗:义兴周氏,丹阳周氏,吴郡孙氏、沈氏、钱氏。

对于文化大姓家族,唐长孺先生在《东汉末期的大姓名士》一文中指出:"会稽虞氏自零陵太守虞光至玄孙虞翻五世传《易》。会稽贺氏世传礼学。有名的党人名士,被列为'八俊'之一的魏朗是会稽人。吴郡陆氏是'世江东大族',自东汉初陆闳至汉末陆康,有好几个名士、达官。吴郡顾氏,顺帝时顾奉官至颍川太守,是个大名士。"补充说明,吴郡陆氏在魏晋之际更是名人辈出,前后有"二相五侯,将军十余人"②,还有后来的陆机、陆云兄弟更是文化名人。对于上述江东大姓,笔者的文化大姓与武力强宗的分类只是相对而言,并不能客观地反映每一个家族的面貌,何况汉魏晋之际上述几个大姓家族兴衰,亦有文武的转变,前后家风不甚相同。其中如吴郡朱氏一族虽然分在文化大姓里面,然其家风却是"朱武"。而义兴周氏虽以武力见长,然周处之类的人物文化水准亦是很高。

江南的文化士族与武力强宗同北方的士族与豪族约略相同,又有差别。此种差别表现在江南的大族拥有较强大的部曲和家兵,此一点史家唐长孺多有论述,其在《孙吴建国及汉末江南的宗部与山越》一文中指出:朱然、朱治、陆逊、全琮、贺齐、虞翻等都是大族与将领相兼领兵。对于魏、虞、陆、顾大族领兵,左思在《吴都赋》就有记载:"其居则高门鼎贵,魁岸豪杰。虞魏之昆,顾陆之裔。歧嶷继体,老成弈世。跃马叠迹,朱轮累辙。陈兵而归,兰锜内设。"顾氏领兵在《三国志》卷五十二《吴书·顾雍传附子邵传》注引《文士传》称其孙顾基"为吴偏将军,统家部曲"。可见江东文化大姓都有部曲,都领兵。是以,《三国志》卷二十八《魏书·邓艾传》载邓艾对司马师说:"孙权以没,大臣未附,吴名宗大族,皆有部曲,阻兵仗势,足以建命。"江东大族领兵,形成世袭领兵制度。而上述所举之江东大姓,皆是文化大姓,武力强宗领兵更是不用多说。综上所述,汉魏晋

---

① 陈寅恪:《金明馆丛稿初编》,第65页。
② 刘义庆:《世说新语·规箴第十》,三秦出版社,2016,第197页。

之际的江东文化大族文武兼备,是以士人武人化趋势与中原相较并不见明显,而武力强宗的武人士人化趋势却在加强,以义兴周氏最为明显。

四、义兴周氏武人士人化的努力

义兴周氏为江南武力强宗,此一论断已为史家陈寅恪论定。如本文第二节《义兴周氏考略》可归纳义兴周氏"武人"的特征:如周处父周鲂以"将略"显名,如前所论,其特点与吴郡孙坚颇有相似之处,善于用兵,寡于学术。周处以"忠烈果毅"著称,为将征讨氐人齐万年,战死沙场。周札"少以豪右自处"。周缙,"少无行检,尝在建康乌衣道中逢孔氏婢,时与同僚二人共载,便令左右捉婢上车,其强暴若此"。是以义兴周氏区别于其他江东大族在于"将门之家"的传统,义兴周氏以此戎为江东首屈一指的武力强宗。然而我们以为,义兴周氏自周处开始,已着手开始武人士人化的努力,至其子周玘已经初见成效。如果不是后来卷入王敦之乱,周氏被灭门,从此一蹶不振,义兴周氏很可能与其他江东大族一样完成由武力强宗到文化士族的转变。

本文第一节《"周处自新"考辨》论证《世说新语》记载关于周处见陆氏兄弟的故事很可能为后人附会,然而为何偏偏附会周处见陆氏兄弟而不是其他人?周处改过自新应该是事实,周处前后的迥异变化又说明了什么?我们以为此一故事有待发覆,周处改过自新的故事背后颇有深意。

东汉末期,乡间评论已经由地方官之外的少数人或一人主持;魏晋南北朝时期,乡论多由名门望族家庭出身的贵族支配,门第愈高贵,其品评也愈为时人所重视,得到其评价的士人相较之下也可以得到更多的出仕机会与较高的起点。[1] 三国时期的吴国,一直因袭汉代选士制度,即乡举里选的察举和由上至下的征辟。其选举以道德行为作为评量标准,故此要有经常的观察,特别是道德所施对方所作的论断,所以宗部乡党的品评成为选举官吏最主要的甚至是唯一的凭借。[2] 赵翼曾说:"驯至东汉,其风益盛,盖当时荐举征辟,必采名誉,故凡可以得名者,必全力赴之。"曹操一世雄才,在其少年之际,仍不免为乔玄的赏誉而

---

[1] 王大建:《谷川道雄先生与魏晋南北朝史研究》,《文史哲》2003年第1期。
[2] 唐长孺:《九品中正制度试释》,载《魏晋南北朝史论丛(外一种)》,河北教育出版社,2002,第82页。

"为之大悦",进而"由是声名益重"。逮至魏晋,九品中正制度的实行,使得乡品之风更盛。因此在门阀制度影响下,出身"卑浊"的周处为求仕途上进或有希求乡品赞誉之举,是符合历史逻辑的。如此,则周处欲想由一个为乡里所恶、不治细行的武人一变而名声显贵,为名士所认可,恐怕模仿曹操的路子最为吻合。所以才会出现周处求见陆氏兄弟,"改励"故事本身即表明周处在当时社会的大背景下希望由一个为士人所轻视的武人得到士人认可的努力,故事里的为乡里所恶之乡里恐怕就是握有品评大权的名士。故事本身的含义可以理解为早年的周处任侠使气,不为当地士人所认可,遂有改过自新的认识。周处由一个未弱冠、横行乡里、为士人所恶的游侠少年一变而成为时人及后人称颂的国家忠臣。尤可称道的是周处还在学问上有所造诣,先后写出《默语》《风土记》及《吴书》等作品,表明周处武人士人化的努力在其个人身上取得了成功。

然而,问题还在于周处找寻名士品评,何以非找陆氏而不是其他的名士。我以为理由有二:

其一,周处与陆氏有同乡之谊。周处故里所在的义兴郡即是吴兴郡,吴兴郡是吴末帝孙皓宝鼎元年(266)分吴郡、丹阳九县组成的,可见吴郡与吴兴郡本为一体。况且汉魏晋之际,吴郡最显赫的家族就是陆氏。陆氏在东汉就被誉为"世为族姓"[①]"世江东大族"。吴国时出过"二相、五侯、将军十余人"。陆机、陆云的祖父就是败刘备于夷陵的陆逊,父陆抗为东吴大司马。陆氏兄弟秉承忠义门风,兼之以文采风流,为吴地江左士人视为第一流的人物。故此,周处若有求教的话,地缘邻近的吴郡陆氏自然成为最佳选择。[②] 陆机、陆云既为名流,那么将周处自新的事情附会于他们,也就不足为奇了。周处经过陆氏兄弟劝说自新的故事虽然为后人附会,然而经过陆氏点拨改过自新的还确有一人,此人与周处有相同之处,即是《世说新语》自新篇所载另外一人戴渊。"戴渊少时游侠,不治行检,尝在江、淮间攻掠商旅。陆机赴假还洛,辎重甚盛。渊使少年掠劫。渊在岸上,据胡床指麾左右,皆得其宜。渊既神姿锋颖,虽处鄙事,神气犹异。机于船屋上遥谓之曰:'卿才如此,亦复作劫邪?'渊便泣涕,投剑归机。辞厉非常,

---

① 范晔撰,李贤等注《后汉书》卷八一《独行传·陆续传》,中华书局,1965,第2682页。
② 王春雨:《"周处自新"与世族门阀、乡品择士》,《安康师专学报》2006年第5期。

机弥重之,定交,作笔荐焉。过江,仕至征西将军。"①

其二,陆机为周处作有《晋平西将军孝侯周处碑》。② 据学者考证,周处自新的故事或在陆氏兄弟被杀后(303)到《世说》成书(439或440)这一时间段内最终定型。③ 是以人们将周处自新的故事附会到陆氏兄弟身上也就很好理解了。

"周处自新"故事的背后实际上是周处武人士人化的努力,其意义有两点:

其一,就其本人而言,"周处自新"的成功是周处自身由武向文的转变,为其争得了时人及后世的美誉。

其二,就义兴周氏家族而言,周处出身寒微,为"家户"计自然努力寻求上进机会,因为只有入仕为官才有可能振作家风,晋升门户。周处父祖虽都出仕为官,却根基不深,且所任都是武官一类的"卑浊"之职,所以不免被世代显贵的家族所轻视,视为寒族。自周处开始,赐封孝侯,其子孙先后封侯,一时之间"吴士贵盛,莫与为比",可见周处自新实为周氏家族盛衰转变之关键。

周处之后,其子周玘继续家族武人士人化的努力。周玘,《晋书》卷五八《周处传附子周玘传》载:"强毅沉断有父风,而文学不及。闭门洁己,不妄交游,士友咸望风敬惮焉,故名重一方。弱冠,州郡命,不就。刺史初到,召为别驾从事,虚己备礼,方始应命。"以此观之,周玘虽文学不及周处,但是周处少年时代的武人气象在周玘身上已荡然无存,其"闭门洁己,不妄交游,士友咸望风敬惮焉","弱冠,州郡命,不就",刺史"虚己备礼,方始应命"等,皆是士人所具有的特征,这表明周玘在当时已被士人认可,其行为与士人无异。

然而,一个家族武人士人化的努力,我们知道这一转变过程需要完成三大要素:文化、官位、家族。也就是说武人士人化的转变是一个缓慢的过程,需要家族几代人持续完成,并且要官居高位,最重要的是有文化传承。这一过程往往因为社会动荡,学术传统的转变,家族个别因素以及时局的诸多因素干扰而功亏一篑,成功颇为不易。"四世五公"的汝南袁氏之所以成为中原大士族,上

---

① 《世说新语》注引虞预《晋书》曰:"机荐渊于赵王伦曰:'盖闻繁弱登御,然后高埔之功显;孤竹在肆,然后降神之曲成。伏见处士戴渊,砥节立行,有井渫之洁;安穷乐志,无风尘之慕。诚东南之遗宝,朝廷之贵璞也。若得寄迹康衢,必能结轨骥骎;耀质廊庙,必能垂光瑜璠。夫枯岸之民,果于输珠;润山之客,烈于贡玉。盖明暗呈形,则庸识所甄也。'伦即辟渊。"
② 金涛声点校《陆机集》卷十《晋平西将军孝侯周处碑》,中华书局,1982,第141页。
③ 范子烨:《世说新语研究》,黑龙江教育出版社,1998,第88页。

述三个因素皆具备,至于袁绍、袁术开始任侠使气,又在汉末群雄割据的大背景下争夺皇权,先是卷入董卓之乱,董卓尽灭袁氏一族,后又与曹操争雄失败,袁术冒天下之大不韪称帝淮南,最终使得袁氏家族败丧在此二人手中。而江东武力强宗义兴周氏武人士人化的努力也是因为卷入王敦之乱,为沈充灭族,是以一蹶不振,武人士人化的过程历经周处、周玘两代人而中途夭折。纵看义兴周氏,在汉魏动乱之际以武力崛起,可谓与时俯仰,迅速兴起,然因为武力为皇室所患,卷入政争,武人士人化的过程戛然而止,家族惨遭灭门,真可谓来也匆匆,去也匆匆。一时一地一家族想要实现武人士人化的努力,其根本在于提升门户,提高家族的政治地位和社会声誉,以便于有更大的权力,控制更多的资源,获得最多的利益。一般来说,社会稳定,国家统一,往往走士人化的道路谋其门户晋升容易成功,而处于乱世的时候,往往凭借军功先获得高位,再着手家族的文化传承。义兴周氏以周处为界线,开始着手家族的士人化努力,然而失败,此种意义上的失败并非周处本人转型的失败,而是家族仍不被士族认可。就周处个人而言,在文化上已经足可称道,其著《风土记》及《默语》三十篇可证;然如前所言,武人士人化的努力需要几代人的不断努力,况且此一时期社会学术已经由儒入玄,周处仍被边缘化;就整个义兴周氏来说,武人士人化的努力失败,又遭到吴姓和侨姓的奚落、排斥,所以周处后人虽三定江南,亦有三次叛乱,其叛乱的目的并非争夺皇权,而是欲以此实现社会政治地位提升的努力[①],其结果是义兴周氏骤起骤衰。

(赵立民,山西大学国学院讲师)

[①] 吴兴太守周玘,因"宗党强盛"而遭晋元帝猜忌,遂密谋发动政变、以南士执政,未成,忧死。谓其子周勰:"杀我者,诸伧子;能复之,乃吾子也。"周勰后起兵讨王导,事败。王敦之乱,周札开城门迎王敦,致朝军大败。"江东之豪,莫强周、沈。"王敦利用沈充杀周札一门。王敦败后,沈充被杀,周、沈同归于尽。此后吴姓士族放弃武装抵抗,接受了低于侨姓的地位。

论《世说新语》中殷浩之形象

宋　丽　赵厚均

《世说新语》（以下简称《世说》）用简洁隽永、幽默而又富有生趣的语言，展现了汉末以来名士们的言行、相貌、性格等，其所载录的人物多是当时之重臣、名士，前者如谢安、王导、庾亮，后者如阮籍、谢鲲、刘惔等，均为大家所熟知。《世说》对殷浩也着墨较多。殷浩在该书中共出现50次，占《世说》所有条目（1130条）的4.4%。他在"三十六门"的分布情况如下表所示：

门类	言语	政事	文学	方正	识鉴	赏誉	品藻	容止	企羡	术解	任诞	排调	轻诋	黜免
频次	1	1	18	1	1	12	8	1	1	1	1	1	1	2

从上表可以看出两点：

其一，殷浩在各门类中出现频次并不均匀，主要集中在"文学""赏誉""品藻"三门，分别有18次、12次和8次，共占殷浩出现总次数的76%。这三门与清谈有着密切关系。由此可知《世说》主要刻画的是殷浩清谈名士形象，而在其他方面的形象并不为该书所重视。其实不光是殷浩，就连名相王导、谢安也如此，亦可知上述现象并不完全是因为殷浩在政治上没有建树，实是因为《世说》本就是一部"名士底教科书"①、清谈之全集。然而清谈与政治又有着"暧昧"的关系，清谈家基本上都是政治家，故《世说》也有少数几则记录了殷浩的政治活动，在一定程度上丰富了殷浩形象，因此也值得一提。

其二，殷浩主要出现在具有褒义性质的门类中，如"文学""赏誉""品藻"等，这些大多从正面或侧面来表现殷浩作为著名清谈家的风范。然而，殷浩是当时政治上一位失败的人物，《世说》对此却较少提及。亦可见，《世说》对殷浩主要持褒奖态度。

---

① 鲁迅：《中国小说与历史的变迁》，载《鲁迅全集》第九册，人民文学出版社，1981，第319页。

由上可知，《世说》从清谈名士与政治家两个方面来刻画殷浩形象。并且，殷浩清谈大家形象尤为突出，而政治家形象则稍显单薄。下文即主要对此进行讨论，并兼及其他。

一、众人瞩目的清谈名士

《世说新语·文学》门共有104条，其中有一大半是写清谈。而在这大半的条目中，殷浩一人占了18条。此外，在其他门类中，涉及殷浩清谈的还有数条。可见无论是纵向（较之殷浩其他形象）比较，还是横向（较之其他清谈家）比较，该书重点在于突出殷浩作为东晋第一流玄学家的形象。为此，《世说》花了不少笔墨，分别从正、侧两方面来描绘他作为清谈名士的风范。

正面描写主要是描述殷浩清谈时的激烈场面或抓住清谈时的细节。《世说》中有两则记载：

> 谢镇西少时，闻殷浩能清言，故往造之。殷未过有所通，为谢标榜诸义，作数百语。既有佳致，兼辞条丰蔚，甚足以动心骇听。谢注神倾意，不觉流汗交面。殷徐语左右："取手巾与谢郎拭面。"①
>
> 孙安国往殷中军许共论，往反精苦，客主无间。左右进食，冷而复暖者数四。彼我奋掷麈尾，悉脱落满餐饭中。宾主遂至莫忘食。殷乃语孙曰："卿莫作强口马，我当穿卿鼻！"孙曰："卿不见决鼻牛，人当穿卿颊！"②

第一则记载的是谢尚造访殷浩。"'既有佳致'二句，谓殷浩清言特点，义理与言辞俱佳。"③既是《世说》记载，此二句亦可看作是它对殷浩清谈作出的正面评价。"动心骇听""注神倾意""不觉""流汗交面"等词语，则扣住细节来突出殷浩清谈时言辞的美妙动听、浩瀚广博，以至让谢尚为之"倾倒"。通过颇具现场感的描绘，突出殷浩"能清言"的特点。

第二则是孙盛前往殷浩住所清谈。此条描写了殷孙二人"剧谈"之状：辩论

---

① 余嘉锡：《世说新语笺疏》，中华书局，2011，第190页。
② 余嘉锡：《世说新语笺疏》，第192页。
③ 龚斌：《世说新语校释》，上海古籍出版社，2011，第422页。

双方费尽心思设难解疑,连间歇、进食时间都没有。辩论气氛既热烈又紧张,以至于最后双方互相谩骂。① 后世不乏有对此条进行点评者,如王世懋云:"何至于对骂?"刘辰翁云:"亦是何等往复,传之后世。"②龚斌先生云:"此条描写极生动,千载之下犹见彼时清言往返精苦、必决胜负之情形,而'卫玠谈死'之传闻益可信矣。"③互相谩骂、互不相让与人的个性、修养有关,这里暂不作分析。然而二人清谈之精彩、专注,则实因此二人皆清谈之高手。④ 殷、孙二人"棋"逢对手,于是上演了一场传之后世的清谈大剧。两条材料结合起来,殷浩"擅名一时"的清谈家形象便跃然纸上。

侧面描写主要是东晋名士对于殷浩清谈的评价,包括王导、王胡之、王濛、刘惔、桓温等。《世说新语·文学》第22条:

  殷中军为庾公长史,下都,王丞相为之集,桓公、王长史、王蓝田、谢镇西并在。丞相自起解帐带麈尾,语殷曰:"身今日当与君共谈析理。"既共清言,遂达三更。丞相与殷共相往反,其余诸贤略无所关。既彼我相尽,丞相乃叹曰:"向来语,乃竟未知理源所归。至于辞喻不相负,正始之音,正当尔耳!"明旦,桓宣武语人曰:"昨夜听殷、王清言,甚佳,仁祖亦不寂寞,我亦时复造心,顾看两王掾,辄翣如生母狗馨。"

"正始之音"指的是正始年间何晏与王弼之玄学,他们是口谈与笔谈兼备的玄学名士。如果从影响角度来说,何、王二人可算作是魏晋玄学之先驱,他们对玄学的发展起了很大作用。王导评价殷浩:"正始之音,正当尔耳。"徐震堮释此句:"谓正始间王、何诸人谈理,当亦不过如此。"⑤由王导语可知,正始之音是东晋清谈家向往之典范。在王导看来,殷浩清谈可追正始之音,足见其对殷浩清谈评价极高。

《世说新语·赏誉》第82条:

---

① 骆玉明:《世说新语精读》,复旦大学出版社,2007,第89页。
② 刘强:《世说新语会评》,凤凰出版社,2007,第128页。
③ 龚斌:《世说新语校释》,第427页。
④ 本条后刘孝标注引《续晋阳秋》曰:"孙盛善理义。时中军将军殷浩擅名一时,能与剧谈相抗者,唯盛而已。"
⑤ 徐震堮:《世说新语校笺》,中华书局,2011,第115页。

>王司州与殷中军语,叹云:"己之府奥,蚤已倾写而见;殷陈势浩汗,众源未可得测。"

龚斌校释云:"此二语喻殷中军言辞浩荡,规模恢宏,意旨玄远莫测。"①殷浩之美誉,王胡之早有耳闻。王亦爱好玄谈。② 王慕殷之盛德,故等殷浩始至武昌,因急与之相谈,而置行役之命不顾。③ 而此时,王胡之已实现愿望,在与"偶像"玄谈之后,不禁发出上述感叹,认为自己与殷浩差距甚远。

《世说新语·赏誉》第86条:

>王仲祖、刘真长造殷中军谈,谈竟,俱载去。刘谓王曰:"渊源真可。"王曰:"卿故堕其云雾中。"

萧艾认为,刘惔清言胜于殷浩④,故"刘谓王曰"当作"王谓刘曰"。⑤ 然另有一条记载"刘真长与殷渊源谈,刘理如小屈"。⑥ 可见二人谈艺,原是伯仲之间。而此次清谈殷浩发挥特佳,刘惔不禁叹服"渊源真可"。刘辰翁评此条:"有美有讥。"⑦所谓"美",指的是刘惔称赞"渊源真可","讥"是指王濛调侃刘惔。由上可知,王、刘二人十分敬佩殷浩。

《世说新语·赏誉》第117条:

>桓公语嘉宾:"阿源有德有言,向使作令仆,足以仪刑百揆。朝廷用违其才耳。"

桓公即桓温,他是殷浩少时的玩伴。⑧ 桓温对殷浩清谈早就佩服不已,夸殷

---

① 龚斌:《世说新语校释》,第911页。
② 《世说新语·赏誉》第129条后,刘孝标注引"宋明帝《文章志》曰:'胡之性简,好达玄言也。'"
③ 事见《世说新语·企羡》,第4条。
④ 事见《世说新语·文学》,第33条。
⑤ 萧艾:《世说幽探》,湖南出版社,1992,第341页。
⑥ 原文见《世说新语·文学》,第26条。
⑦ 刘强:《世说新语会评》,第273页。
⑧ 事见《世说新语·品藻》,第38条。

浩清言甚佳,此可参见前引王导评殷浩条。桓温说此语时殷浩已因北伐失败而被废。"有德有言",即有德行,擅清谈。李贽评此条云:"至言至言,桓公至言!"①李贽赞同桓温的点评,可见此二人皆推崇殷浩的清谈。

就清谈论,以上除王胡之、桓温非擅长外,其余三人皆是有名的清谈家,他们对殷浩的评价,也就代表了当时社会舆论。由上可知当时"浩素有盛名"②"故风流者皆宗之"③等数语并不假。

《世说》中记载殷浩清谈条目相当多,当时名士对他评价极高。从以上不难看出,《世说》重在突出殷浩作为东晋第一流玄学家形象,归纳起来,大致可分为以下四点。

(一) 思纬淹通

殷浩清谈的特点可用"思纬淹通"一词来概括。这个词语来自世人对他清谈的评价:"世目殷中军'思纬淹通,比羊叔子'。"(《品藻》第 51 条)龚斌释此词:"思纬,义同'思致'。淹通,弘广贯通。"④又"思致"⑤一词,龚斌解释为"精思入微。犹今语'思维能力强'"⑥。因此,"思纬淹通"的意思是,思路清晰入微,学问弘广渊博(按:简文评殷浩"沈识淹长,思综通练"⑦"思虑通长"⑧,与"思纬淹通"义亦相近)。故谢安评殷浩清谈为"亹亹论辩"⑨,肯定殷浩清谈言辞娓娓动听、辩论滔滔不绝,与前面"思纬淹通"相符合。

但清谈时滔滔不绝亦会流于言辞烦琐。谢安、司马昱两人看出了殷浩这点,同时还指出了殷浩清谈的另外一个不足——义理不超拔出新。原文如下:

> 郗嘉宾问谢太傅曰……又问:"殷何如支?"谢曰:"正尔有超拔,支乃过殷;然亹亹论辩,恐殷欲制支。"(《品藻》第 67 条)

---

① 刘强:《世说新语会评》,第 281 页。
② 《世说新语·赏誉》第 86 条后刘孝标注《中兴书》语。
③ 《世说新语·赏誉》第 99 条后刘孝标注引《续晋阳秋》语。
④ 龚斌:《世说新语校释》,第 1047 页。
⑤ 原文见《世说新语·品藻》第 30 条。
⑥ 龚斌:《世说新语校释》,第 1024 页。
⑦ 《晋书卷七十七·殷浩传》,第 1738 页。
⑧ 原文见《世说新语·文学》第 34 条。
⑨ 案:徐震堮本"亹"作"斖",这里从大多数作"亹"。

简文云:"渊源语不超诣简至,然经纶寻思处,故有局陈。"(《赏誉》第113条)

谢安一语道出了支遁、殷浩清谈之短长。殷浩的短处在于义理不超出流俗,即不出拔有新意,长处在于论辩"亹亹",而"恐殷欲制支"一句,谢似有批评殷浩言语过多之意。简文则批评殷浩清言不足之处在于"不超诣简至"。龚斌释:"一是义理不高妙,二是言辞不简练。"①简文与谢安的观点不谋而合,亦可见在他们看来清谈时旷达超诣极为重要,然而殷浩清谈正与之相悖。故当有人问及简文殷浩清谈究竟如何时,简文的回答是:勉强使人满意罢了。② 即便这样,简文的评价也并不影响殷浩作为清谈大家的地位。

(二) 擅长口谈

殷浩擅长口谈,《世说》中正面记载仅一条:

江左殷太常父子并能言理,亦有辩讷之异。扬州口谈至剧,太常辄云:"汝更思吾论。"(《文学》第74条)

清谈形式在大体上分两种,一种是口谈,一种是笔谈,两者联系甚密。"从《世说新语》看,口谈是主要的清谈方式……多系结论性的东西,而笔谈则显示了具体论证过程,在一定程度上弥补了口谈的不足。"③魏晋名士中很少有口谈与笔谈兼擅的。清谈家有的擅长口谈,有的擅长笔谈。比方说乐广、太叔广(季思)擅于口谈,潘岳、挚虞擅于笔谈。④ 据《世说》记载,殷浩擅长口谈。前正文已引。"扬州"即指殷浩。⑤ 由此可见殷浩精于口谈,而前与孙盛"剧谈"之情状亦可见其口谈水平。⑥

---

① 龚斌:《世说新语校释》,第940页。
② 事见《世说新语·品藻》第39条。
③ 范子烨:《中古文人生活研究》,山东教育出版社,2001,第171页。
④ 详见《世说新语·文学》第70条、第73条。
⑤ 本条后刘孝标注引《中兴书》:"……兄子浩亦能清言,每与浩谈,有时而屈,退而著论,融更居长。"
⑥ 按:也许正因为他不善笔谈而笔谈之作甚少,又或流传过程中遗失,殷浩清谈的具体内容今人已不得而知。

(三) 精通《才性四本论》

在东晋清谈中,殷浩是精通《四本论》的专家,《世说新语·文学》中与之相关的记载有两则:

> 殷中军虽思虑通长,然于《才性》偏精,忽言及《四本》,便若汤池铁城,无可攻之势。
>
> 殷渊源俱在相王许,相王谓二人:"可试一交言。而《才性》殆是渊源崤、函之固,君其慎焉!"支初作,改辙远之,数四交,不觉入其玄中。相王抚肩笑曰:"此自是其胜场,安可争锋!"

"才性论"于东汉、魏晋之际被提出,其目的是为了选拔名副其实的人才。然而"自晋以后,才性论和现实政治已经没有什么密切关系,仅是知识的炫耀"[①]。也就是说,"才性论"脱离了政治,仅是作为一个单纯的玄学论题,成为玄学家们用来驳倒对方的手段与资本。同时它也是晋代清谈命题中极其重要的一个。[②] 既然是常谈之资,地位又十分重要,为此精于"才性四本"的清谈家必定受人追捧,殷浩即是如此。

殷浩思虑精微,学识广博,论《四本论》如铁城,坚不可摧。即便是清谈名僧支遁,在与殷浩几次"交锋"后,最终还是败下阵来,亦可见殷浩清谈之水平。

(四) 玄佛双修

"在中国本土化的长期浸染下,佛教至东晋终于打开局面。"[③]局面发生变化,实是因为名僧们为了使佛学在学术上赢得威信,通过玄学清谈来与士族们接近,至东晋,名僧已与名士展开了频繁的交游活动,利用玄学来传播佛学。其中的代表人物是支遁。"支遁交游几乎笼括了东晋中期的一代士人精英。"[④]支遁擅长《老》《庄》,同时援佛入玄,所以与玄学家辩难时,往往能够标出新意。[⑤]

---

① 唐长孺:《魏晋才性论的政治意义》,载《魏晋南北朝史论丛》,中华书局,2009,第 287 页。
② 详见余嘉锡《世说新语笺疏》,第 171 页。
③ 详见卞敏《魏晋玄学》,南京大学出版社,2009,第 151 页。
④ 蒋凡:《世说新语英雄谱》,中国人民大学出版社,2008,第 334 页。
⑤ 事见《世说新语·文学》第 32 条。

这也引致一部分玄学家开始接触佛学,其中最积极的当属殷浩。《世说》中关于殷浩学习佛学的记载共有5条,皆在"文学篇"。此5条如下:

  1. 康僧渊初过江,未有知者,恒周旋市肆,乞索以自营。忽往殷渊源许,值盛有宾客,殷使坐,粗与寒温,遂及义理。语言辞旨,曾无愧色。领略粗举,一往参诣。由是知之。
  2. 殷中军读《小品》,下两百签,皆是精微,世之幽滞。尝欲与支道林辩之,竟不得。今《小品》犹存。
  3. 殷中军被废东阳,始看佛经。初看《维摩诘》,疑"般若波罗蜜"太多,后见《小品》,恨此语少。
  4. 殷中军被废,徙东阳,大读佛经,皆精解。惟至"事数"处不解。遇见一道人,问所签,便释然。
  5. 殷中军见佛经云:"理亦应阿堵上。"

  佛学在东晋传播初期,东晋名士对于佛义并没有很深的了解,唯觉新奇而已,然而殷浩对此抱有很大兴趣,与康僧渊谈论义理"自昼至曛"①。继而被废,殷浩开始大读佛经(前引第3、4条为证)。于少数几处不懂时,他便与人切磋(见前引第2条),虚心请教(见前引第4条)。"切磋"不成,他"深以为恨"②。"请教"成功,他如释重负、豁然开朗。殷浩精解佛经(见前引第4条),得出的结论是佛理与玄理是相通的(见前引第5条)。不难看出,《世说》意在详细刻画殷浩身为东晋第一流清谈家玄佛双修的一面。
  范子烨评价:"在东晋的清谈名士中,殷浩在沟通玄、佛方面的贡献是很大的……殷浩等名士迅速、及时地接受和吸纳了佛学这种外来的异型文化的营养,从而为玄学输入新鲜的血液。"③可惜的是,《世说》中并未记载殷浩是如何沟通玄学与佛学的。然而,它却成功地描绘了殷浩积极接受新思潮、虚心好学、刻苦研究、玄佛双修的东晋第一流玄学家形象。

---

  ① 释慧皎:《高僧传》卷四,中华书局,1992,第151页。
  ② 事见《世说新语·文学》第43条后刘孝标注引《高逸沙门传》。
  ③ 范子烨:《中古文人生活研究》,第183页。

二、失败的政治家

从上一部分可知,殷浩擅于清谈,为东晋风流名士所追崇。盛名一时的他,又因"三府辟,皆不就"①,"在墓所几十年"②,声誉愈旺。

(一) 隐居

殷浩在墓所隐居近十年。"于时朝野以拟管、葛,起不起,以卜江左兴亡。"③

《世说》也记载了时人对他的厚望:

> 王仲祖、谢仁祖、刘真长至丹阳墓所省殷扬州,殊有确然之志。既反,王、谢相谓曰:"渊源不起,当如苍生何?"深为忧叹。刘曰:"卿诸人真忧渊源不起邪?"
>
> 王长史与大司马书,道渊源"识致安处,足副时谈"。

王濛、谢尚认为殷浩是否入仕关乎天下社稷,对国家前途甚是担忧。王濛则写信与桓温,称赞渊源有识见④,符合时人对他的评价。又据《晋书》补充,朝野之人还应指简文、庾翼、何充等。《晋书·殷浩传》载庾翼贻殷浩书曰:"足下少标令名,十余年间,位经内外。"⑤又载简文答浩书曰:"足下去就即是时之兴废。"⑥何充曰:"桓温、褚裒为方伯,殷浩居我门下,我可无劳矣。"⑦由此可见,殷浩在隐居时就被朝野上下寄予厚望。

此种现象看似荒诞,但在当时却多见。例如,"诸人相与言:'安石不肯出,

---

① 《晋书卷七十七·殷浩传》,第 1738 页。
② 原文见《世说新语·赏誉》第 99 条。
③ 原文见《世说新语·赏誉》第 99 条。
④ 参见龚斌《世说新语校释》,第 947 页"校释"第二条:"识致安处,谓识见之指归安妥也。"
⑤ 《晋书卷七十七·殷浩传》,第 1738 页。案:从庾翼答殷浩书中可知他对殷推崇有加,然"豪爽"篇第 7 条后刘孝标注引《汉晋春秋》曰:"是时,杜乂、殷浩诸人盛名冠世,翼末之贵也。常曰:'此辈宜束之高阁,俟天下清定,然后议其所任耳!'"两者相矛盾。疑《晋书》记载有误。
⑥ 《晋书卷七十七·殷浩传》,第 1739 页。
⑦ 《晋书卷七十七·何充传》,第 1725 页。

将如苍生何?'"①殷浩谓王羲之"足下出处足观政之隆替"②。龚斌解释这种夸张且流行的现象是由风流名士崇尚隐逸与浮华所致③,颇有道理。但还有一点需要补充:东晋执政者,如王导、庾亮、简文、谢安等人皆善清言。他们特别赏识且乐于提拔清谈能手④,若此人有良好社会舆论(时人慕隐逸之风气所造),朝廷往往委以重任。于是,永和二年(346),殷浩离开隐居墓所,接受简文之邀请,官拜建武将军、扬州刺史,来牵制桓温势力。⑤ 不久,朝廷以殷浩为中军将军,假节都督扬、豫、徐、兖、青五州刺史,率军北伐。⑥ 可见,殷浩因善清谈,一跃成为官位显赫、统领北伐的政治家。

(二) 执政

殷浩进入仕途后,平步青云,执政长达八年⑦之久。《世说》中仅四则记载他的执政事迹,归纳起来有两个特点。

第一个特点是执政严厉。

> 殷浩始作扬州,刘尹行,日小欲晚,便使左右取襆,人问其故,答曰:"刺史严,不敢夜行。"(《世说新语·政事》22)

此事当发生在殷浩做扬州刺史之初。⑧ 天色渐晚,刘惔让仆人取出包袱准备早宿。⑨ 人问其故,刘惔回答,扬州刺史执政严厉,因此不敢夜行。

第二个特点是,殷浩爱好提拔人才。

---

① 《晋书卷七十九·谢安传》,第 1764 页。
② 《晋书卷八十·王羲之传》,第 1783 页。
③ 龚斌:《世说新语校释》,第 928 页。
④ 证据可见《世说新语·文学》第 53 条:张凭因善清言得太常博士一官。此种示例在《世说》中常见。
⑤ 详见《世说新语·赏誉》第 99 条刘注引《续晋阳秋》。
⑥ 详见《晋书卷七十七·殷浩传》第 1739 页。
⑦ 按:永和二年,殷浩开始进入仕途,平步青云。永和十年,他因北伐惨败而被废为庶人,仕途之路结束。
⑧ 按:余嘉锡认为此事当发生在殷浩服阕完复为扬州刺史后,这样才能与刘惔在永和三年拜为丹阳尹在时间上相符合(详见《世说新语笺疏》,第 162 页)。然龚斌认为,此事当发生在殷浩作刺史之初,即永和二年(详见龚斌《世说新语校释》,第 360 页)。这里从龚斌之解。
⑨ 刘强《世说新语会评》引刘应登云"襆如今人包复之类,欲早宿也"(第 106 页)。

李弘度常叹不被遇。殷扬州知其家贫,问:"君能屈志百里不?"李答曰:"《北门》之叹,久已上闻。穷猿奔林,岂暇择木!"遂授剡县。(《世说新语·言语》80)①

刘遵祖少为殷中军所知,称之于庾公。庾公甚忻然,便取为佐。……(《世说新语·排调》47)

李充怀才不遇,殷浩知其家贫,遂授李充剡县。刘爱之少有才气,为殷浩所知,于是殷浩向庾亮引荐他。据《晋书》记载,李充最后"累迁中书侍郎,卒官"②,可知李充有才干且富有责任心。刘爱之虽被庾亮戏称为"羊公鹤",但"历中书郎、宣城太守"③,亦可知是一位人才。

不过,殷浩仅仅是爱好而非善于提拔人才。原因在于:第一,在殷浩看来,人才之"才"首先是善清谈名理。刘爱之被殷浩引荐给庾亮即是一例。然而,鉴定人才的标准实是此人的综合能力,这却恰恰被当时统治者忽视。第二,殷浩感情用事,仅凭个人爱恨憎恶轻率拒人和用人。轻率拒人体现在《世说新语·轻诋》第10则:

谢镇西书与殷扬州,为真长求会稽。殷答曰:"真长标同伐异,侠之大者。常谓使君降阶为甚,乃复为之驱驰邪?"

谢尚写信给殷浩,为刘惔求会稽太守。然殷浩指责谢尚尊敬刘惔已经做得过分了,竟然还为他的官职奔波。④ 最后,殷浩拒绝了谢尚的请求,未任刘惔为会稽太守。⑤ 理由是,刘惔"标同伐异,侠之大者"。"侠"当写作"狭"⑥,气量狭

---

① 按:《晋书·李充传》里事属褚裒,余嘉锡《世说新语笺疏》云:"《晋书》所据与《世说》不同,未可以彼非此。"此从余说。
② 《晋书卷九十二·李充传》,第2048页。
③ 原文见排调篇第47条后注引徐广《晋纪》。
④ 参见龚斌《世说新语校释》,第1611页。
⑤ 按:刘惔任会稽一职在《世说》《晋书卷七十五·刘惔传》《晋书卷八·穆帝司马聃》中均未记载,可知谢尚为刘惔求之未成功。另,刘惔早在咸康八年(342)时就欲求会稽一职。《世说新语·方正》第53条云:"刘尹时为会稽。"据余嘉锡、龚斌考证,"为"实作"索"。《晋书·阮裕传》提到此事时,也未言刘惔时为会稽太守。
⑥ 杨勇《世说新语校笺》:"'侠'当作'狭',气量狭小。是汉代以来民间流传简笔字。"(中华书局,2006,第754页)

小之意①。刘惔在清谈时的确喜欢排除异己、言语刻薄,对殷浩尤甚。② 然而从政治角度来看,他亦是一个不可多得的人才。他识鉴能力强③,遵守礼法④,"为政清明严整,门无杂宾"⑤。由上可知,殷浩仅因个人憎恶且不满谢尚追随刘惔,意气用事,遂拒刘惔于千里之外。

轻率用人则体现在引用荀羡⑥一事上。荀羡无实才,且年轻气盛,然殷浩却让他管理徐、兖二州,当时年轻一辈都没有像荀羡那样年纪轻轻就被委以重任。后来殷浩率军北伐,以荀羡为都统,却未见此人在北伐中立下战功,殷浩草率用人由此可见。不过《世说》并未记载此事。

(三) 被废

永和十年(354),殷浩率军北伐,遭遇惨败,桓温上疏请求罢免殷浩。最后殷浩被除为民,徙东阳信安县。《世说》记载殷浩被废后情形的条目共四条,大致可分为两类。

第一类是,他大读佛经,可参见前引《世说新语·文学》第 50 条和第 59 条。

第二类是,他对被废一事饱含不解和愤恨,仅两条,见《黜免》篇:

> 殷中军被废,在信安,终日恒书空作字。扬州吏民寻义逐之,窃视,唯作"咄咄怪事"四字而已。
>
> 殷中军废后,恨简文曰:"上人著百尺楼上,儋梯将去。"

殷浩被废来信安后,整日只作"咄咄怪事"四字。余嘉锡释"咄咄",乃叹咤声也。⑦ 可见殷浩对被废一事既感叹又惊讶。殷浩被废虽是由于桓温上疏,然"定其罪者,则实简文"⑧。最初殷浩出仕,实乃应简文之请。后北伐军败,虽说

---

① 按:龚斌释此句言刘惔言语刻薄,为殷浩所不喜,而释"侠之大者"为健壮之意。此解释不通,且前后不合逻辑。故前半句当取龚斌释,后半句当取杨勇释。
② 事见《世说新语·文学》第 33 条刘惔讥讽殷浩为"田舍儿"。
③ 《世说新语·文学》第 53 条张凭初见刘惔被引荐给司马昱,而张凭最终以其才享有美名,可证明刘惔的识鉴人物能力强。
④ 事见前引《世说新语·政事》第 22 条。
⑤ 原文见《晋书卷七十五·刘惔传》,第 1692 页。
⑥ 事见《世说新语·言语》第 74 条后刘注引《晋阳秋》《中兴书》。
⑦ 余嘉锡:《世说新语笺疏》,第 747 页。
⑧ 详见龚斌《世说新语校释》,第 1667 页。

迫于无奈,但定其罪者仍是简文。所谓"成也萧何,败也萧何"。因此,殷浩更恨简文,恨他不尽力相救,让自己处于无助之境地。后世凌濛初评此句,云:"奇恨。"①此二字准确道出殷浩当时心理。

然《世说》对殷浩被废后之情状记载较少,须得依据史实来补充。《世说新语·黜免》第5条刘孝标注引《续晋阳秋》云:

> 浩虽废黜,夷神委命,雅咏不辍,虽家人不见其有流放之戚。外生韩伯始随至徙所,周年还都,浩素爱之,送至水侧,乃咏曹颜远诗曰:"富贵他人合,贫贱亲戚离。"因泣下。②

在这里,殷浩对被废一事的情绪不似前面《世说》中记载的那般激烈。虽被废黜,殷浩神态夷和,举止无异,家人未见其被流放之悲伤。龚斌解释,"此乃名士之矫情而已"③。后来,在送别素来疼爱的康伯而吟咏曹摅诗歌时,殷浩再也抑制不住内心的苦楚而伤心落泪。李贽云:"真!"④可见殷浩虽曾矫情,但也时露真情。

由上可知,殷浩在徙东阳后,内心情感复杂,不满、愤恨、失落、悲伤交织于心。他或借助阅读佛经转移注意力,或竭力掩饰,却又在不经意之间流露出内心的纠结与痛苦。《世说》对殷浩被废后之行为仅作客观描述,若说有包含若干主观态度,则是同情居多。

此外,《世说新语·黜免》篇两则,不仅描述了殷浩被废后失落、怨恨之情形,亦刻画了殷浩作为一名政治家追求名利的特点。对此,有人持不同意见,比方说现代学者罗宏曾⑤,所举例子是殷浩"棺材论"⑥。据《世说》记载,殷浩确实说过此语。然罗所举为孤证,未为定论。且"棺材论"不妨可以视为是殷浩为了

---

① 刘强:《世说新语会评》,第489页。
② 刘注后又曰:"其悲见于外者,唯此一事而已。则'书空''去梯'之言,未必皆实。"案:依刘之说,殷浩只在送别外甥、吟曹诗时才露出内心悲伤,"书空""去梯"之言未必真实存在。刘孝标此推测不足信:第一,证据不足;第二,一心渴望建功、本性骄傲自负的殷浩,最终却如此落魄。被废后的他内心充满失落和悲伤,为其终日书空和怨恨之语较为真实。龚斌亦言:"鄙意以为此言亦未必得殷浩之真情也。"(《世说新语校释》,第1668页)另,此二事又见《晋书·殷浩传》。
③ 详见龚斌《世说新语校释》,第1668页。
④ 刘强:《世说新语会评》,第489页。
⑤ 罗宏曾:《从政史鉴》(修订本),天津社会科学院出版社,1999,第581页。
⑥ 原文见《世说新语·文学》第49条。

赢得时人的赞赏,用以展现其言语技巧和标新立异①,这样更符合殷浩爱名、骄傲之本性。事实上,殷浩就是追求名利之人,尤其是名。《黜免》篇两条即是证据。② 另外,从其他地方亦可找出证据。如,刘惔在殷隐居时就识破他这一点。当谢尚与王濛为渊源起不起担忧时,刘镇定地说:"卿诸人真忧渊源不起邪?"(见《识鉴》篇第18则)意思是,诸位不必担心殷浩,他早晚会走上仕途的。后来也证明三人中只有刘惔读懂了殷浩的心思。若退一步说,假设殷浩确实是视名利为粪土之人,那么他为什么最终还是选择离开隐居将近十年的居所? 倘若我们同情他此举可能是迫于自保,那么,后来桓温专权,"将以浩为尚书令,浩欣然许之"③,此一事又将作何解释? 唯一能解释得通的理由是,殷浩摆脱不了世人追求功名利禄的传统观念。当然,追求名利、建功立业之心无可厚非,《世说》对殷浩的这个形象特点也仅是做客观描述。

综上可知,《世说》主要从殷浩隐居、入仕、被废三个阶段来刻画殷浩政治家形象。入仕前,殷浩已因清谈而享有盛名;出仕后,他执政严厉、喜好提拔人才,渴望树立功业,从而求得名利;继而北伐失败被废,沉浸于不满与不甘心的情绪中。

从史实中可知,殷浩在政治上最具有代表性事件是北伐,但结果是惨败而归,蹙国丧师,殷浩因此被废为庶人。与擅于清谈、精于口谈和《四本论》、玄佛双修的清谈大家形象相比,在政治上,殷浩却是个头脑简单又无军事才能、彻底的失败者。④ 然而由上可知,《世说》在提到殷浩执政和被废时都避开这个重大事件,仅是记载一些无关痛痒的小事。虽说此种现象可能是因为《世说》本就不是记载史实的史书,然三十六门类中亦有《政事》篇。由此可见,《世说》对殷浩的记载主要是从其正面形象出发的。

---

① 事见《世说新语笺疏》,第204页,余疏引《晋书·艺术·索紞传》。按:殷之论"棺"与魏、西晋之际的索紞相反。
② 按:殷浩一心想树立功业,然北伐失败被废,为此他心存怀疑和诧异,且又对简文恨之入骨。殷浩之所以有"咄咄书空"的行为和恨简文之语,实是因为被废一事断绝了殷浩原本明朗、追求名利的仕途之路。
③ 事见《晋书卷七十七·殷浩传》。
④ 详见《晋书·殷浩传》,第1739—1740页。按:殷浩在北伐过程中潜诱苻健大臣、谋诛降将姚襄、进屯洛阳修复园陵、败后弃军储器械,最后惨败而归,被废为庶人。可知殷浩在军事上确实无才干,而上述错误让他最后彻底失败。

三、其他侧面

除去前面已提到的清谈名士和政治家形象外,《世说》用少数笔墨刻画了殷浩其他侧面形象。

(一) 固执清高①

在《世说》中,殷浩"固执"和"清高"形象也刻画得较为详细。各试举一例:

> 殷中军尝至刘尹所,清言良久,殷理小屈,游辞不已。刘亦不复答。殷去后,乃云:"田舍儿,强学人作尔馨语!"(《世说新语·文学》33)

殷浩和孙盛清谈时互不相让、彼此争得面红耳赤,其"固执"之状已见前引《文学》篇第 31 则。这次与殷浩清谈的人是刘惔。刘惔清言水平与殷浩不分上下。此次殷浩发挥不佳,略占下风的他却仍"游辞不已"。"游辞",即与清言中心没多大关系的言辞。为此,刘惔讥笑他为"田舍儿"。刘惔评殷浩语虽未免有些刻薄,但其中一个"强"字却一针见血地指出了殷浩在清谈时不肯服输的个性。

> 抚军问殷浩:"卿定何如裴逸民?"良久答曰:"故当胜耳。"(《世说新语·品藻》34)

裴逸民即裴頠。面对司马昱之问,殷浩尽管犹豫许久,但最终回答却是,"故当胜耳"。龚斌释此条:"可见其终究难免名士'高自标置'之习气。然殷浩毕竟是东晋清言第一流人物,自言胜裴逸民亦非狂妄。"②龚前半句点评恰当。

---

① 按:据《世说》记载,殷浩"固执清高"主要体现在清谈上,因此本该并入到殷浩"清谈名士形象之清谈特点"。但文人自古清高,名士们清谈或多或少具有此特点,并不为殷浩独有,只是他表现比较明显罢了。又殷浩的"固执清高"始终贯穿着他的言与行,也就是说不仅体现在清谈上,也体现在日常行为与政治上。考虑到以上两点,尤其是第二点,遂把"固执清高"放到其他形象来讨论。

② 龚斌:《世说新语校释》,第 1029 页。

然后半句则是实为为殷浩作辩护之语:其一,"标置",多指自高位置,有自负、自誉之意。① 龚既已称殷未摆脱此习气,也就是承认了殷之自负。其二,裴逸民,王衍评价他"善谈名理,混混有雅致"②。钟会谓"裴公之谈,经日不竭"③。时人称他为"言谈之林薮"④。可见裴頠亦为善谈名理、理学渊博之大家,其与殷之差距也非天壤之别。殷浩用"故当"一词透露出他的清高与傲气。

此外,在《世说》中还有关于殷浩的一条不得不提。

> 桓公少与殷侯齐名,常有竞心。桓问殷:"卿何如我?"殷云:"我与我周旋久,宁作我。"(《世说新语·品藻》35)

此事应当发生在殷浩出仕不久之际。此时,桓温刚灭蜀地,威势大涨,简文引殷浩为心腹,来与桓温的势力相抗衡。桓温少与殷浩齐名,每每暗自争胜。桓温原本是想向殷浩炫耀自己厉害,不料殷浩回答:"我与我周旋久,宁作我。"⑤刘辰翁云:"此不肯逊,又不敢竞之意。"朱铸禹亦云:"此言自知我已久,宁可自守,不欲效仿他人。"⑥面对桓温质问,殷浩对自己的评价无丝毫谦逊。尤其是"宁作我"三字,让殷浩之固执清高显露无遗。

若寻求其"固执"之根源,在于东晋清谈名士非常爱名、惜名、争名⑦,殷浩只是其中一员罢了。至于其"清高自傲",则实因为魏晋时期思想解放,世人喜欢标榜自我,张扬个性。为此也就有了"我与我周旋久,宁作我"⑧"正是我辈!"⑨等豪言壮语。由此可见,"固执清高"是时代之产物,而清谈名士们或多或少具有此特点。

殷浩的固执清高表现较为明显,贯穿于他的言与行。言在前面已介绍,至

---

① 龚斌:《世说新语校释》,第919页。
② 原文见《世说新语·言语》第23条。
③ 原文见《世说新语·赏誉》第5条。
④ 原文见《世说新语·赏誉》第18条。
⑤ 按:《晋书·殷浩传》作"我与君"。王世懋评:"妙于自夸。《晋书》改一'卿'字,何啻千里?"(刘强《世说新语会评》,第309页)可见,作"我与我",更妙。
⑥ 刘强:《世说新语会评》,第309页。
⑦ 事见《世说新语·文学》第43则刘孝标注引《语林》王羲之劝支遁语。
⑧ 原文见《世说新语·品藻》第35条。
⑨ 原文见《世说新语·品藻》第37条。

于行,则主要体现在政治上与桓温相争,上疏北伐①,不听蔡谟、孔严良言②,最终导致北伐失败。然《世说》避开此事不谈,可知在刘义庆看来,殷浩在政治上的骄傲自大最终导致惨败,这一点并不十分重要。《世说》仍在维护殷浩的良好形象。

(二)精通医术

关于精通医术的形象,《世说》中记载仅一条——《世说新语·术解》第11条。余嘉锡考证,精通医术之人确实是殷浩,而非殷仲堪。③ 从这条可知,殷浩医术精湛,能让病人起死回生。但后来他却把解方全部毁掉。这点不禁让人想到"阮裕焚车"④的故事。然两者有不同。阮裕是因孝子意欲借车不敢言而焚烧好车,殷浩则是因被孝子感动拯救其母后烧毁经方。前者是因好车没有发挥其作用而被焚烧,后者则恰是因经方拯救了人性命而被毁掉。两者恰好相反。为此,《世说》对此二人行为做了评价。《世说》把阮裕焚车之故事放在《德行》篇,可知意在赞扬阮裕有美德。而把殷浩烧经方放在《术解》篇,可见意在突出他医术高明。因此,《世说》刻画的是殷浩精通医术、略有同情心的名医形象。

(三)有德行

殷浩有德行主要体现在他在日常生活中不傲物凌人上,待人接物十分友好、恰当。为此,王濛称殷浩"非以长处胜人,处长亦胜人"⑤(按:龚斌校释⑥,"长处"与本条刘注云"善通和接物"同),王胡之仰慕殷之"盛德"⑦,桓温亦称殷浩"有德有言"(见前引《赏誉》篇第117条)。

以上三个侧面作为补充,让殷浩的形象更完整。

---

① 事见《晋书卷七十七·殷浩传》第1739页。
② 事见《晋书·蔡谟传》第1743页和《晋书·孔严传》第1753页。
③ 详见《世说新语笺疏》第614页。
④ 事见《世说新语·德行》第32条。
⑤ 原文见《世说新语·赏誉》第81条。
⑥ 龚斌校释云:"长处"与本条刘注云"善通和接物"同。(《世说新语校释》,第910页)
⑦ 原文见《世说新语·企羡》第4条。

四、结语

鲁迅评《世说》为"名士底教科书",清谈之全集。此语道出了《世说》之特色:重点展示清谈家的智慧、精神、言行、风貌。① 由前文可知,《世说》详细刻画了殷浩作为清谈大家个性鲜明的形象。他学识广博、擅长口谈,精于《才性四本论》,又玄佛兼修、善于品评。同时,《世说》用较少笔墨描述,他是一位被寄予厚望、爱好提拔人才、追求名利的政治家,精通医术的名医等等。然《世说》之特色决定了它的局限性。其局限在于:一是《世说》人物故事是选择性记载,因此人物形象并不是十分完整,比方说殷浩的形象还需靠《晋书·殷浩传》、刘孝标注来补充;二是此书非史书,并不要求客观、全面,因此刘义庆融入了自己的主观态度,这一点可以从他描绘的殷浩几乎是一个完美形象中看出。尽管如此,与《晋书》相比,《世说》通过五十则小故事展现了更为生动、立体的殷浩形象。

(宋丽,湖南省衡阳市第八中学教师;赵厚均,华东师范大学中文系教授)

---

① 李泽厚:《美的历程》,江苏文艺出版社,2010,第163—164页。

裴頠崇有思想的"反玄"理路试探

曾敬宗

一、引言

裴頠(267—300),字逸民,河东闻喜人,西晋中期政治家兼思想家。裴氏自汉末以来均为河东儒学贵族,裴頠之父裴秀为晋武帝开国功臣,遂封巨鹿郡公,后因其兄早卒,贾充上表请诏袭父爵位,裴頠于是继兄袭父爵位。因与皇后贾南风之父贾充具姻亲关系①,加之"弘雅有远识,博学稽古,履行高整"②,后屡受重任,遂荐举张华(232—300),二人活跃于晋惠帝时期,同心辅政,务实举贤,勠力为公,维持短暂"海内晏然"局面。但后因卷入皇室斗争,得罪于赵王伦,遂死于非命,得年三十四岁。③

裴頠除了在政治上颇受重视外,在清谈界也是一名健将,据史籍所载时人谓其为"言谈之林薮"④,就连当时清谈大家王衍亦颇为欣赏他,认为"裴仆射善谈名理,混混有雅致"⑤,其清谈功力与王衍"不相推下"⑥,乐广亦曾与裴頠谈

---

① 房玄龄等人《晋书·裴頠》:"贾充即頠从母夫也。"(中华书局,2003,第1041页)裴頠能在西晋政坛受到重用,除了与贾充具姻亲关系这条线之外,据《晋诸公赞》可知其父裴秀与贾充同为司马家建国之功臣,同时封公(贾充为鲁郡公、裴秀为巨鹿郡公),共定晋律,想必他们具有一定程度之共事情谊,加之裴秀长子裴浚早卒,只剩裴頠一人,故贾充应该会特别照顾裴頠。另据《世说新语·任诞》14所载,裴頠亦娶当时高官王戎长女为妻,这些因素可能是他活跃于政坛的原因。以上二事见余嘉锡《世说新语笺疏》(华正书局,2002,第169页、735页)。
② 陈寿《三国志卷二十三·魏书二十三·裴潜》裴松之注引荀绰《冀州记》曰(中华书局,2004年,第673页)。
③ 房玄龄等:《晋书·裴頠传》:"初,赵王伦谄事贾后,頠甚恶之。伦数求官,頠与张华复固执不许,由是深为伦所怨。伦又潜怀篡逆,欲先除朝望,因废贾后之际遂诛之,时年三十四。"(第1047页)
④ 刘义庆:《世说新语·赏誉》18,见余嘉锡《世说新语笺疏》,第430页。
⑤ 刘义庆:《世说新语·言语》23,见余嘉锡《世说新语笺疏》,第85页。
⑥ 刘义庆:《世说新语·文学》11,见余嘉锡《世说新语笺疏》,第201页。

理,觉得裴𬱟"辞喻丰博",乐广因为觉得与自己"辞约而旨达""体虚无"之作风殊异,故笑而不复言。① 以上这些叙述为裴𬱟在清谈界之表现,其思想具体展现在《崇有论》《贵无论》《辩才论》三论中,然今只见《崇有论》。

若回到历史情境中,裴𬱟崇有思想其实也可以放在"畅玄"与"反玄"这样的脉络下来理解。如此看待裴𬱟崇有思想,方能承接之后孙盛之"疑老"、王文度之"废庄"、戴逵之"反放达"等一系列"反玄"思潮,进而贞定其在魏晋玄学史中的贡献与定位。

二、裴𬱟《崇有论》之"反玄"定位辨析

研阅前辈学人对裴𬱟《崇有论》之探讨,研究者发现有许多学人将裴𬱟《崇有论》对有、无之看法对比何晏、王弼之有、无见解,得出裴𬱟完全误解何、王之有、无涵义的看法,进而认为裴𬱟玄学思维之不足。以这样的比较方法为研究进路而得出如此结论,其例多有。为避免引文太冗长而引起的杂乱感,以下仅试列许抗生等《魏晋玄学史》与余敦康《魏晋玄学史》二家以说明之。之所以择取许、余二家为代表,是因为许抗生先生与余敦康先生皆为魏晋玄学界资深学者,其学术著作广为流传,也深具影响力,基于此原因,此处才以他们的说法来代表这一看法。二先生主要观点如下:

> 裴𬱟的崇有学说,虽然强调了万有的客观实在性,但对"有"(客观事物)本身缺乏深入的认识,不如王弼玄学那样深入到事物的本性、本质,揭示了本质与现象的矛盾等,以此从某些意义上说,他的理论思维水平又略逊于何、王玄学。②

> 裴𬱟把有解释为存在,把无解释为非存在,这只是贵无论玄学的歧义,而不是它的本义,王弼并没有把无说成是非存在,比如他说:"和光而不污其体,同尘而不渝其真,不亦湛兮似或存乎"……贵无论玄学的主题是现象与本体的关系,而不是存在与非存在的关系。③

---

① 刘义庆:《世说新语·文学》12,见余嘉锡《世说新语笺疏》,第202页。
② 许抗生等:《魏晋玄学史》,陕西师范大学出版社,1989,第293页。
③ 余敦康:《魏晋玄学史》,北京大学出版社,2004,第342页。

许氏与余氏二人皆认为裴頠崇有学说是针对何、王玄学的看法而来,认为裴頠崇有思想误解何、王之贵无论,进而认为裴頠"理论思维水平又略逊于何、王玄学",然以许氏与余氏的研究功力,想必他们一定知道裴頠当时最主要的论敌并非是何、王,而是与他在清谈场合上激辩的王夷甫。他们之所以会如此言之,可能是着重于玄学理论史之建构,从这里也可以略为观察出现行魏晋玄学史的书写比较偏重内在哲学理论之发展,而比较忽略历史社会情境之关怀,这也就是为什么关怀现实的"反玄"人物容易被玄学史边缘化。为了避免重复前人以比较的研究进路所产生的论点,本文不拟从玄学理论史来看待裴頠《崇有论》之地位,而欲从魏晋"清谈"历史发展脉络来考察其定位。为了此一论述脉络的清晰展现,研究者拟从外在(环境)与内在(内容)两个层面来陈述,如此的策略并非要否定前人的研究成果,而是希望在既有的研究成果中寻找是否有其他理解进路之可能性。基于此一问题意识,故试图透过反虚玄的研究进路来观看裴頠的崇有主张,并借此观察出玄学末流的王衍等名士们,如何误用转化贵无论所造成的自然危机。

(一)王衍等人对贵无论之继承与误用:从名教危机到自然危机

在探讨裴頠《崇有论》之前,我们必须先正视一个问题,即裴頠《崇有论》之撰作的来龙去脉。《晋诸公赞》与《惠帝起居注》都认为它是要纠举世尚虚无之弊,《世说新语·文学》12更直接道出这是在"清谈"场合与王衍交锋之言词文字。既然这是与王衍辩论之语言文字,我们当然有必要将两边论点放在一起讨论,方能知道他们的争论点是什么,为何而论辩,如此一来,才不会牛头不对马嘴,将裴頠《崇有论》与何、王贵无论放在一起探讨研究。既然裴頠《崇有论》最主要的论敌是王衍,因此我们必须先行对王衍的为人、学说进行考察,而这一探勘方能作为支持尔后理解裴頠《崇有论》。

王衍(256—311),字夷甫,为竹林七贤王戎之从弟,以清虚通理知名,尤好《老》《庄》,是西晋元康时期的清谈领袖。据后世传世文献考察,可知王衍并无任何著作流传下来,所以现在很难全面掌握他的学说。虽然说目前已经无法全面知道其主张,但还是能透过魏晋史传资料知道他粗略的为人、学说,透过诸家《晋书》《世说新语》与《资治通鉴》等文献的归纳比对,可以知道王衍的为人、学说大概有几个特点：①雅尚玄远；②但思自全；③遗事为高；④主张贵无，⑤调和老庄与圣教。前三点是从他的为人行事作风来看，后两点是就他的主张理论学说而言，也就是因为其为人居高位而不以经国为念，只思三窟自全之计，故后代史家对他极尽嘲讽责骂之能事，甚而将"清谈误国"之罪名算在他身上。① 平心而论，若将误国之大帽子扣在王衍一人身上，似乎是有商榷的空间，但若只是仅以"运自有废兴，岂必诸人之过？"数语来为其开脱，似乎也与王衍死前的"吾等若不祖尚浮虚，不至于此！"的自白之语有所扞格。

任何学说理论在作者提出之时，总是有其深刻生命之体验，但是当这学说思想进入历史境域，流衍于后世，这思想则会被接受者因其自身需要而加以改造，这种例子在中国思想演进史上屡见不鲜。以魏晋贵无思想为例，"以无为本"思想经正始名士夏侯玄、何晏、王弼等人提出之后，逐渐在知识阶层发生效应，慢慢深入人心，终成为魏晋精神的标志。但正始名士之所以提出"贵无"说，是为了拯救汉末以来僵化虚伪的名教②，以"自然"为"名教"注入活水，进而提出"名教本于自然"之说，如夏侯玄（209—254）云："天地以自然运，圣人以自然用。"何晏（约207—249）曰："天地万物皆以无为本，无也者，开物成务……贤者恃以成德。"王弼（226—249）说："道不违自然，乃得其性，法自然也。""自然亲爱为孝，推爱及物为仁也。"随后阮籍（210—263）、嵇康（223—262）眼见正始时

---

① 最早指出王衍要为亡国负责的人为庾翼（305—345），房玄龄等人《晋书卷七十七·列传第四十七·殷浩》："王夷甫，先朝风流士也，然吾薄其立名非真，而始终莫取。若以道非虞夏，自当超然独往，而不能谋始，大合声誉，极致名位，正当抑扬名教，以静乱源。而乃高谈庄老，说空终日，虽云谈道，实长华竞。及其末年，人望犹存，思安惧乱，寄命推务。而甫自申述，徇小好名，既身囚胡房，弃言非所。"（中华书局，2003，第2044页）此段为庾翼写信告诫殷浩之文字，希望殷浩要以王衍例子为殷鉴，切勿再重蹈覆辙，随后桓温（312—373）亦认为王衍应负起亡国之责，其云："遂使神州陆沈，百年丘墟，王夷甫诸人，不得不任其责！"出自刘义庆《世说新语·轻诋·11》，见余嘉锡《世说新语笺疏》（华正书局，2002，第834页）。在庾、桓二人之后，历代对王衍的评价几乎呈现负面之发展态势，如宋苏轼、元胡三省、明于慎行、清顾炎武、民国余嘉锡等人，其间虽亦有人同情王衍，如清王夫之从"小人浊乱，国无与立，非但王衍辈清谈误之也"。见王夫之《读通鉴论》（汉京文化事业公司，1984，第350页）。整体而言，后人对王衍的质疑批评声浪远远盖过同情开脱之辞。

② 汉末以来名教发展到极端扭曲虚伪，已经沦为求取名利者之利用工具，如范晔撰，李贤等注《后汉书》："陈蕃字仲举……再迁为乐安太守。……民有赵宣葬亲而不闭埏隧，因居其中，行服二十余年，乡邑称孝，州郡数礼请之。郡内以荐蕃，蕃与相见，问及妻子，而宣五子皆服中所生。蕃大怒曰：'圣人制礼，贤者俯就，不肖企及。且祭不欲数，以其易黩故也。况乃寝宿冢藏，而孕育其中，诳时惑众，诬污鬼神乎？'遂致其罪。"（中华书局，2001，第2159—2160页）。又如葛洪《抱朴子》记录灵、献时人谚语曰："举秀才，不知书；察孝廉，父别居。""古人欲达勤诵经，今世图官免治生。"见杨明照《抱朴子外篇校笺·上》（中华书局，2004，第393页）。

期贵无思想亦无法挽救名教被虚伪利用,进而以自身言行来反抗当时虚伪化的名教,故有"礼岂为我辈设也""仁义为臭腐"等激愤之言,但细探其狂言荡行背后之心迹,实有不得已之苦衷,他们所深恶痛绝的,只是当时虚伪的名教,而不是真正发自内心的名教。自何、王提出贵无玄理,嵇、阮实践任诞玄风后,贵无玄理风靡两晋,任诞玄风亦因此大畅。然而这深刻的玄思诞行,一旦被虚浮之士作为清谈场合上的谈资,其原有的立意精神则亦渐趋于质变,进而逐渐步向世俗化。

何、王、嵇、阮虽然身为玄学的大家,但其欲解除名教危机而提出的贵无玄学亦无法扭转局势,到两晋时期反而被误用,亦进一步造成"自然危机"。此处所谓的"自然危机"是指当时士人因为深受《老》《庄》学说影响,因此极向往《老》《庄》自然逍遥之境界,但他们却忽略《老》《庄》体道的功夫修养,只片面择取《老》《庄》学说来合理化自己荒谬的言行,如:

> 魏正始中,何晏、王弼等祖述《老》《庄》,立论以为:"天地万物皆以无为本。无也者,开物成务,无往不存者也。阴阳恃以化生,万物恃以成形,贤者恃以成德,不肖恃以免身。故无之为用,无爵而贵矣。"衍甚重之。惟裴颜以为非,著论以讥之,而衍处之自若。衍既有盛才美貌,明悟若神,常自比子贡。兼声名藉甚,倾动当世。妙善玄言,唯谈老庄为事。每捉玉柄麈尾,与手同色。义理有所不安,随即改更,世号"口中雌黄"。朝野翕然,谓之"一世龙门"矣。累居显职,后进之士,莫不景慕放效。选举登朝,皆以为称首。矜高浮诞,遂成风俗焉。①

> 王平子出为荆州,王太尉及时贤送者倾路。时庭中有大树,上有鹊巢。平子脱衣巾,径上树取鹊子。凉衣拘阂树枝,便复脱去。得鹊子还,下弄,神色自若,傍若无人。②

第一则资料为《晋书》描述王衍对何、王贵无思想之重视与仰慕。他风神英俊,屡居显职,社会地位崇高,谈辩口才极佳,但疏于著作,故后世只见其口谈记录,而未见其论述流传,故无法得知其所谓的"贵无"义究竟为何,是否与何、王

---

① 房玄龄等:《晋书・王衍传》,第1236页。
② 刘义庆:《世说新语・简傲》6,见余嘉锡《世说新语笺疏》,第771页。

所主张的"贵无"义相同。虽然现在已经无法全面揭开这个谜底,但若从魏晋传世文献进行考察,或许尚可略见其与何、王贵无义之不同处。如《八王故事》曰:"夷甫虽居台司,不以事物自婴,当世化之,羞言名教。自台郎以下,皆雅崇拱默,以遗事为高。四海尚宁,而识者知其将乱。"另外,《晋阳秋》曰:"夷甫将为石勒所杀,谓人曰:'吾等若不祖尚浮虚,不至于此!'"从这些历史记录以观,可知王衍将《老子》自然无为转化作为当官处事原则,故曰"雅崇拱默""以遗事为高",然而这与何、王贵无义有相当的落差,何、王以无为本的思想,虽然贵无但不贱有,反而主张"以无统有"。所以由此可以略为看出王弼与王衍"贵无"的不同地方在于王弼不贱有,故曰:"无不可以无明,必因于有。"王衍却贱有,故曰:"吾等若不祖尚浮虚。"

第二则文献为王澄即将上任荆州刺史一职,临行之前,其兄王衍与朝中大臣为他送行,然王澄却在这场景上表现得如此任诞不羁,这俨然是阮籍为晋王司马昭座上宾时"踞啸歌,酣放自若"之翻版再现。饯别的表现如此荒腔走板也就罢了,抵达荆州之后,又"日夜纵酒,不亲庶事,虽寇戎急务,亦不以在怀",真是将阮籍"大醉六十日以避司马氏求婚"之龙蛇术曲解得淋漓尽致。除此之外,王澄学阮籍放达之行为,尚有《世说新语·德行》23 所载录的其与胡毋彦国诸人脱衣裸体,露出丑恶,如此任诞狂行,令时人惊骇不已。因此乐广对此行为不认同,故曰:"名教中自有乐地,何为乃尔也!"从乐广评论之语很明显地可以看出,乐广认为王澄等人误用竹林名士任诞之行为表现,他们并无内在之玄心,只是玄学发展之歧出,王澄言行亦被其侄儿王玄讥讽曰:"何有名士终日妄语?"从这些文献记载就可知王家兄弟如何误用何、王"贵无"思想与嵇、阮"任诞"行为为自己开脱。这种情况不只是他们两人而已,从应詹、熊远的上疏、干宝的历史记录来观察,可知这是当时普遍的为官心态,也就是因为两晋士人如此误用"贵无"思想来为自己"不以经国为念"开脱,误引"任诞"行为将自身"放达行为"合理化,进而造成自然危机。①

然而,众所周知,正始名士所谓"无为而治"的指称对象为"圣人",也就是指"国君",盖指国君无为于上,执要而已,臣下有为于下,躬身力任。这观念到西晋裴𬱟亦是如此,他曾为"无为而治"作出解释,其《上疏言庶政宜委宰辅诏命

---

① 宁稼雨:《〈世说新语〉与魏晋风流》,商务印书馆,2020,第 205 页。

不应数改》云：

> 臣闻古之圣哲，深原治道，以为经理群务，非一才之任。照练万机，非一智所达，故设官建职，制其分局。分局既制，则轨体有断，事务不积，则其任易处。选贤举善以守其位。委任责成，立相干之禁。侵官为曹，离局陷奸，犹惧此法未足制情以义明防。曰："君子思不出其位。"夫然。故人知厥务，各守其所，下无越分之臣，然后治道可隆，颂声能举。故称尧舜劳于求贤，逸于使能，分业既辨，居任得人，无为而治，岂不宜哉！①

从这段文字可知，裴頠所谓的无为而治是指国君"劳于求贤，逸于使能"，而臣下"各守其所，事务不积"，裴頠这样的看法可说一直贯穿在他的思想之中。他在《崇有论》中亦云圣人为政之由应"大建厥极，绥理群生，训物垂范"，贤人君子应当"稽中定务、躬其力任，劳而后飨"，这与何、王贵无主张并无差异。然而当时王衍等名士却将"无为"移花接木，转接到作为臣下的自己身上，故"不以世务婴心"。裴頠眼见当时士人误解"贵无"的意义，认为"贵无"与"贱有"是画上等号的，并将"贱有"转化成实际行动，因而深为担忧，认为若不导正"贵无"即"好虚无"这样的误解，社会放荡风气将势必更加泛滥。也正因为这样的焦虑感，迫使裴頠不得不参加清谈②，指陈贱有之弊，试图导正士风，《世说新语·文学》12亦有记录当时辩论之情形：

> 裴成公作《崇有论》，时人攻难之，莫能折。唯王夷甫来，如小屈。时人即以王理难裴，理还复申。③

从《世说新语》的记录来看，当时辩论态势分为贵无与崇有两派，贵无派应该是当时的主流，故大家才轮流围剿裴頠，但却无法驳倒裴頠，直到王衍来时，裴頠才略为小屈，不过很奇怪的是，嗣后其他的人亦以王衍的辩理围攻裴頠，但

---

① 严可均：《全上古三代秦汉三国六朝文》，河北教育出版社，1997，第338页。
② 唐翼明《魏晋清谈》："所谓'魏晋清谈'，指的是魏晋时代的贵族知识分子，以探讨人生、社会、宇宙的哲理为主要内容，以讲究修辞与技巧的谈说论辩为基本方式而进行的一种学术社交活动。"东大图书股份有限公司，2002，第43页。
③ 余嘉锡：《世说新语笺疏》，第201—202页。

却无法再驳倒裴頠。这也某种程度显示出王衍小屈裴頠的原因,可能是"辞胜"而非"理胜"。笔者这样的推论并非袒护裴頠,而是有其理据。其一为裴頠经大家围攻后,可能已经疲惫,稍不留神,就被刚到的王衍占了上风,故"小屈",但当王衍离开之后,裴頠可能因刚才失神而被修理,故重新振奋精神,后来的人再以王衍论理难裴頠,便无法驳倒裴頠。① 其二为王衍向来以"言语"才能纵横驰骋清谈场合,他亦自比为孔门中最好辩的子贡,《晋书》更是说他"义理有所不安,随即改更,世号'口中雌黄'",从这些文献可知他辞胜理,堪称语言文字的魔术师,所以稍不留神裴頠就被王衍占了上风,故王衍似以"辞胜"压制裴頠,让裴頠"小屈"。

从这一历史脉络来观察,可以清楚知道裴頠主张要重视崇有,主要是针对其论敌王衍等元康名士"贱有"之言行而发,故《晋书》本传云:"頠深患时俗放荡,不尊儒术……至王衍之徒,声誉太盛,位高势重,不以物务自婴,遂相放效,风教陵迟,乃著崇有之论以释其蔽。"②但是比较可惜的是王衍的著作目前几乎没有传世,故吾人就无法直接进行王、裴二人论理之比较,只能退而求其次,用间接的方式探索其贵无主张,即着眼于人类外在行为是其内在思想之具现的角度来考察。若从这一角度来观察,王衍所谓的贵无论可能是重"无"轻"有",甚至于"贱有"。这已经明显误用王弼贵无玄学,因为王弼贵无论是"以无统有",并不贱有。也就是王衍这一转化误用,加上他又是当时政治圈与清谈界的领袖,所以才引发裴頠极度焦虑,并最终促成《崇有论》的问世。

(二) 裴頠《崇有论》内容之"反玄"特质

上一小节我们试图透过裴頠《崇有论》的写作外缘环境定位其反虚玄性格,下面将从《崇有论》内容本身将其反玄特质显题化。裴頠曾在《崇有论》文中表明他自己撰写该文之缘由,其云:

> 虚无之言,日以广衍,众家扇起,各列其说。上及造化,下被万事,莫不贵无,所存金同。情以众固,乃号凡有之理皆义之埤者,薄而鄙焉。辩论人

---

① 刘孝标注引《晋诸公赞》:"裴頠谈理,与王夷甫不相推下。"刘孝标注引《惠帝起居注》曰:"頠理甚渊博,赡于论难。"分别见余嘉锡《世说新语笺疏》,第201页、第430页。
② 房玄龄等:《晋书·裴頠传》,第1044页。

伦及经明之业,遂易门肆。颀用矍然,申其所怀,而攻者盈集。或以为一时口言。有客幸过,咸见命著文,摘列虚无不允之征。若未能每事释正,则无家之义弗可夺也。颀退而思之,虽君子宅情,无求于显,及其立言,在乎达旨而已。然去圣久远,异同纷纠,苟少有彷佛,可以崇济先典,扶明大业,有益于时,则惟患言之不能,焉得静默!①

从这段文字的上半段记录可知,当时清谈界几乎笼罩在一片贵虚无的风潮之下,故曰:"日以广衍","莫不贵无",就连言"有"之义者,都被"薄而鄙焉"。当时贵无论者是积极的"贱有",裴颀主张重视"有"才成为众矢之的,而攻者盈集。下半段是裴颀的自白文字,说明自己为何撰作此文,其原因有二:一为朋友客人之要求,该点应是裴颀的自谦之语;二为立言以表达自己的见解,这应该才是裴颀撰文的真正原因。故曰:"惟患言之不能,焉得静默。"他知道就连他撰文发声都有可能无法力挽狂澜,更何况是视若无睹呢? 从这里也能看出裴颀积极进取之精神,其撰写《崇有论》之出发点是为了"崇济先典,扶明大业,有益于时",也就是立足于现实经验世界的名教立场来撰文。裴颀有感于当时《老》《庄》贵无被转化误用而左倾,进而产生许多虚无弊病,因此条列贵虚无可能产生的社会问题,批评文字如下:

悠悠之徒,骇乎若兹之衅,而寻艰争所缘。察夫偏质有弊,而睹简损之善,遂阐贵无之议,而建贱有之论。贱有则必外形,外形则必遗制,遗制则必忽防,忽防则必忘礼。礼制弗存,则无以为政矣。

唱而有和,多往弗反,遂薄综世之务,贱功烈之用,埤经实之贤。人情所殉,笃夫名利。于是文者衍其辞,讷者赞其旨,染其众也。是以立言藉于虚无,谓之玄妙;处官不亲所司,谓之雅远;奉身散其廉操,谓之旷达。故砥砺之风,弥以陵迟。放者因斯,或悖吉凶之礼,而忽容止之表,渎弃长幼之序,混漫贵贱之级。其甚者至于裸裎,言笑忘宜,以不惜为弘,士行又亏矣。②

---

① 房玄龄等:《晋书卷三十五·列传第五·裴颀》,第1046页。
② 房玄龄等:《晋书·裴颀》,第1044页、第1045页。

这两段文献皆为裴頠《崇有论》中对当时贱有者的批评。第一段文字侧重立足于政治层面来说,裴頠认为当时贵无论看到简损之善,遂贵无而贱有,而这种"贱有"心态必将走向外形、遗制、忽防、忘礼这条路,最终将无法推行政策,造成政务严重迟滞积案,故无以为政。若将这批判言论放在裴頠的论敌王衍身上,就可印证裴頠所言不虚,否则王衍怎么会在临死前说:"吾等若不祖尚浮虚,不至于此!"这一死前的自白,等于承认与后悔自己的贱有言行,就如"不以事物自婴""雅崇拱默""以遗事为高"等等。第二段文字则是站在社会风俗层面,批判当时贵虚无者如何贱功烈之用,如何士无特操①,进而如何将其放荡不拘的士行合理化。当时持这种看法的不只裴頠一人,比裴頠稍早的傅玄(217—278)亦深有同感,他对当时崇尚虚无的风气亦非常焦虑,故上疏武帝曰:"魏武好法术,而天下贵刑名;魏文慕通达,而天下贱守节。其后纲维不摄,而虚无放诞之论盈于朝野,使天下无复清议,而亡秦之病复发于今。"②所以,裴頠参与清谈,主张崇有,与王衍激论,事后亦将当天想法撰写成《崇有论》,因此,从外在环境与内在内容两个层面来考察,皆可知其《崇有论》是针对贵虚无且贱有者而发。

三、关于《贵无论》著作问题

综上,可知裴頠《崇有论》主要是反对贱有,但是他对"无"的态度如何,尚待考察分析。在讨论其对"无"的看法之前,我们必须先解决关于其是否撰作《贵无论》之问题。据《隋书·经籍志》可知有裴頠集九卷,但大多已经亡佚。若从其他传世文献来考察,可知裴頠撰有一些政论性的奏表文章③,其中,最具争议的为是否曾撰《贵无论》之问题。近人何启民《魏晋思想与谈风》云:

> 按此唯作著"崇有二论",而无"贵无"之名。且既崇有,复贵无,理亦

---

① 关于西晋士人如何士无特操,可参看罗宗强《玄学与魏晋士人心态》,文史哲出版社,1992,第181—286页。
② 房玄龄等:《晋书·傅玄传》,第1317—1318页。另外对清谈之批评尚有魏晋易代之际的杨泉《物理论》,其曰:"夫虚无之谈,尚其华藻,无异春鼃秋蝉,聒耳而已。""夫论事比类,不得其体,虽饰以华辞,文以美言,无异锦绣衣掘株,管弦乐土梗,非其趋也。""夫解小而引大,了浅而伸深,犹以牛刀割鸡,长殳刘茅。"艺文印书馆,1966,第11—12页。
③ 严可均:《全上古三代秦汉三国六朝文·全晋文卷三十三》,第337—342页。

不可通,故"贵无"论的有无,实是一问题。唐修《晋书》,著录《崇有论》,亦无贵无之论,可为一证。①

何启民先生该段按语是针对《世说新语·文学》12 刘孝标注引《晋诸公赞》而发,他所持论点有三:

第一,何氏认为《晋诸公赞》只云"崇有二论",但却无贵无之名,所以按其语意,《崇有论》可能有两篇,亦有人认为"二"与"之"在字形上颇为近似,可能是传抄过程中所造成的谬误,所以应如《晋书》所言"崇有之论"。但这些说法似乎都忽略《三国志》裴松之注引陆机《惠帝起居注》与孙盛《老聃非大圣论》等文献之存在价值。

> 臣松之案陆机《惠帝起居注》称"颀雅有远量,当朝名士也",又曰"民之望也"。颀理具渊博,赡于论难,著崇有、贵无二论,以矫虚诞之弊,文辞精富,为世名论。②
>
> 昔裴逸民作《崇有》《贵无》二论,时谈者或以为不达虚胜之道者,或以为矫时流遁者,余以为尚无既失之矣,崇有亦未为得也。③

这两则文献清清楚楚道出《贵无论》之存在。第一则材料为裴松之引陆机《惠帝起居注》④,虽然后半段之语为裴松之转化陆机之语,但身为史家的裴松之应该不至于扭曲事实,所以这记载离陆机原本话语应不至于有太大落差,而陆机为西晋初期文学家,时代与裴颀相近,所以《贵无论》的存在可能性应该非常大。第二则材料出于孙盛《老聃非大圣论》,孙盛为西晋末年至东晋中期的史学家兼思想家,由此可知到东晋中期《贵无论》应该还是存在,否则孙盛不会说出"昔裴逸民作《崇有》《贵无》二论"。虽然刘孝标注引傅畅《晋诸公赞》行文时

---

① 何启民:《魏晋思想与谈风》,台湾学生书局,1990,第 164 页。
② 陈寿:《三国志·裴潜传》,中华书局,2004,第 673 页。
③ 严可均:《全上古三代秦汉三国六朝文·全晋文卷六十三》,第 652 页。
④ 除了裴松之之外,刘孝标(462—521)亦常引用《惠帝起居注》与《晋诸公赞》,如《世说新语·文学》12 刘孝标注引《晋诸公赞》曰:"颀疾世俗尚虚无之理,故著崇有二论以折之。才博喻广,学者不能究。"该则刘孝标注亦引《惠帝起居注》曰:"颀著二论以规虚诞之弊。文词精富,为世名论。"另《世说新语·赏誉》18 刘孝标注引《惠帝起居注》曰:"颀理甚渊博,赡于论难。"分别见余嘉锡《世说新语笺疏》,第 202、430 页。

没有指出"贵无",但这不代表该论不存在,或以为"二"与"之"在字形上颇为近似,可能是传抄过程中所造成的谬误,但吾人也可以解释为可能传抄过程遗漏"贵无"二字所造成的谬误,而非形近导致的谬误。

第二,何氏认为裴頠既然已经撰《崇有》之论,按理来说应无《贵无》之论①,否则两论题同时存在,将会互相矛盾。这说法乍看之下颇有道理,也影响了许多人,如龚鹏程先生也持这般看法。② 但深思之后,觉得有点问题,因为若深体王弼玄学者,应知贵无与崇有并不是对立的,反而是超"有"通"无"、以"无"统"有",所以撰《崇有论》,也有可能撰《贵无论》,逻辑上互不冲突。

第三,何氏引《晋书》也只收录《崇有论》而无《贵无论》证己说,但不要忘记,《晋书》为唐代史官所撰,何氏为何独厚唐人资料,而忽略比唐人更早的孙盛与裴松之等史家之文献呢?因此,若从历史文献来观察,裴頠应该是撰有《贵无论》一文,尽管此文确实已经亡佚。

四、裴頠对"有""无"之看法

《贵无论》既然已经亡佚,无法确知其内容为何,但是在裴頠《崇有论》中也有一些颇为突兀难解的文字,近人认为这极有可能是《贵无论》之文字。以下拟从《崇有论》中这些比较令人费解的文字进行探讨,透过这些分析来看裴頠如何反对王衍之贱有的言行,进而探其对"有""无"的看法。

(一) 裴頠对《老子》的理解

裴頠深知王衍尤好《老》《庄》道家经典,其人雅慕玄远风尚,特别是将《老》《庄》学说运用至政治事务之推行,如其遗事为高正是转化《老子》无为思想而来。故裴頠就从《老子》下手,其《崇有论》云:

> 老子既著五千之文,表摭秽杂之弊,甄举静一之义,有以令人释然自

---

① 余嘉锡先生也指出:"宋人不考《晋书》,以为頠既'崇有'不应复'贵无',遂妄行删去。"所言不虚。见余嘉锡《世说新语笺疏》,第202页。
② 龚鹏程《崇有论驳议》:"夫有无之辩,魏晋之所昌言。然自何王以下,论者不贵于无,则必居于有。有无对反,自魏已然。今则尊无贵有,于己何居? 此其谬戾,不可通也。"《鹅湖月刊》1978年第3期,第38页。

夷,合于《易》之《损》《谦》《艮》《节》之旨。而静一守本,无虚无之谓也;《损》《艮》之属,盖君子之一道,非《易》之所以为体守本无也。观《老子》之书虽博有所经,而云"有生于无",以虚为主,偏立一家之辞,岂有以而然哉!人之既生,以保生为全,全之所阶,以顺感为务。若昧近以亏业,则沈溺之衅兴;怀末以忘本,则天理之真灭。故动之所交,存亡之会也。夫有非有,于无非无;于无非无,于有非有。是以申纵播之累,而著贵无之文。将以绝所非之盈谬,存大善之中节,收流遁于既过,反澄正于胸怀。宜其以无为辞,而旨在全有,故其辞曰"以为文不足"。若斯,则是所寄之涂,一方之言也。若谓至理信以无为宗,则偏而害当矣。①

裴頠并不直接批评老子思想,而是先说明《老子》的优点,其长处为提出虚静守一以对治人事现象之秽杂弊病,这颇令人自得放松,但是接着却说《老子》这优点在儒家的经典《周易》中也可以找到,如《损》《谦》《艮》《节》等四卦也具有静一守本之长处,裴頠这一巧妙的做法既不损《老子》在时人心目中的地位,又可以引导众人知道儒家《周易》之优点。接下来裴頠就以现实经验立场,间接点出《老子》有生于无是偏立之辞,容易使人导向"虚无"面向去发展,进而会沉溺之衅兴,怀末以忘本。反观《周易》思想则无此一问题,裴頠这一说法,其实是要表达《周易》思想对人生之启示是完整无缺的,而《老子》虽然有其优点,但它仍然有其缺点,故只能算是一偏之辞,这有点"以儒统老"之意味,裴頠这样的比较也间接提醒王衍,要他多多体会《周易》之优点。

这段文字之中,尚有一段突兀难解的文字,即"夫有非有,于无非无;于无非无,于有非有",这一段文字历来有许多学者认为可能是衍文②,所持的原因为:若删去这段文字,这段文字前后文更能衔接通顺,甚至有人认为可能是《贵无论》之文字。然而这样的看法都只是臆测之言。另外,有些学者亦尝试断句解读,据刘显叔先生考证,这应该是"古籍在传抄过程中常见的脱漏错讹,终至不可卒读",不过他亦尝试去作策略性解读,认为这段文字的意思应该如下:

主张崇有的人不必因为重视现实的有,便容不得贵无的思想;主张贵

---

① 《晋书·裴頠传》,第1045—1046页。
② 牟宗三《才性与玄理》:"此四句语意不明。恐有错乱。"台湾学生书局,2002,第366页。

无的人也应该明白,体无必须以有为立足点,舍有谈无便落为空谈。①

刘氏这段翻译颇为有趣,若按照刘氏的翻译,裴頠也是主张调和有、无,刘氏这样的解释不无可能,因为裴頠《崇有论》是针对王衍之贱有言行,他只是反对贱有,因为贱有会导致"礼制弗存,无以为政",但他仍不否认无之地位,故下文才曰:"宜其以无为辞,而旨在全有。"他不否认无这一看法,亦可间接从其撰《贵无论》来证实,惜乎《贵无论》今已亡佚不存,故无法全面知道其看法。

(二) 无不能生有,济有者皆有也

有、无之辩可说是魏晋玄学清谈核心论题之一,《老子》书中早以这组概念来论述"道",如《第一章》开宗明义即云:

> 道可道,非常道;名可名,非常名。无名天地之始,有名万物之母。故常无欲,以观其妙;常有欲,以观其徼。此两者同出而异名,同谓之玄,玄之又玄,众妙之门。②

该章历来句读状况不一,马王堆帛书老子甲本高明先生句读为:"无名,万物之始也;有名,万物之母也。□恒无欲也,以观其眇;恒有欲也,以观其所噭。"③近人余培林先生亦将"无名天地之始,有名万物之母。故常无欲,以观其妙;常有欲,以观其徼"标点为"无、名天地之始;有、名万物之母。故常无,欲以观其妙;常有,欲以观其徼"。④ 不管标点情形如何,都可以看出《老子》以有无观念表述"道",而《第四十章》曰:"天下万物生于有,有生于无。"又《第十一章》云:"有之以为利,无之以为用。"随后曹魏王弼批注《老子》,大力阐释"无"的涵

---

① 刘显叔:《论裴頠及其〈崇有论〉索解二题》,《六朝学刊》2006 年第 2 期,第 95 页。
② 楼宇烈:《王弼集校释》,华正书局,1992,第 1—2 页。
③ 见高明《帛书老子校注》,中华书局,1996,第 222—224 页。甲乙本文字差不多,但此段文字甲本比乙本更完整。
④ 余培林:《老子读本》,三民书局,2003,第 1 页。其于注释又云:"这两句古人多以 '无欲'、'有欲' 为句,而读成 '故常无欲,以观其妙;常有欲,以观其徼'。这样的断法,无论在文字上或意义上都说不通。就文字上说,与上文不能相贯,'故'字也没有着落。就意义上说,老子固主张 '无欲',但却决不赞成 '有欲'。……所以以 '无欲'、'有欲' 为句,完全不合老子思想。此处应承上文以 '有'、'无' 为句。见余培林《老子读本》,第 2 页。

义,因而开创出后世所谓的贵无玄学。但王弼与老子仍然有所不同,《老子》的有与无皆属于道,故《二十五章》曰:"有物混成,先天地生,寂兮寥兮,独立而不改,周行而不殆,可以为天下母。吾不知其名,字之曰道。"《二十一章》又曰:"道之为物,惟恍惟惚。惚兮恍兮,其中有象;恍兮惚兮,其中有物。窈兮冥兮,其中有精;其精甚真,其中有信。"而王弼却将"道"与"无"等同言之,将"有"变成形下万物,故云:"天下万物皆以有为生,有之所始,以无为本,将欲全有,必反于无。"王弼虽然贵无,却不贱有,主张崇本举末,守母存子,以无统有。

之后西晋王衍亦主张贵无论,然其贵无却贱有,故裴頠《崇有论》才批评他云:"睹简损之善,遂阐贵无之议,而建贱有之论。"正因为王衍的贱有,裴頠才参与了这场有、无之论战。裴頠对有、无的看法,呈现在其《崇有论》的首段与末段。首段为其说明有之重要性,可以看成其反对王衍贱有言行之理论根据,其云:

> 夫总混群本,宗极之道也。方以族异,庶类之品也。形象着分,有生之体也。化感错综,理迹之原也。夫品而为族,则所禀者偏,偏无自足,故凭乎外资。是以生而可寻,所谓理也。理之所体,所谓有也。有之所须,所谓资也。①

裴頠有感于当时"贵无贱有"之论造成社会虚无风气日盛,因此他反对贵无论者万物立基于无这样的说法,反而以现实经验说明万有才是宗极之道,故"夫总混群本,宗极之道也"这句话可以说是《崇有论》的宗旨,群本是指万有。裴頠认为道是万有的总体,故道在万有之中,若是离开万有,或否认万有的存在,那也就无所谓"道"。接着他以分殊→规律→互资论证万有之实存性,故其所谓"有"是指现象界之客观的存在。② 裴頠也就是以这样的逻辑切断"有生于无"的看法,其云:

> 夫至无者无以能生,故始生者自生也。自生而必体有,则有遗而生亏矣。生以有为已分,则虚无是有之所谓遗者也。……是以欲收重泉之鳞,

---

① 《晋书·裴頠传》,第1044页。
② 牟宗三《才性与玄理》据此称裴頠为一"实在论者",第362页。

非偃息之所能获也;陨高墉之禽,非静拱之所能捷也;审投弦饵之用,非无知之所能览也。由此而观,济有者皆有也,虚无奚益于已有之群生哉!①

这段文字的论点主要为"无不能生有,济有者皆有"。裴頠于此首先将无理解成虚无,看成是有之所谓遗者,他这样的说法对先秦道家看法显然有着极大误解,这也就是玄学史对他评价不高的原因。然而裴頠之所以会有这样的看法,应是因为他要切断贵无论"有生于无"的主张,因此他唯有如此理解无,才能在逻辑上否定"有生于无"这说法,因为无若为虚无,那虚无如何能生有呢?如果无生于有,那么无又从何而生呢?如果无能够自生的话,那么有为什么又不能自生呢?这一连串的质疑,接着他以"欲收重泉之鳞,非偃息之所能获也;陨高墉之禽,非静拱之所能捷也;审投弦饵之用,非无知之所能览也"这些现实经验来强调"无为""无用""无知"是无益于"有",最后得出"济有者皆有也,虚无奚益于已有之群生哉"这样的结论。虽然裴頠这样的论述策略有点牵强②,但因为王衍的贵无主张也已经亡佚,无法经由聚焦式的对照法来看两者的说法,但裴頠《崇有论》"反玄"的理路,批判贱有的立场是相当明确可见的。

五、结论

目前学界在探讨裴頠思想时往往过于重视玄学内在哲学理路之发展,而忽略社会情境的关怀,将裴頠《崇有论》对比何、王贵无论,因而得出裴頠玄理思维之不足,裴頠的定位就相形失色,甚而沦为配角。然而这样的定位对裴頠而言实有欠公允。为了避免因为比较而产生的高下之见,我们未从学说理论史来看待裴頠之地位,而是从历史发展脉络来考察裴頠之定位:首先,研究者从裴頠《崇有论》的写作外缘环境定位其"反玄"性格,借由玄学末流王衍等元康名士误解"贵无"的意义,认为"贵无"与"贱有"是画上等号的,并将"贱有"转化成实际行动,因而引发放荡风气的自然危机;接着从《崇有论》内容本身将其反玄思

---

① 《晋书·裴頠传》,第1046—1047页。
② 刘勰著,詹锳义证《文心雕龙·义证·论说》:"夷甫、裴頠,交辨于有无之域;并独步当时,流声后代。滞有者全系于形用;贵无者专守于寂寥。徒锐偏解,莫诣正理。"上海古籍出版社,1999,第690—692页。

想显题化,透过外缘环境与《崇有论》内容本身贞定其反玄理路。虽然裴𬱟主张崇有,但他并不否认"无"之重要性,故又有《贵无论》之产生。尽管该文已经亡佚,无法知其内容为何,但从《崇有论》来看,他显然主张"于无非无,于有非有"这种调和论调。透过"畅玄"与"反玄"的论述辩证来看裴𬱟崇有思想,才可知裴𬱟所反对的是"贱有"而不是"贵无"。裴𬱟这种方正务实的处世态度委实令人振奋动容,这使他与任诞简傲类型之人物形成鲜明的对比。透过反玄人物的言与行,亦可勘破常人对魏晋时代颓废之历史印象,进而让世人知道魏晋实为开放多元的文化时代,不仅"任诞"人物风行魏晋,"方正"人物亦不遑多让。

(曾敬宗,东莞理工学院副教授)

情景·风景·地景:《世说新语》中的亭故事

陈文芝

秦汉时期,亭已十分普遍,按功能可分为四类:城市中的亭,行政治所的亭,驿亭、邮亭、边防报警之亭。① 魏晋南北朝时期的亭制是对秦汉之亭制的沿用,这时的逆旅之亭仍是往来商旅、使者停歇的场所;邮亭驿系统和边地具有军事功能的亭候、亭鄣在这一时期也存在。② 这时还出现了供人游览和观赏的亭,算是一种园林建筑。《世说新语》一书中不乏与亭有关的故事,多与永嘉之乱、衣冠南渡的背景相关,在西晋短暂统一后又处于南北分裂与对立的这段时间中,不少士人往来南北,亭故事发生在建康、吴县、会稽一带,它们大多以空间上的地理位移为背景。这些亭故事中的情节走向各有不同,这与"亭"这一建筑及其空间的特性有关。这些亭故事中的情节走向各有不同,本文拟通过考察亭的不同场所特性,阐述这些特性给予魏晋士人行为及言说的影响,并分析个人对于亭的独特心态与情感如何实现对于空间的定义。

一、识别与表演:亭中的情景

不同于当代园林中作为点缀景致的单体建筑,魏晋时期亭的功能偏于实用。《风俗通》曰:"亭,留也。盖行旅宿会之所。"③《晋书》中记载:"自长安至于诸州,皆夹路树槐柳。二十里一亭,四十里一驿。旅行者取给于途,工商贸贩于道。"④说明亭具有和其他馆驿建筑一般的功能。从建筑形式而言,魏晋时期

---

① 覃力:《亭史综述》,《古建园林技术》1990年第4期。
② 戴卫红:《魏晋南北朝时期亭制的变化》,《社会科学战线》2016年第2期。
③ 王利器:《风俗通义校注》,中华书局,1981,第32页。
④ 房玄龄等:《晋书》卷一一三,第9册,中华书局,1974,第2895页。

的这类亭也和后代那种四面无墙的亭不一样,它是一种封闭结构,一般有楼,楼中有客舍,亭外有围墙——这和汉代亭制一脉相承:"亭基皆高出地面,且树华表以识衢路;亭门有塾,检弹人民;亭内有正堂,以供重要官吏居止;又有高楼,以供候望盗贼。"①

亭的场所意义之一是对四方道路的交会,"旅客放下脚步,涤除身体上的劳顿的所在"②。有了这个位置,风景和方向得以聚集,并由此规定各种不同的"场地"与"道路",从而形成一个联系着自我与他者的独特空间,各式各样的故事就在这个空间中上演。对于外来人员而言,身处这个杂处交会的场所中,更易凸显自己的陌生感与异己感,戏剧性的故事因此发生,也可能由此展现出一种名号与身份的宣示,乃至容止与神韵的表演。

(一) 识与不识:自我与他人的戏剧情景

"情景"指的是情形和景象。既然亭是一个聚集的场所,在这样的场所中,难免会遇到各种各样的人,人与人之间既可能熟识,亦有可能不认识。多人在场之时,难免因各自的需求矛盾而产生争执的情形:

> 支道林还东,时贤并送于征虏亭。蔡子叔前至,坐近林公。谢万石后来,坐小远。蔡暂起,谢移就其处。蔡还,见谢在焉,因合褥举谢掷地,自复坐。谢冠帻倾脱,乃徐起振衣就席,神意甚平,不觉瞋沮。坐定,谓蔡曰:"卿奇人,殆坏我面。"蔡答曰:"我本不为卿面作计。"其后,二人具不介意。③

征虏亭是因军事原因增加的亭,修建在淝水之战以后④,是官民饯行的首选场所。众人在征虏亭为支道林送别,大家都想见识支道林的超妙神理和玄拔之姿。此时,名流云集的征虏亭不仅仅是一个饯别的场所,更进行着一场"明星"见面会。蔡系(字子叔)和谢万(字万石)都想坐得离支道林更近一点,并因此

---

① 严耕望:《中国地方行政制度史——秦汉地方行政制度》,上海古籍出版社,2007,第63页。
② 李溪:《壶纳天地——亭子作为"场所"的意义》,《建筑师》2014年第5期。
③ 刘义庆著,刘孝标注,余嘉锡笺疏《世说新语笺疏》卷中之上,上册,中华书局,2007,第439—440页。
④ 王波:《论六朝"亭"的发展状况、特色、组织架构和功能》,《南京晓庄学院学报》2016年第4期。

产生争执。

也有可能出现两个仇敌共同出现在一座亭中的情形,上演一出惊魂闹剧:

> 应镇南作荆州,王修载、谯王子无忌同至新亭与别,坐上宾甚多,不悟二人俱到。有一客道:"谯王丞致祸,非大将军意,正是平南所为耳。"无忌因夺直兵参军刀,便欲斫。修载走投水,舸上人接取,得免。①

《太平寰宇记》记载:"临沧观,在劳山,山上有亭七间,名曰新亭。"②可见新亭并不是一个仅供游玩的单亭,而是一组建筑,是官僚贵族的拜迎饯别之地。王修载是司马无忌的杀父仇人,然而座上客却不知道二人同时在场为应詹送别,一时说漏了嘴,王修载险些丧命。

但相逢不识,未必都是这样的惊险结局:

> 贺司空入洛赴命,为太孙舍人。经吴阊门,在船中弹琴。张季鹰本不相识,先在金阊亭,闻弦甚清,下船就贺,因共语。便大相知说。问贺:"卿欲何之?"贺曰:"入洛赴命,正尔进路。"张曰:"吾亦有事北京。"因路寄载,便与贺同发。初不告家,家追问乃知。③

金阊亭也是一个宴饮集会的所在。贺循(死后赠司空)经过吴地的阊门,在船上弹琴。张翰(字季鹰)原本不认识他,但是在亭中听见琴声清朗,便下船去找贺循,相谈甚欢,来了一场说走就走的旅行。

以上三则与亭有关的故事,各自呈现出或怨怼或欢喜的不同结局。在其他的一些记载中,即使主角名声远扬,然而在此陌生空间中,他人与之相逢却也未必相识。有关褚裒(字季野)的两则亭故事的情节十分相似:

> 褚公于章安令迁太尉记室参军,名字已显而位微,人未多识。公东出,乘估客船,送故吏数人投钱唐亭住。尔时吴兴沈充为县令,当送客过浙江,

---

① 《世说新语笺疏》卷下之上,下册,第1084页。
② 乐史:《太平寰宇记》卷九十,第4册,中华书局,2007,第1791页。
③ 《世说新语笺疏》卷下之上,下册,第870页。

客出,亭吏驱公移牛屋下。潮水至,沈令起彷徨,问:"牛屋下是何物?"吏云:"昨有一伧父来寄亭中,有尊贵客,权移之。"令有酒色,因遥问:"伧父欲食饼不?姓何等?可共语。"①

褚太傅初渡江,尝入东,至金昌亭。吴中豪右,燕集亭中。褚公虽素有重名,于时造次不相识别。敕左右多与茗汁,少箸粽,汁尽辄益,使终不得食。②

据《晋书》记载,褚裒是东晋外戚,为晋康帝康献皇后之父,少有简贵之风,谢安评价其"裒虽不言,而四时之气亦备矣"③。在《世说新语》的其他言说情境中,有些建筑可以成为目光的焦点,如"墓",从可见的空间维度引申出不可见的时间维度上的感怀。④ 此处的亭显然并非目光聚集之所在,而是提供了故事发生的背景。在以上几则故事中,"亭"起到类似舞台的作用。但对于和褚裒有关的两则记载,我们不能忽略亭这一场所赋予人的"存在的立足点"(existential foothold)。诺伯舒兹(Christian Norberg-Schulz)指出当人置身于某一空间或暴露在某种环境特性中,产生的精神特质是方向感(orientation)和认同感(identification),前者是明白身处何处,后者是知晓人与场所是何关系。⑤

据《水经注》卷四十引《钱唐记》曰:"防海大塘在县东一里许,郡议曹华信家议立此塘,以防海水。始开募有能致一斛土者,即与钱一千。旬日之间,来者云集。塘未成而不复取,于是载土石者,皆弃而去,塘以之成,故改名钱塘焉。"⑥ 谢歆《金昌亭诗叙》曰:"昔朱买臣仕汉,还为会稽内史,逢其迎吏,游旅北舍,与买臣争席。买臣出其印绶,群吏惭服自裁。因事建亭,号曰'金伤',失其字义耳。"⑦ 从命名上来说,"钱塘"和"金昌"的背后都有历史渊源,钱塘亭和金昌亭算是被文化重构的场所。从所见所闻来说,亭中寓目所见之潮水,是南国特有风物;亭中聚集的富豪贵族,是吴地人士。从称呼来说,"伧父"是南方人对北方人的称呼,代表着身份的区隔。换言之,身处这样的环境,褚裒纵使可以辨认其

---

① 《世说新语笺疏》卷中之上,上册,第424—425页。
② 《世说新语笺疏》卷下之下,下册,第975页。
③ 房玄龄等:《晋书》卷九十三,第8册,第2415页。
④ 详参拙文《〈世说新语〉中"墓"与"楼"的建筑情境美》,《三明学院学报》2019年第1期。
⑤ 诺伯舒兹著,施植明译《场所精神:迈向建筑现象学》,华中科技大学出版社,2010,第18—20页。
⑥ 郦道元著,陈桥驿校证《水经注校证》,中华书局,2007,第939页。
⑦ 《世说新语笺疏》卷下之下,下册,第975页。

"方向感",却未必会获得一种"认同感"。

中国因幅员辽阔,各地气候、物产、风俗等极具差异性,使得各地人士往往具有鲜明的地域性格。魏晋南北朝时期,南北人士往往因地域、风俗或政权变迁等种种差异性而相互较劲,他们以长江作为界限,壁垒分明,争胜抑扬。① 北人褚裒身处南方的驿亭,所面临的是"主/客"与"尊/卑"的区分。无论是在钱塘亭还是金昌亭,他都被当作身份低下的客人。所问之"牛屋下是何物",王先谦云"犹言何等人也"②,已经暗含等级(hierarchy)的区别。另外从食物的招待中亦可见一斑。沈充戏言其"伧父欲食饼不",直到暴露身份之后才"宰杀为馔"③;金昌亭中则是被交代"多与茗汁,少箸粽"④。饼是魏晋南北朝时期广泛流行于南北的主食,不过是普通百姓的日用饮食而已。从"食饼"到"宰杀"明显体现了等级的内涵,"茗汁"与"粽"也是这种饮食限制的体现。但《世说新语》的重点显然不在于展示此种差别对待,而在于士人如何应对这样的戏剧性情景,从而展现人物的风度。

(二)"无异"与"不觉":个人的表演情景

当遭遇不公正的区别对待之后,褚裒的反应是:

> 褚因举手答曰:"河南褚季野。"远近久承公名,令于是大遽,不敢移公,便于牛屋下修刺诣公,更宰杀为馔,具于公前。鞭挞亭吏,欲以谢惭。公与之酌宴,言色无异,状如不觉。令送公至界。⑤
>
> 褚公饮讫,徐举手共语云:"褚季野!"于是四坐惊散,无不狼狈。⑥

无论是否有人询问自己的名号,褚裒都展现了相似的反应:举手并报上名号"褚季野"(或"河南褚季野")。如果说第一则记载中,做出这样的反应是对沈充提问的一个合情合理的回复,那么第二则记载中在无人询问的情况之下做

---

① 详参王文进《三分归晋前后的文化宣言——从左思〈三都赋〉谈南北文化之争》,《汉学研究集刊》2005 年 1 期。
② 周兴陆辑著《世说新语汇校汇注汇评》卷中之上,中册,凤凰出版社,2017,第 616 页。
③ 《世说新语笺疏》卷中之上,上册,第 425 页。
④ 《世说新语笺疏》卷下之下,下册,第 975 页。
⑤ 《世说新语笺疏》卷中之上,上册,第 425 页。
⑥ 《世说新语笺疏》卷下之下,下册,第 976 页。

出的反应,或许可以从"表演"的角度来看待。

根据高夫曼(Erving Goffman)的定义,表演"可作为一个特定的个体在任何特定的场合所表现出的全部行为,这种行为可以以任何方式对其他参与者中的任何人施加影响"①。郑毓瑜提出:"当表演者有意选在某个当下造成观者的印象,或观者准备好透过某个当下被观察到的身体表现给予评定的时候,这个特定的事件时空就如同是被选定好的剧场舞台,个体合宜(也可能被认为不够完美)的演出让这个场景成为令人难忘的画面,这个场景的相关组成因素也因此影响了观者对于演出的诠释与评价。"②从这个角度而言,吴中豪右燕集的金昌亭不啻为褚季野选定的剧场和舞台,在此上演其自导自演的一场戏,于南人云集的空间场域中寻求自我的存在感。而这样的一场"表演",也的确取得了相应的效果,四座皆狼狈作鸟兽散,亦即表演的观者完全领会了表演者的个我特色,表演者得到了想要的辨识与定位,在观者与表演者的配合之下,褚裒取得了他理想中的效果。

如果从"表演"的角度来看待褚裒在得到款待之后的表现——"公与之酌宴,言色无异,状如不觉",也许可以视之为一种魏晋人论品鉴之下的仪度规范和身体技巧。早有学者指出,《雅量篇》中反复出现的"不变""不动""不闻"乃至"不惊""不惧"等容止描述语,除了一种相对于听闻觉察、喜怒惊惧的现象,更重要的是提示了如何隐藏"情""貌"的不一致,而保持惯常的姿态或不即刻做出回应。③ 褚裒的"不觉",如果放在熙攘嘈杂的驿亭"舞台"空间之下来考察,他仿若完全游离于周围人"宰杀""鞭挞"的忙碌之外——尽管身体仍停留于这个空间,但其精神性存在仿佛与这个空间格格不入,明显是凌驾于肉身存在的实体空间之上。

在褚裒的亭故事中,毕竟还需要借助语言的力量来帮助自我被他人辨识。在另外一则亭故事中,主人公完全依靠自身的神采就能够在人群熙攘的亭中得以凸显:

> 庾长仁与诸弟入吴,欲在亭中宿。诸弟先上,见群小满屋,都无相避

---

① 高夫曼著,徐江敏、李姚军译《日常生活中的自我表演》,桂冠图书公司,2004,第16页。
② 郑毓瑜:《身体表演与魏晋人论品鉴》,《汉学研究》2006年第2期。
③ 同上。

意。长仁曰:"我试观之。"乃策杖将一小儿,始入门,诸客望其神姿,一时退匿。①

庾长仁即庾统,小字赤玉。根据《晋书》中的记载:"统,字长仁,少有令名,司空、太尉辟,皆不就。调补抚军、会稽王司马,出为建威将军、宁夷护军、浔阳太守。年二十九,卒,时人称其才器,甚痛惜之。"②《赏誉篇》中誉之为"丰年玉"③"省率治除""胸中无宿物"④,可想象庾统风神之所在。在魏晋以前,"杖"就被附加上戒慎、克制、节欲以及认真助人的德性,秦汉铭文中将杖比作君子;魏晋时期,"杖"更是与劲直、高节、逍遥相联系。⑤ 庾统有了"杖"这一道具的加持,加上"携一小儿"作为衬托,这样的亮相完美地凸显了气质与身份,也难怪他能在"群小满屋"的驿亭中脱颖而出,入门之后,使得诸客望其神姿而退匿。此时的亭也是展示魅力的舞台,庾统并不需要言语,完全依靠形貌和造型就能成为目光关注之所在。不同于《容止篇》中多以他人的言谈评价表达对特定人物的赏鉴或称扬⑥,此条关于庾统的记录则是通过个人在驿亭中的"造型"与"出场",以及配合诸客退匿的反应,表现出庾统的风采。

二、山河与贤达:亭外与亭内的风景

魏晋南北朝时期,亭在提供居所与宴饮的实用性功能之外,还是一种赏景建筑,占据山川景物,朝向自然山水环境,作为观赏风光景致的立足点。这就意味着,它"欣然地放弃了那种'触目'的特点","为人们对于世界的领会提供场所"。⑦ 虽然无法判定《世说新语》中具有赏景功能的亭是否为四面开敞的筑造形式,但可以确定的是,亭并不以隔绝人与自然界风物为目的。它不再是一间"房子"意义上的建筑,而是向着自然万物敞开;不再具有明显的功能性,而是

---

① 《世说新语笺疏》卷下之上,中册,第737页。
② 房玄龄等:《晋书》卷七三,第6册,第1927页。
③ 《世说新语笺疏》卷中之下,中册,第547页。
④ 《世说新语笺疏》卷中之下,中册,第558页。
⑤ 关于"杖"的文化意蕴,参看沈金浩《一枝藤杖平生事——宋代文人的杖及其文化蕴涵》,《中国社会科学》2007年第1期。
⑥ 梅家玲:《〈世说新语〉的语言与叙事》,里仁书局,2004,第23—42页。
⑦ 《壶纳天地——亭子作为"场所"的意义》。

"以一种非用具的态度存在于世界之上,它不作为上手之物,而作为一种设置'空间'的场所存在"①。在这里,士人的目光看向周围的世界。

(一) 山河之异:亭外的自然风景

《言语篇》有一则关于亭的记载:

> 过江诸人,每至美日,辄相邀新亭,藉卉饮宴。周侯中坐而叹曰:"风景不殊,正自有山河之异!"皆相视流泪。唯王丞相愀然变色曰:"当共戮力王室,克复神州,何至作楚囚相对?"②

根据学者考证,东晋安帝隆安年间(397—401)丹阳尹司马恢之重建的新亭,亭址迁到了都城西南面的江边。③ 它既是建康门户的战略要地,又是一个地势高峻、视野开阔、风景优美的所在。正如柯庆明所言,亭台楼阁改变了我们对于自然景观的认知与欣赏,对于山水的观赏,只要"登楼"即可,未必需要真的登山临水——遂又成就了另外一类的游观美学,并且进一步发展为某种独特的生命省察。④ 也就是说,当士人身处江边的新亭之时,寓目之所见,难免"心游万仞""思接千载",产生某种感发。

新亭周围之风景有其特殊性。胡三省注云:"言洛都游宴多在河滨,而新亭临江渚也。"⑤《说郛》卷二十引周密《浩然斋意抄》:"风景不殊,举目有山河之异。此江左新亭语,寻常读去,不晓其语。盖洛阳四山围,伊、洛、瀍、涧在其中。时建康亦四山围,秦淮直在中,故云耳。"⑥刘淑芬在有关六朝城市的研究中指出洛阳和建康地理环境之相似:"洛阳北有芒山,南枕洛水,西有伊水,东环谷水。建康北有覆舟、鸡笼山,南枕秦淮河,西远临大江,东有青溪,两者山川形势颇为相近。南齐山谦之在其所著的《丹阳记》中,就曾说:'出建阳门,望钟山之与覆

---

① 《壶纳天地——亭子作为"场所"的意义》。
② 《世说新语笺疏》卷上之上,上册,第109—110页。
③ 卢海鸣:《湮没的城堡新亭》,《江苏地方志》2000年第3期。
④ 柯庆明:《从"亭"、"台"、"楼"、"阁"说起——论一种另类的游观美学与生命省察》,载《中国文学的美感》,河北教育出版社,2001,第247页。
⑤ 《世说新语笺疏》卷上之上,上册,第110页。
⑥ 《世说新语笺疏》卷上之上,上册,第110页。

舟,似上东门首阳之与北邙也。'"①也就是说,过江诸人在新亭之所见与昔日在洛阳河滨游宴之所见是相似的,这相似的"所见",或许勾连起了言说者独特的生命经验与历史省思。更何况,在西晋全盛时期,洛水是一条"欢乐的河,智慧的河,文化的河"②,《言语篇》中也有"诸名士共至洛水戏"的记载。上巳节"解禊"的民俗活动就在洛水之畔举行,名士们也在此处"谈文论艺,探寻幽眇的知识与智慧的盛宴"③。

建康城在城市规划方面也别有用意。有学者指出,东晋和南朝时期的建康都城与宫殿,虽然大体上是在东吴的基础上建造的,但在不断地重修改建过程中,其大体形制布局却是承继了魏晋洛阳都城。④ 这种将中原地区的社会制度和文化传统移植到南方的做法,也许是东晋政权为了显示其正统性。从这个角度而言,司马恢将作为宴饮、迎宾和饯别场所的新亭在都城西南面的江边重建,可以视之为对过往洛阳宴乐场所的模拟与再现。

地理条件的相似以及城市规划的模仿毕竟都还是外在客观的条件,就内在主观方面,南渡士人的心态十分特殊。王文进在有关南朝士人心态的研究中提出,南朝士人面对大时代的分裂,无时无刻不悬念着克复神州、再定故都京洛的壮怀;其虽置身"江南佳丽地,金陵帝王州",却不断口诵长安歌吹,手写洛阳风华,将当前南国的地理形势比附成汉朝北地的神州山河,而产生一种极为特殊之时空错置、坐标北移的思维方式。换言之,一种长期以北方中原为依归的想象意志,使得虽身处金陵建康,心灵上却产生一种混淆与错置。⑤

根据小川环树的研究,"风景不殊"中的"风景"指的是"风和光"(light and atmosphere),并不是现代汉语中的"风光景色";"景"是指发光体所放射的光亮或光辉,或沐浴着光亮或光辉之下的空间,它的确存在着与我们现在所说的"风景"概念交叉重叠的部分;"风景"又与"风物"相关,"风景"二字恰好把"风物"和"景气"包括在内;如果说"风物"是所见到的客观实体存在的风光景物,那么

---

① 刘淑芬:《六朝建康与北魏洛阳之比较》,载《六朝的城市与社会》,台湾学生书局,1992,第170页。
② 龚斌:《世说新语索解》,华东师范大学出版社,2016,第32页。
③ 《世说新语索解》,第32页。
④ 钱国祥:《魏晋洛阳都城对东晋南朝建康都城的影响》,《考古学集刊》2010年第2期。
⑤ 王文进:《南朝士人的时空思维》,《东华人文学报》2003年第5期。

"景气"的"气"则是比较抽象的、诉诸人体主观的感觉。① 因此,"过江诸人"在新亭中看到的是与洛阳相似的地理环境和城市规划;日光照耀,微风徐徐,这是熟悉的感觉。周侯发出了山河有异的感慨,同中之异的判别,说明言说者仍葆有一份清醒,眼前所见和身体所感同过去的所见所感十分类似,"江"与"河"的差异,提醒了周侯身处之南方与思虑之北方的不同——尽管"风景不殊",但旧日的欢娱宴饮,却是难再追回的似水年华。所见所感,其实并未将"亭"纳入思虑的范围。"亭"的不触目性在此处发挥到了极致,它只是提供了一个领会世界和风景的场所而已。

(二) 古今贤达:亭中的人文景观

上文提到,驿亭可作为舞台,在此场景中展演各种悲欢离合的故事。同样的,作为赏景建筑的亭,也可以为士人活动提供背景。但在赏景之亭中发生的故事又与在驿亭中发生的故事不同,驿亭中的故事具有强烈的参与性、动作性、戏剧性和情节性,在赏景之亭内发生的故事更具有抽离其外的品鉴与抒情意味。和"新亭对泣"故事中所见之亭外山河之景也不同,亭中名士之言谈举止,自可成为观看者眼中的独立风景:

> 孙兴公、许玄度共在白楼亭,共商略先往名达。林公既非所关,听讫云:"二贤固自有才情。"②

刘孝标注引《会稽记》曰:"亭在山阴,临流映壑也。"③《水经注》云:"山上有白楼亭,亭本在山下,县令殷朗移置今处。"④程炎震云:"《御览》四十七引孔华《会稽记》曰:'重山,大夫种墓,语讹成重。汉江夏太守宋辅于山南立学教授,今白楼亭处是也。'"⑤白楼亭在山下溪边,风光秀美,还有着深厚的历史渊源。有意思的是,孙绰(字兴公)和许询(字玄度)所做的事情是品评古往今来的贤

---

① 小川环树著,周先民译《"风景"在中国文学里的语义嬗变》,载《风与物——中国诗文论集》,中华书局,2005,第25—31页。
② 《世说新语笺疏》卷中之下,中册,第572页。
③ 《世说新语笺疏》卷中之下,中册,第572页。
④ 《水经注校证》卷四十,第944页。
⑤ 《世说新语笺疏》卷中之下,中册,第573—574页。

人达士,这与白楼亭这样一个自然与人文兼具的所在十分相衬。

《世说新语》中的"识鉴""赏誉""品藻"篇中多是与臧否人物有关的记录,但大多直接出之以"某某曰"或"某某目某某"的格式,但此则却罕见地交代了地点。概言之,"商略先往名达"是在现实场域中的山光水色间对过去的回忆,"二贤固自有才情"则是对当下之人的品评。也就是说,对于孙绰和许询而言,"亭"是一个可供在此停留聚会、谈天说地的空间;而对于支道林而言,他所欣赏的也并不是过去的人物,而是当下的、近在眼前的孙绰和许询的言语展演,从某种意义上说,白楼亭就是孙绰和许询的"表演"空间。在支道林眼中,孙绰和许询的风度就是亭中的一道风景,他们的品评内容付之阙如,支道林只是纯粹地欣赏他们的行为与神情本身,而并不介入讨论内容。

三、华亭鹤唳:触目的地景

以上与亭有关的故事中,虽然人物身处亭这个空间中,亭本身都不是被观看的对象,只是故事发生的背景,不同的场所特性对于情感与情节的走向产生影响,体现了外在空间对于内在意识的定义。但是,个人同样可以重新赋予一个地方意义。在《尤悔篇》中的著名的"华亭鹤唳"故事中,人物并不身临其境,亭却成为了被回忆和关注的焦点:

> 陆平原河桥败,为卢志所谮,被诛。临刑叹曰:"欲闻华亭鹤唳,可复得乎!"①

根据研究,华亭之筑造及其得名,当肇始于春秋晚期,缘于军事防御之需;秦汉时期的华亭发挥的是停留宿会、维持地方治安的行政职能;东汉建安时期,孙权封陆逊为华亭侯,这里的华亭指的也是乡亭②;西晋时期的华亭,则与陆机、陆云兄弟有关,《八王故事》中说:"华亭,吴由拳县郊外墅也,有清泉茂林。吴平后,陆机兄弟共游于此十余年。"③也就是说,"华亭"在春秋晚期是军事防御所

---

① 《世说新语笺疏》卷下之下,下册,第1050页。
② 杨坤:《汉、晋"华亭"初探》,《上海文博论丛》2004年第1期。
③ 《世说新语笺疏》卷下之下,下册,第1050页。

需,秦汉时期则是停留宿会之用,西晋之时则为游憩建筑,即经历了从实用到游观的转变。

华亭对于陆机来说是一个特殊的地方,他在这里居留了十多年。临死前"华亭鹤唳"之叹中的"华亭",已从一个"地方"变成了"地景"。Tim Cresswell认为,"地方"最直接且常见的定义是"有意义的区位"(a meaningful location),这有三个基本面向:区位、场所(locale)和地方感,地方有其定位,有物质视觉形式,人类对于地方有主观和情感上的依附。① 陆机临死前追悔莫及、不忘华亭,可见华亭对于陆机而言必然有着特别的意义,也许那是他一生中最快乐的所在与时光,或许这里有美好的情景或风景,因此眷恋于心,至死不忘。Tim Cresswell还提到了"地方"与"地景"的不同:地方多半是观者必须置身其中,以我们经验世界的方式为基础;地景结合了局部陆地的有形地势(可以观看的事物)和视野观念(观看的方式),在大部分地景定义中,观者位居地景之外,我们不住在地景里,而是我们观看地景。② 当陆机北上为官,兵败河桥,不同于以往"所在"之华亭,此时的"华亭"变成了回忆中历历可见("所见")的一个符号,成了地景,象征着过去的自由生活与浪漫时光。

四、余论:《世说新语》亭故事的后代回响

魏晋时期的亭既可以作为馆驿,也可以作为游憩建筑。前者颇具实用性,后者则与精神上的游观相关。作为馆驿的亭,聚集和持留是其基本功能,从而形成一个联系自我与他者以及过去与未来的空间,以此为背景,外来的士人来到南方的亭中,因相逢不识而发展出或怨或喜的情景故事;或是将驿亭作为寻求自我认同感的舞台,进行个人的身体表演。作为赏景建筑的亭,将士人的视线引向四周或亭内之风景,因此士人身处与洛阳宴乐场所相似的新亭之时发出了"风景不殊,山河之异"的感慨;商略先往名达的孙绰和许询也能成为支道林观看和品鉴的对象,感叹"二贤固自有才情"。这些故事中的亭大多是不触目的背景,但其场所特性对于士人的言语和行为有一定的影响。华亭则是陆机在记

---

① Tim Cresswell 著,徐苔玲、王志弘译《地方:记忆、想象与认同》,群学出版有限公司,2006,第16—17 页。
② 同上,第20—21 页。

忆中关注的对象,由所居留之地方转变为念兹在兹的地景,在这里个人赋予了空间独特的意义,从而成为一种意象化的建筑,此后不断地出现在文人笔下,成为慨叹人生无常、官场险恶的共通意象:

> 华亭鹤唳讵可闻,上蔡苍鹰何足道。①
> 不独使君头似雪,华亭鹤死白莲枯。②
> 死忆华亭闻鹤唳,老忧王室泣铜驼。③
> 万里华亭思去伴,千年辽海识归程。④

与之类似的新亭。南北朝时期多有相关送别诗或应酬诗,以描写新亭周边风景为主,如江淹《从萧骠骑新亭》、范云《之零陵郡次新亭诗》、谢朓《新亭渚别范零陵云诗》、徐陵《新亭送别应令诗》等。在这些诗中,"新亭"出现在诗题中,只是作为一个地名,标识着诗歌创作的背景。到了庾信的笔下,因其南人入北的经历,使他与"新亭对泣"故事中感时忧国的悲愤和思念故土的情感产生共鸣:

> 昔日谢安石,求为淮海人。仿佛新亭岸,犹言洛水滨。南冠今别楚,荆玉遂游秦。倘使如杨仆,宁为关外人。⑤
> 树似新亭岸,沙如龙尾湾。犹言吟暝浦,应有落帆还。⑥

此后在历代诗人——尤其是南宋诗人——的笔下,不断得到歌咏:

---

① 李白:《行路难三首》其三,收入李白著,王琦注《李太白全集》卷三,上册,中华书局,1977,第192页。
② 白居易:《苏州故吏》,收入白居易撰,谢思炜校注《白居易诗集校注》卷三十四,第6册,中华书局,2006,第2612页。
③ 李商隐:《曲江》,收入李商隐撰,刘学锴、余恕诚著《李商隐诗歌集解》第1册,中华书局,2004,第148页。
④ 范仲淹:《谢柳太傅惠鹤》,收入北京大学古文献研究所编《全宋诗》卷一六七,第3册,北京大学出版社,1998,第1909页。
⑤ 庾信:《率尔成咏》,收入庾信撰,倪璠注,许逸民点校《庾子山集注》卷四,第1册,中华书局,1980,第339页。
⑥ 庾信:《望渭水》,收入《庾子山集注》卷四,第1册,第377页。

金陵风景好,豪士集新亭。举目山河异,偏伤周𫖮情。四坐楚囚悲,不忧社稷倾。王公何慷慨,千载仰雄名。①
江南满目新亭宴,旗鼓伤心故国春。②
风景新亭旧往还,谁能举目较河山。③
掩目新亭路,人言似洛阳。④

晋时的华亭与新亭难免崩坏倾颓,不可能伫立永久。但陆机的"华亭鹤唳"与周𫖮的"新亭对泣"故事,却各自定义了这两座亭有关人世险恶和去国怀乡的独特意涵,使它们从自然地域或文物遗址的方位转变为个人意识与言行记忆规定下的意象化形式。这种个人对于空间的定义在后代得到回应:仕途之艰险对于身兼官职的诗人来说不免心有戚戚,易代之际的家国之感尤为强烈。因此陆机和周𫖮个人意识中的意象化形式能够成为一种共通的意象,他们对于空间的感知经由代代文人的书写与互动,成为一种超越了时间、距离、方位、国族的社会性经验产物,华亭与新亭在他们笔下超离了物质的有限与衰朽,得以真正常"华"常"新"。因此,《世说新语》的亭故事中展现出士人的不同言语与行为,与亭的场所特质有关;而士人的心态与情感,同样也可以定义亭的独特内涵,使之成为超越时间的立体坐标,从而实现了个人与空间的相互定义。

(陈文芝,女,同济大学文学硕士,北京师范大学博士研究生)

---

① 李白:《金陵新亭》,收入《李太白全集》卷三十,中册,第1401页。
② 钱惟演:《泪二首》其二,收入《全宋诗》卷九四,第2册,第1061页。
③ 韩元吉:《夜坐有感寄子云》,收入《全宋诗》卷二〇九六,第38册,第23663页。
④ 胡仲弓:《金陵》其二,收入《全宋诗》卷三三三三,第63册,第39773页。

附录一：

第三届"世说学"国际学术研讨会会议综述

2020年10月16日至18日,由同济大学中文系主办的"魏晋风度与江南文化"暨第三届"世说学"国际学术研讨会在上海同济大学建筑设计研究院举行。

"世说学",盖以《世说新语》为中心的所有学术研究之总称。新世纪以来,"世说学"掀起一波又一波研究热潮,成果迭出,蔚为壮观。2017年11月,首届"世说学"国际学术研讨会在河南师范大学召开;2019年8月,第二届"世说学"国际学术研讨会在南京大学文学院召开。两届会议,吸引和汇聚了来自美国、日本、韩国、澳大利亚、新加坡、马来西亚、中国大陆及中国台湾等多个国家和地区的学者100余人参会,提交论文近百篇,引起学界广泛关注。因疫情原因,本届"世说学"会议不得不缩小规模,海外专家无法与会,但仍有50余位国内学者出席了本次会议,提交论文47篇。

开幕式上,同济大学人文学院刘日明院长,中文系系主任朱静宇教授,中文系刘强教授,复旦大学中文系骆玉明教授分别致辞,共同表示后疫情时代相聚不易,"世说学"这一议题于古于今都意义非凡,衷心祝贺大会圆满召开。接着,是大会主旨发言及分组讨论。与会学者分别从整体研究、文学与文化、诗文与人物、影响与比较等角度,对《世说新语》及魏晋南北朝文学相关议题进行热烈研讨。

整体研究方面,蒋凡(复旦大学)的主旨演讲《〈世说新语〉研究漫谈》高屋建瓴,以具体之例说明对《世说新语》的研究需要"宽""深""新",并现场吟诵了《言语》篇"谢太傅寒雪日内集""顾长康拜桓宣武墓"和《兰亭集序》片段,铿锵抑扬,极富情韵。分组讨论中,刘小兵、朱占青(黄淮学院)回顾了新世纪"世说学"的研究历史与现状,认为在《世说》的基础性研究、渊源及影响研究、海外

"世说学"研究、跨学科研究、汇通研究等领域仍有继续开展的空间。

《世说新语》一书"记言则玄远冷隽,记行则高简瑰奇",具有鲜明的艺术特点;集大成式地呈现了魏晋士人的生活方式和精神面貌,折射出这一时代思想与文化的诸多面向。宁淑华(长沙理工大学)《论〈世说新语〉人物口谈的"兴会"之美》一文中提出"兴会"并举最早出现于《世说新语》王恭条,论述《世说新语》人物语言中"兴会"之美的体现并探究其根源,认为王恭高超的口谈艺术是唐诗"兴趣"之美的先声。王绮雯(南京师范大学)《〈世说新语〉所见对魏晋清谈的品鉴》爬梳《世说新语》中涉及魏晋士人对清谈的品鉴故事,认为时人对清谈言语多寡的评价显现出简繁并存的双向追求,关注到了清谈的文学特质。龚斌(华东师范大学)《〈世说新语〉与两晋佛教》以《世说新语》为中心,参以《出三藏记集》《高僧传》等佛教史籍及相关佛经,再现两晋佛教发展的艰难、壮丽的历程,揭示其文化意义及深远影响。孙越(南京师范大学)《从〈世说新语〉看魏晋时期的天人关系》研究"天人感应""天人相分""天人合一"三种天人关系在该时期相伴相生、交相影响的状态,探究对于天人关系的体察如何塑造士人的精神世界并影响世俗生活。徐向阳(陕西理工大学)《生命与身体:〈世说新语〉人物品藻及其诗学形态》以《世说新语》作为敞开性文本,探究魏晋时期的身体修饰所呈现的超越意识、"以形写神"的人物论以及身体美化所呈现的觉醒意识。朱晨晨(同济大学)《〈世说新语〉中的山水书写及其审美意蕴》从人格美与自然美的异质同构、自然与深情的映发共振、诗意栖居与澄怀观道的交融三个角度阐发《世说新语》中山水书写的审美意蕴。郭小小(复旦大学)《〈世说新语〉器物概说》提出《世说新语》中的器物关系到士人的日常生活、社会政治、精神世界等各个方面,其出现形式复杂多样,写实性强,集中于士人生活范围,从经济、社会、仪容举止、生活状态等不同角度展示了士人形象,让文字更加传神有力。陈文芝(同济大学)《情景·风景·地景:〈世说新语〉中的亭故事》的论文从亭作为实用建筑、赏景建筑和地景的角度分析《世说新语》亭故事中士人不同的行为与言说。乔孝冬(金陵科技学院)《〈世说新语〉儿童游戏谐趣效应》从语言游戏的模拟创造、运动游戏的风度雅量、博戏游戏的激励暗示、游戏法则下的共享参与四个角度分析了《世说新语》中儿童游戏的谐趣效应。陈曲(山东大学)《南北朝〈邶〉〈鄘〉〈卫〉分编与称名论考——以〈世说新语〉刘注为例》一文将《世说新语》刘孝标注中与《卫诗》相关的文字资料与相近时代的文学作品结合,归纳梳理南北朝时期《邶》《鄘》《卫》分编、称名情况并探究其原因。白振奎(上海财经大学)《论东晋南朝时期政府选官的"恤贫"倾向》一文提出,皇帝为了安抚士族和官僚集团成员,东晋南朝时期的"恤贫"之风大盛,且有极强的针对性,这一导向败坏了政治风气。张金耀(复旦大学)《六朝时期以家讳相嘲戏之风考论(纲要)》一文梳理、分析了六朝时期以对方家讳相互嘲戏的情形及成因。

从《世说》具体的一两则篇目中亦可见微知著、以小见大,读解出丰富的文化意义。吕菊(广东技术师范大学)聚焦于《文学》篇第39条,认为其综合地折射了魏晋时代包括清谈风气、夙惠、佛与玄、慷慨的美学追求、对言说的重视、情感审美化和门阀氏族的教育观念等社会文化因素。黄长明(山东大学)从家族与政治的角度解读《方正》篇"宗世林薄魏武"条,提出宗承鄙薄曹操的原因在于二人在门第和家学方面的差异,文帝礼待宗承的原因在于为稳固政权需要拉拢和取得士族支持,曹魏政权的儒家化趋向或许是驱使宗承出仕的原因之一。张月辉(山东大学)从《方正》篇"诸葛靓义不仕晋"条入手,考察魏晋时代的"忠孝之辨"以及相关社会风气和思想观念的变化发展。侯洪震(山东大学)聚焦于《品藻》篇"诸葛瑾弟亮及从弟诞"条并提出新解,认为魏晋时期人们普遍重才胜于德行与忠君,这种风气促使魏晋文学异彩纷呈,有助于文体表现的多样。付婕(山东大学)以《世说新语·雅量》篇的两则庾亮故事为中心,探究魏晋时期的雅量人格,认为这是最能体现魏晋风度的士人品格,也是自然主义在人格审美中的充分体现。李群(同济大学)一文从诗画边界、画家的性情气质、东晋时代绘画宗旨及山水画尚未真正独立等方面,探讨《巧艺》篇中顾恺之提出"画目送归鸿难"的原因。李剑锋(山东大学)的论文重点关注《伤逝》"丧作驴鸣"二条,推测王粲与王济丧礼的时间、地点、人物和赴吊原因,梳理驴文化史以及学驴鸣的源流,提出此二条体现出越礼放诞、笃于友情与超越之境的精神内涵,这背后是一种超越、自由与审美化的境界,并举例说明"驴鸣"的影响。

本届会议有两篇论文与刘义庆有关,各有侧重:胡耀震(江西师范大学)《刘义庆事迹作品系年》一文对刘义庆的事迹和作品进行系年考证;赵建成(南开大学)《刘义庆生平仕历与主要事迹考实》主要描述了避仇之议、举荐人才、营建楼阁、招聚文学之士、上奏祥瑞、奉养沙门等主要事迹。

《世说新语》记录了魏晋人士的言行举止与精神风貌。宋丽、赵厚均(华东师范大学)《论〈世说新语〉中殷浩之形象》一文提出《世说新语》中的殷浩是众人瞩目的清谈名士,也是失败的政治家,还有着固执清高、精通医术、有德行的一面。肖能(武汉轻工大学)《〈世说新语〉中的"小人"》一文关注的是《世说新语》中的非精英阶层,从中可知魏晋时代一般人的某些生活形态,也可以看到"风流"的另一面。学者们的目光也从《世说新语》扩大至史部和集部的文本,从中爬梳魏晋六朝文人的文学创作和思想心态。胡旭(厦门大学)《阮籍其人其诗》一文梳理阮籍的政治历程、性格特质、思想特点以及文学成就。曾敬宗(东莞理工学院)《裴頠崇有思想探微》一文从"畅玄""反玄"的脉络之下理解裴頠的崇有思想,并贞定其在魏晋玄学史中的贡献和定位。徐国荣(暨南大学)《王恭是否"不学无术"》认为王恭在当时政治军事斗争中失败而被杀,并非由于"不学无术",只是"学而无术"或"志大才疏",后世对他的负面评价是以果推因的结果。王建国(洛阳师范学院)《东晋永和时期的会稽侨寓文人集团考论》则关注会稽侨寓文人集团的形成及背景,提出庄园经济、永和政局和士人心态是山水审美思潮兴起的基础和条件,并分析文人交游与山水创作的关系。

  魏晋南北朝时期,文学发生了巨大的变化,其中最特别的是文学的自觉和文学创作的个性化;文学集团的形成,又使得这一时期的文学呈现出群体性和阶段性的风格。张亚军(河南大学)《刘伶〈酒德颂〉胜论——以萧统〈文选〉颂类为中心》认为刘伶《酒德颂》的主题内容与行文风格与选入《文选》中的其他颂类文章不同,刘伶以敷写的方式描绘了"大人先生"超脱的精神世界,名为颂,实则类赋,乃颂文之变体;《文选》编者收录之,不仅出于奇文共赏的态度,也是其颂体观的集中体现。许晓晴(上海立信会计金融学院)《园林、兰亭集会与隐逸诗》提出中古时期园林集会成为一种社会风尚,兰亭集会上士人共同创制了大量隐逸诗来表达自我的隐逸思想,改变了隐逸诗个性的特征,其诗歌又具有一些共同的特征。王晓萌(四川外国语大学)《再论〈兰亭序〉中的悲观情绪》一文以《兰亭序》中的悲观情绪为考察对象,对《兰亭序》的真伪做进一步考辨,并从政治文化的角度,分析王羲之对于玄学清谈的复杂心态以及东晋玄学走向衰落的原因。徐楳(上海师范大学)《社会兴趣和政治文化视野中的谢灵运山水描写》一文提出谢灵运的山水描写多采用"一句二文"等新鲜的语言表达而刻意淡化作者个人情感,其原因在于东晋士人对异地风物前所未有的言说与倾听的乐趣,政治地位的提高使得谢灵运的创作实践在晋宋之际获得了文化聚焦。与文学的自觉相联系,魏晋南北朝时期的文学批评与理论也十分兴盛。吴怀东(安徽大学)《失落的思想及其形式——颜延之陶诗"文取指达"说非否定评价论》一文认为将颜延之的"文取指达"说视作否定性评论并不符合《陶徵士诔并序》的总体内容、感情倾向以及陶、谢友谊的事实,虽然"文取指达"确实客观揭示了陶诗文辞简约乃至不追求词藻和艺术性以及形象鲜明的表层特征,但这种解读关注了语言观,却忽视了本体论,没有准确理解颜延之评论的感情倾向,也不是颜延之强调的重点。周兴陆(北京大学)《从萧齐宗室之争考察刘勰之丕植优劣论》一文认为刘勰对曹植任性使气的裁抑,是着眼于对萧齐政局的关注和担忧,这对于保护宗王全身远害和稳定朝政都有意义,也是刘勰论曹丕曹植的现实考量。刘中文(苏州教育学院)《苏州古典园林的桃源之思》一文系统梳理了唐代陆龟蒙、元代"玉山雅集"诗人以及明代文人有关苏州园林的桃源之思,提出桃花源最真实的所在正是在人心中。

作为一部经典名著,《世说》在后代以不同方式为人们所接受。诗歌、小说、戏曲等不同文类都能从中汲取养分,也在文人心态和精神好尚等方面改变了后来的中国人,其影响甚至远播域外。王澧华(上海师范大学)提出《世说新语》"近现代真人轶事""逐条记述""分类汇编"的形式要素被后世"世说体"引为典范、相沿不改,从而形成对"志人"文体的集体认知,但其一事一记、速记素描带来的"情节拘束"、一味求简而产生的文注叠加、就事论事和见事不见人所导致的内涵深度的模糊与单薄是其文体缺失。宋展云、童培德(扬州大学)探究李白诗作中引用《世说新语》典故的方式,并且阐明李白诗歌中富有"六朝"况味的审美境界之意义。章原(上海中医药大学)梳理南宋笔记《山家清供》与《世说新语》相关的饮食典故与人物,分析二书所反映的士人饮食风尚。齐慧源(徐州工程学院)爬梳宋元南戏、元明清杂剧和明清传奇中与《世说新语》有关的戏剧故事,提出这些作品中符合"人情物理"和艺术真实的虚构才是艺术形式的合理虚构,一味追求"新奇"或创作目的而违反生活逻辑、为所欲为的主观臆造导致了创作的失败。董天歌(首都师范大学)提出"小摘短拈,冷提忙点"是王思任对《世说新语》选材方式的概括,《世说新语》塑造人物对王思任的影响体现在王思任作品《悔谑》的选材上。欧明俊(福建师范大学)系统论述晚明"小品热"与《世说新语》的关系,中晚明文人热情表彰研究《世说新语》,晚明小品受到《世说》的影响很深,晚明精神是魏晋文学"自觉"的复活。刘强(同济大学)从空间结构与大观视角、以人为本与以情为主、艺术精神与形上品格、女性发现与女性崇拜四个角度探究《世说新语》与《红楼梦》的文化共性。何光顺(广东外语外贸大学)梳理鲁迅、冯友兰等民国名人对于魏晋名士的推崇和热衷,分析其原因,并探讨这对于民国学人思想形成之意义以及对今人之启发。束莉(安徽大学)则以湘籍才媛陈家庆著作为研究对象,揭示其中楚骚精神与魏晋六朝情结的共存现象,认为这种相互激发、此隐彼显的复杂样态折射出了当时进步知识分子的群体趋向。李雅婷、罗春兰(南昌大学)重点考察《世说新语》在韩国诗话中的文本表现,发现韩国诗话作者对魏晋掌故多有借鉴,其体例在诗话、稗说、语录之间,谈论宗旨以文人、魏晋清谈为主,内容有典故批评、史实考辨及稗说收录等。

作为上海辞书出版社"中国文学鉴赏辞典大系"的一种,《世说新语鉴赏辞典》项目的策划和启动可追溯至2017年11月的首届"世说学"会议。2018年夏,上海辞书出版社与刘强教授正式签署《世说新语鉴赏辞典》出版合同,邀请刘强教授担纲该书主编。这届会议上,《世说新语鉴赏辞典》的责任编辑吴艳萍(上海辞书出版社),介绍了该书的编写体例、作者队伍和写作进度,预计2021年底可正式出版发行(按,该书正式出版时间为2023年1月)。耿朝晖(青海师范大学)则提供了"万里之势""闻弦结友""把臂入林""欲倾家酿""遇酒忘返"五则《世说新语鉴赏辞典》试笔,让人先睹为快。

会议闭幕式由刘强教授主持,宁淑华、李剑锋、何光顺三位教授精准到位地汇报了各分论云的研讨情况,龚斌、欧明俊、李剑锋、吴怀东、王建国五位教授总结会议的重要收获,并对"世说学"研究会的筹备提出建议。正如李剑锋教授所说,"《世说新语》是一部经典,经典的魅力在于它跟文学世界与文化世界息息相通,具有无穷魅力","对旧问题的深耕细作"、"寻找较少或未被关注的对象"、"由新的视角观察新的学术景观"正是这届会议的亮点,也是对《世说新语》和魏晋南北朝文学研究的有力推进。

奇文共赏,疑义与析。第三届"世说学"国际学术研讨会在热烈而又祥和的交流中圆满落下帷幕,会议闭幕式的"交棒仪式"上,王建国教授向大家发出邀请,下一届"世说学"国际学术研讨会将在洛阳师范学院举行,与会学者闻言无不欣忭,相约来年共赴洛水,举白飞觞!

(撰稿人:陈文芝)

附录二：

第三届"世说学"国际学术研讨会提交论文目录

序号	作者	工作单位	论文题目
1	王建国	洛阳师范学院	东晋永和时期的会稽侨寓文人集团考论
2	王晓萌	四川外国语大学	再论《兰亭序》中的悲观情绪
3	王绮雯	南京师范大学	《世说新语》所见对魏晋清谈的品鉴
4	王澧华	上海师范大学	《世说》及"世说体"的形式要素、文体意识与可能缺陷
5	付婕	山东大学	魏晋雅量人格新探
6	白振奎	上海财经大学	论东晋南朝时期政府选官的"恤贫"倾向
7	宁淑华	长沙理工大学	论《世说新语》人物口谈的"兴会"之美
8	吕菊	广东技术师范大学	《世说新语·文学》39所折射的魏晋社会与文化现象
9	朱晨晨	同济大学	《世说新语》中的山水书写及其审美意蕴
10	乔孝冬	金陵科技学院	《世说新语》儿童游戏的谐趣效应
11	刘小兵 朱占青	黄淮学院	新世纪"世说学"研究的回顾与展望
12	刘中文	苏州教育学院	苏州古典园林的桃源之思
13	刘强	同济大学	《世说新语》与《红楼梦》的文化共性
14	齐慧源	徐州工程学院	古代剧作对《世说新语》素材的艺术再造
15	许晓晴	上海立信会计金融学院	园林、兰亭集会与隐逸诗
16	孙越	南京师范大学	从《世说新语》看魏晋时期的天人关系
17	李剑锋	山东大学	《世说新语·伤逝第十七》"丧作驴鸣"二条读解
18	李群	同济大学	为什么顾恺之说"画目送归鸿难"

续表

序号	作者	工作单位	论文题目
19	束莉	安徽大学	清标原是六朝人——湘籍才媛陈家庆的双重化认同及其意义
20	肖能	武汉轻工大学	《世说新语》中的"小人"
21	吴怀东	安徽大学	失落的思想及其形式——颜延之陶诗"文取指达"说非否定评价论
22	吴艳萍	上海辞书出版社	关于《世说新语鉴赏辞典》编纂情况的说明
23	何光顺	广东外语外贸大学	民国学人视野中的魏晋风度
24	宋展云 童培德	扬州大学	六朝流风:李白诗歌援引《世说新语》典故研究
25	张月辉	山东大学	从《世说新语·方正》"诸葛靓义不仕晋"条看魏晋时代的"忠孝之辨"
26	张亚军	河南大学	刘伶《酒德颂》胜论——以萧统《文选》颂类为中心
27	张金耀	复旦大学	六朝时期以家讳相嘲戏之风考论(纲要)
28	陈文芝	同济大学	情景·风景·地景:《世说新语》中的亭故事
29	陈曲	山东大学	南北朝《邶》《鄘》《卫》分编与称名论考——以《世说新语》刘注为例
30	欧明俊	福建师范大学	《世说新语》与晚明"小品热"
31	李雅婷 罗春兰	南昌大学	《世说新语》在韩国诗话中的文本表现
32	周兴陆	北京大学	从萧齐宗室之争考察刘勰之丕植优劣论
33	赵立民	中国人民大学	《世说新语》"周处自新"条发覆
34	赵建成	南开大学	刘义庆生平仕历与主要事迹考实
35	宋丽 赵厚均	华东师范大学	论《世说新语》中殷浩之形象
36	胡旭	厦门大学	阮籍其人其诗
37	胡耀震	江西师范大学	刘义庆事迹作品系年
38	侯洪震	山东大学	《世说新语·品藻》"诸葛瑾弟亮及从弟诞"条新解

续表

序号	作者	工作单位	论文题目
39	耿朝晖	青海师范大学	《世说新语鉴赏辞典》试笔(五则)
40	徐向阳	陕西理工大学	生命与身体:《世说新语》人物品藻及其诗学形态
41	徐国荣	暨南大学	王恭是否"不学无术"
42	徐 樑	上海师范大学	社会兴趣和政治文化视野中的谢灵运山水描写
43	郭小小	复旦大学	《世说新语》器物概说
44	黄长明	山东大学	家族与政治 ——《世说新语·方正》"宗世林薄魏武"条的一种解读视角
45	龚 斌	华东师范大学	《世说新语》与两晋佛教
46	章 原	上海中医药大学	《山家清供》与《世说新语》饮食文化
47	曾敬宗	东莞理工学院	裴頠崇有思想的"反玄"理路试探